PETER DEMPF
Die Tochter des Lechflößers

AF202032

Weitere Titel des Autors:

Der Teufelsvogel des Salomon Idler
Mir ist so federleicht ums Herz
Der Traum von Eldorado
Die Botschaft der Novizin
Die Sterndeuterin
Das Amulett der Fuggerin
Fürstin der Bettler
Herrin der Schmuggler
Die Brunnenmeisterin
Die Tochter des Klosterschmieds
Das Gold der Fugger
Die Geliebte des Kaisers
Das Haus der Fugger
Die Magd der Fugger
Die Herrin der Farben

Über den Autor:

Peter Dempf, geboren 1959 in Augsburg, studierte Germanistik
und Geschichte und unterrichtet heute an einem Gymnasium.
Der mit mehreren Literaturpreisen ausgezeichnete Autor
schreibt neben Romanen und Sachbüchern auch Theaterstücke,
Drehbücher, Rundfunkbeiträge und Erzählungen. Bekannt
wurde er aber vor allem durch seine Historischen Romane. Peter Dempf lebt und arbeitet in Augsburg, wo auch viele seiner
Romane spielen.

PETER DEMPF

DIE TOCHTER DES LECHFLÖSSERS

Historischer Augsburg-Roman

lübbe

Originalausgabe

Dieses Werk wurde vermittelt durch die AVA international GmbH
Autoren- und Verlagsagentur, München
www.ava-international.de

Copyright © 2024 by
Bastei Lübbe AG, Schanzenstraße 6–20, 51063 Köln
Textredaktion: Dr. Ulrike-Brandt-Schwarze, Bonn
Umschlaggestaltung: Birgit Gitschier, Augsburg
Einband-/Umschlagmotiv: © istockimages: ZU_09; © shutterstock:
KathySG | enterphoto | brichuas | Lukasz Szwaj
Satz: GGP Media GmbH, Pößneck
Gesetzt aus der Caslon
Druck und Verarbeitung: GGP Media GmbH, Pößneck
Printed in Germany
ISBN 978-3-404-19237-3

5 4 3 2 1

Sie finden uns im Internet unter luebbe.de
Bitte beachten Sie auch: lesejury.de

Die wichtigsten Figuren der Handlung

Die *Kursivsetzungen* verweisen auf historische Personen.

Hans Biechler, Floßmeister aus Füssen
Ann-Kathrin, seine Tochter (»Annka«)

Säule (eig. Michel Betz), Flößer
Weitere Flößer (Spitznamen): Büchserl, Schnupf, Knaster,
Sterz, Gscherr, Henne, Melchior, Sandler, Karl
Anton Haderer, Gießergeselle

Korbinian Saumweber, Hausierer
Peter Wagner, Augsburger Stadtgießer
Tassilo, der Altlehrling
Mattheis, sein zweiter Lehrling
Balthasar Breger, Augsburger Brunnenmeister
Vincenz, sein Sohn
Elsbeth, seine Tochter

Anton Christoph Rehlinger, Augsburger Stadtpfleger von
1576–1589
Hans Fugger der Jüngere, Kaufmann und Mäzen der Stadt
Octavianus Secundus Fugger, Patrizier, Schwiegersohn von Hans
Fugger und Stadtpfleger von 1598–1600
Johann Jakob Rembold, Patrizier, im Jahr des Romans Ratsherr
und Katholik
Quirin Rehlinger, Ratsherr der Stadt Augsburg und Protestant
Hubert Gerhard, niederl. Künstler
Heinrich Gerhard, Künstler, sein Bruder

Alfred Bieber, Obermeister der Augsburger Schmiedezunft
Conrad, Wirt in der Schänke am Jakobertor
Hias, Scharwächter am Jakobertor
Ullin, sein Sohn, Wächter bei Fugger

1593

TEIL 1

DIE HÖLLENFAHRT NACH AUGSBURG

I

FLOSSLÄNDE BEI FÜSSEN

Ann-Kathrin zog den schwarzen Flößerhut tiefer ins Gesicht, als sie an diesem Märztag im Morgengrauen zum Lech hinunterging. Sie ahmte den breitbeinigen Schritt der Männer nach, die damit auf den schwankenden Stämmen der Flöße so gut ihr Gleichgewicht hielten, als bewegten sie sich auf festem Land. Nur den Blick richtete sie zu Boden – und allein dadurch würde sie vermutlich auffallen.

»Der Flößer schaut geradeaus. Auf dem Wasser ist er frei«, predigte ihr Vater immer, wenn er wieder einen jungen Burschen als Floßknecht lehrte, wie man die schmalen Bretterflitschen zu größeren Riegelflößen zusammenband und dann auf dem Lech weiter nach Augsburg schickte oder Langholzflöße zusammenfasste, die oft bis Lienz und Wien getriftet wurden.

»Ein Flößer, der in den Boden starrt, sieht das Wasser nicht, Kerl!«, rief ihr tatsächlich der Vater zu, der als Floßmeister von einem erhöhten Platz aus den Aufbruch überwachte.

Ann-Kathrin nickte, hob den Kopf, blickte aber beiseite, damit er sie im schwachen Licht des Mondes nicht erkennen konnte.

Hatte sie als Kind, wenn der Vater sie und die Mutter bei ruhigem Wetter nach Augsburg mitnahm, noch die frühen Abfahrtszeiten gehasst, war sie jetzt dankbar dafür, denn in der erst anbrechenden Dämmerung und dem Trubel des Aufbruchs würde ihr Vater sie schwerlich entdecken.

Außerdem konnte sie kaum anders, als mit großen Schritten zu gehen, sonst wären ihr die schweren Lederstiefel, die ihr bis hoch über die Oberschenkel reichten, von den Füßen gerutscht. Bestätigend hob sie die Hand und hoffte, ihre Verkleidung und die Dunkelheit würden das ihre tun und sie verbergen.

Sie hatte heimlich mit Michel Betz verabredet, die Fahrt auf seinem Floß bis Augsburg mitzumachen. Schon oft war sie unter Vaters Aufsicht mit dem ruhigen Flößer gefahren. Er schätzte ihr Können und ihre Erfahrung, auch wenn er ihrem Vater nicht ins Handwerk pfuschen wollte, und verstand ihr Anliegen. Die Flößer arbeiteten bei den zusätzlichen Lasten auf eigene Kosten – die Stämme und weitere Transporte waren Sache des Floßmeisters, für den sie tätig waren.

Ann-Kathrin musste bei dieser ersten Fahrt nach dem Winter mitfahren, sonst würde von dieser Trift ebenso wenig Geld bei ihr ankommen wie von der letzten im vergangenen Jahr.

Sie suchte im Dunkeln nach dem Flößer und entdeckte Michel Betz, wie er am Bindeplatz noch Wieden, Seile aus gewässerten Haselnussruten, um die keilförmigen Floßkegel wand und so die Festigkeit verstärkte. Bei jedem Bücken gab er ein lautes Grunzen von sich, was ihm den Spitznamen Säule eingetragen hatte.

»Ich bin da!«, rief sie ihm mit gesenkter Stimme zu.

Mit seinen knapp über dreißig Jahren war Michel Betz recht jung für einen Flößer, gehörte jedoch schon zu den erfahrensten Männern in der Mannschaft ihres Vaters. Seine gedrungene Gestalt ließ erahnen, wie kräftig er war. Auf seinem kahlen Schädel saß der typische breitkrempige schwarze Flößerhut. Mehrere Male war er schon bis Wien getriftet und zu Fuß bis Füssen zurückgelaufen.

Im Licht des Mondes erkannte Ann-Kathrin etwa zehn Langflöße am Bindeplatz. Säule lag an Platz vier, das Floß ihres Vaters war wie immer das letzte, das aufbrechen würde. Der Flößer richtete sich mit einem lang gezogenen Brummen auf.

»Bist du dir sicher, Annka?«

»Halt den Mund, Säule. Oder willst du meinem Vater jetzt schon verraten, dass ich hier bin? Er weiß ja nichts davon, dass dein zweiter Mann nicht kann, weil er sich von den Premern

Prügel eingefangen und sich den Arm gebrochen hat, und ich für ihn einspringe.«

»Er wird es spätestens in Schongau bemerken …«

»… wenn es zu spät ist, um mich zurückzuschicken. Bis dahin – sei still!«

Säule grunzte bestätigend und wandte sich den beiden Rudern im Bug zu. Er zog eines ein und legte es auf das Floß, weil er beim Ablegen nicht beide bedienen konnte.

Ann-Kathrin sah ihm einen Moment zu, wie er mit geschickten Bewegungen seine Wieden flocht, dann warnte sie ihn kurz, dass sie an Bord kommen würde und sprang auf das Floß.

Noch stand das Gefährt mit dem Heck gegen die Wasserströmung, sodass das Heckruder vorn lag. Es würde beim Ablegen mit den Rudern in Fahrtrichtung gedreht werden. Man drückte mit der Stange gegen die Kipfe, den Buchenpflock, an dem die Ruder befestigt waren, und das Wasser schob das Floß vom Ufer weg. Nur so gelangten die Flöße schneller in die Flussmitte. Ein riskanter Kunstgriff, um die Stämme in die Strömung zu bekommen, denn wenn das Wasser zu wild anschlug, bestand die Gefahr, dass das Floß zu kippen begann und die Ladung verrutschte.

»Hilf!«, blaffte sie der Säule an und warf ihr eine Wiede zu. Sie klatschte ihr vor die Brust, weil sie das Haselnusstau nicht kommen sah. Kurz gab sie einen Schmerzenslaut von sich.

»Säule? Gibt es Probleme?«, schallte die Stimme ihres Vaters zu ihnen herüber.

Michel fuhr hoch, als hätte man ihn erwischt. Ann-Kathrin schüttelte vehement den Kopf und hoffte, er würde sie nicht sehen.

»Nein!«, antwortete der junge Flößer. »Mir ist nur eine Wiede ausgekommen und hat mir gegen die Brust geschlagen.«

Die anderen Männer lachten freundlich und quiekten wie Ferkel.

»Der Nöck soll euch holen!«, fluchte Säule gut gelaunt und erntete weiteres Gelächter.

Inzwischen suchte Ann-Kathrin die Wiede, die zuvor ins Wasser eingelegt worden war, damit sie geschmeidiger wurde. Sie griff danach und begann sie um drei weitere Floßkegel zu winden. Sie hörte das Wasser zwischen den Stämmen unruhig gluckern, als würde es langsam nervös. Kleine Fontänen sprühten aus den Spalten der Langhölzer hervor. Sie zurrte das widerspenstige Tau mit aller Kraft fest, und nur dieses eine Mal bedauerte sie, ein Mädchen zu sein. Denn sie zog vergeblich, und Säule musste ihr zur Hand gehen. Ein kurzer Hilferuf an den Flößer genügte.

»Lass. Ich mach das!«, sagte er grinsend und schob sie beiseite.

Kaum waren sie damit fertig, rief der Vater dröhnend über den Bindeplatz. »Männer, wie steht's?«

Zehn Stimmen hallten nacheinander bestätigend über das Rauschen und Platschen des Wassers gegen die Stämme hinweg. Die Flößer waren bereit.

Jetzt kam der schwierigste Teil. Alle nahmen sie ihre Hüte ab und drückten sie gegen die Brust. Die freie Hand legten sie obenauf. Dann stimmte Hans Biechler ein Vaterunser an, das laut und deutlich über die Köpfe der Männer hinwegschallte. Ann-Kathrin wusste, dass er jetzt jeden Einzelnen der Flößerknechte mit dem Blick suchte und in sein Gebet einschloss. Also würde sein Auge auch an ihr vorüberstreifen. Sie konnte nur hoffen, dass ihre roten Haare in der Dunkelheit nicht leuchteten.

Als das gemeinsame Amen ertönte, konnte sie ihren Hut nicht schnell genug wieder auf den Kopf setzen.

»Hausumgehen, Knaster!«, rief ihr Vater dem Flößer auf dem vordersten Floß zu. So nannte man das Drehen der Flöße, wenn sie vom Ufer weg gegen die Fahrtrichtung aufgestellt gewesen waren und ablegten. Dann drehten sie sich majestätisch, während sie sich langsam vom Ufer lösten. Die Strömung griff nach ihnen und die Drehung führte dazu, dass sie bis in die Mitte des Wasserlaufs gezogen wurden. Ann-Kathrin sah dem Schauspiel zu, bis das erste Floß in der Dunkelheit verschwand.

Das nächste Floß, das von Sterz, schickte sich an, in die Strömung zu drehen, als vom Ufer her ein Schrei ertönte.

»Herrgott, so wartet doch!«

Während sich das zweite Floss in die Strömung legte und abfuhr, wandte sich ihr Vater der Stimme zu.

»Was gibt es Wichtiges?«

»Fahrt Ihr nach Augsburg?«, rief ein junger Mann vom Ufer aus.

»Wer will das wissen?«, fragte ihr Vater barsch zurück.

»Anton Haderer, Schmied und Bronzegießer, Geselle. Ich bin zurück von der Walz und habe gehört …«

»Wir lassen niemanden mitfahren!«, unterbrach ihn der Vater und gab gleichzeitig dem Gscherr das Zeichen, mit seinem Floß abzulegen. »Es ist zu gefährlich. Das Wasser der Schneeschmelze schießt von den Bergen herab und macht den Lech wild.«

»Umso besser«, antwortete der junge Kerl. »Solch ein Ritt auf einem Höllenross fehlt mir noch!«

»Mit Verlaub …«, wollte ihr Vater sagen, doch da war der Bursche schon auf Säules Floß aufgesprungen, das gerade hausumging und sich als viertes Gefährt vom Ufer löste.

Säule und Ann-Kathrin stemmten sich mit beiden Lenkrudern am Bug gegen die Strömung. Das Vorderfloß wurde unter Wasser gedrückt, und das eisige Nass des Lechs überspülte die Stämme. Sie spürte die Kälte an den Stiefeln, mit denen sie bis zu den Knöcheln im Wasser stand.

Langsam wurde das Gefährt in die Mitte gezogen. Als ihr Floß sich an dem ihres Vaters vorbeischob, stieß dieser einen Fluch aus.

»Annka! Bei allen Wettern! Was soll das werden?«

Sie hatte keine Zeit, darauf zu antworten, denn das Langfloß nahm Fahrt auf, schaukelte in die gischtende Strömung und schoss an den noch wartenden Männern vorbei. Dabei leckten die Wellen immer wieder über das Holz. Sobald es ganz gedreht hatte, sprang sie zum Heckruder, um es zu stabilisieren.

Der junge Kerl, der sich so selbstsicher auf ihr Boot gewagt hatte, kniete auf den Balken und versuchte vergeblich, sich festzuhalten. Seine Hose war klitschnass, seine Hände lagen im Eiswasser. Der Beutel, den er an einem Stock über der Schulter getragen hatte, war ihm über den Kopf gerutscht und drohte, weggeschwemmt zu werden. Er schüttelte den Kopf und griff nach den Hölzern.

»Finger aus den Zwischenräumen!«, zischte Säule ihm zu. »Wenn Ihr nicht wollt, dass sie Euch abgequetscht werden, lasst es bleiben. Kniet Euch quer zum Wasser, rutscht bis zu den Floßkegeln vor und haltet Euch an den Wieden fest. Wenn Ihr allzu ängstlich seid, legt Euch einfach flach hin.«

Der Geselle rührte sich keinen Fußbreit von der Stelle. Er kauerte weiter auf den mit der Wasserbewegung sich mitwiegenden Stämmen und ließ seine Füße von dem kalten Nass überspülen. Ann-Kathrin sah ihm stumm zu.

»Was habt Ihr gesagt?«, rief er und sah sich nach Säule um.

»Ich hoffe, Ihr könnt bezahlen, sonst nagelt Euch mein Floßmeister, sobald es hell wird, auf das Floß zum Trocknen und verkauft Eure Haut als Zubrot.«

Noch immer versuchte der junge Bursche, irgendwie einen Halt zu finden. Schließlich kroch er ein Stück nach vorn und krallte sich bei der schaukelnden Fahrt an der Transportware fest. Die Kisten und Ballen waren in der Mitte auf dem Floß festgezurrt und würden den Gewinn beträchtlich erhöhen, den sie aus der Fahrt schöpften. Die Ware war Säule zugeteilt worden, weil seine Floßgröße in die Floßgassen bei Augsburg passte. Und je näher die Ware an der Stadtmauer abgeladen werden konnte, desto billiger wurde es.

Ann-Kathrin sah, dass der Fremde bis auf die Haut durchnässt war und zitterte. Er tat ihr leid. Dankbar dachte sie an ihre eigenen Lederstiefel, die alle Feuchtigkeit abhielten.

»Ich habe sagen hören, dass die Flößer eine raue Gesellschaft sind, aber dass sie gleich meine Haut zu Markte tragen wollen, ist mir neu.«

Sie musste lachen. Sein Humor schien ihm noch nicht abhandengekommen zu sein.

»Wir verdienen an allem, mein Freund. Wenn Ihr nach Augsburg wollt, dann solltet Ihr Geld bereithalten«, erklärte Säule.

»Aber ihr habt doch auch andere Fracht. Damit ist die Fahrt doch sicherlich bezahlt genug. Ich bin nur …«

Säule ließ ein unwilliges Grunzen hören. »Einen Viertelgulden, sobald es hell wird, auf die Hand, oder ich stoß Euch noch hier ins Wasser!«

»Ist ja gut, verflucht«, knurrte der Geselle. »Sobald ich mein Gleichgewicht finde und in meine Tasche greifen kann. Ich kann nämlich nicht schwimmen.«

Ann-Kathrin prustete, und auch Säule grinste und spuckte weit hinein in das schäumende Gletscherwasser. »Dann wärt Ihr besser zu Fuß gegangen«, spottete er. »Man ertrinkt schnell in diesem Fluss.«

2

AUF DEM FLOSS VOR LECHBRUCK

»Wann sind wir in Augsburg?«, fragte der Geselle, der sich mittlerweile auf eines der verschnürten Pakete gesetzt hatte. Er zog die Beine an den Leib, umklammerte sie mit den Armen und schlotterte vor Kälte. »Ich bin klatschnass!«

Ann-Kathrin konnte ihn im Licht der Sterne und des Mondes gerade so erkennen. Er war schlank und nicht besonders groß. Die lockigen schwarzen Haare hingen ihm bis auf die Schultern, und ein paar Strähnen klebten auf Wangen und Stirn. Seine Füße steckten in Stiefeln, die nur bis kurz über die Fesseln reichten – für Floßfahrten waren sie völlig ungeeignet. Die Absätze waren sichtlich abgelaufen. Für einen Wanderer um diese Jahreszeit war er zudem zu leicht bekleidet.

»Könnt Ihr nicht sprechen, oder wollt Ihr nicht?«, fragte der Geselle und sah in ihre Richtung. »Ich bin der Haderer Anton.«

Für Flößer war es eher ungewöhnlich, sich während einer Fahrt zu unterhalten. Sie lauschten dem schäumenden Wasser, dem Anschlagen der Wellen am Ufer und den Geräuschen aus den Wäldern ringsum und auf ihre Veränderungen. Nur so hörten sie Gefahren rechtzeitig und konnten ihnen ausweichen. Auf ruhigeren Strecken hingen die Flößer ihren Gedanken nach und saugten sich voll mit der Natur um sie her, was der Grund war, dass Ann-Kathrin, die hinten am Steuerruder stand, stumm blieb.

Haderer klopfte auf den Ballen, auf dem er saß. »Was transportiert ihr?«, fragte er mit zitternder Stimme.

Ann-Kathrin schwieg. Wieder breitete sich Stille aus, die nur vom Rauschen des Lechs und dem Gluckern des Wassers, das sich durch die Lücken der Stämme zwängte, durchbrochen wurde. Der Fluss schäumte, als würde er gären. Bei genauem Hinhören vernahm man sogar das knirschende Rollen der schweren Kiesel in seinem Bett. Dafür hatte der Passagier aber offenbar keinen Sinn.

»Also seid Ihr doch stumm geboren. Schade eigentlich, denn ich hatte gedacht, Ihr wärt etwas jünger als der grunzende Kerl vor uns.«

»Er heißt Säule. Und er ist kein grunzender Kerl, sondern einer der besten Flößer, die wir haben.« Es amüsierte sie, dass der Geselle Säules charakteristische Eigenschaft sofort bemerkt hatte.

»Also – wie lange?«

»Wartet, bis der Mond untergegangen ist, dann seht Ihr die Sterne und die Milchstraße. Das lässt einen staunen und verstummen vor der schieren Größe dessen, was sich da über unseren Köpfen abspielt. Es gibt mehr zwischen uns hier unten und dem dort oben, als sich ein Menschenkind erdenken kann. Dann wollt Ihr womöglich nicht mehr nach Augsburg.«

Haderer seufzte. Er deutete hinauf zum Himmelszelt. »Dahin komm ich nie, und hier unten ist mir zu kalt, was also soll ich Eurer Meinung nach tun?«

»Euch festhalten!«, knurrte Ann-Kathrin. Sie hörte das anschwellende Rauschen einer Stromschnelle, die sich hinter der nächsten Biegung verbarg. Sie mussten den längeren Weg nehmen, sonst würde das Floß auf dem flachen Kies des Ufers auflaufen, wo sich gewöhnlich größeres Gestein sammelte. Womöglich müssten sie dann ins Wasser und das Floß anheben, damit es wieder flott wurde. Sie stemmte sich ins Steuerruder, damit sie ihr Gefährt von der kürzeren Innenseite der Kurve wegbekam. Sie wusste aber aus den Erzählungen der Flößer, dass sie wachsam bleiben musste, denn mitten aus der Flut der Außenbiegung ragte seit letzten Sommer ein Findling, den es zu umfahren galt.

Aus dem gischtenden Brausen schälten sich Schreie, ein Krachen, Fluchen, Schimpfen, dann harsch gerufene Befehle, erneut ein Splittern – schließlich nichts mehr.

»Entweder hat es den Gscherr auseinandergerissen, oder er ist am Felsen vorbei«, rief ihr Säule, der am Vorderruder stand, zu.

»Los, her!«, schrie Ann-Kathrin den Gesellen an. »Helft mir, die Stange zu halten. Drückt nicht gegen mich, sondern mit mir! Aber flott! Und Augen auf!«

Widerwillig sprang Haderer von der Fracht. Er glitt auf dem nassen Rundholz ab, knickte um und geriet mit dem Fuß zwischen zwei Stämme. Ann-Kathrin wusste, wie fatal so ein Ausrutscher sein konnte. Wenn die Stämme während der Fahrt um eine Kurve auseinanderklafften und sich dann wieder schlossen, wenn der Ritt ruhiger wurde, konnte es einem den Fuß abquetschen. Allein dafür trugen sie jeder ein Beil bei sich, um sich oder anderen aus dieser Situation herauszuhelfen.

Doch Haderer konnte sich selbst befreien. Mit schmerzverzerrtem Gesicht humpelte er zu Ann-Kathrin und stellte sich neben sie ans Steuer.

»Ein Bengel, der ein Floß steuert. Wo gibt es das denn?«, fragte er spöttisch. Offenbar war ihm erst jetzt bewusst geworden, wie jung sie tatsächlich war.

»Ein Schmied, der nicht schwimmen kann? Wo gibt es das denn?«, antwortete sie ebenso sarkastisch, sah aber stur geradeaus. Für weiteres Geplänkel hatten sie keine Zeit. »Dort, verdammt. Der Gscherr blockiert die Rinne. Haltet Euch fest!«

Aus dem Dunkel tauchte am Ende des Bogens ein Fels auf. Quer dazu hing zwischen Felsbrocken und Ufer ein Floß, das vom Wasser überspült wurde, aber nicht freikam.

Ann-Kathrin drückte in die Gegenrichtung und musste Haderer anherrschen, weil der nicht nachgab. »Seid Ihr blöd, dass Ihr mir entgegendrückt?«

Sofort verlagerte er das Gewicht und zerrte am Ruder, statt es zu schieben. Sie schossen auf das querliegende Floß zu, aus dem sich etliche Balken gelöst und andere sich verschoben hatten.

»Wir prallen auf«, schrie Säule.

Ann-Kathrin wusste, sie kämen nicht an dem Floß vorbei. Wenn sie es schräg trafen, würden sich vermutlich aus ihrem Verbund Stämme lösen und Gscherrs Gefährt völlig zerschlagen. Das mussten sie verhindern. Zeit blieb ihnen nicht.

»Haltet Euch fest!«, brüllte sie aus Leibeskräften. »Ich ramme ihn mittig!«

Dann war ihr Floß bei dem havarierten Gefährt angelangt und nahm es auf die Hörner. Der Schlag war so heftig, dass Ann-Kathrin vom Steuer weggerissen und über die Stange geschleudert wurde. Sie prallte heftig gegen den unwillkommenen Passagier, der einen Arm um sie schlang und damit verhinderte, dass sie ins Wasser geschleudert oder gespült wurde. Das schwere Transportgut verschob sich einige Fuß nach vorn – doch der Weg war frei.

»Ihr Himmelhunde!«, schrie Gscherr ihnen zu, der auf seinem Gefährt zur Seite geschoben wurde, aber weiterschwamm und direkt hinter der schäumenden Biegung das Ufer ansteuerte. Er würde die Stabilität seines Floßes überprüfen müssen und vielleicht einige Stämme, die abgetrieben worden waren, zu sich hochtreideln. »Danke!«, rief er ihnen nach.

Ann-Kathrin suchte ihren Körper ab, und schob die Jackenärmel hoch. Sie spürte ein Brennen an den Ellbogen. Aber außer ein paar Schürfwunden an den Armen hatte sie nichts abbekommen.

»Was für ein Glück!«, sagte Haderer.

»Es war Berechnung«, widersprach sie ihm. »Wenn Gscherr weiter die Durchfahrt blockiert hätte, wären alle nachfolgenden Flößer in ihn hineingefahren. Das hätte sechs Mannschaften das Leben kosten können. So hat es uns nur etwas beschädigt, und Gscherr ist frei. Er kommt sicher einen Tag später auch nach Augsburg.«

Sie kletterte zurück über die Ruderstange.

»Ich ... darf ich etwas fragen?«

Haderer sprach gerade so laut, dass sie ihn verstehen konnte, der Rest aber vom Rauschen des Wassers verschluckt wurde. Sie fuhren eben in einen Abschnitt des Flusses ein, bei dem die Bäume sich bis ans Ufer heranschoben und ihre Zweige über das Floßdeck streifen konnten. Hier war das Wasser harmlos, aber die Äste hatte der Teufel gesehen. Eine Unaufmerksamkeit, und man wurde von ihnen vom Floß gewischt wie Krümel vom Esstisch.

Ann-Kathrin sah ihn misstrauisch an. »Was?«

»Ihr seid eine Frau? Ein ... Mädchen?«

»Woher ...?«, wollte sie ansetzen, erinnerte sich dann aber daran, wie er zugegriffen hatte, damit sie nicht über Bord fiel. Seine Arme hatten ihren Brustkorb umklammert.

»Stört es Euch?«, fragte sie zurück und versuchte dabei, so beiläufig wie möglich zu klingen.

»Es hat mich gewundert.«

Sie streckte die Hand aus. »Weil wir ohnehin bis Augsburg zusammen sind: Ann-Kathrin Biechler, die Tochter des Floßmeisters.«

Der Geselle sah ihr ins Gesicht, ohne ihre Hand zu ergreifen.

»Also ich hätte Euch nicht aufs Floß gelassen, wenn ich Euer Vater wäre.«

Kurz überdachten einige gewaltige Föhren den Flusslauf und schirmten ihn gegen den Himmel ab. Schlagartig wurde es dunkel, und bis sich Ann-Kathrins Augen an das tiefere Dämmerlicht gewöhnt hatten, hatte sich Haderer schon wieder auf das Frachtgut gesetzt. Er streifte seine Stiefel ab, schüttete das Wasser aus und massierte seine Füße.

»Ihr seid ein sonderbarer Heiliger!«, knurrte sie.

»Warum, weil ich Frauen nicht zutraue, ein Floß zu steuern? Gerade eben habt Ihr doch bewiesen, wie wenig umsichtig Ihr steuert. Direkt auf den armen Kerl und sein Floß zu. Mir ist das Herz in die Hosen gerutscht – und dann habt Ihr Fracht und Holz riskiert. Einem Mann wäre das nie passiert!«

Ann-Kathrin konnte nicht recht glauben, was dieser aufgeblasene Kerl da von sich gab, und wollte ihm schon eine barsche Antwort geben.

Doch plötzlich verschwand die Dunkelheit unter dem Blätterdach und machte Platz für ein Meer aus Sternen, das sich über ihnen öffnete. Sogleich beruhigte sich ihr Gemüt bei diesem Anblick, und sie wollte nicht mehr sprechen, weil es das Aufwallen eines ergreifenden Gefühls beeinträchtig hätte. Es war dieser Blick in die Unendlichkeit. Wenn etwas Gottes Schöpfung pries, dann waren es nicht die selbstgefälligen Bauten, die Kirchen und Kathedralen, die allenfalls die menschliche Unzulänglichkeit bewiesen, sondern dieser gewaltige Himmelsbogen, der übersät war mit Sternen und dem Band der Milchstraße. Es war der Sog, der von diesem Firmament ausging, der eindrücklich bewies, um wie viel gewaltiger die Schöpfung gegenüber dem Menschen war.

Erst als sich dieses Gefühl in sie gesenkt hatte und sie es mehrere Atemzüge lang genossen und sich damit vollgesaugt hatte, fand sie wieder Worte.

»Am nächsten Halt verlasst Ihr das Floß, Haderer. Es wird Euch guttun, auf männlichen Beinen durch die Welt zu laufen. Stolpert nicht.«

Mit einem kurzen Druck lenkte Ann-Kathrin das Gefährt wieder in die Mitte des Lechs und sah starr geradeaus.

3

AUF DEM FLOSS NAHE LECHBRUCK

Erst nach einer Weile wurde Ann-Kathrin bewusst, dass sie keinen Ton von Säule vernahm. Sonst hörte sie ihn in regelmäßigen Abständen grunzend atmen.

»Säule?«, rief sie nach vorn.

Jetzt, da der Mond ganz untergegangen war, sah man den Bug des Floßes nicht mehr, so sehr sie auch durch die Finsternis starrte. Sie konnte gerade noch bis zu der festgezurrten Warenladung sehen und erkannte die Umrisse Haderers, nicht aber, ob der Flößer am Ruder stand. Allerdings spürte sie, dass vorn niemand mitsteuerte.

»Säule, jetzt sag doch was!«, rief Ann-Kathrin nach vorn. »Michel Betz! Säule!«

Erst in zwei oder drei Stunden würde es richtig hell werden. Bis dahin waren sie auf ihre Ohren angewiesen – und da galt es, dass vier Ohren besser hörten als zwei.

»Haderer, geht nach vorn und schaut, was mit Säule los ist, der sagt nichts.«

Der Geselle brummte unwillig und richtete sich langsam auf. »Vielleicht ist er stumm wie Ihr. Womöglich hat es ihn bei dem Zusammenstoß über Bord gespült, dann können wir ihn sowieso nicht mehr retten. Oder seht Ihr besser im Dunkeln als ich?«

Ann-Kathrin ging das selbstgefällige Geschwätz dieses Kerls langsam auf die Nerven. »Macht Euch nützlich bis zur nächsten Floßlände, danach kann ich Euch und Euer Gewäsch nicht mehr gebrauchen«, fauchte sie, fixierte das Ruder mit einem Haselnusstau und schlüpfte unter der Stange hindurch, um nach vorn zu sehen.

»Säule, jetzt sag schon was!«, brüllte sie gegen den Strudellärm an.

Keine Antwort. Langsam wurde Ann-Kathrin unruhig. Sie suchte den vorderen Teil des Floßes ab, bis ihr Blick auf zwei Hände fiel. Eine lag auf dem Holz, die andere klemmte zwischen zwei Stämmen.

»Säule!«, schrie sie und rannte auf die Hände zu. Kurz bevor sie anlangte, tauchte Säules kahler Schädel aus dem Fluss auf. Der Flößer versuchte, sich über Wasser zu drücken und gierte nach Luft, wurde aber beinahe sofort wieder unter das Floß gepresst. Dabei rutschte die freie Hand weiter ab. Nur der Arm, der zwischen den Stämmen steckte, hielt ihn am Floß.

»Haderer, kommt schnell!«

Ann-Kathrin griff sich die freie Hand und zerrte daran. »Wir müssen ihn an Deck holen!«, schrie sie. »Rasch, sonst ertrinkt er.«

Haderer stand neben ihr, die Hände in den Hosentaschen. »Oder er erfriert. Ich helfe Euch, wenn Ihr mich bis Augsburg mitnehmt!«

Nur kurz streifte Ann-Kathrin den Gesellen mit einem Blick. Meinte er das ernst? Doch seine Haltung ließ keinen Zweifel daran. Er rührte sich nicht, sondern sah zu, wie Säules Kopf wieder auftauchte, um sofort vom nächsten Wasserschwall erneut unter dem Floß zu verschwinden.

»Ja. Verdammt. Jetzt packt zu!«

»Schwört!«, sagte Haderer gelassen und lächelte sie an. Sein Mund war zu einem breiten teuflischen Lächeln verzogen, das beide Reihen Zähne zeigte.

»Ich schwöre!«, presste sie hervor, während sie Säules freie Hand umklammerte. Aber es gelang ihr nicht, den Körper herauszuziehen. Der linke Arm klemmte zwischen zwei Stämmen fest. Das verhinderte einerseits, dass Säule ganz versank, führte aber dazu, dass er langsam ertrank.

Stumm packte Haderer jetzt mit an – und mit der Kraft des Schmieds und Gießers gelang es ihnen, Säules Oberkörper aus dem Wasser zu hieven. Doch sie schafften es nicht, den Mann auf das Floß zu holen, denn der eingeklemmte Arm verhinderte es.

Säule war zu erschöpft, um zu schreien. Er war nur mehr halb bei Bewusstsein und stöhnte laut. Im Dunkel konnte Ann-Kathrin erkennen, wie die Lider über den weißlich schimmernden Augäpfeln flatterten.

»Er erfriert!«, schrie sie. »Haltet ihn ja fest«, befahl sie dem Gesellen.

»Was macht Ihr?«, keuchte Haderer, dessen Kraft langsam zu schwinden schien. Er musste sich gegen die Strömung und das schäumende Wasser stemmen.

Ann-Kathrin wurde bewusst, dass sie nicht mehr viel Zeit hatten, denn die nächste Stromschnelle kam in Hörweite. Vielleicht noch fünf Minuten, dann würden sie sich durch gischtende Wellenkämme schieben, unter denen Felsen und Steine lagen. Spätestens diese würden Säules Körper zu Brei zerschlagen.

»Axt!«, murmelte Ann-Kathrin und wankte zu der Warenladung hinüber, wo an einem Seil ihre Flößeraxt hing. Nie im Leben hätte sie gedacht, sie einmal einsetzen zu müssen. Sie hatte den Erzählungen gelauscht, wenn ihr Vater oder der Onkel davon berichteten, wie sie dem einen oder anderen Kameraden das Leben gerettet hatten, indem sie ihm den Fuß oder die Hand abgeschlagen hatten, um ihn zu befreien. Und obwohl die so verstümmelten Männer nicht mehr arbeiten konnten und die Hälfte von ihnen verstarb, waren die Lebenden wie der alte Schnupf, den sie persönlich kannte und dem der linke Unterarm fehlte, doch unendlich dankbar dafür.

Die Axt in der Hand lief sie auf den Flößer zu, dessen Augen mittlerweile geschlossen waren. Seine Lippen waren bereits blau angelaufen.

»Was habt Ihr vor?«, fragte Haderer, der schreckensbleich zusah, wie sie das Werkzeug über den Kopf schwang.

Sie ließ sie die Axt niederfahren und trennte die Wiede auf, die die beiden Stämme verband, in die Säules Arm eingeklemmt war. Dann fuhr sie mit der Klinge in den Zwischenraum und spreizte die Stämme. Der Arm rutschte tiefer in die Lücke. »Los, zieht ihn jetzt raus!«, befahl Ann-Kathrin.

Haderer schob den Arm aus der Lücke, packte den Flößer, und mit Ann-Kathrins Hilfe, die sofort die Axt losgelassen und in das Holz hatte fahren lassen, zogen sie Säule auf die Stämme.

»Los, auf die Warenkisten mit ihm. Der Höllenritt geht weiter!«, schrie sie und sprang ans hintere Ruder. »Nehmt das Vorderruder und haltet es gerade. Mehr müsst Ihr nicht tun!«

Ann-Kathrin wusste, welches Risiko sie einging. Säule lag nur auf dem vorderen Warenballen. Eine heftige Bewegung, ein Schrammen, ein Stoß, und er würde in hohem Bogen ins Wasser geschleudert werden. Sie schloss die Augen – zu sehen war ohnehin nichts. Sie verließ sich auf ihre Ohren, die ihr sagten, wohin sie steuern musste.

Kaum hatte Haderer das Vorderruder ergriffen, begann das Floß zu schaukeln, und Wasser überschwemmte die obere Ebene der Stämme. Es war keine der gefährlichen Stellen, aber sie hatte das Floß durch die Trennung der Wiede instabil gemacht. Es reagierte träge und durch die sich spreizenden Stämme widerspenstig.

Obwohl sie die Augen geschlossen hatte, lenkte sie das Gefährt sicher über die Steine und an den Felsen vorbei. Doch nach einer kleinen Ewigkeit, die höchstens zehn Minuten dauerte, hatte sich der Fluss beruhigt. Als sie langsam wieder in ruhigeres Fahrwasser kamen und sie die Augen öffnen konnte, lag Säule wie tot auf dem Warenballen mitten auf dem Floß. Die Kistenladung mit den Metallen hatte sich aus der Verankerung gelöst und war nach vorn gerutscht. Nur der Warenballen mit grobem Leinentuch, der leichter war, hatte sich nicht von der Stelle gerührt. Durch das verschobene Gewicht tauchte der Bug tiefer ins Wasser, als gut war.

Sofort sprang Ann-Kathrin zu Säule und riss ihm die nassen Sachen vom Leib, sodass er nackt vor ihr lag.

»Was macht Ihr da? Ihr könnt doch nicht …«, protestierte Haderer und stieß sie von dem unbekleideten Mann weg.

»Dann macht *Ihr* weiter. Er braucht trockene Sachen. Zieht sie ihm an und dann nichts wie unter die Decke hier.«

Sie warf Haderer eine in Öltuch eingeschlagene Decke zu. Solche waren auf jedem Floß, denn sie wurden für den Rückweg gebraucht. Die Flößer liefen von Augsburg nach Füssen zu Fuß zurück und übernachteten auf offenem Feld unter ihren groben Decken und vor der Feuchtigkeit geschützt durch die Öltücher, in die sie wiederum die Decken gewickelt hatten.

Als sie sah, dass der Geselle noch nicht einmal wusste, wie man das verschnürte Bündel öffnete, schnaubte sie. »Wozu hat man Euch drei Jahre in die Welt hinausgeschickt, wenn Ihr die einfachsten Handgriffe nicht beherrscht?«, murmelte sie.

»Ich dachte schon, Ihr schlagt dem Mann den Arm ab!«, ließ sich Haderer vernehmen, ohne auf ihre Bemerkung einzugehen.

Ann-Kathrin schluckte. Für einen kurzen Moment tauchte vor ihrem inneren Auge der alte Schnupf mit seinem verstümmelten Arm auf. »Das hatte ich eigentlich auch vor. Aber im Augenblick des Schlags habe ich es mir anders überlegt und gehofft, es würde reichen, die Wiede zu durchtrennen … Und es hat geholfen«, fügte sie nach einem Stoßseufzer hinzu. Sie sah zu Säule, der zitterte, dass ihm die Zähne klapperten. Sein kahler Schädel glänzte im Sternenlicht, als wäre er ein auf die Erde gefallener Mond. »Ihr müsst seinen Körper reiben. Mit den Händen. Wenn er überlebt, lass ich Euch auf dem Floß, stirbt er, versenke ich Euch mit ihm im Wasser.«

Ann-Kathrin ging vor zu ihrer Axt, die noch immer im Holz steckte, und sah nach dem Schaden. Soweit sie sehen konnte, waren die Floßkeile noch in Ordnung. Sie musste sie vorerst nur mit einer neuen Wiede verbinden. Allerdings würde das auf die Dauer nicht genügen, schließlich war das Flechtwerk durch ihren Schlag getrennt worden, was hieß, dass sich die Stämme in den raueren Stellen des Lechs, die ihnen noch bevorstanden, auseinanderbewegen würden. Damit würde das gesamte Floß Gefahr laufen, auseinanderzufallen. Um das zu reparieren, brauchte sie jedoch Tageslicht – und der Morgen war noch weit.

Sie schaute sich kurz um und suchte nach Säules Hut. Ein Flößerhut gehörte wie ein Körperteil zu seinem Besitzer. Ohne ihn war der Mann nur halb bekleidet. Doch der schwarze Hut war verschwunden.

4

AUF DEM FLOSS NAHE DER LITZAUER SCHLEIFE

»Sobald der Tag anbricht, landen wir irgendwo an«, sagte Ann-Kathrin. »Ich muss die Stämme frisch binden.«

Haderer stand am Rand des Floßes und schlug sein Wasser ab. Dabei überspülte der Lech seine Stiefel, die vollliefen.

»Verfluchtes Nass«, schimpfte er.

»Ihr hättet nicht zu uns aufzuspringen brauchen. Wärt Ihr zu Fuß gegangen, wären Eure Schuhe trocken geblieben und die Zehen ebenso. Und wenn Ihr nächstens Wasser lasst, dann mitten auf dem Floß. Der Fluss schwemmt irgendwann alles fort, aber ihr steht nicht im Wasser.«

Der Geselle drehte sich schwankend zu ihr um. Das Gefährt schlingerte hin und her, und Ann-Kathrin hatte Mühe, es gerade zu halten, was dazu führte, dass Haderer das Schließen des Hosenlatzes schwerfiel.

»Wie geht es Säule?«, fragte sie, während sie es mit einem kurzen Druck wieder in die Flussmitte lenkte. Ringsum stiegen die Ufer an und bildeten steile Kies- und Geröllhalden.

»Er schläft«, erwiderte Haderer und klopfte auf eine der Kisten. »Was transportiert ihr, außer Holz?«

»Geht zurück ans Ruder. Wir brauchen vorn jemanden, sonst beginnt sich das Floß zu drehen«, gab Ann-Kathrin schroff zurück. »Dann dauert es noch einmal so lange bis Augsburg.«

Missmutig begab sich der Geselle an den Bug des Floßes und stemmte sich gegen die Ruderstange. Sofort fühlte Ann-Kathrin, dass sich das Gefährt leichter lenken ließ. Es brach nicht mehr ständig aus, und sie musste nicht immerfort nachsteuern.

Was für eine Ware?, hallte Haderers Frage in ihr nach.

»Das geht Euch nichts an«, blaffte sie. »Und jetzt haltet endlich den Mund!«

Auf dem Schmelzwasser aus dem Gebirge schoss das Floß mit hoher Geschwindigkeit dahin. Wenn es so weiterginge, würden sie schon gegen Abend in Augsburg anlangen. Für die nächste Zeit hatten sie hoffentlich Ruhe vor irgendwelchen Felsstufen und Strudeln.

Ann-Kathrin horchte, ob die anderen Flöße hinter ihr waren. Ihr Vater musste irgendwann auftauchen – und da er sie erkannt hatte, würde es ein Donnerwetter geben. Zurückschicken konnte er sie jedoch nicht mehr, dafür waren sie schon zu weit von Füssen entfernt. Außerdem brauchte er jemanden, der Säules Floß führte, da dieser ausgefallen war.

Säule stöhnte und richtete sich langsam auf.

»Wie geht es dir?«, rief Ann-Kathrin ihm zu.

»Ohne dich wäre ich jetzt wohl Matsch!«, erwiderte er und grunzte, als suhle er sich in einem Schlammloch. »Aber kalt ist mir, als wären meine Knochen aus Eis. Das ist mir noch nie passiert, verdammt!«

»Es gibt für alles ein erstes Mal«, lachte Ann-Kathrin, froh, seine heisere Stimme zu hören und nicht mehr mit Haderer allein zu sein. »Jedenfalls bist du jetzt sauberer als zu Weihnachten!«

»Mir ist es lieber, ich bestimme selbst, wann ich mich wasche«, grunzte Säule. »Wo ist mein Hut, Mädchen?«

»Ich befürchte, den hast du verloren.«

Der Flößer seufzte tief. »Aber besser den Hut verloren als das Leben, stimmt's?«

»Schlaf jetzt. Ich weck dich in einer Stunde, wenn es gefährlicher wird. Dann kannst du noch ein Bad nehmen.«

Der Flößer wickelte sich wieder in seine Decke und legte sich zurück. Sie hörte, wie ihm die Zähne aufeinanderschlugen.

»Ich hätte erst Ostern wieder gebadet!«, knurrte er noch, und kurz darauf hörten sie sein blubberndes Schnarchen.

»Der Kerl ratzt, und ich schlag mir die Nacht um die Ohren!«, protestierte der Geselle. »Ich kann nicht glauben, dass er schon wieder eingepennt ist.«

»Ruhe!«, fauchte Ann-Kathrin. »Wie oft soll ich es noch sagen? Ich brauche meine Ohren, um Hindernisse zu erkennen. Außer Ihr legt es darauf an, als Nächster von Bord gespült zu werden.«

Noch einmal horchte sie zurück, ob ein Floß hinter ihnen war. Die beiden vor ihnen konnte sie jedenfalls nicht mehr ausmachen. Knaster und Sterz jagten ihre Gefährte vermutlich durch die Stromschnellen. Sie waren jung und hatten nur wenig Erfahrung, deshalb durften sie die Fahrt anführen. Wenn sie scheiterten, konnte man sie aufsammeln und so vielleicht noch etwas von ihrer Fracht retten.

Aber auch hinter ihnen war alles ruhig, als wären sie allein auf weiter Flur. Vermutlich war der Vater angelandet, um Gscherr aufzusammeln oder ihm bei der Reparatur zu helfen.

»Noch einmal«, unterbrach Haderer ihre Gedanken. »Ich habe Metall gerochen und Stein. Was transportiert ihr?«

»Seid Ihr immer so neugierig?«, fragte Ann-Kathrin zurück.

Was bezweckte er damit, sie über ihre Waren auszufragen. Spionierte er sie aus? Der Lech wurde immer breiter. Räubern würde es nicht gelingen, ihr Floß zu entern. Es würde ihm also nichts nutzen. Er konnte sie allenfalls hinunterstoßen und das Gefährt dann selbst anlanden.

Sie beobachtete ihn genauer. So ungeschickt wie er das Ruder hielt und zu ihr herschaute, verstand er wenig vom Triften. Er würde ein Floß kaum gezielt lenken können.

»Muss man euch Flößern jedes Wort aus der Nase ziehen?« Haderer klang mehr amüsiert als verärgert.

»Dann hätten wir ellenlange Nasen«, entgegnete sie lachend. »Ich sagte schon, wir horchen auf den Fluss.«

»Ach, er spricht mit Euch?« Der Geselle legte eine Hand an sein Ohr und tat so, als ob er lausche. »Nun denn, mir sagt er: Erzählt dem Kerl ruhig, was Ihr geladen habt. Dann hält er eher den …«

»Unsinn!«, schnitt ihm Ann-Kathrin das Wort ab. »Haltet Ihr mich für blöd?«

Haderer verstummte und drehte ihr den Rücken zu. Für eine geraume Zeit herrschte Stille, die nur vom Gesang der Vögel durchbrochen wurde, die den langsamen Anbruch des Tages ankündigten, obwohl sie noch in völliger Finsternis dahinschaukelten. Der Lech war noch immer wild und riss an ihrem Fahrzeug, aber die Stromschnellen wurden seltener und die Biegungen breiter. Am Verblassen der Sterne konnte Ann-Kathrin erkennen, dass bald das erste Morgenlicht die Nacht vor sich herschieben würde.

Sobald sie genügend sah, mussten sie anlanden. Wenn sie schnell genug wäre, könnten sie schon weiterfahren, bevor ihr Vater die Stelle erreicht hätte.

Plötzlich fuhr Säule auf und stieß einen Schrei aus. »Bei aller Stammfäule, was ist passiert?« Mit einem Ruck wollte er vom Warenblock herunter, doch sein linker Arm knickte ein, und ein weiterer Schrei löste sich, der vom gegenüberliegenden Ufer als Echo zurückgeworfen wurde. Es klang wie eine Mahnung.

»Verdammte Axt!«, fuhr er auf und tastete seinen Arm ab. »Annka. Was ...«

Weiter kam er nicht, denn sie war bei ihm und fühlte seine Stirn. »Hinlegen und zudecken, alter Mann!«, sagte sie und drückte ihn zurück auf sein Lager. »Du hast Fieber.«

Wie es um ihn stand, konnte sie allein an der Reaktion erkennen. Niemals hätte er sich *alter Mann* nennen lassen, wenn er ganz bei Sinnen gewesen wäre.

»Was ist ... der Arm ... als wenn er ...«

Sie hielt ihn fest, bis er seinen Widerstand aufgab.

»In Augsburg setzt du dich zwei Tage in die Schenke und säufst dir die Hucke voll, dann ist das Fieber weg. Bis dahin: Ruhe!«

Der Flößer atmete schwer. Seine Haut war blass, die Lippen waren aufgesprungen und mittlerweile nicht mehr bläulich, sondern feuerrot.

»Es hat dich unters Floß gedrückt, Säule, und dein Arm war eingeklemmt. Ich konnte ihn retten. Immerhin hast du dir nichts gebrochen, nichts aufgerissen. Du hattest mehr Glück als Verstand.«

Sie deckte den Flößer wieder zu, strich ihm über die Glatze und betete kurz ein Ave Maria, weil sie etwas Hoffnung brauchte, damit das Fieber ihn nicht auszehrte.

Das Floß schlingerte übers Wasser, weil nicht nur sie ihr Steuerruder verlassen hatte. Haderer stand neben ihr und blickte auf Säule hinunter.

»Wird er es überleben?«

Ann-Kathrin zuckte mit den Schultern. Noch nie hatte sie mit einem derartigen Vorfall zu tun gehabt. Durchnässt zu werden war das eine, eine ganze Zeit im eiskalten Wasser zu liegen, das andere.

»Wir Flößer sind hart im Nehmen«, sagte sie. »Wenn er die nächsten zwölf Stunden durchhält, sind wir in Augsburg – so Gott will. Allerspätestens am Morgen darauf. Und jetzt geht zurück ans Ruder, sonst drehen wir uns bald im Kreis.«

Haderer verschränkte die Arme vor der Brust. »Nicht, bis Ihr mir sagt, was ihr transportiert. Ich sagte schon, ich rieche Metall.«

Ann-Kathrin verdrehte die Augen. »In Dreiteufelsnamen! Wir triften Marmor, Kupfer und Bauleinen. Und jetzt ans Ruder.«

Der Geselle rührte sich keinen Schritt weg. »Kupfer, Marmor? Für die neuen Brunnen?«

Wieder zuckte Ann-Kathrin mit den Schultern. »Damit kenne ich mich nicht aus. Wir arbeiten im Auftrag des Fuggers. Ich glaube, das Metall ist für ihn. Wozu immer er das braucht.«

Sie bemerkte, wie sich Haderers Körper versteifte. Er räusperte sich, und sein Kiefer mahlte, als müsse er an etwas kauen, das ihm aufgestoßen war. Außerdem stieß ihr das Verhalten des Kerls bitter auf. Er tat nie etwas als Hilfe für andere. Er erpresste sie nur ständig.

»Soso, für Fugger!«, sagte er, drehte sich um und stellte sich ans Ruder.

Die Art, wie er sich benahm, kam Ann-Kathrin seltsam vor. Sie musterte ihn aufmerksam, ging dann aber auch zurück an ihr Steuer. Etwas veränderte sich unmerklich um sie herum. Die Vögel begannen warnend zu zwitschern und flogen auf. Doch das Wasser blieb ruhig.

5

Ann-Kathrin hörte die Gefahr kommen, bevor sie in Sicht kam. Es war ein langsam ansteigendes Rauschen und Grollen. Doch es kam nicht von vorn, sondern rollte hinter ihnen heran.

Sie drehte sich um und musterte den Fluss, der zwar etwas aufgewühlt war, insgesamt aber recht ruhig wirkte, und dann den Himmel. Der langsam heraufdämmernde Morgen verbesserte die Sicht nicht. Hinter ihnen, gegen die Berge, türmten sich schwere dunkle Wolken auf.

Ein Gewitter jagte heran und entlud seine Wassermassen über dem Lech und der ihn umgebenden Landschaft. In der Wolkenschwärze zuckten unaufhörlich Blitze, die mit kreischenden Einschlägen auch den Boden erreichten. Darüber lag ein beständiges Grollen, als hätte der Himmel Unmengen Sauerkraut gegessen, das ihm im Magen umging. Eine dunkle Wand ragte aus dem Wald empor.

Über ihnen jedoch blieb der Himmel hell und stach ein Flirren in die Luft.

»Was passiert da?«, schrie ihr Haderer zu, der ebenfalls zurückschaute. In seinem Gesicht spiegelte sich Entsetzen über die Gewalt der Natur.

»Gewitter. Starker Regen. Der Lech wird anschwellen, und die Flut wird uns vor sich her treiben. Vor allem, wenn wir vor Schongau ins Tal kommen. Dort kann das Wasser nicht ins Land hinauslaufen und wird eingeengt.«

»Ist das gut oder schlecht?«, hakte der Geselle nach.

Sie blieb ihm die Antwort schuldig, denn plötzlich sahen sie eine Flutwelle von hinten auf sich zu rollen. Offenbar regnete es hinter ihnen schon länger und, wie Ann-Kathrin vorhergesagt hatte, ziemlich stark. Der Boden an den Ufern des Flusses war von der Schneeschmelze noch gesättigt und konnte das Wasser nicht aufnehmen, sodass es ungehindert in das Lechbett gelangte und dort flussabwärts schoss. Die steilen Hänge ringsum taten ein Übriges.

Diese anrollende Welle würde sie mit sich reißen. Ann-Kathrin hoffte, dass es ihr gelingen würde, das Floß so gegen die Flut zu setzen, dass sie nur von hinten, nicht aber von der Seite her getroffen wurden. Sie schätzte die Höhe der Welle auf etwas mehr als drei Fuß, konnte sich aber auch irren.

Innerlich verwünschte sie diesen Tag, der auch weniger Unannehmlichkeiten hätte bereithalten können. Einmal in ihrem neunzehnjährigen Dasein hatte sie das schon erlebt und wusste, welche Verwüstungen so eine Riesenwoge hinterlassen konnte, wenn sie mit Urgewalt durch ein Dorf fegte wie eine Verwünschung oder eine Strafe für den Übermut, am Wasser gebaut zu haben.

Plötzlich stand Säule neben ihr. Sein Gesicht glänzte im Fieber, seine Augen leuchteten feucht.

»Was machst du hier, Michel?«, schimpfte sie. »Zurück auf die Warenballen!«

»Das ist *mein* Floß!«, maulte Säule. »Außerdem kommt da mein Hut geschwommen. Und den will ich wiederhaben!«

Der letzte Satz verblüffte Ann-Kathrin und zwang sie wieder, die herannahende Bedrohung genau zu betrachten. Das Wasser riss Bäume und Büsche aus dem Uferbewuchs und trug sicherlich auch genügend Felsen und Kiesel mit sich, die das Floß zertrümmern konnten. Tatsächlich hing an einem der Büsche, die an vorderster Front mitschwammen, Säules Hut. Wenn die Welle mit derselben Geschwindigkeit weiter auf sie zukam, würden sie auf diesen Busch und den Hut stoßen, und Säule würde ihn hoffentlich aus dem Geäst pflücken können, bevor das Unheil über sie hereinbrach.

»Wir sind zu schwer«, erklärte der Flößer, der sich das zweite Lenkruder geschnappt hatte und am Heck einlegte. Er wischte sich den Schweiß von der Stirn.

Ann-Kathrin überlegte kurz, was er gemeint haben könnte, doch dann begriff sie: Wenn die Welle sie traf, dann konnten sie normalerweise darauf reiten, was hieß, dass das Wasser ihr Floß hob und unter ihnen hindurchrollte. Wenn aber das Floß zu schwer war, dann würde die Welle über sie hinwegspülen und alles mit sich reißen, was nicht niet- und nagelfest war. Mit ihrer Ladung aus Marmor und Kupfer hatten sie eindeutig viel zu viel Gewicht. Und wenn neben ganzen Bäumen auch Geröll im Wasser mitgetragen wurde, dann Gnade ihnen Gott!

»Binden wir uns an das Floß. Schnell!«, schrie sie.

Doch Säule schüttelte den Kopf. »Du musst das Ruder im rechten Moment loslassen können. Versuch, ans Ufer zu schwimmen, Mädchen.«

Das dumpfe Grollen verstärkte sich zusehends und fühlte sich immer bedrohlicher an. Ann-Kathrins Magen vibrierte, und ihre Ohren sangen. Man konnte der Wasserwand zusehen, wie sie sich näher heranschob und höher auftürmte, wenn das Flussbett niedriger wurde. Die Welle war braungrau und schäumte am Kamm schmutzig. Immer wieder blitzten Äste und Stämme darin auf, die mitgetragen wurden und wie Keulen wirken würden, wenn sie auf Widerstand stießen. Außerdem bäumte sie sich immer höher auf.

»Und du?«, fragte sie zurück.

»Ich hätte schwimmen lernen sollen«, brüllte Säule. »Aber jetzt ist es vermutlich zu spät!«

Ann-Kathrin sah zu Haderer, der aufgehört hatte zu reden und mit vor Entsetzen geweiteten Augen das Monster anstarrte, das sie zu verschlingen drohte. Vermutlich hatte er nicht gehört, was sie gesprochen hatten. Dazu war es zu laut. Kurz dachte sie daran, zu ihm zu gehen und ihm zu helfen, aber dann erinnerte sie sich an sein Verhalten, als es galt, Säule aus dem Wasser zu ziehen. Sie deutete auf das Ruder und gab ihm mit Zeichen zu verstehen, dass er sich festklammern und das Ruder gerade halten solle.

Dann schoss ihr der Gedanke in den Kopf, dass das Floß womöglich kippen würde, da die Ballen und Kisten nicht mehr an ihrem Platz lagen, sondern ein Stück nach vorn verrutscht waren.

Im nächsten Moment hatte die Welle sie erreicht und zog zuerst das Floß zu sich her, als wolle sie sich des Gefährts versichern. Dann hob sie es hinten so stark an, dass die Steuerruder aus dem Wasser auftauchten. Gleichzeitig glitten die Waren noch weiter vor und drohten, ins Wasser zu stürzen und den Gesellen mit sich zu reißen. Die Welle überspülte sie. Sie hörte Haderer schreien, der beinahe unter Wasser gedrückt wurde und die verschnürten Waren auf sich zukommen sah. Doch die Wieden, mit denen sie vertäut worden waren, gaben zwar nach und dehnten sich, aber sie hielten. Ann-Kathrin hatte das Gefühl, im nächsten Moment müsste das Floß am Bug auf Grund laufen, und der Wasserdruck würde es einfach umwerfen. Doch dann rauschte das Heck wieder nach unten, schlug auf dem Wasser auf, dass es ihr die Beine beinahe in die Kehle rammte, und sie jagten im strudelnden Fluss hinter der Welle mit.

Im ersten Moment glaubte Ann-Kathrin noch nicht so recht an ihre Rettung. Sie blickte nach links und staunte. Auf Säules Kopf saß sein Hut. Sie hatte nicht mitbekommen, wie es ihm gelungen war, ihn zu greifen.

Haderer am Bug war nass bis zum Hals. In seinem Haar steckten Reste von Grassoden und vertrocknetem Schilfgras. Er spuckte und prustete, als hätte er davon gegessen.

Mit hoher Geschwindigkeit schossen sie vorwärts.

»In die Mitte!«, schrie Säule und drückte gegen das Ruder.

Langsam lenkten sie gemeinsam das Floß wieder zurück in die Flussmitte.

»Ich bin gespannt, wie viele von uns es überleben werden!«, sagte er, bevor seine Worte vom einsetzenden Rauschen des Regens verschluckt wurden.

Ann-Kathrin kontrollierte die Waren. Die Welle hatte sie noch weiter nach vorn geschoben, sodass sich ihr Gefühl, auf einem abschüssigen Hang zu stehen, verstärkte. Nur der Leinenballen hatte sich nicht gerührt.

Sie bemerkte noch, wie Säule an seinem Ruder zusammensackte. Offenbar hatte er seine letzten Kräfte zusammengenommen, um zu helfen. Sie musste ihn vorerst liegen lassen, denn jetzt galt es, den schwimmenden Hindernissen auszuweichen, die noch immer schneller dahintrieben als sie.

Erst als sich ihre Geschwindigkeit dem Wasser angepasst hatte, konnte sie zu ihm eilen.

Er stöhnte, als sie ihn auf die Beine zog und in Richtung des Leinenballens schleppte. Sie hatte darauf gehofft, Haderer würde sich erbarmen und mithelfen, doch der sah nur stur geradeaus und achtete nicht auf sie und den Flößer.

Allerdings zeigte sich auch eine andere Zerstörung. Das provisorisch zusammengebundene Floß begann sich zu teilen. Dort, wo Ann-Kathrins Axt die Wieden getroffen hatte, klafften die Baumstämme wieder auseinander – und zwar weiter als zuvor.

Der Tag graute herauf und gab den Blick auf eine zerstörte Uferlandschaft frei. Die Welle hatte sich in den Auwald hineingefressen und ihn teilweise gerodet. Doch es zeigte sich auch, dass der Uferstreifen langsam, aber sicher die Welle bremsen würde. Je weiter sie kamen, desto schmaler wurde das Band der Zerstörung, und als sich das erste Sonnenlicht über den Horizont legte, war von den Verwüstungen, die sie weiter oben noch begleitet hatten, nichts mehr zu sehen.

»Wir müssen ans Ufer!«, schrie sie Haderer zu, der sich noch immer nicht rührte. »Ans linke Ufer!«

Sie lehnte sich gegen das Ruder und drückte damit das Floß aus der Mitte des Flusses. Der Geselle vor ihr drehte sich zwar nicht um, schien aber mitzumachen, denn auch er lenkte in die von ihr vorgegebene Richtung.

Ann-Kathrin hielt Ausschau nach einem Landeplatz. Er sollte etwas sandig oder kiesig sein, um das Floß an der Spitze auflaufen lassen zu können. Wenn sie dann weiterfuhren, musste er es leicht wieder freigeben, wenn sie das Floß zurück in die Mitte drehte.

Doch sie sah bislang nur Wald, Wald und wieder Wald. Ab und zu hörte man Peitschen knallen und vernahm das Schlagen von Rädern. Westlich von ihnen verlief die alte römische Via Claudia Augusta, die immer noch benutzt wurde. Auf ihr bewegten sich Fuhrwerke nach Süden und nach Norden. Wenn sie Glück hätten und einen gut einsehbaren Landeplatz fänden, würde ihnen vielleicht einer der Fuhrwerker helfen. Sie überlegte, ihren Hut abzusetzen und ihr Haar offen fallen zu lassen, denn einer Frau gingen diese Männer gewiss lieber zur Hand als den als rau bekannten Flößern.

Sie gab kurz ihr Ruder frei und löste eine Eisenkralle, die an einem Tau aus Haselnussruten hing und mit dem Floß verbunden war, und legte sie sich zurecht.

Endlich zeigte sich eine Biegung, die in einem langen Bogen nach Osten wies. Auf der Innenseite würde sich vielleicht eine seichtere Stelle finden. Ann-Kathrin stemmte sich in das Ruder. Mit jeder Steuerbewegung spreizte sich das Floß weiter. Wenn auch die mittleren Wieden rissen, dann würde die Ware vom Floß rutschen und sang- und klanglos vom Lech verschluckt werden.

Ann-Kathrin steuerte ein geeignetes Uferstück an und schrie noch, sie sollten sich alle festhalten, als das Gefährt mit einem

Ruck hängen blieb und es Haderer von den Beinen riss. Sie sah noch, wie er nach vorn geschleudert wurde und kopfüber ins Wasser stürzte, sich aber an der Stange festhalten konnte, bevor es ihn weitergespült hätte.

Sie hatte keine Zeit, sich um ihn zu kümmern. Sie nahm die Eisenkralle, warf sie mit aller Kraft in das Gestrüpp. Das Floß, das sofort gestockt hatte, wurde jetzt vom Wasser erfasst und begann langsam am Heck wieder auf das Wasser hinauszutreiben. Doch dann gab es einen Ruck. Die Kralle hatte gegriffen.

»Endlich!« Ann-Kathrin entfuhr ein Stoßseufzer.

Das Floß schlug mit der Längsseite ans Ufer. So lag es zwar falsch, nämlich mit dem Bug voraus, aber sie konnten es wieder sauber drehend in die Flussmitte steuern, wenn sie fertig waren. Allerdings war dann eine doppelte Wendung fällig.

Sie sah zuerst nach Säule, der unverändert dalag, fieberte und kaum bei Bewusstsein war. Sie packte ihn, und mit seiner Hilfe legte sie ihn auf den Leinenballen. Schwer atmend ging sie zu Haderer. Der Geselle hatte sich wieder auf das Floß wuchten können. Nun saß er auf den Stämmen, die Beine im Wasser, und keuchte laut.

»Wolltet Ihr mich loswerden?«, fuhr er Ann-Kathrin an.

»Wäre es schade um Euch gewesen?«, blaffte sie zurück. »Auf jetzt, sonst verkühlt Ihr Euch«, befahl sie harsch. »Außerdem brauche ich jemanden, der mir zur Hand geht.«

»Und Ihr glaubt, das wäre ich?«, stieß Haderer hervor. »Haltet Euch an Säule. Der weiß, was er tut. Hoffentlich.«

Ann-Kathrin konnte nur den Kopf schütteln. »Was seid Ihr nur für ein selbstbezogener Widerling?«, fauchte sie. »Aber ich komme auch ohne Euch zurecht.«

Das hoffte sie zumindest.

Sie besah sich den Schaden, der entstanden war, als sie die Wiede durchschlagen hatte. Die Reparaturstelle hatte sich weiter gelöst. Das Tau aus Haselnussruten war aufgegangen, und so hatten sich weitere Stämme gelockert. Sie musste die Hölzer zusammenführen und mit Wieden verknüpfen. Allerdings gab es ein Problem. Sie hatte nicht genügend Taumaterial, um das zu tun. Sie brauchte Verstärkung. Sollte sie so lange warten, bis einer der anderen Flößer mit seinem Gefährt vorbeischwamm und ihn nach Wieden fragen? Wenn es mit rechten Dingen zuginge, dann mussten in den nächsten Stunden mindestens sechs weitere Flöße vorbeikommen. Also hieß es warten.

Sie setzte sich auf eine der Warenkisten und betrachtete Säule, den sie wieder auf den Ballen gelegt hatten.

»Wollt Ihr nicht anfangen?«, ließ sich Haderer vernehmen.

»Kann ich allein nicht!«, antwortete sie mürrisch. »Ihr könnt aber Euer Säckel schnüren und zu Fuß weitergehen, wenn ich Euch zu langsam bin. Außerdem muss ich mich um Säule kümmern.«

Sie ging hinüber zu dem Flößer, der, eingewickelt in eine klatschnasse Decke, schlief und schnarchte. Seine Stirn fühlte sich glühend heiß an.

Ann-Kathrin ging zu einem Bündel, das fest verschnürt und gleichzeitig mit einer Schweinsblase gesichert war, damit es nicht untergehen konnte. Sie begann, das Wachstuch aufzubinden, und legte eine Ledertasche beiseite, die in eine weitere Decke eingewickelt gewesen war.

Wieder begann sie, dem Flößer die nassen Sachen vom Leib zu ziehen. Sie wickelte ihn in die trockene Decke. Diesmal beschwerte sich Haderer nicht.

Er starrte unentwegt auf die Ledertasche. »Woher wisst Ihr, dass das Kupfer den Fuggern gehört?«, erkundigte er sich. »Ist das nicht ein ungewöhnlicher Weg, über Füssen nach Augsburg?«

Ann-Kathrin drehte sie sich zu ihm um, die nasse Decke in der Hand, die sie zum Trocknen über einem der Warenballen ausbreitete.

»Was interessiert Ihr Euch dafür, woher Fugger sein Kupfer nimmt? Es sind, wenn ich es recht sehe, etliche bereits benutzte Platten, die er irgendwo hat abtragen lassen.«

»Ihr wisst, was in den Kisten ist?«, hakte der Geselle sofort nach.

»Natürlich. Ich habe geholfen, sie zu vernageln.«

»Und wieso seid Ihr sicher, dass sie dem Fugger gehören?«

Sie verengte die Augen zu Schlitzen und betrachtete den Gesellen, der aussah wie eine nasse Ratte. Die langen Haare klebten ihm im Gesicht und verlängerten seine Nase zu einer spitzen Schnauze. Sein Blick war durchdringend neugierig.

»Warum interessiert Euch das?«, fragte sie misstrauisch.

»Ich bin Schmied und Bronzegießer – und da ist es immer gut, wenn man weiß, woher das Metall kommt, mit dem man umgeht.«

Ann-Kathrin drehte sich um und wrang Säules Kleidungsstücke aus, die sie ebenfalls ausbreitete. Dabei deutete sie auf die schwarze Ledertasche.

»Da drin sind die Aufzeichnungen, die belegen, was auf dem Floß hier für wen bestimmt ist. Die Frachtunterlagen.«

»Und nur ihr transportiert Fugger-Kupfer? Die anderen Flöße nicht?«

»Ja. Ausreichend. Es heißt, dass ein Dach instandgesetzt werden muss. Aber das glaube ich nicht. Wer macht seine Dächer schon aus Kupfer? Vermutlich haben wir nur falsch verstanden, wofür das Metall gebraucht wird.« Sie lachte und schüttelte den Kopf über diese merkwürdige Idee, ein Dach aus Kupfer zu fertigen.

Haderer lachte nicht, sondern hob den Kopf. »Vermutlich habt ihr nur etwas falsch verstanden«, plapperte er ihr nach. Doch der Blick, den er ihr zuwarf, sagte ihr, dass sie mit ihrem Spott danebenlag.

Verunsichert holte sie aus dem Bündel noch etwas Brot und

Käse und reichte dem Gesellen jeweils ein Stück. Langsam begann sie zu essen und merkte erst jetzt, wie hungrig sie war. Sie kaute gemächlich und musterte den Fluss und die Biegung, ob ein weiteres Floß auftauchte. Doch sie hörte und sah nichts.

Wäre sie jetzt allein mit Säule gewesen, hätte sie sich einfach auf die Stämme gehockt und ihrem Drang nachgegeben, Wasser zu lassen. Aber das ging nicht, weil der Geselle neben ihr stand. Sie suchte das Ufer nach einer Stelle ab, an der sie ihre Notdurft verrichten konnte, ohne gleich weggeschwemmt zu werden oder im Uferschlamm zu versinken. Sie nickte ihm kurz zu, bat ihn, auf das Wasser und die kommenden Flöße zu achten, und sprang an Land. Hinter einem Busch erleichterte sie sich.

Noch im Weggehen beobachtete sie, wie Haderer aus seinem Bündel ein in Öltuch eingewickeltes Brett holte, auf das mehrere Blatt Papier gespannt waren.

Als sie wieder zurückkam, hatte er die Wachstuchtasche mit den Proviantresten und der Ledertasche bereits wieder zu einem Bündel verschnürt und saß da und zeichnete.

»Ihr könnt malen?«, fragte sie.

»Zwangsläufig. Wenn man auf das Aushärten der Bronze wartet, wenn man eine neue Gussform erstellen will, wenn man Ideen niederschreiben muss, dann sind ein Blatt Papier und Kohle mehr als ein Zeitvertreib.« Er sah sie von unten an. »Setzt Euch auf den Ballen zu Säule.«

Noch während sie sich widerstrebend fügte, begann Haderer, mit schnellen Strichen Formen auf das Blatt zu werfen. Die Sonne beschien ihre rechte Gesichtshälfte, während sie den Fluss hochsah, ob nicht ein Floß käme. Er arbeitete stumm und schnell, rieb seine Kohle an der einen Stelle, wischte mit dem Handballen an einer anderen. Schließlich wurden die Bewegungen kleiner, langsamer, und er fuhr mit den Fingerspitzen über das Blatt, als wolle er etwas wegstippen, bis er es hochhob.

»Ich schenke es Euch!«, sagte er und grinste schelmisch. »Nur eine rasche Skizze.«

Ann-Kathrin glitt von dem Ballen und nahm das Blatt entgegen. Sie drehte es langsam, um zu sehen, was er da gemalt hatte und spürte, wie ihr die Hitze in die Wangen schoss, was ihm ein glucksendes Kichern entlockte.

Sie erkannte eine Frau, die auf dem Rand eines Brunnens saß und eindeutig ihre Gesichtszüge trug. Allerdings war die Figur völlig nackt. Sie hielt ein Füllhorn in der Hand, mit dem sie ihre Scham gerade so bedeckte. Ihre Brüste reckte sie ins Bild. Aus den Warzen spritzte Wasser ins Becken.

Völlig entgeistert und wütend knüllte sie das Papier zusammen und warf es in hohem Bogen in den Lech. »Seid Ihr denn von allen guten Geistern verlassen?«, schrie sie. »Wie könnt Ihr mir so etwas geben?«

»Habe ich Euch etwa nicht gut getroffen?«, fragte Haderer und legte den Kopf schief.

Ann-Kathrin stemmte die Arme in die Hüften. Am liebsten hätte sie ihm gesagt, wie genau er sie getroffen hatte, aber das konnte und durfte sie nicht. Rasch blickte sie zu Säule hinüber, ob der etwas gesehen hatte. Doch der Flößer schlief nur unruhig und stöhnte.

»Nein, habt Ihr nicht!«, zischte sie.

Haderer kam nicht mehr zu einer Antwort. Er deutete auf die Biegung. Dort nahm ein Floß den kurzen Weg.

»Das ist der Stibitz!«, rief Ann-Kathrin. Und schon lief sie bis zum äußersten Rand der Stämme, winkte und schrie.

Doch die Männer hatten das Floß schon zu weit in die Außentrift gelenkt. Sie würden nicht halten können. Einer der Flößer rief etwas zu ihr herüber.

»Hinter uns kommt der Waggerl! Ich sag ihm, dass du Hilfe brauchst!«

Sofort wurde die Meldung durch Gesten und Schreie

weitergegeben, doch auch der Waggerl schaffte es nicht zu landen. Erst das nächste Gefährt setzte neben ihnen auf der Sandbank auf, und Ann-Kathrin schrumpfte zu einem Elend zusammen, denn der Mann, der zu ihr auf das Floß sprang, war der Floßmeister, ihr Vater.

6

IM LECHTAL, AUF DEM WEG NACH SCHONGAU

Zuerst ignorierte er sie völlig. Er stapfte an ihr vorbei und besah sich den Schaden. Dann ging ihr Vater zu Säule, berührte seine Stirn und untersuchte ihn gründlich. Den Arm, der mittlerweile blau angelaufen und geschwollen war, zeigte Quetschungen. Ihn musterte er länger. Er kitzelte Säules Finger und nickte zufrieden, wenn sie zuckten.

»Wie ist das passiert?«, fragte er über die Schulter, ohne seine Tochter anzusehen.

Haderer fühlte sich offenbar angesprochen, denn er antwortete für Ann-Kathrin.

»Sie hat ihm das Leben gerettet. Wollte ihm eigentlich den Arm abschlagen, aber dann hat sie …«

Hans Biechler drehte sich um und sah den Gesellen streng an. Der verstummte abrupt.

Schließlich wandte sich der Floßmeister seiner Tochter zu. Ann-Kathrin blieb das Herz stehen, denn sein Blick war finster wie die Nacht.

»Hast du keine Stimme mehr, dass so ein dahergelaufener Kerl für dich antworten muss?«

»Nein. Äh, doch. Ich meine, doch, ich habe eine Stimme, und nein, er muss nicht für mich reden.«

»Dann haltet den Mund«, beschied er dem Gesellen schroff.

Ann-Kathrin erzählte das Geschehen vom Rammen des Gscherr-Floßes über die Rettung Säules bis zu der Welle, die sie beinahe mitgerissen hätte.

»Und das hast du alles allein gemeistert?«, fragte ihr Vater, wie sie feststellte, etwas ungläubig.

»Hat sie«, stöhnte Säule plötzlich. »Ich bin froh, dass ich noch meinen Arm habe. Auch wenn er sich anfühlt, als wäre er plattgequetscht.«

Biechler warf einen raschen Blick auf den Flößer, grinste ihn an und bedachte ihn dann mit einem ebenso finsteren Blick wie seine Tochter. »Wir sprechen uns noch, Säule. Und sicher nicht bei einem Bier«, fuhr er ihn an.

»Dann halt bei zweien oder dreien. Soll mir recht sein!«, antwortete der Kranke flüsternd, ohne die Augen zu öffnen.

Ann-Kathrins Vater brummte etwas Unverständliches und machte sich an die Arbeit.

Mithilfe seines zweiten Steuermanns zog er die Stämme notdürftig zusammen und verband sie wieder mit einer Wiede. Auch wenn die Arbeit gepfuscht war, hielt sie das Floß stabil.

»Die Ware ist zu weit nach vorn gerutscht«, bemerkte der Floßmeister. »Selbst zu viert bringen wir sie nicht zurück«, erklärte er. »Wir nehmen Säule zu uns aufs Floß.« Er bedachte Ann-Kathrin mit einem langen Blick. »Ich kann meinen zweiten Mann nicht entbehren. Unser Floß ist beinahe doppelt so lang wie das deine. Kannst du mit dem Kerl da ...« Sein Kinn reckte sich zu Haderer hin. »Kannst du mit ihm arbeiten?«

Sie nickte, erstaunt darüber, dass Ihr Vater nichts weiter zu ihr sagte. Kein einziges böses Wort kam über seine Lippen.

»Fahr voraus!«, knurrte er und wandte sich zum Gehen.

Mit einem Nicken bestätigte sie seine Anweisung – und doch interessierte es sie, was mit Gscherr geschehen war. Kurz hielt ihr Vater inne.

»Ich hab ihn nach Hause geschickt«, erklärte er. »Das Floß ist zerschlagen. Aber besser nur das eine Gefährt als alle anderen Flöße. Das gesamte Unternehmen wäre …« Er sprach nicht zu Ende, sondern spuckte ins Wasser. »Sie sind zu jung, zu unerfahren.« Er machte eine Pause und sah über das Wasser, als fände sich dort die Lösung für seine Probleme und Sorgen.

Ann-Kathrin ahnte, dass es nur die halbe Wahrheit war, er aber gerade nicht darüber reden wollte. Womöglich war einer der Männer verletzt worden oder sogar ertrunken.

Mit der Hand fuhr sich ihr Vater übers Gesicht, als müsse er schlechte Gedanken abstreifen. Dann kniete er sich hin und wusch sich die Hände im Wasser.

»Du fährst voraus, Kind«, wiederholte er. »Sei vorsichtig.«

Sie nickte. Dann wandte sie sich an Haderer.

»Eure Fahrt nach Augsburg ist frei. Allerdings müsst Ihr mir helfen!«

Der Geselle verdrehte die Augen. Doch als Ann-Kathrins Vater ansetzte, etwas zu sagen, versicherte er sofort, sich für eine kostenlose Fahrt in seine Dienste zu stellen. Der Floßmeister sprang zurück auf sein Floß.

»Holt die Kralle aus dem Dickicht, Haderer. Ich halte das Floß so lange am Ufer!«, befahl Ann-Kathrin.

Widerwillig und missmutig sprang er vom Floß und hangelte sich am Seil entlang bis zur Kralle vor. Ann-Kathrin versuchte, das Gefährt mit dem Ruder, so gut es ging, ans Ufer zu drücken, damit das Seil nicht mehr spannte. Sie hörte die Kipfe, den Buchenpflock, an dem das Ruder befestigt war, knacken. Es dauerte eine ganze Weile, bis Haderer wieder zurück war, völlig verdreckt und in entsprechend düsterer Laune. Er feuerte die Kralle auf einen der Warenballen, wo sie nun lose lag, und griff zum zweiten Ruder.

»Haltet es einfach gerade. Den Rest mache ich!«, rief Ann-Kathrin ihm zu.

Sie musste die doppelte Wendung hinbekommen, denn das Floß lag mit dem Bug nach vorn am Ufer. Bedenken, dass der Wasserdruck es nicht vom Ufer lösen könnte, hatte sie nicht. Tatsächlich schwenkte das Heck langsam aus, driftete ins offene Wasser hinaus und zog, als es quer zur Strömung stand, den Bug vom Ufer.

»So, wir treiben jetzt rückwärts durch die Kurve, und im offenen Wasser drehen wir das Floß noch einmal. Ihr müsst nur das Ruder anders stellen als ich«, erklärte sie. Sie war nicht glücklich, ohne einen weiteren Flößer arbeiten zu müssen, aber es war andererseits eine Anerkennung ihrer Arbeit. Sie musste diesen Haderer nur klare Anweisungen geben. »Drückt es gegen die Kipfe. Den Rest macht das Wasser. Und stellt Euch etwas geschickter an als bislang.«

Haderer reagierte nicht. Seit Säule auf das Floß ihres Vaters gebracht worden war, war er verstummt. Irgendetwas beschäftigte ihn, sie sah es ihm an.

»Träumt nicht, sondern arbeitet!«, schrie Ann-Kathrin ihn an und holte ihn aus seiner Nachdenklichkeit.

Die Biegung war rasch durchfahren, und auf dem kurzen Stück bis zur nächsten Windung drehten sie das Gefährt ein zweites Mal. Schließlich lag das Ruder wieder an der richtigen Stelle.

Ann-Kathrin musterte das Floß, das leicht nach vorn geneigt schwamm, aber durchaus stabil genug war, um gut auf dem Wasser zu liegen. Die Stämme klafften zwar noch immer etwas auseinander, aber jetzt ließ sich das Gefährt wieder steuern.

Sie blickte zurück, ob es ihrem Vater mit seinem Floß ebenfalls gelungen war, sich zurück in die Strömung zu kämpfen, konnte ihn jedoch nicht entdecken. Er würde sicher bald kommen. Jetzt, da er wusste, wer das Fahrzeug vor ihm befehligte, würde er es nicht mehr aus den Augen lassen.

Ihr Blick wanderte zu Haderer, der lässig gegen das Ruder gelehnt und gegen die Kipfe drückend dastand. Die schwarzen Locken waren mittlerweile getrocknet und wehten im Fahrtwind. Kleidung und Stiefel waren dunkel, weil sie noch immer feucht waren. Es schien ihm nichts auszumachen, im Nassen zu stehen.

Sie wurde nicht schlau aus diesem Mann.

Dass sie seine unverschämte Zeichnung in den Lech geworfen hatte, hatte er ihr offenbar nicht übel genommen. Aber als sie davon berichtet hatte, was sie transportierte, hatte er sich kurz so erregt, als würde ihm das Metall Kupfer etwas sagen oder der Name Fugger etwas Besonderes bedeuten. Andererseits versuchte er ihr jetzt zu helfen, wo es ging.

Langsam wurde der Fluss breiter und ruhiger. Man hörte die Vögel singen, und ein leichtes Rauschen lief durch den Wald. Der Frühling lag in der Luft.

»Erzählt!«, rief sie nach vorn. »Warum genau wollt Ihr so rasch nach Augsburg? Ihr könntet zu Fuß gehen. In zwei Wochen wärt ihr auch in der Stadt. Ohne all diese Unannehmlichkeiten.«

Sie glaubte schon, er hätte sie nicht gehört, weil er nicht antwortete. Doch dann wandte er halb den Kopf.

»Ich sagte es schon: In Augsburg werden gerade Bronzegießer gebraucht. Die Stadt lässt neue Brunnen setzen. Drei, wenn ich richtig gehört habe. Drei große Brunnen. Da braucht es Bronzegießer. Es ist die Gelegenheit für mich, meinen Meister zu machen. Ich werde meine Zeichnungen einreichen.« Er sah über den Fluss, als suche er nach seiner Zeichnung, die sie in die Strömung geworfen hatte. »Schade, dass Ihr die Skizze verworfen habt. So könnte ich mir eine Flussgöttin am Brunnenrand vorstellen.«

Nie und nimmer, dachte Ann-Kathrin.

Was würde wohl ihr Vater dazu sagen, wenn er in die Stadt käme, und seine Tochter sähe ihm von einem der Brunnen entgegen, mit einem Lächeln zwar, aber splitternackt – auch wenn sie dann eine Göttin darstellen sollte. Nie mehr würde sie sich in Füssen oder Lechbruck sehen lassen können.

»Wie habt Ihr denn davon erfahren?«, fragte sie.

Er lächelte verschmitzt. »Man muss nur die richtigen Leute kennen. Die Stadt Augsburg sammelt seit Monaten Kupfer und Zinn aus aller Herren Länder. Das spricht sich rum. Die Fugger-Boten werden redselig, wenn sie getrunken haben. Dabei muss man die Depeschen gar nicht kennen, die hin und her gehen. Die Kerle erzählen viel. Und eine neue Brunnenanlage für die Oberstadt, während es in der Unterstadt an sauberen Brunnen mangelt, ist Stadtgespräch.«

Ann-Kathrin ahnte, was jetzt kam. »Und da habt Ihr Euch gedacht, ich fahre lieber zurück und helfe mit.« Sie deutete auf die Ware an Bord. »Ihr wusstet also, woher das Kupfer kommt!«

Haderer nickte. »Ich war dabei, als es abmontiert wurde. In Bern. Musste aber noch meine Arbeit erfüllen, bevor ich aufbrechen konnte. Gerade noch rechtzeitig.«

Obwohl sie ihn nicht leiden konnte, bewunderte sie seine Entschlossenheit. Wie frei musste sich jemand fühlen, der einfach losziehen und sich seinen Arbeitsplatz wählen konnte. Davon durfte sie als Frau nicht einmal träumen. Wie gern wäre sie einmal mit dem Floß bis nach Wien gefahren und dann zurück nach Füssen gelaufen. Aber ihr Vater würde das niemals zulassen. Selbst wenn sie einen Flößer heiratete, würde der sie nicht mitnehmen. Stattdessen würde sie zu Hause sitzen und monatelang auf ihn warten. Vielleicht würde er sie ab und zu mitnehmen. Aber wenn es das Pech wollte, war sie schwanger und brachte ein Kind zur Welt, bis der Mann wieder nach Haus fand – wenn er überhaupt zurückkam. Dass ihr Vater sie und die Mutter regelmäßig nach Augsburg mitgenommen hatte, war eher die Ausnahme. Die allermeisten Flößer weigerten sich, das zu tun. Es war ihnen zu gefährlich.

»Sind denn die Vorarbeiten nicht längst fertig?«, fragte sie. »Bis Ihr in Augsburg ankommt, müsste doch ein Brunnen schon gegossen sein.«

Haderer lachte, dass es von den Wäldern ringsum widerhallte.

»Bronzegießer fallen nicht vom Himmel«, sagte er dann, »und Meister, die in der Lage sind, Figuren zu gießen, die nicht reißen oder springen, sind noch rarer.«

Was für ein Angeber, dachte Ann-Kathrin. Der stinkt regelrecht vor Eigenlob.

Laut sagte sie: »Dann hoffe ich für Euch, dass ihr rechtzeitig in Augsburg anlangt.«

Sie ließ den Blick über das Wasser schweifen. Sie fuhren jetzt bereits auf Höhe von Schongau. Die Uferwände wurden höher, und der Lech grub sich in ein Tal ein. Dadurch verengte sich der Flusslauf, beschleunigte aber ihre Fahrt. Hier war das Wasser tief und die Gefahr, auf eine Untiefe zu treffen, gering. Ann-Kathrin genoss es in vollen Zügen, das Gefährt zu steuern, es um die Windungen zu bugsieren und ihm rechtzeitig einen Schwung oder Schub zu geben, um es in die richtige Richtung zu lenken. Fast hatte sie das Gefühl, das Floß wittere, wohin es ging, und ließ sich daher ohne Schwierigkeiten bewegen.

Doch sie wusste, dass sie sich nicht in Sicherheit wiegen durfte.

7

»Warum habt Ihr Euch für das Floß entschieden, wo Ihr doch nicht schwimmen könnt?«, fragte Ann-Kathrin den Gesellen, der am vorderen Ruder lehnte und stumm ins Wasser starrte.

Er hob den Kopf und sah sie verlegen an. »Es geht schneller. Aber *so* gefährlich hatte ich es mir nicht vorgestellt.«

Sollte sie jetzt zugeben, dass es ihr nicht anders erging? Ja, dieser Oberlauf war unberechenbar, und von Wien-Flößern wusste sie, dass die Trift hier um einiges wilder war als auf der Isar. Sie hatte es für das übliche Flößermärchen gehalten, bis sie heute eines Besseren belehrt worden war. Es war der reine Zufall, dass sie nicht gescheitert waren.

Nachdenklich sah Haderer nach vorn. Langsam trieb das Floß gegen die Außenufer.

Ann-Kathrin machte einen kurzen Rundgang, um die Schäden zu begutachten, während sie darüber nachdachte, was noch auf sie zukommen würde. Zwei Stationen hielt sie für kritisch: zum einen die Floßrutsche bei Landsberg und dann den Augsburger Anlandeplatz.

Jetzt, am frühen Morgen, trafen sie auf die ersten Fischer, die auf das Wasser hinausfuhren und ihre Netze auswarfen.

»Ho, ho«, rief sie ihnen zu, wenn das Floß in die Nähe der Netze kam, damit sie diese vorher einholen konnten.

Mit einem Mal entdeckte sie Marx, einen jungen Fischer, der gerade Angelleinen legte. Sie erkannte ihn an den feuerroten Haaren. Sie rief ihm etwas zu, und er winkte ihr und rief zurück. Es kribbelte Ann-Kathrin im Bauch, als sie sah, dass auch er sie erkannte.

»Vielleicht sehen wir uns oben in Prem wieder zur Kirchweih!«, schrie sie ihm zu und erinnerte sich daran, wie sie mit den Eltern auf einer Flitsche den Lech hinab nach Prem gefahren waren, um auf der Kirchweih ein Bier zu trinken und zu tanzen. Damals hatte Marx sie aufgefordert und seine Hand nicht mehr von ihrem Hintern wegbekommen, obwohl sie ihm mehrmals auf die Finger geklopft hatte. Erst als ihr Vater sie vom Tanzboden gezerrt und dem jungen Kerl Prügel angedroht hatte, hatte er sie losgelassen. Dennoch war sie nicht unglücklich über sein Verhalten gewesen.

Die ganze Nacht hindurch waren sie in einem immer stärker werdenden Regen zurückgelaufen, Stunde um Stunde, durchnässt bis auf die Haut, obwohl sie sich alle einen Loden und eine Ölhaut umgelegt hatten. Über das Haar war das Wasser den Rücken hinab und zu den Schuhen wieder hinaus gelaufen. Schweigend, mit keinem Wort den Fischerjungen erwähnend. Erst am späten Vormittag waren sie in Füssen angekommen. Auf diesem Weg hatte ihre Mutter sich auch die Erkältung zugezogen, die zu ihrem röhrenden Husten, dem Fieber und schließlich zu ihrem Tod geführt hatte. Knapp vor Füssen hatte sie angefangen zu husten, und als sie zu Hause anlangten, war sie bereits sterbenskrank. Und nicht lange danach war sie ... Ann-Kathrin durfte nicht daran denken. Der Schmerz über ihren Verlust und die Freude an der Begegnung mit Marx verbanden sich zu sehr.

Sie sah Marx nach, der zuletzt in seinem Boot aufstand und mit erhobenen Armen winkte, als würde er sie verabschieden wollen, bevor sie von der nächsten Flussbiegung verschluckt wurden.

So flüchtig wie diese Begegnung, überlegte sie, würden alle ihre Treffen mit Männern werden, wenn sie als Flößerin die Flüsse hinabführe. Anderthalb Tage bis Augsburg, danach drei Tage in Gewaltmärschen zurück, bis die Füße bluteten. Wieder drei Tage Zurichtung des Floßes am Bindeplatz – und dann ginge das Spiel von vorn los. Tagaus, tagein derselbe düstere

Alltag, mit dem ihr Vater glücklich war, der ihr jedoch so nicht gefallen würde.

Plötzlich hörte sie einen Schrei. Marx hatte sich ins Boot gesetzt und ruderte laut rufend, was das Zeug hielt, um hinter ihnen herzukommen. Ann-Kathrin runzelte die Stirn.

Etwas stimmte nicht.

Hatte er etwas an ihrem Floß entdeckt, was die Weiterfahrt gefährlich machte? Sie ging einmal um die Ränder herum und prüfte jede Wiede, jeden Stamm. Doch außer den bereits bekannten Beschädigungen war das Floß intakt.

Als sie mit ihren hohen Wasserstiefeln zu ihrem Ruder am Heck zurückstapfte, fiel ihr Blick auf die Wachstuchtasche, in der sich der Proviant und die Tasche mit den Frachtunterlagen befanden. Sie kam ihr ungewöhnlich schmal vor. Sie runzelte die Stirn, konnte jedoch nicht weiter darüber nachdenken, denn sobald sie wieder am Ruder stand, sah sie bereits die Katastrophe auf sich zukommen. Diesmal war es weder eine Stromschnelle, noch waren es eine Welle oder ein Baumstamm. Sie steuerten auf ein Netz zu, dessen Schwimmer sie deutlich im Wasser tanzen sah.

Schlagartig wurde es ihr bewusst: Davor wollte Marx sie warnen.

»Haderer! Passt auf, Herrgott!«, schrie Ann-Kathrin nach vorn, und der Geselle zuckte zusammen.

»Los, dagegen drücken, sonst verheddert sich das Netz in unseren Stämmen!«, rief sie.

Vom Land aus begannen Menschen zu schreien und auf das Netz zu deuten. Sie winkten mit den Armen und hielten ihre Hände zu Trichtern geformt an ihre Münder.

»Vorsicht!«, brüllten die Männer.

Zwei weitere Boote schossen auf sie zu. Sie kamen vom Ufer her und hielten Haken ins Wasser, mit denen sie die Schwimmer des Netzes zu fassen versuchten, um es von dem Floß wegzuziehen.

Haderer lehnte sich mit aller Kraft gegen das Ruder. Plötzlich hörte Ann-Kathrin es deutlich knacken. Das Ruder war angebrochen.

Vorsichtig ging sie über die Stämme wieder nach vorn, um sich den Schaden anzusehen.

»Könnt Ihr denn nicht auf das Ruder achtgeben?«, fauchte sie den Gesellen an.

Er zuckte nur mit den Schultern, als beträfe ihn das nicht. »Das war vermutlich schon angeknackst!«

Ann-Kathrin überkam ein ungutes Gefühl. Irgendetwas war anders, seit der Kerl wusste, was sie geladen hatte. Als ihre Blicke sich trafen, lächelte er gezwungen.

»Wir nehmen das zweite Vorderruder«, sagte sie. »Aber wenn wir am Netz ankommen, müsst Ihr es hoch aus dem Wasser heben! Sonst fischt es uns das Netz ein.«

Haderer nickte.

Schnell lief Ann-Kathrin zurück zu ihrem hinteren Ruder und versuchte, das Gefährt an dem Netz vorbeizusteuern.

Mittlerweile hatte Marx sie mit dem schnelleren Boot erreicht.

»Nimm!«, schrie er und warf Haderer ein Seil zu, das dieser erst beim zweiten Mal fing. Sobald er es um die Kipfe gewunden hatte, begann der Fischer zu rudern und das Floß aus der Gefahrenzone zu ziehen. Das, was jetzt passierte, geschah so langsam, dass man es hätte Zeile für Zeile niederschreiben können: Marx ruderte auf das Ufer zu, Ann-Kathrin stemmte sich in ihr Heckruder, und zwei Fischer in ihren Booten zogen mit ihren Haken das Netz beiseite. Jeden Augenblick erwartete Ann-Kathrin, einen Ruck zu spüren, mit dem sich ihr Gefährt in den Schlingen verfing. Dann waren sie vorbeigeglitten.

Doch damit war es noch nicht vorüber. Jetzt hatten sie zwar das Floß aus der Linie gezogen, aber es schob sich bedenklich an das Ufer heran und drohte dort an den steileren Stellen zu zerschellen. Außerdem kam Marx in Not, da er sich mit seinem Boot zwischen Ufer und Floß befand.

»Marx!«, schrie Ann-Kathrin. »In die andere Richtung!«

Zuerst stutzte der Fischer, dann entdeckte er die Gefahr. Vor allem die Tatsache, dass er mit seinem Seil am Floß festgemacht war, erwies sich als fatal.

»Losbinden!«, schrie er und ruderte zuerst auf das Floß zu. Er versuchte, mit dem breiteren Heck des Fischerbootes das Gefährt wieder zurück in die tiefere Fahrrinne zu schieben.

Doch es gelang nicht. Immer näher schoben sich die Stämme dem Ufer entgegen und das Boot vor sich her. Haderer bekam den Knoten nicht auf, den er geschürzt hatte, sodass sich die Verbindung nicht löste.

Ann-Kathrin taten die Muskeln an Armen und Beinen weh, weil sie sich mit Gewalt gegen die Strömung stemmte und die Richtung ändern wollte. Sie blickte Marx ins Gesicht, der schwitzte und rot angelaufen war, aber weiter ruderte. Er stand auf, um abzuspringen und das Boot aufzugeben.

Eine Elle oder weniger lag noch zwischen dem Uferfelsen und dem Kahn, als das Floß endlich reagierte, gemächlich abdrehte und in die Flussmitte zurückfand.

Erschöpft sank Marx auf die Ruderbank. »Geschafft!«, seufzte er so laut, dass es bis zu Ann-Kathrin zu hören war.

Ihr Mund war trocken, Arme und Beine zitterten, doch sie wagte nicht, das Ruder loszulassen.

»Marx!«, rief sie und redete weiter, als er den Kopf hob. »Da kommen noch vier verspätete Flöße. Nehmt die Netze raus.«

Der Fischer nickte erschöpft. »Danke«, rief er zurück, und bevor er sich vom Floß löste, weil Haderer endlich den Knoten geöffnet hatte und ihm das Seil zuschleudern konnte, warf er ihr einen Hecht aufs Floß, den er gefangen und bereits ausgenommen hatte. Mit glasigen Augen lag das Tier in einer der Holzspalten. Eine Kusshand flog zu ihm zurück, und Ann-Kathrin lächelte ihm zu.

Marx stieß sich vom Floß ab und ruderte zurück.

»Du hast einen Tanz frei!«, brüllte sie über das Wasser und hörte, wie er lachte, und das Lachen wurde von den Männern und Frauen am Ufer aufgegriffen und weitergegeben.

»Das war knapp!«, stöhnte Haderer, der seine zerschundenen Finger betrachtete. Das raue Hanfseil hatte ihm die Finger aufgerissen. Sie bluteten.

Ann-Kathrin musterte ihn unauffällig. »Wir hatten noch Glück«, sagte sie. »Wenn wir uns im Netz verfangen und es sich am Flussgrund verhakt hätte, wären wir hinunter auf den Grund gezogen worden. Wäre nicht das erste Mal gewesen, dass die Fischer statt einem Waller ein Floß gefangen hätten.« Sie weidete sich an seiner entsetzten Miene, bevor sie fortfuhr: »Großflöße wie das von meinem Vater haben nichts zu befürchten. Die sind zu schwer und zerreißen die Netze einfach. Aber wir hätten dran glauben müssen.«

Sie versuchte es so leicht und undramatisch wie möglich auszudrücken, aber allein bei dem Gedanken stellten sich ihr die Nackenhaare auf. Eigentlich wären sie früher an den Fischern vorbeigekommen, wenn sie das Gefährt nicht hätten reparieren müssen. Die Fischer wussten, dass die Flößer aus Füssen meist schon im Morgengrauen an Schongau vorbeikamen und danach erst wieder gegen Mittag. So konnte man sich aus dem Weg gehen. Niemand erwartete am frühen Morgen Flöße auf dem Lech.

In diesem Moment gab es einen weiteren Krach, der sie aufschreckte. Der neue Ruderbaum knickte ab. Sie waren zu nahe am Ufer. Das Ruder war zu tief im Wasser gelegen, hatte den Grund berührt und war erneut gebrochen. Die restliche Stange rutschte ins Wasser. Haderer versuchte noch, den Stamm

zu fassen, doch der wurde unter das Floß gedrückt und verschwand.

Ann-Kathrin fluchte wie ein Kutscher – denn damit fehlte
ihnen eine Steuerung für die Floßrutsche bei Landsberg.

8

AUF DEM LECH BEI EPFACH

Ann-Kathrin stand am hinteren Ruder und überlegte fieberhaft, was sie unternehmen konnten. Das Lechtal und die
schlimmsten Schwellen, natürliche Hindernisse, über die das
Wasser schäumend hinwegfloss, lagen zwar vorerst hinter ihnen,
aber in Landsberg mussten sie das Gefährt durch eine schmale
und steile Floßrutsche schleusen – und darauf mussten sie sich
vorbereiten. Sie war gefährlich und schwer anzusteuern – und
das ohne Vorderruder!

Sie versuchte zu berechnen, wie schnell sie vorankamen.
Der Schmelzwasserzustrom hatte sie regelrecht vorwärtsge-
schoben. Noch bevor es auf Mittag zuginge, wären sie in Landsberg.

Sie überlegte, ob sie nicht versuchen sollte, anzulanden und
auf ihren Vater zu warten. Der hatte sicherlich die eine oder
andere Stange zusätzlich dabei. Aber wie würde es aussehen,
wenn sie die Trift schon wieder aufhielte? Sie stellte sich seinen
Blick vor, mit dem er sie messen würde, seine herrischen Fragen,
warum sie die Fahrt erneut behindere, warum sie auf ihr Floß
nicht achtgeben könne, seine mürrischen Gesten und seine wi-
derwillige Hilfe. Und womöglich hätte sich Säule so weit erholt,
dass er das Floß wieder übernehmen könnte – dann hätte Ann-
Kathrin ihre Bewährung verspielt. Niemals würde der Vater ihr

ein eigenes Floß überlassen, wenn sie mit den Widrigkeiten nicht zurechtkam.

Dennoch musste sie mit dem Allerschlimmsten rechnen. Verfehlten sie die Rutsche, würde das Floß an der steilen Floßrutsche zerschellen. Es würde über den Kamm gleiten, mit dem Bug im Flussbett einstechen und sich überschlagen … wenn es nicht vorher auseinanderbrach.

Außerdem war Ann-Kathrin auf sich allein gestellt. Haderer war kein vollwertiger Ersatz für Säule. Sie konnte ihm seine Angst schon jetzt ansehen – und wenn sie der Rutsche erst einmal nahe kamen, dann würde sie diese wohl auch riechen können.

Kurz schloss sie die Augen. Sie war in einer Zwickmühle. Entweder sie wagte etwas, riskierte damit aber auch ihr und Haderers Leben, oder sie gab klein bei und zeigte damit ihrem Vater, dass sie nicht in der Lage war, unwägbare Situationen zu meistern.

Wie gern hätte sie jetzt über das Lechtal hinaus den Blick in die Weite schweifen lassen, um sich etwas zu beruhigen. Doch die Hochufer, die den Fluss säumten, verhinderten mit ihrem Baumbewuchs den Blick in die Landschaft dahinter. Nur die Kiesbänke, die jetzt immer breiter und ausladender wurden, gaben ihr das Gefühl, langsam aus den Bergen herauszukommen. Kurz blitzten in ihr die Geschichten auf, die von Wien-Flößern erzählt wurden, wie sich die Donau träge durch weite Ebenen schob und man den Duft der Gräser in die Nase bekam, ohne dass der Blick auf Grenzen traf.

Zwar senkten sich nach Schongau hin die steilen Hänge zu Hügeln ab, aber das Wasser wurde wie mit weicher Hand durch einen ewigen Wald geführt.

Sie erschrak, als sie bemerkte, dass sie sich erneut ihren Gedanken überlassen hatte, obwohl sie doch Lösungen suchen musste. Sie betrachtete links und rechts am Ufer die Schäden, die die Flutwasserwelle hinterlassen hatte, und hätte beinahe übersehen, was sich ihr regelrecht darbot.

»Haderer!«, rief sie dem Gesellen zu, der sich untätig auf einen der Warenballen gelegt und gedöst hatte. »Wir brauchen ein Vorderruder. Jetzt!«

Er stützte sich auf die Unterarme, rührte sich aber ansonsten keinen Fußbreit.

»Dann besorgt eines!«, sagte er nur und legte sich wieder hin. »Es war Euer Ruder, also seid Ihr auch dafür verantwortlich, es zu ersetzen.« Er redete in die Luft, als lese er vom Himmel seine Antworten ab. »Es ist schließlich Euer Floß.«

»Dann runter von diesem Floß«, erwiderte sie schroff.

Sie griff nach der Axt, um ihre Drohung zu unterstreichen.

»Euer Vater …«, setzte er an, doch Ann-Kathrin kannte kein Erbarmen. »Sofort!«, brüllte sie. »Und wenn Ihr dabei ersauft.«

Haderer richtete sich halb auf und drehte sich zu ihr um. »Was hat Euch denn gebissen?« Er zeigte rundum. »Es ist alles ruhig. Das Wasser schäumt zwar noch ein bisschen, aber im Gegensatz zur Nacht ist es geradezu friedlich.«

»Das wird sich bald ändern!«, erklärte Ann-Kathrin. »Wenn wir die Floßrutsche überleben wollen, müssen wir lenken können. Das geht aber nur mit Vorderruder. Und bedenkt: Ich kann schwimmen, Ihr nicht.«

Sie lächelte wölfisch, denn sie wollte in seinen Augen die Angst sehen. Doch der Geselle wirkte unbeeindruckt.

Sie deutete auf die schwimmenden Äste und kleinen Stämme, die das Wasser noch immer mit sich trug. »Wir angeln uns einen kleinen Stamm und bauen ein provisorisches Ruder.«

»Wenn Ihr darauf besteht!« Haderer zuckte mit den Schultern.

»Los. Bewegt Euch«, befahl sie. »Da liegt das Seil mit der Ankerkralle. Holt uns einen Stamm an Bord.«

Sie sah, wie er die Augen verdrehte, aber dennoch brav hochkam und sich die Kralle schnappte. Sie steuerte das Floß auf mitschwimmende schmale Bäumchen zu. Mit Schwung warf er sie ins Wasser, wenn ein kleiner Stamm an ihnen vorüberschwamm. Es dauerte keine zehn Minuten, da hatte er ein ausreichend langes Holz erwischt und zog es längsseits.

Ann-Kathrin sprang nach vorn, schnappte sich die Axt und begann, die Äste abzuschlagen. Als der Stamm fast nackt war, zogen sie ihn ganz auf das Floß. Er war weder so lang noch so stark wie der alte, aber er würde seinen Zweck erfüllen. Sie bohrte mit einem metallenen Stabbohrer ein Loch am Ende durch das Holz, damit sie die Wieden hindurchführen konnte. Jetzt fehlten nur noch das Brett und die Befestigung an der Kipfe.

Mittlerweile war das Floß wie ein schwankender Gast beim Hochzeitsgelage durch die zahlreichen Biegungen getanzt.

»Wir brauchen noch ein Brett!«, rief sie. »Sonst taugt die Führung nichts.« Das war die einzige Schwäche ihres Plans. Stämme wurden laufend den Lech hinabgespült, aber keine Bretter.

»Und wenn Ihr von der Kupferkiste ein Brett abreißt?«, schlug Haderer vor und deutete auf die Warenladung in der Mitte.

Ann-Kathrin nickte nachdenklich. Schaden würde es dem Kupfer wahrscheinlich nicht, denn es war die Jahre über Wind und Wetter ausgesetzt gewesen. Die wenigen Stunden bis Augsburg würde es in den Kisten überstehen. Regen würde nicht kommen, und die Schmelzwasserschwemme hatten sie hinter sich.

Sie trat an die Kiste, die das Kupfer enthielt und ebenso wie der Marmor gut vier Fuß nach vorn gerutscht war. Die Wachstuchtasche stand im Weg, und sie stellte sie beiseite. Wieder stutzte sie kurz. Sie war so leicht. Aber auf dem Warenballen lag jetzt die Decke, die sie Säule gegeben hatte. Das war vermutlich der Grund dafür.

Mit vereinten Kräften und der Axt als Hebel brachen sie ein

Brett heraus. Man konnte in der Lücke die in Stroh eingepackten Kupferplatten erkennen. Haderer beäugte sie interessiert und pfiff durch die Zähne.

»Das ist doch viel zu lang für das kurze Ruder«, befand er.

Ann-Kathrin schüttelte den Kopf, während sie versuchte, die offene Stelle so gut wie möglich mit dem Abdeckstroh zu verschließen. Sie zog die Wiedenreste, die ihr Vater zu ihr auf das Floß geworfen hatte, durch die Bohrlöcher und befestigte das provisorische Ruder.

»Und jetzt helft mir, es ins Wasser zu bringen und an der Kipfe zu vertäuen.«

Zu zweit trugen sie die Ruderstange an den richtigen Platz. Aus dem Rest der Wieden hatte sie eine Doppelschlaufe in Form einer Acht geflochten, mit der sie das Ruder an der Kipfe befestige. Ann-Kathrin musste allerdings feststellen, dass der Stamm zu kurz war. Doch eine weitere Stange konnte sie nicht mehr bearbeiten. Dazu fehlte die Zeit. Es musste auch so gehen. Das Ruder reichte gerade bis ins Wasser, viel Spielraum zum Lenken blieb nicht.

»Ihr müsst nur auf die Rutsche zuhalten. Habt Ihr verstanden? Es ist ein schmaler Spalt, durch den wir müssen.«

Haderer grinste sie frech an. »Damit kenne ich mich aus!«

Sie musterte ihn kurz, dann begriff sie die Anzüglichkeit und spuckte aus. »Eure Großmäuligkeit wird Euch vergehen, wenn wir vor Ort sind. Jetzt sollten wir etwas essen.«

Sie griff nach ihrer Öltuchtasche und sah, wie er nervös zusammenzuckte. Ohne ihn aus den Augen zu lassen, wühlte sie darin herum – und erstarrte.

Sie nahm alles heraus und fuhr zu Haderer herum.

»Habt *Ihr* die Tasche mit den Papieren …«

»Jetzt reicht es aber!«, fuhr er auf. »Warum glaubt Ihr immer, ich hätte mit all den Dingen zu tun, die auf diesem Floß schiefgehen?«

Ann-Kathrin verstummte und überlegte. Hatte sich ihr Vater an der Ledertasche mit der Kladde zu schaffen gemacht? Aber das war nicht möglich. Jedes Floß hatte seine eigenen Unterlagen dabei. Es gab nur noch zwei Möglichkeiten.

»Ihr wart es doch, der für Säule die Decke aus der Wachstuchtasche gezogen hat!«, sagte Haderer vorwurfsvoll. »Habt Ihr mir da nicht die Ledertasche mit der Kladde gezeigt? Vielleicht habt Ihr sie nicht wieder eingesteckt, und sie ist beim Überspülen durch die Flutwelle über Bord gegangen.«

Ann-Kathrin überlief es eiskalt, weil er womöglich recht hatte. Sie erinnerte sich zwar daran, die Ledertasche herausgenommen, nicht aber, sie wieder zurückgesteckt zu haben. Sie atmete schwer. Wenn die Papiere verloren gegangen waren, dann hätte sie ein Problem, das kaum zu bewältigen war.

»Essen wir etwas«, erwiderte sie tonlos. »Bis Augsburg haben wir genügend zu tun und werden nicht mehr dazu kommen. Der Lech windet sich bis zur Stadt, als wolle er nicht auf sie zu halten. Außerdem ist die Strecke voller seichter Stellen und Flussinseln, auf denen wir auflaufen könnten, weil sich das Flussbett verbreitert.«

Sie erklärte das alles ohne Gefühl. Sie gab Haderer ein Stück Käse und einen Kanten Brot, aber ihre Gedanken waren weiter bei den Frachtpapieren. Wo hatte sie diese nur hingesteckt? Oder hatte Säule sie mitgenommen, als er von Bord gegangen war? Fieberhaft versuchte sie, sich an die Momente zu erinnern, in denen sie die Ledertasche in der Hand gehalten hatte. Aber es fiel ihr beim besten Willen nicht ein.

Sie saßen da und aßen stumm. Ann-Kathrin musterte Haderer mit flüchtigen Blicken. Warum war er eben so nervös gewesen? Hatte er befürchtet, nichts zu essen zu bekommen? Jetzt jedenfalls war er die Ruhe in Person.

Als sie fertig waren, packte sie die Reste weg und musterte das Flussufer und die Umgebung. Die Landschaft senkte sich, die Hügel verschwanden. Nur der Auwald und die dahinterliegenden Laubwälder reckten sich noch in den Himmel. Sie glitten langsam auf die Lechebene hinaus.

Als Ann-Kathrin aufstand, hängte sie sich die Wachstuchtasche um.

»Ihr solltet das mit Euren Sachen auch so machen«, riet sie dem Gesellen. »Es wird bald ziemlich unruhig werden.«

Haderer nickte und ging zur Floßspitze. Dort lag sein Bündel, an die Kipfe geknüpft. Er löste den Knoten und hängte es sich um die Schultern. Ann-Kathrin kam es schwerer vor als noch vor ein paar Stunden, als er mit einem Satz auf das Floß gesprungen war. Das Bündel war ihm zwar in den Nacken geschlagen, aber es war leichter gewesen. Ein Verdacht keimte in ihr auf – und plötzlich erinnerte sie sich wieder.

Sie hatte die schwarze Ledertasche mit den Frachtunterlagen zwar aus der Wachstuchtasche genommen, zurückgesteckt aber hatte Haderer alles, während sie sich hinter den Büschen am Ufer erleichtert hatte. Was, wenn die Ledertasche in seinem Bündel steckte? Sie konnte sich zwar nicht vorstellen, was der Geselle mit den Unterlagen anfangen wollte, aber je länger sie darüber nachdachte, desto wahrscheinlicher kam es ihr vor, dass er sie genommen hatte. Allerdings gab es ein Problem. Sie brauchte ihn, um das Floß über die Rutsche zu steuern. Allein würde es ihr nicht gelingen. Außerdem befürchtete sie, er könnte sie ins Wasser stoßen, wenn sie ihn beschuldigen würde, die Frachtpapiere gestohlen zu haben und darauf bestand, sein Bündel aufzuschnüren. Er war nicht darauf angewiesen, mit dem Floß nach Augsburg zu kommen.

Er schien zu spüren, dass sie ihn anstarrte, denn er sah sich immer wieder um. Wenn ihre Blicke sich trafen, schaute er rasch weg und zupfte nervös an seinem Bündel, das ihm auf den Hüften hing. Ann-Kathrin atmete tief durch. Sie würde ihn hinter Landsberg zur Rede stellen, beschloss sie.

Ein stetes Rauschen, das über dem Gluckern des Lechs lag, kündigte die Floßrutsche an.

»Wir müssen zum Ostufer«, erklärte Ann-Kathrin und drückte gegen ihr Ruder. Auch Haderer lenkte, doch das Floß reagierte träge, weil die Stange zu kurz war und das Vorderruder damit zu nahe am Floß selbst lag. Aber es gelang.

»Eine Biegung noch, dann liegt sie vor uns!«, rief sie. »Zuerst kommt die Magdalenen-Brücke. Wir müssen durch die mittleren Pfeiler und dann nach Osten! Und wenn das nicht mehr geht, durch die östlichen Pfeiler.«

Aus dem Wald über ihnen tauchte am Ostufer die Heilig-Kreuz-Kirche auf. Sie stand seit einigen Jahren über Stadt und Fluss wie eine Wächterin und reckte ihren Turm in den Himmel, als wolle sie mit emporgestrecktem Finger an die Gefahr mahnen. Doch Ann-Kathrin hatte keine Zeit, sich darüber Gedanken zu machen. Das Floß reagierte kaum auf ihre Lenkversuche. Sie schossen auf die Pfeiler der Brücke zu. Den mittleren Durchgang würden sie verfehlen, also versuchte es Ann-Kathrin mit dem östlichsten. Wenn sie den erreichten, dann war der Weg zur sogenannten Langen Fahrt, der Floßrutsche, besser zu bewältigen. Die Lange Fahrt war eine Holzbohlenstrecke, die um das Lechwehr herumführte und bezahlt werden musste. Aber für die Biechler-Flößer galt, dass Ann-Kathrins Vater als Floßmeister die Gebühr für alle entrichtete. Knaster, der Flößer auf einem der ersten Flöße, hatte die Aufgabe, den Wächtern zu sagen, wie viele Gefährte ankommen würden. Ihr Vater würde dann an der Floßlände halten und die Gebühr bezahlen.

Ann-Kathrin drückte das Ruder mit aller Kraft, bemerkte aber rasch, wie wenig ihr der Geselle half. Als wolle er nicht, dass das Floß unbeschädigt durch die Pfeiler glitt.

»Stemmt Euch ins Ruder, Haderer!«, rief sie ihm zu, doch je schneller sie auf die Brücke zutrieben, desto klarer wurde, dass sie immer schräger im Wasser lagen. So würden sie die Brückenpfeiler streifen.

Verzweifelt versuchte sie gegenzusteuern.

»Bewegt Euch endlich, verdammt!«, schrie sie Haderer an.

Das Floß brach immer stärker nach links aus.

»Verdammt! Wir schlagen gegen einen der Pfeiler!«, fluchte sie lautstark.

Wenn das tatsächlich geschah, würde es ihren Vater ein Vermögen kosten, und das durfte sie nicht zulassen.

Rasch hängte sie ihr Hinterruder ein, fixierte es und sprang nach vorn zum Bug. Die Wachstuchtasche schlug ihr gegen die Hüfte. Sie riss dem Gesellen das Ruder aus der Hand und drückte es gegen die Strömung.

Das Floß richtete sich wieder aus, doch jetzt schwenkte es in die andere Richtung, weil das hintere Ruder noch eingeschlagen war. In ihren schweren Wasserstiefeln, in denen das Wasser patschte, rannte Ann-Kathrin wieder zurück, löste die Sperre, und sofort pendelte das Floß zurück – gerade noch rechtzeitig, um zwischen den Pfeilern hindurchzuschießen. Sie war völlig verschwitzt und erschöpft. Ihre Beine in den Flößerstiefeln steckten bis zu den Oberschenkeln im Wasser. Aber jetzt verlangsamte der Wasserstau vor dem Wehr das Floß. Sie hatten Zeit, weiter nach Osten zu schwenken. Die Floßrutsche war nicht zu übersehen. Breite Pfähle führten das Gefährt auf die Lange Fahrt zu.

»Lenken!«, schrie sie, weil sie bemerkte, wie ihr Floß sich wieder quer zu stellen begann.

Dann waren sie im Sog der Rutsche. Jetzt war die Fahrt nicht mehr aufzuhalten. Verzweifelt versuchte Ann-Kathrin, die Querstellung zu korrigieren. Doch dann schlug die vordere Kante gegen die Führungshölzer. Sie wurde auf die Knie gestoßen, und das Ruder rutschte ihr aus den Händen. Das Floß stellte sich stärker quer, wurde aber von der gegenüberliegenden

Wand wieder gerade gestellt. Doch die Gewalt des Aufpralls war gewaltig und ließ Wieden reißen. Ann-Kathrin hörte das peitschende Schnellen der Haselnusstaue, als sie barsten. Der Stamm unter ihr gab nach. Sie wurden auf die Lange Fahrt zugeschoben, trudelten, schlugen hart links und rechts an. Weitere Wieden lockerten sich. Die Stämme unter ihr bewegten sich, als wären sie lebendig geworden und wollten sich wehren. Ann-Kathrin musste beinahe tanzen, um sich wieder aufzurichten und auf den sich windenden Stämmen stehen zu bleiben.

Sie sah, wie Haderer sich an die Ruderstange klammerte und dabei das instabile Floß verriss. Dann waren sie auf der Langen Fahrt und wurden immer schneller. Das Gefährt stand schräg, und Ann-Kathrin ahnte, was geschehen würde. Sie rasten auf die Stelle zu, an der die Holzbohlen endeten und die Rutsche wieder in den Fluss mündete. Doch das Floß war bereits so instabil, dass es auseinanderbrechen würde, sobald die Spitze in den Fluss einstach. Außerdem würden die Lasten noch weiter nach vorn rutschen und womöglich den Gesellen zerschmettern.

Ann-Kathrin sah, wie das Querholz, das die Stämme miteinander verband, brach und sich aufstellte. Mit einem Schlag wurde Haderer in einem hohen Bogen ins Wasser geschleudert. Die Stämme unter ihr begannen, sich übereinanderzuschieben. Sie musste darauf achten, nicht zwischen ihnen eingeklemmt und zerquetscht zu werden. Dann erhielt auch sie einen Schlag in den Rücken und wurde auf die Stämme geworfen. Panisch versuchte sie, nicht unter die Rundhölzer zu geraten. Drei der Randhölzer hoben sich und katapultierten sie hinaus auf das Wasser. Die Wachstuchtasche schlug ihr gegen den Kopf, dann tauchte sie ein in den eisigen Lech.

Sie hielt die Luft an und die Augen offen. Doch im sprudelnden Wasser verlor sie die Orientierung. Wo war oben, wo unten? Sie ruderte wie wild mit den Armen, schlug mit den

Beinen. Sie wusste, sie durfte nicht ohnmächtig werden, und sie musste, so schnell es ging, das Ufer erreichen. Die große Wachstuchtasche mit der mit Luft gefüllten Schweinsblase holte sie wieder an die Oberfläche, hinderte sie jedoch daran zu schwimmen. Ann-Kathrin schnappte nach Luft und versuchte vergeblich, sich von der Tasche zu befreien. Sie schlug mit den Armen, um an der Oberfläche zu bleiben, wurde aber von der Strömung und der Tasche immer wieder nach unten gedrückt. Endlich gelang es ihr, den Kopf ganz über Wasser zu halten. Sie schaute umher, sah, wie sie auf eine Kiesbank zugetrieben wurde, wollte weiter darauf zuhalten, doch die Strömung riss sie davon weg und auf das östliche Ufer zu. Mit aller Gewalt versuchte sie, den Schwung zu nutzen und der Strömung zu entkommen, um zumindest damit das Ufer über die tiefste Wasserseite zu erreichen. *Haderer!*, schoss es ihr durch den Kopf. Sie konnte ihn nirgends entdecken. Dafür sah sie seinen grauen Beutel vor sich auf den Wellen tanzen. Mit vier unbeholfenen Schwimmstößen war sie bei ihm. Sie packte ihn und benutzte ihn als Ruder. Dabei spürte sie einen harten Gegenstand in dem Bündel. War das die Ledertasche mit der Kladde? Sie fühlte, wie eisige Kälte sie packte, ihre Beine langsam lähmte und das Atmen mit jedem Schwimmzug erschwerte. Außerdem zogen die Flößerstiefel sie immer wieder in die Tiefe. Irgendwann würden sie gewinnen.

Plötzlich spürte sie Boden unter den Füßen. Jetzt waren die Stiefel Gold wert, denn sie gaben ihr Halt und drückten sie auf den Kies unter sich. Sie schleppte sich an Land, Arme und Beine fast taub vor Kälte. Mit letzter Kraft kroch sie mehr, als dass sie ging, den kiesigen Schwemmstrand hinauf, krabbelte auf allen vieren über ein paar Felsen und rutschte aus. Hart schlug sie auf und musste beides fallen lassen, Haderers Bündel ebenso wie ihre Wachstuchtasche. Sie legte sich auf einen großen, flachen Stein, dessen Mulde sie aufnahm und ein wenig vor dem Wind schützte, der aufkam, als die Sonne hoch am Himmel stand.

Ein Weinkrampf schüttelte sie. Alles hatte sie falsch gemacht, alles, was sie als Flößerin hatte falsch machen können. Ihr Vater würde ihr niemals wieder ein Floß anvertrauen, wenn er sie überhaupt fand …

9

FLOSSRUTSCHE BEI LANDSBERG AM LECH

Ein Schlag in den Rücken schleuderte ihn auf die Wellen hinaus. Sofort erfasste ihn die Strömung und zog ihn unerbittlich unter den Wehrfall. Mit Händen und Füßen kämpfte Anton Haderer dagegen an, doch die Wasserwalze bemächtigte sich seiner mit übermächtiger Gewalt, der er nichts entgegenzusetzen hatte.

Was hätte er jetzt darum gegeben, schwimmen zu können! Das Wasser spülte ihn immer wieder hoch und riss ihn dann erneut nach unten. Kaum, dass er Luft bekam. Er würde sterben, das wusste er. Die Zeit unter Wasser wurde zu lang, und die Drehung verwirrte ihn. Er wusste nicht mehr, wann er oben, wann unten war und versäumte es daher, rechtzeitig Luft zu holen.

Plötzlich rutschte von oben ein ganzer Stamm mit Wurzeln das schräge Wehr hinab und hätte ihn beinahe unter sich begraben. Anton griff nach den Wurzeln des Baumes und wurde aus dem Strudel geschoben. Er hielt sich in den Wurzeln fest, kämpfte sich an die Oberfläche und schwamm plötzlich wieder auf dem Fluss, getragen von dem Baum mit seinem Geäst. Gierig schnappte er zwischen Zweigen und Wurzelwerk nach Luft.

Der Baum, der wohl von der Regenflut aus der Uferböschung gerissen worden war, schleppte ihn mit sich und trug ihn in einen toten Wasserarm, der von einer Kiesbank abgeschlossen wurde.

Anton suchte nach Boden unter seinen Füßen und spürte alsbald Kies und Steine. Dann erst konnte er sich auf sich selbst konzentrieren. Der Schlag in den Rücken hatte ihn auf die Wellen hinauskatapultiert. Zuerst hatte er geglaubt, der Querstamm des Floßes hätte ihm das Rückgrat gebrochen, so taub fühlten sich seine Beine an. Doch er konnte die Zehen bewegen, fühlte Kiesel unter den Sohlen, außerdem fror ihn erbärmlich.

Er schleppte sich auf die Kiesbank und ließ sich dann einfach fallen. Jede Zehe prüfte er einzeln, ob er sie noch bewegen konnte. Außer der Tatsache, beinahe ertrunken zu sein, schien ihm nichts weiter geschehen zu sein.

Er legte sich auf den Rücken und sah in den Himmel. Ob er sich den verdient hatte? Anton lachte in den Himmel über ihm. Die Sonne stand schon tiefer. Jedenfalls hatte er sich rächen können. Er musste nur noch sehen, wo das Kupfer auf Grund lag ...

Er drehte sich um und spähte hinüber zur Langen Fahrt. Das Floß, von dem er geglaubt hatte, es würde sich selbst zerlegen, war nur halb zerstört. Weder waren die Ladung Marmor noch die Kupferladung auf den Lechgrund gesunken. Zwar hingen sie schief auf dem Floß, aber dieses schwamm. Nur von der Flößerin war nichts mehr zu sehen. Ann-Kathrin hatte es wohl, wie ihn selbst, in den Fluss gespült.

Während er noch überlegte, was zu tun sei, tastete er nach seinem Bündel. Es war verschwunden! »Bei allen Heiligen ...!«, fluchte er.

Er suchte die Wasserfläche ab, besah sich jeden einzelnen Stamm des Floßes, das in der Langen Fahrt feststeckte und die Rutsche blockierte. Doch nirgends war dieses graue Bündel zu finden, das ihm gehörte und in dem er einen Teil seines Ersparten und natürlich die Dokumente aufbewahrt hatte.

Er überlegte, wie er auf die andere Seite des Lechs gelangen konnte, aber ihm fiel nur die Magdalenen-Brücke flussaufwärts ein. Aber schwimmen konnte er ja nicht. Und hinüberwaten war unmöglich. Der Fluss war zu reißend und zu kalt. Allein bei dem Gedanken schlotterten ihm die Beine. Hatte ihn die Hochstimmung, weil er überlebt hatte, bislang warmgehalten, brach nun die frostige Wirklichkeit über ihn herein wie eine Strafe Gottes.

Er musste die nassen Kleider loswerden – sich entweder frische besorgen oder die Sachen trocknen.

Immer wieder schweifte sein Blick hinüber ans andere Ufer, an dem das beschädigte Floß lag. Ausrichten konnte er wohl nichts mehr, denn nur wenig hinter ihnen folgte Ann-Kathrins Vater. Vermutlich würde der sogar jeden Moment eintreffen.

Tatsächlich ertönte ein Warnsignal, das von einer Trompete ausgestoßen wurde. Das Floß, das wohl eben unter der Magdalenen-Brücke hindurchgefahren war, wurde zum Anhalten gezwungen. Es war zu spät! Bald danach tauchte an der Floßlände über der Langen Fahrt der Kopf des Floßmeisters auf.

Anton sah noch eine Weile zu, wie die Männer am Ufer entlang ausschwärmten und sich am Floß zu schaffen machten, doch dann keimte eine Idee in ihm auf. Wenn es ihm schon nicht gelang, das Kupfer zu versenken, dann sollte es der Fugger auch nicht bekommen. Dafür musste er nur eines, nämlich früher in Augsburg eintreffen als der Flößer.

Er schätzte ab, wie lange sie mit Ann-Kathrins beschädigtem Floß zu tun haben würden, das zwei der Handlanger des Lechflößers zusammen mit einer Handvoll Männer aus Landsberg zu bergen halfen. Einen Tag. Ja, mindestens einen Tag. Und von hier aus konnte er in einem langen Tag in die Stadt marschieren. Wenn er einen Wagen fände, der ihn mitnahm, dann wäre er sogar in einem guten halben Tag in Augsburg.

Wenn schon nichts so geschehen war, wie er es hatte haben wollen, dann musste zumindest dieser Streich gelingen.

»Fugger-Kupfer! Dass ich nicht lache!«, knurrte er wütend vor sich hin.

Anton sprang auf und lief geduckt die Kiesbank entlang, bis er über einen schmalen Abfluss hüpfen konnte, und krabbelte dann auf allen vieren die Uferböschung hinauf. Er wühlte sich durch das Dickicht des Auwaldes, bis er auf eine Straße traf. Dort blieb er stehen, atmete schwer und hoffte, dass ihn jemand in seinem verdreckten Aufzug mitnehmen würde.

Er sah an sich herab und beschloss, wieder umzukehren.

Am Ufer, verdeckt von einer Weide, die ins Wasser hineinragte, und mehreren Büschen, die auf der Kiesbank davor sprossen, zog er sich nackt aus. Aus dem Saum seines Hemdes holte er einige Münzen, die er gespart und darin eingenäht hatte. Den Rest wusch er im Lechwasser aus. Sich selbst tauchte er auch noch einmal unter und rubbelte sich die Haare. Dabei entdeckte er unweit der Stelle eine Plane, die das Hochwasser ins Gebüsch getragen hatte. Er kämpfte sich zu dem Felsen hin, der trocken war.

Sauber, aber vor Kälte schlotternd, kehrte er zu seiner Kleidung zurück und wickelte sich in die Plane.

Er war erschöpft und wund und fror, aber er war trocken. Kurz nur wollte er sich ans Ufer setzen und ausruhen. Er zog die Plane enger um sich. Dann schloss er die Augen.

* * *

Als Ann-Kathrin wieder zu sich kam, sah sie über sich erste Sterne und einen vollen Mond. Die Welt stand still. Sie spürte keine Wellen, hörte kein Gluckern, kein Knarren.

So hatte sie sich den Übergang ins Jenseits nicht vorgestellt. Musste sie warten, bis man sie vor das Himmelstor führte und dann darüber befand, wie schwer ihre Taten zu Lebzeiten wogen? Sie konnte sich nicht rühren. Hinter ihr bemerkte sie eine Wärme, die ihre Haare beinahe versengte und ein rötliches Licht gegen die Dunkelheit warf. Stand sie doch nicht vor dem Tor zum Himmel, sondern vor dem Zugang zum Purgatorium oder der Pforte zur Hölle? Sie hatte Haderers Tod mit verschuldet. Das konnte nicht anders als mit dem Fegefeuer oder der Höllenfahrt bestraft werden.

Aber warum war sie verschnürt wie ein Warenpaket? Musste man ins Purgatorium nicht laufen? Die Bilder, die sie im Kopf hatte und die aus Kirchenfenstern und Toreinfassungen wie am Dom zu Augsburg zu sehen waren, zeugten davon, wie die Menschen zu Fuß in die ewige Verdammnis getrieben wurden.

Hatte man sie etwa vergessen? Langsam kam das Gehör wieder. Irgendetwas prasselte hinter ihr. Stimmen waren zu hören. Leise. Undeutlich. Dann vernahm sie Schläge, als würde jemand eine Zimmererarbeit ausführen. Schließlich meldete sich ihr Körper. Sie zitterte. Außerdem musste sie sich dringend erleichtern. War das die Strafe der Hölle, dass man dort seine körperlichen Bedürfnisse nicht verlor, sondern weiter behielt? Außerdem knurrte ihr Magen so laut, als läge ein hungriger Hund neben ihr.

»Wo bin ich?«, flüsterte sie.

Plötzlich kam Bewegung in die Nacht. Etwas raschelte neben ihr. Ein Kienspan wurde in ihr Gesichtsfeld gehalten.

»Meister. Sie ist wach!«, rief jemand.

Ann-Kathrin stöhnte und wälzte sich herum.

»Annka!«, hörte sie jemanden rufen.

»Kannst du mich hören?«, schrie ihr Vater ihr ins Ohr.

»Ja, verdammt!«, krächzte sie. »Ich bin nicht taub. Aber ich muss mal!«

»Was?«

Sie hörte die Verblüffung in seiner Stimme.

»Wickelt sie aus, und dann trag ich sie hinter den Busch.«

»Das kann ich allein!«, sagte sie.

Sie versuchte, sich den Armen ihres Vaters zu entwinden. Doch er hielt sie wie in einem Holzverbund fest, bis sie das Gluckern von Wasser vernahm und das Rascheln von Büschen. Dann wurde sie zu Boden gelassen, und sie konnte ihren Rock heben. Beinahe wäre sie nach hintenübergefallen, aber seine Arme hielten sie aufrecht.

Jetzt erst bemerkte sie, dass sie anders gekleidet war. Ihre Flößerstiefel waren verschwunden. Sie war barfuß. Die Lederweste fehlte, und sie trug ein Kleid und keine geschlossene Hose mehr.

»Die Kleidung ist von der Tochter des hiesigen Floßmeisters ausgeliehen, Kind. Du musst sie wieder zurückgeben«, erklärte der Vater.

Offenbar schien er ihre Gedanken lesen zu können.

Je leichter ihr wurde, desto klarer wurde ihr Denken.

»Wo bin ich?«, fragte sie wieder.

»Wo du bist?«, fragte ihr Vater hinter ihr zurück. »Bei mir auf dem Floß. Und wir stehen an der Floßlände bei Landsberg. Zwei meiner Männer haben dein Gefährt gesichert und reparieren es, soweit das geht. Wir haben es unterhalb der Langen Fahrt vertäut. Die Waren sind noch drauf.«

Ann-Kathrin schüttelte verwirrt den Kopf. Was erzählte er da?

»Haderer?«, fragte sie laut.

»Hieß der junge Kerl so, der mit dir auf dem Floß gefahren ist? Wir haben ihn nicht gefunden, obwohl alle gesucht haben. Vielleicht entdecken wir seine Leiche auf dem Weg nach Augsburg.« Den letzten Satz hatte ihr Vater geflüstert.

»Ich hab Hunger!«, sagte sie und lehnte sich an ihn.

Zurück ließ sie sich nicht tragen, sondern stolperte an der Hand ihres Vaters zum Lagerplatz. Zwei Mann saßen um das

Feuer. Sie kannte beide. Melchior und Sandler. Weiter unten, ein Stück entfernt, erspähte sie ein weiteres Feuer. Von dort drangen die Holzschläge zu ihr hoch, die sie eben auch vernommen hatte.

»Da unten arbeiten Henne und Karl. Sie reparieren dein Floß. Wir können noch morgen in aller Herrgottsfrüh aufbrechen. Haben viel Zeit verloren.«

Ann-Kathrin nickte, doch dann drängte sich doch eine Frage in ihr Bewusstsein.

»Wie lange habe ich geschlafen?«

Ihr Vater drückte sie an den Schultern zu Boden. Sie setzte sich auf einen Baumstamm in der Nähe des Feuers, über dem Forellen an Stecken brieten.

»Sandler, gib ihr einen Fisch. Sie hat Hunger!«, befahl ihr Vater.

Der Angesprochene holte einen Stecken aus der Glut und reichte ihn ihr.

Sie zupfte die verkohlte Haut auf, und der Duft des weißen Fleisches stieg ihr in die Nase.

»Langsam essen. Da sind Gräten drin!«, warnte er.

Zwar verbrannte sie sich fast die Finger, aber sie stopfte es sich in den Mund. Es war das Köstlichste, was sie seit Langem gegessen hatte. Melchior gab ihr noch etwas Stockbrot, das auch über dem Feuer geröstet worden war.

Als der erste Hunger gestillt war, wandte sie sich an ihren Vater. »Wie lange?«, fragte sie. »Ich weiß noch, wie ich vom Floß geschleudert wurde und ins Wasser fiel – und ab da fehlt jegliche Erinnerung.«

»Wir haben dich am späten Nachmittag von den Felsen aufgelesen«, antwortete er. »Ich hatte schon Angst, du würdest nicht mehr aufwachen.«

Die letzten Worte presste er mühsam hervor – dann verstummte er. Er streckte seine Hand nach ihr aus und berührte ihre Schulter. »Du hast fast erfroren auf einem Stein gelegen. In einer Mulde. Schon ganz blau angelaufen.«

Sandler übernahm die weitere Erzählung, weil ihr Vater zwar ansetzte, aber nicht fortfahren konnte. Es schnürte ihm offensichtlich die Kehle zu.

»Zuerst haben wir gedacht ... na ja ... du wärst tot, Mädchen. Aber dann hat dein Vater gesehen, dass du atmest. Wir haben deinen verfrorenen Körper warmgerieben und dich in trockene Sachen gesteckt, in Decken gepackt und ans Feuer gelegt. Und es hat geholfen.« Sandler grinste übers ganze Gesicht. »So schnell wie du einen Fisch verdrückst, muss es dir wieder gut gehen.«

Ann-Kathrin hörte den Bericht wie durch einen Nebel hindurch. Mehrere Stunden war sie also bewusstlos gewesen, und wenn man sie nicht gefunden hätte, vermutlich erfroren.

Sie versuchte, sich ins Gedächtnis zu rufen, was geschehen war, nachdem sie ins Wasser geschleudert worden war. Ihr Gefühl sagte ihr, dass es wichtig wäre, doch sie kam einfach nicht darauf. Das Letzte, an das sie sich erinnerte, war, wie sie in das eisige Lechwasser eintauchte, dann war alles schwarz.

»Woher wusstet ihr, was geschehen war?«, fragte sie weiter, in der Hoffnung, dass ein Stichwort ihr die Erinnerung zurückbringen würde.

»Ich musste anlanden und zahlen«, antwortete ihr Vater. Er hatte sich offenbar gefangen, auch wenn er hin und wieder Rotz aufziehen und ausspucken musste. »Der Wehrmeister hat mir alles erzählt. Wir haben uns dann sofort auf die Suche gemacht. Das Floß hatte sich neben der Langen Fahrt verkeilt. Nicht leicht, es wieder flott zu machen, aber es gelang. Die losgerissenen Stämme hatte es auf die Kiesbank getragen. Wir hatten heute den ganzen Tag Zeit, um die Schäden auszubessern. Übermorgen im Lauf des Tages geht es weiter. Wir dürfen die Floßrutsche nur bei Tageslicht durchfahren.«

Das also war ihre Geschichte. Allerdings ahnte sie, dass es nur die halbe Wahrheit war. Die andere versteckte sich irgendwo in ihrem Kopf und wollte nicht hervorkriechen, so sehr sie sich auch bemühte. Irgendwie steckte dieser Haderer mit drinnen – sie wusste aber nicht, wie.

IO

LANDSBERG AM LECH

Es war früh am Morgen, als Anton mit einem Ruck hochfuhr. Er fühlte seine Beine nicht mehr, hatte am ganzen Körper aufgeschlagene Stellen, blutete, und die Hände fühlten sich an wie Eisklumpen. Er hatte geschlafen. Am Himmel stand noch ein voller Mond, der seinen Schlafplatz beschien, aber der Himmel über dem Horizont wurde bereits hell und schluckte das Mondlicht.

Anton versuchte, sich zu orientieren. Er war nackt, nur eine Plane bedeckte ihn notdürftig. Langsam kehrte die Erinnerung zurück. Er tastete nach seiner Kleidung, die er über die Zweige eines Busches gelegt hatte. Sie war noch klamm, aber nicht mehr klatschnass.

Ihm schoss durch den Kopf, dass er seinen grauen Beutel mit den Frachtpapieren verloren hatte, aber er war ihm nun einmal abhandengekommen, also auch für andere vermutlich nicht mehr auffindbar. Und sollten die Unterlagen doch irgendwo auftauchen, dann sicher nicht in Augsburg. Und niemand konnte außerhalb der Reichsstadt etwas damit anfangen.

Letzterer Gedanke beruhigte ihn wieder.

Ein Schauder überlief ihn, als er in seine Sachen schlüpfte. Sie wärmten nicht. Dafür waren sie noch zu feucht, und die

Sonne würde einen halben Tag brauchen, bis sie ausreichend Wärme auf die Erde schickte.

Da es die einzigen Kleidungsstücke waren, die er besaß, musste er damit vorliebnehmen. Zitternd wie Espenlaub kehrte er wieder zur Straße zurück und setzte sich auf einen umgestürzten Baumstamm am Wegesrand. Er brauchte einen Plan, musste überlegen. In einem Tag musste er es nach Augsburg schaffen.

Er stand auf, streckte seine kalten Glieder und begann, die Straße entlangzugehen – wenn man das Straße nennen konnte. Es war eine Ansammlung von Schlaglöchern, knietiefen Pfützen, die sich über mehrere Dutzend Fuß Breite verteilten. Die Fahrrillen von den Fuhrwerken des letzten Jahres begannen aufzutauen und füllten sich mit Wasser.

Kurz ließ Anton die Münzen in seiner Hand tanzen. Er hätte sich ein eigenes Fuhrwerk mieten können – wenn denn eines vorbeigekommen wäre. Als hätte das Klimpern die Botschaft des Goldes verbreitet, tauchte hinter ihm ein von einer Plane bedeckter Lastkarren auf, dem ein Maultier vorgespannt war.

Anton blieb stehen und wandte sich dem Gefährt zu. Ein alter Mann führte den Gaul am Zügel. Was er geladen hatte, war nicht zu erkennen.

»Darf ich Euch begleiten?«, fragte Anton höflich, als der Alte auf seiner Höhe war.

Dieser schien ihn nicht zu hören, denn er reagierte nicht. Nur ein kurzer Blick streifte Anton, der aber alles hätte bedeuten können. Er nahm es als »Ja!« und lief auf der anderen Seite des Maultiers mit.

Sowohl der Mann als auch das Tier beachteten ihn nicht weiter.

Anton betrachtete den Karren und versuchte zu erraten, was unter seiner Plane verborgen sein könnte.

* * *

79

Vom Anlandeplatz aus beobachtete Ann-Kathrin, wie sich die Männer abmühten, Säules Floß wieder aufs Wasser zu setzen. Sie spürte, wie jemand neben sie hintrat. Sie roch ihren Vater, seinen herben, beinahe herrischen Duft nach Schweiß und Holz, den sie so mochte.

›Die Unterlagen über Säules Fracht. Wo sind sie?‹«

Kurz sah sie neben sich. Ihr Vater verfolgte wie sie das Treiben

›Ich habe nur die Wachstuchtasche retten können, und da waren sie nicht mehr drin.« Sie machte eine kurze Pause, in die das ungläubige Schnauben ihres Vaters fiel. »Ich habe auch den Beutel des Gießergesellen mit ans Ufer gebracht – ich glaube, darin steckten sie …«

›Wie soll das gehen? Wir haben die Wachstuchtasche. Darin waren sie in der Ledertasche eingepackt. Jetzt sind sie weg. Einen grauen Beutel haben wir nicht gefunden.«

Wenn Ann-Kathrin darauf eine Antwort gewusst hätte, hätte sie ihrem Vater eine gegeben. Aber sie wusste nur, wie sie ins Wasser geschleudert worden war – und dann hatte sie erfolgreich um ihr Leben gekämpft, denn aufgewacht war sie auf dem Floß ihres Vaters. Dazwischen war nichts als Leere. Als hätte es die Minuten zwischen dem Fall ins Wasser und der Rettung nicht gegeben.

Irgendetwas in ihrem Kopf rief »Haderer« und sagte ihr, dass es so nicht gewesen sein konnte. Aber sie wollte auch niemanden zu Unrecht beschuldigen.

Die Reparaturen an dem Floß zogen sich länger hin als erwartet. Sie würden unmöglich heute noch aufbrechen können. Steine und Kupfer hatten sich so weit nach vorn verlagert, dass sie das Gefährt unweigerlich zum Kentern gebracht hätten. Sie mussten die Kisten und Ballen mit Seilwinden weiter in die Mitte ziehen. Dazu musste jedoch das restliche Floß erst stabilisiert werden. Dafür würde ein zusätzlicher Tag nötig sein und ihnen so verloren gehen. Übermorgen, am Donnerstag frühestens, konnten sie aufbrechen.

»Dann müssen wir es so versuchen«, murmelte ihr Vater und ging an ihr vorbei zu den Männern hinunter.

Ann-Kathrin zermarterte sich weiter den Kopf über die verschwundenen Frachtunterlagen. Und wo war dieser Bronzegießer abgeblieben? Hatte ihn die Wasserwalze des Wehrs gepackt und in der Untiefe vor der Wasserrutsche zermalmt? Oder hatte er sich ans Ufer retten können? Er hatte zu ihr gesagt, er könne nicht schwimmen. Bei solch einem Ereignis ein Todesurteil.

Sie blickte über den Fluss, sah östlich von sich, auf ihrer Seite, den Bogen, den der schnell fließende Lech in den Schotter grub. Das Wasser schäumte und wühlte sich ins Ufer und brach sich an den Felsen, die dort lagen und irgendwann unterspült in das tiefere Bett hinabgerissen wurden.

Westlich von ihr lag ein Stamm mit Krone und Wurzeln, angeschwemmt an eine Kiesbank, die eine kleine Bucht stillen Wassers vom Hauptstrom abgezweigt hatte.

Wer an der Rutsche ins Wasser fiel, der wurde mitgerissen. Es würde sie nicht wundern, wenn sie irgendwo flussabwärts auf die Leiche Haderers träfen. Es wäre nicht das erste Mal, dass ein Körper in dem ins Wasser hinabreichenden Geäst der Bäume hängen blieb und so auf die nachkommenden Flöße wartete.

Ann-Kathrin riss sich aus ihren Gedanken. Säule stand auch in der Nähe. Er hatte sich in mehrere Lagen Decken eingewickelt, war blass und zitterte noch immer. Aber er stand wieder.

Sie ging zu ihm hinüber. Er begrüßte sie mit einer matten Geste.

»Tut mir leid«, flüsterte sie. »Wenn ich gewusst ...«

»Keiner konnte das wissen«, murmelte er. »Ich verdanke dir

mein Leben und meinen Arm, Kindchen. Das ist mehr, als ich dir je vergelten kann. Noch zwei Minuten länger unter den Stämmen, und ich wäre jämmerlich ersoffen. Außerdem ...«, er wedelte mit seinem Arm, »außerdem habe ich noch alle Gliedmaßen und Finger.«

Gedankenverloren nickte Ann-Kathrin. Daran konnte sie sich noch erinnern.

Sie suchte das gegenüberliegende Ufer mit den Augen ab und entdeckte unweit der Kiesbank eine kleine Rauchwolke, die sich dunkel in den Himmel schraubte und dort oben zu feinen Federn aus Nichts zerfledderte. Was war da los? Kurz überlegte sie, ob sie mit Säule dort hingehen und nachschauen sollte, wer dort etwas verbrannte. Doch so weit war der Flößer noch nicht. Er musste froh sein, wenn er sich aufrecht auf seinem Gefährt halten konnte.

Vielleicht hatte Haderer sich doch retten können und irgendwie ein Feuer zustande gebracht, um sich zu wärmen. Sie zuckte mit den Schultern. Was für ein unsinniger Gedanke. Wäre es so, würde er zu ihnen kommen und nicht im Auwald feuchtes Holz anzünden.

Langsam ging sie über die Floßlände, schlenderte am Ufer entlang und versuchte, sich an irgendetwas zu erinnern.

Sie schaute nach vorn. Die Stadtmauer von Landsberg reichte bis fast an das Ufer heran, ließ aber einen schmalen Weg frei, der durch die Sturzflut des letzten Tages überschwemmt worden war und feucht und schlammig wirkte. Danach stieg ein steileres Ufer an, dessen Felsen bis ans Wasser reichten. Der Lech schoss mit Wucht daran vorüber.

Ann-Kathrin seufzte. Dort unten, hatte ihr Vater ihr erzählt, hatte man sie gefunden, aber die Landschaft sagte ihr nichts.

Sie machte kehrt. Da sie inzwischen statt der Flößerstiefel Holzschuhe an den Füßen hatte, die mit Stroh ausgestopft waren, damit sie warm blieben, würde sie heute dort nicht entlanglaufen.

Ihr Blick blieb erneut an der Rauchwolke hängen. Es machte sie neugierig. Wer wärmte sich dort?

II

NAHE LANDSBERG AM LECH

Das Maultier schien ihn zu mögen. Womöglich war es auch nur froh, den Karren los zu sein. Jedenfalls rieb es sein Maul an Antons Hemd.

Die trockenen Sachen passten beinahe wie angegossen. Er legte seine feuchten Kleider sorgfältig über den Packsattel des Mulis und lief weiter. Hinter ihm begann das Feuer die Reste des Karrens zu verzehren und die Spuren zu verwischen. Gern hätte er sein verlorenes Vermögen ein wenig mit den Werten des Karrens ergänzt, doch der Alte hatte nur Holz gefahren.

»Er hätte nur etwas gesprächiger sein müssen«, flüsterte Anton dem Tier zu und streichelte ihm über die Nüstern. »Ein nettes Wort hätte schon genügt. Ein Lächeln. Viel hätte es nicht gebraucht. Schließlich habe ich gefroren wie ein Schneider und war sehr zugänglich.«

Aber die Mitleidslosigkeit angesichts seiner Lage und die Tatsache, dass er sich zu Tode zitterte, hatte ihn wütend gemacht. So ging man nicht mit seinen Mitmenschen um.

Jetzt hatte er es eilig. Sehr eilig.

Vor ihm tauchten erste Häuser auf, ein Dorf, dessen Namen er nicht kannte und das er am besten schnell und unauffällig durchschritt. Er musterte die Häuser, an denen er vorbeikam. Niedrige Katen, die kaum über die Erde ragten. Das Maultier drängte sich an ihn, und bis er begriff, dass es ihn in eine bestimmte Richtung dirigierte, war er schon beinahe bei einer der Katen angelangt. Eine kleine Hütte, die ihm erst bei genauer Betrachtung als Behausung auffiel, so versteckt duckte sie sich in den Boden. Das Dach war mit den Soden verwachsen, und wirkte wie eine Beule aus der Erde. Aus einem Kaminvorsprung drang Torfrauch, der in der Luft bitter und kratzig schmeckte.

Der Maulesel stieß ihn regelrecht bis zu dem kleinen Garten, der vor der Kate lag, doch Anton konnte das gerade nicht gebrauchen. Er packte die Zügel des Tieres fester, zerrte es auf den Weg zurück und beschleunigte seine Schritte. Unauffällig blickte er umher, ob man ihn gesehen hatte. Doch die Kälte sperrte die Bauern in ihre Hütten und hielt sie von der Straße fern. Jedenfalls hoffte er das.

Als die Gebäude wieder unter dem Horizont zu verschwinden begannen, hatte er auch das Maultier davon überzeugt weiterzugehen. Er drehte sich kurz um, weil er einen Blick im Rücken zu spüren glaubte – und sah tatsächlich eine Person, vermutlich eine Frau, die ihm nachblickte.

Kurz überlegte er, ob er zurückgehen und sie aufsuchen sollte, doch dann entschied er sich dagegen. Er musste in Augsburg sein, bevor die Tore schlossen. Kurzerhand versuchte er aufzusitzen. Geritten war er sein Leben nicht, aber das Maultier ließ seine Bemühungen, auf den Rücken zu kommen, geduldig über sich ergehen.

Als er unsicher und wackelig saß, trabte es ruhig los. Anton schätzte, dass es dabei doppelt so schnell war wie er zu Fuß. So würde er rechtzeitig ankommen.

Er reckte den Kopf und blickte geradeaus. In der Ferne lag ein Dunst in der Luft, als hätte sich die Natur eine Mütze übergezogen. Er kannte diese glockenartigen Rauchformen, die sich über den Städten bildeten, vor allem im Winter, wenn geheizt wurde. Das vor ihm musste Augsburg sein. Gleichzeitig dachte er daran, dass es für Bürger – als gebürtiger Augsburger zählte er sich dazu – auch andere Wege in die Stadt gab als die Tore. Letztere wurden geschlossen, aber die Schlupfe, die in Friedenszeiten allenthalben offenstanden, würden ihm jederzeit Zutritt gewähren.

Er trieb das Maultier so weit an, wie er sich auf dem Rücken halten konnte, und hoffte, dass die Geschwindigkeit ausreichte. Während es sich abmühte, malte Anton sich aus, was er unternehmen könnte, um das Fugger-Kupfer einer Verwendung zuzuführen, die ihm angemessen erschien. Natürlich war ihm bewusst, nicht die besten Karten in der Hand zu halten. Schließlich war er über drei Jahre nicht mehr in seiner Heimatstadt gewesen.

Er begegnete einer Reihe von Bauern, die ihre Karren selbst zogen und offenbar bereits wieder zurück waren von ihrem morgendlichen Ausflug in die Stadt. Die meisten von ihnen hielten kurz inne, wenn sie ihn antraben hörten, traten einen Schritt zur Seite und neigten die Köpfe, selbst wenn ihnen bewusst wurde, dass die Kleidung und die Tatsache, dass er ritt, nicht zueinander passten. Vermutlich hielten sie ihn für den unseligen Spross einer adligen Familie, weil er hoch zu Ross geritten kam, auch wenn es nur ein Maultier war. Und je länger es dauerte, je öfter er dieser Unterwürfigkeit begegnete, desto besser gefiel es ihm, für einen anderen gehalten zu werden.

Dennoch musste er aufpassen. Vor Augsburg würde er das Tier freilassen müssen. Es würde zurückfinden in seinen Stall, da war er sich ziemlich sicher. Spätestens dann würden Fragen auftauchen, würde man Nachforschungen anstellen – und je weniger Menschen ihm begegnet waren und ihn erkannten, desto besser war es für ihn. Er seufzte.

Der Sprung vom einfachen Bronzegießer zu einer respektablen Person war kaum zu bewältigen. Er würde immer der kleine Schmiedegeselle, der Zuarbeiter für den Bronzegießer sein, wenn ihm nichts Außergewöhnliches gelang und er seinen Meisterbrief erhielt.

Er nahm einen Stoffstreifen und band ihn sich um Mund und Nase. Seine langen schwarzen Locken fielen jetzt noch auf, aber sobald er in der Stadt war, würde er sie nach neuester Mode stutzen lassen – oder vielmehr selbst abschneiden.

Seine Zuversicht wuchs sich zu einem Selbstbewusstsein aus, das ihn die Nase in den Wind stellen ließ. Er, Anton Haderer, hatte ein Floßunglück überlebt, würde den Fuggern eins auswischen und sie bluten lassen, und er würde Ungewöhnliches vollbringen!

Als sich die frühe Dunkelheit über das Land senkte, hielt er sich an die Dunstglocke über der Stadt, die selbst in dem fahlen Licht noch eine Zeit leuchtete, als würde sie glühen. Nach der Überquerung mehrerer Bäche und Kanäle lag die Stadtmauer vor ihm. Er war erschöpft, und auch das Maultier schwitzte und hatte Schaum vor dem Maul. Aber noch gönnte er ihm keine Ruhe. Er trieb es nach Osten vor die Jakobervorstadt und beobachtete die Wächter, die mittlerweile die Tore schlossen, auch wenn so mancher Bürger lautstark protestierte.

Er stieg von seinem Reittier, drehte es Richtung Süden und gab ihm einen Klaps auf die Kruppe. Der Maulesel schnaubte zweimal, dann setzte er sich in Trab und verschwand in der Dunkelheit.

* * *

Nachdenklich betrachtete Ann-Kathrin die Rauchsäule. Sie musste wissen, was sie zu bedeuten hatte. Sie machte kehrt und wandte sich zur Magdalenen-Brücke. Nur so käme sie auf das andere Ufer hinüber und könnte dann denselben Weg wieder flussabwärts gehen. Sie kannte die Straße, schließlich war sie mit ihrem Vater – und damals auch noch mit ihrer Mutter –

schon mehrfach dort entlang von Augsburg zurück nach Füssen gelaufen.

Kurz entschlossen nahm Ann-Kathrin den Weg unter die Füße und stapfte zur Magdalenen-Brücke zurück. Der Torwächter, der den Zugang zur Stadt beaufsichtigte und das Brückengeld eintrieb, hob nur die Augenbraue, als sie ihm erklärte, sie gehöre zu den Flößern, die gestern verunglückt waren, und sie müsse etwas holen, was am Westufer angeschwemmt worden sei, bevor andere es entdeckten und ihr wegnähmen.

Das war zwar erstunken und erlogen, aber mit einer Miene des Bedauerns ließ er sie umsonst passieren, und sie rannte mit klappernden Holzschuhen über die hölzernen Bohlen, bis sie das andere Ufer erreichte.

Hastig lief sie bis zur ehemaligen Via Claudia Augusta und dann in Richtung Norden. Irgendwann verschluckte der Auwald den Blick hinüber zur Floßlände. Kurz hatte sie ein schlechtes Gewissen, weil sie niemandem Bescheid gegeben hatte, aber schließlich war sie alt genug, selbst Entscheidungen zu treffen. Zwar war ihr Vater nicht dieser Meinung, aber er würde sich daran gewöhnen müssen.

Die Rauchsäule war schwächer geworden, doch sie genügte noch immer als Wegmarke. Der Auwald schob sich immer näher an die Straße heran. Sie kam bis zu einem Stichweg, der in Wald und Gebüsch hineinführte. Ann-Kathrin überlegte einen Moment, ob sie es wagen durfte, aber dann überwog die Neugier.

Sie folgte dem Weg, der frische Karrenspuren und Hufabdrücke aufwies. Sie hielt inne und dachte nach. Ihre Unbedarftheit stieß ihr sauer auf. Was, wenn nicht Haderer sich hier wärmte, sondern es der Ort eines Überfalls war? Dann bestand die Gefahr, auf Räuber zu stoßen. Sie atmete durch und schob den Gedanken beiseite. Vermutlich war es ein Bauer, der im Auwald unerlaubterweise Holz schlug und das unnütze Astwerk verbrannte, um keine Beweise zu hinterlassen.

Der Weg öffnete sich zu einer kleinen Lichtung – und was sie sah, ließ ihr Herz stolpern.

Mitten auf der Fläche verkohlten die Skelettreste eines Karrens und rauchten vor sich hin. Als sie näher trat, fiel eben der Metallreifen eines Rades nach innen und ein Funkenregen stob auf. Beinahe wäre sie schreiend zurückgerannt. Doch etwas hielt sie fest. Von einem Pferd oder einem Esel gab es keine Spur. Sie spähte umher, ob sich noch irgendwer auf der freien Fläche befand. Doch da war niemand mehr. Mit rasendem Herzklopfen wollte sie sich schon umdrehen, als sie ein Stöhnen vernahm. Ihr Kopf ruckte in die Richtung, aus der es kam, und ihre Muskeln spannten sich an, bereit, sofort loszurennen. Kurz überlegte sie, ob sie die Holzschuhe von den Füßen streifen sollte.

Wieder drang das leise Stöhnen an ihr Ohr.

Zwei Gefühle kämpften in ihr, entweder davonzulaufen oder zu helfen. Doch dann gewann Letzteres die Oberhand. Vorsichtig, um nicht mögliche weitere Personen auf sich aufmerksam zu machen, schlich sie vorwärts. Sie spähte umher, ob sie auch wirklich allein war, und stieß endlich auf einen Mann, der mit dem Gesicht nach unten im Zittergras der Lichtung lag. Die breiten, harten Halme verdeckten seinen Körper beinahe ganz, sodass sie ihn nicht gleich hatte sehen können.

Zuerst betrachtete sie ihn mit Unbehagen, doch dann kniete sie sich neben ihn und berührte ihn sanft.

»Kann ich Euch helfen?«, fragte sie und erhielt als Antwort ein weiteres Stöhnen.

Der Boden um den Kopf des Alten war bräunlich verfärbt. Das weiße Haar zeigte eine klaffende Wunde, die verkrustet war. Offenbar hatte er stark geblutet. Sie berührte ihn an der Schulter – und plötzlich drehte er sich um und starrte sie mit angstvoll aufgerissenen Augen an.

Ann-Kathrin stieß einen Schrei aus und sprang zurück.

Doch dann sah sie, wie der Blick des Mannes weicher wurde, wie die Angst aus seinen Augen wich und sich eine Hilflosigkeit ausbreitete, die sie anrührte. »Was ist Euch geschehen?«, fragte sie betroffen.

Der Alte hob den Arm, und Ann-Kathrin verstand die Geste so, dass sie ihm aufhelfen solle.

Sie packte ihn an den Händen und zog ihn auf die Beine. Er war leicht. Erst als er stand, bemerkte sie, wie mager er war. Ann-Kathrin betrachtete die Kleidung des Alten und entdeckte verkohlte Stellen am rechten Ärmel, verbrannte Haare und eine verrußte Haut auf derselben Seite. Hatte er auf dem Karren gelegen und sollte mit verbrennen?

»Danke«, murmelte der Mann.

Wankend blickte er umher, und als er den ausgebrannten Karren entdeckte, begannen ihm Tränen über die Wangen zu laufen. Kraftlos deutete er auf den Wagen.

»Das Maultier?«, fragte er.

»Ich habe kein Maultier gesehen«, antwortete Ann-Kathrin. »Was ist Euch zugestoßen?«

Der Alte schien sich besinnen zu müssen. Dann deutete er auf den Auwald. »Er ist da rausgekommen. Ein Nöck. Ein Wassermann – er hat mich … mich …« Er brach ab.

»Ein Nöck?«, fragte Ann-Kathrin ungläubig.

Der Alte nickte mehrmals heftig und deutete zum Lech hin.

»Von da ist er gekommen … Algen im Haar und Blätter … getrieft hat er … hat den Fluss mitgebracht … und war zornig. Sehr zornig … ist auf mich losgegangen … schrie, ich hätte die Flut verursacht … heute gegen Morgen ist sie den Fluss herabgekommen … sie hat ihn … vielleicht … vielleicht hat sie ihn … an Land geschwemmt …«

Ann-Kathrin hörte aufmerksam zu und versuchte, sich aus dem wirren, mit irgendwelchen Sagen durchwobenen Gestammel des Alten zusammenzureimen, was geschehen war.

»… das Maultier … hat das Maultier ins Wasser gezogen … reingezogen …«, wisperte der Mann mit vor Kälte zitternden Lippen.

Mit einem Blick rundum versicherte sie sich, dass sich kein Wesen aus einer anderen Welt auf der Lichtung befand und versuchte, die Geschichte zu einer verständlichen Erzählung zu formen. Je länger sie über den Kerl nachdachte, der aus dem Auwald gebrochen war und den Alten zum Fluss hin gezerrt, seinen Wagen angezündet und das Maultier mitgenommen hatte, desto deutlicher trat ihr Haderer vor Augen. Offenbar hatte der Geselle es doch geschafft.

Sie sah den Alten an. »Wie heißt Ihr, und wo wohnt Ihr?«

»Wer will das wissen?«, fragte er misstrauisch. »Ihr könntet ebenso eine Nixe sein und mich ins Wasser locken wollen. Wie der Nöck mir mein Hab und Gut gestohlen hat, könnt Ihr es ja auf mein Leben abgesehen haben.«

Ann-Kathrin musste zuerst durchatmen. Dann erzählte sie ihm von ihrem Schicksal und erbot sich, ihn nach Hause zu begleiten, wenn das nicht allzu weit entfernt liegen sollte. Irgendetwas in ihr flüsterte, dass sie den Mann vielleicht noch einmal brauchen würde.

»Also, soll ich Euch begleiten?«

Der Alte schüttelte den Kopf.

»Darf ich dann fragen, wie Ihr heißt?«

Noch immer zögerte er, doch dann murmelte er: »Saumweber Korbinian«, und zeigte nach Norden. »Das nächste Dorf. Halbe Stunde Fußmarsch von hier.«

Sie nickte. »Danke! Darf ich Euch zur Straße bringen? Das würde mir auch helfen«, sagte sie und deutete um sich.

Der Alte nickte und humpelte los. Er war barfuß. Seine Kopfwunde war abgetrocknet, sah aber immer noch wild aus. Die geronnen Blutkrusten hingen wie Eiszapfen von seinen Haaren.

Ann-Kathrin stützte ihn, und dabei fiel ihr Blick auf den Boden. Erst jetzt bemerkte sie die Hufspur in Richtung der Via Claudia. Offenbar hatte jemand Saumwebers Maultier zurück an die Straße geführt.

»Was hattet Ihr geladen?«, fragte sie beiläufig.

»Holz. Aus einem freien Schlag gesammelt. Holz für die ganze Woche. Einfach so verbrannt. Zusammen mit dem Karren. Mein Weib wird frieren und die Küche bleibt kalt.«

Sie vernahm die Trauer in seiner Stimme über den entsetzlichen Verlust.

Als sie an der Straße angekommen waren, konnte sie die Spur nach Norden weiterverfolgen. Der »Nöck« war also mit dem Tier nicht ins Wasser gegangen, sondern nach Norden. Nach Augsburg.

Sie blickte in die Richtung, sah aber nichts und niemanden mehr.

»Jetzt finde ich wieder zurück«, sagte sie. »Kann ich noch etwas für Euch tun?«

»Danke«, sagte der Alte nur und stolperte weiter. Seine bloßen Füße patschten im Matsch.

Ann-Kathrin blickte ihm nach, bis er mit der sich schnurgerade nach Norden ziehenden Straße fast verschmolz. Dann drehte sie sich um.

Haderer hatte vermutlich überlebt – und wenn es als »Nöck« gewesen wäre. Sie wusste nicht, was sie mit dieser Erkenntnis anfangen sollte, aber sie bereitete ihr Unbehagen.

12

AUGSBURG

Das Bleichertörlein war so lange geöffnet, bis der letzte Bleicher am Abend hindurchgeschlüpft war und sich im Badehaus reinigte. Anton hatte sich einfach den Männern angeschlossen, die in der Dämmerung von den Bleichfeldern nach Hause gingen. In den drei Jahren, in denen er weg gewesen war, hatte sich an den Arbeitsabläufen nichts geändert. In der Dunkelheit war niemandem aufgefallen, dass er gar nicht dazugehörte. Nachdem er das kleine Mauertor durchschritten hatte und vom rauschenden Lärm im Wasserturm empfangen worden war, hatte er sich sofort verdrückt, bevor Fragen aufgekommen wären, wer er denn sei.

Er kannte den Wasserturm gut. Als Lehrling hatte er an den sieben Archimedischen Schrauben, die das Wasser nach oben transportierten, mit seinem Meister Ausbesserungen vornehmen dürfen. Die Schaufeln mussten immer wieder ausgerichtet, die Lager ausgebessert werden. Alles Weitere war aus Holz gebaut: die Zahnradgetriebe, die Wellen. Immerhin versorgte der Untere Wasserturm die ganze untere Stadt sowie Brunnen am Frauentor und bei St. Stephan. Angetrieben wurden sie vom Stadtbach, der hier unter der Mauer und unter dem Pumpenhaus hindurchfloss und mit seiner Kraft das Wasser des Brunnenbachs fast hundert Fuß nach oben beförderte.

Er musste nicht lange überlegen, wohin er sich wenden musste. Es gab nur zwei Anlaufstellen: die Bronzegießerei bei der Kanonengießerei am alten Zeughaus oder die Trinkstube der Schmiede im Zunfthaus. Die eine lag südlich, die andere nördlich vom Bleichertörlein.

Er entschied sich für die Gießerei. Wenn gerade Bronze gegossen wurde, dann wären die Meister dort, denn weder die

»Speise«, das flüssige Metall, noch die auskühlende Form durfte aus den Augen gelassen werden.

Anton rannte zwar nicht, aber er hatte es dennoch eilig. Die Meister würden nicht die ganze Nacht in der Gießerei verbringen, dafür gab es Lehrlinge und Gesellen. Er befürchtete aber, dass die Füssener Flößer frühestens morgen in Allerherrgottsfrühe an der Floßlände anlegen würden. Und zu diesem Zeitpunkt musste alles in die Wege geleitet sein, sonst ginge sein Plan nicht auf. Wenn er viel Glück hatte, kamen sie erst übermorgen.

Der Weg war nicht allzu schwer zu finden, auch wenn sich langsam die Dunkelheit über den Pfaffenwinkel legte. Hinter den hohen Mauern hörte Anton Gebete und Gesänge, die in den engen Gassen widerhallten, aber auch leises Kichern und Flüstern aus den Gärten.

Die Geräusche der Frauentorstadt erstarben langsam. Nur das Klappern der Webstühle verblieb und hackte die Nacht in kleine Stücke von Schrittgröße, während Anton die Stadt von Ost nach West durchquerte. Er hoffte inständig, einen der Meister bei der Arbeit anzutreffen. Er selbst hatte die Speise am liebsten in solch einer Dämmerung gegossen. Dann war die Farbe gut zu erkennen, und das Auge des aufsteigenden Metalls schien deutlich zu leuchten.

Anton war erschöpft. Seine Beine schmerzten, und seine Füße waren wund, denn die Holzschuhe des Alten waren ihm zu klein. Aber darauf konnte er jetzt keine Rücksicht nehmen. Er hatte nicht einmal mehr die Kraft, sich zu überlegen, was er tun würde, wenn keiner der Meister vor Ort in der Gießerei wäre. Noch einmal zurück zum Mauerberg, um die Domstadt herum, wäre ihm zu viel gewesen. Dann hätte er aufgegeben.

Als er die Gießerei erreichte, ein Gebäude mit einem Sockel aus Stein und Fachwerk darüber, das durch hohe Fenster durchbrochen war, machte sein Herz einen Sprung. In der Halle brannte ein Feuer. Das Licht leckte bis auf die Straße hinaus. Er lief bis zu dem breiten Tor, das halb offen stand, und spähte durch den Spalt hinein.

Mitten im Raum stand eine gewaltige Figur, die grotesk aussah. Offenbar wurde hier begonnen, eine Statue für den Guss vorzubereiten. Aus einem übermannsgroßen Klumpen Lehm, der Negativform der Figur, ragten in bizarrer Folge jede Menge Röhren aus Binsen und Lehm, was der Figur einen beängstigenden Charakter gab: ein Höllenmodell.

Aber sie war noch nicht ganz ummantelt und auch noch nicht mit einem Metallgerüst umfangen. Anton ahnte, dass die Figur im Inneren zerbersten würde, wenn man sie jetzt mit Bronze füllen würde. Der Druck des eindringenden Metalls würde alles zerreißen. Also war sie nicht fertig, und die Speise auf dem Ofen wurde nicht für diese Statue verwendet.

Ein Lehrling stand am Feuer, über dem ein Steintiegel mit der flüssigen Bronze erhitzt wurde. Der Junge hielt ihn mit der Zange aufrecht. Die Speise schien fast fertig zum Guss zu sein. Anton blickte umher und suchte nach der kleineren Gussform. Sie war in den Boden eingelassen. Den zweiten Tiegel sah er erst, als er in die Werkstatt trat. Er stellte sich hinter den jungen Metallgießer.

»Jetzt ist es so weit!«, sagte dieser stolz, ohne sich umzudrehen, und hob das Gefäß an. Offenbar dachte er, es sei sein Meister.

»Nein!«, knurrte Anton. »Noch ein paar Minuten. Das Auge ist noch zu unklar. Zurück mit dem Gefäß über den Ofen.«

Überrascht, aber folgsam stellte der Junge den Tiegel zurück. Anton suchte nach dem Blasebalg und gab dem Feuer Luft. Die Bronze im Gefäß begann stärker zu zirkulieren.

»Wir müssen sie ausgießen, sonst verbrennt sie und wird spröde«, jammerte der Lehrling und sah sich unsicher nach dem Fremden um, der so energisch reagiert hatte.

»Noch … nicht!«, bestimmte Anton und warf einen Blick auf den Ring, der sich in der aufsteigenden Bronze bildete. »Ich sage dir, wenn es so weit ist. Achte auf das Auge. Wenn es klar zu erkennen ist, dann …«

»Was macht Ihr hier, verdammt?«, bellte eine Stimme.

»Jetzt!«, befahl Anton. Der Junge hob das Gefäß an, stellte es neben die Form und kippte es, bis das flüssige Metall in die Öffnung floss. Es zischte und brodelte. Ein Geruch nach verdampfendem Wachs machte sich breit. Es spritzte und blubberte, und als schließlich die Entlüftungen vollliefen mit gelbglühendem Metall, hatte der Lehrling die Gussform gefüllt.

»Gut so!«, sagte Anton. »Das wird!«

»Was Ihr hier macht, will ich wissen!«, donnerte die Stimme des Mannes, der jetzt vom Tor her in den Raum getreten war. »Mattheis, was soll das?«

Anton ließ den Blasebalg los und trat an den Guss. Mit einer Schaufel verschloss er die obere Öffnung mit Sand. Dann erst wandte er sich an den Mann, der mit in die Hüften gestemmten Armen dastand und ihn anfunkelte.

»Ich habe verhindert, dass Euer Lehrling den Guss verdirbt. Er hätte zu früh eingegossen. Die Bronze war noch nicht fertig. Das hätte Leerstellen gegeben, oder …«, erwiderte er so ruhig wie möglich. »Oder sie hätte Blasenlöcher bekommen und wäre gebrochen.«

Der Meister sah ihn verblüfft an. »Und das habt Ihr einfach so gesehen?«

Anton nickte selbstbewusst. »Hab ich.« Er trat auf den Mann zu, streckte ihm die Hand entgegen. »Anton Haderer. Bronzegießergeselle.«

Der Meister ergriff die ausgestreckte Hand.

»Ich komme eben aus Welschland«, fuhr Anton fort. »War in Siena und Mailand und habe dort mein Handwerk verfeinert. Aber ich habe mich noch nicht bei der Zunft melden können, weil ich erst heute mit dem letzten Schwung hinter die Mauer gekommen bin.«

»Haderer?«, fragte der Mann und runzelte die Stirn. »Haderer? Aus Augsburg?«

»Ja. Die drei Wanderjahre sind um. Ich bin zurück und will hier als Gießer arbeiten.«

Der Meister musterte ihn von oben bis unten. Sein Frevel, in den Bronzeguss eingegriffen zu haben, schien vorerst vergessen.

»Vom Haderer Gustl der Sohn? Vom Kupferschmied?«

»Von eben dem!«, bestätigte Anton. »Und wer seid Ihr?«

Der Meister zog die Augenbrauen zusammen. Es war ihm anzusehen, dass ihm das Auftreten des jungen Mannes missfiel und er sich nur mühsam zurückhalten konnte.

»Meister Peter Wagner, Stadtgießer«, presste er hervor. »Ihr habt eben eine wichtige Prüfung versaut, Kerl.«

Anton lächelte selbstgewiss. »Oh, das wird sich zeigen – und ich bin mir sicher, Ihr liegt falsch. Aber ich habe den richtigen Mann getroffen.«

Der Lehrling duckte sich, weil er offenbar den cholerischen Charakter seines Meisters kannte und einen Wutausbruch befürchtete.

Mit einer energischen Handbewegung unterbrach Anton die Standpauke, zu der Meister Wagner ansetzen wollte.

»Ich gehe davon aus, dass Ihr auf Kupfer und Zinn wartet. Ich weiß, dass morgen in aller Herrgottsfrühe, spätestens aber übermorgen eine ganze Ladung mit Kupfer und Zinn ankommt – und der Fugger dieses Metall für sich und sein Haus reklamieren wird, obwohl es für Euch bestimmt ist.«

Er sprach schnell, damit die Wut des Meisters nicht überhandnahm und er sich in irgendwelchem Gebrüll verlor.

Wagner ließ den Mund offenstehen und wusste wohl nicht recht, was er sagen sollte.

Nachdem Anton den Haken ausgeworfen hatte, wandte er sich unbekümmert dem Lehrling zu. »Hast du dir angesehen, wie die Speise gekocht hat? Hast du dir Farbe und Form des Auges gemerkt? Erst, wenn beides zusammentrifft, kannst du abgießen. Keinen Augenblick früher – und nicht viel später.«

Mattheis nickte und schielte gleichzeitig zu seinem Meister. Doch Anton war noch nicht fertig.

»Im Welschland, wo ich jetzt drei Jahre gelernt habe, gehen die Meister nicht für einen Schluck nach draußen, wenn sie dem Lehrling etwas zeigen können, was ihn zu einem vernünftigen Gesellen macht.«

Meister Wagner holte Luft, aber Anton sah, wie es hinter der Stirn arbeitete, wie er die Nachricht gegen die Unverschämtheit abwog, die er ihm eben an den Kopf geworfen hatte.

»Woher wisst Ihr von dem Kupfer und Zinn?«, fragte der mit zusammengepressten Zähnen.

»Ich weiß es eben, Meister Wagner«, antwortete er.

»Wo kommt das Metall an und wann?«

Anton stemmte die Arme in die Hüften und trat vor den Stadtgießer.

»Wir sollten etwas besprechen«, sagte er leise, und fügte, als Mattheis sich entfernen wollte, hinzu: »Bleib. Ich brauche einen Zeugen.«

* * *

Sie waren im Morgengrauen aufgebrochen, früher als geplant. Ann-Kathrins Vater war mit seinem großen Gefährt vorausgefahren, hatte sie auf der Höhe von Königsbrunn abgepasst und war zu ihnen umgestiegen. Bis dahin war es ein leichtes Flößen gewesen. Der Lech hatte sich beruhigt, und es blieb genügend Wasser zurück, um über die Hindernisse und Stromschnellen hinwegzukommen. Die Regenwolken im Süden versprachen zwar weitere Hochwasserwellen, aber diese würden sich erst in einigen Tagen bemerkbar machen. Dann wären sie schon wieder auf dem Heimweg oder gar ganz zurück in Füssen.

Ann-Kathrin hatte ihre halbwegs getrockneten Wasserstiefel zurückbekommen, und Säule und sie hatten das Floß wieder gemeinsam fahren dürfen. Es war so hergerichtet worden, dass sie es mit ihrer Ware durch die Floßgasse steuern konnten, die oberhalb von Königsbrunn abzweigte und bis an die Jakobervorstadt heranführte. Das sparte Transportgeld, denn von der Floßlände am Lech aus war es doch ein ziemlich weiter Weg bis in die Innenstadt.

Die fünf großen Kisten machten das Wasserfahrzeug aber auch instabil, nachdem sie die Außenbalken verloren hatten. Es war eine Herausforderung, ein Umkippen zu verhindern, da der Schwerpunkt zu hoch lag und zu wenig seitliche Balken stabilisierten. Ann-Kathrin wusste nicht, ob ihr Vater sie ein zweites Mal und damit endgültig scheitern sehen wollte, oder ob er ihr diese Aufgabe zumutete, weil er sie für eine tüchtige Flößerin hielt.

Vor dem Abzweig fing er sie ab und wechselte zu ihnen aufs Floß. Seine Männer schickte er weiter zur Anlegestelle, die in einer knappen Stunde erreicht sein würde. Die schmalere und daher schnellere Floßgasse forderte Ann-Kathrins ganze Geschicklichkeit, damit das Floß nicht gegen die befestigten Ufer stieß und sich verkeilte. Sie arbeitete, als gäbe es keinen Abend, bis die Stadtmauer von Augsburg in Sicht kam, und ihr Vater jubelte, es endlich geschafft zu haben. Was man jedenfalls bei ihm jubeln nennen konnte. Er brummte »Wir haben's geschafft!« in seinem Bart und nickte Säule und ihr anerkennend zu. Dann spuckte er in einem hohen Bogen ins Wasser.

Es war neun Uhr morgens am Mittwoch. Die Kirchen ließen den Klang ihrer Glocken zu ihnen herüberschallen, und Ann-Kathrin freute sich auf einen kühlen Trunk und etwas

Deftiges zu essen in der Flößerschenke, wenn der Übergabekram erledigt war. Deshalb musterte sie mit Sorge die Unruhe an der Anlegestelle. So ein aufgeregtes, sich wie ein Bienenschwarm gebärdendes Gesumme war selten.

Offenbar waren neben den Handwerkern, Händlern und Kaufleuten diesmal auch Ratsmitglieder eingetroffen, die an ihren schwarzen, pelzverbrämten Schauben zu erkennen waren. Allesamt waren sie würdevoll anzusehen, behängt mit schweren goldenen Ketten, die teils ein Vermögen wert waren.

So hatte Ann-Kathrin die Ankunft der Füssener Flößer und deren Begrüßung noch nie erlebt. Eine leichte Unruhe beschlich sie, als die Ratsmitglieder, mit denen sie sonst nie zu tun bekamen, sich zu viert auf sie zubewegten, eine schwarze Wand, die bedrohlich wirkte und bedrohlich war. Ihre Kragen wiesen sie als protestantische Mitglieder des Magistrats aus. In Augsburg war das Verhältnis im und zum Magistrat schwierig, hatte ihr der Vater einmal erklärt. Der Stadtrat war seit dem Augsburger Religionsfrieden paritätisch besetzt, Protestanten und Katholiken saßen dort im kleinen Rat zu gleichen Teilen. Es gab sogar einen doppelten Bürgermeister, sowohl einen der katholischen Seite als auch einen der protestantischen. Allerdings standen sich die beiden Parteien meist misstrauisch, manchmal sogar feindlich gegenüber. Die Anwesenheit nur der protestantischen Seite konnte nichts Gutes bedeuten.

»Was habt Ihr geladen?«, raunzte der erste Mann ihren Vater an, kaum dass das Floß auf der seichten Stelle aufgesetzt hatte.

Der runzelte die Stirn und setzte ein Lächeln mit gefletschten Zähnen auf. »Guten Morgen, die Herren«, erwiderte er betont freundlich und langsam.

Doch der Wortführer der Männer hielt sich nicht mit Höflichkeitsfloskeln auf. »Beantwortet die Frage«, blaffte er den Flößer an.

Ann-Kathrins Vater nickte bedächtig. »Wer fragt mich das? Hat der Magistrat mich beauftragt?«

Die Männer sahen sich vielsagend an und nickten sich gegenseitig zu, als müssten sie Kraft und Stärke aus gemeinsamer Entschlossenheit ziehen.

»Was habt Ihr geladen?«, fragte der Wortführer wieder und trat einen Schritt vor.

»Waren!«, war die kurze und mittlerweile barsche Antwort ihres Vaters. »Wie Ihr seht.«

Er sprang vom Floß an Land und stellte sich so, dass die Männer an ihm hätten vorbeischauen müssen, damit sie etwas sahen.

»Wir haben den Verdacht, dass Ihr neben dem Holzwert illegal Metalle in die Stadt schafft. Allen voran Kupfer, das dringend für den Bronzeguss benötigt wird.«

Der Floßmeister wirkte noch immer gelassen, wenn auch etwas mürrisch. Wer ihn nicht kannte, hätte vermutet, er sei die Ruhe selbst. Doch in seinem Inneren brodelte es. Ann-Kathrin erkannte es an der Art, wie er die Beine stellte und auf den Fußsohlen wippte.

»Wir transportieren Fugger-Kupfer und ja, auch Marmor für den Stadtrat«, erwiderte ihr Vater und blickte über die Schulter nach hinten. »Sowie Bauleinen.«

»Lasst mich sehen!«, befahl der Ratsherr und baute sich vor Ann-Kathrins Vater auf.

»Gern!«, brummte der, ohne sich von der Stelle zu rühren. Wer auf das Floß wollte, musste an ihm vorbei. Er würde, das wusste Ann-Kathrin, keinen Fußbreit beiseitetreten.

Ihr Vater verschränkte die Arme vor der Brust. »Was wollt ihr Herren?«, herrschte er sie an, blieb aber weiterhin freundlich.

Der Ratsherr, der ihn angesprochen hatte, kramte in einem Stapel Papiere herum, sah kurz darauf und erklärte dann frostig: »Das Kupfer, das Ihr transportiert, gehört der Stadt.« Dann hielt er die Dokumente kurz hoch und ließ sie wieder in seinem Papierwust verschwinden.

Ann-Kathrins Vater holte tief Luft und deutete auf die Dokumente in der Hand des Ratsherrn. »Das erkennt Ihr aus den Abrechnungen der Holzlieferungen?«

Das Mienenspiel, das sich Ann-Kathrin bot, wäre Anlass für eine Komödie gewesen, hätte der Ratsherr gelacht. So aber wurde der Mann zuerst blass, dann vor Scham verlegen und schließlich zornesrot.

»Was bildet Ihr Euch ein? Als könntet Ihr lesen! Noch einmal. Wir lassen unser Eigentum holen.«

Der Floßmeister überging die Beleidigung und zeigte auf das oberste Schriftstück.

»Dort steht, wenn ich es recht weiß, dass Ihr sechsundzwanzig Klafter Holz für die Rathauskamine geordert habt. Dreizehn Stoß hat dieses Floß hier. Sobald wir Kupfer und Marmor abgeladen haben, bekommt Ihr Euer Holz.« Der Ratsherr wurde langsam unruhig, weil er so viel Widerstand nicht erwartet hatte, und einen Flößer, der lesen konnte, ebenso wenig.

»Hier!« Er blätterte seine Papiere auf, suchte etwas herum und deutete dann mit dem Finger auf eine Stelle. »Hier steht ...«

Ann-Kathrins Vater trat auf den Ratsherrn zu, nahm ihm den Stapel aus der Hand und drehte ihn um. Kurz überflog er, was dort stand, dann lächelte er. »Ihr habt recht. Dort steht, dass Ihr den Flößern Geld schuldet. Zwölf Gulden und sechzehn Pfennige. Ihr habt den Betrag sogar rot unterstrichen. Allerdings für Holz. *Nur* für Holz.«

»Seid Ihr wahnsinnig?«, fauchte ihn der Mann an. »Wollt Ihr mich, ein Mitglied des protestantischen Rats, der Lüge bezichtigen?«

Der Floßmeister sagte nichts darauf, sondern schaute ihn nur an, bis der Magistrat unruhig von einem Bein auf das andere trat.

Mit zunehmender Sorge hatten Ann-Kathrin und Säule das Gespräch verfolgt, das mit jedem Wort hitziger wurde.

»Wir warten auf den Fugger-Kontoristen«, erklärte ihr Vater. »Er wird Euch klipp und klar Bescheid geben, wenn das nicht sein Kupfer ist. Ich habe schon nach ihm geschickt.«

Der Ratsherr schluckte. Erstmals drehte er sich hilfesuchend zu seinen Begleitern um. »Heraus mit den Papieren, dann werden wir es ja sehen«, zischte er.

»Seid Ihr Ratsherr oder Wegelagerer, dass Ihr dem Wort eines Füssener Flößers nicht mehr glaubt?«

Plötzlich wurde der Mann vor ihrem Vater ruhig, und strahlte eine Selbstsicherheit aus, die vorher nicht da gewesen war. »Könnt oder wollt Ihr die Papiere nicht vorzeigen?«

»Ich habe sie noch nie vorzeigen müssen. Solange ich Flößer bin, wurde meinem Wort geglaubt.«

Der Mund des Magistrats verzog sich zu einem verächtlichen Grinsen. »Die Zeiten lassen so manchen auf die schiefe Bahn geraten. Oft muss man verkaufen. Zur Not an den Meistbietenden.«

Ann-Kathrins Vater sah aus, als hätte er dem Magistrat am liebsten eine Ohrfeige verpasst. »Den Teufel werde ich tun! Das Kupfer ist Fugger-Kupfer. Punkt. Wenn Ihr Euch widerrechtlich etwas aneignen wollt, dann müsstet Ihr es Euch schon holen.«

Eine Pause entstand, in der sich die beiden Männer anstarrten.

Endlich nahm der Magistrat seinen Blick von Ann-Kathrins Vater. Sein Lächeln wirkte gefährlich. »Ihr wolltet es so, Biechler. Wir sehen uns.« Damit machte er zur Verblüffung aller kehrt und stapfte dem Jakobertor entgegen.

»Das wäre erledigt«, stieß ihr Vater hervor und rieb sich die Hände.

Ann-Kathrin schüttelte den Kopf. »Das glaube ich nicht, Vater. Sie kommen zurück. Solange wir die Papiere nicht haben …« Sie brach ab, denn in diesem Moment ertönte ein Fanfarenstoß über die Floßlände hinweg. Alle sahen hoch, und Ann-Kathrin erstarrte.

13

AUGSBURG, GIESSEREI AM KATZENSTADL

Von sicherer Warte aus beobachtete Anton das Geschehen an der Floßlände, feixte und rieb sich die Hände. Da sein Beutel, in dem sich auch die Ledertasche mit den Frachtunterlagen befand, verschwunden war – vermutlich hatte er ihn bei dem Unfall verloren und er war im Fluss untergegangen –, konnte der Floßmeister nicht nachweisen, dass das Kupfer für den Fugger bestimmt war. Alles lief, wie Anton es sich gedacht hatte: Nachdem er Meister Wagner am Vorabend davon erzählt hatte, war dieser schnurstracks zum Zunfthaus geeilt, hatte die protestantischen Zunftoberen noch in der Nacht aufgestachelt, und diese hatten sich früh am Morgen die ebenfalls protestantischen Magistrate vorgenommen. Auch wenn die Zünfte keine eigenen Vertreter mehr im Rat hatten, ihr Einfluss auf ihre Religionsgenossen war immer noch stark genug. Eins hatte ins andere gegriffen, wie in einem gut geschmierten Räderwerk, ohne dass er noch einen Finger hatte rühren müssen. Die Aussicht, dem eitlen katholischen Fugger sein Kupfer abzujagen, hatte sie beflügelt. Hinzu kam, dass Kupfer derzeit knapp war. Sehr knapp – und die bevorstehende Aufgabe, einen ganzen Figurenbrunnen mit Bronzen auszustatten, überforderte die Vorräte der Stadt und ließ die Preise in die Höhe schnellen. Da kam die Floßfuhre gerade recht. Die Gesichter der Meister hatten geglüht.

Allein die Miene Ann-Kathrins zu sehen, als die protestantischen Magistrate ihrem Vater die Auslieferungsforderung mitteilten, war es wert gewesen.

Doch dann zogen sich die Ratsmitglieder zurück, und Anton begann leise zu fluchen. Hatten sie etwa aufgegeben, sich von dem forsch auftretenden Flößer beeindrucken und übertölpeln lassen?

Misstrauisch beobachtete er, wie die schwarzen Rabenvögel von Magistraten miteinander tuschelten. Doch dann erscholl auf ein Zeichen des Wortführers hin ein Fanfarenstoß, und sechs Mann der Stadtwache in Harnisch und mit Piken schoben sich auf die Floßlände und drängten die Käufer und Neugierigen beiseite.

Antons Grinsen wurde breiter. Die Soldaten bildeten eine Gasse und eskortierten den Wortführer des Magistrats erneut vor den Floßmeister. Die Stadtoberen hatten nun Unterstützung angefordert. Anton rieb sich die Hände.

Beobachten konnte er, wie der Ratsherr auf Biechler zuging und ihm einen Beutel mit Geld hinhielt, der mit einem auffälligen gelben Lederriemen verschnürt war. Doch Biechler rührte sich nicht. Der Magistrat zuckte mit den Schultern und ließ den Beutel vor die Füße des Flößers fallen. Der bückte sich nicht, sondern verschränkte nur die Arme vor der Brust. Anton hätte es nicht gewundert, wenn es zu einer Prügelei gekommen wäre.

Doch dann verbreitete sich eine Unruhe unter den Anwesenden. Er sah, wie Biechler den Blick von seinem Widersacher abwandte und hinter ihm nach der Ursache des Aufruhrs suchte. Er konnte nicht genau sagen, wovon sie ausging, bis sich ein Mann in sein Blickfeld schob, den er nur zu gut kannte: der Leiter des Augsburger Fugger-Kontors.

Der hob die Arme, um den Lärm, den sein Auftauchen verursachte, zu dämpfen.

»Haltet ein!«, rief er über die Köpfe hinweg. »Das Kupfer auf dem Floß ist eine Order des Hans Fugger!«

Unwillig stampfte der Schwarzgekleidete mit dem Fuß auf. Offenbar war er unzufrieden und hatte eben diese Situation vermeiden wollen. Er gestikulierte und drängte Biechler, den Beutel aufzuheben, was dieser aber unterließ. Dann war der Fugger-Faktor bei ihm und stellte sich vor dem Flößer auf. Selbst die Stadtwache hatte es nicht gewagt, ihn abzuwehren.

»Wir, Hans Fugger der Jüngere, erheben hiermit Anspruch auf das Kupfer dieser Ladung, wie es die Frachtbriefe beweisen«, rief er mit volltönender Stimme über die Menge hinweg.

Kurz war es still. Anton hörte sein eigenes erwartungsvolles Keuchen.

»Da die Fracht keine gültigen Papiere aufweist, gehört sie der Stadt. Wir haben bereits bezahlt und werden unser Eigentum schützen«, beharrte der Ratsherr.

»Ihr eignet Euch fremdes Eigentum an. Floßmeister, die Frachtunterlagen.« Der Fugger-Faktor streckte fordernd die Hand aus.

Anton sah, wie Biechlers Schultern herabsanken, wie er mit sich kämpfte und dann zugeben musste, dass diese bei dem Unfall verloren gegangen waren.

Dann geschah etwas Unerwartetes. Ein zweiter Beutel mit gelbem Schnürband gesellte sich zu dem ersten. Der Ratsherr hatte den Preis erhöht, den er zu zahlen bereit war, und einfach ein Säckchen dazu geworfen.

Biechler senkte schuldbewusst den Kopf, dann bückte er sich und griff nach den Münzsäckchen. Schließlich verließ er den Anleger, die beiden Beutel in der Hand, die er sich sorgfältig an den Gürtel band. Der Fugger-Faktor zuckte mit den Schultern und wandte sich ebenfalls zum Gehen, nicht ohne dem Magistratsvertreter noch etwas zuzuflüstern, was dieser mit gerunzelten Brauen zur Kenntnis nahm.

Die Magistratskrähe nickte, und seine Männer scheuchten nicht nur die Flößer von der Lände. Zwei Mann der Stadtwache nahmen vor dem Floß Aufstellung und kreuzten die Piken.

Anton rieb sich die Hände. Sie hatten das Floß mit dem Kupfer beschlagnahmt und Biechler bezahlt.

»*Da* seid Ihr!«, sprach ihn eine Stimme an, und ein Mann trat neben ihn. »Ich sehe, Ihr seid zufrieden.«

Anton zuckte nicht einmal. Er hatte Wagner sofort erkannt.

»Jetzt kann ich bei Euch anfangen«, sagte er. »Ich brauche noch ein Bett und …«

»Bekommt ihr, Haderer. Ein gelungener Coup. Ich hoffe nur, dass die Verwicklungen der Zunft mit dem Geizhals Fugger nicht zu größeren Verwerfungen führen.«

Der Geselle zuckte nur mit den Schultern. Verwirrt sucht er die Floßlände ab. Der eine Augenblick der Unaufmerksamkeit hatte genügt, und er hatte die Biechlers aus den Augen verloren.

»Ein Sieg für die Protestanten. Morgen geht es los!«, sagte Meister Wagner und hielt ihn am Arm fest, weil er versuchte, davonzulaufen und nach den Flößern zu sehen. Vor allem vor der Biechler-Tochter musste er noch einmal seinen Triumph auskosten.

»Ich habe die Form geöffnet. Ihr hattet recht. Sie ist gelungen. Nur ein Gesellenstück zwar, aber der Beweis Eures Könnens. Ihr hättet sonst nur Gussgrate abgefeilt.«

Antons Herz machte einen Satz. Obwohl ein wenig Erpressung dabei gewesen war, was seine Einstellung bei dem Stadtgießer anbelangte, hatten vor allem seine Fertigkeiten den Ausschlag gegeben.

»Bis morgen dann«, sagte er und wandte sich zum Gehen.

»Beim Morgengrauen!«, rief ihm Wagner hinterher.

Ich werde da sein, dachte Anton und lief in die Stadt.

Aufmerksam musterte er seine Umgebung, aber die Biechlers waren nicht mehr zu sehen, ebenso wenig wie die anderen Flößer. Wohin um alles in der Welt waren sie gegangen?

Er machte kehrt und lief zur Floßlände zurück bis zu den Wächtern, die ihn mit mürrischen Blicken bedachten. Erst als er sich umdrehte, bemerkte er, dass ein schmaler Weg außen an der Mauer entlangführte, hinüber zum Jakobertor. An den hatte er gar nicht mehr gedacht. Natürlich hatten sie den genommen. Er überlegte, dass sich die Männer vermutlich auf die Schänken der Jakobervorstadt verteilen und sich dann langsam auf den Heimweg nach Füssen machen würden.

Anton biss sich auf die Lippen. In welche der Schenken waren die Biechlers eingekehrt?

Es war für ihn nicht wichtig, er hatte seine kleine Rache bekommen und sein Ziel erreicht. Aber er wollte zu gern sehen, wie Ann-Kathrin reagieren würde, wenn sie erfuhr, dass er noch lebte.

Er lief auf das Tor zu und wollte eben durchschlüpfen, als einer der Wächter ihn anhielt.

»Ich kenne dich nicht, Bursche. Was willst du in der Stadt?« Er streckte die Hand aus, um das Torgeld zu kassieren.

»Ich bin der neue Geselle bei Meister Wagner, dem Bronzegießer.«

Verblüfft musterte der Wächter ihn von oben bis unten. »Bei Wagner? Du? Das glaubst du doch selbst nicht!«

»Fragt ihn, er war eben noch drüben auf der Floßlände und ist sicher zur Gießerei am Katzenstadl unterwegs.«

Der Wächter grinste und hielt den Gesellen fest. »Marx, nimm den Kerl mit in die Wachstube. Ich muss etwas nachprüfen lassen.«

* * *

Allein die Geschwindigkeit, mit der ihr Vater voranschritt, machte ihr klar, wie wütend er war. Seit Ann-Kathrin denken konnte, hatte er für die Fugger gearbeitet, aufrichtig, zuverlässig und treu. Dass ihm jetzt nachgesagt werden konnte, er habe Frachtunterlagen verloren und deshalb der Familie Fugger Schaden zugefügt, traf ihn zutiefst.

Ann-Kathrin hastete hinter ihm her. »Warum hast du das Geld genommen?«, fragte sie keuchend und deutete auf die beiden Geldsäcke an seinem Gürtel. »Du hättest es liegenlassen sollen.«

Zuerst antwortete er nicht, sondern stapfte wortlos voraus, entgegnete dann aber: »Was redest du da für einen Blödsinn? Wir haben gute Arbeit geleistet und wollen dafür gut bezahlt werden.«

»Aber das Geld kam von den falschen Leuten.«

Ann-Kathrin geriet außer Atem, so sehr rannte ihr Vater vor ihr weg. Als müsse er flüchten.

»Aber es ist Geld! Ich muss meine Männer bezahlen. Die wollen trinken. Ich muss meine Ausgaben begleichen, sonst werfen sie mich in den Schuldturm. Meinen Flößern ist es egal, wer mich bezahlt hat. Und ich habe auch Durst. Bevor die Sonne untergeht, müssen wir auf dem Weg zurück sein. Die Nacht ist hell.«

Noch einmal beschleunigte er seine Schritte, und Ann-Kathrin neben ihm musste fast rennen. Sie ahnte, wohin er wollte. Er bog zum Jakobertor ein und durchschritt den Einlass. Die Wachen begrüßten ihn jovial.

»Wieder mal da, Biechler? Ach. Das Töchterlein auch dabei? Hat sich rausgemacht, Flößer. Saubere Dirn.«

Ihr Vater grüßte sie kurz, warf ihnen zwei launige Sätze hin, schritt aber rasch weiter.

»Ist dir eine Wasserlaus über die Leber gelaufen?«, riefen sie ihm nach und lachten gutmütig.

»Ein Floß ist geborsten und ein Mann verschwunden …«

Mehr brauchte er nicht zu sagen. Alle wussten sie, wie schwer und gefährlich die Flößerei war und dass immer wieder Unglücke geschahen.

Unter dem Tor verlor Ann-Kathrin ihren Vater aus den Augen, weil einer der älteren Männer sie am Arm nahm und zu sich umdrehte.

»Kind. Annka! Bist du das? Wie groß du geworden bist. Erinnerst du dich? Du hast schon auf meinem Schoß gesessen. Da warst du noch …« Er deutete mit den Händen eine Größe an. »… so klein. Und jetzt bist du eine Frau.«

Sie wollte den Hias, den sie kannte, seit sie unter dem Tor hindurchgingen, nicht verärgern und ließ sich auf einen kleinen Schwatz ein, erzählte, was ihr widerfahren war und welche Probleme es gab. Der Alte hörte genau zu.

»Ja«, schwadronierte er. »Die neuen Zeiten bringen ein neues Geschlecht hervor. Ob das nun besser ist als das alte, wage ich zu bezweifeln, aber es ist − anders.«

Dann drückte er sie an sich und schob sie wieder weg. »Auf mich kannst du dich verlassen. Annka. Wenn etwas ist, dann komm zu mir.«

Sie lächelte ihm zu und bedankte sich mit einem Kuss auf seine stoppelige Wange, obwohl sie nur an ihren Vater denken konnte.

Der Alte drehte sich zu seinen Männern um. »Habt ihr das gesehen? Habt ihr es gesehen? Hätte nicht gedacht, Männer, dass ich noch bei den jungen Dingern ankomme!«, rief er lachend in die Runde.

Die anderen johlten und pfiffen.

»Eine zweite Jugend tut dir gut, Alter!«, rief einer aus dem Hintergrund, und Hias drohte ihm freundschaftlich mit der Faust.

Ann-Kathrin winkte fröhlich und machte sich auf den Weg. Doch sobald die Wächter sie nicht mehr sahen, ließ sie verzweifelt den Blick über die Straße gleiten. Nirgends konnte sie mehr die hochgewachsene Gestalt ihres Vaters entdecken. Sie hoffte, er wäre in die Schenke am Jakobertor eingekehrt. Sie ging über den Vorplatz, blieb vor dem Eingang kurz stehen und rümpfte die Nase. Allein der Geruch, der ihr trotz geschlossener Tür in die Nase stieg, ließ sie zögern.

Wenn sie etwas in dieser Welt nicht verstand, dann war es, warum sich Männer in solch einen Gestank setzen, bis zur Besinnungslosigkeit Bier trinken und sich noch dazu darüber freuen konnten. Sie hoffte, dass sich ihr dies irgendwann erschließen würde, jetzt fühlte sie nur Brechreiz und Ekel, als sie die Tür öffnete und in den Dunst eintrat.

Der Schankraum war dunkel, dreckig und überhitzt. Die Gesichter der allermeisten Gäste waren vom Bier und der Hitze gerötet, und das Gegröle der unzähligen Stimmen dröhnte in den Ohren. Jeder versuchte, den anderen zu überschreien – es war ein höllischer Lärm.

Nur in dem Augenblick, als sie über die Schwelle ins Innere trat, verstummten alle Gäste und starrten sie an. Doch das hielt nicht lange vor. Schon einen Wimpernschlag später brach sich das Gebrüll wieder Bahn.

Ann-Kathrin musste kurz innehalten, bis sich ihre Augen vom grellen Licht draußen an die Dämmerung hier drinnen gewöhnt hatten. Aber schon kurz bevor sie alles erkennen konnte, wusste sie, dass ihr Vater nicht in der Schenke weilte. Zwar sah sie drei Männer vom großen Floß in einer Ecke hocken und nach ihr Ausschau halten und winken, aber sie reagierte nicht auf sie.

Ihr Blick wurde von einem Kessel angezogen, der über dem offenen Feuer in der anderen Ecke köchelte und von dem ein köstlicher Geruch ausging. Jetzt erst wurde ihr bewusst, wie hungrig sie war. Sie musste sich losreißen, suchte weiter den Raum ab. Wo war ihr Vater? Sollte sie die Männer fragen?

Sie entschied sich dagegen. Wer viel fragte, bekam viele Antworten, auch solche, die einem nicht gefielen. Ann-Kathrin drehte sich um, drückte die Tür auf und wurde beinahe durch den Schwung, mit dem sie geöffnet wurde, nach draußen gerissen und stolperte einem Mann gegen die Brust.

Verwirrt und überrascht zappelte sie sich frei.

»Hoppla. Wer fällt mir denn da in die Arme?«

»Vater?« Die Stimme war unverwechselbar. Auch wenn sie etwas ärgerlich klang. »Wo warst du?«

»Was machst du hier?«, fragte er barsch zurück.

»Wo soll ich denn deiner Meinung nach hin?«, antwortete sie patzig. »Soll ich mich in Luft auflösen? Außerdem hab ich Hunger – und du hast das Geld!«

Offenbar bemerkte er, dass er übertrieben reagiert hatte. Er schob sie vor sich her in die Gaststube und schloss hinter ihnen die Tür.

»Natürlich.«

Er schien besänftigt, doch Ann-Kathrin erkannte eine gewisse Nervosität in seinem Blick und in den Gesten. Er war weder glücklich, sie zu sehen noch die Flößer im Hintergrund, die ihm zuwinkten, sich doch an ihren Tisch zu setzen.

Als er sich langsam dorthin bewegte, fiel Ann-Kathrin auf, dass nur noch ein Geldsack von den beiden, die er an sich genommen hatte, an seinem Gürtel baumelte. Wo war der zweite geblieben?

»Komm her, Biechler. Wir warten auf unseren Lohn. Dieser Schankwirt mit seinem unruhigen Auge macht uns ganz nervös. Er will tatsächlich Münzen sehen, der Halunke, obwohl wir nicht wissen, ob er das überhaupt kann. Als wenn es nicht genügen würde, dass wir in seiner Stube sitzen.«

»Bei eurem Anblick würde ich mir auch überlegen, ob ich euch bediene«, lachte er, trat näher und klopfte zur Begrüßung auf den Tisch.

Er rückte sich einen Stuhl heran, und Ann-Kathrin nahm sich selbst einen. Dann hob der Floßmeister die Hand.

Der Schankwirt trat gerade aus der Tür, die in den hinteren Hof und zum Abort führte, in die Stube und kam sofort herbeigeeilt. Umständlich wischte er sich die Hände trocken.

»Meiner Tochter etwas von dem Eintopf dort. Mit Brot. Uns vieren ebenfalls und dazu Bier.« Er musterte den Wirt, als der sich keinen Schritt von ihm fortbewegte, sondern ihn nur mit einem unsteten Auge, das unkontrolliert hin und her lief, anglotzte. »Habt Ihr etwas an den Ohren, oder wo drückt der Schuh?«

»Die Flößer haben bereits ...«, murmelte er mürrisch, während nur sein festes Auge Biechler fixierte.

»Unsinn! Ich zahle.« Damit drehte er sich zu den Männern um, die johlten und ihm auf die Schulter schlugen. »Und hier ...«, fuhr er fort, nachdem der Jubel abgeklungen war. »Hier ein Vorschuss. Versauft nicht alles, und schaut darauf, euren Frauen ausreichend zu geben. Sonst hungern die Kinder, und ihr werdet aus euren Betten ausgesperrt. Beides gibt nur unnötig Geschrei!«

Er zählte den Männern aus seinem Geldbeutel Münzen auf den Tisch, die diese sofort in ihren Händen und Gürteln verschwinden ließen. Ein Grinsen machte sich breit. Nur der Schankwirt wich nicht von seiner Seite.

»Was ist jetzt, Conrad? Gibt es etwas zu essen und Bier?«, fragte Biechler. Er legte zwei Münzen auf den Tisch und schob sie ihm hin.

Der Schankwirt strich sie in seine schwielige Hand, nickte und verschwand. Wenige Augenblicke später kehrte er mit fünf Tellern zurück, und kurz darauf standen auch Bierkrüge auf dem Tisch.

Ann-Kathrins Vater deutete auf einen zusätzliche Pfennig Trinkgeld am Tisch und machte sich über das Essen her. Auch sie holte ihren Holzlöffel hervor, der an ihrem Gürtel hing, und senkte ihn in den Eintopf.

Doch kaum hatte sie den ersten Bissen im Mund, als die Tür zur Schänke aufgerissen wurde und mit einem gewaltigen Krachen gegen die Wand schlug.

Ein Mann verdunkelte die Türöffnung, der eine Pike in der Hand hielt.

»Hans Biechler? Seid Ihr hier?«, rief der Stadtwächter in den Raum hinein.

»Wer will das wissen?«, fragte Ann-Kathrins Vater mit vollem Mund, griff sich seinen Krug und spülte nach.

»Der katholische Magistrat der Stadt Augsburg will Euch sprechen, Mann.«

14

AUGSBURG, JAKOBERTOR

Es war schon Mittag, als die Wärter Anton endlich laufen lie-ßen, und er bekam noch einen Tritt in den Hintern mit.

»Damit du es dir merkst, Kerl«, rief ihm der eine nach, und Anton musste sich zurückhalten, um ihm nicht die Zunge herauszustrecken. Er hatte genug Ärger für einen Tag.

»Was fällt dir eigentlich ein, du Sumpfkopf?«, wetterte Wagner, und schon setzte es einen zusätzlichen Schlag mit der flachen Hand gegen den Hinterkopf. Antons Schädel dröhnte. »Nur weil du das Torgeld nicht bezahlen konntest, musste ich extra hierherlaufen und dich auslösen. Am liebsten hätte ich dem Laufburschen gesagt, die Stadtwachen sollen dich ruhig in den Turm sperren und in einer Woche erst wieder rauslassen.«

Anton murrte zwar, hielt aber den Mund. Er wusste, dass der Meister nicht gekommen wäre, wenn er nicht ein Interesse an ihm gehabt hätte. Irgendwann, schwor er sich, würde er sich für Fußtritt und Schlag schadlos halten. Aber das hatte Zeit – wenn er auch nichts vergaß.

Wagners Tobsuchtsanfall war denn auch rasch vorbei und verraucht. Anton glaubte ohnehin, dass er eher den Wärtern geschuldet gewesen war als ihm selbst. Sobald sie nämlich durch das Barfüßertor gegangen waren, änderte sich das Verhalten des Meisters.

Anton sah die Zeit gekommen nachzufragen. »Hat es sich gelohnt?«

Der Stadtgießer antwortete nicht.

»Das Kupfer? Hat es sich gelohnt?«

Meister Wagner lachte herzhaft. »Hat es. Die Kupferplatten sind schon in den Ofen geschichtet. Wir gießen sie aus, entfernen die Schlacken, und dann geht es in den Tiegel, zusammen mit dem Zinn. Daraus werden wir die erste große Figur gießen. Den Augustus!«

Anton lief eine Weile stumm neben seinem neuen Meister her. Schließlich hielt er es nicht mehr aus. »Wann wird das sein?«

»In zwei Tagen, vielleicht dreien. Hubert Gerhard hat das Wachsmodell hergestellt. Sobald wir die Form gussfertig haben, müssen wir sie nur noch in die Grube setzen.«

»Aber das wird doch hoffentlich nicht die einzige Figur bleiben?«

»Wenn Meister Gerhard, der Künstler, der den Brunnen entworfen hat, die ersten Zeichnungen und Wachsmodelle für weitere Figuren liefert, geht es weiter. Kupfer haben wir jetzt ausreichend.«

Enttäuschung machte sich in Anton breit. »Zeichnet und modelliert er alle Figuren selbst?«

Der Kopf des Meisters ruckte zu ihm herum. »Warum fragst du, Kerl?«

Sie stapften gerade den Berg zur Oberstadt und zur Domstadt hinauf, und Anton rang nach Atem.

»Weil ich … zeichnen … kann!«, stotterte er keuchend. »Auch in Wachs kann ich formen.«

Abrupt blieb Peter Wagner stehen und stemmte die Arme in die Hüften.

»Du übertreibst. Hüte dich davor anzugeben. In meiner Werkstatt zeigt man durch Arbeit, was man kann.«

Beleidigt zog Anton eine Schnute, stach aber den Gießer mit seinem Blick nieder.

»Ich übertreibe nicht. Gebt mir ein Blatt Papier, dazu einen Wachsstock und Zeit bis morgen, dann werde ich Euch beweisen, dass ich nicht schwindele, Meister Wagner.«

Der Stadtgießer schnaubte. Anton sah, wie er mit sich kämpfte – schließlich kannten sie sich erst wenige Stunden. Aber dann gewann offenbar die Experimentierfreude in Wagner die Oberhand.

»Papier und einen Wachsstock. Wir brauchen für den Brunnen noch Zusatzfiguren. Denk dir eine aus. Aber Meister Gerhard hat das letzte Wort, darüber zu urteilen, ob sie was taugt.«

Damit schritt er wieder aus, schneller als zuvor, als wolle er die Zusagen, die ihm Anton sofort gab, gar nicht mehr hören.

»Herr«, drängte Anton und rannte hinter ihm her, um ihn zu überholen. Dann drehte er sich und lief rückwärts vor seinem Meister her. »Ich weiß ja noch nicht mal, welches Thema dieser Brunnen hat.«

Ungläubig musterte der Stadtgießer das narrenhafte Verhalten seines Gesellen.

»Wie gesagt: Augustus. Den Gründer dieser Stadt vor tausendsechshundert Jahren. Es soll eine gewaltige Kaiserstatue auf dem Sockel stehen. Sobald der Magistrat einen Ort für den

Brunnen gefunden hat, wissen wir mehr. Es ist derzeit ein verfluchtes Hin und Her.«

Anton blieb stehen, sodass Wagner um ihn herumgehen musste, was er auch leise fluchend tat.

Ein Brunnen des Augustus also. Sofort erinnerte sich Anton an den Unterricht, den er in der Lateinschule bei St. Anna erhalten hatte. Sie hatten kurze Auszüge aus den Biografien des Sueton über die Kaiser gelesen. Verstanden hatte er wenig bis nichts, was er bis jetzt nicht vermisst hatte, aber mittlerweile bedauerte. Was konnte er zu dieser Figur beitragen, das nicht lächerlich wirkte?

»Habt Ihr schon eine Skizze des Brunnens?«, rief er dem Meister zu.

Blitzschnell drehte dieser sich um und kam auf ihn zugeschossen.

»Halt's Maul, Kerl!«, herrscht er ihn an. »Du musst nicht alle Geheimnisse in die Stadtgesellschaft hineinschreien. Wir haben noch nicht mal einen Standort!«

Theatralisch schlug Anton die Hand vor den Mund. Auch er ahnte, wie scharf die Gewerke der Stadt auf so einen Auftrag waren. Umso wichtiger war es, sich selbst in dieses Nest zu setzen.

»Gibt es nun schon eine Skizze oder nicht?«, zischte er. »Ich kann nicht nur gießen, das versichere ich Euch.«

Er sah seinem Meister an, wie ungern er sich dirigieren ließ. Aber der Bronzegießer zappelte an der Angel und würde so schnell nicht wieder davon loskommen.

Wagner verzog den Mund und biss sich auf die Lippen.

Anton wusste, dass Kleinarbeiten immer gefragt waren – und wenn er sich damit erst einen Namen gemacht hätte, dann könnte und dürfte er sicherlich mehr machen.

»Ich brauche eine Vorstellung davon, wie das Gesamtwerk aussieht.«

Meister Wagner nickte, eher resigniert als überzeugt. »In der Werkstatt. Sputen wir uns. Du bekommst einen Tag. Eine Zeichnung und eine Gussform. Dann sehen wir weiter.«

Anton jubelte innerlich. Er hatte sein Pech in Glück verwandelt. Wenn das kein guter Tag werden würde!

* * *

»Da müssen die katholischen Herren warten, bis ich aufgegessen habe«, antwortete Ann-Kathrins Vater spöttisch.

Der Scharwächter an der Tür der Schenke trat einen Schritt weiter in die Gaststube, und hinter ihm strömte ein halbes Dutzend Bewaffneter in den Raum, alle mit Piken und umgegürtetem Schwert.

»Die katholischen Herren warten nicht gern«, sagte er, schärfer diesmal. »Vor allem, da Ihr mit dem protestantischen Magistrat schon geredet habt.« Schlagartig wurde es still im Raum. Die Köpfe duckten sich, als erwarteten sie Schläge.

»Dann sollten sie es lernen«, sagte Biechler und aß in aller Seelenruhe weiter. »Wir haben Zeit bis zum Jüngsten Tag.«

Nur kurz sah der Anführer der Stadtwache in seinem roten Rock und dem silbern glänzenden Helm zu, dann fuhr seine Pike in den Tisch, direkt neben Biechlers Hand, und gleichzeitig hörte man das Zischen von Schwertern, die aus ihrer Scheide gezogen wurden.

Ann-Kathrin erschrak derart, dass sie sich verschluckte und ihr hustend die Tränen kamen. Ein Gegenstand prallte gegen ihre Schenkel und rutschte dann zu Boden.

Sie hörte ihren Vater etwas flüstern, das in ihrem Husten beinahe unterging.

»Die Hölzer auf der alten Floßlände sind für den Brunnenmeister. Verkauf sie ihm, und dann verschwinde nach Lechbruck. Zahl die Männer aus.«

Wie durch einen Schleier sah sie zwei von der Stadtwache ihren Vater vom Tisch ziehen und ihn auf die Beine stellen. Dann wurde er zur Tür hinausgeführt. Er wehrte sich nicht.

»Vater!«, konnte sie noch rufen, dann schlug die Tür zu, und ihr Vater war verschwunden.

Sie wusste im ersten Moment nicht, was sie tun sollte. Alle in der Schänke saßen starr und stumm da, wie eingefroren. Schließlich trat der Wirt auf sie zu und griff sich den letzten Pfennig vom Tisch.

»Dein Vater hat alles bezahlt. Iss auf, aber schnell.«

Plötzlich kam Bewegung in die Männer. Die Füssener Flößer, die eben noch um den Tisch herumgesessen hatten, erhoben sich wie auf Kommando und verabschiedeten sich.

»Kommst du mit? Wir machen uns auf den Weg zurück«, fragte einer.

Ann-Kathrin schüttelte den Kopf, weil sie an die Worte ihres Vaters dachte. Sie konnte nicht mit ihnen zurückgehen – das Holz musste erst noch an den Brunnenmeister verkauft werden.

Der Schankwirt war neben ihr stehen geblieben, sodass die Flößer umständlich einen Bogen um ihn herum schlagen mussten, um zur Tür zu gelangen und hinauszuhuschen.

»Iss!«, zischte er. »Und dann raus. Ich will keinen Ärger.«

Ann-Kathrin schluckte. Ärger wollte auch sie nicht. Hunger hatte sie keinen mehr, aber sie wusste nicht, wann sie das nächste Mal etwas zu essen bekommen würde. Also nahm sie den Löffel und schaufelte ihren Teller so schnell leer, wie sie konnte. Dann zog sie den noch halb vollen Teller ihres Vaters zu sich und machte weiter. Die ganze Zeit über stand der Schankwirt neben ihr und sah auf sie herunter. Nach dem letzten Happen stand Ann-Kathrin auf und hastete zur Tür. Dort angekommen drehte sie sich um, weil sie sich noch bedanken wollte, schließlich hatte er sie zu Ende essen lassen. Sie sah, wie sich der Wirt bückte und auf die Knie niederließ. Sein Kopf verschwand unter dem

Tisch, und seine linke Hand begann, auf dem Boden herumzusuchen.

Unwillkürlich wanderte ihr Blick über die mit Sand bestreuten schmutzigen Dielen unter der Bank, auf der sie gesessen hatte – und dort entdeckte sie einen der Beutel mit Geld, den ihr Vater an sich genommen hatte. Das dunkle Leder war kaum vom Boden zu unterscheiden. Sie erkannte ihn an dem auffälligen gelben Lederriemen, mit dem er verschnürt war. Wie kam er dorthin?

»Finger weg!«, schrie sie, einer Eingebung folgend, mit schriller Stimme.

Der Schankwirt erschrak und fuhr hoch, wobei sein Kopf krachend gegen die Tischplatte stieß. Die Stimmen der Männer im Raum, die bereits begonnen hatten, das Geschehen murmelnd zu besprechen, verstummten schlagartig. Manche lachten verhalten.

Mit wenigen Schritten war Ann-Kathrin am Tisch, bückte sich, griff sich den Beutel mit den Münzen und steckte ihn ein.

»Ihr seid ein verdammter Heuchler«, zischte sie dem Wirt zu.

Der sah sie an, und sie erkannte, dass er ein schielendes Auge hatte, das sich unruhig hin und her bewegte, sodass man nicht wusste, wohin er blickte. Vermutlich hatte er deshalb den Beutel nicht mit dem ersten Griff zu fassen bekommen.

»Gib her!«, sagte er ruhig, rieb sich mit der einen Hand den Hinterkopf und streckte die andere aus.

»Den Teufel werd ich tun!«, erwiderte Ann-Kathrin und rannte zur Tür.

Der Wirt wollte ihr hinterher und sie packen, brachte aber seine massige Gestalt nicht schnell genug hoch. Bis er auf die Beine kam, war Ann-Kathrin auf der Straße und um die nächste Ecke geflitzt.

Sie rannte ein gutes Stück weiter und blieb dann völlig außer Atem stehen. Fassungslos betrachtete sie das Säckchen in ihrer

Hand. Wie war das möglich? Es war natürlich der Geldbeutel ihres Vaters. Eindeutig. Aber wie war er auf den Boden gelangt? Warum hing er nicht weiter an seinem Gürtel?

Dann erinnerte sie sich dumpf an den Schlag gegen ihren Oberschenkel. Hatte der Vater ihr die Geldkatze zugeworfen, und sie hatte es in dem Trubel nicht bemerkt? Aber warum?

Langsam bekam sie wieder Luft. Sie fühlte sich von den Ereignissen der letzten Stunden wie überfahren und war verwirrt. Dabei musste sie einen kühlen Kopf bewahren, hätte ihr der Vater geraten. Das war immer das Wichtigste. Nachdenken, wenn es am kitzligsten wurde. Was war zuerst zu tun?

Ann-Kathrin atmete durch und beobachtete ihre Umgebung, ob der Schankwirt vom Jakobertor nach ihr suchte, sie verfolgte. Aber da war niemand. Was nichts hieß. Augsburg war klein, und irgendwann lief man sich zwangsläufig wieder über den Weg. Sie rannte noch ein Stück in die Stadt hinein, bis sie an einen Garten kam, auf dem Beeren und Gemüse angebaut wurden. Sie drückte sich zwischen Sträucher, prüfte den Geldbeutel und schüttete sich die Münzen in die Hand.

Ihr wurde heiß. Das war viel Geld. Mehr, als sie jemals in Händen gehalten hatte. Dennoch stutzte sie, weil ihr wieder einfiel, dass ursprünglich zwei prall gefüllte Säckchen am Gürtel des Vaters gehangen hatten. Und dieses hier war nicht einmal zu einem Drittel voll, auch wenn es viele Münzen waren. Wo war der andere Beutel? Hatte der Vater ihn noch bei sich? Die Stadtwachen würden ihm das Geld abnehmen.

Sie machte sich bewusst, dass es zwei wichtige Dinge gab, die sie zu tun hatte: Einmal musste sie ihren Vater suchen, zum anderen das Holz verkaufen. Was sollte sie zuerst tun? Vernünftig betrachtet, drängte die Suche nach ihrem Vater. Wenn sie ihn finden und er freikommen würde, erübrigte sich die zweite Sache. Wenn nicht, würde sie ihren Vater ersetzen müssen. Keine rosigen Aussichten.

15

AUGSBURG, GIESSEREI AM KATZENSTADL

Mit großen Augen umrundete Anton das überlebensgroße Modell, dessen groteske Formen der bereits aufgesetzten Guss- und Abluftröhren es zu einem Ungeheuer machten. Offenbar hatte Meister Wagner tatsächlich vor, den gesamten Augustus in einem einzigen Guss zu formen.

Der Stadtgießer hatte die Arme vor der Brust verschränkt und stand ebenfalls vor der Figur. Abwechselnd schaute er auf Anton und auf den Augustus.

Zweimal hatte Anton bereits am Guss einer ganzen Großstatue teilgenommen.

Das erste Mal, in Cremona, hatte es ihn beinahe das Leben gekostet, als die Form barst, während das glühende Metall in die Gussform gefallen war. Zwei Gesellen waren dabei umgekommen. Ihnen war die Bronze über den Körper gespritzt und hatte faustgroße Löcher in ihren Leib gebrannt. Er hatte mit dem Meister auf einem erhöhten Podest gestanden und den Tiegel gedreht, um die Speise in die Öffnungen zu kippen. Er hatte nur Verbrennungen an den Füßen abbekommen, aber zusehen müssen, wie seine Kameraden im goldglühenden Strom der Legierung starben.

Er hatte den Stümper von Gießer sofort verlassen und sich eine neue Stelle gesucht. Erst bei Giambologna in Florenz hatte er miterleben können, was es hieß, eine Bronzefigur sauber zu fertigen.

Die Figur wurde innen zuerst als Stützkonstruktion mit starken Metallstangen und feinen Drähten aufgebaut. Giambologna arbeitete dabei so genau, dass man die spätere Figur schon erahnen konnte. Dann wurde mit einer Mischung aus Lehmerde, Ton und zerstoßenen Ziegeln eine grobe Umrissform geschaffen. Jeder Meister hatte sein eigenes Rezept dafür. Schließlich musste sie formbar sein und dennoch später dem enormen Druck und der Hitze standhalten.

Vor Antons innerem Auge lief der Guss ab, während er die Wachsfigur betrachtete. Man trocknete die Form, umgab sie mit Holz und Stroh und glühte sie aus. Erst auf die erkaltete Vorform brachte der Künstler dann das eigentliche Modell aus Wachs auf, detailliert und fein und so genau, wie es ihm nur möglich war. Damit das Wachs nicht zu weich und zu verformbar war, mischte man es mit Ruß, der das Wachs härtete. Schließlich wurden in drei weiteren Arbeitsgängen Metallstifte in die Wachsform gesteckt und diese mit einer oftmals geheimen Rezeptur aus gesiebten Schlämmen ummantelt, in die sogenannte Entlüftungen und Gussröhren eingearbeitet waren. Die Schlämme waren so fein, dass sie nicht nur sofort trockneten, sondern gleichzeitig alle Feinheiten der Wachsfigur abformten.

In diesem Stadium war der Augustus. Anton trat auf ihn zu und berührte den bereits trockenen Gussmantel.

»Eine unglaubliche Arbeit von Hubert Gerhard. Er ist jeden Gulden wert, den die Stadt dafür ausgibt«, schwärmte Wagner selbstzufrieden. Mit diesem Lob auf den Künstler lobte er gleichzeitig seine Arbeit, die die Vorarbeiten in Bronze umsetzte.

Als Anton vor zwei Jahren in der Werkstatt von Giambologna am *Reiterdenkmal des Cosimo I. de Medici* mitarbeiten durfte, hatte er gelernt, wie wichtig es war, die innere Hülle davor zu bewahren, auf den Stützkörper zu fallen. Dies verhinderten Metallstifte, die an nebensächlichen Stellen durch die Hülle und durch das Wachs in den Stützkörper getrieben wurden. Wenn das Wachs ausfloss, hielten sie die Hülle im richtigen Abstand, bis die Bronze die Lücke wieder schloss.

Erneut ging Anton um die Figur herum. »Es fehlen noch Haltestifte für den Gussmantel.« Er war sich bewusst, dass

Meister Wagner ihn beobachtete und auf seine Beurteilung wartete.

Offenbar missfiel seine Bemerkung dem Gießermeister, denn er schnaubte unwillig. »Was faselst du da?«

Anton tat so, als schrecke er aus seinen Überlegungen auf. Er deutete auf die Rückseite des Augustus und auf einen der Oberschenkel.

»Hier und hier könnte die Form auf die Stütze fallen, wenn das Wachs ausgeschmolzen wird. Und hier muss eine zusätzliche Entlüftung hin, sonst fehlen dem Stadtgründer drei Finger.«

Meister Wagner runzelte die Stirn. Während er die Punkte, auf die Anton ihn hingewiesen hatte, aus verschiedenen Blickwinkeln betrachtete, murmelte er vor sich hin: »Muss man sich jetzt von jedem dahergelaufenen Gesellen zurechtweisen lassen?«

Doch es stand zu viel auf dem Spiel. Mehrmals wiegte er den Kopf, dann verfinsterte sich sein Blick.

»Du könntest recht haben, Kerl!«, knurrte er, besah sich die Stellen erneut und strich mit den Fingern darüber.

Er pfiff nach Mattheis und forderte ihn auf, an Rücken, Oberschenkel und Fingern weitere Metallstifte in den Körper zu treiben. Außerdem herrschte er ihn an, noch eine zusätzliche Entlüftung anzubringen.

»Du hast ein gutes Auge, Haderer«, bemerkte er und rief in die Halle hinein: »Der Geselle hier hilft, die Form mit Lehm zu ummanteln. Ich will, dass sie heute noch fertig wird.«

Anton war nicht glücklich darüber, mit Lehm hantieren zu müssen, aber für ihn war es ein erster Schritt hinein in die Gusswerkstatt Wagners – und das ließ er sich sicher nicht entgehen.

Einer der Lehrlinge schob einen Kübelwagen heran, in dem Lehm so aufbereitet war, dass man ihn ohne große Probleme als äußere Hülle aufbringen konnte.

Stumm machten sie sich an die Arbeit. Es würde sicher noch den ganzen Nachmittag dauern, bis sie den Mantel geformt hatten und dann einen weiteren Tag, bis der Lehm so weit getrocknet war, dass man die Figur in die Gussgrube heben und dort mit der Flamme härten konnte.

Betrachtete man das unförmige Wesen, zu dem es sich entwickelte, hätte niemand vermutet, später einen feingliedrigen, sauber ausgeformten Kaiser daraus zu gewinnen.

»Du kannst in dem Verschlag dort hinten wohnen, Haderer.« Wagner meinte den hölzernen Anbau an einer der Längsseite des Werkstattgebäudes. »Jedenfalls, solange du für mich arbeitest.« Im Hinausgehen fügte er hinzu: »Den Wochenlohn gibt es am Sonnabend.«

* * *

Wenn die Stadtwachen ihren Vater zum Magistrat geschleift hatten, dann musste Ann-Kathrin zum Rathaus. Dabei kannte sie sich in Augsburg kaum aus. Natürlich hatte sie mit ihren Eltern und später allein mit dem Vater die Jakobervorstadt besucht. Sie waren an der Floßlände gewesen, hatten eine Schenke aufgesucht und waren dann über das Vogeltor nach Süden Richtung Füssen aufgebrochen. Die Oberstadt oder das Rathaus hatten sie nie besucht. Man sah zwar dessen dreigiebligen Bau mit dem Glockenturm von der Vorstadt aus, aber ob sie dort überhaupt hinkam, wagte sie zu bezweifeln. Dafür musste sie durch das Barfüßertor, das als inneres Stadttor den Zugang von der Jakobervorstadt bewachte.

Sie nahm all ihren Mut zusammen und stapfte in Richtung des Durchgangs. Schon als sie das erste Mal nach Augsburg gekommen war, war ihr dieses Tor unheimlich gewesen, weil die Fresken darauf einen Hexenritt zeigten. Einerseits hatte sie Angst gehabt vor dem grässlichen alten Weib mit den wehenden Haaren, das an dem Heiden Attila vorüberstob, andererseits hatte sie die Frau bewundert, die so furchtlos durch das Tor preschte und dem gefürchtetsten Heerführer seiner Zeit einfach die Stirn bot, indem sie ihm unerschrocken zurief: »*Retro, Attila!*« Ihr Vater hatte ihr das Latein übersetzt, obwohl sie nicht wusste, ob er es tatsächlich verstand oder ob er nur wiederholte, was er gehört hatte. »Zurück, Attila!« hieß es. Angeblich hatte sie damit die Stadt gerettet, weil der abergläubische Hunne Augsburg nicht mehr hatte erobern wollen.

»Zurück, ihr Wachen!«, hallte es in Anlehnung an den Hexenspruch in Ann-Kathrins Kopf nach, doch es gab keine Schließer mehr am Barfüßertor, die sie daran gehindert hätten, die Oberstadt zu betreten.

Dafür verstörte sie etwas anderes. Als sie von Osten auf das Tor zulief, sich immer heimlich umblickend, ob der Schankwirt ihr nicht irgendwo auflauerte, vernahm sie auf einmal Flötenspiel. Sie blieb stehen und sah nach oben. Die fröhlichen Töne drangen durch ein geöffnetes Fenster des Turmes nach draußen. Sie lauschte ergriffen, doch unter die leichte Melodie mischte sich ein Jammern und Klagen, das aus Anbauten der inneren Stadtmauer zu hören war. Vor diesen Bauten standen Stadtwachen.

»Na, Mädchen, da ist das Gezirpe unseres Stadtpfeifers doch allemal besser als das Geheule der Inhaftierten.«

Ann-Kathrin erschrak, aber es war nur eine alte Bäuerin mit einer Hucke auf dem Rücken, die, mit Kohlköpfen beladen, neben ihr stehen geblieben war. »Die armen Kerle da drin …« Sie deutete mit dem Kinn auf das Gebäude, dessen eine Seite sich an die Stadtmauer lehnte. »Büßen müssen sie für ihre Schulden. Hätten sie besser gewirtschaftet, müssten sie jetzt nicht heulen.« Damit spuckte sie aus und setzte ihren Weg fort.

Ann-Kathrin ergriff die Gelegenheit und lief so dicht wie möglich hinter ihr her, sodass es aussah, als gehörten sie beide zusammen.

Die Alte bog kurz nach der Brücke rechts ab, während Ann-Kathrin sich am Perlachturm orientierte und geradeaus weiterging.

Der Weg stieg steil an und führte sie geradewegs auf den Turm zu, der – je näher sie ihm kam, desto beeindruckender – vor ihr in die Höhe wuchs, sodass sie den Kopf in den Nacken legen musste, um seine Spitze noch zu sehen.

Völlig außer Atem kam sie oben an und trat auf einen kleinen Platz hinaus, der von prächtig bemalten Fassaden gesäumt wurde. Mit offenem Mund musterte sie die Häuser. Hier also wohnten die Kaufleute und Händler, die reichen Zünftler und Räte der Stadt. Sie drehte sich einmal um ihre Achse und ließ das Gefühl, in einem himmlischen Jerusalem angekommen zu sein, auf sich wirken. Wer es geschafft hatte, hier zu wohnen, der brauchte sich keine Sorgen mehr zu machen. Sein Leben war geregelt.

Selbst der Geruch änderte sich. Zwar moderte neben dem Perlach ein schwaches Rinnsal dahin, das quer über den Platz lief, aber ansonsten war der Boden gepflastert und sauberer als in der Vorstadt.

Beinahe hätte sie ihr eigentliches Anliegen vergessen, wenn ihr Blick nicht auf das Rathaus gefallen wäre. Dort musste sie hin!

Das Portal zog sie an. Ihr Vater hatte sie einmal beschworen, sich einem der Ratsherren zu nähern, wenn etwas schiefgehen sollte. Nur die Mitglieder des Stadtrats waren in der Lage, etwas zu ändern. Sie gaben Befehle, alle untergeordneten Personen befolgten lediglich Befehle.

Geduldig harrte sie darauf, dass sich das Tor öffnete und einer der schwarz gekleideten Männer mit ihren pelzbesetzten Kragen daraus hervorkam.

Und sie brauchte nicht lange zu warten. Ein junger Mann mit langem, schwarzem Mantel trat aus das Tor und blieb kurz auf der Schwelle stehen. Er ließ den Blick rundum schweifen und lief dann in Richtung Perlachturm.

Ann-Kathrin gab sich einen Ruck und steuerte direkt auf ihn zu. Offenbar sah der junge Kerl nichts außer seinen Weg, denn sie rief ihn mehrmals an, ohne dass er reagierte. Sie musste direkt in ihn hineinlaufen, damit er sie überhaupt wahrnahm.

»Verzeiht, Herr!«, sagte sie. »Schenkt mir einen Augenblick Eurer Aufmerksamkeit.«

Verärgert wischte der Magistrat an seiner Kleidung herum, als wäre diese beschmutzt worden.

»Ihr habt eben genug Aufmerksamkeit erhalten, indem ihr mich in meinen Gedanken gestört habt.«

Doch Ann-Kathrin ließ sich nicht beirren. »Bitte helft mir. Mein Vater wurde zu Unrecht in den Schuldturm geworfen.«

Ein hämisches Grinsen überzog plötzlich das Gesicht des jungen Mannes.

»Niemand kommt einfach so in den Schuldturm. Das weiß ich, so wahr ich Rembold heiße.« Er wollte sich an ihr vorbeidrücken, indem er sie mit dem Arm einfach beiseiteschob, doch Ann-Kathrin hielt ihn am Ärmel fest.

»Er ist unschuldig. Der katholische Rat beschuldigt ihn zu Unrecht. Das Kupfer gehört dem Fugger.«

Rembold blieb abrupt stehen. »Wer behauptet das? Hast du Beweise?«

Ann-Kathrin schluckte. »Nein, Herr, sie sind im … im Lech abhandengekommen. Mein Floß ist auf Grund gelaufen. Ich habe die Papiere verloren. Aber ich weiß, dass es Fugger-Kupfer für das Dach am Weinmarkt ist.«

Rembold betrachtete sie verblüfft und schien sie zum ersten Mal wirklich wahrzunehmen. »So, das weißt du? Woher denn? Es könnten irgendwelche Papiere gewesen sein …«

»Ich habe sie gelesen!«, erklärte Ann-Kathrin. »Ich weiß, an wen die Ladung geschickt wurde.«

Auf dem Gesicht des Ratsmitglieds zeichnete sich zuerst Erstaunen ab, dann brach er in Gelächter aus. »Gelesen! Du! Nicht einmal meine Schwester kann lesen, und da willst du dahergelaufene … Person … mir erzählen … eine unglaubliche Geschichte.«

Nur mühsam konnte Ann-Kathrin ihren Zorn besänftigen. »Das ist bedauerlich für Eure Schwester, Herr, wenn sie nicht lesen kann und von Euch dumm gehalten wird. Aber in meinem Geschäft als Flößerin …«

»Jetzt auch noch Flößerin! Du bist dir für nichts zu schade, um meine Aufmerksamkeit zu bekommen, Weib. Schluss jetzt mit diesen Schwindeleien und Lügen. Er kommt frei, wenn er die Schuld beglichen hat – und ob er das zu seinen Lebzeiten noch schafft, kann ich dir nicht sagen.«

Mit diesen Worten ließ er sie stehen und entschwand zum Perlach hin in Richtung der Domstadt.

16

AUGSBURG, GIESSEREI AM KATZENSTADL

»Was wird das?« Die Stimme Meister Wagners klang scharf, und seine Stirn legte sich in Falten, als er am späten Nachmittag die Werkstatt betrat. »Was soll dieser Unsinn? Hast du nichts Besseres zu tun?«

Anton sah auf und legte den Kohlestift beiseite. »Was meint Ihr, Herr?«

Wagner deutete auf die Zeichnung. »Malst du jetzt Teufelsfratzen? Für einen Brunnen des Stadtgründers?«

Mit einer lässigen Bewegung drehte Anton die Zeichnung so, dass der Gießer den Kopf deutlich sehen konnte.

»Im Gegenteil, Meister. Da Ihr mir nur gesagt habt, es wird ein Brunnen des Stadtgründers Augustus, musste ich mir meinen Teil dazu denken. Das hier ist ein Widderkopf.«

Der Stadtgießer riss das Blatt regelrecht von der Tischplatte herunter und hielt es von sich weg, dann kniff er die Augen zusammen und musterte die Zeichnung.

Er kann nicht mehr richtig sehen, fuhr es Anton durch den Kopf. Wagner war weitsichtig. Für einen Bronzegießer eine schlechte Voraussetzung, wenn er in der Nähe undeutlich sah. Anton grinste verstohlen. Umso wichtiger war eine Hilfe, die ihm dafür zur Seite stand.

»Warum ein Widderkopf? Das ist doch Schwachsinn! Es geht um Rom. Es geht um Augustus. Es geht um die Stadtgründung. Ich gestehe dir zu, dass du Talent hast, die Dinge deutlich aufs Papier zu bringen. Aber für die Gussform eines Widderkopfs einen Wachsblock zu vergeuden, halte ich für …«

Wagner redete sich immer mehr in Rage. Anton verstand: Bald ging es nicht mehr um ihn und seinen Widderkopf, sondern um Hubert Gerhard, der den Brunnen entworfen hatte und nicht in die Gänge kam. Seit Tagen bemerkte er, wie sehr den Meister die ewigen Änderungen und das fehlende Kupfer störten. Und wenn das Kupfer vorhanden war, dann fehlte es an Zinn. War beides vor Ort, war zu wenig Wachs für die »verlorenen Formen« aufzutreiben, die nur einmal verwendet werden konnten und nach dem Guss zerstört werden mussten, um an die eigentliche Form zu gelangen. Sie hangelten sich von Mangel zu Mangel – und das zehrte an den Nerven. Sie hatten sogar versucht, das ausfließende Wachs der Augustus-Statue aufzufangen und wiederzuverwenden, als sie die Gussform mit Feuer gehärtet hatten. Das Ergebnis war ein längerer Brand in der Werkstatt gewesen, weil das ganze Wachs in Flammen aufgegangen war.

»Herr!«, unterbrach Anton den Meister, der schon lange nicht mehr mit ihm sprach, sondern in die Halle hinein schimpfte. »Für den Magistrat und seine Unzulänglichkeiten kann ich nichts. Ich kann zeichnen und modellieren.«

»Widderköpfe!«, spottete Wagner, zerknüllte das Blatt und warf ihm die Zeichnung hin. »Dafür kein Wachs!« Kopfschüttelnd stapfte er davon.

Anton fing das Blatt auf, bevor es auf den Boden fiel, und strich es wieder glatt.

»Der Stadtgründer ist im Zeichen des Widders geboren!«, sagte er und widmete sich wieder der Zeichnung. Er hatte gerade so laut gesprochen, dass die Worte bei seinem Meister noch ankamen. Der blieb abrupt stehen und drehte sich zu ihm um. Der Geselle tat so, als würde er es nicht bemerken. Langsam kam Wagner wieder auf ihn zu.

Konzentriert radierte Anton auf dem Blatt herum, bis seine Fingerspitzen schwarz waren wie die Kohle, die er in der Hand hielt.

»Was hast du da eben gesagt?«, fragte der Stadtgießer.

Anton fuhr hoch und hoffte, seine kleine schauspielerische Einlage wirkte überzeugend.

»Meister Wagner! Was? Ihr habt mich aber erschreckt.«
Über das Blatt lief ein dunkler Strich des Kohlestifts.

»Was hast du über Augustus und diesen Widder hier gesagt?« Wagner deutete er auf das Zeichenblatt.

Mit großen Augen sah Anton zu ihm hoch und beschloss dann, dass es genug war mit seinen Künsten als Mime.

»Ach, das meint Ihr. Augustus ist unter dem Sternzeichen Widder geboren. Deshalb habe ich mir gedacht …«

Meister Wagner machte eine rasche Bewegung, die Anton sofort verstummen ließ und wedelte noch heftiger mit der Hand, weil er das Blatt noch einmal haben wollte.

Er hielt es von sich weg, betrachtete es mit zusammengekniffenen Augen, dann hob er es über den Kopf, als wolle er es in die Luft nageln. Schließlich nickte er.

»Gut. Sehr gut. Zeichne das Blatt neu. Sauberer. Ich stelle es Hubert Gerhard vor.«

Er reichte das Blatt zurück und wandte sich zum Gehen.

»Wir«, sagte Anton.

»Wie bitte?« Meister Wagner blieb stehen und drehte sich um. »Was meinst du?«

»*Wir* stellen es dem Künstler Hubert Gerhard vor. Es ist *mein* Blatt. Es ist *meine* Idee. Und es wird *mein* Guss werden.«

* * *

Kurz bevor das Jakobertor schloss, schlüpfte Ann-Kathrin nach draußen.

»Mädchen, was willst du vor der Stadt?«, rief ihr der Wächter Hias hinterher, doch sie achtete nicht auf ihn.

»Was werde ich schon wollen?«, murmelte sie, ohne sich umzusehen. »Übernachten natürlich!«

Jedenfalls war es hier draußen für sie sicherer, als sich in eine Lücke zwischen den Häusern zu quetschen und immerzu Angst haben zu müssen, daraus hervorgezerrt zu werden.

Sie kannte keine Furcht vor der Dunkelheit oder den Auwäldern. Einige Male hatte sie schon unter ähnlichen Umständen übernachtet – zugestanden mit ihrem Vater, manchmal auch mit der Mutter.

Sie rannte den Weg entlang, bis der Auwald am Lech sie verbarg. Als die ersten Büsche sie umfingen, und die Bäume begannen, verlangsamte sie ihren Schritt. Dann schlug sie sich nach rechts, weg vom Pfad. Bei abnehmendem Licht zwängte sie sich durch das Gestrüpp, bis sie völlig erschöpft, zerkratzt und zerstochen irgendwo einfach stehen blieb. Sie kauerte sich hin und lauschte.

Außer ihren eigenen Atemgeräuschen hörte sie nichts. Dennoch blieb sie eine Weile so und horchte in die Wildnis hinein.

Sie war nicht weit vom Trampelpfad hinunter zur Floßlände entfernt, aber sie würde nicht mehr zu sehen sein – und wenn niemand sie bemerkt hatte, als sie vom Weg abgewichen war, würde auch niemand nach ihr suchen.

Sie hatte sich auf die Fersen gehockt und versuchte, ihr klopfendes Herz zu beruhigen. Langsam erhob sie sich und schaute umher, entdeckte aber nichts und niemanden.

Vorsichtig schlich sie weiter. Ihre Schritte machten ein schmatzendes Geräusch. Ann-Kathrin wusste, dass die Auwälder aus kleinen Inseln bestanden. Neben den nassen Stellen, die regelmäßig überflutet wurden, gab es auch höher gelegene Plätze. Einen solchen musste sie finden, um trocken durch die Nacht zu kommen. Jedenfalls solange sie noch etwas sehen konnte. Im Wald selbst wurde es schnell dunkel.

Sie lief auf einen der größeren Bäume zu, und tatsächlich war das Erdreich um den Stamm herum höher und damit trockener. Erschöpft ließ sie sich zu Boden sinken. Noch während sie ihre Holzschuhe auszog, um ihre Fußlappen auszuwringen, fiel die Finsternis in den Auwald ein, als hätte man eine Kerze ausgeblasen.

Sie rieb ihre Füße und zog die Beine an. Sie musste das, was ihr und ihrem Vater widerfahren war, erst einmal überdenken.

Der Floßmeister Hans Biechler war verhaftet worden. Der katholische Magistrat hatte ihn in den Schuldturm werfen lassen, weil der protestantische Teil desselben Magistrats ihn hintergangen und angeschwärzt hatte, und nun irrte Ann-Kathrin durch den Auwald, weil sie nicht wusste, was sie tun sollte, nachdem sie der Ratsherr Rembold abgewiesen hatte. Er war Opfer einer internen Ratsintrige geworden. Sie spürte, wie ihre Lippen zitterten, als sie sich die Ereignisse durch den Kopf gehen ließ. Das Gefühl der Hilflosigkeit überkam sie. Irgendetwas musste ihr einfallen, um ihren Vater zu entlasten …

Mit einem Mal schreckte sie auf. War sie eingeschlafen? Ihre Beine kribbelten und schmerzten, als sie diese bewegte. Langsam versuchte sie, die Knie zu strecken, aber ein Krampf fuhr ihr in die Unterschenkel. Ihre Beinmuskeln waren eingeschlafen. Plötzlich verharrte sie lautlos und hielt den Atem an. Ein Geräusch ließ sie zusammenfahren: ein Schnaufen. Ganz in der Nähe. Offensichtlich lauschte das Wesen ebenfalls, denn außer einem lauten Atmen vernahm sie nichts.

Eine Gänsehaut überlief ihren Körper. Sie starrte in die Dunkelheit, konnte aber nichts erkennen.

Als sie schon glaubte, sich getäuscht zu haben, vernahm sie plötzlich knackende Schritte, die auf sie zukamen. Jemand stapfte durch die Nacht und das Sumpfgebiet, wohl wie sie auf der Suche nach einem erhöhten Platz.

Ann-Kathrins Beine kribbelten noch immer. Sie würde es nicht schaffen, rasch aufzustehen und davonzuspringen. Sie tastete ihre Umgebung ab, ob nicht ein loser Ast herumlag, den sie als Waffe benutzen könnte, und atmete flach durch den Mund.

Zitternd vor Furcht horchte sie auf die Schritte, die sich langsam näherten, aber auch von ihr wegbewegten. Hatte sie einer dieser durch die Wälder schleichenden Teufel gefunden und wollte sie …

Sie war zwar die Geräusche der Nacht gewohnt. Nicht das erste Mal lauschte sie in die Dunkelheit – aber hier war etwas ungewöhnlich. Sie konnte nur nicht sagen, was.

Stocksteif blieb sie sitzen, obwohl das Kribbeln in ihren Beinen, als das Blut zurückkehrte, beinahe unerträglich wurde und sie am liebsten ihre Unterschenkel gekratzt und geknetet hätte. Jeder Schritt, den sie vernahm, war nun ein Schritt auf sie zu. Ihr Atem wurde schneller, ihr Zittern stärker, und als sie spürte, dass etwas sie berührte, begann sie zu schreien – und erwachte.

Zuerst war sie verblüfft, denn sie hatte gedacht, sie wäre wach. Sie schrie auch nicht, sondern stöhnte nur. Durch das

Blätterdach drang das Licht des Mondes. Um sie her war nichts zu hören und wenig zu sehen. Es dauerte, bis sie verstand – es war ein Traum gewesen.

Erleichtert und mit klopfendem Herzen lehnte sie sich gegen den Baumstamm und horchte in die Finsternis hinein, die ein leises Rauschen und heimliches Wispern von sich gab, aber nichts enthielt, das sie nicht kannte und das sie ängstigte.

* * *

»Auf jetzt und hinab in die Grube!«, brüllte Meister Wagner.

Das Dreibein aus gewaltigen Fichtenstämmen knarzte und krachte, als sie den Flaschenzug betätigten. Vier Rollen hingen nebeneinander am Gebälk, und acht Männer zogen die Seile nach oben. Der Meister hatte die Aufgabe vorsorglich auf vier Flaschenzüge aufgeteilt.

Einer der Lehrlinge stand über der in Lehm gepackten Statue, in einer Hand einen Krug mit Wasser. Mit der anderen befühlte er die Seile, die unter dem Gewicht der Gussform heiß zu werden begannen und rauchten.

»Hau ... ruck! Hau ... ruck!«, befehligte Wagner, und der Augustus, der mittlerweile aussah wie ein riesiger, unförmiger Tropfen Lehm, hob sich langsam von seinem metallenen Sockel. Die Rufe »Hau ... ruck! Hau ... ruck!« sorgten dafür, dass die Flaschen gleichmäßig belastet wurden. Schon mit den ersten Fingerbreit begannen die Seile zu rauchen.

»Mach schon! Wasser drauf! Kühlen!«, schrie Wagner dem Lehrling zu und lief zu den Männern hinüber, die den Schrägbalkenkran hielten. Sobald die Form schwebte, befahl er, die Balken abzulassen.

Langsam wanderte die gewaltige Form in Richtung Gussloch, aus dem man den Sand übermannstief ausgeschaufelt hatte.

»Ablassen! Langsam ablassen!«, rief Wagner – beinahe gleichzeitig fuhr er den Lehrling an, er solle Wasser nachgießen, da die Hanfseile sichtlich zu heiß wurden. Der Lehrling, dessen Namen Haderer nicht kannte, beugte sich vor – und in diesem Moment zerschnitt ein peitschendes Geräusch die Luft.

Alle hielten den Atem an. Ein Flaschenzugseil war geborsten, und mit einem irren Singen peitschte das Seilende durch die Luft. Alle warteten auf einen Schrei oder ein Stöhnen, doch nichts geschah. Alles blieb ruhig. Auch der Lehrling verharrte still, aus dem Krug ergoss sich Wasser auf die Seile. Dann – kurz bevor sich die Situation entspannte, bevor sie wieder zum Tagesgeschäft übergingen und durchatmeten – klappte plötzlich die Schädeldecke des jungen Burschen zur Seite und rutschte in das Grubenloch. Er verdrehte die Augen, schnappte noch ein-, zweimal nach Luft, versuchte, sich festzuhalten, und stürzte dann kopfüber von der Leiter. Er verfehlte die Grube und schlug daneben auf den harten Holzboden. Eine Lache aus Blut breitete sich neben seinem Kopf aus. Alle verharrten in stummem Entsetzen.

»Haltet verdammt noch mal die Gussform fest!«, fluchte Wagner.

Anton, neben dem der Leichnam aufgeschlagen war und dessen Arbeitskleidung dabei bespritzt wurde, musste schlucken, konnte aber den Blick nicht von dem Jungen nehmen, dessen Schädel halb fehlte und dessen Körper unkontrolliert zuckte.

Anton glaubte, ihm würden die Schultergelenke herausgerissen, weil die Statue immer schwerer wurde, je weiter der Schrägkran auskragte. Dann endlich kam der Befehl.

»Langsam absenken!«, schrie Wagner. »Langsam!«

Anton war hundeelend, und er fühlte ein Würgen, als ihm neben dem Geruch feuchten Lehms, der von Blut und metallischer Bronze in die Nase stieg.

Doch loslassen war keine Möglichkeit. Wäre die Gussform am Boden aufgeschlagen, hätte es die Wachsform vermutlich so verzogen, dass der Bronzeguss schiefgelaufen wäre. Jedenfalls glaubte er das. Mit schmerzverzerrtem Gesicht und feuernden Muskeln stemmte er sich gegen das Gewicht des Lehmklumpens und atmete erst auf, als Wagner mit einem kurzen »Ab! Ab!« anzeigte, dass die Gussform stand.

Sofort wurden vom Rand des Grubenlochs Stroh und fein geschnittene Holzspäne in die Lücke zwischen Sandgrube und Gussform geschüttet.

Niemand kümmerte sich um den Jungen, der direkt daneben lag, bis sich Anton erbarmte und neben ihn hinkniete. Er lebte noch, auch wenn ihm sichtlich nur noch wenige Augenblicke blieben. Das schnalzende Seil war ihm, wie ein Messer durchs Butterfass glitt, durch den Knochen gefahren und hatte davon ein Gutteil zusammen mit dem Gehirn weggenommen.

Hilflos flehend sah ihm der Junge in die Augen, bis er begriff, dass es zu Ende ging und die Augen nach innen rollten und nur noch das blutunterlaufene Weiß zeigten.

Anton stöhnte. Unfälle gab es immer wieder: abgeschmolzene oder verbrannte Finger, abgedrückte Zehen, eingequetschte Arme und Beine. Aber so etwas wie dieser Schnitt durch den Kopf war ihm bislang noch nicht vorgekommen.

Der Stadtgießer schien das alles nicht wahrzunehmen. Er trieb seine Gesellen und Lehrlinge an, sich zu beeilen, und warf schließlich die erste Fackel in das Holz. Eine Flamme fraß sich durch die vorbereitete Lücke und begann den Lehmkörper zu härten.

»Holz nachwerfen!«, schrie er und sprang wie ein Besessener um die Grube herum, als wäre das der Hexentanzplatz der Stadt.

Erst als das Feuer meterhoch aus der Grube loderte, wandte er sich dem sterbenden Lehrling zu und legte seine Jacke über ihn. »Wenn er nur gehört hätte, verdammt, der unvernünftige Kerl!«, fluchte er. »Niemals den Kopf gegen das Seil legen.«

»Hat er auch nicht!«, widersprach Anton, der genau gesehen hatte, was passiert war.

»Unsinn. Sonst hätte er den Kopf nicht verloren.«

Die Männer versammelten sich um den Leichnam und kreuzten die Hände. Sie schauten betreten in die Runde. Offenbar konnten auch sie die herzlose Art ihres Meisters nicht verstehen.

»Jetzt kann er wenigstens sagen, er habe für ein größeres Ganzes sein Leben gegeben. Größer als er selbst und von Dauer.«

Mehrmals musste Anton schlucken, bevor er ein Wort herausbrachte. »Wie hieß er? Nicht einmal beim Namen können wir ihn nennen.«

Niemand antwortete, bis schließlich Tassilo, der Altlehrling, in dessen Kammer der Junge geschlafen hatte, »Felix« in den Raum rief. »Felix, der Glückliche.«

»Im Namen des Vaters und des Sohnes und des Heiligen Geistes. Herr, nimm seine Seele gnädig auf!«, murmelte Anton, und die Belegschaft fiel mit einem lauten »Amen!« in das kurze Gebet ein.

»Hoffen wir, dass dein Opfer gnädig aufgenommen wird.«

17

AUGSBURG, PRANGER VOR DEM RATHAUS

Ann-Kathrin hatte die Nacht im Freien in den Auen verbracht, aber kaum ein Auge zugetan. Sie fühlte sich zerschlagen und ängstlich, als sie sich am Morgen wieder auf den Weg in die Stadt machte. Aber die Abfuhr von Rembold hatte ihr nicht den Mut genommen. Es gab noch mehr Stadtherren als ihn, also wollte sie vor dem Rathaus einen anderen abpassen und anflehen – und das so lange, bis sie ihren Vater freibekam.

Wieder grüßte sie den Hias am Jakobertor, der den Kopf über ihre zerrupfte Erscheinung schüttelte, schlich durch das Barfüßertor und stieg den Berg am Perlach hoch. Sie wandte sich nach Süden und lief auf das Rathaus zu. Hinten, an der nördlichen Ecke befand sich der Pranger mit seinen eisernen Ketten. Ein Schauder lief ihr durch den Körper, wenn sie nur daran dachte, hier über den Köpfen der Menschen ausgestellt und angekettet zu werden. Die Wand dahinter war beschmutzt, weil es, wie sie wusste, durchaus üblich war, die Verurteilten mit faulen Eiern, schimmeligem Gemüse und Kot zu bewerfen.

Sie erstarrte, als sie den Mann erkannte, der dort halb hing und halb stand. Ihr Vater hatte den Kopf gesenkt, die Augen geschlossen und wand sich unter Schmerzen. Sie sah nicht mehr den starken Mann, der allen Lebenslagen getrotzt und sein Floß durch alle Widrigkeiten gesteuert hatte, sondern einen gebrochenen Menschen.

»Vater!«, flüsterte sie. »Was haben sie dir nur angetan.«

Sie wollte zu ihm hinrennen, seine Füße berühren, zu denen sie hätte hochlangen können, doch eine Wache hinderte sie daran, näher als in Wurfweite zu kommen. Seine und ihre Hilflosigkeit zerriss ihr das Herz.

»Vater!«, schrie sie, schrill und hochtönend.

Der Flößer schüttelte den Kopf, als müsse er erst wieder in diese Welt eintreten. Sein Gesicht war zerschunden. Er war geschlagen worden. Ann-Kathrin fühlte jede Schramme, jede aufgeplatzte Hautstelle beinahe ebenso schmerzhaft, als hätte man auf sie eingeprügelt.

Langsam blickte ihr Vater um sich. Er entdeckte sie und sah sie an.

»Geh weg!«, formten seine Lippen lautlos.

»Was kann ich tun?«, rief Ann-Kathrin zu ihm hinauf.

Ein faules Ei klatschte neben ihm gegen die Wand. Sie sah sich um. Eine alte Frau neben ihr in schäbigen Bauernkleidern hatte es geworfen. Sie grinste Ann-Kathrin an.

»Was du für den armen Kerl tun kannst? Ihn mit Eiern bewerfen!«

Ein hässliches Lachen kam aus dem fast zahnlosen Mund der Bäuerin. Dann zwinkerte sie Ann-Kathrin zu und hielt ihr ein Ei hin, das braun verfärbt war und ekelerregend roch.

»Willst du eins?«, fragte sie verschwörerisch. »Solange sie hier stehen, passiert ihnen nichts, Kind. Schlimm wird es erst, wenn sie in den Schuldturm wandern.«

Ann-Kathrin schluckte. »Hör auf damit!«, zischte sie das Weib an. »Das ist mein Vater!«

»Und wenn es dein Ehemann wäre, du könntest nichts für ihn tun!«, entgegnete die Frau und warf das Ei, das sie ihr hingehalten hatte, in Richtung des Prangers. Es traf das Hosenbein ihres Vaters.

Ann-Kathrin stieß die ausgemergelte Alte gegen die Schulter. Die Bäuerin geriet ins Taumeln und lachte hämisch. »Wird nichts bringen, Kindchen!«

»Aber ich muss ihm helfen!«, schrie Ann-Kathrin mit Tränen in den Augen. »Ich *muss*.«

»Dann hau ab. Damit ist ihm am meisten geholfen. Wer weidet sich schon am Unglück seines Vaters?«

Jetzt mischte sich der Mann von der Stadtwache ein, der bislang nichts gesagt und einfach über sie weggeschaut hatte. »Er muss noch zwei Stunden da oben stehen, dann kommt er runter in den Schuldturm beim Barfüßertor«, erklärte er. »Da kannst du ihn morgen besuchen. Aber erst morgen.« Er sah sich um, als wolle er sich vergewissern, dass ihn niemand gehört hatte, weil er das nicht hätte sagen dürfen.

Ann-Kathrin sah zu ihrem Vater hoch, der sich erbrochen hatte, als das Ei auf ihm eingeschlagen war.

»Wehe, du bewirfst ihn noch einmal«, drohte sie der Alten, fühlte sich aber völlig hilflos. Was hätte sie denn tun sollen, tun können? Noch einmal sah sie zu ihrem Vater. Ein Schluchzen stieg in ihr auf und schnürte ihr die Kehle zu.

Müde hielt ihr Vater den Kopf aufrecht.

»Das Holz. Verkaufen!«, hörte sie ihn murmeln.

»Helfen kannst du ihm nicht, Kindchen. Jetzt nicht mehr«, wisperte die Bäuerin.

Ann-Kathrin drehte sich um und wollte zum Perlach und den Berg hinunter zum Barfüßertor. Die Alte hatte recht, warum sollte sie sich mit dem Elend ihres Vaters quälen?

Die Frau sah sie mit ihren tränenden Augen an und verzog den Mund zu einem schiefen Lächeln. Dann griff sie nach Ann-Kathrins Arm. Ihr Blick wanderte an ihr vorbei zum Rathaus hinüber, und ihr gichtiger Krummfinger zeigte auf einen Mann, der eben aus der Pforte trat und in ihre Richtung kam.

»Ihn frag. Er ist schuld. Er allein. Der Rehlinger. Der Stadtpfleger.«

Ann-Kathrin sah hinüber. Der Mann war kahl, bis auf einen leichten grauen Flaum am Hinterkopf. Dafür reichte ihm der doppeltzipflige Bart bis auf die Brust. Auch der war beinahe weiß, allerdings mit schwarzen Spitzen. Die scharf geschnittene Nase wölbte sich aus dem Gesicht und bildete mit den Augenbrauen eine schräg abfallende Rampe, die in einem

Knoten endete. Eingefallene Wangen und ein bitterer Zug um den Mund zeugten von einem Leiden der Nieren oder der Leber.

»Anton Christoph Rehlinger«, flüsterte die Alte, deckte ihren Korb ab und trat beiseite. Im Weggehen flüsterte sie: »Er hat Schuld!«

»Wer ist das?«, fragte Ann-Kathrin.

»Der protestantische Bürgermeister der Stadt.«

Und damit der Verantwortliche für das Schicksal ihres Vaters, wurde Ann-Kathrin bewusst. Auch er trug die Spaltung des Rats auf den Schultern ihres Vaters aus. Schließlich hatte der protestantische Rat das Kupfer beschlagnahmt, während der katholische Teil ihn hatte verhaften lassen.

Rehlinger schritt auf den Pranger zu, ohne den Kopf zu heben. Ann-Kathrin eilte auf ihn zu, ging vor ihm auf die Knie und krallte sich in seinen Mantel. Er blieb stehen und versuchte verärgert, sich aus ihrem Griff zu befreien.

»Herr«, rief Ann-Kathrin. »Habt Erbarmen. Lasst meinen Vater frei.«

»Was wollte Ihr?«, herrschte er sie an. »Wisst Ihr nicht, mit wem Ihr es zu tun habt?«

Seine Augen sprühten zornig, und er trat nach ihr, doch sie wich geschickt aus.

»Herr, nur Ihr vermögt es, meinen Vater zu begnadigen. Er hat nichts Unrechtes getan. Er steht unschuldig am Pranger!«

Jetzt erst schien der Bürgermeister zu begreifen, was sie von ihm wollte. Ein kurzer Blick hoch zum Schandpfahl, und er schäumte vor Wut.

»Wer da oben steht, hat es verdient. Seid froh, dass wir ihm nicht die Zunge haben herausschneiden lassen, weil er gelogen hat.«

»Aber er hat nicht gelogen!«, beteuerte Ann-Kathrin.

»Wenn Ihr es belegen könnt, dann bringt mir die Beweise, ansonsten wird er im Schuldturm vermodern. Und jetzt lasst mich los, oder Ihr landet gleich neben ihm am Pranger.«

Mit einer energischen Geste winkte er den Wächter herbei, der rasch angelaufen kam.

Ann-Kathrin ließ los, und Rehlinger setzte seinen Weg fort. Der Mann von der Stadtwache zog sie auf die Beine.

»Ich hab doch gesagt, du sollst weggehen«, zischte er. »Was glaubst du, was hier los ist, wenn sich rumspricht, dass ein junges Mädchen am Pranger steht? Dagegen sind die faulen Eier der Niedermeierin ein Spaziergang.«

Mit einer Geste, als würde er Unrat von sich werfen, stieß er Ann-Kathrin vom Pranger weg.

Sie wusste nicht, ob sie weinen oder schreien sollte.

»Geh weg!«, keuchte ihr Vater leise. »Das Holz. Für den Brunnenmeister!«

So jedenfalls verstand sie ihn, obwohl seine gesprungenen und geschwollenen Lippen die Worte nur undeutlich formten.

Sie sah Rehlinger noch, wie er in der Herrenstube verschwand. Dann nickte sie mit finsterer Miene dem Wächter zu und straffte die Schultern. In diesem Moment konnte sie ihrem Vater nicht helfen. Jetzt galt es, eine andere Aufgabe zu erledigen. Ein letzter Blick ließ in ihr die Frage aufkeimen, wer ihm das angetan hatte. Denn der Bürgermeister war nur der Handlanger. Da war sie sich sicher.

Mit Tränen in den Augen lief sie auf den Perlachturm zu und den Berg hinunter.

Sie würde es herausfinden, das schwor sie sich.

* * *

Bis zum Zunfthaus der Schmiede am Mauerberg war es ein Katzensprung. Anton hatte sich seine Zeichnung unter den

Arm geklemmt und lief neben Wagner her, der die Zähne zusammenbiss und aussah, als sei er von seiner Begleitung keineswegs begeistert.

»Wo finden wir Hubert Gerhard?«, fragte Anton.

Er war aufgeregt. Der Künstler, der den Stadtbrunnen gestaltete, war eine bekannte Persönlichkeit. Schon bei Giambologna in Florenz hatte er von ihm gehört. Ihm hier zu begegnen, ließ ihn ehrfürchtig werden, obwohl er genau wusste, was er selbst konnte. Aber dieser Mann war – besser? Nein, besser nicht, nur erfahrener. Ihm seine Entwürfe zeigen zu können, ließ sein Herz höherschlagen. Gleichzeitig machte ihm der Gedanke Angst. Was, wenn Hubert Gerhard seinen Entwurf ablehnte? Das war nicht dasselbe wie bei Meister Wagner, der nicht beurteilen konnte, was er da geschaffen hatte. Meister Gerhard dagegen würde es sehr wohl wissen. Was, wenn er in ihm einen Konkurrenten fürchtete, jemanden, der ihm seinen Platz streitig machen könnte? Würde er deshalb Antons Zeichnung verwerfen – oder noch schlimmer, sie an sich nehmen und irgendwann selbst verwenden?

Diese zwiespältigen Gefühle zerrissen Anton beinahe.

Bislang konnte er nichts weiter vorweisen als einige nützliche Hinweise für den Guss des Augustus. Und dessen Form trocknete noch ab und härtete aus. Man konnte also noch gar nicht sehen, ob er erfolgreich gewesen war.

Plötzlich standen sie vor dem Zunfthaus.

Meister Wagner drückte die Tür auf, die knarrend nach innen schwang. Ein Geruch nach Schweiß und Bier, ein Gewirr von Stimmen und Lachen drang ihnen entgegen.

»Ich nehme dich nur mit, weil du diese Zeichnung angefertigt hast. Nur deshalb! Hier trinken die Meister, nicht die Gesellen und Lehrlinge. Merk dir das, Haderer. Rede nur, wenn du gefragt wirst, ansonsten halt dein vorlautes Mundwerk.«

Anton nickte. Gott sei Dank konnte sein Meister keine

Gedanken lesen, sonst wäre er unter seinen spöttischen Flüchen zusammengezuckt.

Durch einen Windfang mit anschließendem Vorraum traten sie in die Zunftstube. Niemand nahm Notiz von ihnen. Die Gespräche, die oftmals über mehrere Tische hinweg geführt wurden, verstummten nicht. Keiner der Handwerker interessierte sich für sie.

Meister Wagner blieb im Eingang stehen und sah sich um. Hier saßen sie, die Schmiedemeister der Stadt, klein und dick, groß und kräftig, mit braunen, roten oder blonden Haaren. Allesamt in Arbeitskleidung, manche hatten noch immer ihren Lederschurz umgebunden. Einige waren an den rostroten Fingern als Reparaturschmiede zu erkennen, andere waren schwarz bis zu den hochgekrempelten Hemdsärmeln.

Alle hatten sie einen Krug vor sich stehen, riefen, tranken, schlugen die Seidel aneinander, prosteten sich zu, und irgendwann begann einer ein Lied anzustimmen, in das alle einfielen. Auch Meister Wagner, der sich noch nicht von der Stelle gerührt hatte, sang lautstark mit.

»Ich hab durchwandert Städt und Land
viel Abenteuer zu schauen
und mich an manchen Ort gewandt
da viel Leut Bergwerk bauen
bis ich ersach ein schön Land Art
erzreich auf allen Seiten
da etwan gar viel Silbers ward
erbaut vor langen Zeiten ...«

Anton kannte das Lied nicht. Vermutlich hatte es einer der Meister als Wandergeselle irgendwo aufgeschnappt, in der Zunftstube gesungen, und es hatte gefallen, sodass es irgendwann alle mitsangen. Die Melodie ging ins Ohr, was ihn nicht daran hinderte, sich weiter nach Hubert Gerhard umzusehen. Er musterte einen Mann nach dem anderen, entdeckte ihn aber nicht. Er kannte ihn ja auch nur von einem mittelmäßigen Porträt her – und so ein schnell hingeworfenes Gemälde hatte meist mit allem Ähnlichkeit, nur nicht mit der Natur.

Plötzlich deutete Wagner auf eine Gestalt, die in einer Ecke des Raumes auf dem Boden lag, den Kopf auf einen Arm gelegt. Der Mann schlief, vermutlich sturzbetrunken.

»Jetzt weißt du wenigstens, warum nichts vorwärtsgeht!«, zischte der Meister Anton zu. »Besoffen wie ein Schwein. Sobald wieder ein kleiner Schritt getan ist, wird gefeiert. Das könnte alles schneller gehen!«

Jetzt verstand Anton, warum Gerhard nicht beim Aushärten und Ausbrennen der Wachsform zugegen gewesen war – er hatte hier unter dem Tisch gelegen.

»Und das seit Wochen, immer wieder«, knurrte Wagner. »Ich hab ihn jedenfalls noch nie nüchtern erlebt.«

Mit Anton im Schlepptau stapfte er auf den Mann zu, packte ihn am Arm und zog ihn hoch. Dann schob er ihn mit einer kurzen fließenden Bewegung auf die Bank an dem einzigen noch freien Tisch und hielt ihn aufrecht.

Als der Schankwirt an ihm vorüberkam, nahm er ihm unter Protest einen Krug ab und stellte ihn dem Bildhauer vor die Nase.

Hatte es zuvor noch so ausgesehen, als wäre der Mann zu nichts mehr fähig, begann er jetzt zu schnüffeln, bis seine Nase mitten im Bierschaum steckte. Dann hob er den Krug in die Höhe und wollte … Doch Wagner war schneller.

Ein eiserner Griff schloss sich um Gerhards Hand und stoppte die Trinkbewegung abrupt.

»He!« Bislang hatte Gerhard noch kein Wort gesagt, kämpfte jetzt aber mit geschlossenen Augen verbissen um den Krug.

»Seht Euch zuerst diese Zeichnung an, dann dürft Ihr weitertrinken!«

Hubert Gerhard seufzte und öffnete die Augen. Sie waren rotumrändert und entzündet. Das Weiße war gelblich verfärbt, und merkwürdigerweise fehlten die Wimpern. Offenbar hatte er sich die feinen Härchen verbrannt, als er einmal zu nahe an die Bronzespeise gekommen war.

Wagner entwand ihm den Krug und stellte ihn außer Reichweite auf den Tisch. Dann brachte er sein Gesicht nahe an das Gerhards.

»Wie...vi...e Sei...nunen ha... ihr mi... schon ... jeseit?«, nuschelte der Künstler und versuchte, das Blatt, das Wagner vor ihm ausgebreitet hatte, vom Tisch zu wischen.

»Schaut ... Euch ... diese ... Zeichnung ... an!« Wagner betonte jedes Wort einzeln. »Wenn sie nichts taugt, schicke ich den Kerl hier zum Teufel. Wenn es aber eine vernünftige Arbeit ist, lass ich ihn den Widderkopf gießen.«

Mit seinen breiten, schweren Händen breitete er das Blatt erneut vor Hubert Gerhard aus und strich es glatt.

Dem fielen schon wieder die Augen zu, und sein Kopf sank vornüber, doch Meister Wagner gab ihm eine kräftige Ohrfeige, und plötzlich war der Kerl ganz wach.

Wagner schlug mit der flachen Hand auf das Bild des Widderkopfes. »Was sagt Ihr, Gerhard? Taugt es was?«

* * *

Ann-Kathrin fühlte sich innerlich zerrissen. Sie hatte ihren Vater einfach am Pranger stehen lassen. Dabei hätte sie ihn weiter verteidigen müssen, die Alte daran hindern, ihre faulen Eier auf ihn zu werfen. Warum schütteten Menschen andere, die im Elend lagen, mit weiterem Elend zu? Es tat ihr im Herzen weh und ziepte im Magen – aber sie brachte es nicht über sich zurückzugehen. Sie durfte es nicht. Ihr Vater hatte ihr einen unmissverständlichen Auftrag gegeben, der erledigt werden musste.

Während man mit schmalen Flößen über die Flößergasse nahe an die Stadtmauer kam, mussten die großen Flöße an der Floßlände anlegen. Dort wurden die Wassergefährte zerlegt und die Holzgeschäfte abgewickelt. Ihr Vater hatte sich diesmal ein Floß aus mächtigen Stämmen zusammengestellt, denn der Brunnenmeister der Stadt hatte ihn gebeten, brauchbares Deichelholz für die Röhren zu liefern.

Als sie gedankenverloren an der Schenke vorüberkam und ihr der Beutel ihres Vaters gegen die Schenkel schlug, schreckte sie hoch. Ihr Vater hatte am Morgen an der Floßlände doch zwei Beutel voller Münzen erhalten. Und als er nach ihr die Schenke betrat, hatte nur noch ein Beutel an seinem Gürtel gehangen – und der war nur zur Hälfte gefüllt gewesen. Mit einem Großteil dieses Geldes hatte er die Männer in der Schenke ausbezahlt. Aber wo waren die restlichen Münzen abgeblieben? Sie drehte sich um ihre eigene Achse und musterte die Umgebung. War ihm die Geldbörse gestohlen worden? Beutelschneider gab es an den Toren und in der Stadt allenthalben. Auch hier.

Die Kerle lungerten absichtlich unabsichtlich an den Straßenecken herum, musterten die Vorübergehenden und schlugen zu, wenn sie glaubten, es lohne sich. Und zwei Beutel mit deutlich sichtbaren gelben Lederbändern lohnten allemal. Deshalb trug Ann-Kathrin die Geldkatze, die ihr der Vater in der Schenke zugeworfen hatte, unter ihrem Rock.

Aber er hätte es sicher nicht zugelassen, dass man ihn um sein Geld erleichterte. Er kannte die Tricks der Beutelschneider. Außerdem hätte er sich sicherlich lautstark darüber aufgeregt, wenn sie ihn um seinen Lohn gebracht hätten. Nichts dergleichen war zu hören gewesen. Er hatte im Gegenteil so zufrieden gewirkt, als wäre ihm zuvor ein Glücksgriff gelungen.

Noch einmal schaute sie um sich. Musterte drei oder vier Halunken mit scharfem Blick und suchte dabei gleichzeitig die

Umgebung ab. Wo zum Teufel könnte ihr Vater das Geld verborgen haben, wenn er es denn versteckt hatte? Sie würde es suchen, vielleicht vorher noch mit ihm reden müssen. Wenn er es tatsächlich irgendwo hier heimlich abgelegt hatte, würde es auch noch einige Stunden dortbleiben können. Sie riss sich von dem Gedanken los, immer auch ein Auge auf die Tür der Schenke, ob der Wirt erschien.

Sie gelangte jedoch unbehelligt über den Platz, aus dem Jakobertor hinaus und wandte sich nach Nordosten, der Floßlände zu. Der Weg war gut befestigt, und viele Menschen strebten heraus aus der Stadt oder hinein. Es war ein reger Strom, in den sie sich einreihte. Erst kurz vor der Brücke über den Lech bog Ann-Kathrin nach Süden ab und tauchte in den Auwald ein. Auch dieser Weg war breit, aber es gab einen schmalen Pfad, auf dem man die Lände schneller erreichte.

Schon von Weitem hörte sie das Schlagen der Äxte und das schallende Rufen der Männer, die gegen den Lärm anschreien mussten. Auf der Uferanhöhe blieb sie stehen. Zwischen mächtigen Weiden senkte sich der Weg zum Lech hin ab. Eine ganze Weile stand sie da und beobachtete das Treiben unter ihr. Nicht alle Männer kannte sie, nur Sandler und Karl, die beiden, die auf dem Floß ihres Vaters mitgefahren waren.

Kurz ließ sie den Blick schweifen und seufzte. So hatte sie sich die Fahrt nach Augsburg nicht vorgestellt. Der Vater im Schuldturm, die Transportware beschlagnahmt, und sie allein mit den Aufgaben des Floßmeisters betraut. Aber wenn sie eine echte Flößerin sein wollte, gehörte auch diese Arbeit dazu. Sie musste zeigen, dass sie es nicht nur verstand, ein Floß von Füssen nach Augsburg zu bringen, sondern auch, aus dem Holz ein Geschäft zu machen.

Sie atmete kurz durch und wollte eben einen Schritt hinunter zum Ufer tun.

»Hast wohl Angst, was?«

Erschrocken suchte Ann-Kathrin die Weiden ab, von wo aus die Stimme gekommen war, hob den Blick, ob jemand über ihr im Geäst saß. Sicherlich sprachen nicht die Bäume zu ihr, sondern ein Mensch. Dann entdeckte sie ihn. Ein junger Mann, der etwa in ihrem Alter war, lehnte lässig am Stamm einer Weide. Er verschmolz regelrecht mit der Rinde. Hätte er sich nicht bewegt, wäre sie an ihm vorübergegangen, ohne ihn zu bemerken. Er schnitzte mit einem Messer an einem Holzstück herum, den Blick halb bei ihr, halb bei der Schnitzerei.

»Hab ich auch«, fuhr der junge Mann fort. »Gehörig sogar. Ist mein erster Auftrag, den ich selbst abwickeln soll. Mein Vater hat gesagt, ich solle ruhig mal lernen, dass die Deicheln nicht fix und fertig bei ihm ankommen, damit er sie verlegen kann. Als ob mir das nicht klar wäre.«

Ann-Kathrin wusste nicht, was sie mit dem Wortschwall anfangen sollte. Der hochgewachsene junge Mann stand noch immer da wie zuvor. Als er ihren fragenden Blick sah, löste er sich langsam von der Weide und kam auf sie zu. Unwillkürlich wich sie zurück.

»Keine Angst, keine Angst«, sagte er beschwichtigend, steckte das Schnitzmesser weg und hob die Arme. »Ich bin Vincenz, der Sohn des Brunnenmeisters Breger, und soll dort runter und die Hölzer kaufen.«

Langsam nickte Ann-Kathrin und musterte ihn genauer. Sein kurzes blondes Haar stand ihm struppig vom Kopf ab, und seine Kleidung sah aus, als wäre er auf dem Weg hierher durch alle Wasserlöcher gestolpert, die zu finden waren. Seine Haut war gebräunt, was darauf schließen ließ, dass er viel Zeit draußen verbrachte. Er war muskulös, hatte aber schmale, schlanke Hände, mit denen er wohl auch feinfühlig umgehen konnte. Ganz anders als die Pranken ihres Vaters mit den kurzen kräftigen Fingern. Vincenz' Augen aber waren das wirklich Verblüffende. Sie strahlten in einem Grün wie das Wasser des Lechs, bevor es sich schäumend in den Stromschnellen verlor und sich braun und gelb einfärbte.

Der Sohn des Brunnenmeisters also, dachte Ann-Kathrin und lächelte.

Die Männer ihres Vaters unten am Ufer winkten ihr zu und riefen nach ihr. Sie wandte sich kurz ab und winkte zurück.

»Ich bin Ann-Kathrin Biechler, die Tochter des Floßmeisters«, sagte sie dann. »Ich soll das Holz dort unten an den Brunnenmeister verkaufen.«

Sie musterten sich gegenseitig, dann bildeten sich kleine Fältchen um Vincenz' Augen und er begann zu lachen. Schließlich fiel auch Ann-Kathrin darin ein.

Was sollte sie von diesem Zufall halten.

18

AUGSBURG, ZUNFTHAUS DER SCHMIEDE

Hubert Gerhard starrte auf die Zeichnung und fuhr sich mit der Hand übers Gesicht, während ein angestrengtes Pfeifen seinem Mund entwich. Schließlich setzt er zum Sprechen an, doch die Worte kamen nur als unverständliches Gebrabbel über seine Lippen.

Meister Wagner schien diese Antwort zu genügen. »Also, dann weg mit dem Geschmiere!«, bestimmte er und wollte das Blatt wieder an sich nehmen.

»Halt!«, donnerte Gerhard und hieb mit der flachen Hand auf die Zeichnung. Plötzlich war es still in der Zunftstube, und die Köpfe von zwanzig Meistern wandten sich ihnen zu.

Gerhard schluckte, versuchte, etwas zu sagen, stockte und lallte: »Er … sooollda … gihen!«

Meister Wagner musterte ihn ungläubig. »Er soll diesen verrückten Widderkopf gießen?«, fragte er.

Zwei Meister erhoben sich von ihren Stühlen und traten neben ihn.

»Ich habe auch so etwas verstanden«, sagte der eine. »Zeigt mir die Skizze!«

Gerhards Kopf war bereits wieder schwer auf das Blatt gesunken, und ein Speichelfaden troff aus dem Mundwinkel auf das Papier.

Mühsam zogen sie die Zeichnung unter dem Mann hervor.

»Zunftoberer Bieber!«, stammelte Wagner. »Das kann er doch nicht ernst gemeint haben.«

Der Obermeister der Schmiedezunft hielt sich das Blatt vor die Augen und pfiff anerkennend durch die Zähne. »Wer hat das gezeichnet?«, fragte er, ohne auf Wagners Frage einzugehen.

»Ich«, antwortete Anton. »Es ist von mir. Das Geburtszeichen des Kaisers Augustus. Unter dem Sternzeichen des Widders.«

Langsam wandte sich ihm der Zunftobere zu. »Ich gratuliere Euch zu der Idee und zu dieser Ausführung. Wenn Ihr nur die Hälfte dieses Entwurfs in eine Bronze verwandeln könnt, dann wäre das ein Grund, Euch die Meisterwürde zu verleihen.«

Antons Brustkorb weitete sich. Das war genau das, was er anstrebte und wovon er träumte!

»Warum sollte ich das nicht können?«, fragte er. »Gebt mir Wachs, Kupfer und Zinn und etwas Zeit. Dann werdet ihr feststellen, dass es mir gelingt.«

Langsam hob Bieber die Augenbrauen vor so viel Überheblichkeit. »Wir werden sehen«, antwortete er ausweichend. »Lasst ihn seine Idee ausprobieren«, fuhr er, an Meister Wagner gewandt, fort. »Ich will das Ergebnis begutachten. Und *ihn* nehme ich mit, wenn er wieder nüchtern ist.« Er deutete auf Hubert Gerhard, der laut schnarchte und dessen einer Arm kraftlos über die Tischkante hing. Dann verengte der Zunftobere die Augen. »Und jetzt schafft diesen Gesellen hier raus«, zischte er. »Hier trinken die Meister, nicht deren Handlanger.«

Die Schärfe dieser Ansage überraschte Anton. Er trat an Bieber heran, nahm ihm die Vorzeichnung aus der Hand, faltete sie zusammen und steckte sie sich unter sein Wams. Dann machte er wortlos kehrt und verließ den Raum.

»Höflichkeit geht anders, Bursche!«, rief ihm der Obermeister nach. Doch Anton drehte sich nicht um. Er kannte seine Gaben und wusste um seine Qualitäten. Da brauchte er keinen Zunftoberen, der ihm vermutlich nicht das Wasser reichen konnte.

Vor der Zunftstube wartete er noch einen Moment auf den Stadtgießer. Doch als sich Meister Wagner nicht blicken ließ und drinnen wieder ein Lied angestimmt wurde, machte er sich allein auf den Rückweg zur Gießerei. Viel brauchte er nicht. Etwas zu essen, einen trockenen Platz zum Schlafen und eine Aufgabe. Und all das hatte er nun.

Auf dem Weg machte er sich alle möglichen Gedanken. Wenn Hubert Gerhard öfter betrunken als arbeitsfähig war, musste sich ja irgendjemand den Kopf über die Gestaltung dieses neuen Brunnens zerbrechen.

* * *

»Wie können wir uns einig werden?«, fragte Vincenz unverblümt und ließ seinen Blick an Ann-Kathrin auf und ab gleiten.

»Indem wir uns überlegen, was das Holz wert ist – und ob Ihr es wert seid, dass ich es an Euch verkaufe.«

Sie bemerkte wohl, wie er sie musterte, gab sich aber reserviert. Geschäft ist Geschäft, hatte ihr Vater ihr immer wieder eingeschärft. Wenn du mit deinem Gegenüber per Handschlag einig bist, kannst du mit ihm trinken, bis dahin sei vorsichtig.

Vincenz hob die Augenbrauen. »Das sind schwere Bedingungen«, sagte er und runzelte die Stirn. »Aber mein Vater hat mir Meister Biechler angekündigt. Mit ihm soll ich verhandeln. Nicht mit ... seiner Tochter.«

Ann-Kathrin schnaubte unwillig. »Glaubt Ihr etwa, ich sei nicht in der Lage, ein solches Geschäft abzuwickeln?«

Vincenz sagte nichts. Er begann Ann-Kathrin zu umrunden, und sie fühlte seinen Blick eindeutig auf ihrem Hintern ruhen, als er hinter ihr vorüberging. Sie rührte sich keinen Schritt. Allerdings war ihr unangenehm bewusst, dass sie seit zwei Tagen nicht aus ihren Kleidern herausgekommen war und einen verdreckten und zerlumpten Anblick bieten musste.

»Habt Ihr gesehen, was Ihr sehen wolltet?«, zischte sie weniger scharf, als sie gewollt hatte.

»Ist es wahr, was man sich erzählt?«, fragte Vincenz.

Ann-Kathrin horchte auf und wandte ihm den Kopf zu. Er kam gerade hinter ihr hervor, und seine Augen streiften über ihre Brust. Nicht lüstern, sondern neugierig. Langsam nur hoben sie sich, und er sah ihr ins Gesicht.

»Was erzählt man sich denn?«, fragte sie.

»Dass Biechler wegen Veruntreuung an den Pranger gestellt wurde und danach in den Schuldturm gesteckt wird.«

»Ach, sagt man das?«, fauchte Ann-Kathrin. »Davon ist mindestens die Hälfte unwahr.«

»Und welche Hälfte?«, hakte Vincenz nach. »Die, dass er Ware veruntreut hat, oder die, dass er am Pranger steht?«

Glaubt nicht alles, was die Leute schwätzen, hätte sie ihm am liebsten ihm ins Gesicht geschrien. Aber sie wusste, wenn sie jetzt den Mund aufmachte, würde sie in Tränen ausbrechen. Es dauerte eine kleine Weile, bis sie sich gefangen hatte und antworten konnte.

»Die Leute lügen. Mein Vater hat nichts Unrechtes getan.«

»Dann müsst Ihr es beweisen«, war alles, was Vincenz sagte.

Wieder schnaubte Ann-Kathrin. »Wenn das so leicht wäre, hätte ich es längst getan. Aber ich habe bei einem Floßunfall bei Landsberg die Frachtpapiere verloren. Deshalb kann ich nichts beweisen. Irgendjemand hat uns beschuldigt, Kupfer und Zinn an den Fugger zu verkaufen, obwohl die Stadt angeblich ein Anrecht auf die Ware hat. Der protestantische Rat hat alles beschlagnahmen lassen, und der katholischer Teil des Rats hat ihn an den Pranger gebracht. Ich kenne die Papiere … aber ich habe sie nicht mehr, um zu beweisen, dass es Fugger-Kupfer ist und kein Magistratskupfer.«

Plötzlich war die freche Art des Brunnenmeisterssprösslings wie weggeblasen. Er runzelte die Stirn und sah sie freundlich an.

»Setzen wir uns doch«, sagte er leise. »Entschuldigt. Ich habe nicht gewusst, wie verfahren das alles ist. Erzählt.« Er deutete das Ufer hinunter auf die Männer, die immer noch dabei waren, das Floß zu zerlegen. Ann-Kathrin und er hätten dort ohnehin nichts ausrichten können. »Sie haben auch ohne uns genug zu tun.«

Vincenz zeigte auf eine umgestürzte Weide, deren Stamm etwas abseits des Weges lag.

Ann-Kathrin nickte. Sie war erleichtert, dass jemand an ihrem Schicksal Anteil nahm. Als sie eng nebeneinandersaßen, spürte sie die Wärme seines Körpers an ihrem Oberschenkel – und fand es nicht unangenehm. Dann aber überlegte sie, ob es nicht falsch war, so vertraut mit ihm umzugehen, da der Handel noch nicht abgeschlossen war. Vincenz könnte das zu seinem Vorteil verwenden. Und das wäre ihr Nachteil.

»Zuerst das Geschäft«, sagte sie und wandte ihm den Kopf zu.

Die grünen Augen sahen sie an. So nahe waren sie, dass sie bis in ihr Herz drangen. Sie konnte es nicht verhindern. Wenn er sie jetzt in den Arm genommen hätte, dann hätte sie ihn geküsst.

»Ich werde Euch nicht übervorteilen«, versprach er. »Wir könnten aber vor den Flößern dort unten ein kleines Spektakel aufführen. So erwerben wir uns beide den Respekt der Männer, haben unseren Spaß und hauen uns nicht gegenseitig übers Ohr.«

»Was?«, fragte sie verblüfft.

Kurz erklärte er ihr, was er vorhatte. Ann-Kathrin suchte in seinem Blick nach etwas, das wie eine Falle aussah, entdeckte aber nichts als Ehrlichkeit und eine gewisse Unsicherheit, ob sie das Richtige taten. Wieder musste sie herzhaft lachen.

»Vincenz Breger, Ihr seid mir eine besondere Marke. Aber so machen wir es. Vater hat fünfzig Stämme herabgeflößt, die alle sechzig Fuß Länge und jeweils mindestens einen Fuß Durchmesser haben.«

»Daraus kann man jeweils vier Deicheln schneiden, wenn man den Verschnitt vorn und hinten mitberechnet. Das ergibt zweihundert Deicheln mit einer durchschnittlichen Länge von sieben Fuß. Der Rest ist Brennholz.«

»Das man auch verkaufen kann«, ergänzte Ann-Kathrin.

Es ging noch eine Weile hin und her, bis sie sich die Hände gaben. Beide waren zufrieden – und wenn sich Ann-Kathrin recht erinnerte, hatte sie ein besseres Geschäft vereinbart als ihr Vater im letzten Jahr.

Sie lächelten sich an, und kurz verhakten sich die Blicke ineinander. Und wieder hätte Ann-Kathrin sich nicht gewehrt, wenn er sie geküsst hätte. Doch Vincenz beließ es bei der Musterung ihrer Lippen, die sie mit der Zunge leicht anfeuchtete.

»Jetzt wärt Ihr dran, junge Biechlerin«, sagte er lächelnd.

Sie schmunzelte. Die Tatsache, dass sie jetzt Geschäftspartner waren, hatte eine zusätzliche Hürde eingezogen.

»Nennt mich Annka«, flüsterte sie und schluckte.

»Ist das wirklich angemessen? Immerhin seid Ihr …«

Ann-Kathrin sah zu Boden und antwortete nicht. Langsam begann sie ihm die Geschichte zu erzählen, von Beginn an. Sie berichtete von Säule, Haderer, dem Unfall an der Floßrutsche bei Landsberg und der Tatsache, dass sie erst wieder auf der Landsberger Floßlände erwacht war.

»Dazwischen ist nichts, obwohl ich das Gefühl habe, mich an etwas Wichtiges erinnern zu müssen.«

Jetzt erst bemerkte sie, dass Vincenz seinen Arm um sie gelegt hatte und sie an sich drückte. Sanft entzog sie sich ihm.

»Tut mir leid«, rief er sofort und sprang auf.

»Nicht dafür«, sagte sie leise. »Danke.«

Wieder lagen seine grünen Augen auf ihrer Seele und berührten dort etwas, das sie nicht recht benennen konnte. Solche Augen waren eine Gefahr, das ahnte sie. Aber sie konnte nicht anders, als sich dieser Gefahr auszusetzen. Sie wollte es nicht anders.

»Und wie kommt dein Vater in den Schuldturm?«

»Das ist eine andere Geschichte. Mindestens ebenso vertrackt wie die erste, aber mit mehr Unbekannten …«

Ann-Kathrin klopfte auffordernd neben sich auf den Baumstamm. Als Vincenz wieder Platz genommen hatte, lehnte sie sich leicht gegen ihn. Es fröstelte sie, und der Junge war warm. Vorsichtig wagte er es wieder, seinen Arm um sie zu legen. Diesmal ließ sie ihn gewähren.

Dann erzählte sie ihm von dem Alten und seiner Geschichte vom Nöck und einem Karren, der in Flammen aufgegangen war. Vincenz' Augen weiteten sich. »Das war alles, nur kein Zufall!«, brummte er, nachdem sie geendet hatte.

Das Einzige, was sie ausgelassen hatte, waren die beiden Beutel mit Geld, die ihr Vater morgens an der Floßlände an sich genommen hatte. Dies, das Verschwinden des einen und das mögliche Versteck am Platz hinter dem Jakobertor erwähnte sie mit keinem Wort. Dafür gab es sicher noch eine Gelegenheit.

Sie war so sehr mit sich selbst beschäftigt, dass sie beinahe nicht bemerkt hätte, wie Vincenz ihren Kopf an sich zog und sie auf den Scheitel küsste.

19

AUGSBURG, GIESSEREI AM KATZENSTADL

Anton durchwühlte die gesamte Werkstatt, bis er fand, was er suchte: einen Wachsblock. Dieser war zwar schon mehrfach ausgeschmolzen worden und nicht mehr ganz sauber, aber für seine Zwecke würde er genügen. Dann zog er hinter der Werkbank ein paar starke Eisendrähte hervor und nahm sich von dem Lehm, der von der Umhüllung der Augustus-Statue übrig geblieben war.

Dabei stieß er im hinteren Teil der Halle auf eine mit Rupfen abgedeckte Skulptur. Vorsichtig hob er die Plane aus Sackleinen an und spähte darunter. Es war der Augustus als kleine Wachsfigur. Offenbar war es die Urform, nach der das eigentliche Grundgerüst in Überlebensgröße aufgebaut und aus Metall und Gips nachgeformt worden war. Es wirkte absurd und majestätisch zugleich, denn neben der Form waren auch schon die Gieß- und Abluftröhren eingepasst worden. Allerdings fehlte die feine Ausformung in Wachs. Jetzt konnte er sich den Stadtgründer erstmals vorstellen – und er war enttäuscht. Dieser Augustus wirkte alles andere als lebendig. Er war steif und für seinen Geschmack zu geradlinig. Zu sehr erinnerte er an die römischen Statuen, die er im Welschland gesehen hatte. Eine Abformung der Geschichte, keine Neuformung der Gegenwart. Hubert Gerhard verlor in seinen Augen an Ansehen. Das, was er da geschaffen hatte, konnte jeder. Anton schüttelte den Kopf.

Er verstand nicht, warum man den Kaiser nicht in die Gegenwart holte.

Er deckte das Modell wieder ab und trat vor die Grube. Die Hitze des ausglühenden Holzes, das den Außenkörper aushärtete, schlug ihm entgegen. Einen Tag noch, vielleicht zwei, dann würde der Guss beginnen – und er hoffte, dass es keinen weiteren Toten dabei gäbe.

Schließlich begann er, die Grundform des Widderkopfes zu modellieren. Das war nicht leicht, denn der Ton war schon etwas hart. Er musste ihn erneut durchkneten, bis die Fingergelenke schmerzten. Endlich bog er aus dem Metalldraht die Grundkontur und formte sie zu einem Körper. Er war so ungeduldig, dass er gleich die erste Wachsschicht auf das noch feuchte Grundmodell auftrug. Das dunkle und schmutzige Wachs ließ sich schwerer bearbeiten als frisches, das noch nach Honig und Blütenstaub duftete. Manchmal merkte man dem Wachs seine Herkunft am Geruch an. Dann roch es nach Wald oder Frühlingswiese, nach Lindenblüten oder Hollersträuchern. Der Klumpen, den er jetzt bearbeitete, roch nach Metall, Sand und Erde.

Mithilfe einer kleinen Feuerstelle und einem darin aufgewärmten Eisen arbeitete er zuerst eine grobe Oberfläche heraus, an der man nur den Kopf und die beiden Hörner erkennen konnte. Dann begann er, von unten nach oben dem Wachs eine Gestalt zu geben. Er vergaß Zeit und Raum, während er aus der toten Materie eine lebensecht wirkende Skulptur gestaltete. Je weiter er fortschritt, desto deutlicher und detaillierter wurde der Kopf, bis er im flackernden Licht der einzigen Kerze, die in der Werkstatt leuchtete, zu leben begann.

Erst dann lehnte sich Anton zurück und streckte sich. Der Rücken tat ihm weh. Mehrmals hatte er sich am Formeisen die Finger verbrannt, und seine Beine schmerzten, weil er die schwere Wachsform zuletzt auf den Boden gestellt und im

Knien bearbeitet hatte. Jetzt musste er sie nur noch trocknen, dann mit Ton und Richteisen ummanteln. Er würde sie draußen im Hof aushärten lassen.

Wenn der Augustus aus der Sandgrube kam, konnte er seinen Widderkopf in diese hineinstellen und die Hohlform ausgießen.

Stolz betrachtete er sein Werk. Es war ihm sogar noch ein Stückchen besser gelungen als die Zeichnung.

Die Morgensonne schob sich schon langsam über die Stadtmauer, als er sich auf die Suche nach Tonschlick machte. Mit dem musste er die Wachsfigur übertünchen. Er durfte weder zu feine noch zu grobe Löcher lassen, sonst wäre die Feilarbeit hinterher mühsam, und die Bronze würde spröde wirken. Löcher, die durch Luftblasen entstanden, waren Fehler und zu vermeiden.

Als er in der Werkstatt herumstöberte, rumpelte es am Eingang, und Meister Wagner stand im Tor. Er schwankte so heftig, dass er sich an der Holzwand festhalten musste.

»Herr!«, rief Anton. »Geht es Euch gut?«

Im Grunde brauchte sein Meister nichts zu sagen, weil Anton den Zustand kannte und verabscheute. Aus Unzufriedenheit oder aus Sorge hatte Wagner mehr als ein wenig über den Durst getrunken. Jetzt galt es, ihn von der Wachsform fernzuhalten. Ein unbedachter Stolperer, ein Tritt aus Wut und falsch verstandener Konkurrenzfurcht – und eine Nacht Arbeit wäre umsonst gewesen.

»Wollt Ihr hier übernachten, Meister? Oder soll ich Euch nach Hause bringen? Wenn ja, dann stützt Euch auf mich!«

Energisch wedelte Wagner ihn aus dem Weg. »Schleich dich!«, schimpfte er. »Ich will das Modell sehen!«

»Nun gut«, seufzte Anton, dem ein nüchterner Zustand seines Meisters lieber gewesen wäre.

Er packte ihn um die Hüfte, nahm seinen Arm um die Schultern und schleppte ihn mehr, als er lief, in die Werkstatt hinein. Dort, in der Nähe des Sandlochs, in dem noch die Augustus-Form glühte, stand sein Widderkopf. Jetzt, im Halbdunkel des anbrechenden Morgens, sah er noch lebendiger aus als in der Nacht. Das fleckige Wachs trug dazu bei, den Kopf einem wirklichen Wesen zum Verwechseln ähnlich sehen zu lassen.

»Was …«, keuchte Wagner. »Was … soll dieser Teufel hier?« Energisch entwand er sich Antons Griff und stolperte vorwärts.

Anton verfluchte sich dafür, dass er ihn nicht sofort auf die Liege in seiner Kammer bei der Werkstatt geführt hatte, sondern an die Sandgrube.

»Meister!«, rief er noch, da hatte der den Widderkopf erreicht und starrte ihn vor und zurück schwankend an.

»Was … für ein … Teufel!«, stöhnte er – und sackte vornüber.

Anton gelang es gerade noch, sich gegen ihn zu werfen und so den Sturz abzulenken. Der Körper traf knapp neben dem Widderkopf auf. Dass sich der Gießer den Kopf nicht einschlug, lag nur daran, dass er damit in die Sandgrube fiel. Nur ein Horn des Widders brach ab, weil der schlenkernde Arm dieses noch erwischt und vom Schädel gerissen hatte.

Anton fluchte innerlich und beschwor alle Teufel dieser Welt auf seinen Meister herab. Hatte er zuvor noch daran gedacht, ihm auf die Liege zu helfen, ihn zuzudecken und eine Kelle Wasser neben ihn zu stellen, um den Morgenbrand zu lindern, wenn er aufwachte, empfand er in diesem Augenblick nichts als Abscheu vor diesem Mann.

Er hob den Kopf auf und sammelte das Horn ein. Meister Wagner ließ er liegen, wo er lag. Sollte er doch Sand und Staub einatmen.

Mit etwas Mühe und dem frisch erwärmten Feuereisen ließ sich das Horn leicht wieder anfügen. Anton musste nur den formenden Metalldraht zurechtbiegen und dann alles wieder ohne Naht befestigen.

Es dauerte eine weitere Stunde, bis er den Kopf mit feuchtem Schamottpulver bepinselt hatte. Das sollte die Einzelheiten gut abzeichnen. Damit später der Kern nicht auf die Form fiel, steckte er Nägel durch die Wachsform. Schließlich ummantelte er alles mit Ton. Aus dem hüfthohen Widderkopf war ein unförmiges Ei entstanden, das er jetzt nicht mehr selbst bewegen konnte. Auch das hätte Stunden gebraucht, Zeit, die er nicht mehr hatte. Er musste fertig werden, bis der Meister aus seinem Rausch erwachte. In vier Stunden sollte alles ausgehärtet sein. Er stapelte um die Form Holz auf und zündete es an – obwohl ihm wegen der durchwachten Nacht fast die Augen zufielen –, damit die Schale außen hart wurde und das Wachs ausschmolz. Es rauchte in den Öffnungen und begann zu verdampfen. Er hoffte, dass die Lehmmasse sich bei der schnellen Erhitzung rasch genug verfestigte und nicht zu sehr riss.

Als er fertig war, schnarchte Meister Wagner, halb in der Sandgrube hängend, noch immer. Antons Widderkopf, dessen Zeichnung er über die Werkbank genagelt hatte, reckte seine Hörner in die Höhe und sah spöttisch auf den Betrunkenen herab.

* * *

Mit selbstbewusst erhobenem Kopf ging Ann-Kathrin den Uferweg hinab und musterte die Arbeit, die von den Flößern und ihren Helfern geleistet wurde.

»Büchserl, wie weit seid ihr?«

Der Mann, dem der Schweiß über das Gesicht lief und in dessen dunklen Haaren Holzspäne steckten, sah auf.

»Annka, ich dachte schon, du wärst mit den anderen nach Füssen zurückgegangen. Wo ist dein Vater?«

Kurz senkte sie den Blick, aber sie fasste sich schnell. »Sie haben ihn weggesperrt. Aber er hat mich beauftragt, das Holz zu verkaufen.«

Jetzt hoben sich auch die Köpfe der anderen Männer und sahen zu ihr hinüber. Büchserl zog nur eine Augenbraue hoch und wollte etwas sagen, doch Ann-Kathrin war schneller.

»War der Brunnenmeister schon hier?«, fragte sie forsch.

Büchserl zuckte mit den Schultern. »Gesehen hab ich ihn noch nicht. Aber er kommt, wenn die Arbeit hier getan ist.«

»Soll euer Schaden nicht sein«, sagte Ann-Kathrin leichthin. »Die meisten Stämme sind ja schon bereit.«

Die Haselnusswieden lagen auf einem Haufen am Ufer und würden am Abend zu einem kleinen Feuer dienen. Die Stämme waren sorgfältig halb an Land gezogen worden. Das Deichelholz durfte nicht trockenfallen, sonst wurde es rissig und unbrauchbar.

Ann-Kathrin begutachtete die Ware und musste sich beherrschen, nicht so zu tun, als warte sie auf jemanden. Sie zwang sich, nicht die Böschung hochzuschauen, sondern sich um die Arbeiten am Ufer zu kümmern. Kaum hatte sie sich zu den Männern gesellt, die ihr zeigten, was noch zu tun war, ertönte ein Pfiff. Wieder stockte die Arbeit, und alle sahen auf.

Oben stand Vincenz, die Hände in die Hüften gestemmt. »Wer ist Meister Biechler?«, rief er. »Wir haben zu verhandeln!«

Sofort drehte sich Büchserl zu Ann-Kathrin um. »Soll ich mit ihm …?«

»Lass, Büchserl. Das schaff ich schon. Schließlich bin ich die Tochter meines Vaters. Und der hat keinen Deppen aufgezogen, glaub mir.«

Die Sätze gingen ihr leicht über die Lippen, und doch hörte sie selbst das Zittern in ihrer Stimme. Sie wusste, was jetzt kommen würde, traute der Entwicklung aber nicht ganz über den Weg.

»Aber du bist eine Frau, Annka, ein Mädchen! Der Kerl wird dich um den Finger wickeln. Der sieht so aus, als hätte er Erfahrung. In jeder Hinsicht. Ein Hinweis auf deine braunen Augen ...«

Nur halb drehte sie sich Büchserl zu, der schon begann, seine Hände zu säubern.

»Du glaubst also, eine Frau könnte das nicht? Ihr Mannsbilder würdet verlieren, wenn ich verhandle? Nun, dann hör gut zu, und schau dir etwas ab, Flößer. Von einem Mädchen mit braunen Augen.«

Sie ließ ihn stehen, balancierte leicht über mehrere Stämme hinweg und trat vor. »Wer seid Ihr?«, rief sie.

»Vincenz Breger, der Sohn des Brunnenmeisters. Er schickt mich zu Hans Biechler.«

»Ihr werdet mit *mir* verhandeln müssen. Ich bin seine Tochter«, rief sie hinauf. »Aber dafür müsst Ihr schon herabsteigen. Zu Euch hoch komme ich nicht.«

Vincenz tat empört, kam aber dann aufreizend langsam die Böschung bis zum Kiesstrand der Floßlände herabgeschlendert.

»Wie bestellt«, sagte Ann-Kathrin und deutete auf die Stämme, die am Ufer lagen.

Bedächtig schritt Vincenz mit verschränkten Armen die einzelnen Hölzer ab und murmelte irgendetwas vor sich hin. »Es sind zu wenige Stämme«, verkündete er dann.

»Das kann nicht sein«, sagte Ann-Kathrin. »Es sind genauso viele wie hier am Ufer liegen. Keiner weniger.«

Hinter sich hörte sie schon die ersten Männer prusten. Sie versteckten ihr Lachen in einem gekünstelten Husten.

»Ich kann aus jedem Stamm nur zwei Deicheln schneiden und bohren«, versuchte es Vincenz erneut. »So war es letztens auch, aber da wart Ihr noch nicht dabei.«

Jetzt war es an Ann-Kathrin, die Arme vor der Brust zu verschränken.

»Erzählt keinen Unsinn. Ihr schneidet drei Deicheln aus jedem Stamm. Und das schon immer, weil mein Vater die Stämme so aussucht, dass sie das hergeben. Versucht nicht, mich auf den Arm zu nehmen.«

»Sechzig Pfennige der Stamm!«

Ann-Kathrin lachte laut auf und hörte, wie die Flößer hinter ihr erschrocken die Luft einsogen.

»Ihr habt Euch versprochen, Sohn des Brunnenmeisters. Ihr wolltet sagen sechzig Pfennige die Deichel, was bedeutet hundertachtzig Pfennige der Stamm. Das Splitterholz noch nicht eingerechnet. Das ist eindeutig zu wenig. Sagen wir je Stamm einen Gulden! Da bin ich gnädig.«

Hinter ihr war es mäuschenstill. Die Männer standen da und verfolgten auf ihre Äxte gestützt gespannt die Preisverhandlung.

»Wollt Ihr uns ruinieren, Biechler-Tochter?«, fuhr Vincenz auf. Sein Gesicht verfinsterte sich, und sie bekam es bereits mit der Angst zu tun, sie könnte ihn tatsächlich verärgert haben. »Einen Gulden pro Stamm? Da müssten sie zumindest vergoldet sein!«

»Mit meinem Lächeln?«, warf sie ihm kokett zu. »Schon geschehen.«

Doch Vincenz fuchtelte wie wild mit den Armen und lief aufgeregt auf und ab. »Nie und nimmer! Den Kubikfuß nicht über 70 Batzen.«

»80 Batzen!«, hielt sie dagegen.

»73!«, zischte er. »Das Maß Splitterholz zum Heizen, das muss noch getrocknet werden und lagern. Das kostet.«

»Es lagert und trocknet von selbst«, gab sie zurück und warf sich in die Brust. »78!«

»Niemals. Ich müsste verrückt sein, auf so ein Geschäft einzugehen. 75! Und keinen Batzen mehr das Maß!«

Ann-Kathrin streckte ihm die Hand hin, die Vincenz – angeblich völlig überrascht – ergriff.

»Dann soll es so sein. 75 Batzen das Maß Splitterholz.«

Hinter ihr blieben die Männer stumm. Ihr gemeinsames, plötzliches Einatmen zeigte ihr aber, dass sie bis jetzt alles richtig gemacht hatte.

»Und nun zum Langholz«, fuhr sie fort. »Ihr sägt, gemessen mit der Augsburger Elle, drei Dauben aus jedem Stamm. Mindestens. Manche Stämme könnten sogar vier ergeben.«

Vincenz begann Ann-Kathrin zu umrunden, als müsse er sie in einen unsichtbaren Kokon einspinnen und dann mit seinem Preis zuschlagen, wenn sie sich nicht mehr bewegen konnte.

»Die Dauben sind drei große Augsburger Ellen lang. Mit einem Gulden je Stamm kommt Ihr gut davon«, schlug sie vor, sobald sie seiner wieder ansichtig wurde.

»Ihr bringt mich noch um den Verstand!«, rief Vincenz und warf die Arme in die Luft.

»Oh, das tut mir aber leid«, spottete Ann-Kathrin und erntete leise Lacher von den Flößern, die ihre Doppeldeutigkeit sehr wohl verstanden hatten. »Aber das geht vorüber!«

Wieder war leises Glucksen zu hören. Die Männer hinter ihr amüsierten sich köstlich.

Vincenz schien die Flößer und ihre geflüsterten Kommentare nicht zu beachten. Er umkreiste Ann-Kathrin immer enger, wie ein Wolf, der seine Beute witterte und zubeißen wollte.

»Keinen Gulden. 12 Batzen!«, knurrte er.

»Unsinn. 15 Batzen, mehr kann ich nicht nachgeben. Ich muss meine Männer bezahlen. Aber dafür müsst Ihr die Stämme hier auseinandernehmen!«

Wenn das Schlucken in Männerkehlen wie Glockenläuten geklungen hätte, wäre spätestens jetzt ein Sonntagsgeläut losgebrochen.

»Was? Sie nehmen die Stämme nicht auseinander? Für das Geld?«

»Nur für einen Gulden je Deichelstamm. Für Euch ein Geschäft.«

»Wucher wolltet Ihr sagen. Für mich Wucher!«

Jetzt war es an Ann-Kathrin, sich zu bewegen, und die beiden jungen Menschen umkreisten sich wie Planeten auf einer Sphäre. Ihr gemeinsamer Mittelpunkt war der Gulden, der ausverhandelt wurde.

»Wie viele Stämme liegen hier vor Ort?«

»Sechzig! Also 180 Deicheln. Damit könntet ihr mit dem Verlegen vom Brunnenmeisterhaus bis zum Rathaus beginnen. Und das für einen Spottpreis.«

»Glaubt Ihr!« Vincenz schnaubte.

»Weiß ich«, erwiderte Ann-Kathrin.

»Spottpreis. Pah!« Vincenz' Stirn furchte sich wieder, als müsse er sich den neuen Preisen erst anpassen. Sie glaubte ihm, dass er unter ihrer Härte litt. Und wenn sie ihm abnahm, dass er das erste Mal verhandelte, dann litt er tatsächlich.

Sie schoben sich weiter die Preise hin und her und einigten sich dann auf einen Gegenwert, der zu dem des letzten Jahres und zu dem höheren Bedarf des Brunnenausbaus in diesem und dem nächsten Jahr passte.

»Ein Gulden«, sagte sie laut und deutlich und streckte ihm die Hand hin. »Pro Stamm. Auch wenn aus dem einen oder anderen vier Deicheln herausgeschnitten werden können, so ist das Euer Zugewinn.«

Als er ihre Hand ergriff, kitzelte er ihr mit dem Finger in der Innenfläche, und sie musste fast lachen, schon deshalb, weil er sie mit finsterster Miene betrachtete und gleichzeitig sein gequälter Gesichtsausdruck sie traf.

»In Gottes Namen, Flößerin. Einen Gulden je Stamm. Je 75 Batzen das Maß Splitterholz aus dem gesamten Schnitt und ...«

Er zögerte, zog seine Hand noch einmal kurz zurück und

sah ihr dabei in die Augen. Was jetzt kommen würde, hatten sie nicht abgesprochen. Sie war gespannt.

»… eine weitere Floßfuhre mit Holz, spätestens zum Ende des Sommers. So lange wird es wohl dauern, bis die knapp zweihundert Deicheln gebohrt und verbaut sind.«

Ann-Kathrin nickte erleichtert. »Einverstanden!«, sagte sie. »Dann soll es so sein.«

Den Flößern hinter ihr hatte es die Sprache verschlagen. Doch plötzlich begannen die Werkzeuge wieder zu reden. Äxte schlugen in Stämme, Hämmer hallten vom Uferhang wider, und die lauten Rufe wurden fortgesetzt.

»Warte bitte oben«, flüsterte Ann-Kathrin Vincenz zu, als sie mit einem letzten Druck die Hände voneinander lösten. »Ich beeile mich.«

Vincenz nickte kaum merklich.

»Männer!«, rief er in die Runde. »Ab jetzt gehören die Stämme mir. Geht vorsichtig damit um.«

Niemand beachtete ihn. Er wandte sich ab und stieg den Hang hinauf.

»Kommt Ihr mit, das Geld zu holen?« Ann-Kathrin drehte sich zu den Flößern um und stemmte die Arme in die Hüften. Nur Büchserl richtete sich auf und stützte seinen Körper mit der Axt auf einem Stamm ab.

»Das hast du gut gemacht, Mädchen«, brummte er. Er machte eine Pause und sah in die Runde. Die Männer arbeiteten weiter und nickten. »Besser als dein Vater.«

Mit einem Grinsen, das ihr ganzes Gesicht bedeckte, nickte auch sie ihm zu. »Ich muss jetzt das Geld holen. Heute Abend noch werdet Ihr ausbezahlt.«

Sie grüßte die anderen Flößer, indem sie kurz die Hand hob, und lief dann zum Uferweg. Dort oben würde hoffentlich Vincenz auf sie warten. Und sie hatte Angst davor.

20

AUGSBURG, GIESSEREI AM KATZENSTADL

Anton stand an der Sandgrube und spürte dem Geruch der Bronzespeise nach. Das Kupfer darin duftete süßlich und das zugegebene Zinn herb. Eine Verbindung, die ihn immer schon in der Nase gekitzelt hatte.

Sein Blick glitt hinüber zu Meister Wagner, der weiter mit dem halben Gesicht in der Sandgrube lag.

Jetzt konnte ihn niemand mehr daran hindern, den Widderkopf zu gießen. Nur kurz hatte er überlegt, ob er warten solle, bis sein Meister wieder wach und zugänglich war. Doch dann hatte er sich entschlossen zu handeln, denn vielleicht würde Wagner es ihm verbieten. Schließlich war noch nicht einmal der Augustus gegossen. Es war ein Wagnis!

Aber mit seinem Kupfer würde er seine Figuren herstellen. Letztendlich hatte es die Stadt ihm zu verdanken, wenn sie über ausreichend Rohmaterial verfügte.

Er winkte Mattheis zu sich, der verwundert auf Meister Wagner glotzte und Anton unsicher ansah, als dieser ihn aufforderte, die andere Seite des Schmelztiegels mit der Stange zu greifen.

»Hat er das erlaubt?«, fragte der Lehrling zaghaft.

Anton nickte. »Wenn du mir nicht glaubst, frag ihn einfach«, antwortete er grinsend.

Sie hoben den Tiegel, in dem die Speise zum Glühen gebracht worden war, aus dem Ofen und stellten ihn in die Halterung. Dann hoben sie das Gefäß an, kippten es und ließen den zischenden Inhalt in die Hohlform fließen. Diese hatte Anton besonders stabilisiert, weil sie nicht ganz trocken gewesen war. Aber das spielte kaum eine Rolle, denn das heiße Metall würde sie sofort aushärten. Es zischte, als die Luft aus den mit Schilfrohren offen gehaltenen Röhren drang. Zwar war der Tiegel schwer und schon nach kurzer Zeit zitterten ihre Muskeln, aber sie schafften es. Als die Abluftöffnungen die gelbliche Bronzefarbe zeigten, war klar, dass alle Hohlräume ausgegossen waren.

Als sie den Tiegel, der exakt die Menge Bronze enthalten hatte, die nötig gewesen war, schwer atmend absetzten, spuckte Anton auf die erkaltende Masse in den Guss- und Abluftöffnungen. Ein Ritual, das er sich angewöhnt hatte. Wenn er traf, wurde der Guss perfekt, wenn er danebenspuckte, dann wurde er nur gut. Diesmal traf er genau. Zischend verdampfte die Spucke, und auf der Oberfläche bildete sich kurz eine dunkle Stelle, groß wie ein Augsburger Batzen.

In das Zischen mischte sich das Stöhnen des Meisters, der langsam aus seinem Rausch erwachte. Meister Wagner stutzte, als er das Zischen vernahm. Sein Gesicht war gerötet, ob vom Bier oder von der Nähe zur Gussform konnte Anton nicht entscheiden.

»Was … was?«, begann er stotternd. »Zum Teufel, wer hat den Ofen angefeuert?«

Mühsam stemmte er sich hoch, und sein Blick fiel direkt auf die Form, die halb im Sand der Grube steckte, gleich neben der des Augustus. Mit beiden Händen hielt er sich den Schädel. Erst jetzt schien er zu bemerken, dass er in der Sandgrube gelegen hatte.

»Was zum Teufel ist hier los?«, wetterte er.

Anton hatte mittlerweile mit dem Lehrling den Tiegel zurückgestellt. Auf seiner Stirn spürte er Schweißtropfen. Mit kaum verhohlener Verachtung betrachtete er das Bild, das der Stadtgießer abgab. Mattheis verschwand lautlos, als hätte er nie mitgeholfen.

»Ich musste Euch bei Androhung von Prügeln hier liegen lassen!«, log Anton. »Ihr wolltet unbedingt sehen, wie ich gieße.«

Wieder schüttelte Wagner den Kopf, hielt aber sofort inne und presste die Fäuste gegen die Schläfen.

»Verflucht. Was …«

»Ihr wart sturzbetrunken. Offenbar habt Ihr vor Freude über den von Meister Gerhard gelobten Widderkopf einen über den Durst getrunken – oder vielmehr zwei oder drei … oder vier.« Anton grinste.

»Ich hätte dir niemals erlaubt, das Feuer zu schüren und Bronze anzurühren, du Lump!«

Das nahm Anton nicht hin. »Offenbar doch. Oder glaubt Ihr etwa, ich hätte den Ofen einfach so entfacht? Das hätte ich niemals getan!«, setzte er scheinheilig hinzu.

Wagner kniete jetzt und nickte, was ihm offenbar ebensolche Schmerzen bereitete wie das Kopfschütteln. »Nicht einmal dir würde ich es zutrauen«, murmelte er. »Und jetzt komm her und hilf mir hoch. Wie lange dauert es noch …?« Stöhnend deutete er mit dem Kinn zur Form hinüber.

»Heute Abend«, antwortete Anton. »Vielleicht schon früher. Es ist ja nur ein kleines Stück.«

Er trat auf seinen Meister zu, packte ihn wenig sanft unter der Achsel, zog ihn hoch und stellte ihn auf die Beine. Wagner schwankte noch immer und schloss die Augen, was keine gute Idee war, denn sofort begann er zu kippen.

»Obacht!«, sagte Anton. »Ihr könntet Euch wehtun.«

»Bring mich in meine Kammer, Kerl – und weck mich am Abend. Ich möchte dabei sein, wenn der Widderkopf freigelegt wird.«

Anton führte ihn in einen kleinen Nebenraum, in dem eine Liege bereitstand. Für Wagner war der kurze Weg bereits Anstrengung genug, denn er war fast eingeschlafen, bevor sein Kopf auf dem Kissen lag.

Doch plötzlich fuhr er noch einmal hoch. »Stell die Bronze zusammen, wir gießen den Augustus, bevor du alles Kupfer versaubeutelst!« Dann sackte er wieder zurück und schnarchte mit offenem Mund.

Mit der Hand am Kinn überlegte Anton, was als Nächstes zu tun war. Würde der Meister auch nach seinem zweiten Nickerchen nicht mehr wissen, was geschehen war, oder würde er sich an alles erinnern und seine kleine Schwindelei auffliegen? Das war schwer zu sagen. Dazu kannte er Wagner noch nicht gut genug.

Anton fing an, sich im Kopf auszurechnen, wie viel Kupfer und Zinn die Statue des Augustus benötigen würde. Er konnte nur schätzen, denn gesehen hatte er sie ja noch nicht. Und plötzlich wusste er die Lösung für beide Probleme.

Hubert Gerhard musste her! Egal, ob sein Meister sich noch erinnerte oder nicht. Wenn der Künstler dabei war, konnte Wagner nicht zu toben beginnen. Vor allem dann nicht, wenn seine Gussform gelungen war und der Tiegel für den Augustus zu viel Bronze enthalten hatte.

Noch einmal würde er sich nicht vorführen lassen.

* * *

Vincenz war nicht da. Am vereinbarten Treffpunkt wartete niemand.

»Vincenz!«, rief Ann-Kathrin und hörte selbst, wie verzweifelt es klang. Sie vernahm nur zweimal das lautstarke Schimpfen einer Amsel, das immer dann ertönte, wenn ein Eindringling sich ihrem Gebiet näherte.

Ihr kamen die Tränen. Sie war zu forsch gewesen, schalt sie sich, hatte ihn in die Enge getrieben. Niemals würde er ihr das verzeihen. Sie hätte einlenken müssen. Hatten sie nicht abgesprochen, beide nachzugeben, jeder ein wenig, um den Anschein zu erwecken, sie hätten beide etwas gewonnen?

Sie stand da und wartete noch eine Weile, dann drehte sie sich abrupt um und lief in Richtung Floßlände zurück.

»Wo willst du hin?«, hörte sie hinter sich jemanden rufen.

Sie blieb stehen, als wäre sie gegen eine unsichtbare Wand gelaufen.

Langsam machte sie kehrt. Dort stand Vincenz und nestelte an seiner Kleidung herum. Umständlich klappte er den Hosenlatz hoch.

»Ich war doch nur im Gebüsch für kleine Jungs!«, lachte er. »Da kann ich mich doch nicht zu dir umdrehen. Zweimal habe ich etwas gesagt, aber du hast mich nicht gehört.«

Ann-Kathrin war unschlüssig. Sollte sie ihm glauben? Sie hatte ihn sicher nicht gehört! Das war doch lächerlich.

»Du schwindelst!«, gab sie zurück.

»Also gut. Ich gestehe. Ich habe ein wenig auf Amselisch gepfiffen, damit du mir nichts abschaust.«

»Du hast … was?«

Vincenz spitzte die Lippen und pfiff.

»Das warst du?«

»Ich musste so dringend. Und ich wollte nicht, dass du weitergehst. Und wenn eine Amsel schimpft, schaut man nach oben, nicht nach unten auf meinen Hosenlatz.«

Ann-Kathrin wusste nicht recht, ob sie lachen oder weinen sollte. Amselisch pfeifen. Auf so eine verrückte Idee konnte nur kommen, wer den lieben langen Tag Unsinn im Kopf hatte.

»Ich hätte auch rufen können, aber das hätte man bis hinunter an die Floßlände gehört«, versuchte er erneut, sich zu rechtfertigen.

Diesmal ließ sie die Ausrede gelten. Niemand durfte von ihrer heimlichen Absprache hören oder gar wissen.

»Ich dachte …«, begann sie zögernd.

»Du dachtest, ich hätte mich davongemacht, weil du so hart verhandelt hast?«

Ann-Kathrin nickte und ging langsam auf ihn zu.

»Ich bin der Meinung, das haben wir gut hinbekommen«, sagte Vincenz. »Du hast etwas nachgegeben und ich auch. Der Preis ist ordentlich, für beide Seiten. Dein Vater wird stolz auf dich sein.«

»Und deiner?«, fragte sie rasch nach.

»Meiner wird mir eine Ohrfeige geben und dann grinsen. So gut hat er seit Jahren nicht mehr eingekauft.«

Etwas in ihr löste sich. Sie atmete einmal tief durch. In der Zwischenzeit war sie ganz nah an ihn herangetreten.

»Und jetzt?«, fragte sie leise und fühlte, wie ihre Knie leicht zitterten.

Zuerst sagte er nichts, sondern blickte ihr nur in die Augen, ohne zu blinzeln. »Ich gebe dir das Geld, und du kannst nach Hause gehen«, antwortete er dann ebenso leise.

Sie nickte und lächelte verlegen.

»Kann ich nicht«, sagte sie und senkte den Blick. Sie wollte ihm keine Gelegenheit geben, etwas misszuverstehen. »Ich muss wissen, was mit meinem Vater geschieht – und ...« Sie schlug die Hand vor den Mund. Beinahe hätte sie sich wegen des Beutels mit Geld verplappert.

»Was ... und?«, fragte er.

Ann-Kathrin überlegte fieberhaft. Vertraute sie ihm? Ja. Im Grunde schon. Aber wie lange kannten sie sich? Zu kurz. Und bei Geld hörten viele Freundschaften auf.

»Ich ... ich ...«, stotterte sie. Und dann war die Idee da, die sowohl ihr Zögern als auch ihre Schüchternheit bei der Antwort erklären konnte. »Ich brauche eine Möglichkeit zum Schlafen. In die Schenke, in der die Flößer übernachten, kann ich nicht mehr. Ich ... ich meine, mein Vater ... hatte Streit mit dem Wirt. Jetzt verfolgt er mich. Und letzte Nacht war ich hier draußen.« Mit dem Arm deutete sie unbestimmt um sich herum.

»Dein Vater hat nicht bezahlt?«, fragte Vincenz nach und runzelte die Stirn.

Ann-Kathrin schüttelte den Kopf. »Doch. Er hat alles bezahlt. Keine Schulden. Aber der Wirt hätte meinen Vater vor den Stadtschergen warnen müssen. Er ist eigentlich ein Freund meines Vaters. Das hat er nicht getan. Ich weiß nicht, warum er es nicht getan hat. Mein Vater bezahlt auch dafür. Außerdem …«

Vincenz unterbrach sie nicht, sondern hielt das Schweigen aus, das sich zwischen ihnen ausbreitete.

»… außerdem ist er hinter mir her. Er weiß meinen Vater im Gefängnis – und ich bin allein in der Stadt. Es ist schrecklich, weil … weil ich ihm eigentlich vertrauen möchte, es aber nicht kann, so wie er sich verhalten hat.«

Vincenz nickte bedächtig. »Und jetzt brauchst du ein Dach über dem Kopf – und ein Bett?«

Auf seinem Gesicht breitete sich ein Grinsen aus, das Ann-Kathrin nicht gefiel.

»Für mich allein!«, zischte sie.

Beschwichtigend hob Vincenz die Hände. »Ich habe nichts anderes erwartet.«

»Ach ja? In deiner Miene habe ich etwas anderes gelesen. Denk nicht mal daran!«, herrschte sie ihn an.

Langsam drehte er sich um. »Wir holen jetzt gemeinsam das Geld – und auf dem Weg überlegen wir, was zu tun ist. Vielleicht können wir auch bei deinem Vater vorbeischauen.«

Der Pfad war anfangs so schmal, dass sie hintereinander gehen mussten. Je weiter sie sich vom Fluss entfernten, desto lauter konnten sie miteinander reden und desto breiter wurde der Weg. Ann-Kathrin wurde mit jedem Schritt stärker bewusst, was es hieß, viel Geld mit sich herumzutragen. Noch war es zwar nicht so weit, aber allein der Gedanke daran, ließ sie schaudern. Jetzt erst begriff sie, welche Verantwortung es für ihren Vater bedeutet hatte, zwei Geldbeutel sichtbar am Gürtel hängen zu haben. Jetzt erst verstand sie die Erleichterung, als er die Schenke betreten hatte.

Sie spürte die Geldkatze ihres Vaters, deren Lederriemen sie sich um die Hüfte gebunden hatte und die das Gehen schon jetzt beschwerlich machte.

Wo sollte sie mit den weiteren Münzen hin, die ihr nachher überreicht werden würden und die mehrere Jahreslöhne für einen Flößer bedeuteten? Zwar musste sie die Männer auszahlen, aber ein halber Jahreslohn würde ihr bleiben. Eine gefährliche Last für eine junge Frau. Sie starrte auf Vincenz' Rücken. War es das gewesen, was ihn zu seinem Grinsen veranlasst hatte? Die Gewissheit, dass sie bald ein kleines Vermögen bei sich tragen würde, dass sie es niemals verteidigen könnte?

Wieder wurden ihre Knie weich, diesmal aber nicht, weil sie von ihren Gefühlen übermannt wurde, sondern weil sie Angst bekam. »Wir müssen unbedingt zu meinem Vater!«, sagte sie und bremste ihren Schritt.

Die Mittagszeit war längst vorüber. Einerseits hatte sie Hunger, andererseits konnte es sein, dass sie ihn gar nicht sehen durfte. Von Besuchen im Schuldturm hatte sie erst von dem Wächter beim Pranger gehört.

»Warum wirst du langsamer?«, fragte Vincenz mit einem achtsamen Blick nach hinten. »Ich tu dir nichts.«

»Das würde ich dir auch raten«, blaffte sie zurück, um gleich wieder in eine trübe Stimmung zu verfallen. »Ich weiß nicht mal, ob wir meinen Vater sehen können.«

»Wir?«, fragte Vincenz nach. »Du, Flößerin. Mich lassen sie nicht mal in seine Nähe.«

Sie stapften den Weg entlang und erreichten die Hauptstraße. Vor ihnen ragte das Jakobertor auf. »Bleib nicht zurück«, sagte Vincenz. »Du musst mit mir zusammen in die Stadt. Ansonsten zahlst du Torgeld.«

Noch bevor sie auf die Wache trafen, griff Vincenz nach Ann-Kathrins Hand und hielt sie fest, obwohl sie ihm diese wieder zu entziehen versuchte.

»Was soll das?«, flüsterte sie.

In diesem Augenblick trat einer der Torwächter aus der Stube. Es war diesmal nicht Hias, den sie gekannt hätte. Als er Vincenz sah, zwinkerte er ihm zu.

»Deicheln einkaufen gewesen, Vincenz?«, fragte er in einem anzüglichen Ton und lachte.

Vincenz lachte mit. »Erfolgreich, wie du siehst!«

Dann waren sie durch. Aber Vincenz ließ Ann-Kathrin nicht los, und sie begann, an ihrer Hand zu ziehen.

»Sie sehen mir nach!«, sagte er ruhig. »Wenn ich dich freigebe, dann zahle ich das nächste Mal doppelt.«

Sofort hörte sie auf und ließ es geschehen. Schließlich war sie auf Vincenz angewiesen und wollte ihm keinen Ärger bereiten. Außerdem war es ihr so unangenehm auch wieder nicht.

Sie liefen auf das Barfüßertor zu. Das Gejammer der Inhaftierten im Anbau an das Tor wurde zu einem vielstimmigen Geheule, das an den Nerven zehrte.

»Ist das jeden Tag so?«, fragte Ann-Kathrin. Sie hielt sich die Ohren zu, sodass sie die ersten Worte von Vincenz' Antwort nicht recht verstand.

»… Glück haben, dann stopfen die Nachbarn ihnen mit Essen den Mund. Ansonsten gilt: Wer am Sonntag jammert, kommt am Montag an den Pranger. Wer nach Sonnenuntergang noch heult, der kommt in das Wasserloch, das in den Stadtbach hineingebaut ist. Zum Abkühlen, sagen sie.«

Ann-Kathrin schauderte und blickte den Anbau an das Tor hinauf. Die Fenster waren vergittert. Niemand würde hier entkommen.

Sie musste sich zusammenreißen. Vincenz begleitete sie noch bis zur Pforte.

»Ab hier …«, flüsterte er ihr ins Ohr. Sein Atem kitzelte auf ihren Härchen am Nacken. »Ab hier bist du auf dich allein gestellt.«

Sie nickte, zog die Nase hoch und stapfte auf den Eingang zum Schuldturm zu. Sie war hin- und hergerissen zwischen Angst und einem zweifelhaften Mut, von dem sie sich nicht erklären konnte, woher er kam.

Mit der Faust pochte sie gegen das Torblatt. Nichts rührte sich. Einem zweiten Pochen folgte noch ein drittes Mal, bis sich die Tür öffnete.

Ein Mann in Helm und Harnisch blickte sie mürrisch an. »Was wollt Ihr?«

Ann-Kathrin musste schlucken und schaute sich unwillkürlich nach Vincenz um. Doch von dem war nichts mehr zu sehen. Für einen Augenblick blieb ihr das Herz stehen. Wenn er ihr jetzt davonliefe, dann war alle Absprache, alles Vorspielen umsonst gewesen. Sie würde …

»Was jetzt? Wollt Ihr Löcher in die Luft starren oder Kalender machen?«, herrschte sie Mann an.

»Was? Kalender? Warum das?«, fragt sie verwirrt. Was wollte der Mann mit einem Kalender?

»Für jeden Fehler einen Tag im Leben streichen. Auch das füllt den Kalender. Also. Was wollt Ihr?«

Ann-Kathrin senkte den Blick in dem Glauben, was bei Vincenz gefruchtet hatte, könnte auch hier den Ausschlag geben. Doch der Wächter war entweder mit dem falschen Fuß aus dem Bett gestiegen, oder er hatte ein Leberleiden, das ihn griesgrämig machte.

»Jetzt komm in die Gänge, Mädchen. Ich habe nicht die ganze Welt lang Zeit!«

»Meinen Vater. Ich will meinen Vater sprechen … besuchen … mit ihm reden.«

Langsam nahm der Mann sie genauer in Augenschein, ließ den Blick an ihr auf und ab wandern. Es war ihr, als würde er sie erstmals richtig betrachten. »Das Gör des Flößers, nicht wahr? Vom Biechler Hans?«

Ann-Kathrin nickte heftig. Er wusste also, dass ihr Vater hier im Schuldturm saß.

Breitbeinig stand er vor ihr und erklärte: »Heute nicht mehr!«

Ann-Kathrin starrte ihn flehend an.

»Versucht es morgen wieder«, sagte er ruhig. »Euer Vater hat sicher Zeit. Er wird wohl ein paar Wochen hierbleiben müssen.«

Er trat einen Schritt zurück und schloss das Tor.

Sie stand sie so dicht davor, dass das Holz fast ihre Nasenspitze berührte. »Aber … aber …«, stotterte sie. »Ihr könnt doch nicht …«

21

AUGSBURG, GIESSEREI AM KATZENSTADL

Heute sollte es also sein.

»Dasch is zu wenig Sch-Sch-speis, Kerl«, nuschelte Wagner. Noch immer war er nicht in der Lage, deutlicher zu sprechen. Er blinzelte heftig.

»Ihr seid der Meister«, gestand Anton ihm zu. »Ich konnte die Menge nur abschätzen, aber ich glaube, es genügt.«

Sein Kopf fühlte sich an, als hätte ihn jemand über einen heißen Kessel gehalten. Ein leichtes Gießerfieber hatte ihn erwischt. Schwitzend schaufelte Anton die Form in der Sandgrube ringsum frei. Die Tonform hatte alles Wachs verloren. Auch er war aufgeregt, schließlich gehörte es zu den großen Mysterien, wie aus diesen ausgeschmolzenen Hohlformen ein neues Kunstwerk entstand, makellos und wunderbar. Alles konnte geschehen – auch das Misslingen. Wenn die Tonform nicht ganz ausgeschmolzen war, bildeten sich Blasen auf der

Bronzehaut, die den Guss unbearbeitbar machten, weil an ihnen die Bronze ausbrach. Bei komplizierteren Güssen kam es vor, dass Teile fehlten, etwa die Finger des Augustus, dass die Metallspeise zu grob oder zu körnig geraten war oder Schmutz einen der feinen Kanäle verschlossen hatte. Dann musste man alles einschmelzen und von vorn beginnen. Am schlimmsten war es jedoch, wenn zu wenig Bronze angesetzt worden war. Dann musste das Ganze zerschlagen und neu geformt werden, denn niemals würde man dieselbe Legierung mit derselben Farbe hinbekommen. Niemals würde die Form sauber angepasst werden können. Niemals würde die Form einen Nachguss zulassen, weil alle Entlüftungen zerstört waren.

Es hatte kein Donnerwetter gegeben. Als Wagner aufgewacht war, stand Hubert Gerhard vor dem Tiegel und spähte in die Bronzespeise.

Anton hatte die Grube, in der der Augustus stand, zuschütten lassen, sodass nur noch die Guss- und Entlüftungsöffnungen herauslugten. Mit einem Stampfer hatte er die Ränder verdichtet. Fiel nämlich die Bronze zu schnell und zu schwer in die Form, würde diese zerbersten.

Wagner hielt sich den Kopf und starrte ebenfalls in den Tiegel. »Ich sage, es ist zu wenig, Haderer. Füll auf.«

»Aber ...«, versuchte Anton zu widersprechen, doch der Meister unterbrach ihn mit einer barschen Handbewegung.

»Mach, was ich sage«, fauchte er. »Ich hab deine ewigen Widerworte satt. Und deinen ... deine ... Form ... Grab sie aus, und stell sie beiseite. Sie steht im Weg.«

Anton, der sich schon auf den Weg gemacht hatte, mehr Kupfer und Zinn zu holen, drehte sich kurz um. Mattheis richtete erneut die Waage her, um das Mischungsverhältnis sauber hinzubekommen. Unsicher sah er zwischen Wagner und Anton hin und her. In seinen Augen stand noch immer die Furcht vor dem Unfall seines Ausbildungsgenossen.

»Wenn der Tiegel zu schwer wird, können wir ihn nicht kippen«, warnte Anton. »Außerdem kann ich meine Form nicht umsetzen. Sie ist ausgegossen.«

Wagners Augen weiteten sich. »Was sagst du da?« Er ging zu der Widderform hinüber, die ganz in der Nähe des Augustus in der Sandgrube stand und befühlte die Eingussöffnung. Fluchend zog er seine Hand zurück, als er sich verbrannte.

»Wer hat dir das erlaubt?«, herrschte er Anton mit blitzenden Augen an. Dass er nicht lauter wurde, verdankte Anton Hubert Gerhard, der zu Wagner geschlendert kam und fragte, ob wirklich noch mehr Bronze aufgeschmolzen werden müsse.

»Ja, verdammt«, fluchte der Meister und sah Anton an. »Nimm die Beine unter den Arm, Kerl. Mindestens ein halbes Maß zusätzlich!«

Gelassen holte Anton die Fugger'schen Platten und legte sie auf die Waage. Dann wog er das Zinn ab, und beides wanderte in den Tiegel. Das dunkle Metall wurde von der gelblichen Speise verschluckt. Auch das Zinn, das wie ein Deckel eine ganze Zeit obenauf schwamm, fand seinen Weg ins Innere.

Anton leckte sich über die Lippen. Sie fühlten sich spröde und rissig an. Sein Kopf glühte stärker. Dennoch ließ er nicht locker. Mit einem langen Stab rührte er um und mischte die neuen Zutaten unter.

Es würde ein gewaltiger Kraftakt werden, die Speise in die Öffnung zu schütten. Der Tiegel war so schon schwer genug, aber mit gut anderthalb Zentnern glühendem Metall wurde Hilfe immer nötiger.

»Geh! Lass mich sehen!«, herrschte ihn Wagner an und schob ihn beiseite.

Anton war es ganz recht, denn das Fieber hatte ihm die Knie weich werden lassen. Er trat zurück und lehnte sich gegen die Wand.

Wagner rieb sich die Augen und starrte dann in den Tiegel. Obwohl es ihm nicht gut ging, beobachtete Anton ihn genau.

»Er ist halb blind, nicht wahr?« Hubert Gerhard war neben Anton getreten. Auch er beobachtete Wagner, schien den Gesellen aber nicht zu beachten. Hatte er mit ihm gesprochen?

»Geh hin, Kerl, und hilf ihm, bevor er Unsinn erzählt. Es soll dein Schaden nicht sein.«

Hubert Gerhards Lippen bewegten sich nicht einmal. Anton war, als spräche er direkt in seinen Kopf hinein.

Erst als er nickte, nickte Gerhard zurück und trat beiseite. Mit dem Kinn deutete er auf die Widderform. »Ich bin sehr gespannt.«

In einer gewissen Hochstimmung trat Anton neben Wagner.

»Ihr habt recht«, stimmte Gerhard dem Meister zu, der zwar nichts gesagt hatte, aber offenbar auf seine Meinung wartete. »Noch zehn Minuten. Der Lehrling soll nachschüren und den Transport fertig machen.«

Die zusätzlich eingebrachte Menge hatte den Guss verzögert, aber die Vorbereitungen mussten jetzt sofort getroffen werden. Alles musste so rasch wie möglich gehen. Die Speise durfte nicht zu kalt werden. Das machte sie spröde und blasig.

Mit Zurufen und Gesten brachte Anton die Mannschaft in Bewegung. Jemand holte die Stangen, mit denen der Tiegel auf dem Ofen gehoben wurde. Daneben lag die Zange, mit deren Hilfe der Tiegel gefasst und gedreht werden konnte. Dafür brauchte es acht Mann, einschließlich Hubert Gerhards, der Gesellen und Lehrlinge.

Erwartungsvoll standen sie am Tiegelrand und starrten in das glühende Metall. Von der Seite her konnte Anton erkennen, wie wässrig die Augen des Meisters wurden. Wagner konnte nichts erkennen. Als er den Mund öffnete und etwas sagen wollte, zischte Anton: »Noch nicht.«

Wagners Mund schloss sich wieder, und er starrte weiter in die Glut.

Langsam bildete sich das Auge, das anzeigte, wie weit die Bronze bereit zum Guss war.

»Jetzt!«, sagte Anton. Er flüsterte nicht, sondern sprach so laut, dass jeder in der Werkstatt ihn verstehen konnte – und dass *er* es aussprach und nicht Wagner.

Die Hebestangen wurden angesetzt und der Tiegel aus dem Ofen gehoben. Die glühende Bronze war schwer wie die Hölle, und die Stangen bogen sich unter dem Gewicht.

»Zu viel Bronze!«, stöhnte Anton. »Ich hatte es gesagt.«

Mit einem Krachen sackte der Tiegel zurück in den Ofen, die flüssige Speise spritzte aus der Öffnung und verbrannte die ersten Arme.

»Verdammt!«, fluchte Wagner. »Strengt euch gefälligst an! Hoch den Tiegel!«

* * *

»Du warst nicht sehr erfolgreich, wie ich sehe«, sagte eine sanfte Stimme. Zwei Hände legten sich auf ihre Schultern und drückten sie sanft.

Ann-Kathrin nickte und streifte energisch Vincenz' Hände ab. Zwar fand sie die Geste beruhigend und liebenswürdig, doch in der Öffentlichkeit bekam sie einen faden Beigeschmack.

»Der Wärter hat mich auf morgen vertröstet ...« Ann-Kathrin wandte sich energisch zu ihm um. »Ich bekomme Geld von dir!«, sagte sie. Und dann setzte sie hinzu – etwas leiser, etwas freundlicher: »Und du weißt, ich brauche ein Unterkommen.«

Vincenz machte auf dem Absatz kehrt und lief los. Erst als sie ihm nicht folgte, drehte er sich um und rief ihr zu: »Kommst du jetzt, oder brauchst du eine Einladung?«

Ann-Kathrin zögerte einen Moment, dann setzte sie sich in Bewegung.

»Bleib neben mir«, sagte er, als sie zu ihm aufgeschlossen hatte. »Hier unten im Handwerkerviertel beobachtet jeder jeden. Nichts geschieht hier, was nicht allen bekannt wäre. Jedes Gesicht ist entweder fremd, dann gehört es nicht hierher, oder es ist bekannt, dann fragt man sich, was er oder sie in dieser Gegend zu tun hat. Es ist eine misstrauische Welt hier unten, die davon lebt, dass man sich gegenseitig klein hält. Fast so wie die geduckten und eng aneinandergelehnten Häuschen. Sie sind alle aufeinander angewiesen, obwohl sie einzeln stehen.«

Er verlangsamte seinen Schritt, damit sie mit ihm mithalten und neben ihm bleiben konnte.

»Vermutlich ...«, fuhr er fort. »... vermutlich ist die Nachricht, dass ich jemanden Fremden mit hier heruntergenommen habe, schneller bei meinem Vater angelangt, als wir es sind.«

Ann-Kathrin schnaubte spöttisch. »Wie soll das denn gehen?«

Sie bogen am Barfüßertor nach Süden ab und liefen einen der vielen Lechkanäle entlang, die die Stadt wie Adern durchzogen. Je näher sie dem Südtor kamen, desto belebter wurden die Straßen. Überall waren Karren und Menschen. Das Stimmengewirr und das Kreischen und Schlagen der Wagenräder schufen einen beinahe undurchdringlichen Lärmteppich. Daneben schäumten unzählige Wasserräder, die Hämmer im Inneren der Häuser antrieben und einen eigenen Rhythmus hören ließen.

Vincenz dirigierte Ann-Kathrin mit kurzen Handbewegungen durch das Gewühl, ohne sie zu berühren.

Schließlich kamen sie zum Südtor, und Vincenz bog nach Osten ab, auf einen kleinen Platz hinaus und überquerte einen Bach. Dann standen sie in einem Innenhof, der von tosendem Rauschen erfüllt war. Wasserräder arbeiteten ununterbrochen inmitten eines engen Geländes. An der Stadtmauer stand, als presse es den Rücken an die Wand, ein Haus.

»Das Brunnenmeisterhaus!«, schrie ihr Vincenz zu und versuchte, das lärmende Sprudeln zu übertönen.

Aus einer Öffnung im Süden fiel ein gewaltiger Strahl Wasser in die Tiefe und trieb dort mehrere oberschlächtige Wasserräder an. Pumpen stöhnten, die Wasser in die Höhe hievten. Das Knarren von Holz und das Pfeifen von Eisen, das gegeneinander lief, ergänzte den Höllenlärm.

Vincenz deutete nach hinten, wo zwei Männer standen und versuchten, in einen dicken Holzstamm ein Loch zu bohren.

»Mein Vater!«, schrie Vincenz. »Er bohrt Deicheln. Die letzten!«

Er nahm Ann-Kathrin an der Hand und zog sie hinter sich her. Kurz vor den beiden Männern ließ er sie los und ging allein weiter.

Sie hatten sie noch nicht bemerkt. Erst als Vincenz eine Hand auf die Schulter seines Vaters legte, fuhr dieser herum, und der andere Mann sah auf.

Mit weit ausholenden Gesten beschrieb Vincenz seinem Vater etwas, was Ann-Kathrin nicht verstand. Nur dass es um sie ging, begriff sie, denn der alte Mann sah immer wieder zu ihr hin, schüttelte den Kopf oder nickte abwechselnd. Schließlich winkte er ihr, und zu dritt liefen sie zu dem Haus.

Als die Tür hinter ihnen zugezogen wurde, ebbte der Lärm etwas ab. Es war eine Wohltat.

»Ihr seid die Tochter vom Biechler Hans?«, fragte Balthasar Breger.

Ann-Kathrin nickte.

»Und der sitzt gerade im Schuldturm? Warum?«

Sie hob das Kinn trotzig in die Höhe. »Das wüsste ich auch gern.«

»Und Ihr habt meinem Sohn die Floßhölzer verkauft?«

Es genügte ein Nicken.

»Ihr habt gut verhandelt!«, setzte der Brunnenmeister hinzu.

Sie zuckte nur mit den Schultern.

»Und woher weiß ich, dass Ihr die Richtige seid, mit der ich verhandeln darf?«

Wieder zuckte sie mit den Schultern.

»Das wisst Ihr, weil ich es Euch sage. Es hieß, Euer Sohn darf verhandeln. Warum sollte es sich mit der Tochter des Floß-meisters anders verhalten?«, fragte Ann-Kathrin. Sie wollte nicht wieder feilschen müssen. »Aber wir schaffen die Hölzer auch gern weiter bis Wien, wenn es sein muss.«

Lange starrte der Brunnenmeister sie an. Dann flog ein Lä-cheln über sein Gesicht.

»Zumindest am Mundwerk kann ich erkennen, dass Ihr die Tochter Eures Vaters seid.«

»Dann ist das Geschäft endgültig abgeschlossen?«, fragte sie direkt heraus. »Ich muss meine Männer ausbezahlen.«

»*Eure* Männer ...«, wiederholte Balthasar Breger und gab seinem Sohn einen Wink.

Der ging in einen Nebenraum und kam mit einer kleinen schmiedeeisernen Schatulle zurück.

»Wenn Ihr so nett wärt«, bat er sie höflich und bedeutete ihr, sich umzudrehen.

Sie hörte, wie hinter ihrem Rücken ein Schlüssel in ein Schloss gesteckt wurde, wie ein Mechanismus einrastete, dann klickte es, und schließlich wurde der Deckel der Truhe leise quietschend geöffnet.

»Ihr dürft Euch wieder umdrehen«, sagte die Stimme des Brunnenmeisters.

Langsam folgte Ann-Kathrin der Aufforderung und sah noch, wie Vincenz die Schatulle zurücktrug.

Breger deutete auf zwei Samtsäckchen, die vor ihm auf dem Tisch lagen.

»Euer Geld.« Er seufzte. »Ich habe noch einen Rest Schulder obendrauf gepackt. Sie stammen von der Lieferung im letzten Herbst. Sagt Eurem Vater Dank dafür. Ihr dürft nachzählen, wenn Ihr mir nicht traut.«

Ann-Kathrin ging auf den Tisch zu. So viel Geld hatte sie noch nie in Händen gehalten. Als sie die beiden Säckchen hochhielt, waren sie nicht nur schwer, sie lasteten regelrecht auf ihr. Sie wusste, dass die Hälfte davon den Flößern an der Lände gehörte. Das zweite Säckchen aber war für sie – oder richtiger, für ihren Vater.

Sie sah den Brunnenmeister an. Der blickte zurück. Seine Augen waren so grau wie das schäumende Wasser, das aus der Maueröffnung in den Hof fiel. Aber sie waren ehrlich. Jedenfalls vermittelten sie ihr das Gefühl.

»Ich vertraue Euch, Breger«, sagte sie und nahm die beiden Beutel an sich.

Er nickte und winkte seinem Sohn.

»Bring sie vor die Stadt«, sagte er und ließ den Blick auf der Gestalt seines Sohnes ruhen. Ann-Kathrin sah ihn nur von schräg hinten, aber er schien verträumt zu lächeln.

Vincenz nahm sie an der Schulter und führte sie aus dem Haus.

Noch im Hof blieb Ann-Kathrin stehen. »Dreh dich um, ich muss das Geld …«

Vincenz verdrehte die Augen, kehrte ihr aber brav den Rücken zu, während sie die Beutel zusammenschnürte, ihren Rock hob und sie an den Gürtel um ihre Hüften hängte. Die beiden Säckchen baumelten jetzt mit dem dritten lose vor ihrem Bauch, was ihn vorwölbte, als wäre sie schwanger. Kein angenehmes Gefühl, aber notwendig. Sie rückte den Rock wieder zurecht und wandte sich an Vincenz. »Wir können weitergehen!«

Auf dem gesamten Weg aus dem Brunnenmeisterhof hinaus sagte er kein Wort, und sie ließ sich willig führen. Erst als sie auf der Straße standen, das Wasserrauschen hinter sich ließen und in den Lärm der Straße eintauchten, blieb sie abrupt stehen.

22

AUGSBURG, GIESSEREI AM KATZENSTADL

Sie bissen die Zähne zusammen, brüllten und hoben den Tiegel. Die Stangen bogen sich unter dem Gewicht und drohten zu brechen. Es knackte laut, aber man wusste nicht, waren das die Hölzer oder die Knochen der Männer. Mit letzter Kraft wurde das Gefäß mit der Speise neben der Form in den Sand gesetzt. Schweißtropfen rannen über die Gesichter der acht. Anton hatte das Gefühl, seine Schulter wäre gebrochen. Aber jetzt gab es kein Zurück mehr.

Sie wechselten zur Zange, die den Tiegel umschloss und ein Kippen ermöglichte. Nun mussten sie ihn nicht mehr so stark anheben, nur noch ein kurzes Stück seitwärts tragen.

Bevor Wagner, der leicht schwankte, etwas sagen konnte, befahl Anton, den Tiegel schräg über der Gussöffnung zu platzieren.

»Und jetzt leicht kippen!«, rief er. Die Männer folgten seinem Befehl.

Die Bronze zischte und begann erst zu tropfen, dann gleichmäßig zu fließen. Das Metall rann, immer mehr glühendes Metall fiel in die Öffnung der Augustus-Form. Je weiter der Tiegel gekippt wurde, desto leichter wurde er.

»Nicht zu stark überkippen!«, brüllte Anton.

Die Speise zischte. Die Bronze gurgelte in die Öffnung. Aus den Abluftröhren fauchte heiße Luft. Ein Geruch von Honig und Metall machte sich breit. Dunst hüllte sie ein und bildete unter der Decke der Halle eine Wolke. Anton wusste, sie war giftig. Er versuchte, so wenig wie möglich davon einzuatmen, doch es gelang ihm nicht. Mit jedem Atemzug wurde ihm schwindliger. Er musste sich zusammenreißen, um nicht nach vorn zu fallen. Eisern hielt er den Ausfluss über den Einguss der Form. Je länger das Einfließen der Bronze dauerte, desto höher wurde der Ton, den die Röhren erzeugten, bis dieser abrupt verstummte.

»Achtung! Wenn die Gussöffnung voll ist, nicht aufhören. Auch aus den Entlüftungen muss die Speise spritzen«, brüllte Anton, wusste jedoch nicht, ob ihn irgendwer auch verstand.

Dann sah er die ersten Spritzer aus den Entlüftungen kommen.

»Absetzen!«, rief er und kippte mit aller Gewalt den Tiegel zurück. Keuchend gehorchten die Männer.

»Er ist ja noch halb voll!«, sagte jemand.

»Meine Rede«, murmelte Anton. Alles um ihn herum verschwamm. Er spürte, wie die Hitze des Gießerfiebers erneut entfacht wurde und sich mit der Hitze der Form vermischte, die diese ausstrahlte. Er ließ sich einfach auf den Boden fallen und schloss vor Erschöpfung die Augen. Kein Unfall diesmal, kein Toter, keine zerstörte Figur. Alles war gut gegangen.

Am liebsten wäre er liegen geblieben, doch jemand rüttelte an seiner Schulter.

»Auf! Ich will ihn sehen«, hörte er nahe an seinem Ohr.

»Es wird dauern«, murmelte er. »Eine Woche mindestens. Oder zwei. Es ist viel Bronze.«

»Nicht den Augustus, den Widderkopf!«

Sofort war Anton bei sich. Der Widderkopf. Der musste mittlerweile fertig sein. Eine Figur dieser Größe brauchte nicht lange zum Aushärten.

Er rappelte sich auf, zwang sich, die Augen zu öffnen. Alle Mann standen um ihn herum und sahen ihn gespannt an.

»Also gut«, sagte er und schwankte, als bliese ein Wind in die Halle. »Gebt mir eine Schaufel!«

Mit kraftlosen Stichen begann er, den Sand rings um die Form zu entfernen. Als er damit fertig war, schwitzte er vor Anstrengung und Fieber. Die Hitze der Augustus-Form in unmittelbarer Nähe stach auf seiner Haut. Für den unförmigen Klumpen gebrannten Tons, den er ausgegraben hatte, holte er den Hammer, den er am Rand der Grube bereitgelegt hatte. Kurz überlegte er, wo er ansetzen musste, dann entschied er sich für die Mitte. Mit einem gezielten Schlag zertrümmerte er die Hülle.

Ein goldener Glanz blitzte durch die Risse und das ausgebrochene Stück. Drei weitere Schläge genügten, und der Kopf lag frei. Die hohlen Augen des Widders blickten ihm entgegen. Selbst die feinen Härchen des Fells an den Wangen zeichneten sich deutlich ab.

Erwartungsvoll standen Wagner und Mattheis vor der Grube.

Sein Meister schob ihn beiseite, trat näher und musterte die Figur genau. Langsam ließ er die Finger über die noch warme Plastik gleiten.

»Beeindruckend«, sagte er. Dann warf er Anton einen merkwürdigen Blick zu. »Hubert Gerhard ist in die Zunftstube zurück. Meinetwegen such dir weitere Figuren aus. Von mir bekommst du so viel Kupfer und so viel Zinn, wie du brauchst. Fang am besten heute noch damit an.«

Er kramte in seiner Tasche, zog einen halben Batzen heraus und schnippte ihn Anton zu. »Für das Bier heute Abend.«

Geschickt fing Anton die Münze auf, sah darauf und dann zu Meister Wagner. Dann brach er in ein höhnisches Gelächter aus. Er musste sich auf den Oberschenkeln abstützen, sonst wäre er umgestürzt, so schwach fühlte er sich und gleichzeitig so leicht.

»Hättet Ihr mir die Münze gestern gegeben, Meister Wagner, hätte ich Euch zugestimmt und mir ein Bier gekauft. Heute habt Ihr mein Können gesehen. Ihr glaubt doch nicht ernsthaft, dass das hier reicht?« Er spuckte kurz aus, weil ihm Sand in den Mund gelangt war. »Wenn ich diesen Kopf nehme und damit zu Gerhard gehe, dann seid Ihr außen vor!« Er wartete kurz, bis seine Worte bei dem Stadtgießer angekommen waren. Die anderen Männer traten unbehaglich von einem Fuß auf den anderen. Sie hatten sicher bemerkt, dass Anton die Befehle gegeben hatte, nicht der Gießermeister. »Denkt Euch etwas aus, oder ich arbeite ausschließlich für Gerhard – und nicht mehr für Euch!«

Damit drehte er Wagner den Rücken zu, entfernte mit kräftigen Schlägen die Reste der Tonform von der Skulptur und begann, das Kernmaterial im Inneren auszukratzen. Zufrieden betrachtete er den noch von den Gieß- und Abluftröhren verunzierten Tierkopf. Er war ihm gelungen. Jetzt musste er nur noch nacharbeiten. Zuvor aber warf er Mattheis den halben Batzen zu, der ihn fing und sofort wegsteckte, als befürchte er, er müsse ihn wieder abgeben.

Wagner stand da wie vom Donner gerührt und sagte nichts.

* * *

»Ich brauche endlich einen Platz zum Schlafen!«, forderte Ann-Kathrin energisch.

Vincenz brachte seinen Mund so nahe an ihr Ohr, dass sie zurückzuckte. »Wir sind bald da«, versprach er.

Doch Ann-Kathrin wurde es mulmig. Allein, wie er es gesagt hatte, fand sie merkwürdig. Doch ihr blieb keine Zeit darüber nachzudenken, denn Vincenz schritt flott voran.

»Wohin willst du?«, rief sie ihm hinterher.

Er schien sie nicht mehr zu hören. Unbeirrt schlängelte er sich durch die Menge, die aus der Stadt ins Umland und durch das Tor in die Stadt strömte.

Augsburg war Ann-Kathrin vor allem vom Wasser her vertraut – und dort war es meist menschenleer und still. In diesen Gassen aber herrschte quirliges Leben, und die Menschen kamen sich so nahe, dass man immerfort an Schultern und Arme stieß. Für einen kurzen Moment überkam sie Panik, als sie eine Hand an ihrem Gesäß spürte, die vorsichtig unter ihre Schürze glitt. Mit einer heftigen Bewegung schlug sie die Hand weg. Als sie sich umsah, tauchte ihr junger Besitzer eben in der Menge unter. Sie ahnte, wie leicht es Beutelschneider aller Altersklassen hier hatten. Und sie war froh, als sie die drei Säckchen mit den Münzen gut geschützt unter ihrem Rock spürte. Wer sie stehlen wollte, musste sie schon auf den Kopf stellen.

»Vincenz, Herrgott noch mal, jetzt bleib schon stehen!«

Endlich hielt er inne und sah sich zu ihr um. »Entschuldige, aber ich hab nicht gemerkt, dass du nicht nachkommst.«

»Es ist leichter ein Floß durch eine Stromschnelle zu lenken, als dir in diesem Getümmel zu folgen.«

Er grinste. »Mein Vater sagt das auch immer.«

»Wohin bringst du mich?« Sie hörte selbst, dass ihre Stimme ein wenig ängstlich klang.

Kurz sah Vincenz sie an, überrascht und etwas beleidigt, dann lachte er.

»Zu meiner Schwester Elsbeth. Sie ist zehn Jahre älter als ich und hat ein kleines Kind. Und in dem Schuppen im Hof hinter dem Haus gibt es einen Raum, in dem du schlafen kannst.«

Ann-Kathrin fiel ein Stein vom Herzen. Keine zweifelhafte Spelunke, kein Hinterzimmer mit großem Bett, keine Strohschütte, sondern ein eigenes, kleines Reich – wenn es stimmte, was er sagte.

Sie stiegen den Milchberg hinauf, ließen das drängende Geschiebe der Handwerker hinter sich und tauchten ein in die Stille der Oberstadt.

Die Häuser wurden höher, die Fassaden farbiger und prächtiger. Als sie die Stockgasse entlanggingen, drang aus dem lang gezogenen Lagerbauwerk linker Hand ein Geruch nach Wein und Salz. Das Siegelhaus lag links von ihnen, und als sie hinter dem Gebäude hervortraten, öffnete sich ein weitläufiger Platz zwischen Tanz- und Siegelhaus. Ann-Kathrins Blick fiel auf die bunt bemalte Fassade des Fugger-Anwesens. Nur auf dem nördlichen Dach des prächtigen Gebäudes störte eine Öltuchplane, die über das braune Kupfer gelegt worden war, als befände sich darunter eine Lücke.

Vincenz deutete hinauf. »Das einzige Dach aus Kupfer in der gesamten Stadt. Es sagt den Bürgern, womit die Fugger reich geworden sind, mit Metall. Hans Fugger versucht seit einem halben Jahr, das Dach zu schließen, aber Kupfer ist rar geworden, seit die Stadt ihre Brunnen plant.«

Neugierig betrachtete Ann-Kathrin die Baustelle. Im nördlichen Teil der gewaltigen Dachfläche fehlten Bleche. Dafür wäre also das Kupfer gewesen, das ihr Vater und sie an Octavianus, den Schwiegersohn von Hans Fugger, hätten liefern sollen. Und dieser Octavianus war Mitglied des Magistrats und Stadtpfleger. Sie musste einen der Fugger, entweder den alten Hans Fugger den Jüngeren oder aber Octavianus Secundus Fugger, dessen Schwiegersohn, irgendwann sprechen und das Missverständnis aufklären.

Vincenz war nach der kurzen Erklärung weitergegangen. Er stapfte auf das Rathaus zu, und sie hatte größte Mühe, ihm weiter zu folgen.

»Wie weit ist es denn noch? Wohnt deine Schwester in Nürnberg? Oder wohin führst du mich?«

»Wir müssen hoch in den Pfaffenwinkel. Keine Sorge, da leben nicht nur bigotte Nonnen und Mönche, sondern auch normale Bürger.«

Ann-Kathrin bemerkte, dass er angespannt wirkte. Führte er

sie doch nicht zu seiner Schwester? Nach dem Rathaus liefen sie zur Domstadt hoch. Sie konnte das Domtor schon von Weitem sehen, ein schmuckloser Bau, der offenbar längst seine eigentliche Funktion verloren hatte, aber dennoch genutzt wurde. An den Mauern klebten Schwalbennester wie Eiterbeulen.

Ein Fuhrwerk mühte sich den Hang beim Perlach hoch. Auf den Warenballen und Holzstreben des Karrens prangte das Wappen der Fugger. Sie mussten zurücktreten, um nicht angefahren zu werden.

Ann-Kathrin hob den Blick – und der Schreck fuhr ihr in die Glieder. Auf der anderen Straßenseite, hinter dem Karren, war eben Anton Haderer den Berg hinab abgebogen! Er hatte sie offensichtlich nicht gesehen. Er war wesentlich besser gekleidet als zuletzt, und er schien zufriedener, denn er ging mit hoch erhobenem Haupt und mit einer stolzen Miene, allerdings etwas schwankend, als hätte er schon jetzt zu viel getrunken. Das dunkle Haar fiel ihm in die Stirn, und sein Gesicht erschien ihr krebsrot, als hätte er Fieber. Ohne sich umzusehen, verschwand er in einer Tür.

»Was ist das für ein Haus?«, fragte Ann-Kathrin mit zitternder Stimme und blickte das Gebäude entlang.

»Ist dir nicht gut?«, fragte Vincenz besorgt. »Das ist das Zunfthaus der Schmiede.« Er machte eine kurze Pause, ohne sie aus den Augen zu lassen. »Du siehst aus, als hättest du ein Gespenst gesehen!«

»Hab ich auch«, flüsterte sie und schlang die Arme um sich. »Aber es war kein Gespenst, es war der Teufel!«

TEIL 2

DER FLOSSMEISTER IM SCHULDTURM

AUGSBURG, ELSBETHS HAUS

»Eine Nacht, nicht länger!«, stieß die Frau aus, die Vincenz als seine Schwester bezeichnet hatte. Ähnlichkeiten konnte Ann-Kathrin nicht erkennen. Diese Elsbeth sollte nur zehn Jahre älter sein als Vincenz, wirkte aber mit dem stumpfen Grau ihrer Haare und dem gebeugten Weber-Rücken, als hätte sie ein halbes Jahrhundert mehr auf dem Buckel. Sie hatte ein Kind auf der Hüfte, das Ann-Kathrin und Vincenz mit großen Augen ansah. Rotz lief ihm über den Mund, den es mit der Zunge ableckte.

»Zeig ihr meinetwegen das Loch«, knurrte sie. Dann streckte sie die Hand aus. »Zwei Pfennige!«

»Was?«, entfuhr es Ann-Kathrin. »Das ist …« Wucher traute sie sich nicht zu sagen. Womöglich hätte sie dann auf der Straße schlafen müssen.

Auf Vincenz' Stirn bildete sich eine tiefe Falte. »Es ist nicht *dein* Haus!«, zischte er.

»Es ist auch nicht das deine«, gab die Frau zurück. Ihr böses Lachen zeigte eine Reihe schadhafter und fehlender Zähne.

»Vater hat gesagt, sie kann dort schlafen.«

»Ach ja? Ich bin aber nicht dazu da, dir ein Liebesnest zu bauen!« Der Hohn in ihrer Stimme war nicht zu überhören.

Ann-Kathrin sah, dass Vincenz rot wurde. Also hatte sie doch recht – er hatte sich mehr ausgerechnet, als ihr nur ein Dach über dem Kopf zu verschaffen.

»Lass den Unsinn, Elsbeth!«, fauchte er. »Sie wohnt hier, solange sie es nötig hat. Und zwar kostenlos!«

Bevor seine Schwester etwas erwidern konnte, schob Vincenz Ann-Kathrin am Haus vorbei und in einen Hinterhof, in dem sich ein Schuppen befand. Vincenz drückte mit der

Schulter eine schwergängige Tür auf und schlüpfte durch die Öffnung ins Innere.

Der dahinterliegende Raum entpuppte sich als einfach, aber sauber. Ein Bett mit einem Laken, das nach einer Heufüllung duftete, zwei Stühle, ein Tisch. In der Ecke standen eine Kanne und eine Schüssel. Der Eindruck widersprach dem baufälligen Äußeren.

»Hier kannst du schlafen«, sagte Vincenz und deutete mit einer Armbewegung ringsum. »Ich komme morgen früh und hole dich. Dann sehen wir weiter.«

Ann-Kathrin nickte verlegen. Sie ahnte, wofür er diesen Ort eingerichtet hatte. Sicher nicht, um Flößerinnen, die kein Unterkommen hatten, zu versorgen. Dennoch stellte sie sich auf die Zehenspitzen und gab ihm einen Kuss auf die Wange.

»Danke!«, hauchte sie, trat aber dann sofort einen Schritt zurück. Er sollte nicht auf falsche Gedanken kommen.

Er nickte ihr zu und ging zur Tür. »Draußen, die Straße hoch auf dem Kreuz ist der Brunnen. Soll ich dir ...« Er deutete zur Kanne hinüber.

Sie schüttelte den Kopf. »Mit Wasser kenn ich mich aus.«

Er nickte wieder, dann war er draußen und Ann-Kathrin allein. Sie setzte sich auf einen der Stühle und dachte nach.

Zuerst musste sie das Geld loswerden. An der Floßlände warteten die Männer ihres Vaters darauf, sich betrinken zu können, bevor sie aufbrachen. Aber Ann-Kathrin wusste auch, dass ihnen die Frauen entgegenkommen würden, damit sie wenigstens noch einen Rest des Lohns abgreifen konnten, bevor alles durch die Kehlen geronnen war. Also würde sie den Männern ihren Anteil erst morgen aushändigen, in aller Herrgottsfrühe. Dann würden ihnen die Frauen schon in Landsberg begegnen. Der Gedanke ließ sie schmunzeln.

Sie beschloss, sich gleich erst einmal Wasser zu holen, auch wenn sie dafür an der Schwester vorbeimusste. Sie fragte sich, ob Elsbeth ihr Schwierigkeiten machen könnte, schüttelte aber dann den Kopf. Die Frau war mürrisch, hatte es sicher nicht leicht gehabt in ihrem Leben, so verhärmt, wie ihr Gesicht war. Ihre Hände waren zerschunden, Weberhände, die mit groben Fäden zu tun hatten. Offenbar webte sie keine feinen Tuche, sondern Leinenzeug. Aber sie war eine Frau – und Frauen halfen einander.

Als sie an ihren Vater dachte, stieß sie einen tiefen Seufzer aus. Sie musste zu Hans Fugger und ihm die Lage schildern. Dabei wusste sie nicht einmal genau, ob ihr Vater auf Betreiben von Fugger oder vom Rat der Stadt inhaftiert worden war. Beides würde keine Rolle mehr spielen, wenn sie wüsste, wo sich die Unterlagen befanden! Aber so sehr sie auch darüber nachgrübelte, sie konnte nichts von dem Unglück aus dem Dunkel ihres Gedächtnisses holen. Ihre Erinnerungen brachen mit der Einfahrt in die Floßrutsche ab und begannen wieder beim Floß ihres Vaters. Dazwischen war alles schwarz.

Haderer drängte sich in ihre Gedanken. Sein Auftauchen vorhin hatte sie zutiefst verstört. Er hatte sie im Stich gelassen, hatte den Floßunfall verursacht, weil er verhindern wollte, dass sie in die Stadt kam. Aber warum? Womöglich steckte er auch hinter den Verwicklungen, die mit dem Kupfer einhergingen und ihren Vater ins Gefängnis gebracht hatten. Beweisen konnte sie nichts.

Es klopfte kurz, und Ann-Kathrin zuckte zusammen. Ohne eine Antwort abzuwarten, wurde das schwergängige Türblatt aufgedrückt. Vincenz' Schwester stand auf der Schwelle, das Kind auf der Hüfte.

»Wo ist …?«, begann sie, sah sich um und warf sogar einen Blick unters Bett.

Zwar war Ann-Kathrin verärgert, weil sie einfach so den Raum betreten hatte, aber sie versuchte, sich zusammenzureißen. Schließlich war es nicht ihr Haus. Sie war nur geduldet.

»Nicht hier!«, antwortete sie etwas schärfer, als notwendig

gewesen wäre. »Er hat den Raum verlassen, sobald er ihn mir gezeigt hatte.«

Verächtlich spuckte Elsbeth auf den Boden. »Er hat schon einer ganzen Reihe von leichten Weibern …«

Ann-Kathrin sprang auf und hob drohend die geballte Faust. »Bevor Ihr weiterredet, soll etwas geklärt werden. Ich bin keine solche. Ich bin Flößerin und mit meinem Vater in der Stadt. Aber die haben ihn in den Schuldturm geworfen. Zu Unrecht. Bis das geklärt ist, muss ich irgendwo unterkommen. Weil der Schankwirt vom Jakobertor hinter mir her ist und ich die letzte Nacht in den Lechauen geschlafen habe, hat mir Vincenz dieses Zimmer hier angeboten.« Eine kurze Pause entstand. »Wenn ich nicht noch Wasser holen müsste, hätte ich den Riegel längst vorgeschoben!« Sie deutete auf den Türbalken, der an der Wand lehnte. »Ungebetene Gäste wie Ihr kämen nicht mehr herein!« Ann-Kathrin holte Luft, hob den Arm und deutete zur Tür. »Und jetzt verschwindet!«

Der Säugling auf Elsbeths Hüfte verzog das Gesicht und begann zu weinen.

»Jetzt habt Ihr sie erschreckt«, blaffte Elsbeth sie an, doch mit einem Mal war alle Bitterkeit aus ihrem Gesicht verschwunden. Ihre Verwandlung war nicht vollständig, aber ihre zuvor schrille Stimme wurde milder, und ihre verkniffenen Gesichtszüge glätteten sich.

»Verzeiht, wenn ich etwas barsch gewesen bin«, sagte sie. »Aber Vincenz hat mir nichts erzählt. Er kommt und geht, wie es ihm gefällt. Aber er bringt seine Liebschaften mit. Wir schlafen nebenan und hören alles.«

Ann-Kathrin schnaubte. »Versteckt er sich deshalb im Pfaffenwinkel? Da fällt es nicht so sehr auf, wenn eine Frau vor Lust stöhnt und schreit?«

Die beiden Frauen sahen sich an – und dann geschah etwas, was sich Ann-Kathrin vor einer halben Stunde so noch nicht hätte vorstellen können. Elsbeth verzog das Gesicht und begann zu prusten, und sie stimmte darin ein, bis sich beide Frauen vor Lachen bogen und die Kleine auf Elsbeths Hüfte erneut zu plärren begann.

»Holt ... holt ... Euer Wasser ...«, japste Elsbeth.

Ann-Kathrin nickte, wischte sich die Lachtränen aus den Augen und betrachtete Vincenz' Schwester noch einmal eingehender. Die mehrfach geflickte Kleidung und die löchrigen Strümpfe zeugten davon, dass sie im Grunde eine arme Frau war. Sie deutete auf das Kind auf der Hüfte. »Was macht Euer Gatte?«, fragte sie.

Sofort verdüsterte sich Elsbeths Blick. »Warum wollt Ihr das wissen?«, herrschte sie Ann-Kathrin an.

»Ich ... äh ... ich ... muss es nicht ... wissen. Ich wollte nur ... war nur ...«

»Neugierig?«, blaffte Elsbeth erneut. »Ich mag neugierige Menschen nicht!«

»Dann ... dann ... hol ich mal Wasser. Zum Waschen.«

Ann-Kathrin schnappte sich den Krug und versuchte, sich an ihr vorbeizudrücken. Doch sie hielt sie mit einem eisernen Griff fest, sodass ihr das irdene Gefäß beinahe aus der Hand gerutscht wäre.

»Ihr tätet gut daran, Eure Nase nicht so tief in anderer Leute Angelegenheiten zu stecken.«

Wenn diese Drohung dazu dienen sollte, sie einzuschüchtern, erreichte Elsbeth gerade das Gegenteil. Jetzt wollte Ann-Kathrin erst recht wissen, warum Vincenz' Schwester so ungehalten wurde, als sie nach ihrem Mann fragte.

* * *

Anton hätte schreien können! Was für eine Gesellschaft von Dilettanten!

Er hielt das Blatt in der Hand, das Gerhard gezeichnet hatte. So also sollte der Brunnen aussehen. Was für eine Schande!

Schwitzend schlurfte er zurück zur Gießerei. Dieser Gerhard war zwar ein passabler Künstler, aber er war zu selten nüchtern, und er hatte seine Ideen verbraucht. Anton kannte das Phänomen, wenn das Bier die Menschen krank machte. Bei seinem Vater war es nicht anders gewesen. Statt auf sein Können stolz zu sein, hatte er sich im Bierschaum verloren. Er sah ihn noch auf dem Dach des Fugger-Hauses stehen und die Arme ausbreiten …

Er zwang sich, an etwas anderes zu denken. Am Fischmarkt neben dem Rathaus blieb er stehen und blickte mit gerunzelter Stirn auf die Skizze des Stadtgründers, der auf dem Brunnen thronen sollte. Es war keine schlechte Zeichnung. Die Haltung bei der *adlocutio*, einer Ansprache an das Heer, und die Rüstung mit ihrem Symbolgehalt waren ebenfalls interessant, aber Anton stellte sich vor, was man davon sehen konnte, wenn dieser Bronze-Augustus in zwanzig Fuß Höhe über den Menschen stand. Nichts. Allenfalls ahnen würde man die Figuren und Formen auf dem Brustpanzer. Wie sollten diese Feinheiten Furore machen, wenn niemand sie erkennen konnte, wenn das Bronzegold in der Sonne schimmerte und sich die Welt darin spiegelte?

Drumherum sollte alles leer sein. Ein Trinkwasserbrunnen mit einer historischen Gestalt auf einem Sockel. Mehr war nicht vorgesehen. Noch nicht einmal einen Platz hatten die Herren vom Rat bisher gefunden.

Anton seufzte. Er betrachtete die Skizze des Brunnens noch einmal genauer. Becken, Brunnenpfeiler und Gitter sahen repräsentativ aus. Sie würden Einiges hermachen und den Namen der Stadt sicher weitertragen. Offenbar war die Idee zum Brunnen vor der Idee zum Stadtgründungsjubiläum entwickelt worden. Auch nach antiker Manier feuervergoldete Bronzeplatten mit den wichtigsten Baudaten und dem Namen der Stadtpfleger sollten an einem Pfeiler befestigt werden. Aber alles wirkte auf dem Stich kahl und leer. Ein freudloser Brunnen für eine nüchterne Kaufmannsstadt.

Zumindest der Widderkopf würde seinen Weg auf das Podest finden. Hubert Gerhard war zufrieden gewesen, als er ihm von dem Erfolg seines Werks bei Wagner erzählt hatte. Die Meister ringsum waren aufgestanden, um ihm zu gratulieren. Er hatte sogar nachgefragt, ob der Kopf ausreiche, um eine Meisterprüfung zu bestehen, als Meisterstück, sozusagen. Peter Wagner könne beschwören, dass er, Anton Haderer, den Kopf allein entwickelt und gegossen habe.

»Ihr seid ein begabter Geselle«, hatte Alfred Bieber, der Zunftobere der Schmiede, unumwunden zugegeben. »Aber um einen Meisterbrief zu bekommen, braucht es etwas mehr als einen Widderkopf.« Damit hatte er seine letzte Bemerkung vom Biertisch zurückgenommen.

Verärgert war Anton abgezogen. Sollten sie sich doch das Maul über ihn zerreißen. Lange hatte er am Fischmarkt herumgestanden und ins Leere gestarrt. Eine Überlegung war, den Augustus-Brunnen dort aufzustellen. Der Ulrichsbrunnen war schon abgebaut. Der Röhrkasten für ein neues Wasserspiel wäre also vorhanden. Aber was sollte der Stadtgründer versteckt in einer Nische? So ein Brunnen musste gesehen werden. Man musste an ihm vorübergehen, am besten über ihn stolpern. Wer sich an ihm die Beine brach, würde sich an ihn erinnern.

Aber womit war der Brunnen zu beleben? Der graue Marmor war öde und leblos. Anton kramte in seinem Gedächtnis. Und tatsächlich wurde er fündig. Die Flussgötter auf den Medici-Gräbern von der Basilika San Lorenzo in Florenz! Er hatte sie nicht nur sehen, sondern sogar eine kleine Ausbesserung vornehmen dürfen. Ihm kam ein reizvoller Gedanke: zwei Flussgötter für die Stadt – Lech und Wertach! Liegend. Arbeiten, die er gut formen und ausführen konnte. Sollte Hubert Gerhard ruhig den Augustus bearbeiten. Er würde Flussgötter vorschlagen – und er würde sie gießen.

Er verglich das zaghafte Urteil der Meister mit seinem eigenen Entschluss. So musste man entscheiden, so vorgehen, wenn man etwas erreichen wollte. Nicht das zögerliche und kaum auszuhaltende Abwägende dieser Meisterversammlung. Die alten Herren waren so träge, so von sich und ihrer überkommenen Lebensweise überzeugt, dass sie sich gegen alles Neue sperrten.

Aber Flussgötter auf dem Brunnenrand! Er würde die Idee den tranigen Meistern vorstellen. Morgen oder übermorgen. Er musste dafür nur noch Zeichnungen anfertigen, die überzeugten.

Zufrieden war er deshalb noch lange nicht. Was nutzten großartige Figuren, wenn sie ein Nischendasein führten?

In seinem Selbstgespräch, bei dem er mit der Brunnenskizze herumwedelte, wäre er beinahe in einen Mann hineingelaufen.

»Vorsicht, der Herr!«, rief der ihm zu und stoppte Antons Laufweg, indem er ihm die Hand auf die Brust legte. »Augen auf. Ihr seid ja eine Gefahr für unbescholtene Bürger!«

Anton brauchte einen Moment, bis er begriff, dass er einem der Mitglieder der Stadtregierung, die offenbar gerade das Rathaus verlassen hatten, mit wild fuchtelnden Armen in den Weg gelaufen war.

»Verzeiht, Herr!«, sagte er und setzte sogleich hinzu: »Ihr gehört zum Magistrat?«.

»Rembold!«, antwortete der Angesprochene und sah aus, als wäre er selbst überrascht, etwas gesagt zu haben.

»Will der Rat tatsächlich den Brunnen hier in diese Abseite stellen?«, fragte Anton und deutete auf die Lücke zwischen Rathaus und Perlachturm. »In die Nähe des Prangers?«

»Was geht Euch das an?«, zischte Rembold. »Ihr seid nicht in der Position, Euch darüber Gedanken zu machen.«

»Nun, Herr, ich habe den Augustus gegossen. Da werde ich mir Gedanken machen dürfen, wo man ihn aufrichtet.«

Ihm surrten zwar die Ohren vor Fieberschmerz, aber von diesem Laffen würde er sich nicht einschüchtern lassen.

Beherzt wies er in die Mitte des Perlachplatzes, dort, wo wöchentlich der Markt abgehalten wurde. »*Hier* wäre er richtig, den Arm während der *adlocutio* zum Rathaus hin ausgestreckt, damit den Herren dort gezeigt wird, dass sie nur verwalten, aber nicht herrschen.«

Rembold schien zu wachsen, als er sich vor Anton aufbaute. Um sie herum blieben die Bürger stehen und beobachteten, wer sich da an wem abarbeitete.

»*Ihr* seid es, der keine Ahnung hat, wie man einen Brunnen präsentiert«, keuchte Anton, dem langsam bewusst wurde, wie schwer ihn das Gießerfieber erwischt hatte. »Lasst ein Holzgerüst bauen, damit jeder sehen kann, welche unsinnige Wahl Euer Platz für einen repräsentativen Brunnen ist.«

Er hatte erwartet, von dem dürren Elend von Ratsmitglied beiseitegefegt zu werden. Doch der hielt inne und starrte den Gießergesellen an.

»Ein Holzmodell. Eins zu eins. Die erste Idee, die mich sofort überzeugt.« Lange verweilte das Auge des Magistrats auf Anton, bis er rasch hinzusetzte: »Entwerft eine Skizze und bringt sie mir.« Er schob Anton beiseite, kehrte um und ging im Laufschritt ins Rathaus zurück.

Zufrieden mit sich und gleichzeitig voller Wut schlurfte Anton schwitzend hinauf zum Pfaffenwinkel. Die Uhr auf dem Perlach schlug gerade halb sechs. Die Zeit würde ausreichen, die Domstadt zu durchqueren, bevor Schwalbeneck und Frauentor geschlossen wurden. Er beeilte sich, da es langsam dämmrig wurde. Als er unter dem Tor hinaus auf die Straße trat, quietschten die Angeln. Die Scharwächter hatten ihn gerade noch durchgelassen.

Ob er dem Stadtoberen wirklich einen Floh ins Ohr hatte setzen können? Er machte einen Freudensprung. Er hätte sogar pfeifen können. Kurz darauf bog er nach Westen ab und lief in Richtung Klinkertor, als er erneut innehielt.

Die Frau, die da vor ihm lief, erkannte er am Gang. Es war dieses Wiegende in ihrem Schritt, das ihn an jemanden erinnerte, obwohl sie einen Krug auf der Hüfte balancierte. Sie war es gewohnt, auf unsicherem Grund das Gleichgewicht zu halten.

Am liebsten hätte er sie angesprochen, aber er ahnte, dass dies keine gute Idee war, schließlich war er der Grund dafür gewesen, dass sie beinahe ertrunken wäre. Die verfluchte Biechlerin hatte also überlebt und es bis nach Augsburg geschafft!

Als sie sich zu wiegen begann, als würde sie tanzen und sich um ihre eigene Achse drehte, schlüpfte Anton rasch in den Tordurchgang einer Werkstatt und trat in einen Kothaufen. Er fluchte leise, doch die Flößerin hatte ihn offenbar nicht gesehen.

Sie lief vor ihm her, aber die Art, wie sie sich immer wieder umsah, zeigte ihm, dass sie vorsichtig war. Wusste sie etwa von ihm?

Kurz überlegte er, was zu tun war. Dann entschied er sich, ihr zu folgen. Er musste wissen, wo sie wohnte, was sie wusste – und wie sie ihm womöglich schaden könnte. Jetzt, wo er bei dem Stadtgießer einen Fuß in der Tür hatte, durfte er durch so eine Frau nicht an seinem Aufstieg gehindert werden. Wenn sie ihn beschuldigte, den Unfall an der Floßrutsche verursacht zu haben, konnte das seine Stellung gefährden.

Besser, man kannte die Gefahren, die vor einem lagen, als dass man sie leichtfertig übersah.

Er packte das Papier der Brunnenzeichnung fester und beschloss, seine Widersacherin auszukundschaften.

Das war leichter als gedacht, da sie beinahe denselben Weg wie er zum alten Zeughaus nahm. Allerdings bog sie zuvor nach

Osten ab und verschwand in einem Haus, aus dem das Klappern eines Webstuhls zu hören war. Er sah noch, wie im Hinterhof die Tür eines Schuppens geschlossen wurde.

Nachdenklich blieb er eine kleine Weile stehen, die Papierrolle der Zeichnung in seinen Gürtel gesteckt, was ihn sicherlich zu einem bizarren Blickfang machte.

Er würde wiederkommen, und er musste sich überlegen, wie er mit dieser Flößerin und den Schwierigkeiten, die ihm die Biechlerin bereiten könnte, umgehen musste.

2

AUGSBURG, ELSBETHS HAUS

Sie hatte sich mit dem eisigen Wasser des Stadtbrunnens gewaschen, das sie mühsam herbeigeschleppt hatte. Ihr Kleid hatte sie sich schon über den Kopf gezogen und war bereit, ins Bett zu schlüpfen, als es klopfte. Ann-Kathrin seufzte, sie hatte sich also doch nicht getäuscht, und Vincenz versuchte sein Glück. Gott sei Dank war der Riegel bereits vorgeschoben. Sie stand auf, legte sich das Laken um ihre Schultern und trat an die Tür.

»Ich bin schon zu Bett, Vincenz. Versuch es erst gar nicht! Ich mach nicht auf«, sagte sie halblaut. Sie wollte seine Schwester nicht wecken oder ihr einen Anlass geben, sich gegen sie zu wenden.

Ann-Kathrin war schon wieder auf dem Weg zurück, um unter die Decke zu kriechen, als sie innehielt. Draußen lachte jemand gedämpft. Und es war kein Mann.

»Ich bin's, Elsbeth!«, kam es dumpf zurück.

Ann-Kathrin seufzte. Sie fror und wollte sich eigentlich nur noch schlafen legen. Barfuß lief sie wieder zur Tür. Sie hätte den

Balken nicht gehoben, wenn sie nicht gehört hätte, wie das Kind an der Brust von Vincenz' Schwester ärgerlich maunzte, weil es nicht in Ruhe trinken konnte.

Elsbeth stand mit dem Rücken zu ihr und sah hinüber zur Gasse.

»Was wollt Ihr?«, fragte Ann-Kathrin.

»Rasch. Verschließt das Tor hinter mir«, drängte Elsbeth und trat rückwärts ein, ohne den Blick vom Hofeingang zu lassen.

»Was ist denn los?«

»Kennt Ihr einen Kerl, nicht besonders groß gewachsen, pechschwarzes lockiges Haar, das ihm bis auf die Schultern fällt, hager, aber kräftig, mit einer Papierrolle im Gürtel, die aussieht wie … ein Entwurf?«

»Was für ein Kerl? Vincenz hat es nicht …«

»Ich meine nicht meinen Bruder. Den hätte ich erkannt und fortgejagt. Jedenfalls heute. Der hier hatte schwarze Haare!«

Ann-Kathrin lief ein Schauder den Rücken hinunter. Die Beschreibung ließ keinen Zweifel daran, um wen es sich handelte.

»Der Bursche stand eben vor dem Tor und hat Euch hinterhergesehen, bis Ihr in der Tür verschwunden seid, als wollte er Euch nachgehen.«

Ann-Kathrin starrte sie an. »Er hat mich … verfolgt?« Unbehagen breitete sich in ihr aus. Der Geselle wusste also, wo sie wohnte!

»Jedenfalls hat er länger unter dem Torbogen gestanden, als es sich gehört. Eigentlich wollte ich Euch nur empfehlen, den Balken vorzulegen. Aber das hattet Ihr ja schon.«

Ann-Kathrin nickte nachdenklich und betrachtete den Säugling, der jetzt genüsslich an der Brust seiner Mutter saugte. In diesem Alter waren die Bedürfnisse überschaubar und leicht zufriedenzustellen.

»Ich werde die Tür auf alle Fälle fest verriegeln – und ich wäre froh, wenn Ihr ein Auge auf den Hofeingang und seine Besucher haben könntet«, bat sie Elsbeth. »Ich weiß nicht, was dieser Mann von mir will, aber er ist schuld an einem Teil meiner Schwierigkeiten. Da wäre es besser, ich wüsste, was er vorhat.«

Ann-Kathrin fror erbärmlich, und ihr war unwohl. Ihre Zehen spürte sie schon nicht mehr. Nicht nur, weil sie nichts als ein leichtes Unterhemd trug, sondern auch, weil sie jetzt wusste, dass Haderer sie ausgespäht hatte.

Als Elsbeth gegangen war, legte sie den Balken wieder vor, was diese mit einem Rüttelversuch von außen überprüfte, tappte zum Bett und zog sich die Decke bis übers Kinn. Doch der Schlaf wollte nicht kommen. Ihre Gedanken kreisten um den Unfall, um das Scheitern der Passage durch die Floßrutsche und um Haderers Anteil daran. Vielleicht konnte er nichts dafür, aber sein Verhalten und das Geschehen danach sprachen eine andere Sprache.

Und plötzlich kehrte die Erinnerung zurück: Ann-Kathrin sah sich, wie sie auf die Lange Fahrt zutrieb, mit Haderer schimpfte, als er plötzlich von dem sich in den Bohlenweg stemmenden Ruder ins Wasser geschleudert wurde. Auch sie wurde von den Stämmen, die sich lösten, beinahe erschlagen, stürzte ins Wasser, strampelte und schwamm – und dann spürte sie plötzlich die schwarze Ledertasche mit der Frachtkladde in ihren Händen. Sie ragte aus Haderers grauem Bündel hervor!

Ann-Kathrin fuhr hoch. In diesem Moment wusste sie mit Bestimmtheit, dass er sie unrechtmäßig an sich genommen hatte. Sie hatte zugegriffen, obwohl sie in dem eiskalten Wasser gegen das Ertrinken kämpfte. Aber sie hatte die Unterlagen gerettet. Sie wusste es! Die Ledertasche, in der alle Hinweise auf die Fracht in Öltuch eingewickelt waren, damit sie nicht feucht wurden. Darunter waren auch die Papiere, die ihr Frachtkupfer als Fugger-Ware auswiesen.

Sie erinnerte sich, wie sie sich gegen die Strömung gestemmt, irgendwann Boden unter den Füßen gewonnen hatte, wie sie mit den vollgelaufenen, zentnerschweren Flößerstiefeln ans Ufer gewatet war, sich mit allerletzter Kraft auf die Steine geworfen und Haderers grauen Beutel mit den Frachtunterlagen unter einen der Felsen geschoben hatte, weil sie befürchtete, er könnte sie beobachten und sie ihr wieder wegnehmen.

Plötzlich war ihr klar, dass ihr der Bursche die schwarze Tasche zuvor gestohlen und nur ein Zufall sie ihr wieder zugespielt hatte. Mitten in der stockdunklen Nacht fuhr sie plötzlich auf, als hätte sie ein Schlag getroffen. Sie sah den Felsen bei Landsberg vor sich, unter dem die Tasche mit den Papieren stecken musste.

Doch dann seufzte sie. Wenn sie die Tasche mit den Unterlagen wirklich gerettet hätte, warum hatten die Flößer, die nach ihr gesucht hatten, diese nicht gefunden? Sie hatte weder die Zeit noch die Kraft gehabt, die Dokumente gut zu verbergen.

Halb aufgerichtet saß sie im Bett und beschloss, den Spieß umzudrehen. Wenn Haderer ihr folgte und sie ausspähte, konnte sie das bei ihm auch. Sie musste wissen, wo er arbeitete und wo er wohnte. Vielleicht konnte sie ihn auch dafür einsetzen, ihren Vater aus dem Schuldturm zu holen, wenn sie es geschickt anstellte.

Sie horchte in die Nacht hinaus, ob die Turmuhr die Stunde schlug, aber sie hörte nichts, nicht einmal einen Nachtwächter. Die Finsternis, die sie umgab, war so vollständig, dass sie allen Tatendrang aus ihr heraussaugte. Und so legte sie sich zurück, deckte sich bis übers Kinn zu und versuchte zu schlafen.

* * *

Langsam brannte die Kerze nieder.

Mit der Abgabe der Skizze hatte er Erfolg gehabt. Rembold hatte sie ihm regelrecht aus der Hand gerissen. Gott sei Dank hatte er auf der Zeichnung des Holzmodells seinen Namen vermerkt. Einen Viertelgulden hatte ihm der Ratsherr zugeworfen und ihn dann weggeschickt, nicht ohne ihn auf ein weiteres Treffen zu vertrösten.

»Wenn das Modell steht«, hatte er ihm versichert.

Anton knüllte das nächste Papier zusammen und warf es wütend in die Ecke. Seine Figuren, mit denen er das Modell gern belebt hätte, sahen aus wie ungelenke Puppen. Sie besaßen keine Anmut, keine Grazie, keine Eleganz, mit einem Wort, kein Leben. Es waren tote Entwürfe und würden es bleiben.

Der Kerzenstummel, der noch einen Rest Docht enthielt und für eine gute halbe Stunde Licht geben würde, flackerte bereits.

Sein Widderkopf, der in der Ecke auskühlte, besaß all das, was diesen unseligen Figuren fehlte. Anton zermarterte sich das Hirn darüber, woran das liegen mochte. Was hatte er beim Widderkopf anders gemacht?

Vor ihm lag wieder ein reiner Bogen. Sein Meister würde ihn verfluchen, wenn er sah, wie viel Papier er verbraucht hatte. Er würde Wagner nicht erklären können, was ihn an all den Zeichnungen störte, die er schnell hingeworfen hatte. Aber ihre Leblosigkeit sprang ihn an und stieß ihn ab.

Seufzend fuhr er sich übers Gesicht und fluchte. Er wusste, dass seine vom Kohlestift schwarzen Finger ihre Spuren hinterlassen würden, und die Fettkohle war nur schwer zu entfernen. Eine ganze Woche würde er wohl mit den dunklen Streifen auf Stirn, Wangen und Kinn herumlaufen. Das machte ihn wütend, und auch der jungfräuliche Bogen wurde zerknüllt und flog in die Ecke. Am liebsten hätte Anton etwas zerschlagen, aber der Widderkopf war bereits ausgelöst, und andere Gussteile standen nicht herum.

Seine Gedanken schweiften ab zu der Flößerin, die er zufällig getroffen hatte.

Sollte er sich um diese Zeit in den Hinterhof wagen? Sie wohnte offenbar allein in diesem Schuppen. Vielleicht war sie ja nicht nur allein, sondern auch einsam. Er hätte ihr Gesellschaft leisten, sie trösten können. Aber wenn er nachts bei ihr auftauchen würde, wäre das Gezeter vermutlich so laut, dass die Nachbarschaft aufwachte – und dann würde ihm mehr vorgeworfen als die Tatsache, dass er ihr hatte beiliegen wollen.

Der Gedanke an Ann-Kathrin Biechler lenkte ihn ab, und das empfand er als wohltuend.

Was wollte sie noch in der Stadt? Ihr Vater war verhaftet und in den Schuldturm gesperrt worden. Niemand konnte beweisen, dass das viele Kupfer nicht dem Magistrat gehörte, ein Fugger am allerwenigsten. Also wurde es für die Bronzewerke des Brunnens eingeschmolzen.

Er nahm ein neues Blatt zur Hand und skizzierte gedankenverloren den Grundriss des Brunnenbeckens. Und plötzlich kam ihm eine Idee, die er sofort mit wenigen Strichen festhielt: vier Figuren, nicht zwei. Es mussten vier lebensgroße Figuren sein. Nur so ergaben die breiten Ausbuchtungen der Einfassungen einen Sinn. Vier Figuren mit Attributen ihrer Hauptaufgaben. Nur was für Figuren und was für Beifügungen? Und dann erinnerte er sich an die kleine Episode auf dem Floß, als er die Biechlerin als Nymphe gezeichnet hatte. Die Frauenfiguren mussten Nymphen werden. Die Stadt war von Bächen durchflossen. Nymphen waren die Idee!

Rasch legte er die Frauenfiguren an, die ihm aber nur sperrig gelangen. Grob noch, aber deutlich erkennbar. Lagernde Halbgöttinnen in lockeren Posen.

Allerdings sahen die Frauenfiguren schief und falsch aus, waren keine Augenweide. Die Proportionen und Formen stimmten nicht.

Wütend strich er zwei der Entwürfe durch, mehrmals, bis nur noch schwarze Flecken übrig waren, knüllte sie zusammen und warf sie auf den Boden. Er starrte auf die übrigen Zeichnungen. Warum gelangen ihm die Frauen nicht? Er fuhr die Konturen der Körper ab – und dann wurde ihm klar, was fehlte: die Anschauung. Wie sollte er eine Frau skizzieren, ohne dass er eine vor sich hatte? In den heißen Nächten mit der hübschen Isabella in Florenz hatten mehr seine Hände als seine Augen ihren Körper erkundet. Und die Begegnungen mit den Mädchen unterwegs auf der Walz hatten meist auf dämmrigen Heuböden stattgefunden. Er brauchte ein weibliches Wesen vor sich, dessen Rundungen er als Künstler in Ruhe bei Licht studieren konnte.

Er richtete sich auf und packte die Skizzen zusammen. Die zerknüllten Papiere schob er mit dem Fuß in Richtung der Sandgrube und zündete sie mit dem Rest des Kerzenstummels an. Sie brannten mit einem rauchigen Geschmack ab. Die Ascheflocken trat er mit dem Stiefel in den Sand.

Seine Skizzen nahm er mit in sein Kabuff, den kleinen Raum neben der Gießerei, den ihm Meister Wagner zugewiesen hatte. Dort legte er sie unter das Heukissen.

Was er brauchte, war ein richtiges Modell, ein lebendes Modell. Aber wo fand er ein solches?

Kurz sah er auf das Bett. Sollte er sich die paar Stunden, bis die Domuhr zur Morgenstunde rief, schlafen legen? Er entschied sich dagegen. Wenn er vorsichtig war und nicht gerade dem Nachtwächter in die Arme lief, konnte er sich auf den Weg machen, um ein Modell zu suchen.

Er streckte sich, drückte den Rücken durch, der von der kauernden Haltung über den Zeichenpapieren verspannt war, und schlich aus der Gießerei. Kurz horchte er, ob er den Ruf des Nachtwächters vernahm, dann lief er auf leisen Sohlen zum Bräu am Wertachbruckertor.

3

AUGSBURG, ELSBETHS HAUS

Mit dem ersten Licht war Ann-Kathrin auf den Beinen. Das Klappern des Webstuhls nebenan hatte sie geweckt.

Drei Dinge galt es heute in Angriff zu nehmen: Sie musste das Geld in den Beuteln loswerden, das ihr schon die Haut aufgescheuert und eine unruhige Nacht beschert hatte. Dann musste sie zum Fugger, und schließlich würde sie Vincenz, um Haderer abzuschütteln, um eine andere Unterkunft bitten – auch wenn sie sich dafür vielleicht ein wenig bei ihm würde einschmeicheln müssen. Sie spürte, wie sie rot anlief. Aber der Zweck heiligte die Mittel.

Natürlich gab es auch noch die Möglichkeit, sich mit dem Geld, das ihr verblieb, eine Kammer zu mieten. Aber als alleinstehendes Mädchen war sie Freiwild. In den Herbergen schlief man nie allein im Bett, sondern immer zu zweit oder zu dritt. Schon bei dem Gedanken, möglicherweise mit irgendeinem unbekannten Kerl das Nachtlager teilen zu müssen, wurde ihr übel. Was sonst noch geschehen konnte, wollte sie sich gar nicht erst ausmalen.

»Schon auf den Beinen?«, grüßte Elsbeth sie fröhlich, als sie auf den Hof trat.

Sie saß mit ihrem Töchterchen am offenen Fenster und beobachtete den Eingang.

Ann-Kathrin hatte die Kleine schon in den frühen Morgenstunden krähen hören, und Elsbeth sah entsprechend aus. Dunkle Ringe lagen unter ihren Augen und ihr Blick war verschleiert. Dennoch lachte sie.

»Guten Morgen«, grüßte Ann-Kathrin. »Ich muss mein Tagwerk angehen. Wenn Vincenz vorbeikommt, richtet ihm doch bitte aus, ich käme gegen Mittag zu ihm.«

Elsbeth nickte und legte das Kind seufzend an die andere Brust. »Es tut gut, wenn der Druck nachlässt«, sagte sie beiläufig. »Die Kleine trinkt so schlecht, und es bleibt zu viel übrig.« Mit einer Kopfbewegung deutete sie auf ihre Brüste. »Das spannt und zieht.«

Ann-Kathrin konnte nicht mehr tun, als zu lächeln. Auf diese Erfahrungen konnte sie nicht zurückgreifen – noch nicht. Kurz blitzte der Name Vincenz in ihr auf, dann aber wurde er überschattet von dem brennenden Gefühl an ihrem Bauch, wo die Lederbeutel die Haut aufgeschürft hatten. Sie musste einen Teil dieser Plage loswerden.

Sie nickte Elsbeth zu und verließ den Hof in Richtung Domstadt. Als sie auf die Straße trat, glaubte sie, aus dem Augenwinkel eine Bewegung wahrzunehmen, doch als sie genauer hinsah, war da nichts. Sie schlenderte den Weg zum Frauentor hinauf, sah sich um, wurde hier und da gegrüßt wechselte mit jemanden ein paar Worte. Natürlich wusste jeder in der Straße und in diesem Viertel, dass sie in Elsbeths Schuppen übernachtet hatte. Darüber machte sie sich keine Illusionen. Deshalb reagierte sie besonders freundlich auf die neugierigen Blicke. Kurz nachdem sie auf die Hauptstraße, die vom Wertachbruckertor kam, eingebogen war, huschte sie in einen Durchgang und stellte sich so hinter das Tor, dass sie zwar die Straße noch im Blick hatte, von dort aber nicht gesehen werden konnte, und wartete gespannt.

Karren, die vom Land hereinkamen, ratterten vorüber. Bauern mit ihren schwer beladenen Hucken schleppten sich den gepflasterten Weg entlang, stolperten immer wieder über die uneben verlegten Kiesel und fluchten. Ganze Scharen von Kutten- und Soutanenträgern strömten in Richtung Domstadt, um dort ihren Tätigkeiten nachzugehen. Mägde, Knechte, Bauernfrauen, Fuhrwerker, Handwerker, Adlige und Kaufleute, Händler und fahrendes Volk kamen vorbei und strömten in einem endlosen Zug in die Stadt, als gäbe es dort etwas umsonst. Noch nie war ihr diese Prozession von Menschen und Waren so anschaulich geworden wie in den wenigen Minuten ihres Wartens – und dann kam er.

Haderer!

Den Kopf gereckt, immer wieder auf den Zehenspitzen sich streckend, damit er sah, was vor ihm passierte, sie ausspähen konnte.

Ann-Kathrin fühlte, wie ihr Herz einen kleinen Moment aussetzte und sie nach Luft schnappen musste. Dann war ihre Ahnung von eben, als sie den Hof verließ, doch nicht falsch gewesen. Offenbar hatte Haderer sie abgepasst.

Sie wartete erneut ein Weilchen, dann überquerte sie die Straße und lief in Richtung Stephanskloster. Es bedeutete einen kleinen Umweg, aber damit konnte sie Haderer abhängen. Über das Stephingertor würde sie ebenfalls an die Floßlände gelangen. Sie musste nur einen weiteren Weg außen um die Stadtmauer herum zurücklegen, allerdings einen gefährlicheren.

Sie eilte die schmalen Gassen des Pfaffenwinkels entlang und hielt erst inne, als sie den beinahe endlosen Zug der Fuhrwerke sah, die vom Tor aus in die Innenstadt drängten. Schwanz an Schnauze mühten sich die Ochsen mit den Karren den Berg hoch, einer hinter dem anderen. Aufgrund der Anstrengung verloren sie ihren Dung, und es roch wie in einem Stall. Die Atemstöße der tief ins Joch geduckten Tiere bliesen weiße Fahnen in den Tag.

Ann-Kathrin stützte sich kurz vorgebeugt auf die Oberschenkel und schnappte nach Luft. Dann schlüpfte sie aus dem Tor, das wegen der Fuhrwerke früher öffnete als andere Stadttore, und wandte sich nach Süden. Sie musste sich an die ausgetretenen Wege halten, die durch das Gelände gebahnt waren. Vor dem Oblattertor bog sie wieder nach Norden ab und überquerte den Stadtbach.

Von jetzt an hieß es, auf der Hut zu sein. Sie lief, so schnell es die Beutel unter ihrem Rock zuließen. In den Büschen entlang des Mauerwegs hörten sie Lachen und Scherzen, aber auch den einen oder anderen Schrei, ein Klatschen, Fluchen und Wüten. Dort lagerten die Menschen, die entweder nicht in die Stadt durften oder die Nacht über draußen hatten verbringen müssen. Nicht alles war Gesindel.

Je länger sie unterwegs war, desto mehr schlugen die Beutel gegen ihren Bauch. Bald hatte sie das Gefühl, als wäre er wund, und die Ledersäckchen lägen auf purem Fleisch. So schnell sie konnte, eilte sie in Richtung Floßlände und bog bereits auf die Straße ein, die vom Jakobertor herführte, als es vor ihr raschelte.

»Ja, wen haben wir denn da?«

Ein Kerl trat auf den Weg hinaus, kaum größer als sie, aber mindestens dreimal so alt. In seinem Gürtel steckte ein Messer. Ihm fehlten die vier Schneidezähne, sodass er alle Wörter zischelnd hervorbrachte.

»Ich kenne Euch nicht!«, sagte Ann-Kathrin und schätzte die Möglichkeit ein, ihm aus dem Weg zu gehen. Sie beschleunigte ihre Schritte.

»Das wäre doch jetzt die Gelegenheit, uns kennenzulernen, mein Mädchen.«

»Euer Mädchen bin ich schon gar nicht.«

»Umso besser. Dann kann tatsächlich zwischen uns noch etwas wachsen.«

Der Kerl grinste unverschämt und legte seine Hand an den Griff seines Messers.

»Ich hab's eilig. Entschuldigt mich«, sagte Ann-Kathrin.

»Oh!« Der Mann tat erstaunt, was aber so schlecht gespielt war, dass es sie beinahe belustigte, wenn die Situation sich nicht zugespitzt hätte. »Das kommt mir aber ungelegen.«

»Wundert es dich, dass die Jungfer dich abweist, Kohn? Wann hast du dich das letzte Mal gewaschen? Zu Weihnachten?

Weiber wie sie bevorzugen gut riechende Exemplare zwischen ihren Beinen. Nicht wahr, Schätzchen?«

Dort, wohin Ann-Kathrin gelaufen war, trat ein weiterer Kerl hinter einem Gebüsch hervor. Nicht weniger dreckig und verwahrlost wie der andere. Auch ihm fehlten Zähne, und er hatte keine Ohren mehr.

»Willst du damit sagen, Wadl, du riechst besser als ich?«

Jetzt nicht stehen bleiben, predigte sich Ann-Kathrin im Stillen. *Nicht stehen bleiben. Nicht stehen bleiben.* Sie wiederholte es beständig, bis sie kurz vor den Männern stand. Keiner von ihnen roch angenehm, als hätten sie vor den Toren der Stadt im Moor gelegen und wären dort langsam angefault. Auf ihren Kleidungsstücken waren Schimmelflecken, und ein grauer Pelz überzog die Schultern.

Kurz bevor die beiden nach ihr griffen, rannte Ann-Kathrin los.

Kohn bekam sie zu fassen, doch ihr Schwung reichte aus, um sich loszureißen. Der andere, den sein Komplize Wadl genannt hatte, stolperte, als er nach ihr fassen wollte, und wurde vom nachsetzenden Kohn über den Haufen gerannt. Der Weg vor ihr war frei.

Das Gezeter und Geschrei der Vagabunden lockte weitere Gestalten auf die Straße, die sich daran ergötzten, wie die beiden Männer hinter Ann-Kathrin herliefen. Mittlerweile hatte Kohn sein Messer gezogen und fuchtelte wild damit herum.

Kurz dachte Ann-Kathrin darüber nach, dass dies ihre Rettung war. Denn kaum einer der Männer vor ihr wagte es, zuzugreifen. Offenbar befürchteten alle, Kohn könnte das Messer werfen.

Sie rannte wie noch nie in ihrem Leben. Sie wusste nicht, wie lange die Hatz schon ging und wo sie sich genau befand. Den Abzweig zur Lände hatte sie sicherlich schon verpasst.

Kohn und Wadl schrien und fluchten hinter ihr, ohne dass sie einen nennenswerten Vorsprung hätte herauslaufen können. Schweiß lief ihr in die Augen und brannte auf den Pupillen. Kurz musste sie die Augen schließen – und plötzlich war alles vorbei.

Mit aller Wucht rannte sie in einen Mann hinein, der sie an sich presste und festhielt, so sehr sie sich auch wehrte. Als wäre sie gegen einen Felsen gelaufen.

Jetzt ist es aus, dachte Ann-Kathrin noch, sackte in sich zusammen und ergab sich ihrem Schicksal.

* * *

Um das Wertachbruckertor herum gab es genug Frauen jeglichen Alters, die für ein paar Pfennige ihre Dienste anboten. Anton schlenderte die Straße hoch und runter und besah sich jede von ihnen, ob schlank oder kräftig, ob mit fehlenden Zähnen oder mit vollständigem Gebiss. Nicht alle kamen von vornherein infrage. Sie mussten eine gewisse Lieblichkeit in den Zügen tragen, etwas, das die Männer dazu veranlasste, auch ihr Gesicht zu betrachten und erst in zweiter Linie ihre Brüste. Doch die meisten Frauen fielen durch sein Raster. Viele hatten Schwären im Gesicht von der Franzosenkrankheit oder waren von Pockennarben entstellt. Fehlende Zähne fielen nicht ins Gewicht, sofern diese den Mund nicht hatten einfallen lassen. Einmal war die Stirn zu hoch oder zu niedrig, ein andermal war der Hinterkopf zu flach oder die Brust. Aus der Sicht des Künstlers war die Idee gescheitert, aus dem Sumpf vor dem Tor eine Schönheit herauszupicken. Hier gab es die Frau nicht, die er suchte.

Enttäuscht ließ er sich auf einen der Tische vor der Tür der Schenke sinken, die auch nachts draußen standen, weil die Scharwächter gern einmal etwas gegen den Durst tranken und sich dabei hinsetzten. Er hieb mit der flachen Hand auf den Tisch – und kurz darauf erschien der Wirt und musterte ihn.

»Einen Krug Bier!«, sagte er in einem Ton, der keinen Zweifel daran ließ, dass er das Befehlen gewohnt war. Als der Mann sich nicht rührte, kramte er in seiner Tasche, zog eine Münze hervor und warf sie ihm zu. Geschickt fing der Wirt sie aus der Luft auf, nickte und verschwand im Inneren.

Es dauerte nicht lange, dann standen die Frauen und Mädchen, an denen er eben noch interessiert und neugierig vorübergeschlendert war, vor seinem Tisch.

»Gefall ich dir?«, lockte eine Dunkelhaarige, über deren rechte Wange sich eine rote Narbe zog.

»Hau ab«, fuhr Anton sie an.

»Was fällt dir ein?«, zischte sie, machte aber auf der Stelle kehrt, die Nase in die Luft gereckt.

»Ich kann verstehen, dass dir das Narbengesicht nicht gefällt«, meldete sich sofort die Nachbarin. »Aber schau dir meine Brüste an, Kleiner. Darin kann man ertrinken.«

Sie spreizte mit der Hand ihr Hemd und gab den Blick auf ein wogendes Meer an Fleisch frei.

»Lass mich in Ruhe!«, fauchte Anton und sah dem Wirt entgegen, der einen Humpen Bier brachte und vor ihm abstellte.

»Stören sie Euch, Herr?«

»Nein. Ich komm schon zurecht«, murmelte Anton, obwohl er die Frauen am liebsten alle verscheucht hätte. Er setzte an und leerte den Humpen mit einem Zug. Jetzt erst merkte er, wie durstig ihn diese Nacht gemacht hatte.

Die Frauen wechselten sich ab, doch keine blieb, weil er sie alle mit barschen Bemerkungen vergraulte. Würde er auch nur eine von ihnen als Vorbild nehmen, wäre der Brunnen das Abbild des Hexentors bei der Barfüßerkirche. Eine gruselige Vorstellung.

Das Wertachbruckertor wurde geöffnet, und immer mehr Menschen strömten in die Stadt. Antons Blick blieb an den Gesichtern hängen und staunte, wie sehr die Welt in Hässlichkeit ertrank. So hatte er sie noch nie gesehen. Die Frauen waren abgearbeitet und verwelkt. Ihre Haut war – wenn sie nicht vor Schmutz strotzte – faltig und grob, mit Pusteln, Unreinheiten wie Warzen und Haaren bedeckt. Wirkliche Schönheit war rar, so selten, dass ihr Fehlen unter diesem Strom von Menschen schmerzte.

Schließlich stemmte sich Anton hoch. Er wusste, wo er eine Schönheit finden würde, die er als Brunnenfigur verwenden konnte. Zumindest konnte er sie als Grundlage dafür nehmen.

Grob stieß er die letzten Frauen zurück, die sich ihm genähert hatten und erntete böse Bemerkungen. Doch er kümmerte sich nicht drum. Er lief den Weg hoch und bog in die Gasse ein, in der er die Flößerin beobachtet hatte.

Die Gasse hier schien unberührt, jungfräulich, was Lärm und Menschen anbelangte. Kaum hatte er es sich in einer Toreinfahrt gemütlich gemacht, trat Ann-Kathrin Biechler aus dem Tor. Geistesgegenwärtig zog er sich zurück. Daraus, dass sie sich immer wieder neugierig umschaute, schloss er, dass sie ihn nicht gesehen hatte.

Als sie losging, wartete er kurz, bevor er wieder hinter ihr herschlich. Warum er das tat, konnte er selbst nicht recht sagen. Er hätte sie einfach ansprechen können. Sicher war sie erstaunt darüber, dass er noch lebte, schließlich nahm sie bestimmt an, er sei ertrunken. Er hing diesem Gedanken nach, warf nur ab und zu einen Blick nach vorn – und hatte sie nach zwei Biegungen aus den Augen verloren.

Wo war sie hin? Hatte sie ihn womöglich doch entdeckt? Oder war sie nur die Idee schneller gewesen, die es verhinderte, ihr nachzusteigen?

Anton fluchte. Oft durfte ihm das nicht unterlaufen. Er spähte ringsum, hastete vorwärts, ging zurück, aber von Ann-Kathrin war nichts mehr zu sehen.

Kurz überlegte er, dann kam ihm der Gedanke, dass sie womöglich zu den Flößern gehen und diese auszahlen würde. Sie wäre demnach zur großen Floßlände unterwegs – und vielleicht würde sie von dort aus in Richtung Lechbruck weitergehen. Wenn er sie erreichen wollte, musste er sich also beeilen.

Im Laufschritt, der noch gerade so nicht als unziemliche Eile ausgelegt werden konnte, hastete er vorwärts. Den Mönchen, denen er in der Domstadt begegnete und die mit gemessenem Schritt einhergingen, entlockte er ein Kopfschütteln. Welch ein Frevel war es, dem Herrn auf diese Art den Tag zu stehlen, nur weil jemand glaubte, Eile verkürze etwas, was ohne Eile nicht ebenso vollbracht werden konnte.

Anton bog zum Barfüßertor ab und lief, so schnell er konnte, den Hang hinunter und auf das Jakobertor zu. Doch vor ihm sah er nichts von der Flößerin, nicht einmal einen Rockzipfel. Er musste eine kleine Weile warten, bis auch dieses Tor freigegeben wurde. Als die Flügel aufschwangen und das Gitter hochgezogen wurde, schnellte Anton wie ein von der Sehne abgeschossener Pfeil zum Tor hinaus und auf die Floßlände zu. Doch auch hier entdeckte er sie nicht, so sehr er auch umherspähte.

Wo war sie nur hin?

Er setzte sich an der Abzweigung auf einen umgestürzten Baumstamm, der Myriaden von Holzwürmern zu beherbergen schien. Je länger er darüber nachdachte, desto törichter erschien ihm diese Idee, Ann-Kathrin bei den Flößern zu suchen. Woher sollte sie das Geld haben, um die Männer auszuzahlen? Aber wenn sie doch dahin unterwegs war, würde sie unweigerlich an ihm vorüberkommen.

Er griff sich einen Stock und sein Messer und begann, gedankenverloren zu schnitzen. Er dachte dabei über die Göttinnen nach, die er zeichnen und gießen würde. Über ihre Attribute, den Haarschmuck, die Dinge, die sie in Händen halten sollten, ihre Kleidung, die nackten Brüste, die langen Hälse. Schönheiten sollten es werden, die den Frauen eine Röte und den Männern Verlegenheit und Schmunzeln in die Gesichter zeichnen mussten.

Ein Kreischen und Rufen ließ ihn auffahren. Er hatte die Zeit verloren.

Als er aufsah, blickte er in die Augen einer Füchsin, die ihn neugierig musterte. Wie lange sie schon dort gestanden und ihn beobachtet hatte, konnte er nicht sagen. Schließlich schnürte sie ohne eine weitere Regung an ihm vorüber und verschwand im Unterholz.

Er blickte überrascht hoch. Was war das für ein Geschrei gewesen? Er erhob sich und lief in Richtung des Lärms. Doch die Stimmen verstummten, und er hörte nur noch, wie mehrere Männer in wilder Flucht durch den Auwald brachen. Das machte ihn vorsichtig. Die Gegend war voll Gesindel, und er sollte vorsichtig sein.

Einer Eingebung folgend, hielt er kurz inne. Zumindest musste er nachsehen, ob Ann-Kathrin die Floßlände vor ihm erreicht hatte. Er machte sich also auf den Weg zum Lech hinunter, als wieder ein spitzer Schrei ertönte. Das war eine weibliche Stimme, die er kannte: Ann-Kathrin! Er beschleunigte seine Schritte und eilte zu dem Weg, der hinunter zum Ufer führte. Beinahe wäre er aus dem Auwald getreten und hätte sich auf die Männer gestürzt. Ein völlig unsinniges Unterfangen, denn es waren zu viele. Aber er hatte recht gehört. Es war die Flößerin. Wie war sie vor ihm aus dem Tor gekommen?

Durch das Stangendickicht der Weidensprösslinge sah er auf die Lände hinaus. Auf der standen drei Männer, die Hände in die Hüften gestemmt. Ein vierter hatte das Mädchen mit den Armen umfangen und hielt es fest. Sie schrie wie am Spieß.

Anton war wie gelähmt. Gegen diese Übermacht würde er nicht ankommen. Wenn er sich einmischte, bestand die Gefahr, dass sie ihm die Arme und Beine brachen. Und das konnte er nicht gebrauchen. Also zog er sich weiter in die Büsche zurück.

Abrupt brachen Ann-Kathrins Schreie ab, dafür hörte er kurz danach Männer durch das Dickicht brechen. Offenbar hatten sie ihn entdeckt. Anton drehte sich um und rannte los.

4

AUGSBURG, FLOSSLÄNDE

Ann-Kathrin blieb fast das Herz stehen, als der Mann sie umfasste und an sich drückte. Sie roch Schweiß und Leder, Holz und Wasser, Harz und Bier, Gerüche, die sich in Kleidung gefressen hatten, wie sie vor allem Menschen außerhalb der Stadt trugen: Gesindel, Landfahrer, fahrendes Volk.

Sie wollte sich losreißen, aber gegen die Pranken und Arme, die sie festhielten, kam sie nicht an, obwohl sie wie wild um sich schlug und schrie.

Da hatte sie ihren Verfolger abgehängt, die beiden Wegelagerer überwunden und war dann einem dritten Mann direkt in die Arme gelaufen. Sie schrie allein deshalb, weil sie es als ungerecht empfand, so in die Falle getappt zu sein.

»Du hast dir aber Zeit gelassen«, hörte sie eine tiefe Stimme in ihren Verstand dringen. »Was macht dir Angst, Annka?«

Annka? Ihren Kosenamen kannten nur wenige. Ihr Widerstand brach, ihre Muskeln entspannten sich. Sie versuchte, ruhiger zu atmen, wieder zu Sinnen zu kommen – und schließlich hob sie den Kopf und erkannte durch den Tränenschleier Büchserl, den Flößer ihres Vaters.

Heftig atmete sie aus und strich sich übers Gesicht.

»Du kannst mich ... mich loslassen, Büchserl!«, keuchte sie, wäre aber beinahe in die Knie gegangen, als Büchserl sie wieder auf den Boden stellte.

»Wegelagerer!«, presste sie hervor. »Sie waren hinter mir her!« Der Flößer rief zwei Männern etwas zu, die den Hang hoch und in den Auwald hineinliefen. Kurz darauf hörten sie ein Kreischen und Schreien, dann war alles wieder ruhig.

»Wir haben den ganzen Abend auf unser Geld gewartet, Annka«, sagte er ruhig, ganz ohne Anklage. Aber man merkte ihm an, dass er nicht gerade bester Stimmung war.

»Ich bin nicht mehr aus der Stadt herausgekommen«, schwindelte sie.

Ein Lächeln zog über Büchserls Gesicht, die Falten in den Augenwinkeln und auf der Stirn vertieften sich. »So nennt man das also, Mädchen. Glaubst du, wir haben nicht mitbekommen, was ihr beiden da für ein Spiel gespielt habt?« Er lachte. »Aber gut gemacht. Und wenn sich dann noch ein gewisses ... Vergnügen ... angeschlossen hat ...«

Weiter kam er nicht, denn Ann-Kathrin stampfte mit dem Fuß auf und hieb ihm mit der Faust gegen die Brust. »Wehe, du verbreitest hier Gerüchte, Büchserl. Dann ... dann ...« Sie sah, wie sich seine Augenbrauen hoben, als warte er gespannt, was sie sagen wollte. »Dann geb ich auch deinen Anteil den anderen.«

Die beiden Männer, die er ausgeschickt hatte, kamen gerade zurück und hatten offenbar alles mit angehört. Ein Gelächter breitete sich aus, das so herzlich war, dass Ann-Kathrin wieder die Tränen in die Augen traten.

»Also gut. Wir sagen nichts. Aber jetzt zum Geld. Wir haben lange genug darauf gewartet.« Die Männer stemmten die Hände in die Hüften und starrten sie an. »Oder gibt es Probleme?«

Sie starrte zurück. »Ja, die gibt es«, fauchte sie. »Los, umdrehen! Alle!«

Wie auf Kommando kehrten ihr die Männer den Rücken zu. Ann-Kathrin drehte sich ebenfalls und hob den Rock, um an den Geldsack zu kommen. Zwei zusätzliche Kupfermünzen holte sie für ihren nächsten Besuch aus dem Beutel des Vaters.

Als sie sich wieder umwandte, blickte sie in die anzüglich grinsenden Gesichter von vier Männern.

»Du glaubst doch nicht, wir spielen Blinde Kuh?«, sagte Büchserl. »Wir drehen uns um, und du haust ab!«

»Was für ein Unsinn!«, fauchte Ann-Kathrin. »Aber wenn ihr auch nur irgendwas gesehen habt, was euch nichts angeht, sollen euch die Augen ausfallen!«

Wieder lachten die Männer gutmütig.

»Oh, dann wären wir alle schon blind, Kindchen«, gluckste Büchserl.

Sie nickte nur, strich sich den Rock glatt und warf ihm einen der Beutel mit den Münzen zu.

»Verteil das Geld gerecht, Büchserl, wie es mein Vater getan hätte«, betonte sie. »Ihr könnt nach Hause gehen.«

»Kommst du nicht mit?«, fragte der Flößer erstaunt.

Langsam schüttelte Ann-Kathrin den Kopf. »Ich muss zu meinem Vater.«

»Jetzt mach dir mal keine Sorgen. Die lassen den alten Biechler schon wieder laufen. So ein paar Tage Ruhe werden ihm guttun.«

Die Männer grinsten und nickten.

Ann-Kathrin wusste, dass es jeder von ihnen schon einmal mit der Obrigkeit zu tun bekommen hatte. Keiner war ein unbeschriebenes Blatt. Ob wegen Schlägereien in der Wirtschaft, angeblichen Veruntreuungen oder gar Zechprellereien – sie hatten alle schon gesessen und ganze Wochen auf ihre Freilassung gewartet. Häufig genug hatte ihr Vater sie ausgelöst. Doch diesmal saß er im Turm – und was üblicherweise als Auszeichnung galt, war in diesem Fall eine Katastrophe.

»Versauft nicht alles auf dem Weg nach Hause«, mahnte Ann-Kathrin und sah, wie die Männer verlegen die Köpfe senkten. »Vielleicht braucht euer Floßmeister eure Hilfe. Da wäre es schön, wenn noch die eine oder andere Münze zusammenkäme.«

Büchserl blickte in die Runde, dann wandte er sich ihr zu und nickte. »Versprochen. Wir halten uns zurück.«

Mit raschen Bewegungen strich sie noch einmal über ihren Rock, dann drehte sie sich um und ging in Richtung Jakobertor davon. Büchserl und ein weiterer Mann begleiteten sie bis vor das Tor.

»Ab hier brauche ich euch nicht mehr«, sagte Ann-Kathrin. »Ich werde versuchen, zu meinem Vater zu kommen. Geht nach Hause und verseht unsere Arbeit.« Leise fügte sie hinzu: »Danke.«

Damit schritt sie energisch auf das Tor zu. Noch bevor der Wachsoldat die Stimme heben konnte, winkte sie ab. »Ann-Kathrin Biechler!«, sagte sie unwirsch. »Ihr kennt mich!«

Verblüfft ließ er sie ohne weitere Einwände passieren.

Kurz nach dem Tordurchgang trat sie zwei Schritte zur Seite und blieb stehen. Mit dem geschärften Blick einer Flößerin schaute sie prüfend über den Platz. Hier irgendwo musste das Geld ihres Vaters sein. Das Geld, das er eigentlich von dem Fugger hätte bekommen sollen.

In ihrer Hand ließ sie zwei Kupfermünzen umeinander kreisen, was ein schabendes Geräusch verursachte. Diesmal würde sie vorbereitet sein.

Dennoch konnte sie sich nicht entschließen weiterzugehen. Wo um alles in der Welt hatte ihr Vater den zweiten Beutel verborgen? Sie musterte jedes Haus, besah sich jeden Heiligen, der in die Mauernischen der Häuser gestellt worden war, betrachtete den Brunnen, der die Mitte des breiten Weges zum Tor bestimmte. Nirgends fand sich eine Möglichkeit, einen prallen Beutel rasch und ohne, dass es jemand bemerkte, auf Dauer verschwinden zu lassen. Allerdings hatte sie ihren Vater auch nicht entdeckt, als sie in die Schenke kam. War er in einem der Häuser gewesen oder in einer der Nebengassen?

Unwillkürlich schüttelte sie den Kopf. Ihr Vater war ein netter Mensch, aber misstrauisch. Niemandem außer vielleicht ihr selbst und ihrer Mutter hätte er Geld anvertraut. Da ihre Mutter tot war, blieb nur sie. Ihr hatte er aber nur einen Teil des Geldes weitergereicht. Es musste also eine andere Lösung geben. Eine einfachere, auf die sie nur nicht kam.

Kurz trat sie in den Schatten zurück, denn der Wirt erschien in der Tür und blickte mit seinem unruhigen Auge umher, als suche er nach jemandem. Sie wusste, nach wem er Ausschau hielt: nach ihr! Gott sei Dank zogen ihn gleich darauf drei Männer zurück in die Schankstube.

Ann-Kathrin wartete noch einige Augenblicke, dann stieß sie sich von der Mauer ab und scheuchte dabei vier Tauben auf, die vor ihr auf dem Boden Körner aus den Pferdeäpfeln pickten, die dort lagen. Sie flogen hoch und steuerten das Dach eines Gebäudes an, das ganz in der Nähe lag. Ihr pfeilschneller und präziser Flug beeindruckte Ann-Kathrin. Eine enge Gasse führte am Haus entlang und ließ den Pfahl eines Taubenhauses erkennen, das dahinter in einem Gartengrundstück stand. Sofort lief ihr das Wasser im Mund zusammen. Sie würde ihren Vater bitten, auch bei ihnen ein Taubenhaus aufzustellen. Die Tiere flogen nicht nur elegant, sie schmeckten auch gut, wenn man ihrer habhaft wurde. Und ein Taubenhaus bot dafür die beste Möglichkeit.

Sie machte sich auf den Weg, und spazierte auf das Barfüßertor zu, hinter dem im Osten die spitzen Türme von St. Jakob aufragten.

Die Pilgerströme, die dort auf ihrem Jakobsweg Station

machten, würden erst in einigen Wochen wieder anschwellen. Jetzt im frühen Frühjahr war es noch zu kalt, um im Freien zu übernachten. Ann-Kathrin erinnerte sich mit Grauen an ihre erste Augsburger Nacht vor dem Tor. Dort hatte sie sie die Pilger bereits von Weitem wahrgenommen. Auch jetzt stieg ihr der besondere Geruch nach Schweiß, gepaart mit Weihrauch, in die Nase. Aus der Tür der Kirche drang leises Gebetsgemurmel, und aus dem Pilgerheim dahinter vernahm sie ein Husten und Keuchen.

An einem der Stände bei der Kirche kaufte sie Brot und etwas Kraut aus dem beistehenden Fass, das sie sich in ihr Kopftuch einbinden ließ. Es tropfte zwar, aber sie hielt es geschickt von sich weg.

Mit gesenktem Kopf stapfte sie weiter. Keine hundert Fuß vor ihr stieg der Weg zum Schuldturm an, und Ann-Kathrin hörte schon das Wehklagen der Gefangenen.

Sie lief auf die hölzerne Pforte zu, vor der sie schon einmal gescheitert war. Sie zögerte so lange, bis die Münze in ihrer Hand brannte und das Kraut ihr auf die Schuhe suppte.

Endlich fasste sie sich ein Herz und hieb mit der Faust fest gegen das Türholz. Auch diesmal dauerte es drei Schläge, bis sich dahinter etwas rührte und die Tür geöffnet wurde.

Es war wieder der mürrische Leberkranke, der sie am Vortag abgewiesen hatte. Mit seinem massigen Körper versperrte er ihr den schmalen Zugang. Seine linke Hand war leicht nach außen gedreht und geöffnet wie die Almosenbüchsen in der Kirche. Er musterte sie wortlos von oben bis unten.

»Schon wieder das Gör vom Biechler Hans«, sagte er schließlich, da sie kein Wort hervorbrachte. »Hartnäckig. Du bringst mir was zu essen?«

Ann-Kathrin, die eigentlich gelassen hatte bleiben wollen, stampfte mit dem Fuß auf. »Es ist für meinen Vater«, stieß sie hervor. »Und ich will es ihm selbst bringen.«

»So ist das also!«, brummte der Wärter, rührte sich aber nicht von der Stelle, bis Ann-Kathrin ihre Hand hob und den Pfennig in die halb offene Handfläche des Mannes fallen ließ. Er betrachtete die Münze erst gar nicht, sondern steckte sie einfach ein und machte den Weg frei.

Ann-Kathrin betrat die Stube dahinter. Der Mann deutete zu einer Treppe. »Oben nach links!«, gab er ihr mit. »Du findest ihn dann schon.«

Sie nickte nur und lief die schmalen Treppen empor, deren Wände unangenehm nahe rückten, als wollten sie sie mit ihren steinernen Händen zurückhalten. Nach einer Biegung öffnete sich der Raum und gab einen weiteren, breiteren Gang frei, in dem auf der linken Seite Gitterzellen eingebaut waren. Kaum hatten die Gefangenen Ann-Kathrin erspäht, reckten sich ihr Hände entgegen, und ein unglaublicher Gestank umfing sie. Sie musste sich ganz nah an der gegenüberliegenden Wand entlangdrücken, um nicht zu Boden geworfen zu werden.

»Vater!«, schrie sie in ihrer Angst, womöglich Brot und Kraut aus den Händen gerissen zu bekommen.

»Hans Biechler!«

»Hier!«, hörte sie aus einer der hintersten Gitterzellen. »Ich bin hier!«

Sie hastete vorwärts und wäre beinahe an der Zelle des Vaters vorbeigelaufen, wenn nicht seine Stimme sie aufgehalten hätte.

»Was machst du hier, Kind?«, fragte der Flößer heiser. »Bist du verrückt geworden?«

»Ich … hier … etwas zu essen!«, stotterte sie.

Langsam gewöhnten sich ihre Augen an das Halbdunkel des Raumes. Ihr Vater sah zum Fürchten aus. Seit er am Pranger gestanden hatte, hatte er sich nicht waschen können. Das Haar war noch immer verklebt, und er stank nach den fauligen Eiern, die man nach ihm geworfen hatte. Sein Gesicht war verschmiert,

Hemd sowie Hose starrten vor Dreck. Sein Gesichtsausdruck war angespannt, aber ruhig. Nur seine Augen leuchteten klar und offen wie immer.

»Willst du es mir auch geben?«, fragte er sanft.

Erst jetzt bemerkte Ann-Kathrin, dass sie ihr wertvolles Mitbringsel krampfhaft von den Gitterzellen weghielt. Sie nickte und reichte das Wenige an ihren Vater weiter. Noch nie in ihrem Leben hatte sie ihn so gesehen.

Um sie herum lärmten und tobten die Mitgefangenen, forderten ebenfalls etwas zu essen, rüttelten an den Stäben, rumorten und schlugen mit Gegenständen gegen das Eisen.

Ann-Kathrin blickte verzweifelt auf ihren zerschundenen Vater. Sie musste die verdammten Frachtpapiere auftreiben, damit er endlich freikäme.

»Ich muss Euch etwas fragen, Vater«, begann sie, während er heißhungrig Brot und Kraut hinunterschlang.

Beinahe schlagartig war es still in den Zellen. Die Neugier war fast zu greifen. Alles hielt die Luft an, selbst der schier unerträgliche Gestank schien etwas abzuflauen.

Hans Biechler hob den Kopf, musterte seine Tochter und schüttelte ihn dann leicht. Frag nicht, schien er ihr sagen zu wollen. Frag nicht! Doch Ann-Kathrin wusste nicht, was sie nicht fragen sollte.

Sie setzte an, sah, wie er eine Augenbraue hob, brach ab und holte erneut Luft. Schließlich konnte sie nicht anders. Was sollte schon dabei sein?

»Habt ihr, als ihr mich vom Flussufer weggeholt habt, die schwarze Tasche mit den Frachtunterlagen bei mir gefunden?«

Sie sah, wie sich auf dem schmutzverkrusteten Gesicht ihres Vaters so etwas wie Erleichterung breitmachte. Er schüttelte heftig den Kopf. Doch bevor er etwas sagte, saugte er den bitteren Saft des Krauts aus ihrem Tuch und gab es ihr zurück.

»Nein. Wir haben dich nur von den Felsen bei einer Kiesbank gepflückt. Du hattest dich schon gerettet.«

Ann-Kathrin blickte nach innen, versuchte wieder, sich an die Situation nach dem Floßunfall zu erinnern.

Ja, sie war im eisigen Lechwasser ans Ufer geschwommen und auf Felsen geklettert. Und dann war da etwas gewesen, das sie nicht einordnen konnte, bevor sie das Bewusstsein verlor. Sie hatte … hatte …

Plötzlich sah sie ihren Vater an, und ihr war klar, was sie getan hatte.

»Wie lange werden sie Euch noch festhalten, Vater?«, fragte Ann-Kathrin. »Sollen wir für Euch sammeln?«

Energisch schüttelte er den Kopf.

»Sie können mir nicht nachweisen, dass ich etwas falsch gemacht habe. Sie halten mich hier eine Woche, vielleicht zwei, fest und werfen mich dann auf die Straße.«

Ann-Kathrins Hand mit dem noch feuchten Krauttuch fuhr nach oben und bedeckte ihren Mund. »So lange?«

»Ich werd's aushalten«, entgegnete ihr Vater. Ein warmer Blick fiel auf sie. »Nimm die Männer mit. Geht nach Hause.«

Zuerst schüttelte sie den Kopf, dann nickte sie. Sie würde die Flößer zumindest ein Stück in Richtung Heimat begleiten. Sie würde ein Beweismittel finden und vorzeigen und damit ihren Vater befreien. Es würde keine Woche dauern.

»Geh jetzt!«, befahl der Floßmeister. »Das hier ist kein Ort für dich!«

5

AUGSBURG, IN DER STADT

Manchmal wunderte er sich über die Zufälle, die ihm beschieden waren.

Atemlos war Anton in die Stadt zurückgerannt und hatte seine Verfolger offenbar abschütteln können. Mit auf den Oberschenkeln abgestützten Armen hielt er inne und überlegte, was er nun tun sollte. An die Floßlände zurück konnte er nicht mehr. Dazu graute ihm zu sehr vor den Kerlen dort. Also wandte er sich zur Gießerei. Ihm war die Idee zu einer Figur gekommen. Einer Frauenfigur. Er musste sie zeichnen, brauchte Papier und Zeichenkohle.

Auf dem Weg dorthin überkam ihn der Hunger. Bei St. Jakob würde er sich etwas zu essen gönnen. Vor dem Pilgerhaus gab es immer Händler, die Brot und religiösen Tand verkauften. Mit den Rosenkränzen, die hier angeboten und an den Mann oder die Frau gebracht wurden, konnte man sicherlich die halbe Welt umgürten. Und billiges Brot wurde beinahe kostenlos an die Pilger verteilt. Für Lehrlinge und Gesellen war das immer einen kurzen Umweg wert, wenn sie direkt von der Arbeit kamen und sich nicht allzu sehr von den Pilgern unterschieden.

Verschwitzt und zerlumpt, wie er gerade aussah, stellte er sich in die Reihe der Wartenden und holte sich mit einem kurzen »Lob sei Dir, Christus« ein Stück Brot. Da ihn niemand kannte, fiel auch nicht auf, dass er kein Pilger war.

Kaum hatte er den ersten Bissen im Mund, sah er die Flößerin auf sich zukommen, den Kopf gesenkt und vorgereckt, als müsse sie ihren Schädel mit Gewalt durch die Welt stoßen. Vermutlich bemerkte sie ihn deshalb nicht.

Vorsichtig zog er sich hinter eine Plane zurück, während sie Brot und Sauerkraut kaufte, ohne nach links und rechts zu schauen. Dabei beobachtete er sie, ob sie irgendwelche Anzeichen für eine Misshandlung zeigte. Immerhin hatte sie wie am Spieß geschrien. Aber anscheinend war alles glimpflich ausgegangen.

Dennoch konnte er nicht umhin, sie sich unbekleidet vorzustellen. Und kurz bedauerte er, davongelaufen zu sein. Vielleicht hätte er sich mit den Kerlen verständigen können. Ein Blick hätte ihm genügt, ein Blick für seine Figuren.

Anton schob sich einen Bissen in den Mund und musterte die Biechler-Tochter nachdenklich. Wohin wollte sie? Er steckte den Rest Brot unter sein Hemd und folgte ihr. Bald war eines klar: Ihr Ziel war der Schuldturm am Barfüßertor. Sie klopfte an der Tür und verschwand dahinter, nachdem sie dem Wärter etwas zugesteckt hatte. Vermutlich einige Münzen.

Anton beschloss zu warten. Er zog das letzte Stück Brot aus seinem Hemd und lehnte sich gegen eine Hausmauer. Irgendetwas beunruhigte ihn, was es war, wusste er nicht. Er hielt den Blick auf die hölzerne Pforte gerichtet, deren Zustand das Elend dahinter widerspiegelte: Das Türblatt war zerschunden und am unteren Ende ausgefranst von Fäulnis.

Als die Flößerin wieder aus dem Schuldturm trat, konnte er an ihrem am Gesicht ablesen, dass etwas geschehen war. Ihr entschlossener Blick, die energische Art, wie sie die wenigen Stufen hinunterging und sich in Richtung Handwerkerstadt wandte, unterschieden sich sehr von dem gebeugten Gang und dem gesenkten Kopf zuvor.

Aus der Richtung, die sie einschlug, schloss er, dass sie zu dem Sohn des Brunnenmeisters wollte. Er beschloss, ihr zu folgen.

Immer wieder schüttelte sie den Kopf und schlug sich gegen die Stirn, als könne sie nicht verstehen, warum ihr ein Gedanke erst jetzt gekommen war. Sie murmelte etwas vor sich hin und beschleunigte ihren Schritt immer mehr, bis sie beinahe rannte.

Anton hastete hinter ihr her und versuchte dennoch, so unauffällig zu bleiben wie möglich.

Was um alles in der Welt beschäftigte sie derart, dass sie kaum auf ihre Umgebung achtete?

Plötzlich bremste sie ab und blieb abrupt stehen.

Anton, der hinter ihr hergeeilt war, wäre beinahe in sie hineingelaufen, konnte aber rechtzeitig abbiegen und sich in einen schmalen Spalt zwischen zwei Häuser drängen.

Offenbar hatte sie eine Idee. Sie drehte sich mehrmals um ihre eigene Achse, als müsse sie sich neu orientieren und ihre Gedanken sammeln, und schlug dann den Weg in die Oberstadt ein.

Von all den Kapriolen, die die junge Frau da vollführte, war Anton völlig verwirrt. Seine Vermutung, dass sie zu diesem Vincenz unterwegs war, verpuffte.

Wieder versuchte er, mit ihr Schritt zu halten, doch sie war so schnell unterwegs, dass er sie zweimal aus den Augen verlor. Nur zufällig gelang es ihm, sie wiederzufinden. Erst, als sie die Pferdetreppe hoch zur Wintergasse nahm, glaubte er zu wissen, was sie vorhatte. Von der anderen Straßenseite aus sah er zu, wie sie vor dem Fugger-Palast stand und die Malereien betrachtete. Auch fiel ihm auf der nördlichen Traufseite die Lücke in der Kupferbedachung auf. Ann-Kathrins energisches Nicken bestätigte ihm, dass er richtig gelegen hatte.

Die Flößerin wollte den Regenten des Hauses Fugger aufsuchen – sofern ihr das gelang. Anton zermarterte sich den Kopf, was sie zum Fugger trieb, auf dessen Betreiben ihr Vater verhaftet worden war. Vermutlich hatte Hans Fugger seinen Schwiegersohn Octavianus dazu aufgefordert, hier ein Exempel zu statuieren. Sie konnte ihm nichts bieten, außer einer Entschuldigung. Was also sollte das? Wollte sie um Gnade bitten? Damit würde sie nicht einmal in das Haus gelangen, geschweige denn zu Fugger selbst.

Anton stutzte. Es gab nur eine einzige Sache, die es wert war, Hans Fugger den Jüngeren zu besuchen: Die Biechlerin hatte den Beweis, wem das Kupfer tatsächlich gehörte. Dazu musste sie aber die Kladde haben – und die lag am Grund des Lechs. Oder etwa nicht?

Etwas anderes konnte ihm allerdings Probleme bereiten. Die Kladde war verschwunden, weil er sich selbst hatte retten müssen. Der Vater der Flößerin konnte sie schlecht gefunden haben, denn dann hätte er sie bei sich gehabt und als Beweis für das Fugger-Eigentum vorgelegt. Sie selbst konnte die Papiere nicht versteckt haben, denn auch sie hätte die Kladde wohl mitgenommen. Was also wollte die junge Frau hier?

Kurz lief es ihm eiskalt den Rücken hinab. Wenn es ihr gelänge, Hans Fugger oder gar Octavianus Secundus Fugger zu überzeugen, dann würde sein Lügengebäude einstürzen und seine Karriere als Gießer in dieser Stadt, die so hoffnungsvoll begonnen hatte, abrupt enden.

Um die Flößerin jetzt aufzuhalten, war es zu spät. Er konnte sie allenfalls beobachten und hoffen, dass sie die Unterlagen nicht bei sich hatte.

Anton stopfte sich sein letztes Stück Brot in den Mund, das er vor lauter Hast vergessen hatte, ganz zu essen. Dann lehnte er sich wieder dem Fugger-Haus gegenüber gegen die Hauswand und wartete.

Während er die Malereien betrachtete, die die Fassade schmückten und das Auge verwirrten, ging sein Blick nach innen, und er dachte an die Idee, die ihm gekommen war, an die Frauenfigur.

Er war an dem Holzgestell vorbeigelaufen, das die Stadtväter nach seiner Skizze hatten aufstellen lassen, um den Ort des Brunnens zu kennzeichnen. Selbst das Holzmodell wirkte kahl und leer, und er hatte sich überlegt, wie nackt und bloß die steinerne Balustrade aussehen würde, eine Stein gewordene Anklage an die Einfallslosigkeit und den Geiz dieser Stadt. Flussgötter und Flussgöttinnen mussten sie bevölkern! An jeder Ecke musste eine Figur lagern – und sie mussten so spektakulär werden, dass die Stadt davon sprach. Nein, nicht die Stadt, sondern die Händler und Kaufleute, die aus dem Süden kamen und gen Norden weiterreisten, die Brunnenanlagen in Rom und Florenz, in Siena und Mailand gesehen hatten und Vergleiche ziehen konnten. Die Großartigkeit vor allem von Antons Entwürfen sollten die Fremden bestaunen, solange sie in Augsburgs Mauern weilten. Wenn sie die Tore wieder durchschritten, in welche Himmelsrichtung auch immer, mussten sie darüber sprechen. In den höchsten Tönen. Und sein Name musste fallen. Immer wieder.

6

AUGSBURG, VOR DEM FUGGER-PALAST

Ann-Kathrin verhielt den Schritt. Allein das Gebäude des Fugger-Anwesens flößte Ehrfurcht ein ob seiner Größe und Wuchtigkeit. Die übergroßen Lilien des Familienwappens über dem Tor wirkten wie ausgestreckte Hände, die dazu aufforderten innezuhalten. Wer durch diese Tür trat, dessen Anliegen musste überlegt und gewichtig sein, deuteten sie an. Hier residierte nicht irgendwer, sondern eine Familie, die in den letzten Jahrzehnten mehr Geld verloren hatte, als Hunderte von Kaufleuten in ihrem ganzen Leben verdienten – und dennoch war sie nicht in die Knie gegangen, und ihr derzeitiger Vertreter war eine Macht in der Stadt und ein Mäzen und sein Schwiegersohn sogar Stadtpfleger.

Ann-Kathrin streckte sich und klopfte gegen das Mannloch, den kleinen Durchlass in dem mächtigen Tor. Als sich niemand rührte, stemmte sie sich dagegen, und tatsächlich schwang die hölzerne Tür auf und gab einen Blick ins Innere frei. Sie trat hindurch und stand in einem schmalen hohen Innenhof. Stimmen drangen von oben in die Hofschlucht hinab, und Ann-Kathrin versuchte zu verstehen, was gesagt wurde. Aber die Menschen redeten in einer ihr unbekannten Sprache.

Zögernd ging sie weiter. Im hinteren Teil öffnete sich rechter Hand ein Torbogen, der wiederum zu einem weiteren Innenhof führte. Von dort lockten Musikklänge, und Ann-Kathrin war schon auf dem Weg dorthin, als eine Gestalt aus dem Schatten des Durchgangs trat und sie mehr anbellte, als anrief.

»Wohin so eilig?«

Der Schreck, der ihr in die Glieder fuhr, ließ ihr eine Gänsehaut am ganzen Körper wachsen, und sie zitterte.

»Ich … äh …«, stotterte sie. »Ich muss … Fugger … Kupfer … ich weiß …«

Innerlich schüttelte sie den Kopf über den Unsinn, den sie da von sich gab, aber sie hatte weder ihre Stimme noch ihren Verstand im Griff.

»Ah, ihr wollt zu Hans Fugger«, sagte der Wächter und grinste. »Das ändert natürlich alles.«

Ann-Kathrin lächelte erleichtert. Offenbar hatte er sie trotz ihres unsäglichen Stotterns verstanden.

Er baute sich vor ihr auf. Mit seinem Spieß und dem Lederkoller, das selbst im schattigen Durchgang glänzte, machte er eine beeindruckende Figur. Sie musste zu ihm hochsehen, weil er sie um fast zwei Köpfe überragte. Ein Riese mit dunkler Stimme und einer mächtigen Brust.

Doch irgendetwas an seinem Gesicht ließ sie vorsichtig werden. Ihre Zuversicht schwand. Ann-Kathrin trat einen Schritt zurück, damit sie nicht den Kopf ständig in den Nacken legen musste.

»Wo … wo finde ich den Herrn?«, fragte sie unsicher.

»Wo du den Herrn findest?«, wiederholte der Riese und lachte, wie sie fand, ein wenig unverschämt.

»Ja. Wollt Ihr mir bitte den Weg weisen?«

Sie versuchte, so strahlend zu lächeln, wie es ihr nur möglich war, doch sie ahnte, dass das innerliche Zittern, das sie erfüllte, auch an ihrer Miene abzulesen war.

Der Wächter stützte sich langsam auf seinen Spieß und beugte sich noch langsamer zu ihr herunter.

»Vermutlich hält er gerade seinen Mittagsschlaf. Er ist schon ein älterer Herr. Soll ich ihn wecken?«

Ann-Kathrin stutzte. Jetzt am Vormittag einen Mittagsschlaf? Dennoch griff sie das Angebot auf.

»Gern. Bitte. Es ist dringend.«

Von einem Moment auf den anderen änderten sich Tonfall und Mimik des Wächters.

»Was glaubst du, wie viele solcher … solcher Stromer von deiner Sorte zu meinem Herrn wollen und ihn um seine Gunst anzubetteln versuchen …?«

»Aber ich will ihn nicht anbetteln«, versuchte sie, sich zu verteidigen. »Ich habe etwas für ihn …«

Der Wächter lachte so laut, dass aus einer anderen Ecke des Durchgangshofes ein weiterer Bewaffneter angeschlendert kam.

»Gibt's Ärger, Ullin?«, fragte der Mann, der kleiner und dicker war als der Riese vor Ann-Kathrin. Sie hatte ihn zuvor gar nicht bemerkt.

»Das Gör will zu Hans Fugger«, rief Ullin zurück, ohne sie aus den Augen zu lassen.

Jetzt erst bemerkte sie, wie er sie betrachtete, als sei sie ein Stück Braten, nach dem er sich die Lippen leckte.

»Ich weiß etwas über das Kupfer, das der Flößer …«

»Raus!«, brüllte der Wächter. In seinem Blick spiegelte sich so etwas wie Bedauern. Aber es ist nicht die Enttäuschung, mir nicht helfen zu können, dachte Ann-Kathrin, sondern dass er durch den zweiten Mann in einem Plan gestört worden war. Ullin hatte anderes im Sinn gehabt.

Unwillkürlich musste Ann-Kathrin schlucken. Sie war froh, dass es in diesem Vorhof mittlerweile zuging wie in einem Taubenschlag. Männer und Frauen kamen aus dem Durchgang zum Musikhof. Sie trugen Platten und Krüge in den Händen und betrachteten sie kurz, aber keineswegs misstrauisch. Keinen Lidschlag länger hätte sie mit diesen Kerlen allein sein wollen.

Dennoch versuchte sie es ein letztes Mal.

»Ich bin die Tochter des Lechflößers Biechler, der im Auftrag der Fugger Kupfer …«

Abrupt richtete sich Ullin auf und senkte seinen Spieß.

»Jetzt fängt sie auch noch an zu lügen«, schimpfte er.

Ann-Kathrin traten die Tränen in die Augen. Sie wollte doch nur helfen, wollte Hans Fugger Bescheid geben, was den Verbleib der Besitzurkunden anbelangte, wollte … Doch die beiden Tölpel vor ihr verstanden sie nicht oder wollten sie nicht verstehen. Sich aber der Lüge bezichtigen zu lassen, hatte sie nicht nötig.

»Das werdet Ihr noch bereuen«, flüsterte sie und drehte sich um. Sie stolperte den Weg zurück und wäre beinahe gefallen, wenn nicht ein Herr sie am Arm festgehalten hätte, der ihr entgegenkam.

»Jungfer, was ist mit Euch?«

Durch ihren Tränenschleier hindurch erkannte sie einen Mann, der vielleicht doppelt so alt war wie sie, aber eine Kleidung trug, für die sie ein Leben lang hätte arbeiten müssen. Eine dunkle Samtrobe bedeckte den Leib, ein breiter Pelzbesatz lag um seinen Hals, und auf dem Kopf saß eine perlenbestickte Kappe. Sie wusste sofort, wer der Mann war: Derselbe Ratsherr, der ihr schon einmal eine Abfuhr erteilt hatte und nicht glauben wollte, dass sie lesen konnte.

»Ich … ich muss hier raus«, stotterte sie wieder los und hätte sich dafür ohrfeigen können, nicht klar und ohne Stocken zu reden. »Man wirft mich hinaus.«

Überrascht blickte sich der Mann um, und sein Blick blieb wohl an den Wächtern hinter ihr hängen.

»Habt ihr das junge Ding hier so verängstigt?«, blaffte er die beiden Männer an.

Offenbar konnte er sich an sie nicht erinnern.

»Herr Rembold!«, schallte es in ihrem Rücken. »Sie wollte Hans Fugger belästigen und ihn anbetteln. Wir haben die Order, solches Gesindel vom Packbereich fernzuhalten.«

Der Kaufmann nickte. Dann ließ er Ann-Kathrin los. »Stimmt das?«, fragte er unumwunden.

Mittlerweile hatte sich eine kleine Gruppe Neugieriger um die Szene geschart. Sie musterten die Kontrahenten, flüsterten sich gegenseitig ihre Meinungen hinter vorgehaltener Hand zu, nickten, schüttelten oder reckten die Köpfe.

Energisch verneinte Ann-Kathrin. Kurz räusperte sie sich und besann sich eines Satzes, den ihr Vater ihr immer eingebläut hatte: *Wenn du ein Geschäft machen willst, musst du auftreten, als käme dir die Ansprache des Gegenübers eher ungelegen, weil du in anderen Verhandlungen steckst.*

»Ich bin die Tochter des Flößers Biechler, der im Namen Fuggers Kupfer nach Augsburg gebracht hat. Es wurde von den protestantischen Stadtoberen beschlagnahmt, weil keine Papiere vorhanden waren. Ich weiß aber, wo die Urkunden sind. Zumindest vermute ich es.«

Sie hatte es rasch, ohne Luft zu holen, vorgetragen, indem sie ihren ganzen Mut zusammengenommen hatte.

Plötzlich herrschte eine Stille, die sie beunruhigte. Das Gemurmel und Gezische im Hintergrund hatte schlagartig geendet.

Der Kaufmann, der sie vor dem Hinfallen bewahrt hatte, sah sie an und durch ihre noch immer tränenverschleierten Augen erkannte sie, dass sich sein wohlwollender Blick veränderte.

»Seht Ihr jetzt, Herr Rembold? Was ich gesagt hatte? Gesindel!«, hörte sie Ullin in ihrem Rücken sagen.

Mit einem fortwährenden Blinzeln klärte sich ihr Blick, und sie sah, wie sich die kleine Narbe im rechten Mundwinkel veränderte. Er hatte zu der Delegation des Stadtrats gehört, die ihren Vater verhaftet hatte. Und offenbar erinnerte er sich vage an ihre erste Begegnung. Rembold wollte sie eben noch einmal festhalten, doch Ann-Kathrin wich zurück.

»Was habt Ihr da gesagt?«, hakte er nach. »Ihr wisst ...«

Doch Ann-Kathrins Interesse an der Entdeckung ihres Wissens war verflogen. Rasch blickte sie sich um und schätzte die Möglichkeiten ab, an Rembold vorbeizuschlüpfen und den Ausgang zu erreichen.

Sie war wendig, weil sie wenig am Leib trug, während er in eine schwere Schaube mit Pelzkragen gehüllt war, die ihn schwerfällig machte. Außerdem wurde eben das Mannloch im Tor geöffnet, und eine Magd trug einen Korb mit Gemüse herein.

Die Entscheidung, sich aus dem Staub zu machen, fiel in einem Lidschlagmoment. Ann-Kathrin schoss los. Rembold war zu langsam und griff ins Leere. Seine Drehung behinderte gleichzeitig Ullin, weil er sich dem Wächter unbeabsichtigt in den Weg stellte, und Ann-Kathrin gelangte ungehindert aus der sich gerade schließenden Tür hinaus und ins Freie.

Sie machte sich nicht die Mühe zurückzuschauen, sondern jagte über den Platz hinweg, am Tanzhaus vorbei, verschwand im Waaggässchen, rannte zur Wintergasse und hastete dort entlang. Sie blickte sich kurz um, ob ihr jemand folgte, dann spurtete sie nach wenigen Dutzend Fuß das Butzenbergle hinab, einen schmalen Gang, der die Ober- mit der Unterstadt verband. Erst an dessen Ende hielt sie inne. Sie beugte sich vor und rang nach Atem. Gleichzeitig horchte sie den Hang hinauf, ob irgendwelche Schritte ihr verrieten, dass sie verfolgt wurde.

Aber nichts war zu hören. Zwar glaubte sie zuerst, das Tappen von Schuhen vernommen zu haben, aber alles blieb ruhig. Sie bildete sich offensichtlich schon Geräusche ein.

Langsam gelang es ihr, sich zu sammeln. Wie naiv war sie nur gewesen, zu glauben, sie könnte einfach in das Haus der Familie Fugger marschieren, und alle würden sie mit offenen Armen empfangen und darauf lauschen, was sie ihnen zu erzählen hatte?

Sie musste anders vorgehen. Vorsichtiger sein. Wenn sie ihrem Vater wirklich helfen wollte, dann musste sie misstrauischer sein, überlegen, welche Schritte sie nacheinander unternehmen musste. Sie musste klüger planen und schlauer handeln.

Mit ihrem ruhigeren Atem kehrte auch ihr Denken zurück. Ohne die Urkunden brauchte sie nicht wieder in der Stadt aufzutauchen oder sich Hans Fugger zu nähern. Als Nächstes musste sie die Frachtpapiere auftreiben. Wenn sie die Tasche fand, wäre alles in Ordnung, wenn nicht, müsste sie Geld auftreiben, um ihren Vater aus dem Schuldturm auszulösen. Aber diese Möglichkeit wollte sie erst angehen, wenn sie mit allem anderen gescheitert war.

Sie strich nervös über ihr Kleid, zupfte es zurecht und machte sich auf den Weg.

Sie würde die Stadt nicht durch das Rote Tor verlassen. Wenn Rembold sie dingfest machen wollte, würde er die Wachen als Erstes dorthin entsenden. Also galt es, einen anderen Weg zu finden.

Ann-Kathrin entschied sich für das Schwibbogentor. Es war klein, nebensächlich und wurde von den Flößern oft benutzt. Ihr Vater und sie waren dort bekannt. Hier konnte sie die Stadt verlassen, ohne dass es auffiel, und ebenso wieder hereinkommen.

Mit festem Schritt ging sie darauf zu. Und während sie lief, entwickelte sie Schritt für Schritt den Plan, dem sie folgen wollte.

Als sie den Durchgang betrat und am anderen Ende auf die Brücke hinausging, blieb sie kurz stehen. Eine wilde Ansammlung von niederen Gebäuden versperrte den Blick hinaus auf die Lechebene. Die Welt dort draußen war eine raue. Vor allem für eine Frau. Allein bis Landsberg zu wandern war eine nicht zu vernachlässigende Gefahr.

Der Gedanke ließ sie schlucken. Kurz überlegte sie sich, ob sie nicht umdrehen und zurückgehen und Vincenz aufsuchen sollte. War das Mut, den sie bewies, oder waren es nur Irrsinn und Dummheit, die sich ihrer bemächtigt hatten?

Wieder hörte sie hinter sich ein Geräusch, als würde jemand hinter ihr hergehen, doch als sie sich abrupt umdrehte, war niemand zu sehen außer dem alten Wächter, dem sie vorher schon zugenickt und zugeblinzelt hatte. Er würde sie wiedererkennen, das war sicher.

Nachdem sie tief Luft geholt hatte, setzte sie den Fuß auf die Straße, die sie in die Wagenhals-Siedlung entließ. Wenn sie rasch ausschritt, würde sie sich vielleicht noch Büchserl und seinen Männern anschließen können, die sich nach Lechbruck auf den Weg gemacht hatten.

Sie ging rasch voran, und erst als sie die kleine Siedlung vor dem Roten Tor schon fast durchquert hatte, fiel ihr ein, dass sie nichts bei sich hatte – außer den Sachen, die sie am Leib trug: keinen Wassersack, kein Stück Brot, keine Decke.

Sie griff sich an die Stirn. Die Münzen aus den beiden Beuteln ihres Vaters, die sie zurückgehalten hatte, würden sie zwar bis Landsberg bringen, da war sie sich sicher, aber wenn sie irgendwo auftauchte, allein, als Frau, und Münzen in der Hand hielt, dann war sie vogelfrei. Sie biss sich auf die Lippen. Schon wieder spielte ihr ihre Arglosigkeit einen Streich. War sie für diese Welt womöglich nicht geeignet? War sie zu einfältig, zu vertrauensselig? Wenn sie sich an die Geschichten der Mädchen und Frauen erinnerte, die im Winter am Spinnrocken mit leisen, bebenden Stimmen erzählt wurden, liefen ihr jetzt schon die Schauer über den Rücken.

Zumindest einen Wassersack musste sie sich besorgen und einen Kanten Brot. Außerdem musste sie den Geldbeutel wieder unter ihrem Rock anders platzieren, wenn sie bis Landsberg gehen wollte.

Sie suchte die Katen ab, aus denen die Siedlung vor dem Roten Tor bestand, horchte auf Stimmen. Hier versorgten sich auch die Rottfuhrwerker noch mit Proviant, bevor sie nach Süden aufbrachen, wusste sie. Also musste es irgendwo Vorräte geben.

Ann-Kathrin folgte einem Klopfen und Hämmern, das von der Stadtbefestigung herkam, und schon bald stand sie vor einer Gruppe von fünf Männern, die offenbar gewässerte Deicheln bearbeiteten, die fünf Fuß langen Stämme aufbohrten und ihnen Metallringe aufschlugen.

Mit einer raschen Musterung erkannte sie, dass sie hier zwar nicht an der richtigen Stelle war, aber vielleicht dennoch Erfolg haben könnte. Die Männer hatten eben ein Deichel durchbohrt, waren offenbar mit dem Ergebnis zufrieden und setzten sich gerade an das Ufer des Bachs, um Rast zu halten.

»Darf ich die Herren kurz stören?«, fragte Ann-Kathrin und trat näher. »Ich würde gern etwas Brot und einen Wasserbeutel von Euch kaufen. Ich habe …« Als würden die Köpfe an einer Schnur zu ihr hergezogen, wandten sich alle fünf gleichzeitig zu ihr um, und einer der Männer sprang auf.

Ann-Kathrin erschrak derart, dass sie aufschrie und, ohne zu überlegen, zu rennen begann. Sie spurtete den Weg zurück, den sie gekommen war und überlegte kurz, ob sie in die Stadt zurückkehren oder weiter nach Landsberg laufen sollte.

»Ann-Kathrin! Annka!«, rief es hinter ihr her.

Sie wurde langsamer und blieb schließlich stehen.

»Ann-Kathrin! Was ist denn los? So warte doch.«

Es dauerte einige Augenblicke, bis sie verstand, wer sie anrief.

»Vincenz?«, fragte sie leise und drehte sich endlich zu ihm um.

Sein Gesicht war übersät mit Holzspänen, und seine Kleidung war ebenso damit gesprenkelt. Er sah aus wie ein Waldmensch, dem statt der Haare Holzfasern gewachsen waren.

»Warum bist du nicht bei meiner Schwester? Was tust du hier?«

Ann-Kathrin schluckte und überlegte, was sie antworten sollte.

7

HINTER AUGSBURG

Anton war der Flößerin heimlich gefolgt. Sie hatte sich zwar mehrmals umgedreht, ihn aber nicht bemerkt.

Was um alles in der Welt hatte sie vor?

Als sie die Stadt verließ und in den Wagenhals hinausging, zögerte er kurz, dann aber lief er ihr nach. Er musste wissen, welchem verrückten Plan diese Frau folgte. Außerdem machte er sich innerlich bereits Skizzen. Allein sie von hinten zu betrachten, mit welcher Anmut sie dahinschritt, war ein Vergnügen. Hätte sie keine Holzschuhe getragen, wäre ihr Gang vermutlich noch anziehender gewesen. Er musste an die Frauen der Patrizier im Welschland denken – was für ein Schreiten.

Als sie plötzlich stehen blieb und in die Ansiedlung zurücklief, musste er rasch hinter die Tür eines Schweinekobens springen und sich ducken. Er hätte sie fast berühren können, so nahe ging sie an seinem Versteck vorüber. Und als er gerade dabei war, dieses wieder zu verlassen, rannte sie wie gehetzt erneut darauf zu und blieb direkt davor stehen.

Anton kauerte sich hinter die nur grob zusammengefügte niedrige Stallwand, hinter der sich die Schweine vermutlich über seine Anwesenheit wunderten. Nicht gerade ein angenehmer Ort, um sich zu verbergen, aber ein sicherer.

Ein Mann kam auf die Flößerin zu, und als er sie erreichte, erkannte Anton ihn. Allerdings erst auf den zweiten Blick. Es war dieser Vincenz, der Sohn des Brunnenmeisters. Gleichzeitig konnte Anton etwas von dem Gespräch belauschen, das die beiden führten, wenn er das Ohr an die Stalltür presste.

Ann-Kathrin erzählte dem jungen Mann, was im Fugger-Palast geschehen war, und Anton horchte auf. Die für ihn wichtigste Information war, dass sie offenbar wusste, wo die Urkunden lagen, die er auf dem Grund des Lechs glaubte!

Er durfte die junge Frau nicht mehr aus den Augen lassen! Er musste diese Tasche an sich bringen und deren Inhalt vernichten, sonst vernichtete er ihn. Nur so würde er sich in Augsburg einen Namen als Gießer machen können und weiter Erfolg haben.

Die Flößerin ließ sich dazu überreden, mit Vincenz mitzugehen, und Anton konnte endlich sein Versteck verlassen. Er schnupperte an seiner Kleidung – wenn er bislang nicht aufgefallen war, dann hatte sich das geändert. Er roch selbst wie ein Schweinestall.

Leise fluchend lief er hinter den beiden her und beobachtete, wie sie sich immer heftiger stritten, bis Vincenz ihr ein Stück Brot und einen Wassersack so fest gegen die Brust drückte, dass Ann-Kathrin zusammenzuckte, sich abrupt umdrehte und davonlief, hochrot im Gesicht und mit versteinerter Miene.

Irgendetwas hatte sie verärgert. Anton sah, wie Vincenz ihr nachblickte, wie er die Arme in die Hüften stemmte, sich auf die Lippen biss und schließlich zu seiner Arbeit zurückkehrte.

Da die Auseinandersetzung zwischen den beiden nicht bis zu den Arbeitern zu hören gewesen war, wurde der Sohn des Brunnenmeisters jetzt von den Männern mit einem jovialen Lachen begrüßt und ausgefragt, was denn passiert sei, was die Jungfer so aufgeregt und was er wohl falsch gemacht habe.

Doch Vincenz winkte nur ab und scheuchte die Männer wieder an die Arbeit. Grinsend fügten sie sich den Anweisungen und versuchten, ihn mit Scherzen aufzumuntern.

Anton kümmerte sich nicht weiter um den jungen Mann. Wenn er an seiner Stelle gewesen wäre, dann hätte er alles stehen und liegen lassen und wäre dem Mädchen gefolgt. Aber das tat er jetzt statt seiner! Eile verspürte er keine mehr, denn er wusste, wohin sie gehen würde: nach Landsberg.

Mit einem Mal wurde ihm bewusst, dass er nicht auf diese Wanderung vorbereitet war.

Kurz überlegte er, was zu tun war, dann entschied er sich, zurückzugehen, sich sein neues Bündel, einen Wassersack, etwas zu essen zu holen und natürlich Skizzenpapier und Zeichenkohle mitzunehmen und ihr dann wieder zu folgen. Sie war langsam. Mit seinem flotten Walzgang würde er sie in einem halben Tag wieder einholen, wenn er sich beeilte. Allenfalls zwei Stunden Vorsprung würde sie herauslaufen können. Mehr nicht. Und da sie arglos war, könnte er sie sicher rasch erreichen und beobachten.

Mit einem Lächeln auf den Lippen kehrte er um und lief in die Stadt zurück, durch das Handwerkerviertel und hinauf in den Pfaffenwinkel zur städtischen Gießerei.

Kaum hatte er die Werkstatt betreten, als ihn der Gießermeister, der am Ofen stand und eine Schmelze beobachtete, anfuhr.

»Auch schon aus den Federn, Kerl? Wo bleibst du? Wir haben zu tun.«

Anton verdrehte die Augen. Das konnte er jetzt nicht gebrauchen.

»Ihr habt zu tun, Meister Wagner«, sagte er forsch und ging an ihm vorbei. »Ich habe einen Auftrag der Stadt. Fragt bei Rembold nach. Er wird Euch Bescheid geben.«

Anton hoffte, dass seine kleine Lüge keine Folgen haben würde. Aber ein Magistratsname sorgte meist für einen gewissen Respekt. Und der Hinweis auf die Holzform des Brunnens konnte bei grober Betrachtung als Auftrag verstanden werden.

Dem Stadtgießer blieb der Mund offen stehen über die unverschämte Art seines Gesellen. »Was soll das heißen?«

Nur mit einem halben Ohr hörte Anton ihm zu. Gleichzeitig sammelte er seine Ausrüstung zusammen. Erst als er wieder vor Wagner stand, gab er Antwort.

»Das, was ich gesagt habe. Es gibt Wichtigeres, als Euch zur Hand zu gehen. Ihr habt doch noch einen Lehrling. Ich muss wieder weg. Sofort. Magistrat Rembold. Ihr versteht?«

Kaum hatte er das gesagt, musste er sich ducken, denn der Meister hatte ausgeholt und wollte ihm eine Ohrfeige verpassen, die ihn über die halbe Werkstatt hinweggefegt hätte.

So kam nur Wagner ins Straucheln und wäre um ein Haar in die Bronzespeise gefallen, wenn Anton ihn nicht an der Kleidung gepackt und zurückgerissen hätte.

Das war Anton nun doch zu viel. Er trat näher zu dem Meister, der den Schreck noch verdauen musste und etwas wie einen Dank murmelte.

»Tut das nie wieder!«, zischte Anton. »Nie wieder! Oder ihr werdet es bereuen. Halb blinde Gießer wie Euch gibt es zuhauf.«

Wagner nickte verblüfft. Anton wandte sich um und lief direkt Hubert Gerhard in die Arme.

»Wie gut, dass Ihr hier seid, Haderer!«, tönte der, schlug ihm auf die Schulter und schloss ihn in die Arme. »Wir brauchen jetzt jede Hand!«

»Aber …«, begann Anton und versuchte, sich aus der Umklammerung zu winden.

»Kein Aber, kein Wenn. Wir befreien heute unseren Augustus aus seiner Hülle, Mann!«

Anton wurde zurückgezerrt und neben einen der Schlegel gestellt, die schon vor der Sandgrube aufgereiht standen. Gegen Hubert Gerhard konnte er nicht angehen. Ihn brauchte er noch.

Mattheis hatte die Figur freigeschaufelt und stand schweißüberströmt neben der Grube.

»Auf jetzt«, rief Hubert Gerhard. Sein rotes Gesicht strahlte wie eine kleine Sonne.

Er nahm den Schlegel und hieb als Erster gegen die Brust des Kaisers. Ein dumpfer Klang ertönte, und etwas von der Tonumhüllung splitterte ab.

Anton glaubte sich in einem falschen Traum gefangen. Innerlich fluchend blieb ihm nichts weiter übrig, als gute Miene zum bösen Spiel zu machen. Wenn er jetzt nicht mithalf, verspielte er bei Gerhard seinen guten Namen.

»Ich habe mir Euren Widder noch mal angesehen. Wir nehmen ihn in den Brunnen auf«, stieß Gerhard stoßweise im Rhythmus seiner Schläge hervor.

In dem Moment wusste Anton nicht, ob er jubilieren oder in Tränen ausbrechen sollte. Wie ein Berserker hieb er auf die Umhüllung ein, und bald schon schimmerte unter dem rötlichen Tonmantel das Gold der Bronze hervor.

8

AUF DER STRASSE NACH LANDSBERG

Ann-Kathrin war sich sicher. Sie wurde verfolgt.

Sie hatte sich kurz in die Büsche geschlagen, sich entkleidet, alle Münzen in einen Beutel getan und den so um ihre Hüfte gebunden, dass er nicht mehr an ihrem Bauch scheuerte. Dann hatte sie sich auf dem Waldboden ausgestreckt, um sich einen Plan zurechtzulegen, und musste wohl kurz über ihren Gedanken eingenickt sein. Als sie danach wieder auf den Weg zurückgegangen war, hatte sie ihn gehört.

Zwar hielt ihr Verfolger immer dann inne, wenn sie selbst auch anhielt, aber die kurzen Verzögerungen, mit der dies erfolgte, ließen keinen Zweifel zu. Irgendjemand war hinter ihr her. Sie beschleunigte ihren Schritt, versteckte sich einen Moment lang, um ihn vorbeizulassen, rannte blitzschnell zurück, doch ganz gleich, was sie versuchte, sie konnte den, der ihr nachstellte, weder entdecken noch abschütteln. Sie verließ sogar den Weg, und schlug eine andere Richtung ein, nach Westen statt nach Süden, aber selbst das half nichts. Es kostete sie nur Zeit.

Auch ihr Versuch, Büchserl mit seinen Männern zu erreichen, glückte nicht. Entweder waren die Männer noch nicht aufgebrochen oder schon in der Nacht losgegangen und hatten einen uneinholbaren Vorsprung. Der Plan, sich in den Schutz der Gruppe zu flüchten, schlug also ebenfalls fehl. Ann-Kathrin überlegte, wie sie ihrem Verfolger entkommen könnte, und versuchte, die Panik, die langsam in ihr aufstieg, niederzukämpfen.

Schließlich hob sie einen dicken Ast auf und suchte sich einen Baum, an dem der Weg vorüberführte und einen leichten Knick machte. Sie versteckte sich hinter dem Stamm und wartete. Eben noch hatte sie die Schritte gehört, das leise Knacken von Ästchen und das Klicken von Kieseln auf dem Weg, dann war es still. Sie hielt den Atem an, um auch das leiseste Geräusch wahrnehmen zu können, aber es rührte sich nichts mehr.

Konnte ihr Verfolger durch Bäume sehen? Roch er, dass sie sich hier versteckte? Sie wartete mit geschlossenen Augen und wachen Sinnen – und hätte beinahe aufgegeben, als sie links von sich etwas knacken hörte. Ihr Körper spannte sich an. Sie versuchte, das Atmen ganz einzustellen. Hatte sie sich getäuscht? Nein. Tatsächlich schien etwas links vom Stamm auf sie zuzukommen. Leise und vorsichtig, aber mit deutlich hörbaren Schritten. Sie atmete leise durch den Mund und versuchte, zu spüren, wie nah ihr Verfolger war – und als beinahe direkt neben ihrem Ohr ein Zweig brach, holte sie aus und ließ den Holzknüppel nach hinten sausen.

Ein Schrei holte sie in die Gegenwart zurück.

Es dauerte, bis sie bemerke, dass sie selbst geschrien hatte. Ihr Knüppel war an einer Efeuranke hängen geblieben und ihr vom eigenen Schwung aus der Hand gerissen worden. Dafür starrte sie ins Gesicht eines Mannes, der sie mit aufgerissenen Augen anstarrte.

»Bist du wahnsinnig? Du hättest mich umbringen können!«, fuhr Vincenz sie an.

»Du?« Ann-Kathrin hätte verblüffter nicht sein können. »Was machst du hier?«

»Ich habe ein Auge auf dich. Allein auf dieser Strecke! Als Frau. Bist du verrückt?«

Jetzt erst bemerkte sie, wie ihr Herz raste und ihre Beine nachzugeben drohten.

»Du hast mich verrückt gemacht mit deinem Nachschleichen!«, sagte sie langsam und versuchte mit tiefen Atemzügen, die Anspannung loszuwerden.

Vincenz grinste sie frech an. »Wirklich? Dann hab ich ja alles richtig gemacht.«

»Ach, das freut dich? Ich habe immer wieder anhalten und lauschen müssen. Du hast mir Angst gemacht, du Schuft!«, blaffte sie ihn an. »Ohne dieses Theater wäre ich bestimmt schon doppelt so weit gekommen.«

»Deshalb wolltest du mich erschlagen?« Vincenz deutete mit dem Kinn auf den Knüppel zu ihren Füßen.

»Beinahe hätt ich es geschafft«, knurrte sie.

Er trat einen Schritt näher und streckte die Hand aus. »Ich wollte dir doch nur beistehen. Mehr nicht«, murmelte er und blickte zu Boden. »Wenn du nach Landsberg hochgehst, will ich dich begleiten. Damit dir nichts passiert. Das könnte ich mir nie verzeihen.« Die beiden letzten Sätze sagte er so leise, dass Ann-Kathrin sie kaum verstand.

Ihr Herz jubelte. Sie schien ihm wirklich etwas zu bedeuten. Mit einem Mal fühlte sie sich nicht mehr so allein und unbehütet.

»Also gut. Du kannst mit mir kommen«, sagte sie versöhnlich und lächelte. »Aber dann haben wir ein Problem.«

Vincenz hob den Kopf und sah sie verwundert an. »Und welches?«

»Wir müssen ans andere Lechufer. Hast du Geld für den Brückenzoll? Ich nicht«, log sie.

Vincenz schüttelte den Kopf. »Ich habe keine einzige Münze bei mir.«

»Kannst du denn schwimmen?«, fragte sie.

»Schwimmen? Gott bewahre. Nein, natürlich nicht!«

»Ich sagte doch, wir haben ein Problem.«

Verständnislos sah Vincenz sie an, bis Ann-Kathrin auf den Fluss deutete.

»Noch mal: Wir müssen ans andere Ufer. Mein Vater und seine Männer haben mich da drüben gefunden – und ich glaube, dort liegen die Frachtdokumente.«

»Und wie willst du über den Fluss kommen? Sollen wir vielleicht ein Floß bauen? Mit bloßen Händen?«

Er klang spöttisch, aber Ann-Kathrin ließ sich nicht beirren. Sie nahm ihn bei der Hand und führte ihn durch den Auwald. Ihr Auge suchte die trockensten Stellen, und sie folgten schließlich einem Wildwechsel, der sie bis ans Ufer brachte.

Zwar hätte sie das Geld gehabt, um den Brückenzoll zu entrichten, aber sie wollte nicht auffallen, und vor allem keine Aufmerksamkeit auf sich lenken. Natürlich würden die Brückenwärter nachfragen, was sie denn da gefunden habe und warum sie es jetzt wieder auf die andere Seite bringen wolle. Es wäre ein Hin und Her geworden, bei dem sie nur verlieren konnte. Deshalb hatte sie sich für diesen Weg entschieden. Allerdings auch deshalb, weil sie Vincenz' Mut prüfen wollte.

Sie schaute ihn an. »Ich steige jetzt ins Wasser. Du kommst hinter mir her. Ich nehme dich mit hinüber.«

»Aber ... das Wasser ist eiskalt. Wir werden erfrieren!«

»Unsinn. Es sind vielleicht fünfzig Fuß bis ans andere Ufer. Das bringt uns nicht um«, entgegnete sie und suchte das gegenüberliegende Ufer nach einem geeigneten Platz zum Landen ab.

»Aber ich kann nicht schwimmen!« Vincenz' Stimme wurde höher. Sie hörte den Schrecken darin, hörte, wie er sich innerlich wehrte. Aber sie konnte ihm nicht helfen. Wenn er mitwollte, dann musste er dort hinüber. Mit ihr.

»Ich schwimme für uns beide. Bleib ruhig, und lass mich machen, dann wird niemandem etwas geschehen.«

Mit großen Augen sah Vincenz sie an, als sie sich zu ihm umdrehte.

»Vertraust du mir, Sohn des Brunnenmeisters?«, flüsterte Ann-Kathrin und löste den Gürtelstrick. Sie schlüpfte aus ihren Holzschuhen und band diese mit dem Gürtelstrick zusammen. Dann streifte sie ihr Kleid ab. Sie stand nur noch im Hemd vor ihm. Sie versuchte, ihren Geldbeutel so gut wie möglich vor ihm zu verbergen.

»Jetzt du«, wies sie ihn an. Sie sah, wie er zögerte.

»Warum hier an dieser breiten Stelle? Weiter oben ist der Fluss sicher schmaler.«

Ann-Kathrin runzelte die Stirn und nickte. »Aber da ist die Strömung stärker, und meist ist es tiefer. Hier ist der Lech ruhig. Er stört uns nicht, dafür ist er etwas breiter. Wir können ihn vielleicht sogar durchwaten. Zieh dich aus. Wenn sich die Kleidung vollsaugt, dann zieht sie uns nach unten. Besser ist es, wir gehen nackt ins Wasser. Du hältst unsere Kleidung, ich halte dich.«

Wieder riss Vincenz die Augen auf. Ann-Kathrin ließ auch ihr Hemd fallen, kniete sich hin und rollte ihre Kleider und den Beutel mit den Münzen zusammen mit den Schuhen zu einem Bündel. Dann richtete sie sich auf.

Sie sah, wie Vincenz krampfhaft schluckte und sich vorn an seiner Hose etwas rührte.

»Runter mit den Kleidern«, herrschte sie ihn an. »Mach es mir nach.« Sie zeigte auf ihr Bündel.

Vincenz folgte ihren Anweisungen, auch wenn jede seiner Bewegungen verkrampft und angespannt wirkte. Als er fertig war, hielt er sich das Kleiderbündel vor den Unterleib.

Ann-Kathrin grinste. Was mussten Männer nur immer so viel Aufhebens um ihre Männlichkeit machen? Entweder prahlten sie damit und mit ihren Abenteuern, oder es brachte sie in Verlegenheit. Dazwischen schien es nichts zu geben. Sie kannte das von den Flößern ihres Vaters. Sie bückte sich, hob ihr Bündel auf und drückte es ihm ebenfalls in die Arme.

»Wir gehen jetzt hintereinander rückwärts in den Fluss. Leg dich einfach ins Wasser, ich ziehe dich. Versuch, unsere Kleidung trocken zu halten. Hab keine Angst, du gehst nicht unter. Aber du darfst nicht strampeln, dich nicht hin und her werfen, sonst kann ich dich nicht halten. Hast du verstanden?«

Vincenz schien sie nicht gehört zu haben. Er schaute auf ihre Brüste, auf ihre Scham und wurde feuerrot im Gesicht.

Sie verdrehte die Augen, obwohl sie seine Blicke genoss. »Hast du noch nie eine nackte Frau gesehen?«, rief sie spöttisch und wiederholte ihre Anweisung langsam, als sie bemerkte, dass ihm sein Starren peinlich geworden war.

Er schüttelte den Kopf, dann nickte er, dann schüttelte er ihn wieder. Sie wurde aus diesen Gesten nicht recht schlau, also zog sie ihn einfach mit sich ins Wasser.

»Dreh dich um. Es wird schnell tiefer«, sagte sie noch, dann glitt sie in den Fluss und riss Vincenz hinter sich her.

Er wehrte sich, schlug um sich und strampelte.

»Herrgott!«, schrie sie. »Bleib ruhig. Keine Bewegungen!«

Mit kräftigen Beinschlägen trieb sie sich rückwärts. Sie sah, wie beide Kleiderbündel unter Wasser sanken und sich vollsogen. »Schau auf die Kleidung!«, fuhr sie Vincenz an.

Er bemühte sich, diese hochzuhalten, aber es war schon zu spät. Der Stoff wurde schwerer und drückte Vincenz tiefer ins Wasser. Mit einer Hand hielt sie sein Kinn nach oben, mit der anderen und ihren Beinen trieb sie sich rückwärts voran.

Der Lech war kälter, als sie erwartet hatte. Sie kam zwar rasch voran, aber sie spürte, wie das eisige Wasser ihre Muskeln krampfen ließ. Außerdem war Vincenz nicht ruhig. Wenn er steif im Wasser hängen würde, dann hätte sie ihn rasch ans andere Ufer gebracht. Aber er strampelte unkontrolliert und schlug mit einem Arm aus.

»Wenn du nicht aufhörst, dann lass ich los, und du kannst meinetwegen ersaufen!«, brüllte sie ihn an, weil sie spürte, wie ihre Kräfte nachließen – und sie hatten noch nicht einmal die Hälfte der Strecke hinter sich.

Schließlich krampfte ihr linkes Bein. Ein Schmerz zog das Becken entlang den Rücken hinauf. Das Bein versteifte sich, und sie konnte keine Schwimmbewegungen mehr machen.

Die Unregelmäßigkeit schien auch Vincenz zu bemerken. Er zuckte selbst und begann wieder zu strampeln.

»Nicht ... jetzt!«, schrie Ann-Kathrin.

»Ich ... schlucke ... Wasser!«, brüllte Vincenz zurück. Sein Kopf tauchte unter. »Wir ersaufen!«, kreischte er, als sein Mund wieder auftauchte.

»Blödsinn!«, gab Ann-Kathrin zurück. »Ich habe nur einen Krampf. Der vergeht.«

Sie sagte ihm nicht, dass jetzt auch das zweite Bein aufgab und sich nach innen zog. Sie mussten so schnell wie möglich ans andere Ufer.

Tatsächlich sanken sie ab, da sie keine Schwimmbewegungen mehr fertigbrachte.

Ihrer beider Köpfe gerieten unter Wasser. Vincenz verschluckte sich, und auch Ann-Kathrin bekam Wasser in die Lunge. Sie schnellte mit dem verbliebenen Arm heraus, holte Vincenz nach, und sie husteten sich die Seele aus dem Leib, während sie gleichzeitig versuchten, über Wasser zu bleiben.

»Wir müssen uns treiben lassen«, keuchte sie. »Ich ... wir ...«

Weiter kam sie nicht, denn ein Ruck hätte ihr beinahe Vincenz aus dem Arm gerissen.

»Ich kann stehen«, schrie er erleichtert und begann auf das Ufer zuzulaufen. »Ich kann stehen!«

Ann-Kathrin hörte seine Worte, aber sie konnte sich nicht darüber freuen. Plötzlich war ihr unendlich kalt. Sie zitterte am ganzen Leib, und die Krämpfe in den Beinen fühlten sich an, als könnten sie ihr die Knochen brechen.

Sie spürte noch, wie Vincenz sie aus dem Wasser hob, ans Ufer schleppte, auf das Trockene stolperte und schließlich auf den Boden legte. Dann fühlte sie, wie er mit seinen Händen ihren Körper abrieb, die Krämpfe, die ihre Beine überstreckten, massierte und seinen Körper an sie drückte und mit den Armen umschlang.

Dann verschloss sich ihre Welt, als fiele ein Vorhang darüber.

* * *

Stück für Stück kam der Augustus zum Vorschein. Obwohl er mehr als merkwürdig aussah mit allen den Guss- und Abluftkanälen, die aus dem Körper ragten, erkannte man die Majestät der Statue. Jede Handbreit, die vom Hüllmaterial befreit wurde, zeigte, wie gelungen die Arbeit war.

Anton kämpfte zwar mit dem Missmut, der Flößerin nicht folgen zu können, war auf der anderen Seite aber stolz darauf, an der Enthüllung beteiligt gewesen zu sein. Zwar war noch unendlich viel Arbeit zu leisten. Sie mussten Röhren abfeilen, die Figur polieren, die Ansätze glätten – aber es würde sich lohnen.

»Hat sich der Rat jetzt für einen Ort zum Aufstellen der Figur entschieden?«, erkundigte er sich.

Hubert Gerhard, dessen Gesicht noch eine Idee röter geworden war, nickte.

»Ich dachte, sie kommt auf den Fischmarkt«, warf Wagner zwischen mehreren Schlägen ein.

»Nein«, widersprach Gerhard. »Auf den Perlachplatz. Mit der Geste der *adlocutio* – gegen das Rathaus.«

Beide Männer lachten.

»Irgendjemand hat dem Rat den Floh ins Ohr gesetzt, man könne ihn dort aufstellen. Rembold hat ein Holzgerüst als Anschauung bauen lassen, und die Bürger waren begeistert.«

Anton grinste verstohlen. Seine Ideen fassten Fuß in der Stadt.

Dennoch wurde er unruhig. Je länger er hier zurückgehalten wurde, desto unwahrscheinlicher war es, die Biechlerin einzuholen.

Der Guss zeigte einen ungewöhnlichen Detailreichtum. Die Bronze hatte eine hervorragende Konsistenz besessen und perfekt das getan, was sie hatte tun sollen: jede noch so kleine Kleinigkeit abzuformen.

Nachdem Brust und Arme bis zur Hüfte befreit waren, befahl Wagner Mattheis, den Seilzug zu holen. »Schaffen wir ihn aus der Grube.«

Mit vereinten Kräften stellten sie den Dreifuß auf, seilten die Figur an und hoben den Augustus aus seinem Gefängnis aus Sand. Schließlich hievten sie ihn neben der Grube auf ein ehernes Gestell.

»Herr«, sagte Anton und stellte sich Hubert Gerhard in den Weg. »Ich soll für Rembold einen Auftrag erfüllen!«, log er. »Ich wollte Euch aber nicht im Stich lassen. Doch die Zeit drängt.«

Verständnislos sah ihn Gerhard an. »Ihr wollt weg?«

»Von wollen kann nicht die Rede sein. Ich muss.«

»Ihr sagt, der Auftrag kommt von ... Rembold?«

Anton nickte.

Zögernd hob der Künstler die Hand und winkte ihn weg. »Wenn das so ist, verschwindet.«

Erleichtert eilte Anton in sein Kabuff, griff sich ein Laken, schnürte sich daraus ein neues Bündel und schulterte es. Auch einen der Wassersäcke, die allenthalben in der Werkstatt herumhingen, schnappte er sich. »Zur Bearbeitung bin ich wieder da. Versprochen.«

Ohne sich umzusehen, verließ er die Werkstatt. Der majestätische Kaiser, der noch immer in den Seilen hing, verfolgte ihn in Gedanken und begleitete ihn aus der Stadt hinaus. Er rannte diesmal. Der fast leere Wassersack, den er noch an einem Brunnen ganz auffüllen musste, schlug ihm gegen den Oberschenkel.

Während er die Stadt verließ und sich im Eilschritt auf den Weg nach Landsberg machte, rechnete er aus, dass die Flößerin mindestens vier Stunden Fußmarsch Vorsprung hatte. Wenn er einberechnete, dass sie vermutlich mehr als eine Pause würde machen müssen, dann würde er sie – er blickte gen Himmel – gegen den späten Nachmittag eingeholt haben. Dafür musste er aber rennen und stramm gehen und selbst keine Rast einlegen. Er stemmte seinen Körper gegen den Wind, der seitlich von vorn kam, und reckte den Kopf vor. Seine Walzgeschwindigkeit war hoch, und selbst, wenn die Flößerin weiterginge, wusste er doch, wo er sie letztlich treffen würde: in Landsberg.

Er grüßte die Entgegenkommenden freundlich, winkte den Fuhrwerkern und schlug eine Möglichkeit aus, es sich auf einem Karren bequem zu machen. Der war ihm zu langsam.

Schließlich wurde es Nachmittag. Die Sonne begann zu sinken, und Anton spähte voraus, ob nicht endlich der braune Rock der Biechlerin aus dem Grün der Auen auftauchte. Doch sie blieb verschwunden. Mit jedem Schritt, den er tat, ärgerte er sich mehr über die vertane Zeit mit der Augustus-Figur und staunte gleichzeitig über die Geschwindigkeit, mit der sich das Mädchen bewegte.

Er ließ schon die Hoffnung fahren, sie einzuholen, bevor die Nacht hereinbrach, als ihn ein Schrei aufhorchen ließ. Ein Mann brüllte um sein Leben. Unterbrochen wurde er von dem wütenden Gezeter einer Frau. Wasser klatschte, als würde ein Bootsgefecht ausgetragen. Beide Stimmen verflochten sich ineinander – und es dauerte eine Weile, bis Anton begriff, dass die Stimmen nicht von vorn, sondern vom Wasser her kamen. Verwirrt blieb er stehen und spähte zwischen den Stämmen des Auwalds auf den grünlich dahinströmenden Lech hinunter. Und tatsächlich, dort schwammen zwei Menschen auf dem Fluss und kämpften dagegen an, nicht zu ertrinken.

9

AUF DEM WEG NACH LANDSBERG

Der Satyr hatte über die Wassernymphe gesiegt. Er hob seine Beute aus dem Fluss und holte sie an Land.

Anton sah den Körper der jungen Frau bewusstlos in Vincenz' Armen liegen. Die Kleiderbündel schleppte er hinter sich her.

Kurz betrachtete der Brunnenmeisterspross Ann-Kathrin von oben, dann beugte er sich über sie, und beide blieben im Riedgras verschwunden.

Fasziniert starrte Anton auf die andere Uferseite. Vor seinem inneren Auge tanzten die nackten Körper, und wenn er auch nicht verstehen konnte, warum die beiden an dieser Stelle den Fluss überquert hatten, statt über die Brücke zu gehen, setzte er sich hin, kramte einen der Papierbogen heraus und zeichnete aus dem Gedächtnis die Körper in verschiedenen Positionen. Die kräftigen Schenkel des Brunnenmeistersohnes, dessen muskulösen Oberkörper, dann die weichen Formen des Mädchens mit ihren kleinen Brüsten und dem kräftigen Becken. Er vergaß die Zeit, bis ihm die Zeichenkohle abbrach.

Etwas verwirrt blickte er auf und musterte den Himmel. Die Sonne war verschwunden. Dafür türmten sich gewaltige Wolkenberge über ihm auf, deren platt gedrückte Unterseiten schwarz zu werden begannen.

»Nicht das auch noch«, schimpfte er vor sich hin, während er das Blatt in das Bündel steckte, das er bei sich trug, und auf einem Stein die Zeichenkohle nachschärfte. Gedankenverloren ließ er den Blick über das Ufer, die grünen Baumwipfel und das Ried mit den schwarzen Kolben in den Todwasserbecken schweifen, als er die beiden entdeckte.

Dort drüben waren sie, wieder angezogen. Triefend vor Nässe und zitternd vor Kälte standen sie da und sahen einander an. Antons Blick folgte ihnen, als sich beide vom Ufer wegdrehten und durch das hohe Gras pflügten, bis er keinerlei Bewegungen im Auwald mehr ausmachen konnte.

Er überlegte, ob es auf der anderen Seite einen Weg gab, den man bis Landsberg benutzen konnte. Er wusste von keinem. Nur weiter im Landesinneren, weit weg vom Lechufer, führte eine Straße nach Süden. Die beiden würden also länger brauchen als er, denn er würde die von den Römern ausgebaute Via Claudia Augusta unter die Füße nehmen. Trotz des aufziehenden Gewitters verspürte er keine Eile. Er zog einen weiteren Bogen hervor, skizzierte kurz den Rand des hölzernen Beckengerüsts am Augsburger Brunnen und übertrug aus dem Gedächtnis die Körperformen auf eine Nymphe, die auf der breiten Balustrade saß.

Je weiter die Zeichnung fortschritt, desto weniger gefiel sie ihm. Er sah ans andere Ufer hinüber, dorthin, wo Vincenz Ann-Kathrin aus dem Wasser gehoben hatte, und holte sich die bildliche Erinnerung an den Körper ins Gedächtnis zurück.

Aber er scheiterte. Ihm fehlten Details. Die Proportionen passten nicht zueinander. Er hatte den Schoß nicht gesehen, hatte den Ansatz der Oberschenkel an den Körper nicht gesehen, hatte die Streckung des Busens nicht gesehen, wenn sie den Arm hob. Plötzlich fiel ein vereinzelter schwerer Tropfen mitten auf das Blatt und verunstaltete die Figur der Nymphe. Ärgerlich knüllte er es zusammen, warf es in hohem Bogen in den Fluss und sah zu, wie die Strömung das knittrige Papier mit sich trug, mit Wasser tränkte, auffaltete und schließlich in seine Tiefen sinken ließ. Dann schaute er wieder hinüber ans andere Ufer.

Langsam begann sich in seinem Kopf ein Plan zu entwickeln, dessen Umsetzung ihm denkbar schien. Er schlug die Mücken, die ihn umschwirrten, von seinem Gesicht weg, stand auf und kehrte zur Straße zurück.

Die Via Claudia war leer. Nirgends war mehr eine Menschenseele, geschweige denn ein Fuhrwerk zu sehen. Breitbeinig stellte sich Anton vor einen Stamm und schlug sein Wasser ab. Dann wandte er sich in Richtung Süden. Kurz kam ihm der Gedanke, dass er vorsichtig sein müsste, hatte er sich doch in der Nähe der Magdalenen-Brücke bei Landsberg ein Maultier »ausgeliehen«. Der Alte hatte den kleinen Überfall sicherlich überlebt. Wiedererkennen würde er ihn vermutlich nicht – er hatte fortwährend etwas von einem »Nöck« gestammelt.

Dennoch musste Anton die Augen offenhalten.

* * *

Vincenz rieb Ann-Kathrins Haut, die bläulich war wie ein frisch gefärbtes Tuch. Er vermied es dabei, sie näher zu betrachten, aber er spürte, wie weich diese Haut war, wie zart. Er hoffte nur, das Richtige zu tun, denn sie war plötzlich so leblos weggesackt, dass er schon befürchtet hatte, sie wäre erfroren. Doch dann hörte er ihren Atem und begann erleichtert, ihr Arme und Beine sowie den Körper mit der flachen Hand zu massieren.

Kurz hatte er überlegt, ihr die Kleider anzuziehen, doch das wäre eine vergebliche Mühe gewesen. Die Bündel waren klitschnass. Er hatte rasch alle Wäsche über die Knöterichsträucher neben ihnen geworfen, damit sie etwas Wasser verloren. Dann hatte er sich ganz Ann-Kathrin gewidmet.

Schließlich war ihm eingefallen, dass er sie mit seinem eigenen nackten Körper wärmen könnte. Ohne zu zögern, legte er sich auf dem Boden, der mit seinen Halmen und Steinen stach, neben sie und umschlang sie mit den Armen. Er strich ihr über den Bauch, über die Schenkel, die Brust, die Arme, drückte sie fest an sich und hoffte so sehr, dass sie wieder aufwachen würde.

Irgendwann musste er selbst vor Erschöpfung eingeschlafen sein, denn er schreckte hoch, als er ihre Stimme vernahm.

»Du kannst jetzt loslassen!«, hörte er sie gepresst sagen.

Erschrocken rutschte er von ihr weg.

»Loslassen, nicht wegrutschen.« Sie griff seinen Arm, zog ihn über sich und schmiegte sich eng an ihn. »Ich friere entsetzlich.«

Er versuchte, so viel ihrer Haut wie möglich mit seinem Körper zu bedecken, bemerkte jedoch, wie sich sein Unterleib wieder zu regen begann und gegen Ann-Kathrins Rückseite drückte.

»Wir sollten uns anziehen«, sagte sie nach einer Weile, und Vincenz nickte erleichtert. Doch sie rückte nicht von ihm weg, sondern drehte sich zu ihm, bis beide Gesichter nur noch eine Handbreit voneinander entfernt waren.

»Danke«, flüsterte sie. Sie drückte sich noch etwas näher an ihn und barg ihren Kopf an seiner Schulter. »Du hast mir das Leben … gerettet«, flüsterte sie. »Ich hatte so starke Krämpfe und wäre ohne dich vermutlich ertrunken!«

Unfähig zu antworten, weil seine Kehle trocken war wie ein Stück Feldweg im Hochsommer, nickte er nur.

10

AUF DEM WEG NACH LANDSBERG

Ann-Kathrin wusch sich in einer Pfütze die Hände. Das feuchte Kleid klebte ihr am Körper und zeichnete an Brust und Hüften ihre weiblichen Formen nach. Sie bemerkte sehr wohl, wie Vincenz sie betrachtete.

Mit Schaudern dachte sie daran, wie er ihre Situation auch hätte ausnutzen können. Er hatte es aber nicht getan – und allein dafür hätte sie ihn küssen können. Was sie bewusst nicht tat. Sie wusste, dass spätestens mit ihrer Rettung ein Damm gebrochen war – und sie musste sich überlegen, wie weit sie sich von den Gefühlen, die jetzt ihre und vermutlich auch seine Gedanken beherrschten, mitreißen lassen wollte. Sobald aus Zuneigung mehr wurde, bestand die Gefahr, ein Kind zu bekommen. Und das brauchte sie jetzt noch nicht. Zumindest bis sie die Tasche gefunden hatten, wollte sie sich Zeit lassen, und Vincenz schien dies zu akzeptieren. Danach aber – sie schielte zu Vincenz hinüber –, danach konnte sie sich vorstellen, den Brunnenmeistersohn zu heiraten.

Sie rieb sich die Arme und den Bauch, um einigermaßen trocken zu werden und die Kälte weniger zu spüren.

»Wir brauchen einen Unterschlupf«, sagte Vincenz. Er deutete zum Himmel, wo sich riesige Wolkenberge zu einer schwarzen Decke vereinigten. »In ein paar Stunden wird es dunkel, und wir sollten nicht draußen übernachten. Außerdem sieht es sehr nach Regen oder gar einem Gewitter aus.«

Wir sollten überhaupt nicht übernachten müssen, dachte Ann-Kathrin und stapfte vorwärts. Sie suchte nach einem Weg, den es auf dieser Seite des Lechs geben musste. Die Flößer, die sich das Geld für die Magdalenen-Brücke sparen wollten, hatten ihr davon erzählt. Es sei ein Pfad, den die Schmuggler benutzten und die Juden, die nur an den Markttagen bis zum Abend in Augsburg weilen durften und abends die Stadt wieder verlassen mussten. Mit seinen vielen Verzweigungen für diejenigen, die sich auskannten, umging dieser Weg alle Zollstationen – wenn man ihn fand. Von Landsberg aus hatte Ann-Kathrin gesehen, dass man auch an der östlichen Lechseite entlanglaufen konnte.

Sie achtete nicht darauf, ob Vincenz ihr folgte, sondern kämpfte sich durch das Unterholz und den mit Kletten und Himbeerbüschen übersäten Auwald. Die Ranken griffen wie Hände nach ihr und zwangen sie zu einem eigenartigen Rhythmus, um sich aus ihren Klauen zu befreien und dennoch vorwärtszukommen, und sie riss sich die Haut blutig. Irgendwann trat sie auf einen schmalen Pfad hinaus, der eindeutig nicht von Tieren stammte, sondern von Menschen begangen und geformt war. Wo immer er hinführte – er verlief parallel zum Fluss. Sie hatte gefunden, was sie gesucht hatte.

»Dort entlang«, sagte sie, als Vincenz hinter ihr aus dem Gebüsch trat, und zeigte vorwärts. Ohne sich nach ihm umzusehen, stapfte sie weiter.

Irgendwann spürte sie die Kälte nicht mehr. Zwar waren ihre Hände noch klamm und blass, und in den Beinmuskeln spürte sie noch den Nachhall der Krämpfe, aber ihre Kleidung trocknete allmählich. Allerdings fielen bereits einzelne Regentropfen mit einem leisen Klatschen auf das Blätterdach des Auwalds.

»Woher wusstest du von diesem Weg?«, fragte Vincenz.

»Ich hatte davon gehört«, antwortete sie über die Schulter. »Das ganze Land ist von solchen Pfaden durchzogen.«

Es wurde Abend, und Ann-Kathrin ahnte, wie schwer diese Nacht für sie beide werden würde. Sie hatte nicht vorgehabt, auf dem Weg nach Landsberg noch einmal zu übernachten. Aber es war ein strammer Fußmarsch für einen Tag von Augsburg bis zu der Brückenstadt, und die Flussüberquerung und die Tatsache, dass sie vor Erschöpfung eingeschlafen waren, hatten ihren Zeitplan durcheinandergebracht.

Jetzt mussten sie eine Unterkunft finden. Der Regen hatte begonnen, stärker zu werden, und die Tropfen fielen langsam dichter. Es würde sicher nicht mehr lange dauern, bis sie durchs Blätterdach schlugen.

Plötzlich hielt Ann-Kathrin inne. Aus dem platschenden Rauschen des Regens schälten sich Stimmen, die von vorn kamen. Wie weit entfernt sie waren, konnte sie nicht sagen. Aber sie schienen näher zu kommen.

Sie drehte sich zu Vincenz um und hielt einen Finger vor den Mund. »Rasch, ins Gebüsch und ducken!«, flüsterte sie. »Fremde vor uns.«

Er hob die Augenbrauen und horchte. »Wer?«, formte er lautlos mit den Lippen.

Ann-Kathrin zuckte mit den Schultern. »Wenn wir Glück haben, Juden. Die sind weniger zimperlich. Wenn nicht, Schmuggler«, hauchte sie.

Mit fliegendem Blick suchte sie eine Stelle, an der sie ohne großes Aufsehen vom Pfad herunter und ins Dickicht kriechen konnten, ohne etwas zu beschädigen und damit sichtbare Spuren zu hinterlassen.

Die Öffnung lag neben einer Weide und war kaum zu entdecken. Ann-Kathrin zwängte sich am Stamm entlang durch eine schmale Lücke in einem dichten Knöterichvorhang, und Vincenz folgte ihr. Geduckt schlüpften sie tiefer in den Verhau, bis sie vom Weg her nicht mehr zu sehen waren, selbst aber noch gut sehen konnten. Vincenz hockte sich hin und zog Ann-Kathrin auf seinen Schoß, was sie sich im Augenblick gefallen ließ, denn sie wollte nicht auf dem feuchten Boden sitzen. Vincenz legte die Arme um sie und wärmte sie. Dabei blieb seine Hand wie zufällig auf dem Ansatz ihrer Brust liegen. Sie ließ es zu, denn jedes Geräusch, jedes Rascheln konnte sie verraten.

Es dauerte nur eine kleine Weile, bis die Stimmen deutlicher wurden.

Vier Männer unterhielten sich über ihre Geschäfte. Einer beschwerte sich, weil die Hucke so drückte, der andere erklärte, er solle sich glücklich schätzen, dass sein Rückengestell so schwer wäre, dass es drücken könne. Seine eigene Hucke sei mittlerweile schwerer als die Ware, die er schleppe, und mindestens so leer wie sein Magen. Ein dritter warf dazwischen, dass sie sich schleunigst einen Unterschlupf suchen sollten. Der Regen werde stärker – und bei einem Wolkenbruch oder Gewitter wolle er nicht im Auwald sein.

»Das letzte Mal haben mir die Haare zu Berge gestanden, als irgendwo in der Nähe ein Blitz eingeschlagen hat. Das brauch ich nicht noch einmal.«

»Juden!«, flüsterte Ann-Kathrin.

Die vier Männer, die alle Hucken schleppten, die über ihre Köpfe hinausragten, legten ein ordentliches Tempo vor, was zeigte, dass sie es gewohnt waren, täglich längere Strecken zu gehen. So schnell sie aufgetaucht waren, waren sie auch wieder verschwunden. Sie stellten keine Gefahr dar. Dennoch schlug Ann-Kathrin das Herz bis zum Hals – und ihr Puls beschleunigte sich noch, als Vincenz ihre Brust zu streicheln begann.

»Lass das«, zischte sie ungehalten, und er zog augenblicklich seine Hand zurück.

Sie warteten noch eine Zeit, bis nichts mehr zu vernehmen war, dann krochen sie wieder zurück zum Pfad.

Ann-Kathrin hatte das Gefühl, die Mücken in diesem Dickicht hätten einen Teil von ihr aufgefressen, so sehr juckte es in ihrem Gesicht, an den Armen, am ganzen Körper.

»Wir brauchen unbedingt ein Nachtlager!«, beschied Vincenz energisch. »Wir können nicht weiterlaufen, wenn es hier finster wird wie die Hölle und nass.«

Natürlich hatte er recht, was aber nicht hieß, dass es Ann-Kathrin deshalb angenehmer gewesen wäre.

Wie dieses Nachtlager aussehen sollte, war ihr ebenfalls schleierhaft. Allerdings enthob sie der Auwald bald einer Entscheidung. Die Bäume und Sträucher wichen zurück und gaben den Blick auf eine gerodete Parzelle frei, die offenbar zum Heuen und Torfstechen diente, denn am Rand des Wiesengrunds stand eine hölzerne Hütte, etwas windschief zwar, aber geeignet, um darin unterzukommen. Außerdem duftete es beim Näherkommen nach frisch gemähtem Heu.

»Unser Nachtlager!« Vincenz wollte schon darauf zugehen.

»Vorsicht!«, sagte Ann-Kathrin. »Wir sind ja nicht die Einzigen, die hier unterwegs sind.«

Vincenz nickte, und sie schlichen geduckt und mit wacher Vorsicht auf das niedere Gebäude zu. Doch niemand machte ihnen den niedrigen Heuschober streitig. Das Innere bestand aus zwei Ebenen. Auf der untersten wurde Torfstich getrocknet, darüber lagerte auf einer Holzplattform Heu. Sie war beinahe leer geräumt und so groß, dass drei Menschen darauf Platz gefunden hätten. Vincenz kletterte hinauf und reichte Ann-Kathrin die Hand. Sie zögerte, sie zu ergreifen, ließ sich dann aber von Vincenz hochziehen.

Hatten sie bei ihrem kargen Nachtmahl noch etwas Licht, so sank danach rasch die Dunkelheit über das Land und hieß die Nacht willkommen.

Vincenz breitete etwas Heu als Lager aus, dann streckte er sich darauf aus. Ann-Kathrin wollte nicht zu nahe bei ihm liegen, doch ihre Kleidung war noch immer klamm, und sie fror. Schließlich hielt sie es nicht mehr aus, rutschte nah an ihn heran und kuschelte sich in Vincenz' Armbeuge. Den anderen Arm legte er wärmend über sie. So lagen sie eine ganze Zeit lang da, ruhig und schweigend.

Ann-Kathrin lauschte auf ihren und seinen Atem.

»Glaubst du, wir finden die Tasche mit den Urkunden?«, flüsterte er.

»Wir *müssen* sie finden. Ich zermartere mir die ganze Zeit schon den Kopf, wo sie sein könnte. Mein Bauchgefühl sagt mir, ich hatte sie, bevor ich in Ohnmacht gefallen bin, aber ich kann es nicht mit Bestimmtheit sagen.«

Sie spürte, wie er seine Hand vorsichtig auf ihren Bauch legte und sanft kreisen ließ.

Hätte sie die Augen nicht schon geschlossen gehabt, sie hätte es jetzt getan. Ein Kribbeln kroch von dort ihren ganzen Körper entlang und ließ sie kurz schaudern. Aber es war zu früh. Es war nicht richtig. Und wenn er sie wirklich liebte und nicht nur begehrte, würde er es verstehen.

»Friert es dich?«, fragte Vincenz und zog sie noch näher zu sich her.

»Nein«, sagte sie wahrheitsgemäß. »Es ist nur …«

Weiter kam sie nicht, denn unter ihnen begann es zu rumoren. Jemand betrat die Hütte. Stumm, aber nicht lautlos. Sofort stellten sich ihr die Nackenhaare auf. Ein Ächzen und Stöhnen, ein Knacken und leises Fluchen sagte ihnen, dass unter ihnen jemand eine schwere Last abstellte und sich stöhnend streckte.

Langsam richtete sich Vincenz auf.

Gleichzeitig mit dem Geräusch des Menschen, der sich dort unten niederließ, begann draußen ein Grollen über die Landschaft hinwegzulaufen. Das Gewitter hatte endlich entschieden, sich zu entladen, und wanderte den Fluss entlang. Neben dem Donnern und Beben zogen Blitze über den Himmel, und ein Rauschen näherte sich wie eine Wand, tief und drohend.

»Hört zu, Ihr beiden Turteltäubchen dort oben. Ich sag es nur ungern, aber ich wäre nicht hier, wenn ich nicht hier sein müsste. Ich will nicht im Gewitter durch den Wald laufen. Ich komme nicht hoch, ihr kommt nicht runter. Dafür bleiben wir drei trocken. Hoffentlich! Können wir uns darauf einigen?«

Ann-Kathrin erschrak – der Mann hatte sie offenbar gesehen oder gehört. Sie wollte Vincenz andeuten, nicht zu antworten, doch der sagte mit einer Stimme, die ihn um zehn Jahre älter erscheinen ließ, als er war: »Darauf können wir uns einigen.«

Anscheinend genügte das dem Mann.

»Wer seid Ihr?«, fragte Vincenz, obwohl Ann-Kathrin ihn in die Seite stieß.

»Das wollt ihr nicht wissen«, antwortete der Mann geheimnisvoll.

»Ich wüsste nur gern, ob ich ruhigen Gewissens die Augen schließen und schlafen kann oder die Nacht hindurch wachen muss.«

Der Fremde lachte. »Ich würde nie ein Auge zumachen, wenn ich dem Mann, dem ich begegne, nicht ins Gesicht sehen kann. Seid also vorsichtig.«

II

AUF DEM WEG NACH LANDSBERG

Mitten auf dem Weg erwischte ihn die erste Regenwand, deren schwere Tropfen regelrecht auf ihn einprasselten. Binnen weniger Lidschläge war er trotz seines Mantels nass bis auf die Haut.

Anton fluchte innerlich, weil er sich nicht rechtzeitig um einen Unterstand gekümmert hatte. Nur die Skizzen in dem Öltuch und die Zeichenkohle blieben trocken.

Missmutig stapfte er den Weg entlang, der sich zusehends in eine Seenlandschaft verwandelte. Überall dort, wo die Räder der schweren Fuhrwerke Senken in den Boden gedrückt hatten, füllten sich diese mit Wasser und bildeten kleine Teiche unbekannter Tiefe. Sein Weg wurde mehr und mehr zu einer Schlangenlinie, während er ihnen auswich.

Er wischte sich mit der Hand übers Gesicht. Wenn er nicht krank werden wollte, musste er rasch einen Unterschlupf finden.

Erste Häuser tauchten aus dem Grau des Wasserschleiers auf, und beinahe hätte er sie übersehen. Sie duckten sich in die Erde – und Anton hatte das Gefühl, sie würden volllaufen, weil ihr Boden niedriger lag als die sie umgebende Erde.

Er kämpfte sich durch Lachen, aus denen der Regen ihn vollspritzte, als fände er Vergnügen daran, ihn mit Dreckwasser zu bewerfen.

An der nächstbesten Kate suchte er die Tür, die er an der wetterabgewandten Seite fand und hämmerte mit der Faust dagegen.

»Wenn Ihr Christenmenschen seid, lasst einen Handwerksgesellen ein!«, rief er laut und wartete ungeduldig, während ihm das Wasser den Rücken hinab und entlang seiner Hinternspalte die Schenkel hinunter und in die Stiefel lief.

Lange rührte sich nichts. Er hatte die Hoffnung schon aufgegeben und überlegte, ob er noch einmal klopfen oder weiterziehen sollte, als sich die hölzerne Bohlentür öffnete.

»Was wollt Ihr?«, brummte die Stimme eines Mannes.

Sehen konnte er ihn nicht, dazu war es im Inneren zu dunkel.

»Ich bitte um Herberge, bis das Unwetter durchgezogen ist«, sagte Anton höflich. »Für einen Gesellen auf der Walz.«

Der Mann murmelte etwas Unverständliches, aber die Tür öffnete sich weiter, bis er Anton ungehalten aufforderte hereinzukommen, es werde langsam kalt.

Anton schlüpfte geduckt durch die niedrige Öffnung, für die ihm der Name Tür etwas schmeichelhaft erschien. Im Inneren musste er innehalten, denn er sah buchstäblich nichts. Nur ein einzelner Kienspan beleuchtete die Hütte. Immerhin war es warm und überraschenderweise trocken.

»Seid bedankt. Nur für einige wenige Stunden«, sagte er. »Dann nehme ich die Straße wieder unter die Füße.«

»Bei Nacht?«, fragte der Mann hinter ihm und schloss die Tür. »Seid Ihr ein besonderer Mensch? Könnt Ihr im Dunkeln sehen?«

Verblüfft schüttelte Anton den Kopf.

»Dann richtet Euch da hinten ein Nachtlager. Ihr bekommt für morgen früh etwas Brot und Milch, wie es die Gastfreundschaft gebietet. Mehr haben wir nicht zu geben. Sind selbst arm wie Kirchenmäuse.«

Langsam gewöhnten sich Antons Augen an die Dunkelheit und das flackernde Licht des Kienspans. Und was er sah, konnte er kaum glauben.

Zuerst erblickte er den Verband, den der Alte wie einen Schal um den Kopf geschlungen hatte. Darunter das Gesicht. Und dieses kam ihm bekannt vor. Vor ihm stand der Mann, von dem er sich das Muli »ausgeliehen« und dessen Karren er verbrannt hatte.

Wie um alles in der Welt war es ihm gelungen, aus der Ansammlung niederer Katen und der Strecke von Augsburg nach Landsberg ausgerechnet diese Hütte auszusuchen und diesen Mann zu treffen? Das war kein Zufall mehr, das war … Schicksal? … Strafe? … Dummheit? Anton konnte sich nicht entscheiden.

»Wir können Euch ein Stück Brot anbieten!«, knurrte der Alte und schlurfte an Anton vorbei zu seiner Frau, die unter einer Decke nahe der Feuerstelle ganz hinten im Raum saß.

»Wer ist da, Korbinian?«, fragte sie heiser.

»Nur ein Handwerksbursche, der einen Unterschlupf für die Nacht sucht«, entgegnete ihr Mann.

»Danke«, sagte Anton, »aber ich teile das Wenige, das ich habe, gern mit Euch.«

Mit Schwung legte er sein Bündel ab und packte aus, was er mitgenommen hatte. Ein Stück Brot, einen Kanten Hartkäse und einen Zipfel Wurst. Alles legte er auf einen niedrigen Tisch, der mitten im Raum stand.

»Das können wir nicht annehmen«, sagte Korbinian.

»Beleidigt mich nicht«, entgegnete Anton.

Die hellen Augen des Alten musterten ihn genau, auch wenn er kein Wiedererkennen darin feststellen konnte.

»Teilen wir es durch drei. Ich kann mir in Landsberg wieder Proviant besorgen. Wie weit ist es noch bis zur Brücke?«

Anton versuchte, einen Gesprächsfaden zu knüpfen, der wegführte von dem Ereignis, das offenbar im Kopf des Mannes arbeitete. Doch es gelang ihm nicht.

»Sind wir uns nicht schon mal begegnet?«, fragte Korbinian endlich, während Anton die Wurst aufteilte und den Käse schnitt.

Anton schüttelte den Kopf. »Ich bin das erste Mal hier in der Gegend, komme aus dem Norden, aus Nürnberg, über Augsburg und will weiter nach Rom.« Er lachte gezwungen. »Wenn ich es schaffe. Man sagt, die Stadt sei ein Traum.«

»Ja, Rom ist bestimmt eine schöne Stadt«, pflichtete ihm der Alte bei, doch seine Stimme veränderte sich.

Anton schien es, als wäre dessen Gedächtnis dabei, sich zu sortieren, und würde die Erinnerungen an den Überfall hochschwemmen. Lange würde es nicht mehr dauern, bis der Mann ihm gegenüber wüsste, wer er tatsächlich war.

»Oh«, sagte Korbinian unvermittelt. »Was bin ich nur für ein Gastgeber! Ihr solltet etwas zu trinken bekommen. Aber das Bier lagert draußen im Eiskeller. Wenn Ihr mich nur für einen Moment entschuldigt, hole ich Euch einen Krug davon.«

Er drehte sich zu seiner Frau um, sagte zwei Worte, die für Anton zu schnell gesprochen waren, als dass er sie verstehen konnte, und sie reichte ihm einen gewaltigen Tonkrug.

Stolz zeigte ihm der Alte das Gefäß und ging zur Tür.

Anton zögerte. Es war eine Finte, davon war er zutiefst überzeugt. Korbinian hatte ihn nun wohl erkannt. Jetzt holte er Hilfe. Der Krug, das Bier – alles nur Vorwand, die Hütte zu verlassen.

Dennoch nickte er ihm lächelnd zu, als er die Tür öffnete und hindurchschlüpfte.

Anton spielte mit seinen Fingern, ließ die Gelenke knacken und betrachtete im Dämmerlicht seine Hände, ballte die Fäuste und öffnete sie wieder.

Wenn er jetzt wartete, dann würde Korbinian zum Schultheiß oder zu einem Nachbarn rennen, der womöglich kräftiger war als er und ihn überwältigen konnte.

Wie von einer Schlange gebissen, sprang er auf, griff nebenbei sein Bündel, stürmte zur Tür und riss sie auf. Die Nacht wurde von Blitzen zerrissen, und ein Grollen lag über dem Land, als spielten Riesen Kegeln. Sein Blick flog hin und her. Er suchte den Alten – und entdeckte ihn, gebeugt über eine Grube, deren Falltür er geöffnet hatte. Langsam stieg er hinab.

Anton folgte ihm lautlos und spähte in das Loch. Er konnte nur ahnen, was zu sehen war. Aber die Geräusche verrieten ihm, dass Korbinian nicht gelogen hatte. Tatsächlich hantierte er an einem Fass herum, und schließlich schäumte etwas hörbar in den Krug.

»Ihr könnt mir helfen, den Krug herauszuheben«, sagte er unvermittelt. »Ich weiß, wer Ihr seid. Ich weiß, was Ihr getan habt. Aber die Gastfreundschaft gebietet mir, Euch zu bewirten.«

Anton schloss die Augen. Der Alte hatte es vom ersten Augenblick an gewusst!

Wortlos hielt er ihm den Krug hin. Anton nahm ihn und stellte ihn neben sich ab.

»Und jetzt?«, fragte er.

»Jetzt? Jetzt helft Ihr mir aus dem Loch, dann trinken wir zusammen ein Bier, und Ihr erzählt mir, warum ihr mich niedergeschlagen und meinen Wagen verbrannt habt.« Er streckte ihm seine Hand entgegen. »Helft mir aus dem Loch!«, wiederholte der Alte. »Ich bin nicht mehr der Jüngste!«

Anton seufzte, beugte sich vor und griff nach der Hand. Plötzlich wurde er ruckartig nach vorn gerissen, verlor den Halt, und stürzte vorwärts ins Nichts. Er schlug mit dem Kopf gegen Grassoden und polterte an dem Alten vorbei in die Grube hinunter.

Hatte er eben noch geglaubt, der Mann würde ihm verzeihen oder zumindest die Sache nicht so schwernehmen, begriff er jetzt, dass er ihm tatsächlich eine Falle gestellt hatte. Verdreht und wie zerschlagen lag Anton am Boden des Eiskellers, während der Alte die Leiter erklomm.

Wie betäubt starrte Anton in den von Blitzen durchzogenen Ausschnitt des Himmels, den die Öffnung freiließ, und versuchte, zu erspüren, welche Körperteile noch heil und welche zerschmettert waren. Zwar hatte ihn der Sturz überrascht, aber er konnte sich aufrichten. Wenn er jetzt wartete, würde Korbinian den Deckel zuschlagen – und es würde genügen, dass er sich daraufsetzte, um Anton gefangen zu halten und dann der Obrigkeit auszuliefern. Das durfte er nicht zulassen. So schnell er konnte, rappelte er sich auf und jagte stöhnend die wenigen Stufen der Leiter empor.

Oben mühte sich der Alte eben, die Falltür zu schließen, indem er sich mit seinem ganzen Körper dagegen warf. Doch da war Anton bereits über die letzte Stufe hinweg und konnte die zufallende Tür gerade noch mit der Schulter abfangen. Er schrie vor Schmerzen auf, aber er konnte sich aus dem Loch befreien. Mit einem kräftigen Schwung warf er die Tür auf und schleuderte Korbinian damit ins Dunkel.

»Verfluchter Kerl!«, schrie er und spürte, wie ihm das Blut in den Schläfen pochte. »Wolltest du mich umbringen?« Er blickte um her, doch in der Schwärze war der schmale Körper des Alten nicht mehr auszumachen. »Wo bist du? Ich brech dir alle Knochen, wenn ich dich erwische!«

Anton lauschte in die Finsternis hinein und hoffte darauf, dass einer der Blitze ihm verriet, wo sich der Alte befand. Doch die Natur tat ihm den Gefallen nicht. In dem maßlosen Zorn, der in ihm wühlte, wusste er nicht mehr zu sagen, aus welcher Richtung er gekommen war und wo die Hütte genau lag. Alles verschwamm in einer trüben Brühe aus angeschlagenen Gliedern, Dunkelheit und Regenschleiern, die er nicht mehr aufzulösen vermochte. Er drehte sich mehrmals um die eigene Achse, schrie und fluchte und konnte sich nur schwer beruhigen. Mit dem Fuß stieß er zufällig gegen den Krug und bevor dieser umfiel, hatte er ihn gegriffen und setzte ihn sich an den Mund.

»Wenn ich dich schon nicht erwische, sauf ich eben dein Bier leer!«, schrie er und hob den Krug, sodass ihm die Flüssigkeit über das Hemd lief und durch die Nase aufstieg. »Ich bring dich um, wenn ich dich erwische!«, brüllte er wieder und setzte den Krug erneut an.

Dem Übermaß an Bier gelang, was ihm vorher nicht gelungen war. Er beruhigte sich. Als der Krug leer war, bemerkte er, dass er sein Bündel noch immer umhängen hatte.

Während er in die Nacht hinauslief, rülpste er genüsslich. Zuvor lauschte er kurz, von wo er das Rauschen des Wassers hörte, dann ließ er es zu seiner Linken liegen und suchte nach der Straße, die ihn zur Magdalenen-Brücke bringen würde. Den Krug schleuderte er in die Dunkelheit hinein und horchte zufrieden darauf, wie er in Tausende Scherben zerschellte.

12

AUF DEM WEG NACH LANDSBERG

Irgendwann mussten sie eingeschlafen sein, eingelullt vom beständigen Rauschen des Regens. Als Ann-Kathrin aufwachte, horchte sie in die Stille der Hütte, vernahm aber nur Vincenz' leises Atmen. Unter ihnen regte sich nichts, ihr Hüttengenosse schien verschwunden.

Ihre Kehle fühlte sich plötzlich trocken an, so rau. Auf einmal hatte sie furchtbaren Durst. Wo hatte sie ihren Trinkbeutel hingelegt, den sie am Lech noch einmal aufgefüllt hatte? Sie griff nach ihrem Wassersack, doch der lag nicht mehr neben ihr.

Unwillkürlich fuhr sie auf und weckte so Vincenz.

»Was ist denn?«, murmelte er verschlafen.

Ann-Kathrin sah sich im schwachen Dämmerlicht der Hütte um, suchte mit den Händen unterm Heu, aber der kleine Sack mit dem wenigen Essen, den ihr Vincenz gegeben hatte, war verschwunden. Auch Vincenz' Tasche, in der er ein bisschen Proviant hatte, fehlte, soweit sie sehen konnte.

»Er hat uns bestohlen«, keuchte sie und klopfte ihre Schürzentasche ab. »Auch die paar …«

»Auch was …?«

»Die Münzen, die ich bei mir hatte. Weg!«

Ihre Verblüffung darüber, dass ihm das gelungen war, war größer als die Wut über den dreisten Diebstahl. Verstohlen langte sie an ihren Schoß. Nur die Geldbörse, die sie unter dem Rock getragen hatte, war noch da. Vermutlich hatte der nächtliche Dieb nicht erwartet, dass sie mehr als die wenigen Münzen in ihrer Schürzentasche bei sich trug.

»Er hätte uns abstechen können!«, sagte Vincenz, der jetzt ebenfalls hellwach war.

»Was er nicht getan hat. Aber er hat uns davor gewarnt, ihm zu trauen.«

Ann-Kathrins Herz schlug wie rasend, als sie sich vorstellte, wie er in den Morgenstunden zu ihnen hochgeklettert war und sie ausgenommen hatte. Sie atmete schneller.

Vincenz sprang mit einem Satz nach unten und rannte aus der Hütte. »Vielleicht finde ich den Dieb noch!«, rief er zu ihr hoch.

Doch Ann-Kathrin bezweifelte das. Sie hatten den Mann nicht bemerkt, als sie zur Hütte gekommen waren, warum sollten sie ihn jetzt aufspüren? Außerdem hatte sie anderes zu tun, als ihn zu verfolgen. Wofür? Für ein paar Münzen, etwas Käse und Brot?

Sie kletterte zu Vincenz hinunter und stellte sich in die Tür. »Ich habe zwar Hunger, aber wir müssen weiter. Wenn wir jetzt loslaufen, können wir einen halben Tag suchen. Das müsste genügen. Und dann gehen wir zur Landsberger Floßlände. Ich kenne sicherlich jemanden, der uns etwas zu essen gibt und bis Augsburg mitnimmt.«

Sie löste sich von Vincenz, ging kurz hinter die Hütte, um sich zu erleichtern, und stapfte dann voraus.

Der nächtliche Regenguss hatte den schmalen Pfad in eine Schlammbahn verwandelt. Innerhalb kürzester Zeit waren ihre Waden bis hinauf zu den Schenkeln mit Kot von den Saumpfadtieren bespritzt. Außerdem kamen sie nur langsam voran. Immer wieder mussten sie tieferen Wasserstellen ausweichen. Auch war die Kleidung von gestern noch immer etwas feucht und klamm.

Ann-Kathrin ging voran, Vincenz folgte ihr stumm. Sie konnte spüren, wie seine Augen auf ihr ruhten, wie er sie musterte, wie seine Blicke sie berührten, als wären es Hände. Ein Kribbeln durchlief sie, dem sie aber keine Bedeutung beimessen durfte. An oberster Stelle kam die Suche nach dem grauen Beutel mit der Tasche, in der sich die gestohlenen Frachtdokumente befanden, auch wenn es ihr immer unwahrscheinlicher erschien, ihn zu entdecken, je näher sie der Stelle kamen, an der sie ans Ufer gekrochen war.

Sie zog sich immer tiefer in sich zurück. War sie gestern noch zuversichtlich gewesen, so fraßen sie die Zweifel heute regelrecht auf.

Der Auwald trug seinen Teil dazu bei. Der matschige Weg und das eintönige, aber beständige Tropfen von den Bäumen zermürbten sie. Am liebsten hätte sie auf der Stelle kehrtgemacht und wäre nach Augsburg zurückgerannt. Wenn Vincenz nicht gleich hinter ihr gelaufen wäre, hätte sie das auch getan.

»Die Brücke. Da ist sie!«, rief Vincenz und holte sie aus ihren düsteren Gedanken. Mit ausgestrecktem Arm zeigte er an ihr vorbei nach vorn.

Ann-Kathrin hob den Kopf. Zwischen Büschen und Bäumen konnte sie tatsächlich die Magdalenen-Brücke erkennen.

Abrupt blieb sie stehen, sodass Vincenz auf sie auflief. Sie versuchte, sich zu orientieren.

»Hier irgendwo muss es sein«, flüsterte sie und wandte sich dem Lech zu. Den sah sie zwar nicht, aber sie hörte die Schwelle bei Landsberg deutlich rauschen. Sie bahnte sich einen Pfad zum Ufer hinunter. Kurz bevor sie den Fluss zu Gesicht bekamen, wich der Auwald zurück und gab einen steinigen Streifen frei, der übersät war mit großen und kleinen Felsbrocken.

Ann-Kathrin blieb stehen und versuchte, sich zu erinnern.

»Und?«, drängte Vincenz. »Wo …«

»Jetzt halt doch den Rand!«, herrschte sie ihn an und ließ den Blick am Ufer auf und ab gleiten. »Ich war halb tot. Glaubst du vielleicht, da merkt man sich, wo man das rettende Ufer erreicht? Ich muss mich konzentrieren.«

Offenbar hatte sie den Bogen überspannt. Vincenz trat unvermittelt einen Schritt zurück und setzte sich auf einen Stein. Er schien sich nicht mehr für das Ufer und schon gar nicht für sie zu interessieren, sondern blickte nur auf seine Finger und säuberte sich die Nägel. Ab und zu griff er nach einem Kiesel und warf ihn ins Wasser.

»Dort!« Sie deutete das Ufer hinauf und kletterte über die Steine bis zu der Stelle. Sie ließ sich auf die Knie nieder und spähte unter jeden Felsbrocken, der dort lag. Aber zwischen die rundgeschliffenen Steine passte nicht einmal ihr kleiner Finger.

Vincenz blieb, wo er war.

»Willst du mir nicht helfen?«, zischte sie ihn an und ging auf ihn zu.

Er sah nicht einmal auf, sondern suchte sich weitere Kiesel, die er ins Wasser warf.

»Was ist?«, fragte sie.

Er öffnete kurz den Mund, als wolle er etwas sagen, doch auch diesmal blieb er stumm.

Sie wusste sehr wohl, was war. Die Frage, die sie ihm gestellt hatte, war nur ihrer Unsicherheit geschuldet gewesen.

»Es … es tut mir leid«, sagte sie und setzte sich neben ihn. »Ich … bin so angespannt. Die Nacht … der Diebstahl … die

Angst, die Dokumente nicht zu finden … das ist alles … sehr viel für mich … zu viel.«

»Ach. Und deshalb behandelst du mich wie deinen Stiefelknecht und hältst mich hin?«, brach es aus Vincenz heraus.

Ann-Kathrin atmete kurz ein und kaute auf ihrer Unterlippe, während sie versuchte, nicht ausfällig zu werden.

»Ist es das, was du willst? Ja? Nur das? Ich will meinen Vater aus dem Schuldturm holen, weil sonst meine Familie zerstört ist. Das ist verdammt noch mal mehr als dein Vergnügen.«

»Was du nicht mehr könntest, wenn ich dir nicht aus dem Wasser geholfen hätte«, entgegnete er. »Außerdem erinnere ich mich da an ein kleines Versprechen. Aber das gibt man offenbar einfach so und hält es dann nicht, weil es einem nicht passt.«

Ann-Kathrin presste die Lippen aufeinander. Sie wusste, was sie ihm versprochen, welche Erwartungen sie in ihm geschürt und welches Verlangen sie geweckt hatte, aber konnte er nicht verstehen, dass es für sie gerade Wichtigeres gab?

Sie senkte den Kopf, dann drehte sie sich blitzschnell zu ihm um und gab ihm einen Kuss. Noch bevor er reagieren konnte, stand sie auf.

»Mehr, wenn ich die Dokumente gefunden habe.« Sie baute sich vor ihm auf und stemmte die Arme in die Hüften. »Ich halte meine Versprechen. Dir gegenüber und gegenüber meinem Vater.«

Doch Vincenz achtete nicht auf sie. Er blickte hinüber an das gegenüberliegende Ufer. Sie glaubte schon, ihn verloren zu haben.

»Wer ist das?«, fragte er. »Es sieht aus, als würde er uns beobachten.«

Ann-Kathrin drehte sich um und suchte das Ufer ab, dabei vertrat sie ihm kurz die Sicht, sodass er an ihr vorbeischauen musste.

»Was hast du gesehen?«, fragte sie zögernd, konnte aber nichts und niemanden entdecken.

»Da stand ein … ein junger Mann und hat zu uns herübergesehen«, murmelte er. »Jetzt ist er weg.«

»Du musst dich getäuscht haben. Ich sehe niemanden«, sagte Ann-Kathrin.

»Vielleicht der Dieb … vielleicht … komm. Suchen wir und verschwinden dann von hier.«

Vincenz schaute noch einmal zum anderen Ufer, dann zum Himmel. Die Wolken waren verschwunden. Es würde warm werden.

»Er hat uns beobachtet, ganz sicher«, sagte er und schüttelte den Kopf.

13

LANDSBERG, AM UFER DES LECHS

Sie mussten unweigerlich am anderen Ufer auftauchen. Anton setzte sich auf einen Stein unter einer Weide und wartete, bis die Sonne aufgehen und ihre Wärme auch zu ihm nach unten schicken würde. Ihm war kalt, er war müde und bis auf die Knochen durchnässt.

Kurz dachte er noch an den Alten, der ihn beinahe dranbekommen hätte, aber er schob diese Erinnerung einfach beiseite. Korbinian interessierte ihn nicht mehr, und es war ihm gleich, was aus dem Kerl geworden war. Er konzentrierte sich auf das gegenüberliegende Ufer.

Was sollte er tun, wenn die Flößerin die Dokumente tatsächlich fand? Ihm war der Beutel bei dem Floßunfall aus den Händen geglitten, und er hätte schwören können, er wäre den

Fluss hinabgetrieben oder untergegangen. Niemand würde ihn mehr finden. Selbst die Biechlerin nicht. Aber er wollte sich nicht darauf verlassen, wollte mit eigenen Augen sehen, ob sie Erfolg hatte. Also saß er hier und wartete. Wenn die beiden nicht die Nacht durchgelaufen waren, mussten sie hier auftauchen. Gestern, als die beiden nackend dastanden, hatte es nicht danach ausgesehen, als würden sie sich dieser Strapaze unterziehen. Unwillkürlich musste er grinsen, wenn er sich im Geist vorstellte, was sich zwischen ihnen abgespielt hatte.

Er lehnte sich an den Weidenstamm und schlang die Arme um den Körper. So hätte es sich aushalten lassen, wenn ihm nicht das Wasser aus der Kleidung geronnen und in die Schuhe gelaufen wäre. Er verfluchte das Gewitter, das ihn bis auf die Knochen durchnässt hatte, er verfluchte den Alten, der ihm die Unterkunft verleidet hatte, er verfluchte die Flößerin, die ihn gezwungen hatte, hierherzukommen, statt an einer Bronzefigur für den Brunnen zu arbeiten.

Beinahe hätte er vor lauter zorniger Erregung die Bewegung am anderen Ufer übersehen. Ann-Kathrin und der Brunnenmeistersprössling traten auf das Ufer hinaus. Sie begann sofort zu suchen, während er sich wie unbeteiligt auf die kiesige Uferböschung setzte und nichts tat.

Offenbar hatte es eine Auseinandersetzung zwischen ihnen gegeben, denn er reagierte nicht auf ihre Ansprachen, bis sie sich neben ihn hockte und ihm einen Kuss aufdrückte. Anton zitterte und schlang seinen Mantel enger um sich, was sich als Fehler entpuppte. Denn kaum hatte er sich bewegt, richtete Vincenz seine Aufmerksamkeit auf ihn und deutete zu ihm hinüber. Die Flößerin vertrat ihm kurz die Sicht – und Anton nahm die Gelegenheit wahr und sprang mit einem Satz hinter einen Weidenstamm.

Er hörte, wie sie sich unterhielten, ohne etwas zu verstehen, hörte, wie er lauter wurde, seine Entdeckung verteidigte, die sie nicht mehr erkennen konnte. Und dann begannen die beiden zusammen, den Uferabschnitt abzusuchen.

Wenn er sich recht erinnerte, war sie etwas weiter stromaufwärts ans Ufer gelangt. Er schlich sich in der Deckung des Uferbewuchses gut fünfzig Fuß voran und suchte mit Blicken selbst das Ufer ab, das an dieser Stelle aus größeren Felsbrocken bestand.

Es dauerte eine gute Stunde, bis die beiden zu diesem Bereich des Ufers gelangten. Ann-Kathrin schien immer unruhiger zu werden. Ihre Bewegungen wurden fahrig. Offenbar war sie sich sicher, hier gestrandet zu sein.

Mehr als einmal rutschte sie auf den großen Brocken aus und stürzte. Irgendwann gab sie auf, setzte sich nahe ans Wasser und vergrub das Gesicht in den Händen.

Der Sohn des Brunnenmeisters arbeitete systematischer, genauer. Er schaute nicht nur in jede Spalte, er griff auch hinein und tastete in den Höhlungen herum. Nichts schien ihn entmutigen zu können. Er arbeitete sich von oben nach unten und wieder von unten nach oben zurück. Fasziniert beobachtete Anton den jungen Kerl. Das hätte er nicht erwartet. Vincenz durchstöberte jeden Winkel, als würde ihm eine Belohnung zustehen, wenn er fände, was sie suchten.

Anton ließ ihn nicht aus den Augen, und so bemerkte er das Zucken, als er in eine der Spalten zwischen zwei Felsbrocken griff. Sein eigenes Herz machte einen Satz. Beinahe hätte er alle Vorsicht fahren lassen und sich gezeigt. Als Vincenz die Hand aus der Lücke zog, war diese jedoch entgegen Antons Erwartungen leer.

Dennoch gab Vincenz offenbar irgendetwas von sich, denn die Flößerin drehte sich zu ihm um. Langsam erhob sie sich, wischte sich die Tränen aus dem Gesicht. Mehrmals schüttelte sie den Kopf, doch dann ging sie vor Vincenz in die Knie, bückte sich und griff in eine Lücke zwischen zwei gewaltigen Blöcken aus Kalkstein. Sie musste beinahe mit der ganzen Schulter hineinkriechen. Doch dann schien sie etwas zu fassen bekommen zu haben und zog es hervor.

Anton hielt den Atem an, als sein graues Bündel ans Tageslicht kam und Ann-Kathrin die Ledertasche hervorzog. Selbst auf diese Entfernung hin erkannte er sie sofort. In ihr befanden sich die Dokumente.

Damit war der schlimmste Fall eingetreten, den er erwartet hatte.

Er beobachtete, wie die beiden sich nebeneinander ans Ufer setzten und langsam die schwarze Ledertasche öffneten. Ann-Kathrin zog ein in Ölpapier eingewickeltes Bündel heraus, das sie vorsichtig aufschnürte und entfaltete.

Am liebsten wäre es Anton jetzt gewesen, ein Schwall Wasser wäre über die Schwelle nach der Magdalenen-Brücke geschossen und hätte die beiden dort ertränkt und die Dokumente mit sich gerissen. Viel hätte er darum gegeben. Aber es war wie so oft, dass sehnlichst ausgestoßene Wünsche letztlich unerfüllt blieben.

Über die Papiere gebeugt, schienen sich Ann-Kathrin und Vincenz wie die Schneekönige über ihre Entdeckung zu freuen – und das Mädchen gab dem Jungen einen weiteren, diesmal längeren Kuss.

Anton zerbiss sich die Lippen. Verstehen konnte er die Freude der beiden durchaus. Aber des einen Freud war des anderen Leid. Für ihn bedeutete der Fund das Ende seiner Arbeit in Augsburg. Wenn herauskäme, dass er die Unwahrheit gesagt und eine Lüge verbreitet hatte, dann wäre dort die Hölle los.

Wie also konnte er die Entdeckung ungeschehen machen? Zwischen ihm und den beiden lag der Lech mit seinem grünlichen Wasser. Auf dem Weg nach Augsburg würde es ihm kaum gelingen, denn er konnte nicht voraussehen, wann und wo sie den Fluss überqueren würden. Das konnte jetzt gleich sein, aber auch irgendwo dazwischen, wo der Lech weniger tief war und weniger rasch floss, oder aber erst an der Lechbrücke bei Augsburg.

Besorgt sah er nach Süden und spähte zur Floßlände. Aber dort lag derzeit kein Gefährt. Sie konnten daher nicht auf ein Floß wechseln und vor ihm in Augsburg sein. Rasch entschied er sich. Er durfte nicht zögern und musste alles auf eine Karte setzen. Er hoffte, die Flößerin würde Augsburg an der Stelle wieder betreten, an der sie die Stadt verlassen hatte: am Schwibbogentor. Dort musste er auf sie warten und sie abpassen.

Er warf noch einmal einen Blick auf das andere Ufer. Ann-Kathrin schmiegte sich in Vincenz' Arme, sie küssten sich leidenschaftlich. Die Ledertasche und die Frachtpapiere lagen unbeachtet auf den Steinen neben ihnen.

Anton verdrehte die Augen. Wäre er dort drüben, hätte er jetzt die Gelegenheit, die Dokumente an sich zu bringen. Ebenso vorteilhaft wäre es gewesen, wenn ein kleines Lüftchen geweht hätte, das sie hätte wegblasen können. Aber es ging kein Wind, und er hockte hier, auf der anderen Uferseite. Was für ein Pech für ihn!

Also musste er sich beeilen, musste vor den beiden Turteltäubchen Augsburg erreichen.

Vorsichtig, ohne mit raschen Bewegungen die Aufmerksamkeit auf sich zu lenken, wollte er sich in den Auwald zurückziehen. Doch kaum hatte er sich aufgerichtet, als eine Gestalt vor ihm auftauchte, einen Holzprügel in der Hand.

Die Lichtreflexe, die durch das Blätterdach fielen, machten es ihm unmöglich zu erkennen, wer da vor ihm stand. Er sah nur, wie sich der Knüppel hob und auf ihn niedersauste. Unwillkürlich hielt er schützend den Arm über den Kopf und warf sich zur Seite.

14

LANDSBERG, AM UFER DES LECHS

»Nicht hier, wo uns jeder sehen kann«, sagte Ann-Kathrin, und löste sich aus Vincenz Armen.

Rasch sammelte sie die Dokumente zusammen. Allein die Berührung der Papiere ließ ihr Herz höherschlagen. Sie wickelte sie wieder in das Öltuch und steckte sie in die Ledertasche. Verunsichert blickten sie beide auf die andere Uferseite, ohne etwas zu entdecken. Dann nahm sie Vincenz an der Hand, und sie kletterten wieder die Böschung hoch. Sie wollte bis zu dem Judenpfad, der sie hierhergebracht hatte.

Bereitwillig ließ er sich mitziehen. Als sie jedoch halb den abschüssigen Uferhang hochgeklettert waren, blieb er abrupt stehen. Ann-Kathrin glitt aus und fiel nach hinten, direkt in seine Arme.

Jetzt gab es kein Halten mehr. Der Auwald verdeckte sie. Weder vom Ufer noch vom Pfad aus waren sie zu sehen – und Vincenz Hände begannen zu wandern.

Allerdings vermied Ann-Kathrin die letzte Konsequenz. Sie hatte Mühe genug, ihre Börse verschwinden zu lassen. »Lass mir meine Jungfräulichkeit«, flüsterte sie, als er sie zu sehr bedrängte. »Bitte.«

Ein heiserer Schrei von der gegenüberliegenden Seite, der unvermittelt abbrach, ließ sie auffahren. Beide starrten hinüber, aber der Wald gab kein Geschehen frei.

Vincenz drückte sie von sich weg, hob den Kopf und horchte.

»Was passiert dort?«, fragte sie mehr sich als Vincenz.

»Jedenfalls nichts, bei dem wir sofort eingreifen könnten«, erwiderte er und half ihr, gerade zu stehen. Sie fühlte, wie sich die Härchen ihrer Haut aufrichteten und einen Gänsehautrasen bildeten.

»Und wenn dort jemand Hilfe braucht?«,

»Dann sollten wir ihm helfen!«, flüsterte Vincenz.

Ein heiserer Schrei von der gegenüberliegenden Seite, der unvermittelt abbrach, alarmierte beide.

»Man hat jemanden erschlagen!«, kommentierte Ann-Kathrin tonlos.

»Lass uns rübergehen und nachsehen«, drängte jetzt auch Vincenz.

Ann-Kathrin kletterte das Ufer hoch. Die schwarze Ledertasche hing über ihrer Schulter.

»Wie kommen wir über den Lech? Durchs Wasser will ich nicht mehr!«, sagte Vincenz.

Ann-Kathrin zog die Tasche vor ihren Körper und kramte darin herum. Triumphierend holte sie aus einem Seitenfach zwei Münzen hervor.

»Unser Brückengeld!«

Damit musste sie ihm ihr Geheimnis um ihr Geldsäckchen nicht preisgeben. Sie stapften zum Pfad hoch und rannten mehr, als sie liefen, in Richtung Süden.

An der Floßlände von Landsberg wandten sie sich zur Brücke, zahlten den Obolus für die Überquerung und liefen wieder flussabwärts bis zu der Stelle, an der Vincenz glaubte, den Fremden beobachtet zu haben. Sie suchten zuerst von der Straße aus nach einem Durchgang zum Wasser, entdeckten am Ufer endlich die Weide, die sie von der anderen Seite gesehen hatten, und gingen von dort aus zurück zur Straße.

Keine dreißig Fuß weg vom Ufer fanden sie ihn.

Der Alte lag mit blutigem Schädel in einer braunen Lache und rührte sich nicht. Arme und Beine waren verdreht, der Kopf merkwürdig nach hinten gedrückt.

Ann-Kathrin kniete sich neben ihn und suchte an Hals und Arm nach einem Zeichen von Leben. Doch das war aus dem ausgemergelten Körper gewichen.

»Ist er tot?«, hauchte Vincenz.

»Vermutlich!«, sagte sie. »Ich kenne ihn. Das ist Korbinian Saumweber«, flüsterte sie. »Haderer hat ihn schon mal niedergeschlagen, als er auf dem Weg nach Augsburg war.«

»Glaubst du, er war es wieder?«

»Was denkst du? Wie soll der Haderer hierherkommen?«

Vincenz zuckte mit den Schultern. »Ich hab jedenfalls jemanden gesehen, der uns beobachtet hat. Und er hier ist der Beweis dafür, dass ich mich nicht getäuscht habe.« Er schluckte. »Sollen wir ihn liegenlassen oder begraben?«

Ann-Kathrin sah ihn an. »Egal, was wir tun, wir sind immer verdächtig!«

In diesem Moment hörten sie ein Gurgeln.

»Er ... er lebt!«, flüsterte sie und kniete sich wieder neben den Alten. »Aber ... er ist schwer verletzt.«

Sie sahen einander an, doch keiner wagte zu sagen, was sie beide dachten.

Würden sie den Alten hochheben und wegtragen, würden sie ihn vermutlich umbringen. Liegenlassen konnten sie ihn aber auch nicht.

In diesem Moment begann außerhalb des Auwalds ein Pferd zu schnauben.

»Rasch«, befahl sie. »Halt den Reiter auf. Er kann den Alten vielleicht mit aufs Pferd nehmen!«

Vincenz spritzte davon und kam kurze Zeit wieder, ein Maultier am Zügel.

»Mein Gott, er ist mit seinem Maultier da gewesen«, sagte Ann-Kathrin. »Wir packen ihn vorsichtig auf den Klepper und dann ab mit ihm zu seiner Hütte.«

»Du weißt, wo er wohnt?«, fragte Vincenz verblüfft.

Sie nickte nur kurz. Ach, warum glaubten Männer immer, Frauen verstünden die Welt nicht? Um eins und eins zusammenzuzählen, brauchte man nicht viel – und dieses Wenige war auch den Frauen reichlich gegeben. Sie durften es in den Augen der Männer nur nicht nutzen.

Sie legten den Alten so auf das Maultier, dass er gut atmen konnte und nicht weiterblutete. Dann machten sie sich auf den Weg.

Die gesamte Strecke über hielt Ann-Kathrin die Tasche so unter den Arm geklemmt, dass man sie selbst hätte wegtragen müssen, um sie zu rauben, und dachte darüber nach, was Vincenz gesagt hatte.

Am Zugang zu dem kleinen Dorf gaben sie dem Maulesel einen Klaps auf die Kuppe, und er trabte bis vor das beinahe in die Erde gebaute Haus. Verborgen hinter einem Strauch warteten sie, bis die Frau aus der Hütte trat und ihren Mann entdeckte. Dann umrundeten sie den Ort und strebten weiter in Richtung Augsburg. Wenn sie flott ausschritten, könnten sie die Stadt am späten Nachmittag erreichen.

Auf keinen Fall wollte Ann-Kathrin noch einmal unterwegs übernachten. Sie rätselte noch immer, wer der Fremde gewesen war, der sie bestohlen hatte, und woher er wusste, was sie bei sich getragen hatten.

Den gesamten Weg über hielten sie sich bei der Hand, aber keiner von ihnen wagte es, auf den Diebstahl oder auf das Erleben am Ufer zu sprechen zu kommen.

15

Kaum hatten sie am Abend die Wagenhalssiedlung betreten, wurde Vincenz von den Männern des Brunnenmeisters entdeckt und herangepfiffen. Anton, der die beiden erwartet hatte und beobachtete, sah es aus der Entfernung mit Genugtuung. Die Stimmung unter den Männern war denkbar schlecht, schließlich war der Junge zwei Tage weg gewesen, und sie hatten die Arbeit allein erledigen müssen.

Anton grinste vergnügt. So hatte er es gehofft, so war es gekommen. Er lief voraus durch das Schwibbogentor und wartete dahinter auf die Flößerin. Sie würde an ihm vorüber müssen, ob sie wollte oder nicht. Er sah nach oben. Drei Stunden würde es noch Tag sein, aber durch die tief stehende Sonne entstanden bereits dunkle Ecken.

Er stellte sich an einen dieser schwarzen Flecken zwischen zwei Häusern. Bei dem einen sprang die Fassade etwas vor. Das Holz hatte sich offenbar gedehnt, jedenfalls präsentierte das Gebäude im unteren Stock einen veritablen Bauch, als wäre es schwanger und würde alsbald mit einem weiteren Gebäude niederkommen.

Sie würde ihn nicht sehen.

Es dauerte nicht lange, bis sie humpelnd herankam.

Es war wirklich eine Leistung, an einem Tag von Landsberg hierher zu laufen. Man war neun Stunden unterwegs – und eine Flößerin legte den Weg üblicherweise auf dem Wasser zurück. Sie liefen zwar auch zurück in ihren Heimatort, aber nicht in dieser Geschwindigkeit. Er empfand fast etwas Mitleid, weil er ihr ansah, wie ihre Füße schmerzten. Die schwarze Ledertasche hielt sie noch immer krampfhaft umklammert.

Anton hatte genug Zeit gehabt darüber nachzudenken, was jetzt geschehen musste. Er wusste, dass Ann-Kathrin zu schreien anfangen würde, wenn er versuchte, ihr die Tasche zu entreißen, und er wusste, dass sie sich wie ein Berserker wehren würde. Also musste er etwas tun, was ihren Widerstand zusammenbrechen und sie im selben Moment verstummen ließ. Und das rasch, denn je weiter sie in die Stadt hineinlief, desto lebhafter wurde das Treiben. Es musste hier am Tor geschehen. Unmittelbar nachdem sie die Stadtmauer durchquert hatte. Noch bevor die Menschen sich vom Staunen erholt hatten, wenn sie das Dunkel der Toreinfahrt hinter sich hatten.

Andererseits wollte er ihr nicht wehtun. Schließlich brauchte er sie noch. Er lächelte unwillkürlich, als er daran dachte.

Sein Herz schlug einen wilden Takt bei dem Gedanken, was er unternehmen würde.

Die langsam einsetzende Dämmerung half ihm, verwischte sie doch in den Gassenschluchten zwischen den Häusern die Körper zu Schemen, die man nicht mehr recht erkennen konnte.

Als Ann-Kathrin an ihm vorüberkam, war er auch schon über ihr. Er stieß sie mit einem Ruck gegen die bauchige Fachwerkfassade, sah, wie sie mit dem Kopf gegen einen der Balken prallte – und dann sackte sie einfach weg und ging stumm zu Boden. Rasch zerrte Anton sie in einen Winkel zwischen zwei Häusern, lehnte sie gegen die Wand, etwas vornübergebeugt, als schliefe sie erschöpft.

Kurz prüfte er, ob sie noch lebte. Seine Härchen auf dem Handrücken kitzelten, als sie ausatmete.

Dann zog er ihr den Halteriemen der Tasche über den Kopf und machte sich davon.

Kaum war er außer Sichtweite, verlangsamte er seinen Schritt und tat so, als gehöre die Tasche ihm. Er eilte hinauf zur Kaufleutestadt, schlüpfte als Letzter durch das Domtor am Schwalbeneck und verließ die Domstadt ebenfalls als Letzter durch das Frauentor. Erst als er vor der Gießerei an der Blauen Kappe stand, kam er zur Ruhe. Er hielt einen Moment inne und überdachte sein weiteres Vorgehen.

War es klug, mit der Tasche in die Werkstatt zu schlendern und sich dumme Fragen anzuhören? Sicher nicht. Er durfte sie aber auch nicht vor der Werkstatt deponieren, weil er sonst befürchten musste, sie würde ihm ebenso entwendet, wie er sie gestohlen hatte. Sie sofort zu verbrennen war auch keine gute Überlegung, denn er wusste ja, wozu ihm die Dokumente noch dienen konnten. Er brauchte sie, um einen Plan auszuführen, für den sie als Druckmittel dienten.

Unschlüssig trat er von einem Fuß auf den anderen, ohne die Tür zur Werkstatt aufzudrücken.

Er hörte von innen das Hämmern und Fluchen, das Kreischen der Feilen, mit denen die Gießgrate der Augustus-Figur entfernt oder Teile passend geschruppt wurden, das Fauchen des Ofens, indem die Bronzespeise für eine nächste Figur erhitzt wurde. Alles das zog ihn ins Innere, während die Tasche, die er umhängen hatte, ihn draußen regelrecht festnagelte.

Er konnte nicht die ganze Nacht hier stehen bleiben und sich beinahe in die Hosen machen!

Zögerlich drückte er endlich die Tür nach innen und trat ein.

Erhellt wurde die Werkstatt durch einige Kerzen und das Feuer, das unter einer Speise gespenstisch glühte. Meister Wagner stand mit nacktem Oberkörper davor und prüfte die Farbe des Gussmetalls. Er hatte kein Auge für ihn, war hoch konzentriert.

Hinter ihm ragte die Statue des Kaisers mächtig empor. Man hatte sie mittlerweile von ihren Luft- und Gussröhren grob befreit. Der Körper wirkte zwar noch etwas uneben, was die Haut anbelangte, aber man konnte die überlebensgroße Majestät erkennen, die sie darstellen würde. Der ausgestreckte

Arm zeigte zu Anton herüber, als klage Augustus ihn an, als gebiete er ihm zu schweigen.

Noch interessanter war aber die Figur, die neben dem Gießermeister der Stadt stand: Hubert Gerhard. Der Niederländer schwankte zwar etwas, schien aber so weit nüchtern zu sein, dass er dem folgen konnte, was hier geschah.

»Jetzt?«, drängte er Wagner und spähte in den glühenden Topf. »Jetzt muss es doch endlich so weit sein.«

»Herrgott, Gerhard. Ihr seid eine Plage!«, knurrte der Meister. »Ich sage es Euch schon, wenn wir das Metall abgießen können.«

Der Künstler brachte seinen Kopf über die rot glühende Pfütze des Tiegels und schaute in die Glut.

»Mann!«, schrie ihn Wagner an. »Wenn das Metall spritzt, verliert Ihr Euer Augenlicht.«

Mit einem Ruck, der Gerhard beinahe zu Fall gebracht hatte, riss er ihn von der Glut weg. Im selben Moment kochte das Metall hoch und mit einem harten *Plop* spritzte es senkrecht in die Höhe.

»Oha«, murmelte er und taumelte rückwärts.

Anton schüttelte den Kopf über so viel Dummheit. Das war doch nicht der erste Guss dieses Niederländers.

Statt zurückzubleiben, stolperte dieser wieder vorwärts. Das Metall schien ihn magisch anzuziehen.

Als wolle ihn die Bronze für seine Unvorsichtigkeit und seinen Leichtsinn strafen, platzte erneut eine Blase an der Oberfläche und versprühte einen feinen Regen aus Metall. Obwohl Gerhard noch vier Schritte entfernt stand, versengte ihn der Tropfenregen und brannte dampfende Löcher in die Kleidung. Er sprang erneut zurück, schrie und fluchte und wischte sich mit dem Handschuh über die Wangen.

»Ich hatte Euch gewarnt!«, murmelte Wagner, ohne den Blick von dem flüssigen Metall zu lassen.

Anton musste unwillkürlich lachen, weil die Sprünge, die Gerhard vollführte, grotesk aussahen.

Obwohl sich der Meister nicht umdrehte, blaffte er ihn an.

»Ach, unser Herr Geselle ist auch wieder da. Komm sofort her, Bursche, sonst übernachtest du auf der Straße. Was fällt dir ein, zwei Tage einfach wegzubleiben? Wir dürfen hier schrubben, und der Herr Geselle … Her mit dir, du Nichtsnutz … den zweiten Widderkopf haben wir nach deinem Vorbild geformt … was verschwindest du einfach, du vermaledeiter Kerl? Hierher! Jetzt müssen erst mal …«

Wagner verfiel in eine endlose Schimpfrede, in der er ihn einmal verfluchte und wegschickte und dann wieder neben sich befahl. Anton ignorierte sie einfach. Er ging mit seiner Beute hinüber zu seinem Verschlag und warf die Ledertasche auf die Decke der Pritsche. Kurz überlegte er, ob er sie verstecken sollte, doch dann sagte er sich, je offensichtlicher sie dalag, desto weniger Bedeutung würde sie in den Augen der anderen gewinnen. Also beließ er es, wie es war, und schob sie nicht unter seine Decke. Erst dann lief er zu Wagner hinüber, der unverwandt in die Glut starrte.

»Sie ist so weit. Wenn Ihr noch länger wartet, wird sie porös«, murmelte Anton, als er neben dem Tiegel stand. Er sprach nur so laut, dass der Stadtgießer ihn verstehen konnte.

»Glaubst du, Kerl, nur weil du im Welschland gewesen bist, die Wahrheit mit Löffeln gefressen zu haben?«, fauchte Wagner zurück.

Anton zuckte mit den Schultern. Wagner musste ihm nicht glauben. Sollte doch der zweite Widderkopf, der gegossen wurde, zerbröseln, wenn er montiert werden sollte. Es war ihm egal. Andererseits wurde hier auch sein Name in Mitleidenschaft gezogen, also musste er handeln.

»Macht, was Ihr wollt, Meister. Aber ich weiß, dass die Metallspeise fertig ist. Jetzt. Also gebt Euch einen Ruck.«

Meister Wagner schnaubte unwillig, aber Anton erkannte, wie er sich entschieden hatte.

»Nimm die Zange, Kerl!«, befahl er ihm – und mit vereinten Kräften zogen sie den Schmelztiegel aus dem Ofen, liefen zur Form hinüber und begannen, das Erz in die Öffnungen einzufüllen. Die Röhren, die zur Entlüftung dienten, gaben zischende und pfeifende Laute von sich. Schwarze Rußflocken entwichen den Röhren, als die Schilfrohre verkohlten, mit denen sie ausgekleidet worden waren.

Erst als sich an der Oberfläche der Form eine Pfütze bildete, hielten die beiden inne, schleppten den Tiegel wieder zurück und setzten ihn ab.

Hubert Gerhard hatte dem Prozedere zugesehen. Jetzt klatschte er in die Hände wie ein kleines Kind. »Der nächste große Schritt. Der nächste Schritt! Mein Widder ist eine der besten Ideen.«

Mit geübtem Blick besah sich Anton zuerst die Form. Vermutlich war es derselbe Widderkopf, den er geformt hatte. Im Gold der Augustus-Statue spiegelte sich die rötliche Metallpfütze in der Gießöffnung.

Langsam segelten die Rußflocken zu Boden. Nicht allein das Ausschmelzen des Wachses hinterließ Spuren. Auch die Röhren konnten zu Fehlerquellen führen.

Das Risiko, dass ein solcher Körper Makel hatte, die man nicht ausbessern konnte, war nicht allzu groß, kam aber dennoch vor. Dann wurde die Figur aus mehreren Teilen zusammengesetzt – und zwar so, wie niemand es je vermuten würde – oder eben noch einmal neu gegossen.

Der Künstler hieb Anton anerkennend mit der flachen Hand auf die Schulter, aber so ungeschickt, dass er ihm beinahe eine Ohrfeige verpasst hätte.

»Wunderbar! Wunderbar!«, jauchzte er.

Anton überlegte kurz, dann entschloss er sich. Jetzt war die

Gelegenheit da, seine Idee zu verwirklichen. Jetzt musste er handeln, jetzt fragen. Niemand konnte sagen, wann Hubert Gerhard wieder nüchtern genug und so euphorisch wäre wie gerade.

»Herr!«, begann er und vertrat dem Niederländer den Blick auf die Gussform.

»Werd nicht aufdringlich, Bursche!«, zischte Wagner ihn an. Anton ignorierte ihn einfach.

»Herr, habt Ihr Euch schon Gedanken über die Figuren am Brunnenrand gemacht? Der Brunnen soll ja jetzt am Perlachplatz stehen, mit dem Blick aufs Rathaus.«

Verblüfft sah ihn der Künstler an. »Natürlich. Was denkst du denn? Kupfer und Zink müssen rechtzeitig beschafft werden.«

»Und was habt Ihr ... Ihr Euch ausgedacht?«

Natürlich wusste Anton, was auf dem Brunnenrand drapiert werden sollte: Najaden, Najaden, Najaden. Es gab kaum etwas Langweiligeres und Konformeres als Wassernymphen. Noch bevor Gerhard ansetzen konnte, unterbrach er ihn.

»Herr, wenn ich Euch eine Idee ...«

Der Körper des Niederländers versteifte sich. »Eine Idee?«, fuhr er ihn an. »Etwa von dir?«

Anton zuckte zusammen. Das war der heikelste Moment. Hubert Gerhard war der Künstler, nicht er. Ihm wurde die Gestaltung zugeschrieben, nicht einem Anton Haderer. Aber wenn er erfolgreich war, dann würde er Mittel und Wege finden, seinen Namen ins Spiel zu bringen.

»Eigentlich ist es Eure Idee. Ich habe sie nur ... aufgegriffen. Seht her.«

Er zog seine Zeichnungen, die er am Lechufer gefertigt hatte, aus dem Wams und zeigte sie Gerhard, vor allem die Zeichnung, bei der die vier Figuren sich auf dem Brunnenrand rekelten: zwei weibliche, zwei männliche.

»Was sind das für Figuren?«, blaffte ihn Hubert Gerhard an und ließ den Blick zwischen dem Blatt und Antons Gesicht hin und her wandern.

In diesem Augenblick ging Meister Wagner dazwischen.

»Was fällt dir ein, Kerl, den Herrn zu stören? Kennst du keinen Anstand? Du bist hier Geselle, nicht Künstler!«

Er riss dem Niederländer das Blatt aus der Hand, zerknüllte es und wollte es in die Glut des Ofens zu schleudern, als ein scharfer Anruf ihn innehalten ließ.

»Halt, Wagner. Gebt mir das Bild zurück. Sofort.« Gerhard streckte die Hand aus und forderte vehement, ihm den zerknüllten Zettel auszuhändigen. »Her damit!« Dann wandte er sich an Anton. »Jetzt erklärst du mir, was du vorhattest.«

Antons Herz raste und schlug so stark gegen die Brust, dass er kaum ein vernünftiges Wort hervorbrachte.

»Also, Herr«, begann er. »Ich dachte bei mir, wenn ich an Eure Gedanken anknüpfen darf …«

16

AUGSBURG, HINTER DEM SCHWIBBOGENTOR

Etwas fiel platschend in die Lache neben ihr, und ein durchdringender Geruch stieg ihr in die Nase.

Ann-Kathrin erwachte, und schüttelte benommen den Kopf, der brummte wie ein Wespennest. Außerdem hatte sie Schmerzen, wenn sie die Augen verdrehte.

Was war nur passiert?

Sie war in die Stadt gegangen. Durch das Tor, dann die Gasse hoch. Plötzlich war sie gestolpert und … ab da wusste sie nichts mehr.

Unbeholfen versuchte Ann-Kathrin sich aufzurappeln, aber sie stellte fest, dass sie links und rechts eingeengt war. Sie musste auf dem Hintern aus einer Lücke rutschen, erst dann konnte sie aufstehen. Sie fasste nach der Ledertasche mit den Frachtunterlagen – und erstarrte. Sie war nicht mehr da!

Ann-Kathrin stürzte auf die Knie und tastete mit den Händen die Umgebung ab. Irgendwo musste sie doch sein. Irgendwo. Die Tasche mit den Dokumenten, die sie mit Vincenz zusammen schließlich doch noch wiedergefunden hatte. Ihre Hände wühlten im Unrat, sie spürte, wie der Schmutz der Straße unter ihre Fingernägel kroch und die Arme hochspritzte.

Plötzlich war sie hellwach. Sie war nicht gestolpert, sie war gestoßen und niedergeschlagen worden! Und danach hatte ihr jemand die Ledertasche gestohlen.

Tränen schossen ihr in die Augen. Wer hatte sie ausgeraubt? Was wollte der Dieb mit den Dokumenten? Hatte er womöglich geglaubt, irgendwelche Wertgegenstände, Geld oder Schmuck bei ihr zu finden? Was würde er tun, wenn er nur beschriebenes Papier entdeckte? Wertlos für ihn. Für einen kurzen Augenblick war Ann-Kathrin froh, überhaupt noch am Leben zu sein. Der Räuber hätte ihr ebenso gut ein Messer in den Bauch rammen, sie töten können, um an die Beute zu gelangen.

Sie durfte sich gar nicht ausmalen, was geschehen würde, wenn die Frachtunterlagen verschwunden blieben. Der Dieb würde das Papier zerfleddern und wegwerfen, weil er nichts damit anfangen konnte. Allenfalls die schwarze Ledertasche konnte er benutzen, musste aber damit rechnen, dass man sie wiedererkannte. Sie war zu auffällig. Also würde er sie vermutlich ebenfalls wegwerfen.

Und dann, spätestens dann wäre es um ihren Vater geschehen. Ann-Kathrin hockte sich wieder auf den feuchten Boden, lehnte den Kopf gegen eine Hauswand und schloss die Augen. Der Lehm war kühl am Abend.

Vermutlich wäre der Nachtwächter an ihr vorübergegangen. Aber ihr Magen knurrte so laut, dass er die Laterne zur Seite schwenkte.

»Was machst du hier, Kindchen?«, fragte er besorgt. »Ab nach Hause, aber schnell!«

Erst im Licht der Laterne erkannte Ann-Kathrin, wo sie gesessen hatte: in der Abflussrinne einer Latrine, die zwischen zwei Häuserzeilen gesetzt worden war.

Sie rümpfte die Nase und versprach, sich zu entfernen.

»Ist dir auch nichts … zugestoßen?«, fragte der Nachtwächter.

»Nein!«, antwortete sie knapp. Niemand brauchte über ihre eigene Dummheit auch noch Bescheid zu wissen.

»Dann versprich mir wenigstens, dich zu waschen. Du riechst wie ein Abtritt!«, gab der Mann, dessen Augen unter dem Bart verschwanden, der das Gesicht fast vollständig bedeckte, ihr als freundschaftlichen Rat mit auf den Weg.

Gerade so trugen Ann-Kathrins Beine sie in Richtung Jakobervorstadt. Dabei wusste sie gar nicht, wo sie unterschlüpfen sollte oder konnte. Wenn sie keinen geeigneten Ort fände, dann würde sie immer wieder von den patrouillierenden Nachtwächtern aufgescheucht werden – und irgendwann in den Hexenlöchern enden.

Doch eine Möglichkeit gab es noch: Vincenz' Schwester. Aber dafür musste sie in den Pfaffenwinkel hinauf. Es war noch nicht ganz dunkel, aber die Domstadttore waren um diese Zeit bereits geschlossen. Ann-Kathrin hatte gehört, dass es eine Umgehung gab, die unten am Bleichertörlein vorbeiführte. Benutzt hatte sie diese noch nie.

Ann-Kathrin biss sich auf die Lippen. Es gäbe nichts, was sie nicht könnte, hatte ihre Mutter sie damals in ihrem Wunsch bestärkt, ein Floß zu führen.

Sie schluckte und lief los. Sie würde sich an der Mauer der Handwerkerstadt orientieren. Der Weg war weit und nicht ungefährlich für eine junge Frau. Der Schlag auf den Kopf hatte ihr eine Beule und furchtbare Schmerzen beschert. Obwohl sie versuchte, ihren Verstand auf das Hier und Jetzt zu richten, glitten ihre Gedanken immer wieder ab zu der Frage, wer sie bestohlen hatte. Das Geschehene war so unerklärlich wie der Diebstahl in dem Schober bei Landsberg. Sie hatte die Börse ihres Vaters noch bei sich. Warum hatte der Dieb die Tasche mitgenommen und ihr den Geldbeutel gelassen?

Wer konnte ein Interesse an den Frachtpapieren haben? Im Kopf stellte sie eine Liste möglicher Diebe zusammen.

Hans Fugger könnte jemanden gedungen haben: Aber er wusste ja nicht einmal, dass es die Unterlagen wirklich gab.

Vincenz: Das war unmöglich. Erstens konnte er mit den Dokumenten nichts anfangen, zweitens hatte sie – so sicher wie das Amen in der Kirche – die Stadt vor ihm betreten. Er hätte sie nicht einholen und überfallen können. Und wenn er es gewollt hätte, dann hätte er den Tag über leicht die Gelegenheit dazu gehabt, die Tasche an sich zu bringen. Sie waren immer zusammen und meist allein unterwegs gewesen.

Ansonsten fiel ihr niemand ein, der dafür infrage kam.

Es raschelte hinter ihr, und sofort schlug ihr Herz so heftig gegen ihre Brust, dass es ihr die Luft nahm. Ann-Kathrin huschte in eine Lücke und hielt den Atem an. Mit stechendem Blick versuchte sie, die Dunkelheit zu durchdringen. Es gelang ihr nicht. Die Nacht hatte zusammen mit der Finsternis das Regiment übernommen und ließ sich nicht mehr in die Karten sehen. Der Raschler hätte zwei Schritt vor ihr stehen können und sie hätte ihn nicht bemerkt. Sie musste schlucken.

Erneut hörte sie ein Schnauben, ein Schnüffeln, ein kurzes Knurren – und sie entspannte sich. Ihr Verfolger war ein Hund.

Beruhigt stieß sie ihren angehaltenen Atem aus und setzte sich wieder in Bewegung. Das leise Knurren ignorierte sie. Ein Hund! Jetzt hatte sie schon panische Angst vor einem Hund.

Plötzlich hielt sie erneut inne. Nein, das war kein Hund. Das waren Schritte. Eindeutig und unverwechselbar.

Ann-Kathrin verfluchte sich innerlich, weil sie keinen Stock mitgenommen hatte, mit dem sie sich hätte verteidigen können. Mit bloßen Händen war sie jeder Gewalt hilflos ausgeliefert.

Sie drückte sich gegen eine Fachwerkmauer und hielt die Luft an. Sie hörte noch zwei Schritte, dann hielten auch diese an. Sie versuchte, in der Dunkelheit die Entfernung abzuschätzen. Ihr Verfolger war vielleicht zwanzig Fuß entfernt, vielleicht aber auch nur fünfzehn.

Ann-Kathrin schloss die Augen – was angesichts der Dunkelheit nicht wirklich hilfreich war, aber das Gefühl dabei war wichtig – und holte tief Luft. »Was schleicht Ihr hinter mir her?«, zischte sie in Richtung ihres Verfolgers. »Ein ehrbarer Christenmensch zeigt sich!«

»Ann-Kathrin?«, hauchte eine geisterhafte Stimme. »Bist du das?«

Sie erschrak. »Wer bist du?«, fragte sie und hörte selbst, wie ihre Stimme zitterte.

»Was soll denn das?«, kam es zurück. »Ich natürlich, Vincenz.«

»Ich hab dich nicht an der Stimme erkannt«, sagte sie erleichtert. »Du flüsterst so.«

»Ich habe dich an deinem Hinken erkannt, mit dem du auf dem Weg zum Schwibbogentor angefangen hast.«

»Wie kommst du hierher? Ich dachte, du musst am Wagenhals helfen.«

Diesmal war sie misstrauischer. Zuerst der Überfall, dann tauchte plötzlich Vincenz auf, das konnte kein Zufall sein. Was hätte sie jetzt für eine Kerze gegeben! Dann hätte sie den Ausdruck in seinem Gesicht sehen können.

»Ich wollte hinter dir hergehen, hab dich aber aus den Augen verloren. Ich dachte, du gehst durchs Rote Tor.«

»Bin ich aber nicht«, gab Ann-Kathrin schnippisch zurück.

»Das weiß ich jetzt auch. Ich bin dem Nachtwächter begegnet und habe ihn gefragt, ob er dich gesehen hätte. Er hat mir gesagt, dass kurz hinter dem Schwibbogentor vor einer Latrinenrinne ein völlig verängstigtes Mädchen säße. Es mache einen verwirrten Eindruck und rieche übel.«

»Und dann bist du hierhergekommen?«

»Und habe dich gefunden!«, erwiderte er stolz.

»Hast *du* mir die Tasche weggenommen?«, schoss es aus ihr heraus.

Die Nacht war stumm. Vincenz schien wie vom Donner gerührt zu sein. Dann hörte sie, wie er sich auf der Stelle umwandte und davonging.

»Vincenz?«, rief sie in die Finsternis hinein. »Vincenz! Du kannst mich doch jetzt nicht alleinlassen.«

Die Schritte stoppten in einigen Fuß Entfernung.

»Ich dachte, du hast verstanden, dass ich dir niemals etwas antun würde, dass ich dich unterstütze. Wie kannst du nur so etwas sagen, es überhaupt nur denken?«

Ann-Kathrin senkte den Kopf. Eigentlich hatte sie ihn von den Verdächtigen schon ausgeschlossen. Warum hatte sie ihm die Tat dennoch unterstellt? Dabei konnte er gar nicht wissen, was geschehen war. Er hatte es nicht gesehen.

»Es … es tut mir leid. Ich … bin überfallen worden«, stammelte sie hastig und erzählte ihm, was in der letzten halben oder ganzen Stunde geschehen war.

»Ich glaube …«, schloss sie. »Ich glaube, es war der Fremde, der uns das Essen in der Hütte gestohlen hat. Oder jemand anders.«

Wieder war es still. Sie hörte, wie Vincenz langsam wieder auf sie zukam.

»Das kann ich mir nicht vorstellen«, sagte er. »Der Mann war harmlos und hatte nur Hunger. Ein Wanderer, vielleicht ein Händler. Ich glaube, es war der Kerl am anderen Lechufer, der den Alten beinahe umgebracht hat. Er könnte vor dir nach Augsburg gekommen sein, nachdem er bemerkt hat, dass ich ihn entdeckt hatte.«

Wieder entstand eine Stille zwischen ihnen, die Ann-Kathrin ein Frösteln auf die Unterarme trieb. Als bestünde ihr Gegenüber nur aus Stimme und wäre als Person nicht mehr vorhanden, sobald sie verstummte.

Sie schluckte. »Niemand kann wissen, was wir gefunden haben und was es wert ist. Was hätte es dem Dieb geschadet, wenn die Papiere entdeckt worden wären? Er … konnte kein Interesse am Inhalt haben.« »Außer …« Er brach ab.

»Außer … was?«, drängte sie.

»Außer, er wäre dir schon von Augsburg aus die ganze Zeit gefolgt.«

17

AUGSBURG, GIESSEREI AM KATZENSTADL

Anton triumphierte. Er hatte Hubert Gerhard seinen Entwurf gezeigt. Selbst dessen Bruder Heinrich, den er mittlerweile aus München dazugeholt hatte, damit er ihm zu Hand ging, hatte zustimmend genickt. Jetzt durfte er sich ein weiteres Mal ausprobieren. Zwar nicht an einer der liegenden Brunnenfiguren, aber an einer Sirene für die Standsäule auf der der Bronzekaiser stehen sollte. Wenn ihm die gut gelänge, so der Niederländer, dann dürfe er weiterarbeiten.

Der Künstler hatte sich auf die Schenkel geschlagen und vor Lachen gekickst. »Sirenen, was für ein grandioser Gedanke!«, hatte er ausgerufen. »Sie werden die Bürger an den Brunnen locken – und doch können sie nicht an ihn heran, weil das Gitter es verhindert. Es bleibt bei der Verlockung und kommt nicht zur Erfüllung. Wunderbar! Wun-der-bar!« So saß Anton nun vor dem Wachsblock und modellierte eine Frauenfigur mit Flügeln und Brüsten. Am besten hatte Gerhard gefallen, dass aus den Brustspitzen der Sirene das Wasser in den Brunnen spritzen sollte. Und noch verwegener war die Anordnung, dass zwischen den Beinen der Nymphe ein weiterer Wasserstrahl ins Becken schießen sollte. Im Augsburger Bürgertum würde sich ein Proteststurm erheben – aber eben das war gewollt. Je lauter über den Brunnen gesprochen, je heftiger er kritisiert wurde, weil er Tabus brach, desto stärker würde er außerhalb des Stadtstaates wahrgenommen und bekannt werden. Die Sirenen ließen ihre Stimmen bis Nürnberg und München schallen und würden die Menschen von dort herlocken.

Den anerkennenden Hieb auf seine Schulter spürte Anton noch immer, ebenso nahm er die giftigen Blicke des Gießermeisters wahr, der sich wohl zurückgesetzt fühlte. Schließlich musste Wagner am Augustus feilen, polieren und sich abarbeiten, während sich sein Geselle einen neuen Auftrag geangelt hatte.

Zuerst arbeitete Anton die grobe Form heraus, die er sich in seiner Skizze ausgedacht und festgehalten hatte, als er am Lech bei Landsberg auf die Flößerin gewartet hatte. Diese Zeichnung hatte Hubert Gerhard gleich imponiert.

»Ich habe zwar Peter Candid damit beauftragt, sich Gedanken zu machen, wie wir den Brunnen bestücken«, hatte er erklärt. »Allerdings arbeitet er meist in München und kommt nur selten nach Augsburg. Aber deine Figur hat etwas … Freches – wie dieser Widderkopf. Ich werde sie ihm zeigen.«

Gerhard hatte nach dem Blatt gegriffen, aber Anton hatte ihm den Arm festgehalten.

»Meine Zeichnung, mein Blatt, meine Vorlage«, hatte er ruhig gesagt und den Künstler nicht losgelassen. »Wenn er das Bild sehen will, dann soll er herkommen.«

Kurz war in den Augen des niederländischen Trunkenbolds etwas aufgeblitzt, das Anton nicht recht deuten konnte, doch dann hatte er genickt.

»Ich schicke ihn bei Euch vorbei, Geselle!«, hatte er ihm mit Betonung auf dem letzten Wort beschieden und seine Hand zurückgezogen.

Kopf, Gesicht und Oberkörper gelangen Anton vorzüglich. Er hatte die Bilder im Kopf, als Ann-Kathrin ins Wasser gestiegen waren. Die Flügel der Sirene musste er unbedingt kürzer gestalten, da sie sich an das Postament lehnte. Das Gefieder auf dem Rücken ließ sich daher nur schlecht platzieren. Wäre es nach seinem Willen gegangen, dann hätten die Sirenen mächtigere Flügel bekommen. So musste er sich fügen.

Ihn störte eigentlich etwas anderes: Während er den Oberkörper sauber ausmodellieren konnte, gelang ihm das mit dem Unterleib nicht.

Anton seufzte und hieb sich mit der Faust gegen den Schenkel. Er ließ von der Figur ab und holte sich ein weiteres Blatt Papier, das er mit Entwürfen vollkritzelte, die er einen nach der anderen wieder verwarf.

Zwar hatte er Hubert Gerhard eine Frauenfigur präsentiert, aber eben nur in einer Skizze. Die Ausarbeitung erwies sich als ungleich schwieriger. Der Aufbau der Form aus Metallstäben und Lehm ging ihm noch verhältnismäßig rasch von der Hand. Aber die Wachsummantelung würde Präzision und sichere Kenntnisse erfordern, die Anton nicht besaß. Schließlich hüllte er den Unterleib in ein Gewand und modellierte aus dem Schamhaar einen Löwenkopf, aus dessen Maul der Wasserspeier kam.

Lange betrachtete er die Zeichnung, die ihm zwar nicht wirklich gefiel, aber ein stimmiges Ergebnis zeigte.

Noch während er die Formen in das Modellierwachs übertrug, überlegte er, wie er seine Unwissenheit ausgleichen konnte.

Wenn er die Frauenfiguren erarbeiten durfte, weil ihm die Sirenen gelungen waren, dann musste er Bescheid wissen. Wieder wurde ihm bewusst, dass er ein Modell brauchte. Wenn schon die Sirenen nur unzureichend lockten, dann mussten die Flussgöttinnen die Blicke auf sich ziehen.

»Herrgott, Kerl, was wird denn das?«

Die Bemerkung des Stadtgießers riss ihn aus seinen Gedanken.

Wagner stand direkt hinter ihm und betrachtete das Wachsmodell.

»Das gelingt dir niemals«, spottete der Meister. »Wie willst du diese feinen Formen ummanteln und in einem einzigen Gießverfahren ausfüllen? Da greift wohl jemand nach Sternen, die er nicht erreichen kann.«

Anton biss sich auf die Lippen. »Ihr könnt das nicht?«, fragte er spöttisch zurück. »Dann lasst mich einfach machen. Ich zeige es Euch, Meister.«

Das letzte Wort »Meister« betonte er so, dass kein Zweifel daran blieb, wie er es meinte. Nämlich als Titel, der Peter Wagner nicht zustehen durfte, wenn ihm schon diese Schwierigkeit Kopfzerbrechen bereitete.

Die Reaktion ließ nicht lange auf sich warten. Der Meister trat dicht an ihn heran, die Hand erhoben, als wolle er zuschlagen.

»Hüte dich, Haderer«, zischte er. »Jetzt hast du vielleicht Oberwasser, weil Hubert Gerhard dir vertraut. Aber das kann sich ändern. Und dann Gnade dir Gott, Kerl. Dann werde ich dir zeigen, wo du stehst!«

Aufreizend langsam drehte sich Anton um. Unzweifelhaft hatte der Meister recht. Noch war ihm das Glück hold. Aber es war eine zu unsichere und auf Dauer vergängliche Sache, um sich darauf zu verlassen. Dennoch konnte er nicht anders, als Wagner anzulächeln und auszusprechen, was er dachte.

»Bis dahin, Meister, zeige ich Euch, was beim Bronzeguss möglich ist. Können wir uns darauf einigen? Immerhin habe ich Euch auch das Kupfer beschafft, das Ihr braucht, um die Arbeiten überhaupt ausführen zu können. Ohne mich wären die Gießarbeiten vermutlich nach München abgewandert. Hubert Gerhard arbeitet vor allem für die Herzöge der Münchner Residenz. Oder täusche ich mich da?«

Wagner wurde blass, und seine erhobene Hand schloss sich zu einer Faust, bevor er sie senkte. Dann drehte er sich um und stapfte wortlos davon.

Anton wandte sich wieder seiner Sirene zu und betrachtete sie lange.

Sie lockte durchaus. Daran bestand kein Zweifel. Auch ihn. Wenn auch schwach. Aber sie verführte ihn zu einem Verhalten, das er nur selten an sich wahrnahm, das sich aber in dieser Gießerei stärker ausprägte, als er es wollte. Es war die Sirene, die ihn anstachelte, die Begrenzung zu überwinden, ins Wasser zu springen und zu ihr hinüberzuschwimmen. Zur Erfüllung seiner Kunst. Aber er fühlte sich wie ein Odysseus: Er musste sich dem verführerischen Sirenengesang aussetzen, um zu wissen, was er in diesem Leben erreichen konnte. Allerdings durfte er sich den Verlockungen nicht gänzlich hingeben. Noch hatte Anton keinen Mast gefunden, an den er sich wie Odysseus ketten lassen konnte.

Kurz blickte er seinem Meister nach, der gewiss gerade den Augenblick verfluchte, an dem er ihn aufgenommen hatte.

Dann wandte er sich langsam wieder seiner Arbeit zu, nahm das Modellierholz in die Hand und verwandelte das gelbliche Wachs zu einer mit jedem Strich, mit jeder Wachsschicht, die er entfernte, verlockenderen Körperform. Als er die Brustspitzen der Sirene durchbohrte und eine Öffnung bis in deren Rücken hinein schuf, um dort später die Wasserröhre hindurchschieben zu können, kribbelte es in seinem Bauch.

18

AUGSBURG, SCHULDTURM

Ann-Kathrin stand vor dem Gefängnis, konnte aber das Gebäude und die Tür kaum erkennen, nicht nur, weil es Nacht wurde, sondern auch, weil ihre Augen blind waren vor Tränen.

Hinter diesen Mauern litt ihr Vater unsägliche Qualen. Jemand, der auf einem Floß aufgewachsen war und die Freiheit des Flusses liebte, dem musste ein enges Zellenloch unerträglich erscheinen, dem musste die Decke buchstäblich auf den Kopf fallen. Sie hatte so sehr gehofft, mit den Unterlagen ihren Vater aus dieser weltlichen Hölle befreien zu können – und jetzt war sie gescheitert.

»Du musst nachdenken!«, sagte Vincenz, der sie begleitete.

Er legte ihr eine Hand um die Hüfte, aber Ann-Kathrin entwand sich seinem Griff.

»Nicht!«, zischte sie. »Du bringst mich noch in Verruf!«

Sie musste ein Schluchzen unterdrücken. Wie konnte er in einer solchen Situation nur daran denken, sie an sich zu ziehen?

»Niemand ist mehr auf der Straße. Es ist dunkel!«, murrte er und kam wieder näher.

»Lass mich in Ruhe!«, fuhr sie ihn an, und die Verzweiflung stieg in ihr hoch wie schlechtes Essen und saures Bier.

»Denk nach!«, drängte er erneut.

»Das tue ich ja, die ganze Zeit schon, aber es will mir nichts einfallen, mein Kopf …«

Sie stockte. Plötzlich erinnerte sie sich an den Kerl, den Elsbeth gesehen hatte.

»Haderer!«, platzte es aus ihr heraus. »Nicht besonders groß gewachsen, pechschwarzes langes Haar. Es fällt ihm immer in die Augen. Hager, aber kräftig«, beschrieb sie ihn. »War das der

Mann, den du am anderen Ufer gesehen haben willst?« Erwartungsvoll drehte sie sich zu Vincenz um.

»Ja, so sah er aus.«

»Haderer also! Er hatte eine Papierrolle im Gürtel stecken, hat deine Schwester erzählt.«

»Es gibt nur einen Mann in der Stadt, der derzeit Gesellen sucht, Meister Wagner, der Stadtgießer. Wegen des Augustus-Brunnens.« Vincenz überlegte laut, ob noch andere infrage kämen, aber das war nicht der Fall. »Glaubst du, *er* hat dich überfallen?«

Mit gespitzten Lippen sah Ann-Kathrin Vincenz an. »Ihm traue ich alles zu. Er hat mein Floß in den Grund gebohrt, um unauffällig an die Unterlagen zu kommen, die er schon beiseitegeschafft hatte. Wenn ich ertrunken wäre, hätte niemand bemerkt, dass er die Dokumente hat verschwinden lassen.«

Sie kaute auf ihrer Unterlippe und wischte sich die Tränen aus den Augen, bis sie wieder klar sah. Ihre Trauer wich einer neuen Entschlossenheit. »Wo finde ich diese Werkstatt?«

»Wenn Haderer tatsächlich eine Anstellung gefunden hat, dann in der Stadtgießerei am Katzenstadl. Zwar gießen sie dort Kanonen und andere Geräte, aber derzeit wird auch für den Brunnen gearbeitet.«

»Katzenstadl?«, fragte Ann-Kathrin. »Meinst du Katzen? Miau?«

Vincenz prustete. »Katzen, das waren früher Belagerungsmaschinen mit Schutzdächern, die man dort untergestellt hat. Heute steht daneben die Gießerei.«

Ann-Kathrin musste lachen, wurde aber sofort wieder ernst. »Und dort könnte er arbeiten?«

Vincenz nickte, dann bohrte er verlegen mit der Schuhspitze im Dreck.

»Ich kann dich erst morgen Nachmittag dorthin begleiten. Heute muss ich zu meinem Vater, sonst schlägt er mich tot. Wir arbeiten auch für den neuen Brunnen vor dem Rathaus. Wir legen die Röhren und sind schon im Rückstand. Morgen fangen wir in aller Herrgottsfrühe an.«

Ann-Kathrin hörte nur noch mit halbem Ohr zu. Dort könnte sie Haderer also finden. Dort *würde* sie ihn finden! Und sie würde noch heute zu dieser Gießerei gehen. Egal, ob Vincenz sie begleitete.

Vincenz räusperte sich. »Du kannst, wenn du willst, wieder zu meiner Schwester. Sie weiß Bescheid.« Unsicher lächelte er sie an.

»Danke!«, hauchte sie, aber ihre Gedanken waren schon abgeschweift. »Geh ruhig. Ich komme zurecht. Deine Schwester kennt mich ja.«

Er zögerte, machte sich dann aber auf den Weg. Ann-Kathrin sah ihm gedankenverloren nach, bis er in der Nacht verschwunden war.

Lange starrte sie in die Dunkelheit hinein, die ihn verschluckt hatte. Sie konnte jetzt nicht zu seiner Schwester, sie konnte nicht bis morgen warten. Für ihren Vater war jeder weitere Tag einer zu viel.

Sobald Vincenz nicht mehr zu sehen war, machte sie kehrt und lief den Weg südlich der Domstadt weiter. Sie versuchte, so wenig Geräusche wie möglich zu machen, huschte in die schwärzesten Schatten, wenn ihr etwas nicht geheuer vorkam, und lauschte. Irgendwann begann der Weg anzusteigen. Sie spürte links von sich die Feuchtigkeit einer Mauer. Schwache Lichtreflexe, die aus Fenstern flackerten, hinter denen Kerzen standen, zeigten ihr den Weg.

Sie fand sich zurecht, wich Stimmen aus, die ihr entgegenkamen, ließ sich vom Laternenschein eines Nachtwächters ein Stück mitnehmen, ohne dass er davon etwas bemerkte, stolperte durch knöcheltiefe Löcher, horchte auf Gezeter und Liebesgeflüster hinter Türen und Fenstern und stand schließlich vor einer gewaltigen Halle in der Nähe des Judenfriedhofs. Sie roch das Feuer, roch das Metall, roch den Schweiß der Arbeiter. Hier war sie richtig.

Ihr Herz schlug wie rasend. Sie hatte den Weg gewagt, ohne lange darüber nachzudenken, was sie hier wollte. Jetzt wusste sie nicht weiter. Das Pulsen in ihrem Hals würgte sie beinahe. Was, wenn sie falschlag, wenn sie Haderer zu Unrecht beschuldigte?

Aus dem ein Stück weit geöffneten Torflügel der Werkstatt fiel ein Lichtstreif, und es sah aus, als schnitte er die Welt an dieser Stelle auf. Ann-Kathrin kam der Gedanke, sie müsse nur den Saum anheben und könnte darunter in eine andere Welt schlüpfen.

Allerdings wusste sie, dass sich hinter dieser Tür zu einer anderen Welt tatsächlich eine andere Wahrheit verbarg, eine grausame, unmenschliche, die sie niemals betreten hätte, wenn sie nicht dazu gezwungen gewesen wäre. Es war Haderers Welt, die aus Lüge und Egoismus bestand und in der mit Menschen gespielt wurde, als wären sie Kegel auf einem Würfelbrett. Sie bestand aus dem unbedingten Willen, Erfolg zu haben, egal über wie viele Leichen man steigen musste.

Sie umrundete das Gebäude, dessen Unterbau aus Stein war. Aus den hohen Fenstern im Fachwerk darüber drangen spärliche Lichtblitze. Vorsichtig schlich Ann-Kathrin näher und spähte durch den Spalt im Tor. Ihr Blick fiel in einen Raum, der vor allem durch mehrere Tiegelöfen bestimmt war, unter denen Feuer glommen.

Dann sah sie Haderer, der ein Werk betrachtete: eine Nymphe mit nacktem Oberkörper. Unzufrieden stolzierte er rund um das Bildnis, das er offenbar selbst geschaffen hatte, schüttelte dort den Kopf, nickte an anderer Stelle. Die Figur war noch unfertig, schnell aus einen Wachsblock herausgearbeitet, aber noch nicht geglättet und in Form gebracht.

Ann-Kathrin lief weiter zu einem an die Gießerei angebauten Verschlag, der grob aus Brettern zusammengenagelt war und direkt gegenüber dem Tor lag. Sie musste dafür das Gebäude halb umrunden.

Sie hielt Ausschau nach Ritzen und entdeckte schließlich ein Astloch in Brusthöhe, durch das sie in eine schwach beleuchtete Kammer sehen konnte, deren Tür zur Halle hin offenstand. Ann-Kathrin erstarrte. Auf dem Bett in der Kammer lag – die schwarze Ledertasche. Sie war sich sicher.

Ihr Herz machte einen Sprung, und sie keuchte auf. *Haderer!*, hämmerte es in ihrem Kopf. Es war also doch dieser Gießergeselle gewesen, dieser Lump, dieser Scheinheilige, dieser Abschaum seiner Zunft!

Sollte sie auf Vincenz warten, der erst morgen zu ihr stoßen würde? Aber die Gefahr war groß, die Tasche wieder zu verlieren. Was wusste sie schon, was Haderer damit vorhatte? Womöglich würde er den Inhalt verbrennen. Heiß genug waren die Öfen dafür sicherlich. Sie würden die Unterlagen fressen, samt der Tasche, restlos.

Kurz entschlossen ging sie zurück zum Tor und blickte auf den Lichtspalt, der wie eine Botschaft zu einem Weg in die Unterwelt lockte. Sie hielt sich nicht lange mit Überlegungen auf. Wenn Haderer zurückgekommen war und jetzt die Wachsfigur für eine Bronze vorbereitete, dann hatte er offenbar noch nicht viel Zeit für den Inhalt der Tasche aufbringen können. Diese Gelegenheit musste sie nutzen. Sie atmete schneller, bis sie das Gefühl hatte, ihr Schädel würde zerspringen.

Schließlich zog sie mit ihrem gesamten Gewicht am Torflügel, der langsam aufschwang, und schlüpfte hindurch. Rasch ging sie einige Schritte in den Raum hinein, in dem es roch, als wäre die Luft mit Bronze gesättigt.

Mit einem Krachen schloss sich das Tor hinter ihr wieder.

Gleichzeitig hörte sie ein Fluchen.

»Da wird doch der Hund in der Pfanne verrückt! Weil du hirnloser Kerl den Torflügel nicht festhalten kannst, bin ich mit dem Messer über mein Wachsmodel gefahren. Verdammt, Mattheis, wie blöd kann man sein?«

Mit hochrotem Kopf und dem Wachsmesser in der Hand kam Haderer um einen der Pfeiler gebogen, die die Halle hielten. Überrascht hielt er inne.

»Oh«, entfuhr es ihm. »Wen haben wir denn da?«

Ann-Kathrin hob den Arm und deutete mit ausgestrecktem Finger auf ihn.

»Ihr habt mir die Dokumente gestohlen!«, zischte sie. »Ich will sie zurück, sonst …«

Trotz seiner anfänglichen Überraschung schien er sich zu fangen, denn er stemmte die Hände in die Hüften und grinste sie frech an.

»Was sonst?«, fragte er.

»Rückt sie heraus. Sofort! Sie gehören meinem Vater und damit mir.«

Haderer betrachtete das Formmesser, das auf einer Seite eine Art Schneide besaß, auf der anderen einen Bogen bildete, in den ein Draht eingespannt war. Ann-Kathrin wusste, dass man damit das Wachs schneiden und glätten konnte.

»Woher wollt Ihr wissen, dass ich diese *Tasche* habe?«, fragte Haderer.

Ann-Kathrin deutete auf den Verschlag, dessen Tür halb offenstand. »Ich hab sie gesehen!«

»Ach so«, sagte Haderer nur. Langsam kam er näher und begann, sie zu umkreisen. Sie drehte sich mit und zeigte ihm ihre Vorderseite. Plötzlich blieb er stehen. Erst als es zu spät war, begriff sie, dass er ihr den Rückweg zum Tor abgeschnitten hatte.

»Und was wollt Ihr damit anfangen?«, fragte er.

Ob er das wirklich wissen wollte oder nur fragte, damit etwas gesprochen wurde, war Ann-Kathrin nicht ganz klar. Sie bemerkte aber, wie er mit jedem Wort näher kam. Langsam und vorsichtig, aber stetig.

»Ich muss zu Hans Fugger dem Jüngeren. Es ist *sein* Kupfer. Dann kann ich meinen Vater aus dem Schuldturm auslösen. Ich denke jedoch, dass Fugger das Kupfer trotzdem an Euch weitergeben wird. Er gilt als Kunstfreund.«

»Das denkt Ihr also. Wie ich danach dastehe, ist Euch offenbar gleich. Wenn Ihr das tut, dann muss es jemanden geben, der die falsche Geschichte in die Welt gesetzt hat – und der werde wohl ich sein. Daran denkt Ihr nicht?«

»Ihr hättet es nicht tun müssen«, entgegnete sie trotzig.

Anton war jetzt auf Armlänge an sie herangekommen. Egal, in welche Richtung sie weglaufen wollte, er würde immer schneller sein.

Er legte den Kopf schräg und betrachtete sie von oben bis unten. »Allerdings ...«, begann er. »Allerdings ...«

»Was meint Ihr damit?«

»Ich bin ja kein Unmensch, Mädchen. Womöglich ließe ich mich bei einer Gegenleistung dazu breitschlagen ...« Er sprach langsam, und sein Tonfall war anzüglich.

Zorn- und Schamesröte stiegen Ann-Kathrin ins Gesicht. »Denkt nicht mal dran!«, fauchte sie.

Haderer lachte, aber es klang freudlos und kalt, während sein Blick an ihr auf und ab glitt.

»Ihr wisst noch nicht einmal, was ich Euch vorschlagen möchte – und schon lehnt Ihr ab? Wie unklug.« Er baute sich vor ihr auf, wippte von den Fußballen auf die Zehenspitzen.

»Oh, ich kann mir denken, was in Eurem Kopf vorgeht, Haderer. Das, was in allen Männerköpfen spukt, wenn sie einer Frau begegnen.«

Das Lächeln gefror. »Ihr unterschätzt mich, und Ihr überschätzt Eure Menschenkenntnis. Kommt mit. Ich zeige Euch, was ich brauche – und Ihr werdet es mir anbieten, denn die

Dokumente wandern sonst in die Flammen.« Er deutete auf eine Tiegelschmelze in der Nähe, unter der es noch hell glühte. Mit ausgebreiteten Armen scheuchte er Ann-Kathrin auf die Säule zu, hinter der er eben hervorgetreten war.

Der Wachsblock kam zum Vorschein. Sie musterte widerwillig den Frauenoberkörper, der mehr schlecht als recht gebildet war, fand sie. Die Proportionen stimmten nicht ganz. Die Brüste waren unförmig, unweiblich und nicht natürlich.

Mit seinem Formmesser zeigte Haderer auf die Figur.

»Dafür brauche ich ein Modell – und Ihr seid wie geschaffen dafür.«

Ann-Kathrin glaubte, sich verhört zu haben. »Wofür braucht Ihr mich?«

Haderer setzte sich neben seinen Wachsblock. »Macht Euch oben frei, und Ihr bekommt die Tasche. Ich muss Eure Brüste sehen, um sie hier abformen zu können.«

Ann-Kathrin schnappte nach Luft und starrte ihn an. »Das könnt Ihr nicht …«

»Das – oder die Tasche wandert ins Feuer!« Haderers Augen waren hart wie Murmeln, seine Mimik starr. »Ziert Euch nicht. Es ist normal, einem Künstler Modell zu stehen.«

»Künstler?« Ann-Kathrin schnaubte.

Ohne ihre Antwort abzuwarten, lief er zu seinem Verschlag. Kurz darauf erschien er wieder, die Tasche ihres Vaters unter dem Arm.

»Zieht das Oberteil aus, oder ich werfe die Ledertasche ins Feuer.«

Er deutete mit Schwung einen Wurf an, was Ann-Kathrin kurz aufschreien ließ. Aber er hatte die Tasche nicht losgelassen.

Sollte sie seinem Willen nachgeben? Und was geschah danach? Lieferte sie sich ihm damit nicht völlig aus?

»Wenn Ihr mir versprecht, mich nicht anzurühren …« Sie sprach leise, resigniert. Noch nie in ihrem Leben hatte sie so etwas gemacht, sich vor einem Mann einfach so entblößt und gezeigt. Sie spürte, wie eine Röte ihr Gesicht und den Hals flutete, die sie zu verbrennen schien. »... und mir danach die Tasche zu geben. Versprecht es!« Ihre Stimme klang wie zerbrochen, rau und trocken.

»Ich verspreche es!«, antwortete Haderer ruhig.

Wie konnte sie seinem Wort trauen? Hatte er bislang nicht alle Zusagen gebrochen, die er ihr gemacht hatte? Hatte er sie nicht angegriffen? Blieb ihr denn eine andere Wahl? Sie musste an ihren Vater denken – und wenn sie überlegte, welche Strapazen er in seinem Leben für sie auf sich genommen hatte, dann war dieser Dienst geradezu lächerlich.

»Die Tasche gegen meinen Oberkörper!«, sagte sie. »Wenn Ihr nicht Wort haltet ...« Den Rest des Satzes ließ sie offen.

»Ich halte Wort, Flößerin«, sagte er.

Ein paarmal schluckte sie, dann schlüpfte sie mit den Armen aus ihrem Oberkleid. Sie bemerkte, wie Haderers Augen immer größer wurden, wie er sich die Lippen leckte. Das Kleid fiel über ihre Hüfte und blieb dort. Dann ließ sie auf dieselbe Art ihr Hemd fallen.

Zuerst versuchte sie noch, ihre Brüste mit einem Unterarm zu bedecken, doch dann ließ sie ihn sinken. Sie war nackt vom Bauchnabel bis zum Hals.

»Wundervoll!«, murmelte Haderer und stand auf.

»Bleibt, wo Ihr seid«, knurrte sie, aber er interessierte sich nicht für ihre Bemerkung. Langsam ging er um sie herum und betrachtete ihren Busen genau.

»So ist es recht!«, sagte er, schloss ein Auge, streckte den Arm aus und maß mit dem offenen Auge, vor das er das Wachsmesser hielt, die Proportionen aus.

19

AUGSBURG, GIESSEREI AM KATZENSTADL

Niemals hätte Anton gedacht, dass es ihm so leichtfallen würde, Ann-Kathrin als Modell zu gewinnen. Sie murrte und war unglücklich, aber ihre jugendliche Brust war ein Glücksfall.

Gleichzeitig erkannte er, wo der Unterschied zwischen der unmittelbaren Anschauung und der Wiederholung im Gedächtnis lag. Er hatte die grobe Form gestaltet, aber die Feinheiten fehlten – und die wirklichen Proportionen. Er hatte den Brustansatz zu hoch vorgesehen, die Brüste zu eng nebeneinander platziert und die Rundungen falsch gestaltet. Jetzt aber konnte er sie abformen, jetzt sah er sie in Natur, jetzt würden sie echt wirken.

Er ging um Ann-Kathrin herum, versuchte, jeden Blickwinkel zu treffen, das Wesen zu verinnerlichen. Dann setzte er sich hin und begann zu formen, trug Wachs auf, nahm etwas weg, erwärmte es am Ofen, um es an anderer Stelle wieder anzukleben.

Er hob den Kopf. »Nehmt die Schultern ein bisschen zurück!«

Ann-Kathrin tat, wie ihr geheißen. Die Brustwarzen wanderten weiter auseinander und zeigten leicht nach oben.

Anton nickte, schloss die schon vorgefertigten Löcher und legte die Bohrungen etwas weiter nach außen. So würde der Wasserstrahl einen sanften Bogen nach oben und zur Seite formen. Dann begann er, Ann-Kathrins Gesicht zu studieren, versuchte, diesen strengen, etwas abweisenden Blick aufzugreifen und in Wachs zu modellieren. Dabei tastete er ihr mit seinem wachsverschmierten Fingern über Wangen, Stirn und Kinn.

»Was macht Ihr?«, herrschte ihn Ann-Kathrin an. »Ihr sollt mich nicht abformen!«

»Aber Eure Miene ist unbezahlbar«, sagte Anton und lachte. »Eine Sirene muss genau so schauen. Parthenope, die Mädchenstimme, ist eine der Sirenen, die Lieblichste, der aber immer bewusst ist, dass ihre Anziehungskraft keiner Liebe, sondern der bloßen Verlockung entspringt. Und sobald sie verstummt, verflüchtigt sich diese, und der Mensch, den sie geködert hat, will vor ihr fliehen. Ihr Blick wandelt sich vom verführerischen Lächeln zur zähnefletschenden Abneigung, weil sie verstoßen wird. Das beherrscht Ihr gut.« Anton sah sie nachdenklich an. »Ist es nicht furchtbar, wenn man weiß, dass man niemals wirklich geliebt werden wird?«

Ann-Kathrin blieb stumm.

Er sah, dass sie fror. Sie begann zu zittern und auf der hellen Haut ihrer Brüste bildete sich ein feiner Stoppelrasen aus Härchen. »Es dauert nicht mehr lange«, sagte er.

Am liebsten hätte er diese Brüste berührt und gedrückt, wie er ihr Gesicht gern berührt und gestreichelt hätte. Aber er hatte es ihr versprochen, und er brauchte sie noch. Zu weit wollte er es heute nicht treiben … noch nicht.

Wie viel Zeit verstrich, bis er sich zurücklehnte und den Rücken dehnte, wusste er nicht zu sagen. Aber seine Kerze war beinahe heruntergebrannt, was bedeutete, dass Ann-Kathrin ihm über eine Stunde Modell gestanden hatte.

Er legte sein Werkzeug beiseite und betrachtete sie. Das flammende Rot zu Beginn war einer bläulichen Verfärbung gewichen, die durch die helle Haut schimmerte.

»Ich brauche jetzt Eure Meinung. Eure *ehrliche* Meinung. Habe ich sie getroffen?«

Er stand auf.

Ann-Kathrin biss sich auf die Lippen. Als er sich erhob, schützte sie ihren Busen sofort mit dem rechten Unterarm.

»Kommt her, und schaut es Euch an!«, drängte er. »Ihr könnt Euch anziehen.«

Sie schlüpfte wieder in ihre Kleidung. Er verfolgte jede ihrer Bewegungen.

Sie betrachtete die Wachsfigur, und ihre Gesichtsfarbe wurde dunkler. »Ihr habt sie gut getroffen«, murmelte sie leise. »Die Tasche!«, forderte sie, ohne ihn anzusehen, und streckte die Hände aus.

Mit einem zufriedenen Nicken deutete er auf den Stuhl, neben dem die schwarze Ledertasche ihres Vaters lag. Durch die Nässe war sie noch dunkler angelaufen. Doch die in Öltuch eingeschlagenen Papiere waren sicherlich trocken geblieben.

Mit steifen Schritten kam Ann-Kathrin auf ihn zu, nahm sie an sich und presste sie wie einen Schutzschild vor die Brust.

»Ihr könnt gehen!«, sagte Anton. »Vorerst!«

Ann-Kathrin sah ihn überrascht an, dann nickte sie scheu und wandte sich dem Ausgang zu.

Je weiter sie sich von ihm entfernte, desto schneller lief sie, als müsse sie rasch eine ausreichende Distanz zwischen sich und ihn bringen. Kurz bevor sie das Tor erreichte, blieb sie stehen und drehte sich zu ihm um.

Ihre Blicke begegneten sich, und er sah, wie sich ihre Augen verengten, weil ihr Zweifel kamen. Dann öffnete sie rasch die Tasche und griff hinein.

Ein Schrei löste sich, der so schrill war, dass er sogar Anton ins Herz schnitt. Sie wühlte in der Tasche, drehte sie um. Nichts fiel heraus.

»Wo sind die Unterlagen?«, schrie sie. »Ich wusste doch, dass Ihr Euer Wort nicht haltet!«

»Über Papiere haben wir nicht verhandelt. Erinnert Ihr Euch? Es ging nur um die Tasche.«

Sie schnappte mehrmals nach Luft. Wie leicht man die Menschen täuschen kann, dachte Anton amüsiert. Wie einfach sie gestrickt sind. Es ist unglaublich.

Sein leichtes Glucksen löste bei Ann-Kathrin einen Wutanfall aus. Mit hocherhobener Tasche stürmte sie auf ihn zu und bog kurz vor ihm ab, um mit der Tasche auf das Wachsmodell einzuschlagen. Anton konnte das gerade noch verhindern. Er fasste Ann-Kathrin um die Taille und riss sie zurück, bevor die Figur beschädigt wurde.

»Ihr Scheusal, Ihr treuloser Eidbrecher, Ihr ... Ihr ... Ihr ...!«, brüllte sie in die Halle hinein.

»Jetzt beruhigt Euch!«, flötete Anton, dem das Schauspiel zusagte, auch wenn er um seine Sirene fürchtete. »Ihr habt immer noch die Möglichkeit, an die Dokumente zu kommen.«

Langsam fasste sich Ann-Kathrin wieder. Sie atmete schwer.

Anton zog sie weg und stellte sich vor die mühsam erarbeitete Wachsfigur. Kurz war ihm mulmig geworden. Eine ganze Nacht Arbeit wäre umsonst gewesen, wenn Ann-Kathrin ihr Ziel erreicht hätte.

»Was verlangt Ihr dafür?«, keuchte sie. Sie entwand sie sich seinen Armen und brachte Abstand zwischen sich und ihn.

»Jetzt scheint Ihr begriffen zu haben«, sagte er und baute sich vor ihr auf, die Arme vor der Brust verschränkt, aber wachsam, damit sie ihm nicht entkam, wenn er ihr jetzt sagte, was er geplant hatte. »Wir werden berühmt werden, Ihr und ich. Ich eher als Ihr, vermute ich, aber Ihr werdet einen nicht unwesentlichen Anteil daran haben.«

Er zog ein mittlerweile abgegriffenes Blatt Papier aus seinem Wams, auf dem er die ersten Zeichnungen einer liegenden Flussgöttin skizziert hatte. Er betrachtete es ausgiebig, bevor er es ihr hinhielt.

»*Dafür* brauche ich ein Modell«, fuhr er fort. »Sobald ich die Sirene gegossen habe, beginne ich damit.« Er zeigte auf die nackte Figur, die eine üppige Fruchtschale in der Hand hielt.

Mit spitzen Fingern nahm Ann-Kathrin das Blatt entgegen und betrachtete es. Ihre Kinnlade fiel herunter, und ein

Ausdruck voller Abscheu verschattete ihr Gesicht. Entgeistert starrte sie ihn an.

»Niemals!«, zischte sie. »Niemals!« Anton wartete, bis ihr Zorn sich etwas gelegt hatte. Dann sah er ihr in die Augen.

»Nun, dann werden die Dokumente brennen!«

20

AUGSBURG, HAUS VON ELSBETH

Wie betäubt wankte Ann-Kathrin mit gesenktem Kopf durch die Straßen. Anton Haderer war ein noch viel verdorbener Charakter, als sie es sich in ihren schlimmsten Träumen hatte vorstellen können. Wie konnte, wie durfte er so etwas von ihr verlangen? Kurz sah sie hoch, weil sie glaubte, das kleine Haus von Vincenz' Schwester erreicht zu haben.

Es lag in tiefem Dunkel da, keine Kerze, kein Herdfeuer, kein Mond, als hätten sich Natur und Mensch geschworen, eine Verderbnis wie die, die auf ihr lastete, an ihr zu sühnen. Nur das Licht der Sterne half ihr ein wenig, sich zu orientieren.

Und es würde nicht das Ende sein, die Tortur würde weitergehen. Wenn Vincenz oder gar ihr Vater davon erführen … Sie wagte es nicht weiterzudenken. Vincenz würde sich von ihr abwenden, und der Vater würde sie erschlagen, um sich nicht der Schmach stellen zu müssen. War die Schande der Tochter es wert, gegen die Freiheit des Vaters aufgewogen zu werden?

Ann-Kathrin musste schlucken, denn allein der Gedanke an die letzten Stunden ließ sie bis ins Mark frösteln.

»Wo warst du? Vincenz ist schon wieder weg, um dich zu suchen!«, vernahm sie aus einem der dunklen Winkel des Hauses.

»Elsbeth, bist du das?«

»Wer sonst? Nur eine Mutter mit einem kleinen Kind sitzt nachts auf der Schwelle ihres Hauses und ist wach. Alle anderen vernünftigen Einwohner dieser Stadt schlafen.« Ihre Stimme klang keineswegs besorgt oder missmutig, sondern so fröhlich, als würde sie es genießen, mit dem Säugling an der Brust auf den Stufen zu sitzen. »Was treibt dich durch die Stadt?«

Ann-Kathrin wollte etwas erwidern, doch ihre Stimme versagte. Wenn sie nur ein Wort von ihren Erlebnissen erzählt hätte, wäre sie in Tränen ausgebrochen, also schwieg sie.

»Ich möchte mich nur noch schlafen legen«, murmelte sie und versuchte, an Vincenz' Schwester, deren Silhouette sich langsam im Dunkeln abzeichnete, vorbeizuschlüpfen.

Doch Elsbeths Hand hielt sie fest. »Was ... war ... los? Sag schon!«, drängte sie. »Vincenz wird nichts von mir erfahren, versprochen. Wenn wir Frauen nicht zusammenhalten, wer dann?«

»Haderer!«, stieß Ann-Kathrin hervor, doch schon im nächsten Moment bereute sie es, überhaupt etwas gesagt zu haben.

»Du hast dich doch nicht mit diesem schmierigen Kerl eingelassen? Vincenz würde das nicht gutheißen.«

»Ich dachte, Vincenz würde nichts davon erfahren«, fauchte Ann-Kathrin. »Außerdem habe ich mich nicht mit ihm eingelassen!« Am liebsten hätte sie Feuer gespuckt.

»So war das nicht gemeint«, sagte Elsbeth beschwichtigend. »Was ist denn passiert, dass du so spät nachts noch auf den Straßen herumschleichst? Normal ist das nicht.«

»Lass mich einfach ins Bett gehen. Morgen erzähle ich dir alles. Es ist nichts geschehen, was ich bereuen würde. So viel vorab. Und jetzt muss ich schlafen. Ich muss morgen früh zu meinem Vater.«

Elsbeth nickte, und Ann-Kathrin tastete sich über den Hof zu ihrer Kammer.

Drinnen senkte sich die Dunkelheit noch tiefer auf sie herab, und es blieben ihr nur noch ihr Gehör, der Geruch und ihr Tastsinn.

Sie fand die Bettlade, das Laken, roch das Heu. Mit einer raschen Bewegung zog sie ihr Kleid über den Kopf und ließ es auf das Kopfende des Bettes fallen. Dann schlüpfte sie ins Bett.

Doch als sie das Laken über sich zog, spürte sie eine ungewöhnliche Wärme, als hätte jemand darin geschlafen. Erschrocken zuckte sie zurück und starrte in die Finsternis, die sich wie eine Wand vor ihr aufbaute. Mit einem Satz stand sie wieder vor dem Bett.

»Wer ist da?«, rief sie mit überschlagender Stimme.

»Keine Angst, ich bin's. Vincenz!«, hörte sie es flüstern.

Wieso war er hier? Hatte seine Schwester eben nicht gesagt, er wäre längst wieder fort?

»Raus mit dir!«, zischte sie und versuchte, sich zu beruhigen.

Sie angelte nach ihrem Kleid, das sie links neben sich an das Kopfende gelegt hatte. Doch eine Hand umfasste ihren Arm.

»Bleib, bitte. Lauf nicht fort«, sagte Vincenz leise.

»Was willst du?«, fragte sie, rührte sich aber keinen Schritt.

»Ich möchte mit dir reden«, flüsterte er.

Er versuchte, sie zum Bett zu ziehen, aber sie wehrte sich erfolgreich.

»Lass mich los!«, befahl sie ihm mit brüchiger Stimme. »Ich schreie sonst die halbe Stadt zusammen.«

Vincenz seufzte. »Ich will dir nichts tun und werde dich auch nicht anrühren. Aber es ist verflucht kalt.«

Ann-Kathrin seufzte resigniert.

»Weißt du eigentlich, dass dich der Wirt sucht, bei dem man deinen Vater verhaftet hat?«, fragte er beiläufig. »Er sagt, er hätte noch etwas mit dir zu begleichen!«

Langsam wurde Ann-Kathrin alles zu viel: Haderer, der

Wirt, ihr Misserfolg bei Fugger, die verlorenen Papiere, ihr inhaftierter Vater.

Missmutig stieß sie die Luft aus.

»Weiß ich. Ich trau mich deswegen nicht in die Nähe des Jakobertors. Aber ...«

Sie brach ab, weil sie nicht wollte, dass Vincenz etwas erfuhr, was sie eigentlich nicht weitergeben wollte.

»Was *aber*?«, hakte er nach.

»Ich muss dorthin.«

Er pfiff durch die Zähne. »Warum? Wegen deines Vaters? Jetzt komm schon. Mir wird kalt«, sagte er und stieg ins Bett.

»Du lässt deine Hände bei dir!«, fuhr sie ihn an, bereits etwas milder gestimmt.

»Ja doch!«, stöhnte er.

Sie ließ ihr Kleid los, das jetzt neben das Bett fiel, tastete sich vorwärts und schlüpfte zu ihm unter das Laken. Sie spürte seine Körperwärme neben sich – und sie spürte noch etwas anderes.

»Du bist ja ... nackt!«

»Ja. Und?«

Lange lagen sie nur nebeneinander, ohne ein Wort zu sagen, aber auch ohne die Augen zu schließen. Ann-Kathrin glaubte, sein Zwinkern zu hören, so angestrengt lauschte sie auf irgendwelche Bewegungen neben sich.

»Wo warst du?«, fragte er endlich. Sein Ton machte ihr deutlich, wie verärgert er über ihre lange Abwesenheit und sein noch längeres Warten war.

»Bin ich dir Rechenschaft schuldig? Nein. Wir sind nicht verheiratet – noch nicht einmal verlobt«, zischte sie zurück.

Wieder breitete sich Schweigen zwischen ihnen aus, in das nur das Knacken des Gebälks drang und das Rascheln des Heus.

»Warum musst du immer so um dich beißen? Ich hab dir doch nichts getan. Oder etwa doch?«

Das war zu viel. Plötzlich schossen Ann-Kathrin die Tränen in die Augen, und sie begann hemmungslos zu weinen. Sie spürte, wie Vincenz sich zu ihr umdrehte und sie in den Arm nahm. Sie spürte, wie er sie an sich drückte und ihren Hals mit zaghaften Küssen bedeckte.

Plötzlich hielt er inne. »Was hast du da?«, fragte er.

Seine Hand war ihren Bauch entlanggeglitten. Dabei hatte er die Börse gefunden.

»Das geht dich nichts an!«, fauchte sie und musste schlucken, weil sie gleichzeitig ein erneuter Tränenstrom überwältigte. Warum konnte er sie nicht einfach in Ruhe lassen?

»Das ist … das sind … Münzen!«, sagte er verblüfft.

Sie zwang sich, ruhiger zu atmen. Sie musste ihm antworten, schon deshalb, weil er anfing, an dem Geldbeutel zu nesteln.

»Finger weg«, fuhr sie ihn an. »Das ist der Verdienst meines Vaters. Bist du jetzt zufrieden? Ich will es schließlich nicht herumposaunen, dass ich das Geld immer bei mir trage!«

Sofort ließ Vincenz los und drückte sie nur noch fester. »Das hättest du mir auch netter sagen können. Ich will es dir nicht wegnehmen.«

Wieder küsste er sie auf die Stirn und auf die Wange.

Wann sie aufgehört hatte zu weinen, wusste sie nicht zu sagen, denn als sie erwachte, war das Bett neben ihr leer. Vincenz war weg. Licht drang durch die nicht ganz deckenden Holzlatten des Stadels und sagte ihr, dass der Morgen bereits angebrochen war. Hatte sie nur geträumt, oder war das alles wirklich geschehen?

Sie glaubte, sich noch an einen Kuss auf die Stirn zu erinnern, aber den konnte sie auch geträumt haben. Ungläubig spürte sie ihrem Körper nach, aber nichts deutete darauf hin, dass Vincenz, wenn er denn tatsächlich da gewesen war, sich mit ihr beschäftigt hätte. Sie war sich sicher, dass sie es gespürt hätte. Kurz langte sie zwischen ihre Beine, als müsste sie sich vergewissern. Aber nichts klebte oder brannte. Dort lag nur der Beutel mit dem Geld. Sie tastete nach dem Geldbeutel und legte die Hand darauf.

Langsam schälte sie sich aus dem Bettzeug. Nur das Kleid, das auf dem Boden lag und nicht neben ihrem Kopfkissen, zeugte davon, dass sie nicht geträumt hatte.

21

AUGSBURG, GIESSEREI AM KATZENSTADL

»Wenn dir der Guss genauso so gut gelingt, wie du das Modell hinbekommen hast, reden wir weiter«, murmelte Hubert Gerhard mit seinem eigenartig weichen Akzent. Er klopfte Anton mit einer Hand auf die Schulter und wischte sich gleichzeitig seine langen fettigen Haare aus dem Gesicht. »Du bist begabt, mein Junge. Begabt.«

Stolz ließ Anton den Blick zu seinem Meister schweifen. Peter Wagner nickte zwar anerkennend, aber er warf der Sirene nur einen flüchtigen Blick zu, so als würde sie ihn nicht interessieren.

Gemeinsam hatten sie das Wachsmodell in eine Ecke der Halle gestellt, nachdem Gerhard es begutachtet hatte.

»Wir haben derzeit anderes zu tun«, betonte der Stadtgießer und deutete auf die mittlerweile fast völlig gesäuberte und geschliffene Augustus-Statue. Die Annahme, es sei unmöglich, die ganze Figur in einem einzigen Vorgang zu gießen, war bestens widerlegt worden. Nichts musste ergänzt werden. Selbst der kleinste Finger lag in Bronze vor. Nun galt es nur noch, die letzten Grate abzufeilen und die Flächen zu polieren. Außerdem mussten einige Details am Brustpanzer und am

Waffenrock mit dem Stößel nachgearbeitet und hervorgehoben werden. Das würde Hubert Gerhard übernehmen, der sich als Erstes dem Bart und den Haaren widmen würde. Dazu musste die gesamte Statue in die Nähe des Tors geschafft werden. Das konnte man öffnen und dann bei Licht arbeiten.

Mit dem Dreibein wurde der Augustus angehoben, Fuß für Fuß weitergeschoben und schließlich auf einen steinernen Sockel umgesetzt, was einen halben Tag in Anspruch nahm. Um an die Stellen für die Feinarbeiten zu kommen, wurde ein Gerüst aufgebaut.

Lange betrachtete Anton die Figur. Sie wirkte zwar majestätisch, aber ein wenig steif. Ihr fehlte das Leben, das selbst in einer Majestät vorhanden sein sollte. Als die Leiterbretter angebracht waren, rief Wagner seine Gesellen und Lehrlinge herbei.

»Jetzt müssen wir ihn auf Hochglanz bringen. Er muss strahlen, als wäre er aus dem Jenseits zu uns herabgestiegen. An die Arbeit!«, befahl er.

Wasserfass und Schlämme standen bereit.

Für den verunglückten Lehrling hatte Wagner einen anderen eingestellt. Man hatte dem armen Kerl keine Träne nachgeweint, und sein Tod war eine beiläufige Episode gewesen, die selbst Anton erschütterte. Jeder war ersetzbar. Schuf man nichts Außergewöhnliches, fällte der Tod das Urteil. Man wurde in die Grube gelassen, und schon beim Umdrehen und Weggehen war man vergessen. Selbst an den Namen erinnerte er sich nicht mehr.

Beide, Mattheis und der neue Lehrling, bückten sich, holten Bürsten und stiegen auf das Gerüst. Anton drehte sich um und ging in die Halle hinein.

»Haderer, das gilt auch für dich!«, brüllte der Gießermeister hinter ihm her.

Anton nickte verärgert, denn jetzt musste er über Wochen seine eigenen Pläne hintanstellen. Ihn beschlich die Furcht,

Ann-Kathrin könnte nach Lechbruck oder sonst wohin zurückkehren.

Wütend drehte er sich um, stapfte auf das Gerüst zu und holte sich eine Feile, mit der er den einen oder anderen Grat bearbeitete.

»Verschandle mir meine Formen nicht«, ging Gerhard dazwischen. »Vorsichtig, und an den Stoßstellen darfst du die Bronze nicht durchfeilen.«

Anton nickte erneut und senkte den Kopf, doch innerlich verfluchte er den Künstler, der sich wochenlang durch die Zunftstuben gesoffen hatte, ohne sich um seinen Auftrag zu kümmern, und jetzt plötzlich eine ungute Eile an den Tag legte, für die er alle Hände brauchte. Er vermutete, seine, Antons, eigene Werke könnten daran mitschuldig gewesen sein. Schließlich zeigte er gerade den Stadtoberen, dass hier ein weiterer Mann im Gießhaus arbeitete, der in der Lage wäre, solch eine Figur zu vollenden. Von daher mischte sich in seine Wut ein wenig Schadenfreude, weil er Hubert Gerhard zusetzte. Kein schlechter Anfang.

Während Anton an einem Grat am Unterschenkel feilte, trat Gerhard auf der Leiter neben ihn und versuchte, mit einem Tropfen heißer Speise einen Lüftungskanal zu verschließen. Anton wartete, bis die etwas schwierige Aktion beendet war, und sah zu Gerhard hoch.

»Habt Ihr Euch schon Gedanken gemacht, welche Figuren die Brunnenränder zieren sollten? Die Balustrade ist breit, eigentlich zu breit, um sie unbelebt zu lassen«, fuhr er fort, während er weiter seinen Grat glättete.

Doch Gerhard hatte sich bereits abgewandt. Er stieg von der Leiter, umrundete mit Wagner das eingerüstete Modell und besprach mit ihm, auf welchen Sockel er später gestellt werden sollte. Kurz sah Anton den Männern hinterher. Sollten sie doch darüber diskutieren. Er würde ein System entwickeln, das den

Brunnenrand bevölkern konnte. Kein Stück der Simsbreite sollte ungenutzt bleiben.

Vorerst unbemerkt verließ er seinen Platz. Sollte doch feilen, wer wollte. Er war Gießer, kein Schmied. Er zog sich in seinen Verschlag zurück und kramte unter dem Kopfkissen nach den Papieren, die er aus der Ledertasche der Flößerin entnommen hatte. Er zündete eine Kerze an, stellte zur Verstärkung des Lichts seine Wasserkugel davor, legte sich auf den Bauch und begann, die Papiere der Flößerin durchzusehen. Viel verstand er nicht davon, aber eines wurde ihm sehr bald klar. Sie zeigten eindeutig, wem das Kupfer gehörte, das noch im hinteren Teil des Gießhauses lagerte.

Anton wusste zwar nicht, wofür es gebraucht wurde, aber der Umstand, dass es dieselbe Menge war, die sie zum Gießen der Figuren benötigten, reichte aus.

Er stützte den Kopf auf eine Hand und überlegte, wie er es anstellen sollte, Ann-Kathrin zu einer weiteren Sitzung zu überreden.

Er steckte die Papiere zurück und holte sich seinen Skizzenblock. Aber eine Idee wollte sich nicht einstellen. Die Nymphe hatte er im Kopf. Aber wie sollte es weitergehen? Noch eine Nymphe, und noch eine und gar eine vierte, damit die Symmetrie gewahrt blieb? Oder doch zwei Männer, zwei Frauen, wie er es ursprünglich gedacht hatte?

Eine Sirene ließ sich noch rechtfertigen, aber weitere Frauen rund um den Brunnen, alle halb nackt oder gänzlich entblößt – die Augsburger würden ihn auf die Richtbank schnallen und ihm zumindest die Hände abschlagen lassen, wenn sie ihn nicht sogar blenden würden. Er hörte schon den Vertreter des Bischofs seine Anklage verlesen, warum man einem verruchten Geschöpf wie ihm die Möglichkeit nehmen müsse, weitere solcher Obszönitäten zu schaffen.

Anton faltete das Papier auseinander, das er bemalt hatte.

Das Füllhorn war ihm einfach so eingefallen, mehr konnte er dazu nicht sagen. Allein bei dem Gedanken daran wurde ihm schwarz vor Augen, und er spürte ein eigenartiges Brennen an den Handgelenken. Unwillkürlich begann er, sie zu reiben.

Missmutig stand er auf. Er hatte sich ein Bier verdient, auch wenn die Lehrlinge noch schufteten und der Meister ihn am liebsten auf der Leiter gesehen hätte.

Vorsichtig spähte er in die Halle. Die Lehrlinge rackerten sich ab und schwitzten. Aber weder Wagner noch Gerhard waren mehr zu sehen. Vorsichtig schlüpfte Anton aus seinem Verschlag, lief zum Nebeneingang, drückte die Tür auf und entfernte sich leise.

Niemand würde ihn aufhalten, aber er hatte das Gefühl, wenn er Hubert Gerhard oder gar Meister Wagner heute noch einmal begegnete, würden sie ihn zurückschicken, unter dem fadenscheinigen Grund, an der halb fertigen Statue so lange zu feilen, bis ihm das Handgelenk brach.

Also lief er auch nicht in Richtung der Zunftstube der Schmiedemeister, sondern hoch zum Wertachbruckertor zur gleichnamigen Schänke.

Als er die Tür öffnete, schlug ihm ein Dampf aus unzähligen Leibern entgegen, der ihm das Tränenwasser in die Augen trieb. Während er sonst diesen Trubel, dieses Gebräu aus Schweiß und Gestank hasste und deshalb mied, war er heute dankbar für Nähe und Ansprache.

Er blieb kurz auf der Schwelle stehen, orientierte sich und steuerte dann einen Tisch an, an dem bereits drei Männer saßen. Neben ihnen war ein Teil der Bank frei.

»Darf ich …?«, fragte er.

Die Männer schauten auf. Alle hatten sichtlich mehr als ein Bier getrunken.

»Nur ran. Auch wenn du kein Weber bist, stimmt's?«, murmelte einer der Männer.

»Gießer!«, entgegnete Anton. »Geselle. Ich komme direkt aus dem Welschland!«

»Ah«, machten die anderen und wandten sich ihm zu.

Wie man die Aufmerksamkeit von Tischgenossen auf sich zog, hatte Anton gelernt. Je mehr jemand von der Fremde sprach, desto interessanter wurde er.

»Aus der Wärme!«, murmelte ein anderer und setzte hinzu. »Ich war auch einmal dort. Sonne, Hitze, helle Tage!«

»Nicht wie in diesem Wasserloch Augsburg, das mehr Nebel sieht als Sonne!«

»Aber dafür für jeden Weber brauchbarer ist als dieses staubtrockene Welschland!«

Anton brauchte nichts zu sagen. Das Gespräch lief von selbst. Jeder gab seine Erlebnisse zum Besten, die er schon vor Jahren auf seiner Walz erlebt hatte, und alle waren einhellig der Meinung, dass es nirgends so feucht war wie in dieser Stadt am Lech.

»Ich sag es Euch«, brummte der älteste Geselle vor sich hin, ohne den Blick zu heben. »Dieses Kaff liegt mitten im Urinstrahl der Götter. Nass bis aufs Mark. Und wie bekämpft man solche Feuchtigkeit in einer Wasserstadt?«

Alle hoben den Kopf, dann folgten die Krüge. Sie sahen sich an, ließen ihre Humpen in der Mitte des Tisches zusammenstoßen und riefen wie aus einem Mund: »Mit Thorbräubier von innen!«

Anton war so fasziniert von der Vorstellung, dass er zusammenzuckte, als der Wirt ihm einen eigenen Krug Bier vor die Nase stellte.

»Wasserstadt«, murmelte er vor sich hin.

Augsburg lag zwischen zwei Flüssen, Lech und Wertach, und war von deren Ableitungen und Nebenbächen durchzogen. Noch nicht ganz fassbar begann sich in Antons Kopf ein Gedanke zu formen.

»Die Herren Weber, ich bin ortsunkundig. Außer dem Lech und der Wertach, was gibt es noch für Fließgewässer in der Stadt? Für eine Wasserstadt braucht es schon ein wenig mehr, oder?«

Wieder ruckten die Köpfe zu ihm hin. Diesmal hob er seinen eigenen Krug und prostete den Männern zu. »Auf die Wasserstadt!«, gab er als Parole aus.

»Auf die Wasserstadt!«, entgegneten die Kerle.

»Die Singold und den Brunnenlech. Die bringen den Fischreichtum und das Trinkwasser«, sagte der Mann neben ihm, rülpste laut und grinste ihn an. »Mir würde ein Bierbach allein schon genügen.«

Anton starrte vor sich hin. In seinem Inneren glomm die Idee wie eine Flamme empor, die erst das Wachs des Dochtes erwärmen musste, um heller brennen zu können. Unwillkürlich hob er wieder seinen Krug und prostete den Webern zu, die zwar überrascht waren, aber bereitwillig mit ihm anstießen.

22

AUGSBURG, ELSBETHS HAUS

Diese Gänge waren ihre schwersten.

Am Morgen holte Ann-Kathrin zwei kleine Kupfermünzen aus dem Beutel. Dann schlüpfte sie in ihr Kleid und ging mit knurrendem Magen hinüber zu Vincenz' Schwester.

Elsbeth stand schon in der Küche und wickelte die Kleine.

»Schläfst du denn gar nicht?«, fragte Ann-Kathrin erstaunt, weil die junge Mutter schon wieder auf den Beinen war.

Elsbeth zuckte nur mit den Schultern und deutete mit einem Blick auf den Säugling.

»Ich würde schon wollen, aber sie hat was dagegen«, antwortete sie lächelnd und blies einen warmen Luftstrahl auf den winzigen Bauchnabel, bevor sie das Körperchen wieder verschnürte. Die Kleine quiekte vor Vergnügen. Dann wandte sie sich an Ann-Kathrin und runzelte die Stirn.

»Also dein Magenknurren hört man bis auf die Straße hinaus, Mädchen. Setz dich und nimm dir einen Kanten Brot und etwas Milch. Mehr haben wir nicht. Die Hirse quillt noch.« Sie deutete auf die Anrichte. »Und dann setz dich her und erzähl von gestern.«

Während Ann-Kathrin von ihrem Erlebnis mit Anton berichtete, spielte Elsbeth mit dem Kind, das immer öfter gähnte, bis es schließlich den Kopf auf die Schulter der Mutter legte und schlafend in sich zusammensank.

»Dieses Schwein!«, knurrte Elsbeth und bewegte sich so heftig dabei, dass die Kleine quiekend protestierte. »Man müsste ihm das Handwerk legen.«

Ann-Kathrin rechnete ihr hoch an, dass sie sie weder unterbrochen noch verurteilt hatte. Sie hatte nicht einmal nachgefragt, warum sie sich entblößt hatte.

»Wenn das so leicht wäre!«, murmelte sie. »Er hat die Unterlagen, die nötig sind, um meinen Vater zu befreien. Der sitzt schon viel zu lange im Schuldturm.«

Elsbeth sah sie an, und in ihren Augen glomm neben Mitleid auch ein verhaltener Zorn.

»Männer!«, stieß sie hervor. »Du musst mit Vincenz reden. Unbedingt. Vielleicht weiß er einen Rat.«

Vorsorglich unterschlug Ann-Kathrin ihre nächtliche Begegnung mit ihm. Sie wusste nicht, warum sie ihr einerseits von der Verfehlung mit Haderer berichtet hatte, ihr andererseits aber verschwieg, dass Vincenz nackt neben ihr im Bett gelegen hatte. Aber in den Augen der Schwester musste es ungehörig klingen, wenn sie sich zuerst vor Haderer entblößt hatte und dann zu

Vincenz unter die Decke geschlüpft war. Dass er zu ihr gekommen war, würde vermutlich in Elsbeths Augen keine Rolle spielen. Ann-Kathrin hatte es zugelassen, das war entscheidend.

Sie presste die Lippen aufeinander. Warum musste die Welt so kompliziert sein?

»Woher soll ein Mannsbild wissen, wie man einer Frau hilft? Meist helfen sie sich doch nur selbst. Und das auf Kosten der Frauen.«

Elsbeth nickte. »Du hast recht. Aber Vincenz …«

»… ist ein Mann wie alle anderen«, stieß Ann-Kathrin hervor und stand auf. »So. Jetzt muss ich aber zu meinem Vater. Er wartet darauf, dass ich ihm irgendwie helfe, und ich muss ihm etwas zu Essen bringen. Nur mit dem Fraß, den er im Gefängnis bekommt, wird er verhungern.«

Sie bedankte sich kurz und war dann auch schon auf der Straße, voll des schlechten Gewissens, weil sie Elsbeth gegenüber nicht offen gewesen war.

Wenig später stand sie vor den Garküchen der Jakoberkirche und wartete darauf, ein Stück Brot, ein Stückchen Käse und zwei Äpfel zu erhaschen. Einen davon hätte sie gern selbst gegessen.

Die armseligen Gestalten, die mit ihr anstanden, musterten sie neugierig und missgünstig. Sie sah nicht so aus, als würde sie auf der Straße leben. Ihr Haar war gekämmt, das der allermeisten Wartenden stand ihnen starr vor Dreck in wilden Strähnen vom Kopf ab.

Allein von den Tierchen, die den meisten aus dem Haar fielen, hätte sie sich ernähren können. Ann-Kathrin senkte den Blick und versuchte, so wenig wie möglich aufzufallen, bis sie an der Reihe war.

Selbst der Pater, der an der Ausgabe stand, betrachtete sie zuerst ausgiebig, bis er ihr Brot, Käse und Obst hinhielt.

»Die Biechler-Tochter, nicht wahr?«

Überrascht sah Ann-Kathrin auf, nickte aber, obwohl sie es nicht gewollt hatte.

»Wo… woher …?«, stotterte sie fragend.

Mit einem Kopfschütteln und einem verlegenen Lächeln drückte er ihr einen zusätzlichen Apfel in die Hand. »Ich weiß, was ich weiß.«

Ann-Kathrin musste schlucken. Was sollte diese Antwort? Rasch nahm sie die Lebensmittel entgegen und eilte davon. Erst kurz vor dem Barfüßertor schaute sie sich um, konnte aber den Pater nicht mehr entdecken. Woher wusste er ihren Namen? Woher kannte er sie überhaupt?

Sie schob die Fragen beiseite, denn die morsche Tür des Gefängnisses ragte vor ihr auf. Sofort begann ihr Herz schneller zu schlagen. Wie lange war es jetzt her, dass sie ihren Vater nicht mehr besucht hatte? Vier Tage, fünf Tage? Zu lange jedenfalls.

Bevor sie mit der Faust energisch gegen die Bohlen schlug, langte sie in ihren Kittel und holte eine der beiden Münzen hervor. Das Essen hatte sie in ihr Kopftuch eingeschlagen.

Als der Wärter öffnete, hatte sie das Gefühl, er würde sie nicht wiedererkennen, so unbeteiligt wirkte er. Doch die Geste, die er machte, erinnerte sie sofort daran, eine Münze in die halb offene Hand fallen zu lassen.

»Nächstens kostet es doppelt so viel«, knurrte er.

»Warum?«, blaffte sie ihn an und zuckte sofort wegen ihrer forschen Art zusammen. Wenn sie den Mann reizte, durfte sie womöglich gar nicht mehr zu ihrem Vater.

»Warum nicht? *Ich* mache die Preise«, sagte er gleichgültig und trat zur Seite.

Ann-Kathrin schlüpfte an ihm vorbei und lief die Treppen hoch. Der Gestank war unerträglich und die Luft zum Schneiden.

Wieder hätten ihr die Insassen, die zuvorderst saßen, das Kopftuch beinahe aus der Hand gerissen. Im letzten Moment brachte sie es außer Reichweite.

»Vater!«, rief sie von ganz vorn, bekam aber keine Antwort. Sie beschleunigte ihre Schritte. »Vater?«

Hans Biechler hockte mit dem Rücken an der Mauer in seinem Käfig. Der Kopf war ihm auf die Brust gesunken. Zwischen den Beinen standen ein Blechteller und ein Krug, der offenbar Wasser enthielt.

»Vater!«, rief sie panisch.

Kurz ruckte der Kopf des Flößers hin und her, dann schien er aus seiner Lethargie zu erwachen. Er schaute sie lange an, ohne sie zu sehen.

Währenddessen verschleierte sich ihr Blick, und Tränen liefen ihr über die Wangen. So hatte sie ihren Vater noch nie erlebt.

»Vater!«, hauchte sie und konnte nicht verhindern, dass sie zu schluchzen begann.

»Annka?«, flüsterte es zurück. »Bist du das?«

Es dauerte, bis sie die Tränen wieder in den Griff bekam.

Ihr Vater kroch auf allen vieren nach vorn. Mit Heißhunger langte er nach dem Essen und verschlang den Apfel mit Butzen und Stiel.

»Mehr!«, sagte er. »Sie lassen mich verhungern.«

»Ich komme morgen wieder«, sagte sie, obwohl sie es nicht genau wusste. Wenn der Wärter immer mehr verlangte, würde sie bald kein Geld mehr haben.

»Geh zum Fugger!«, befahl ihr Vater. Langsam schien er wieder zu Kräften zu kommen. »Erzähl ihm alles.«

Ann-Kathrin nickte, wollte ihm nicht gestehen, dass sie es schon vergeblich versucht hatte. Sie wollte ihm auch nicht von ihrem Misserfolg mit der leeren Tasche berichten. Sie konnte nur seine Hand streicheln, die das Gitter umfasste, weil er sonst nach hinten umgekippt wäre.

»Jetzt geh!«, sagte er heiser. »Geh!«

Mit fest zusammengepressten Lippen stolperte Ann-Kathrin nach draußen und schämte sich gleichzeitig dafür, dass sie froh war, den Ort rasch wieder verlassen zu können. An der Pforte musste sie die grapschenden Hände des Wächters über sich ergehen lassen, der an ihr vorbeifingerte, um die Tür zu öffnen.

Das Licht vor dem Schuldgefängnis traf sie wie ein Schlag. Es war so grell, dass sie die Augen schließen musste, und als sie einatmete, stieg ihr ein saurer Biergeruch in die Nase. Es war der Vorbote eines weiteren Unheils. Sie wollte schnellstens davonlaufen, musste aber ihre Augen erst an die Helligkeit gewöhnen. Bevor sie jedoch weitergehen konnte, legte sich eine schwere Pranke auf ihre Schultern.

»Hab ich dich endlich!«, sagte eine kollernde Stimme und die Hand, die ihre Schulter umfasste, brach ihr beinahe das Schlüsselbein.

* * *

»Lech, Wertach, Singold und Brunnenlech«, murmelte Anton vor sich hin und grinste. Vier Simsecken am Brunnen, vier Flüsse, vier Statuen. Er hatte den Plan, den er brauchte: vier Flüsse, vier Götter.

Mit Riesenschritten eilte er vom Bräu am Tor hinunter in die Domvorstadt und dann in Richtung Perlachplatz. Die Hast, mit der er ausschritt, ließ die Menschen um ihn kopfschüttelnd zurück.

Vier Flussgötter! Natürlich.

Als er auf den Platz trat, der vom Perlach bewacht wurde, starrte er das hölzerne Gerüst an, das die Stadt hatte aufstellen lassen.

Mit großen Augen ging er gegen den Uhrzeigersinn um das Modell herum. Eines musste man Augsburg zugestehen: Es war ein gelungenes Bauwerk, wenn es dort blieb, wo man das Modell aufgebaut hatte. Er erfasste sofort, dass das Gerüst mit wenigen Handgriffen auseinandergebaut und an anderer Stelle wieder errichtet werden konnte.

»Na, Jungchen, gefällt dir, was du siehst?«

Ein Mann mit schwarzer Robe, die einen Pelzbesatz aufwies, hatte ihn angesprochen. Auch er war um das Holzmodell herumgegangen und hatte es betrachtet, nur war er im Uhrzeigersinn gelaufen. Der Kleidung entsprechend war er entweder einer der reichen Kaufleute der Stadt oder einer der Räte.

»Ja, Herr«, entgegnete Anton versonnen. »Ich heiße Haderer und bin Gießer.«

Der Mann lachte kurz, als amüsiere ihn diese Mitteilung.

»Und ich bin Rehlinger. Rat dieser Stadt. Einer der Krähen, wie die Bürger hier wohl über uns lästern.«

Wieder schnaufte er vergnügt und zupfte an seiner dunklen Robe herum.

»Er wird dem Rat zur Mahnung an tausendsechshundert Jahre eine Rede halten mit seinem Arm in der Haltung bei der Ansprache an das Heer, die sich gewaschen hat.« Der Ratsherr lachte verhalten.

»Ja, Herr«, sagte Anton wieder. Er war wirklich nicht auf den Mund gefallen, aber neben diesem Mann hatte er einen Frosch im Hals.

»Dann soll der Brunnen stehen bleiben, wo er steht?«, hakte der Rat nach.

Anton nickte unwillkürlich. »Man muss ihn nicht verstecken, aber …«

Hatte der Rat bislang immer nur das Gerüst betrachtet, ruckte jetzt sein Kopf zu Anton herum. »Was heißt aber? Du hast eine Kritik vorzubringen? Nur heraus damit.«

Anton atmete langsam durch. Die Autorität des Mannes lastete auf ihm, auf seiner Stimme, dem Atem. Er musste sich räuspern.

»Er sollte begleitet werden«, stieß er endlich hervor, nachdem der Rat geduldig gewartet und seine Arme vor der Brust verschränkt hatte.

»Von Legionären? Von den Bewohnern der Gegend, den Stadträten – oder etwa von historischen Gestalten, den Vindelicern, die hier gelebt haben und von Rom besiegt wurden?«

»Nein«, widersprach Anton, der jetzt langsam sicherer wurde. »Von Flussgöttern. Von Lech und Wertach, von Singold und Brunnenbach. Liegend. Hier. Auf der Balustrade. Sie sind doch das Beständige und Wesentliche dieser Stadt. Die Wassergötter der Flüsse. Die Menschen wechseln, die Flüsse bleiben.«

Der Mann griff sich ans Kinn und schien nachdenklich geworden zu sein. Er ließ Anton stehen und umrundete noch einmal den Brunnen. Als er wieder bei ihm ankam, nickte er.

»Eine wundervolle Idee. Der Brunnen ist ohnehin ein Guldengrab. Warum nicht mit vollen Händen austeilen, wenn man schon einmal dabei ist. Spätere Generationen sehen nur noch den Brunnen, nicht aber die Schulden. Melde dich bei mir im Rathaus, wenn du weitergedacht hast.«

Damit ließ er Anton stehen, der ihm mit offenem Mund nachblickte.

»An wen darf ich mich wenden?«, schrie er ihm nach.

Kurz drehte sich der Mann um und rief: »Quirin Rehlinger!«

Er marschierte in Richtung Rathaus davon, während Anton mit stolzgeschwellter Brust zur Gießerei zurückkehrte.

Jetzt hatte er Arbeit vor sich. Echte Arbeit.

23

AUGSBURG, GIESSEREI AM KATZENSTADL

Meister Wagner erwartete ihn bereits am Tor und hob schon die Hand für eine Ohrfeige, doch Anton duckte sich unter dem Arm hindurch.

»Wagt es nicht!«, schrie er dem Stadtgießer ins Gesicht.

»Frecher Kerl!«, hielt sein Meister dagegen. »Wie kannst du ...«

»Ich habe wichtigere Dinge zu tun, als an diesem Kerl hier zu schrubben und zu feilen!«

Gelassen deutete Anton zur Augustus-Statue hinüber, achtete aber darauf, nicht in Wagners Reichweite zu kommen.

Der Meister war zu verblüfft, um etwas zu erwidern. Nur sein zornesroter Schädel und die steile Falte zwischen den Brauen ließen erahnen, wie geladen der Mann war.

»Ich habe einen Auftrag von Rembold und jetzt auch von Quirin Rehlinger«, brüstete sich Anton, und ging zu seinem Verschlag.

Doch Wagner kam ihm mit Riesenschritten nachgeeilt und stieß die Tür auf, dass das Blatt gegen die Wand krachte.

Unbeeindruckt kramte Anton in seinen Unterlagen.

»Was soll das mit Rehlinger. Er ist Protestant?«, knurrte der Meister, und Anton bemerkte sehr wohl, dass der Ärger über seine Unbotmäßigkeit einer gewissen Vorsicht gewichen war.

»Er hat sich meine Ideen zum Brunnen angehört, jetzt soll ich zum Rathaus kommen und sie ihm zeigen. Und Rembold kommt dazu«, log er seine Aufgabe größer, als sie war.

Innerlich gestand sich Anton ein, dass er ein wenig geschwindelt hatte. Bislang hatte er nur die Idee, aber keine genaue Zeichnung. Doch das würde sich ändern. Er musste Ann-Kathrin abpassen, musste sich seine Belohnung holen.

Er stopfte die Unterlagen in sein Bündel und warf es sich über die Schulter.

»Du willst uns verlassen?«, fragte der Meister verblüfft.

»Nein«, war die prompte Antwort. »Ich wurde ins Rathaus befohlen, wie ich gesagt habe.« Obwohl Anton noch immer Wagners Hand fürchtete, trat er nahe an ihn heran. »Vielleicht komme ich ja mit einem Auftrag zurück, den Ihr ausführen dürft – wenn *ich* es will«, flüsterte er und drückte sich an dem Meister vorbei.

Als er in die Halle trat, verstummten die Feil- und Polierarbeiten. Alle hatten sie mitgehört, alle hatten sie die letzten Worte verstanden. Der Verschlag war hellhörig.

»An die Arbeit!«, brüllte Wagner, der hinter ihm aus der Kammer kam. Sofort setzten die Geräusche wieder ein, das hohe Kratzen der Feilen, das Rauschen des Poliersands.

Er deutete auf Anton. »Wenn du jetzt die Gießerei verlässt, hast du in der Stadt nichts mehr zu suchen, Kerl. Egal, was die Räte denken und befehlen. Ich bin der Zunft verpflichtet, nicht dem Rat der Stadt.«

Anton überlegte kurz, dann gab er nach. Vielleicht hatte er doch etwas übertrieben. Wenn er es recht überlegte, dann war es kein Auftrag von Rehlinger gewesen und von Rembold gleich zweimal nicht, sondern nur Neugier. Was, wenn er seine Ideen ablehnte? Dann durfte er sich wieder auf Wanderschaft begeben, nach Norden, nach Nürnberg. Und eines war ihm bewusst: Seine Verfehlung in Augsburg würde schneller dorthin reisen, als er zu Fuß unterwegs war, und vor ihm dort ankommen. Niemand würde ihn mehr aufnehmen. Aber wenn er jetzt vor Wagner einknickte, nachgab, dann hatte er verloren.

Hubert Gerhard rettete ihn. Er kam geradewegs durchs Tor hereingeschritten, schüttelte sich, weil es draußen zu regnen begonnen hatte, und fluchte vor sich hin.

Anton genügte die kurze Spanne, in der sich die Aufmerksamkeit von ihm weg und zu Hubert Gerhard hin verlagerte, um sich eine neue Strategie auszudenken.

»Gut, dass Ihr kommt, Meister Gerhard«, begrüßte er ihn überschwänglich. »Ich wollte eben zu Euch.«

Der Angesprochene war noch nicht recht bei der Sache, und hob nur erstaunt die Augenbrauen.

»Ich wollte Euch etwas zeigen, was ich mit den Räten Johann Jakob Rembold und Quirin Rehlinger besprochen habe.« Er wandte sich zu Wagner um, der noch immer in seiner Drohung verfangen war.

»Wir sollten vielleicht in Eure Kammer gehen, Meister«, schlug Anton vor. »Dann kann ich Euch zeigen, was ich dem Rat vorgeschlagen habe und was dieser für gut befunden hat.«

Auch hier übertrieb er ein wenig, aber er vertraute auf seine Fähigkeit, schnell zu zeichnen und auf das Interesse Rehlingers.

Statt zum Tor wandte er sich nun zum Verschlag seines Meisters. Kurz wartete er, bis sich die beiden Männer in Bewegung setzten, dann ging er voraus.

* * *

»Jetzt zier dich nicht so, Weib!«, knurrte es hinter ihr. »Herrgott noch mal. Das ist ja schlimmer, als eine Ziege zum Metzger zu bringen.«

Vergeblich versuchte Ann-Kathrin, die Pranke abzuschütteln.

»Gott sei Dank hat mir der Pater gesagt, wo du dich rumtreibst. Ich hätt dich sonst niemals erwischt, verdammt!«

Der Mann, der da vor sich hin schimpfte und sie rücksichtslos mit sich zerrte, war Conrad, der Schankwirt am Jakobertor.

Wieder mühte sich Ann-Kathrin ab, von ihm loszukommen. Seine Hand hielt sie wie ein Schraubstock gepackt, und je mehr sie sich wehrte, desto fester drückte Conrad zu, bis sie ihren Arm nicht mehr spürte.

»Jetzt mach es mir doch nicht so schwer. Die Leute glauben schon, ich will dir was antun.«

Bislang hatte Ann-Kathrin kein Wort hervorgebracht, jetzt sah sie ihre Chance.

»Hilfe!«, schrie sie. »So helft mir doch!«

Doch weder die Pilger vor der Jakobskirche noch die Reisenden, die den Platz vor dem Jakobertor bevölkerten, drehten auch nur den Kopf nach ihr um. Kurz sah sie den Pater an, der ihr den zweiten Apfel in die Hand gedrückt hatte und jetzt wieder an der Ausgabe stand. Er zuckte mit den Achseln.

»Was wollt Ihr von mir?«, fuhr sie den Wirt an.

Doch Conrad war keineswegs ärgerlich, sondern eher belustigt. »Wenn du nicht so herumbrüllen würdest, könnte ich es dir sagen. Aber so erfährt es die Welt, und die sollte es tunlichst nicht wissen.«

Ann-Kathrin versuchte ein letztes Mal, sich loszureißen, bevor sie die Schenke erreichten und der Wirt sie durch die Tür schob, ohne sie auch nur einen Augenblick loszulassen.

Das Innere war dunkel, und es brauchte eine Weile, bis sich ihre Augen daran gewöhnt hatten. Nur wenige Männer saßen an den Tischen und hatten Krüge vor sich stehen.

Sie überlegte, ob sie nicht noch einmal um Hilfe rufen solle, doch Conrad flüsterte ihr ins Ohr: »Wenn ich auch nur einen Mucks höre, brech ich dir wirklich den Oberarm.«

Er zerrte sie durch den Schankraum in einen Gang. Rechts ging es zum Abtritt, links in ein Hinterzimmer, in dem es ebenfalls roch, als würden die Männer dort ihre Notdurft verrichten. Es gab nur einen Stuhl, eine Bank, einen kleinen Tisch und ein Bett. Die Wände waren kahl, Truhe oder Schrank waren nicht vorhanden. Conrad schob Ann-Kathrin auf die Bank und rückte den Tisch so nahe an sie heran, dass sie zwischen Wand und Tischkante eingepfercht war. Dann zog er den Stuhl heran und setzte sich vor sie.

»Wie lange hat es jetzt gedauert, dass ich dich gefunden haben? Eine Woche?«, begann er. »Du bist glitschig wie ein Aal. Kaum hat man dich entdeckt, bist du auch schon wieder weg. Wenn Pater Ägidius nicht gewesen wäre …«

»Verflucht sei dieser Pfaffe!«, fauchte Ann-Kathrin.

Ein Lächeln stahl sich auf das Gesicht des Wirts. »Man kann unterschiedlicher Ansicht sein, was dieses geistliche Gesocks angeht, aber Pater Ägidius ist in Ordnung.«

»Woher wollt Ihr das wissen? Sie sind alle gleich!«

Der Wirt lachte und hieb mit der flachen Hand auf die Tischbohle, sodass Ann-Kathrin zusammenzuckte, denn die Tischplatte bohrte sich in ihren Bauch.

»Dein Vater hat mich gewarnt. Du hast eine flotte Zunge und einen freien Geist. Woher ich das weiß? Pater Ägidius ist mein Zwillingsbruder. Nur knapp zwei Minuten älter als ich.«

Wieder lachte er grölend. Erst jetzt fiel Ann-Kathrin die Ähnlichkeit auf. Allerdings hatte Conrad einen Bart und volles Haar, während bei dem Pater die Tonsur ebenso blankrasiert war wie das Kinn. Und der Wirt hatte dieses Auge, das einen mit seiner Unruhe ganz nervös machte.

»Was wollt ihr von mir?«, fragte sie. »Mein Geld? Da muss ich Euch enttäuschen. Die Welt da draußen ist teuer. Außerdem habe ich die Flößer bereits ausbezahlt. Es ist nichts mehr übrig.«

Das stimmte zwar nicht ganz, aber sie musste dem Kerl ja nicht auf die Nase binden, ob und wie viel von den Einkünften noch vorhanden war.

»*Dein* Geld …? Teuer …? Flößer ausbezahlt?«, wiederholte Conrad und schlug sich mit der Hand gegen die Stirn. Sein wanderndes Auge versuchte sie zu fixieren, aber es rutschte ihm immer wieder weg. »Jetzt versteh ich alles.«

Ann-Kathrin starrte ihn unsicher an »Ach ja?«, stieß sie hervor. »Dann seid Ihr mir weit voraus. Ich verstehe nämlich gar nichts.«

24

AUGSBURG, GIESSEREI AM KATZENSTADL

Mit raschen Strichen seines Kohlestifts warf Anton die Skizze des Holzbaus für den Brunnen auf einen Bogen Papier, den Meister Wagner nur unter Knurren herausgerückt hatte. Man konnte den Sockel in der Mitte erkennen, auf dem er mit wenigen Linien die Figur des Augustus thronen ließ. Anton verbreiterte die schmale Lattenkonstruktion zu einem Brunnenkasten mit mächtiger Marmoreinfassung.

»Rehlinger erwartet übrigens, dass Augustus den Arm in Richtung des Rathauses hebt, nicht zu den Bürgern hin und auch nicht in Richtung Bischofsstadt.«

»Das hat er gesagt?«, fragte Hubert Gerhard verwundert. »Die Gespräche bislang gingen in eine andere Richtung. Die Haltung war auf die Bürgerschaft gerichtet. Wenn die Statue südlich des Perlachs auf dem Fischmarkt platziert würde, könnte sie nicht zum Rathaus zeigen. Man hätte sonst mehr den Hintern als das Gesicht des Kaisers gesehen.«

Jetzt war Anton in seinem Element. »Wichtiger war aber etwas anderes«, verkündete er bedeutungsschwanger. Die beiden Männer, die sich mit ihm in der engen Kammer des Meisters drängten, sahen ihn neugierig an. Doch bevor er seine Pläne erläutern konnte, fuhr Wagner dazwischen.

»Wer soll glauben, dass Räte wie Rembold und Rehlinger mit dir geredet haben sollen? Der Patrizier Rembold! Der reiche Rehlinger. Das bildest du dir doch alles nur ein.«

Antons Unterlippe zitterte leicht. Der Augsburger Stadtgießer glaubte noch immer, er sei etwas Besseres. Antons Augen verengten sich zu Schlitzen, und er musterte Wagner ebenso wie Gerhard. Sie mussten nicht wissen, warum er das alles tat, aber sie mussten wissen, dass er nicht *irgendein* Gießergeselle war.

»Ihr müsst mir gar nichts glauben, Meister Wagner. Es reicht, wenn Ihr mir zuhört.«

Er hasste den Mann in diesem Augenblick, und am liebsten hätte er ihn in einem der Öfen verfeuert, die langsam niederbrannten und den Raum erwärmten. Aber noch war es nicht so weit.

»Das Holzmodell, das jetzt auf dem Rathausplatz steht, ist meine Idee gewesen. Und jetzt seht Ihr hier die Balustrade des Brunnens! Aus Marmor. Aber sie ist zu breit.«

»Sie muss so breit sein wegen des Wasserdrucks. Sonst bersten die Seiten«, widersprach Gerhard.

Mit raschen Linien skizzierte Anton das Becken auf dem Blatt. Dann hielt er kurz inne. Was jetzt kam, war eine Enthüllung. Sobald er seine Idee aufs Papier geworfen hatte, gehörte sie ihm nicht mehr. Er war zu unbedeutend, zu klein, nur ein Geselle, kein Meister, kein Künstler.

»Wie kahl der Brunnen aussieht …«, begann er.

»Man soll sich auf den Stadtgründer konzentrieren«, warf Hubert Gerhard ein.

Anton lächelte spöttisch. »Und den Geiz der Kaufleute zeigen!«, feixte er.

»Werd nicht frech, Kerl!«, zischte Wagner.

»Der Stadtgründer ist sicher ein wichtiger Mann, der aber nie in Augsburg war. Die Stadt und ihre Entwicklung bestimmt hat von jeher etwas anderes: das Wasser«, hielt Anton dagegen.

Mit geübten Strichen skizzierte er vier Figuren, die er auf den Ecken der Balustraden platzierte.

»Lech, Wertach, Singold, Brunnenbach. Vier Figuren, die die wahren Herrscher dieser Stadt sind und bleiben. Alles Politische ist doch vergänglich, auch wenn die Regierenden etwas anderes glauben. Politik ist ein Fliegenschiss im Lauf der Zeit, so wichtig sich Männer wie Rembold, Rehlinger oder gar Augustus nehmen. Vielleicht ist das der Grund, warum sie

Statuen mit ihrem Konterfei aufstellen lassen und Häuser und Straßen nach sich benennen. Weil sie angesichts des Weltenlaufs um ihre unbedeutende Leistung wissen und sie daher zu verewigen suchen. Sie würden schlicht vergessen. Für immer. Wegen ihrer bescheidenen Fähigkeiten und Erfolge. Die vier Flüsse aber waren da, bevor es einen Augustus und ein Augsburg gegeben hat, und sie werden noch da sein, wenn der Name der Stadt und ihres Gründers längst in der Versenkung der Geschichte verschwunden ist. Vier Flüsse! Lech und Wertach als männliche Statuen und die beiden kleineren als weibliche Gegenstücke.«

Jetzt war es heraus. Jetzt musste er in die Stille hinein, die sich ausbreitete, seinen Rettungsanker setzen.

»Ihr, Meister Gerhard, kümmert Euch um die männlichen Figuren. Ich werde mich der weiblichen annehmen.«

Triumphierend blickte Anton von seiner Zeichnung auf und sah in zwei offene Münder. Sowohl Peter Wagner als auch Hubert Gerhard waren offenbar sprachlos. Doch statt einer ungetrübten Begeisterung, die Anton erwartet hatte, färbten sich die Gesichter der beiden Männer langsam feuerrot.

Wagner fasste sich als Erster – er hatte die schlechteren Nerven.

»Bist du des Wahnsinns? Hast du Mutterkorn gefressen, weil es dir das Hirn benebelt, Kerl?«, brüllte er, dass es in Antons Ohren klingelte. »Wer, glaubst du zu sein, dass du mir, dass du uns Anweisungen gibst? Der Zunftmeister?«

Hubert Gerhard setzte nach: »Nur weil du eine Figur ganz passabel hingebracht hast, willst du meinen Brunnen gestalten? Wie kommst du auf dieses schmale Brett?«

Anton blickte von einem zum anderen. Wo er Begeisterung erwartet hatte, traf er auf Ablehnung. Doch er wäre nicht er selbst gewesen, wenn er vor diesem Zorn, diesem Neid eingeknickt wäre.

»Rembold und Rehlinger waren begeistert«, sagte er leise, aber mit einer Schärfe, die in die Ohren schnitt.

Der heftige Ausbruch des Meisters hatte die Arbeiten zum Stillstand gebracht. Beide Lehrlinge und Hubert Gerhards Bruder Heinrich starrten zu ihnen herüber.

»Was willst du Bengel damit sagen?«, fuhr ihn der Gießer an.

Mit Wucht drückte sich Anton aus seinem Sitz. Er spürte, wie ihm vor Erregung der Schweiß den Rücken hinablief.

»Was wollt Ihr, Wagner? Ihr wisst, dass ich der bessere Gießer bin. Eurem Augustus hätten Finger oder gar ein ganzer Arm gefehlt, wenn ich Euch nicht auf eine fehlende Lüftung aufmerksam gemacht hätte. Ihr seid blind wie ein Maulwurf, und Ihr wisst es. Jede der Bronzen wäre verdorben gewesen, wenn ich …«

»Halt's Maul, Haderer!«, tobte Wagner. »Ich werf dich aus der Gießerei. Hochkant.«

Mit den flachen Händen schlug Anton sich auf die Schenkel und lachte.

»Ihr solltet Euren Künstler fragen, ob ihm das recht ist. Wenn nämlich die Obrigkeit, die Euch finanziert, davon Wind bekommt, dass der Gießermeister der Stadt ein Stümper ist, weil er blind ist wie ein Maulwurf und das Auge der Speis nicht mehr erkennen kann …« Diesmal hatte Anton die Ohrfeige nicht kommen sehen. Sie riss ihn von den Beinen. Haltlos torkelte er durch die halbe Halle und wäre gegen einen der Öfen getaumelt, hätte ihn nicht Mattheis am Arm gepackt und zu Boden gerissen.

Benommen schüttelte er den Kopf.

»Das war ein Fehler, Wagner«, zischte er. Ein metallischer Geschmack breitete sich in seinem Mund aus, und er musste die Flüssigkeit schlucken, die ihm den Mund füllte, Blut.

Hubert Gerhard war merkwürdig ruhig geblieben. Offenbar beschäftigte ihn weniger die Tatsache, dass sich Anton als Meister aufspielte, sondern das, was eben alles gesagt worden war: die

Anschuldigungen gegen Wagner und Antons Vorschlag für die Brunnengestaltung.

Anton rappelte sich auf und trat wieder an den Zeichentisch. Er raffte seine Zeichnungen zusammen und stopfte sie sich unters Hemd.

Wagner blieb stumm.

Anton, dem im Kopf die Maulschelle nachhallte wie das Ausklingen einer Glocke, setzte zu einem weiteren Schlag gegen Wagner an.

»Habt Ihr Hubert Gerhard erzählt, wer die notwendige Bronze besorgt hat? Weiß er, wem sie eigentlich gehört? Für einen Mann wie ihn sicherlich keine zu vernachlässigende Größe. Immerhin beauftragt Hans Fugger nicht die erstbesten Künstler, sondern die allerbesten.« Er wandte sich an Gerhard. »Wenn Ihr versteht, was ich meine.« Er grinste, was ihm bei seiner zerschlagenen Wange schwerfiel. »Wenn ich ihm erzähle, wie er das Kupfer zurückbekommen kann, könnt Ihr Eure Figuren in Holz schnitzen!« Hämisch lachte er auf, nahm die Papiere und warf sie in den Ofen, in den er beinahe getaumelt wäre. »Ich werde jetzt Rembold einweihen. Mal sehen, was der zu meinen Plänen zu sagen weiß – und mit wem er den Brunnen verwirklichen will.«

Wütend stapfte er an den beiden Männern vorbei und wollte durchs Tor, als Hubert Gerhard ihn zurückrief. »Haderer, auf ein Wort.«

Innerlich entfachte dieser Zuruf in Anton ein Feuer der Genugtuung.

* * *

»Ihr wolltet mir Vaters letzten Beutel stehlen. Hättet ihr ein besseres Augenlicht und wärt nicht so unbeweglich, hätte ich nicht einmal meine Flößer ausbezahlen können.«

Der Wirt nickte immer wieder, während Ann-Kathrin Gift und Galle spuckte und weiße Schaumteilchen ihrer Spucke versprühte.

»Halt ein, halt ein, Mädchen!«, versuchte er, sie zu beruhigen, doch sie war nicht aufzuhalten. Eine ganze Flut von Schimpfwörtern schwappte gegen den Wirt, der ihr hilflos gegenübersaß und endlich nicht weiterwusste, als ihre um sich fuchtelnden Hände zu packen, gegen den Tisch zu drücken und ihr zu drohen, dass er ihren hübschen Mund zu Brei schlagen würde, wenn sie nicht augenblicklich den Mund hielte. Dabei wedelte er mit der Faust vor ihrem Gesicht herum, und sein Auge flatterte regelrecht vor Zorn.

Ann-Kathrin verstummte, und der Wirt atmete auf.

»So!«, sagte er und drohte ihr mit dem erhobenen kleinen Finger, an dem ein langer, scharfgefeilter und gespitzter Nagel hervorragte.

»Und mit dem steche ich dir ein Auge aus, wenn du nicht ruhig bist. Haben wir das geklärt?«

Ann-Kathrin starrte den Fingernagel an und wurde blass. Dann nickte sie.

Jetzt war es erst am Wirt, tief einzuatmen. Schließlich stand er auf.

»Bleib, wo du bist«, herrschte er sie an, als sie den Tisch von sich wegschieben wollte. »Ich zeig dir was.«

Er drehte sich um, drückte gegen die Holzvertäfelung hinter sich, griff in eine kleine Öffnung, die sich dort auftat, und holte einen Gegenstand hervor. Dann drehte er sich zu Ann-Kathrin um und knallte ihn mit Wucht vor ihr auf den Tisch. Sie erschrak und schloss die Augen. Als sie diese wieder öffnete, lag vor ihr ein Beutel wie der, der vor ihrem Bauch baumelte, mit einer gelben Schleife. Nur dass diese Geldkatze prall gefüllt war.

»Die gehört deinem Vater!«, sagte er leise und sah sich um.

»Aber … habt Ihr ihm den … gestohlen?«, fragte Ann-Kathrin fassungslos. Sie konnte kaum den Blick von dem Beutel lassen.

Der Wirt gab einen tiefen Seufzer von sich. »Verstehst du es immer noch nicht? Dein Vater und ich sind Freunde. Der Beutel, den du weggenommen hast, war nicht für dich bestimmt – oder vielleicht doch. Auf alle Fälle hättest du ihn von mir zurückbekommen. Ich will und werde nichts stehlen.«

Ann-Kathrin wusste nicht recht, was sie von der Geschichte halten sollte. Sie starrte ihn an und in ihrem Kopf begannen die Ereignisse zu summen.

»Warum wart Ihr dann so … so grob?«

»Weil du jedes Mal weggelaufen bist, wenn du mich gesehen hast. Ich hatte keine Möglichkeit, dich zu sprechen – und sei ehrlich, du hättest nicht mit mir geredet, wenn ich dich nicht hierher gezerrt hätte.«

Ann-Kathrin nickte langsam. Der Mann hatte recht. Am liebsten hätte sie ihm gegen das Schienbein getreten und wäre davongelaufen. Vor fünf Minuten. Mittlerweile war es anders.

»Dann hat mein Vater Euch sein Geld gegeben, um es aufzubewahren?«

»Ja. Das macht er immer so. Wenn er einen Handel abgeschlossen hat, bringt er das Geld zu mir. Heimlich. Wir treffen uns hier in diesem Zimmer. Die halbe Welt weiß, wie viel Geld er mit sich herumträgt. Das weckt Begehrlichkeiten. Bei mir ist es sicher, bis er es auszahlt.«

Ann-Kathrin erinnerte sich, wie ihr Vater nach ihr in die Schankstube gekommen und wie der Wirt kurze Zeit später aus der rückwärtigen Tür getreten war, die zum Abtritt führte. Den raschen Blick, den die beiden miteinander getauscht hatten, hatte sie für eine Begrüßung gehalten, dabei war es ein Einverständnis gewesen.

Teil 3

Die Odyssee der Frachtpapiere

I

AUGSBURG, SCHENKE AM JAKOBERTOR

»Ich muss mit dem Fugger sprechen. Ich muss ihm das Geld zurückgeben, dass er meinem Vater schon bezahlt hat, und er muss bewirken, dass man ihn freilässt.«

Ann-Kathrin sah den Wirt offen und geradezu flehentlich an. Nach einer kurzen Aussprache bei einem schmackhaften Essen, das aus Hirseeintopf mit Speckgrieben und einem Krug Bier bestand, hatte sie inzwischen zu ihm Zutrauen gefasst.

»Warum bist du nicht einfach zu ihm gegangen?«, fragte er. »Er ist kein überheblicher Mensch. Er redet auch mit unsereinem.«

Überrascht und zweifelnd legte Ann-Kathrin den Kopf schief. »Meine Erfahrung ist eine andere.« Sie wischte sich die letzten Reste der Hirse vom Mund und betrachtete kurz die bräunliche Verfärbung auf der Hand, bevor sie diese noch mit der Zunge abschleckte. »Sein Haus wird von Riesen bewacht. Niemand kommt einfach so an ihn heran.«

Zuerst stutzte Conrad, dann hellte sich seine Miene auf und er lachte.

»Riesen?«, wiederholte er. »Bist du etwa Ullin begegnet, diesem Schrank von Mann und Bär von einem Wächter?«

»Er war jedenfalls kein Zwerg. Er hat mich aus dem Fugger-Hof hinausgeworfen.«

Conrad nickte, dann blickte er auf ihren leeren und sauber ausgeputzten Holzteller.

»Bist du fertig?«, fragte er. »Noch Brot oder Grieben?«

Ann-Kathrin schüttelte den Kopf. Sie war so satt wie seit Tagen nicht mehr.

»Dann auf. Wir besuchen kurz den Vater des Riesen Ullin. Wollen doch sehen, ob er dich dann zu Fugger durchlässt. Die hochgeehrten Herren sind nur so geschützt, wie ihre Untergebenen es wollen.« Er grinste über diese Bemerkung, die Ann-Kathrin nicht recht verstand, aber sie war mittlerweile bereit, nach jedem Strohhalm zu greifen, der sich ihr bot.

Der Wirt gab seiner Schankmagd kurz Bescheid, dass er eine Weile weg sein würde, dann trat er mit Ann-Kathrin auf den Platz hinaus. Vor der Schänke nieselte es, und Conrad ging kurz zurück, um sich eine Gugel zu holen, die er sich über den Kopf zog. Ann-Kathrin lief schon nach kurzer Zeit das Wasser den Rücken hinab, und ihr Haar war klitschnass.

Der beständige Nieselregen verwandelte den Platz vor dem Jakobertor in eine Schlammbahn. Der Kot spritzte Ann-Kathrin die Strümpfe hinauf und besudelte den Rock. Pfützen bildeten sich, die sich zu größeren Lachen zusammenschlossen und so das geradlinige Gehen beinahe unmöglich machten.

»Ich hoffe, der Riesenvater hat gerade Dienst. Aber der Alte hockt lieber am Tor als in seiner Stube«, murmelte Conrad.

Sie strebten mit gesenkten Köpfen auf das Tor zu, das um diese Zeit einen Händler nach dem anderen durchließ: Kaufleute aus dem Bairischen, Händler aus dem Österreichischen, Durchreisende nach Westen und vor allem Pilger, die sich auf dem Jakobsweg befanden und zuallermeist in einem beklagenswerten Zustand waren. Alle trieften sie vor Nässe und strebten der Stadtmitte zu.

Schon von Weitem rief Conrad mit seinem dröhnenden Organ: »Hias! Bist du da?«

Nichts rührte sich am Tor. Nur die Eintreffenden hoben kurz die Köpfe, ignorierten aber den Anruf.

»Hias! Das Bier wird sonst schal!«

Tatsächlich lockte diese kleine Schwindelei einen Kopf aus der Toröffnung der Wächterstube. Zuerst sah der Mann nach oben in den Regen, dann erst suchte er nach dem Rufer.

»Welches Bier?«

»Ihr kennt den Hias?«, fragte Ann-Kathrin überrascht.

»Wer kennt den nicht? Ein netter Kerl, wenn er auch zu gern zu tief in den Bierkrug schaut. Aber für uns wichtiger ist: Er ist Ullins Vater.«

Langsam setzten sich die Teile für Ann-Kathrin zu einem Bild zusammen. Wenn Hias Ullins Vater war, dann konnte er für sie vielleicht ein Wort bei Fugger einlegen – oder zumindest bei Ullin.

»Beschäftigt?«, schrie der Wirt über den halben Platz, und sein schielendes Auge drehte sich nervös hin und her. »Oder nur Angst davor, dass dein Haar nass wird?«

»Immer beschäftigt!«, kam die Antwort zurück, und Hias trat ganz aus der Stube. Jetzt erst erkannte Ann-Kathrin, dass er völlig kahl war. Bislang hatte sie ihn immer nur mit Helm gesehen. Rasch setzte er seine Schutzhaube auf. »Was liegt an, Conrad?« Er schirmte die Augen mit der Hand ab, und als er Ann-Kathrin sah, lächelte er übers ganze Gesicht. »Hast du sie endlich gefunden? Gott zum Gruße, Annka.«

Beide Männer gingen aufeinander zu, und als sie voreinander standen, klopften sie sich auf die Schultern, als hätten sie sich seit Monaten nicht gesehen. Dabei spritzte das Wasser auf, das die Wollkleidung aufgesogen hatte. Ann-Kathrin gab Hias die Hand, und der strich ihr sanft übers Haar.

»Was hast du mit ihr vor, Conrad? Willst du in den Stand der Ehe treten, und ich soll ein Wort für dich einlegen?« Hias zwinkerte Ann-Kathrin zu.

»Red keinen Mist. Du weißt, dass meine Angetraute mich mit dem Nudelholz durch die halbe Stadt jagen würde, wenn ich es auch nur versuchen wollte.«

»Aber ich hätte wenigsten mal ein Vergnügen!«, gab Hias zurück.

Ann-Kathrin hörte staunend zu, wie sich die beiden Männer gegenseitig auf den Arm nahmen, schließlich griff sie ein.

»Es ist schön, wenn es euch beide freut, über mich zu reden«, sagte sie bitter. »Aber mein Vater sitzt im Schuldturm – und er wird dort zugrunde gehen, wenn ich keine Möglichkeit finde, ihn herauszuholen.«

Betroffen sahen die beiden Männer zuerst Ann-Kathrin an, dann einander.

»Was willst du von mir in der Sache?«, fragte Hias.

Conrad räusperte sich und kratzte sich am Kopf. An eben der Stelle wuchsen ihm keine Haare mehr, was etwas merkwürdig aussah.

»Nun …«, begann er. »Sie ist mit deinem Sohn zusammengetroffen. Mit Ullin. Er hat sie wieder hinausgeworfen. Sie muss aber dringend zu Fugger, um ihn wegen ihres Vaters aufzuklären.«

Hias biss sich auf die Unterlippe und zupfte mit den Zähnen daran. »Er nimmt seine Arbeit eben ernst«, murmelte er verlegen.

»Es würde ihm guttun, wenn er nicht nur seine Körpergröße, sondern auch seinen Verstand einsetzen würde.«

Ullins Vater sah den Wirt an, und dann grinsten beide.

»Dazu bräuchte er erst einmal einen«, spottete Hias. »Ich rede mit ihm.«

Conrad deutete auf Ann-Kathrin. »Sofort. Du nimmst sie mit hoch und wäschst deinem Sprössling den Kopf. Vielleicht hilft es ja …« Er blickte nach oben »… bei dem Regen!«

Hias hob die Augenbrauen. »Was hat sie überhaupt mit Fugger zu schaffen?«

Bevor der Wirt für sie antworten konnte, warf Ann-Kathrin ein: »Ich muss ihn bitten, meinen Vater aus der Schuldhaft zu entlassen. Er ist unschuldig. Die Papiere …«

Offenbar wollte Hias nichts weiter hören. Er gab dem anderen Wächter in der Torstube kurz Bescheid, dann nickte er Ann-Kathrin zu, ihm zu folgen, verabschiedete sich von Conrad, und sie stapften im strömenden Regen los in Richtung Fugger-Haus am Weinmarkt.

Der Weg durch das Barfüßertor und hoch über den Perlachberg war glitschig. Kleine Rinnsale bahnten sich ihre Wege den Berg hinunter in die Vorstadt und gruben Rinnen in den Boden, in denen das Wasser gurgelte. Die Nässe ließ die Farben der bemalten Fassaden leuchten. Als sie oben ankamen, sprangen Ann-Kathrin die bunten Bilder des Rehlinger-Hauses gegenüber beinahe an. Sie leuchteten durch die Holzkonstruktion des neuen Brunnens hindurch. Verwundert sah sie, wie groß und mächtig dieser werden würde.

Offenbar war das Holzgestell vom Fischmarkt südlich des Perlachs abgebaut und mitten auf dem Perlachplatz neu aufgestellt worden. Mit Grausen stellte sie sich vor, wie an der Säule des Mittelpfeilers die Sirenen angebracht wurden, für die Haderer ihre Brust abgeformt hatte. Unwillkürlich schlang sie ihre Arme um sich.

Sie bogen nach Süden zum Rathaus ab, und Ann-Kathrin lief erneut ein Schauder über den Rücken, als sie am Pranger vorüberkamen, an dem diesmal eine Frau halb entblößt und in zerrissenen Kleidern stand und vor Kälte zitterte. Sie musste den Blick abwenden.

»Kein schöner Anblick«, murmelte Hias. »Manchmal frage ich mich, warum unsere Strafen so gewalttätig sind. Liegt es an den Menschen oder an unserer Zeit?«

Sie liefen an dem dreigiebligen Rathaus vorbei in Richtung Weinmarkt, und Ann-Kathrin beobachtete, wie die in Loden gehüllten Männer beim Tor des Fugger-Hauses ein und aus gingen und sich in ihre Pelzkragen duckten, sobald sie in den Regen kamen. Sie mussten der Grube ausweichen, in der die Deichelröhren lagen, die für den Betrieb des neuen Brunnens gelegt wurden. Niemand arbeitete hier, weil das Wasser vom Himmel offenbar die Seitenwände unsicher machte.

Kurz kitzelte es in ihrem Rücken und sie drehte sich abrupt um, weil sie das Gefühl hatte, jemand würde sie beobachten. Doch sie entdeckte niemanden. Dennoch war ihr unwohl dabei, den direkten Weg zu Fugger einzuschlagen.

»Lass uns am Weinmarkt vorübergehen!«, flüsterte sie. »Ich glaube, ich werde verfolgt.«

Überrascht blickte Hias sie von der Seite an, dann nickte er und bog zum Kornhaus bei St. Moritz ein. Schon von Weitem duftete es nach dem dort lagernden Getreide. Kurz bevor sie die enge Gasse verließen, drehte sich Ann-Kathrin um und spähte zurück, aber wieder sah sie niemanden.

»Vielleicht hab ich mich getäuscht«, murmelte sie. »Ich bin zu empfindlich geworden. Das alles setzt mir zu.«

»Es wird alles wieder gut, Mädchen«, versuchte Hias, sie zu beruhigen. »Wir gehen einfach hinten durch den Turnierhof.«

Doch dem Gedanken, die Hintertür zu nehmen, wurde ein Riegel vorgeschoben. Offenbar wurde in dem Hof eine besondere Ware gepackt, denn die Wächter waren unerbittlich, auch wenn sie Hias kannten und Respekt vor seinem Sohn hatten. Niemand durfte den Turnierhof betreten.

»Bestimmt ist der Alte dort, sonst wären sie nicht so fuchsig!«, knurrte Hias.

Achselzuckend liefen sie weiter und umrundeten das gewaltige Anwesen.

* * *

Anton blieb abrupt stehen. Vor ihm bog Ann-Kathrin auf den Weg zum Rathaus ein. Sie hatte ihn offenbar nicht gesehen. Begleitet wurde sie von einem der Scharwächter. Kurz stellten sich ihm die Nackenhaare auf. Was wollte sie hier? War sie unterwegs zum Rathaus?

Seine Bedenken zerstreuten sich, als die beiden daran vorübergingen, und gleichzeitig wuchsen sie wieder, als er erkannte, wohin sie strebten: zum Weinmarkt, zu Hans Fugger dem Jüngeren.

Statt ins Rathaus zu gehen und nach Rembold oder Rehlinger zu fragen, folgte er ihnen.

Schon an Ann-Kathrins unruhigen Bewegungen erkannte er, dass sie sich beobachtet fühlte. Mehrmals sah sie sich um. Doch er konnte sich immer rechtzeitig so stellen, dass die breiten Rücken vieler Bürger zwischen ihm und ihr lagen. An der Ecke des Tanzhauses blieb er stehen und sah ihr nach. Doch sein Interesse galt nicht mehr nur ihr.

Sein Blick wanderte hoch zur Traufe des Fugger-Palastes, an dem auf der Nordseite zwei Zimmerer in schwindelnder Höhe arbeiteten. Dafür waren also die Kupferplatten gedacht gewesen. In deren Ermangelung nagelten sie einen Bretterschutz an die Gebäudeschräge, damit bei diesem feuchten Wetter kein Wasser eindrang und das fehlende Kupferdach irgendwann ergänzt werden konnte. Sie turnten auf dem glatten und glitschigen Kupferblech herum, und Anton wurde an seinen Vater erinnert, der sich geweigert hatte, bei Regen dort hinaufzuklettern. Lebensgefährlich sei das und eine Dummheit, hatte er geschimpft und sich gewunden. Doch Fugger war unerbittlich gewesen.

Sein Vater war im Haus die Treppen hochgestiegen und hatte sich durch die Sparren und Latten nach draußen gezwängt. Dabei hatte er sich am scharfen Bruchrand des aufgebogenen Kupferdachs in die Hand geschnitten. Von unten hatte Anton noch gesehen, wie er die Finger zum Mund führte, um das Blut abzulecken. Ob es diese kleine Unaufmerksamkeit oder eine kurze Schwäche gewesen war, die ihn straucheln ließ, konnte er nicht mit Bestimmtheit sagen. Aber wenn er die Hauswand hoch auf die Ecke der Traufe blickte, dann sah er noch immer seinen Vater stürzen. Stumm. Mit ausgebreiteten Armen. Wie einen Christus, der sein Kreuz angenommen hatte.

Vor etwas mehr als drei Jahren hatte Anton zusehen müssen, wie sich der Körper des Vaters in der Luft bewegt hatte, wie er zuerst mit dem Kopf voran gestürzt war und sich im Laufe des Sturzes auf den Rücken drehte. Er sah sich noch auf den Vater zulaufen, um ihn aufzufangen. Und dann hörte er diesen dumpfen Schlag, dieses satte Auftreffen auf dem Kiespflaster vor dem Haus. Nur die Passanten schrien, als er ihnen vor die Füße fiel.

Weder den Sturz noch das Geräusch des Aufschlagens konnte Anton vergessen – und in so mancher Nacht danach war er schweißgebadet aufgewacht und hatte das nachgeholt, was seinem Vater nicht möglich gewesen war: Er hatte geschrien, weil er im Traum selbst fiel und ins Bodenlose stürzte.

Es dauerte, bis er sich von seinen inneren Bildern losreißen konnte.

Währenddessen waren Ann-Kathrin und der Scharwächter am Fugger-Haus vorübergegangen. Offenbar hatte er sich getäuscht. Vielleicht wollte sie nur etwas Korn oder Mehl aus dem Getreidekasten des Klosters erstehen und hatte den Mann gebeten, ihr zu helfen.

Anton wollte sich schon abwenden und zum Rathaus zurückgehen, als er die beiden am anderen Ende des Hauses, die Hallgasse hoch um die Ecke biegen sah.

Um keine Aufmerksamkeit auf sich zu lenken, drehte er sich um und drückte sich in den Schatten des Tanzhauses.

Langsam stieg Wut in ihm hoch, gemischt mit einer unbestimmten Angst. Sie hatten ihn täuschen wollen. Also hatte Ann-Kathrin ihn doch gesehen. Aber wenn sie zu Fugger ging, wenn sie ihm die Situation erklärte, konnte das bedeuten, dass für seine Figuren kein Kupfer mehr vorhanden war. Dann würde es keine Wassergöttinnen geben. Nervös wippte er auf den Füßen und beobachtete, wie sich Ann-Kathrin und ihr Begleiter dem Adlertor näherten. Er beugte sich vor, um zu sehen, ob sie das Haus betreten würden, als Ann-Kathrin sich plötzlich umdrehte. Kurz begegneten sich ihre Blicke, bevor sie im Inneren des Gebäudes verschwand.

Seine Kehle war trocken. Er musste kurz husten und spuckte dann gegen die Hauswand.

Das Schlimmste, was er sich vorstellen konnte, war geschehen. Jetzt blieb nur noch die Hoffnung, dass die Wächter der Innenhöfe sie wieder auf die Straße setzten wie beim ersten Mal. Doch je länger Anton wartete, desto klarer wurde ihm, dass sie nicht wieder herauskommen würden.

Abrupt machte er kehrt und stürmte zum Rathaus. Er musste seine Schäfchen ins Trockene bringen. Sollte sich Wagner ärgern und Hubert Gerhard vor Neid gelb anlaufen.

Er rannte beinahe bis vor das Tor zum Rathaus und holte kurz davor noch einmal Luft. Am liebsten hätte er einen Schnaps getrunken, um nicht ganz so verkrampft zu wirken, doch er zog nur die Schultern hoch und drückte gegen das Tor.

Es ging so rasch auf, dass er nach innen stolperte. Offenbar hatte gleichzeitig jemand von innen geöffnet, und der schwere Flügel aus Eiche und Metallbändern zog ihn mit sich. Er fiel gegen einen der Türwächter, der ihm den Schaft seiner Pike gegen die Brust stieß und ihn auf die Straße zurückschleuderte, wo er auf die Knie ging. Gleichzeitig fluchte jemand über ihm, und er erhielt einen weiteren Schlag auf den Rücken. Ein Reiter stürmte an ihm vorbei, dessen Pferd ihn beinahe niedergeritten hätte.

»Was macht Ihr denn für Kunststücke?«, sagte jemand. »Besser Ihr lasst das, sonst kommt Ihr noch unter die Hufe. Das wollen wir als Stadt nicht und schon gar nicht bei einem so talentierten Mann wie Euch. Ich darf Euch doch schon einen Mann nennen?«

Anton brauchte einen Augenblick, um sich zu sortieren und wieder in die Welt zurückzufinden.

»Herr? Zu Euch wollte ich gerade.«

»Ach ja? Und dabei ist Euch eingefallen, mich über den Haufen zu rennen?«, fragte Quirin Rehlinger.

»Verzeiht, Herr!« Anton wusste, dass diese Patrizier so empfindlich auf jede kleine Unachtsamkeit reagierten, als stürze damit die Welt ein. »Ich habe die Zeichnung ausgearbeitet, die Ihr verlangt habt«, beeilte er sich zu sagen.

»Welche Zeichnung?« Rehlinger zog die Augenbrauen zusammen.

Langsam geriet Anton in Panik. Was, wenn dieser Mann ihn längst wieder vergessen hatte, wenn sein Interesse nur flüchtig und der Tatsache geschuldet gewesen war, dass er ihn hatte loswerden wollen. Ihn, den kleinen Handwerksburschen, der dem hochgeborenen Herrn ohnehin nicht das Wasser reichen konnte.

Eilig zog er die Zeichnung, die er auch für Wagner und Gerhard angefertigt hatte, aus seinem Wams und reichte sie Rehlinger.

Der machte keine Anstalten, das gefaltete Blatt entgegenzunehmen.

Ohne sich seine Verärgerung anmerken zu lassen, nahm Anton das Blatt, faltete es auseinander und hielt es dem Patrizier vor die Nase.

Tatsächlich trat der Ratsherr näher und betrachtete die Zeichnung.

»Jetzt erinnere ich mich. Ihr seid schnell, Geselle.«

»Anton Haderer«, versuchte er behutsam, seinen Namen in Erinnerung zu bringen.

Der Ratsherr griff danach, aber in diesem Moment entzog Anton ihm die Zeichnung.

»Ihr werdet verstehen, dass ich meine Gedanken und meine Zeichnungen schützen muss. Wer sagt mir, dass Ihr nicht augenblicklich zu Hubert Gerhard geht und ihn auffordert, diesen Entwurf umzusetzen? Ohne mich.«

Überrascht sah Rehlinger ihn an. »Und wer sagt mir, dass ich Euch dieser Frechheit wegen nicht augenblicklich vor die Stadttore setzen lasse?«, empörte er sich.

Anton antwortete sofort. Dieses Gespräch hatte er sich in Gedanken genau so zurechtgelegt und freute sich, dass er vorausgeahnt hatte, wie der Magistrat reagieren würde.

»Weil der Brunnen, so wie er derzeit gestaltet ist, nur eines zeigt: den Geiz der Stadtoberen. Eine Stadt wie diese und ein Sparmodell von Brunnen für das 1.600-jährige Jubiläum? Ihr macht Euch lächerlich. Wenn Ihr aber meine Ideen ungefragt übernehmt, dann posaune ich das in den umliegenden Städten aus: in Ulm, in Donauwörth, in Nürnberg, Kempten, Füssen. Ansonsten macht Ihr Euch zum Gespött. Das will doch niemand. Ihr am allerwenigsten. Also werdet Ihr die Zeichnung betrachten und der Verwirklichung zustimmen oder Hubert Gerhard mit einer ähnlichen Idee beauftragen. In diesem Fall nehme ich mein Kupfer wieder an mich.«

Haderer sah, wie Rehlinger schluckte. Erst jetzt wurde er gewahr, dass mit dem Ratsherrn Rehlinger weitere Räte aus dem Rathaus getreten waren und jetzt um sie herumstanden. Alle sahen ihn mehr oder weniger fassungslos an.

»Ihr seid ein rechtes Großmaul, Anton Haderer!«, schimpfte Rehlinger. Gleichzeitig schnappte seine Hand das Blatt, das Anton vor ihm verbergen wollte. »Jetzt gebt schon her.« Er betrachtete es lange und zeigte es dann den anderen Männern.

»Etwas gewagt«, kommentierte einer.

»Eine Augenweide!«, meinte ein anderer.

»Mein Eheweib darf das nicht sehen, solange es noch auf dem Papier steht. Ich muss mich sonst am heiligen Sonntag kasteien!«, warf ein Dritter lachend ein.

»Was Euch ganz guttäte!«, ergänzte der Vierte.

Rehlinger sah Anton an und gab ihm das Blatt zurück.

»Dafür reicht das Kupfer?«, fragte er.

Am liebsten hätte Haderer geantwortet, *noch* schon, solange Hans Fugger sich nicht dazwischenwirft. Unter den gegebenen Umständen nickte er nur.

»Wagner kann das?«

Anton sah Rehlinger in die Augen.

»*Ich* kann das!«

2

AUGSBURG, ADLERTOR

Bevor sie sich gegen das Adlertor stemmten und das Mannloch öffneten, hatte Ann-Kathrin das Gefühl, eben noch Anton Haderer gesehen zu haben, wie er sich hinter der Ecke des Tanzhauses versteckte. Doch sie konnte sich auch getäuscht haben, denn alles war so schnell gegangen, und als Hias hineintrat, zog er sie mit sich.

Der schmale Vorhof wirkte im Nieselregen menschenleer. Ängstlich sah sich Ann-Kathrin um. Irgendwo mussten ja die Wächter stehen.

Sie folgte drei Schritte hinter dem Scharwächter, der unbekümmert einfach drauflosstapfte und auf den Durchgang zusteuerte, der in den hinteren Turnierhof führte. Kaum war er auf Höhe des Damenhofs, als auch schon zwei Gestalten auf sie zukamen und sich ihnen in den Weg stellten.

»Kein Durchgang. Haut ab!«, blaffte sie der Riese an, der Ann-Kathrin schon einmal hinausgeworfen hatte. »Dich kenn ich doch«, knurrte er, als er ihrer ansichtig wurde. »Das darf doch wohl nicht wahr sein. Muss ich andere Saiten aufziehen?«

»Was hast du Rotzlöffel gesagt?«, brummte Hias. »Lass mich durch! Wir müssen zum Fugger.«

»He, Ullin. Er hat Rotzlöffel zu dir gesagt«, rief der zweite Wärter. Er war erheblich jünger als Ullin, senkte seine Pike und richtete sie gegen Hias' Bauch.

»Zu mir darf nur einer Rotzlöffel sagen!«, konterte Ullin, der seinen Vater noch nicht bemerkt hatte. »Stich ihn ab, Jacob, wenn er dir blöd kommt. Ich beschäftige mich mit der Kleinen.«

Er baute sich vor Ann-Kathrin auf, die furchtsam zurückwich.

Hias vor ihr straffte die Schultern. »Ich darf zu dir Rotzlöffel sagen, aber du nicht ›Hau ab‹ zu mir!«, knurrte er ungehalten und in einer kollernden Lautstärke, dass oberhalb von ihnen ein Fenster aufging.

Ann-Kathrin starrte Ullin an, aber der war nicht mehr an ihr interessiert.

Langsam drehte er sich um. »Vater?«

»Dass du Trottel mich nicht erkennst, ist das eine, dass du aber das Mädchen hier nicht zum Fugger lässt, ist unverzeihlich, Kerl.«

Der zweite Wächter mischte sich ein. »Soll ich ihn abstechen?«, fragte er eifrig.

»Bist du verrückt?«, kreischte Ullin in höchsten Tönen. »Mein Vater bringt mich um, wenn ich ihn abstechen lasse.«

»Genauso ist es!«, erklärte Hias. »Und jetzt lass mich durch.«

»Aber das darf ich nicht!«

Ullin wand sich. Er mochte nicht zu den geistigen Größen der Stadt gehören, aber er schien seine Aufgaben wirklich ernst zu nehmen und war gewissenhaft. Ann-Kathrin sah ihm an, wie unwohl er sich fühlte.

Hias verdrehte die Augen. »Was macht man in so einem Fall, Söhnchen?«, fragte er – und als Ullin unsicher mit den Schultern zuckte, antwortete er sich selbst. »Man geht zum Fugger, der im Turnierhof steht, und fragt ihn, ob die Frau zu ihm kommen darf.«

Er hob die Augenbrauen, sah seinen Sohn eindringlich an und wartete darauf, ob dieser verstand, was er ihm vorgeschlagen hatte.

»Ich gehe zu Hans Fugger?«

»Ja, Ullin. Du gehst zu ihm.«

»Und was soll ich ihn fragen?« Eine gewisse Verzweiflung sprach aus seiner Stimme, die für seine riesenhafte Statur viel zu hoch und zu dünn klang.

»Du sagst ihm, dass ihn die Tochter des Lechflößers Biechler wegen des Kupfers dringend sprechen muss. Es gehe um Leben und Tod.«

Mit runden Augen sah Ullin von seinem Vater zu Ann-Kathrin und wieder zurück.

»Was soll das?«, knurrte Jacob. »Spinnst du, dich hier von den beiden vorführen zu lassen? Du wirst nichts dergleichen tun!«

Das war zu viel. Obwohl die Pike noch immer auf seinen Bauch zielte, stemmte Hias seine Fäuste in die Hüften und trat einen Schritt vor, sodass sich die Spitze in seinem Wams verhakte.

»Was mischst du dich ein, Kerl? Jacob Hirth! Sei froh, dass ich dir nicht mit zwei, drei Ohrfeigen zeige, was zu tun ist. Wenn Erwachsene miteinander reden, sollten Hosenpisser wie du den Mund halten. Ullin, sag ihm, dass er den Zahnstocher wegnehmen soll, sonst werde ich ihm damit die Zähne reinigen. Und sein Vater wird dasselbe tun, wenn er nach Hause kommt.«

Ullin bemühte sich, seinen Kameraden mit einer Handbewegung zu verscheuchen. »Nimm die Pike weg«, zischte er, was Jacob nur widerwillig tat.

Gleichzeitig trat Hias, der mindestens eineinhalb Köpfe kleiner war als der Junge, dicht vor ihn hin und starrte ihn von unten her an. »Gut gemacht, Junge. Sonst hätte ich dir die Windeln gewechselt – und glaub mir, in dem Alter ist das schmerzhaft.«

Wenn die Situation nicht so ernst gewesen wäre, hätte Ann-Kathrin gelacht. So aber schaute sie nur verstört von einem zum anderen und betete, dass die Stimmung nicht überkochte.

Hias fuhr zu seinem Sohn herum. »Jetzt geh schon! Wir warten hier so lange.« Und mit einer Geste zu dem jungen Wächter hin sagte er. »Wir tun ihm nichts in der Zwischenzeit. Aber seinen Vater treffe ich nachher in der Schänke am Jakobertor.«

Ullin nickte mehrmals, dann packte er seine Pike fester und schritt zum Turnierhof.

»Vergiss nicht. Es geht um das Kupfer!«, rief ihm sein Vater nach. »Das wird schon, du wirst es sehen«, fügte er, an Ann-Kathrin gewandt, hinzu.

Es dauerte geraume Zeit, bis Ullin wiederkam. Sein Gesicht war so gerötet, als hätte er einen Aufstieg hinter sich bringen müssen. Hinter ihm erschien ein Mann, der neben Ullin wie ein Zwerg wirkte, dessen Ausstrahlung jedoch sofort den Vorhof ausfüllte.

»Diese beiden?«, fragte er.

»Ja, Herr!« Ullin nickte und straffte sich.

Neugierig betrachtete Ann-Kathrin den kleinen Mann. Ein lockiger Bart umrahmte das Kinn, und auf der Oberlippe spross ein gewaltiger Schnauzer, den er bis zu den Wangen aufgezwirbelt hatte. Die Augenbrauen fielen steil zur Nasenwurzel hin ab, und auf der Stirn, die durch den Haarausfall im vorderen Teil größer und höher wirkte, runzelten sich neben zwei steilen senkrechten Falten vier Querfalten. Das Haar begann grau zu werden, aber der Hausherr hatte es offenbar mit Walnussschale gefärbt, sodass nur die Ansätze hell heraustachen. Er trug bei dem Regen eine Kappe. Wasserperlen glitzerten auf dem Samt.

All das bemerkte Ann-Kathrin, bevor sie niederkniete und ihr Begehr vortrug.

Sie wollte sich nicht unterbrechen lassen, sondern redete in einem fort, beschrieb die Fahrt auf dem Lech hierher, das Unglück, die Rettung, das Verschwinden der Frachtunterlagen. Sie sparte auch ihre Erlebnisse mit Anton Haderer nicht aus und kam schließlich zu ihrer eigentlichen Bitte.

»Herr, mein Vater ist unschuldig. Er hat Euer Kupfer nicht veruntreut. Er ist das Opfer einer Verschwörung. Lasst ihn frei – ich besorge Euch …« Ann-Kathrin musste schlucken, wenn sie daran dachte, was ihr bevorstand. »Ich besorge Euch die Papiere. Ich weiß, wo sie sind, und ich weiß, wer sie hat.«

Die ganze Zeit über hatte sie zu Boden gesehen und es nicht gewagt, Hans Fugger in die Augen zu schauen.

Fugger hatte sich den Sermon angehört und kein Wort gesagt. Jetzt räusperte er sich, ohne Ann-Kathrin zum Aufstehen zu bewegen. »Ihr habt die Papiere?«

Sie zögerte mit der Antwort, weil sie es so ausdrücken wollte, dass sie ihn nicht verprellte. »Ich haben sie noch nicht, werde sie aber bekommen.«

»Nun. Wir ziehen die Anklage wegen Veruntreuung zurück, sobald ihr mir die Frachtdokumente unterbreitet«, sagte Fugger, drehte sich um und ging zurück. »Ullin, zu mir!«, hörte Ann-Kathrin ihn noch rufen.

Dann war er verschwunden und mit ihm der Riesenwächter.

»War das alles?«, fragte Ann-Kathrin noch etwas benommen und richtete sich auf.

»Jedenfalls war es der Anfang. Komm, wir gehen«, sagte Hias und half ihr hoch. »Dieser Haderer ist ja ein Saubeutel!«, setzte er hinzu. »Der soll mir mal unterkommen.«

Kaum hatten sie die Hälfte des Wegs bis zum Ausgang zurückgelegt, als Ullin wieder durch das Tor trat.

»Vater!«, rief er ihnen hinterher.

Ann-Kathrin drehte sich zu ihm um. Ullin war noch röter angelaufen als zuvor.

»Ich soll sie zu ihm bringen, sobald sie die Papiere in der Hand hält«, rief er ihnen zu.

»Wenigstens etwas!«, murmelte Hias, doch Ann-Kathrin lief ein kalter Schauer über den Rücken, denn sie wusste, was ihr dafür bevorstand.

* * *

Anton lief ihr einfach hinterher und wunderte sich.

Kurz nach dem Besuch bei Fugger hatte sich der Scharwächter verabschiedet und war zum Tor zurückgekehrt, während Ann-Kathrin zum Himmel blickte, als müsse sie alle Engel herabrufen, und dann in Richtung Oberstadt ging. Sie war auf dem Weg zu ihm.

Als er sich sicher war, schloss er zu ihr auf. »Ihr werdet doch nicht freiwillig zu mir kommen?«, sprach er sie von hinten an.

Er sah, wie sie bis ins Mark erschrak und mit einem Satz beiseitesprang.

»Ich will die Dokumente, Haderer!«, sagte sie, schwer atmend.

»Die Dokumente. Ja. Ich verstehe. Aber das geht nicht so leicht«, erwiderte er. »Ihr wisst, was ich von Euch verlange.«

Er wusste genau, dass sie weit gehen würde, um ihren Vater zu retten. Langsam faltete er das Blatt auseinander und zeigte ihr wieder die Zeichnung. Er deutete auf die beiden Frauenfiguren.

Ann-Kathrin wurde blass wie die Wand. »Niemals!«, hauchte sie.

Ebenso langsam wie eben faltete er das Blatt wieder und steckte es zurück in sein Wams.

»Schade. Nur dafür geb ich Euch die Papiere. Ansonsten …«
Er ließ offen, was sonst geschehen würde, weil er es selbst nicht recht wusste.

»Ich muss die Grundform erst aufbauen, aus Metall und Gips. Das dauert sicherlich einen oder zwei Tage. Kommt morgen zu mir in die Gießerei.«

Ann-Kathrin stampfte mit dem Fuß auf, griff ihm blitzschnell an das Wams und versuchte, die Zeichnung daraus hervorzuziehen.

»Aber, aber!« Anton lachte über diesen ungeschickten Versuch, seine Idee zu stehlen. Er packte Ann-Kathrin an beiden Handgelenken und stieß sie von sich weg.

»Was ist da los?«, rief jemand.

»Vincenz!«, stöhnte Ann-Kathrin auf.

»Hat er dir etwa wehgetan?«

Ann-Kathrin zögerte, doch als er ihr in die Augen sah, schüttelte sie den Kopf.

»Wir haben uns nur über ihren armen Vater unterhalten und wie seine Chancen stehen, lebend aus dem Schuldturm herauszukommen«, erklärte Haderer, ohne sie aus dem Blick zu lassen.

Energisch trat Vincenz zwischen die beiden und starrte Anton an. Sein Gesicht war wie versteinert, sein Blick kalt.

»Lasst die Finger von ihr!«, drohte er. »Sonst …«

»Sonst – was?«, höhnte Anton. »Sonst nichts, wenn sie ihren Vater wiedersehen will!«

Hämisch lachend stapfte er in Richtung Gießerei davon.

* * *

Erst als er außer Sichtweite war, drehte sich Vincenz zu Ann-Kathrin um.

»Warum hast du das getan?«, fragte sie leise.

»Was habe ich getan? Ich hab dich gesucht!«, antwortete er. »Was wollte er von dir?«

Sie schüttelte heftig den Kopf und zischte: »Nichts, was dich etwas angehen würde!«

»Was ist los mit dir, Annka?« Vincenz nahm sie am Arm und zog sie an sich.

»Nicht hier und nicht heute«, antwortete sie kratzbürstiger als gewollt. »Fugger will die Papiere. Erst dann lässt er Vater frei.«

»Weißt du denn, wer sie hat?«

Ann-Kathrin schaute in die Richtung, in die Haderer verschwunden war. Sie schluckte, dann schüttelte sie den Kopf. »Ich gäbe etwas darum, es zu wissen. Viel. Glaub mir!«

Vincenz musterte sie. »Hat *er* sie?« Mit dem Kinn deutete er Haderer hinterher.

Ann-Kathrin zuckte nur mit den Schultern.

3

AUGSBURG, GIESSEREI AM KATZENSTADL

Anton machte sich an die Arbeit. Er wusste, dass Ann-Kathrin kommen würde. Sie würde ihren Vater nicht im Stich lassen. Er hielt ihre Sorgen für übertrieben, dachte aber gleichzeitig an den Unfall seines eigenen Vaters, der noch immer in ihm arbeitete.

Zuerst war er zur Gießerei geeilt, aber nur, um ein Maß zu holen. Im Laufschritt ging es zurück zum Perlachplatz. Dort maß er die Größe der Figuren aus, die man auf der Balustrade platzieren konnte, und rannte ebenso schnell wieder in die Gießerei.

Noch waren Gerhards Bruder Heinrich und die beiden Lehrlinge damit beschäftigt, am Augustus zu polieren und zu schleifen. Anton wusste, dass sich Ann-Kathrin vor diesen Männern niemals ganz ausziehen würde.

Er musste also einen anderen Ort finden. Auch hatte Wagner ihm mitgeteilt, dass sie zu wenig Zinn hätten. Das meiste wäre in den Augustus geflossen. Zink sei aber ausreichend da. Man könne also Messing gießen. Das käme zudem billiger.

Er seufzte. Einen anderen Ort gab es nicht. Schließlich brauchte er einen Ofen, eine Schmelze und Männer, die den Guss einfüllten. Bei der Größe der Figur war das unumgänglich. Auch würde es nicht geheim bleiben, wenn er an der Wassernymphe arbeitete.

Kurz hielt er inne. Natürlich konnte er Ann-Kathrin zeichnen und dann erst ausformen, aber ihm war die Anschauung wichtiger als die bloße Zeichnung. Er musste mit den Fingern erfahren, wie etwas geformt war. Schließlich verwarf er die Überlegung, einen anderen Ort zu suchen. Er musste Ann-Kathrin nachts zu sich bestellen. Das würde ihm zwar eine ganzes Dutzend Kerzen kosten, aber das nahm er auf sich.

Umgehend begann er damit, aus Holz und Gips, aus Metallstangen und Draht eine Figur vorzuformen. Zuletzt bestrich er sie ganz mit einem Gips und ließ sie aushärten. Mehrmals tauchte Wagner auf und betrachtete mit zusammengebissenen Zähnen die Arbeit.

Erst als Quirin Rehlinger überraschend in der Gießerei erschien und nach Anton Haderer fragte, löste sich etwas in Wagner. Er führte den Ratsherrn zu seinem Gesellen und dieser musste Rehlinger erklären, wie eine Bronzefigur hergestellt wurde. Dass sie nur aus Messing sein würde, band er ihm nicht auf die Nase. Er hielt aber auch mit der Arbeit nicht inne, während Rehlinger um ihn herumschlich.

»Seid Ihr sicher, dass dies eine dieser … äh … Figuren … äh … eine Nymphe wird? Sie sieht mir etwas grob aus, oder nicht?«

Anton, der sich köstlich amüsierte, trat einen Schritt zurück und musterte die Nymphe, wie sie dalag. In diesem Augenblick kam ihm der Gedanke, dass die weiblichen Figuren nicht nur die beiden kleineren Wasserläufe symbolisieren sollten, sondern auch deren Eigenschaften. Der Brunnenlech war die Trinkwasserquelle der Stadt. Mit seinem Wasser füllten die Menschen ihre Krüge. Er war es, der ihren Durst stillte und der die Stadt gedeihen ließ.

»Ihr habt recht, Herr. Man müsste ihnen noch Attribute beigeben, die sie kenntlich machen. Hier, der Brunnenbach, er bekommt noch einen Krug, weil er die Stadt mit Trinkwasser versorgt, und … und …« Er zögerte, weil ihm nichts Rechtes einfiel.

»Ein Füllhorn?«, schlug Rehlinger vor.

Anton blickte auf und nickte. Beinahe wäre er versucht gewesen, dem Ratsherrn auf die Schulter zu klopfen, konnte sich aber gerade noch zurückhalten.

»Es wird auch *Eure* Figur, Herr. Die Idee des Füllhorns ist allein die Eure.«

Zufrieden blickte Rehlinger in die Runde.

Nicht nur Anton nickte ihm anerkennend zu, auch Wagner machte gute Miene zum bösen Spiel.

»Eine wundervolle Idee«, sagte der Meister.

Sofort machte sich Anton daran, die Grundformen herzustellen und mit der Figur zu verankern. Dabei musste er gleichzeitig daran denken, die Formen so anzubringen, dass beim Guss alles sauber ausgefüllt werden konnte. Er hatte nur diese eine Möglichkeit. Schließlich begann er, die Gipsoberfläche mit warmen Wachsplatten zu bedecken. In dieses Wachs würde er die Formen eingraben. Aus den Augenwinkeln konnte er sehen, wie Wagner bei der Menge Wachs, die er verarbeitete, schluckte. Aber weil Rehlinger anwesend war, konnte er schlecht etwas dagegen sagen.

Er hatte über seiner Arbeit die Zeit vergessen. Als er aufsah, war es draußen bereits finster geworden. Niemand war mehr in der Gießerei. Rehlinger hatte sich wohl irgendwann verabschiedet, ohne dass er es bemerkt hatte, auch Wagner war gegangen, und die Lehrlinge hatten ihre Arbeit beendet. Er war allein.

Kurz blickte er zu der Augustus-Figur am Eingang. Sie glänzte in einem Goldton, der im Dämmerlicht der Werkstatt in den Augen schmerzte. Im Vergleich zu seiner unfertigen Form fiel auf, dass der Augustus-Körper, wie er hier stand, eine interessante Figur war, aber viel zu unbeweglich, zu steif, zu aufrecht. Man sah ihm das Leben nicht wirklich an.

Im Geist sah Anton seine fertige Figur bereits zu den Füßen des Augustus liegen – und im Gegensatz zu diesem würde sie lebendig wirken, als wäre sie eben aus dem Wasser gestiegen und hätte sich auf der Balustrade niedergelassen.

* * *

Ann-Kathrin und Vincenz aßen gemeinsam mit Elsbeth zu Abend. Sie hatte neben einigen Grieben auch Lammstücke in den Hirsebrei gegeben. Das Fleisch hatte Vincenz ihr wohl gebracht, um den Speiseplan etwas anzureichern.

Schon beim Essen hatte Elsbeth merkwürdig zwischen ihnen hin und her gesehen, hatte aber nichts gesagt. Als es dunkel wurde, verabschiedete sich Ann-Kathrin, und Vincenz ging einfach mit ihr mit. Sie hatte nicht erwartet, dass er bleiben wollte. Eigentlich hatte sie vorgehabt, noch diese Nacht zu Haderer zu gehen, aber das hätte er sofort bemerkt. Gleichzeitig fand sie es dreist, wie er einfach annahm, sie würde zu ihm ins Bett steigen.

»Du wirst nicht bei mir schlafen!«, sagte sie bestimmt, als Vincenz hinter ihnen das Tor schloss und den Riegel vorlegte.

Er lachte leise, sagte aber nichts darauf. Offenbar war er noch immer gekränkt, weil sie ihn bei der Begegnung mit Haderer so angegiftet hatte.

In dem umgebauten Schuppen war es bereits dunkel. Sie konnte Vincenz gerade noch als Schatten erkennen, der das Licht verdunkelte, wenn er sich vor den Lücken im Bretterverschlag bewegte. Vor den Balken aber verschmolz seine Gestalt mit der Finsternis und war unsichtbar.

»Was denkst du von mir?«, fragte er.

»Das, was ich von jedem Mann denke, der sich mit mir einsperrt, ohne mich vorher gefragt zu haben.«

»Dann muss ich dich enttäuschen. Ich will nur verhindern, dass dieser ... dieser Haderer hier auftaucht.«

Er entfernte sich von ihr. Sie hörte Stroh rascheln, hörte ihn kurz keuchen, als müsse er sich anstrengen, dann klapperte hinter ihr Holz auf Holz, und schließlich herrschte eine atemlose Stille, die ihr den Rücken hinabkroch und sie schaudern ließ.

»Vincenz?«, fragte sie leise in den Raum hinein.

Niemand antwortete ihr. Sie wartete noch geraume Zeit, aber dann war sie sich sicher: Sie war allein.

Wohin war er verschwunden? Wieder rief sie seinen Namen, bat ihn, ihr keine Angst zu machen, sie nicht zu foppen, doch nichts rührte sich.

Mit einem Mal fiel ihr ein, dass Vincenz gesagt hatte, er brauche keinen Schlüssel. Ihr dämmerte der Grund dafür. Es gab also einen zweiten Ausgang, den er ihr nicht gezeigt hatte. Sie tastete sich vorwärts und stieß plötzlich an das Tor. Sie fand den Riegel und versuchte, ihn zu heben. Doch er war wie festgeschweißt. Irgendetwas hielt ihn an Ort und Stelle.

Zuerst glaubte sie, sich nur ungeschickt anzustellen, doch bald wurde es ihr klar: Vincenz hatte sie eingeschlossen. Er war es gewesen, der den Riegel vorgelegt hatte.

War sie bislang nur verärgert gewesen, weil er sie ohne

Begründung alleingelassen hatte, kochte Ann-Kathrin jetzt vor Wut. Was bildete sich dieser Kerl ein, sie wegzusperren wie ein Huhn, das man vor dem Zugriff des Fuchses schützen musste?

Wütend hämmerte sie gegen das Tor, aber selbst Elsbeth, die sonst auf der Schwelle des Durchgangs zu ihrem Haus saß und ihre Kleine stillte, rührte sich nicht.

Voller Zorn lehnte sich Ann-Kathrin heftig atmend mit dem Rücken gegen das Tor.

Als sich ihre Augen an die Dunkelheit gewöhnt hatten, konnte sie das Bett erkennen und den Stuhl, auch wenn alles nur schemenhaft vor ihren Augen tanzte und verschwand, sobald sie versuchte, es zu fixieren. Sie suchte die Wände ab, ob nicht irgendwo mehr Licht einfiel als gewöhnlich, und sich so ein Durchgang zeigte, doch sie konnte keinerlei Besonderheiten erkennen. Mit der flachen Hand schlug sie immer wieder gegen die Holzlatten des Tors, bis sie ihre Hände vor Schmerzen nicht mehr spürte.

Nur langsam beruhigte sie sich, und Enttäuschung überkam sie.

Warum hatte Vincenz sie eingesperrt? War er eifersüchtig?

Sie dachte über ihre Gefühle zu ihm nach. Im Grunde mochte sie ihn und seine besonnene Art sehr. Er hatte die Möglichkeiten nicht ausgenutzt, die er gehabt hätte, und hatte ihre Wünsche respektiert. Das war mehr, als sie von so manchem ihrer Zeitgenossen erwarten konnte. Vincenz war also kein falscher Kerl. Aber das, was er jetzt getan hatte, durfte sie ihm nicht durchgehen lassen.

Mit knirschenden Zähnen trat sie an ihr Bett, entledigte sich der Kleidung und schlüpfte unter die Decke. Mit offenen Augen starrte sie in die Dunkelheit.

Was würde geschehen, wenn sie heute Nacht nicht zu Haderer gehen konnte? Würde er dann glauben, sie käme gar nicht mehr und die Papiere verbrennen?

Ann-Kathrin spürte, wie ihr das Wasser in die Augen stieg. Vor Wut und Enttäuschung begann sie zu weinen und ließ den Tränen freien Lauf. Wenn ihr Vater deshalb nicht gerettet werden konnte, weil sie nicht aus diesem Loch herauskam, würde sie das Vincenz niemals verzeihen, und sie würde sich ... ach, sie wusste nicht, was sie machen würde. Sich rächen? Ihn merken lassen, dass sie von ihm enttäuscht war ... Ihn von sich stoßen ...

Plötzlich schreckte sie hoch. Sie war offenbar eingeschlafen. Sie lag auf dem Rücken, wie sie es noch in Erinnerung hatte, doch neben ihr regte sich etwas.

Sie richtete sich auf, langte neben sich, spürte einen Körper.

»Vincenz!«, schrie sie.

»Was ist denn?«, fragte er neben ihr träge, als hätte sie ihn aus tiefem Schlaf gerissen.

In Ann-Kathrin tobte es. Mit aller Gewalt stieß sie im Dunkeln gegen ihn, sodass er aus dem Bett fiel.

»Verflucht, was machst du?«, schimpfte er.

Sie wälzte sich auf die andere Seite, fiel auf ihn und schlug wie eine Furie auf ihn ein, blind und mit aller Kraft, die sie aufbringen konnte.

Anfangs wehrte er sich nicht, schützte nur mit den Armen sein Gesicht, doch irgendwann versuchte er, ihre Hände festzuhalten, und drückte sie von sich.

»Was ist denn los, verflucht?«, herrschte er sie an. »Bist du von Sinnen?«

Doch Ann-Kathrin konnte sich nicht beruhigen. Sie versuchte, sich loszureißen, trat mit den Beinen, stieß mit den Ellenbogen, bis Vincenz sie hochhob, sie rücklings aufs Bett fallen ließ, die Decke über sie warf und sich einfach auf sie setzte. Sand rieselte aus seinen Haaren und landete in ihren Augen.

»Bist du denn von allen guten Geistern verlassen?«, schrie er.

»Ich hasse dich!«, keuchte sie, weil sie sich nicht mehr rühren konnte und ihre Kräfte nachließen.

»Was hab ich denn getan?«

4

AUGSBURG, GIESSEREI AM KATZENSTADL

Mit Engelszungen hatte Anton Meister Wagner erklärt, dass sie die Figur nicht in Bronze gießen sollten, sondern in Messing. Das würde kaum einen Unterschied machen, und ein Mann wie Rehlinger würde es wohl nicht einmal bemerken.

Mühsam hatte er die Vorform zur Sandgrube bringen lassen, nachdem er diese den halben Abend ausgehoben hatte. Er würde wohl an Ann-Kathrin die Abformung an Ort und Stelle vornehmen müssen. Die Ketten, mit denen er die Skulptur in die Grube ablassen konnte, waren bereits untergelegt.

Jetzt stand er schweißgebadet da und betrachtete die Figur.

Zuerst hatte er die Idee verfolgt, ihr ein Tuch über den ganzen Schoß zu legen und damit die Scham zu bedecken. Aber dann hatte er sich dagegen entschieden. Ganz nackt durfte er sie nicht darstellen. Die Kirche hätte ihn dafür steinigen lassen können. Das Domkapitel würde sich ohnehin aufregen, während gleichzeitig die geilen Blicke der Kuttenträger die Nymphen verschlangen. Aber das Tuch war so knapp gehalten, dass es nichts wirklich bedeckte. Zufrieden pfiff er vor sich hin.

Jetzt musste nur noch Ann-Kathrin erscheinen. Er erwartete sie nicht diese Nacht. Sie würde es sich überlegen. Auch war er zu müde und zu unkonzentriert. Es musste nach Mitternacht oder gar schon in den Morgenstunden sein. Langsam brauchte er Schlaf. Wenn er die Nymphe nicht sauber ausformte, würde es für ihn keine Zukunft als Gießer in dieser Stadt geben. Wenn es ihm jedoch gelang …

Langsam ging er um die Vorform herum, die keinerlei Ähnlichkeit mit einem Menschen aufwies und damit auch nicht mit einer Frau, aber seine Fantasie spielte bereits in Gedanken mit den freizügigen Stellen.

Er wollte zu Bett gehen, drehte er sich um – und stand einem jungen Kerl gegenüber.

Zuerst erschrak er, weil ihn die Furcht ansprang, einer der Lehrlinge oder gar Wagner selbst sei ihm gegenübergetreten, doch dann erkannte er, wer ihn da finster musterte.

»Vincenz!«, stieß er aus. »Ihr habt mich ganz schön erschreckt.«

Vincenz schnaubte. »Nur Menschen mit einem schlechten Gewissen lassen sich erschrecken«, fauchte er.

Anton zuckte mit den Schultern. »Was wollt Ihr?«, fragte er, suchte aber mit den Augen Auswege, wie er unbeschadet an ihm vorbeikommen konnte. Er ahnte, was Vincenz von ihm wollte. Wusste er von seinem Ansinnen gegenüber Ann-Kathrin?

»Lasst Ann-Kathrin in Ruhe!«, zischte Vincenz und ballte die Fäuste.

»Aber ich tue ihr nichts«, entgegnete Anton. »Also, was wollt Ihr?«

»Haltet Euch von ihr fern, hab ich gesagt! Ich will nicht, dass sie Angst davor hat, in der Stadt herumzugehen und Euch zu begegnen.«

Vincenz trat einen Schritt näher, und Anton roch seinen Bieratem. Der Sohn des Brunnenmeisters war zwar kräftiger und etwas größer als er, aber für eine direkte Begegnung brauchte es eben etwas mehr als nur Muskeln.

Er blickte Vincenz in die Augen. »Musstet Euch Mut antrinken, was? Ohne Bier habt Ihr Euch nicht zu mir getraut!«

Das war die eine Bemerkung zu viel. Vincenz holte aus, aber Anton hatte die Bewegung vorausgesehen und wich dem Schlag aus.

»Ohne Bier zielt es sich besser!«, spottete er.

Aber Vincenz war unerbittlich. Wieder schlug er zu. Diesmal traf er Antons Schulter. Ein dritter Schlag folgte. Doch damit hatte Vincenz sein Gleichgewicht überschätzt. Er strauchelte und rutschte mit dem Kopf voran in die Sandgrube.

Kurz hoffte Anton, er würde sich dabei das Genick brechen. Doch Vincenz schrie und brüllte weiter – und er bedauerte, dass er die Grube nicht tiefer ausgehoben hatte.

Mit dem Fuß stieß er Vincenz Sand in die Augen, als dieser sich wieder aufgerichtet hatte und aus der Grube klettern wollte.

Doch Anton unterschätzte Vincenz' Behändigkeit. Zwar spuckte der den Sand aus dem Mund und rieb sich die Augen, aber mit einem Satz war er wieder aus der Grube heraus und ballte die Fäuste.

»Lasst Euch nicht wieder mit ihr blicken!«, knurrte er. »Sonst ...«

Anton musste grinsen. »Was, sonst ...?«

»Schlag ich Euch die Nase platt«, platzte es aus Vincenz heraus.

»Ach. Weiß das auch Euer Vater? Dass Ihr einen der Männer bedroht, die den neuen Stadtbrunnen fertigen, an dem der Brunnenbauer verdient, weil er die Leitungen dafür verlegen kann? Was, wenn die Stadtoberen das zu hören bekommen? Wenn ein Rembold oder ein Rehlinger erfährt, dass der Sohn des Brunnenmeisters einen der Gießer aufs Krankenbett geprügelt hat und sich die Fertigstellung deshalb verzögert?«

Das hämische Lachen konnte sich Anton nicht verkneifen, als er in das betretene Gesicht des jungen Kerls blickte.

»Überlegt Euch gut, was Ihr da macht. Und jetzt raus, bevor ich mich vergesse.«

Vincenz wich zurück und wäre beinahe noch einmal in die Grube gestolpert, konnte sich aber im letzten Moment fangen und beiseitespringen. »Wenn Ihr sie anrührt, brech ich Euch die Finger«, prophezeite er Anton, dann drehte er sich um und stürzte aus der Werkstatt. Beinahe wäre er gegen den Augustus geprallt, der im Weg stand. Dabei riss er sich an einem vorstehenden Grat die rechte Hand auf. Sie blutete, während er sich an der Statue abstützte und zornig zurückschauend aus der Werkstatt verschwand.

Lange noch stand Anton im Tor und sah in die Finsternis draußen. Wie lange er wohl brauchen würde? Einen Tag, maximal zwei – je Figur. Da er die zweite Nymphe, die der Singold, ebenfalls abformen wollte, musste er wohl die doppelte Zeit einrechnen. Auch dann konnte Unvorhergesehenes geschehen.

* * *

Sie hatte ihm die kalte Schulter gezeigt, aber Vincenz hatte nicht einmal begriffen, was sie störte.

»Du musst mit mir reden, Annka!«, sagte er, während er mit einer leichten Bewegung den Riegel hob und nach draußen ging. »Aber jetzt gehen wir erst einmal rüber zum Morgenmahl.«

Aber Ann-Kathrin hatte keinen Hunger. Sie wartete, bis er den Raum verlassen hatte, und schlüpfte erst dann aus dem Bett. Rasch säuberte sie sich mit dem Wasser aus dem Krug in der Ecke, dann band sie sich, schon ganz Gewohnheit, den Geldbeutel um und ließ ihr Hemd und das Kleid darüber gleiten.

Sie brauchte kein Morgenmahl, schon gar nicht, wenn Vincenz dabei war. Sollte er ruhig merken, wie wütend sie auf ihn war. Ihr Vater brauchte sie! Für ihn musste sie etwas zu essen erstehen, für ihn musste sie da sein, ihm musste sie helfen.

Mit einem Schwung, der noch von ihrer inneren Wut verstärkt wurde, riss sie das Tor auf und eilte mit hochgezogenen Schultern an Tür und Fenster von Elsbeths Haus vorbei und hinaus auf die Gasse. Die Tore der Domstadt wurden eben geöffnet, und heraus strömten ein halbes Dutzend Kuttenträger, die derart durchdringend nach Weihrauch rochen, dass es Ann-Kathrin übel wurde. Sobald sie den Durchgang und damit die Domstadt verlassen hatten, schnatterten die Geistlichen los wie Gänse. Ann-Kathrin konnte halb verstehen, dass sie sich wie die Kinder auf zwei Wagen mit Frankenwein freuten. Im Vorübergehen nickte sie ihnen zu und schlug ein Kreuz.

Was die Mönche vorhatten, konnte sie nur erahnen, aber waren sie nicht für Nächstenliebe zuständig, übten sie sich nicht in der Verzeihung ihrer Feinde, predigten sie nicht allenthalben über die Hoffnung, die aus Liebe und Verzeihung erwuchs? Sie hätten zu ihrem Vater eilen müssen, ihn trösten, nähren und Mut zusprechen. Stattdessen eilten sie wegen irgendeiner Lieferung zum Stephingertor. Vermutlich brachten die Fuhrwerke neben Wein auch Wachs.

Ann-Kathrin durchquerte das Areal der Geistlichen, was ihr stets ein untergründiges Gruseln bescherte. Sie lief eben auf das Tor zur Kaufmannsstadt zu, als ein Zetern sie aufschreckte. Die Stimme war unverkennbar: Haderer.

Unter lautstarkem Fluchen zog er einen Karren durch das Tor. Da er sich ins Zeug legen musste, kehrte er ihr den Rücken zu. Die Last war mit einer Öltuchplane abgedeckt, aber man konnte riechen, was er hier herumzog: Bienenwachs.

Viel verstand Ann-Kathrin nicht vom Gießen, aber das letzte Treffen mit Haderer hatte ihr einen Einblick gegeben, wozu Wachs benötigt wurde. Rasch stopfte sie ihre roten Haare unter das Kopftuch, das sie stets trug, wenn sie in der Stadt unterwegs war, überquerte nicht allzu eilig den Domvorplatz,

damit sie nicht auffiel, und drückte sich bei der Dreifaltigkeits-
kapelle in eine Nische.

Sie bemerkte, wie einer der Mönche auf dem Platz Haderers
Flüche zuerst nur kopfschüttelnd begleitete, schließlich aber
einschritt. Er lief direkt auf den Gesellen zu und stellte ihn zur
Rede. Ann-Kathrin lauschte einer grotesken Auseinandersetzung, die halb in ihrer Sprache, halb auf Italienisch geführt
wurde.

Beide Männer gestikulierten wild, und immer wieder schienen sie kurz davor zu sein, sich zu prügeln. Doch dann gab es
doch noch einen Kompromiss. Symbolisch hielt sich Haderer
eine Hand vor den Mund, dafür bedeutete er dem Mönch, er
solle sich den Schulterriemen des Karrens umlegen.

Tatsächlich zog dieser nun das schwere Gefährt, während
Haderer grinsend nebenherlief. So mancher Kaufmann, der von
Norden herkam, blieb mitsamt seinem Karren, seiner Tiere oder
Waren stehen und betrachtete sich die Szene, während Haderer
vergnügt Gott und die Welt grüßte.

Damit hat er sich bei der Geistlichkeit einen Splitter eingezogen, den er so schnell nicht mehr loswird, dachte Ann-
Kathrin. Der Mönch buckelte, aber er fluchte nicht, dabei sah
man ihm die Wut an.

Sie konnte sich nicht mit dem Gesellen beschäftigen, der sie
offenbar nicht bemerkt hatte. Sobald die beiden außer Reichweite waren, schlüpfte sie durch die Pforte und rannte den
Hang hinab.

Wie lange war sie nicht mehr bei ihrem Vater gewesen? Er
musste glauben, sie hätte ihn vergessen.

Bei den Bratereien, die kleine Gemüsespieße verkauften,
blieb sie kurz stehen. Sie nahm sich drei und verspeiste auf der
Stelle einen davon, was ihren nun doch nagenden Hunger stillte.
Dann wandte sie sich dem Tor zum Schuldturm zu. Was würde
sie erwarten?

5

AUGSBURG, SCHULDTURM

»Ich könnte für dich bürgen und dich auslösen!«, flüsterte Ann-Kathrin ihrem Vater zu, der teilnahmslos in der Ecke hockte und vor sich hin stierte.

Sie hatte dem Wärter wieder eine Münze zustecken müssen und gerade noch verhindern können, dass er sie befingerte. Sein Gesichtsausdruck war finster gewesen, weil er bei ihrem letzten Besuch zwei verlangt hatte. »Ich hab nicht mehr!«, hatte sie gesagt und sich an ihm vorbeigezwängt. Wenn es so weiterginge, hätte sie entweder bald kein Geld mehr, oder sie müsste sich mehr von dem Wärter gefallen lassen, um ihren Vater besuchen zu können. Im Augenblick verschwendete sie keinen Gedanken daran, sondern schob ihrem Vater die beiden in ein Tuch gewickelten Gemüsespieße zu.

»Untersteh dich!«, kam es leise aus der Ecke heraus. »Kein Geld.«

»Vater!«, fuhr Ann-Kathrin auf. »Du wirst hier drinnen verrecken, wenn ich dich nicht heraushole.«

»Geh zum Fugger!«, flüsterte er wieder, während sein Körper keine Reaktion zeigte.

Die Lippen fest zusammengepresst und durch den Mund atmend, damit sie der Gestank nicht betäubte, hockte sie vor dem Gitter und musterte den in sich zusammengesunkenen und geschrumpften Körper, der einmal ihr Vater gewesen war.

»Ich *war* bei ihm!«

Sie hörte ihn aufseufzen. »Dann weißt du ja den Weg!«

Ann-Kathrin nickte, innerlich aber sagte sie sich: »Ich weiß gar nichts.«

Sie überlegte lange, ob sie ihm von ihrem Misserfolg berichten sollte, ließ es dann aber, denn das hätte ihn weiter zerstören können. Wo keine Hoffnung blieb, da gab es auch keine Rettung mehr.

Stumm saßen sie voreinander. Kurz dachte Ann-Kathrin daran, ihrem Vater von Haderers Ansinnen zu erzählen. Aber auch davor verschloss ihr die Scham den Mund.

»Ich habe Conrad, den Wirt, getroffen«, sagte sie.

Es entlockte ihrem Vater nur ein kaum merkliches Nicken und eine knappe Antwort. »Kein Geld!«

Schließlich wurde es ihr zu bunt. Was sollte sie mit ihm besprechen, wenn er es nicht wollte oder vielleicht nicht mehr konnte. Sie musste ihn aus diesem Loch holen!

»Vater, ich habe einen netten Jungen kennengelernt«, begann sie schließlich. »Vincenz, den Sohn des Brunnenmeisters. Er mag mich, glaube ich, und ich mag ihn auch. Er ist … er ist so besonnen wie du.« Sie redete einfach drauflos, ohne zu wissen, ob das, was sie sagte, auch bei ihrem Vater ankam. »Wenn er es will …«

»Halt ihn … fest!«, fiel ihr der Vater ins Wort. »Wenn er … etwas … taugt, halt … ihn fest, Kind.«

Die Wörter kamen einzeln, als brauche er für jedes Wort einen eigenen Anlauf und einen eigenen Atemzug, um es auszusprechen. Dann sank ihm der Kopf gänzlich auf die Brust, und ein leises Schnarchen zeigte ihr an, dass er eingeschlafen war, weil ihn das Sprechen überanstrengt hatte.

Es hatte keinen Sinn mehr, länger hier zu hocken. Wenn ihr Vater sich nicht mit dem Geld helfen lassen wollte, musste sie es noch einmal bei Hans Fugger versuchen.

Sie erhob sich und schlich nach draußen. Sie ahnte, dass es diesmal schwieriger werden würde, an Valentin, dem Wärter, vorbeizukommen. Auf dem Weg bückte sie sich und hob einen gesplitterten Hühnerknochen auf, der herumlag. Sie packte ihn so, dass die Spitze aus ihrer Faust ragte, aber nicht sichtbar war.

Als sie an der Tür ankam, vor der der Wärter hockte, sah sie bereits, wie dieser sich die Lippen leckte.

»Du willst nach draußen?«, fragte er.

»Öffnet, bitte!«, antwortete Ann-Kathrin eisig und fasste den Hühnerknochen fester.

»Aus dieser Tür treten nur Menschen, die ihre Schulden beglichen haben! So wahr ich Valentin heiß«, erwiderte der Wärter. »Du schuldest mir was.«

Aus der Trägheit, die er bislang an den Tag gelegt hatte, war eine lauernde Neugier geworden.

»Nun, ich habe keine Schulden, also lasst mich durch.«

Diesmal verzichtete sie auf die Bitte und versuchte, ihrer Stimme eine Festigkeit zu geben, die sie keineswegs verspürte.

Der Wärter erhob sich von seinem Hocker und trat vor sie hin. »Das glaubst *du*, Mädchen. Ich sehe das anders.«

Er war größer als Ann-Kathrin, und er roch nach Schweiß, Urin und Leder. Unvermittelt griff er an ihren Unterleib. Ann-Kathrin zuckte zurück, doch seine Faust hatte sich schon um den Beutel geschlossen, der unter den Röcken bis zu ihrer Scham gerutscht war.

Seine Augen weiteten sich. »Was ist das?«, murmelte er. »Bist du ein … Kerl?«

»Nichts, was Euch etwas angeht«, keifte Ann-Kathrin.

»Das ist … das ist«, sagte er, ohne den Beutel loszulassen.

Ann-Kathrin schlug gegen die Faust des Mannes. Der Hühnerknochen bohrte sich in den Handrücken und ritzte die Haut auf. Sie riss die Augen auf und versuchte ihre Stimme tiefer klingen zu lassen.

»Sei verflucht, Valentin!«, rief sie ihm zu. »Die Hand soll dir abfaulen!«

In selben Moment fiel durch ein Oberlicht, das gegen Westen zeigte, Sonnenlicht in einem scharfen Strahl in den Zellenvorraum, der ihre Haare, die sich unter dem Kopftuch hervorgestohlen hatten, rot aufflammen ließ und in dem kurz der Staub tanzte.

Der Wärter zuckte zurück. Ann-Kathrin ergriff die Gelegenheit und schleuderte ihm noch ein zweites Mal ihren Fluch entgegen. »Die Hand soll dir abfallen!« Dann schlüpfte sie an ihm vorbei und hob den Riegel.

Valentin blieb wie erstarrt stehen und sah auf seine Hand, die blutete und einen Riss zeigte, der quer über den Handrücken lief.

Ann-Kathrin zog die Tür auf. Valentin hinderte sie nicht daran. Durch ihre Täuschung mutig geworden, drehte sie sich auf der Schwelle um und fauchte: »Und wenn du meinen Vater nicht anständig behandelst, wirst du das Ende dieses Jahres nicht mehr erleben. Sei verflucht!«

Dann lief sie die wenigen Stufen hinunter – und landete direkt in den Armen eines Mannes, die sich um sie schlossen.

* * *

»Was um alles in der Welt willst du bei Haderer?«

Vincenz schaute in ein verschlossenes Gesicht. Offenbar wollte sie nicht mit ihm reden. Seit er Ann-Kathrin am Schuldturm gefunden hatte, war sie kaum ansprechbar gewesen.

Es war sicher ungeschickt gewesen, sie auf den Fluch anzusprechen, den er sie vor dem Gefängniswärter hatte aussprechen hören. Mit Vorwürfen hatte er sie überschüttet, ohne sie zu Wort kommen zu lassen. Ob sie nicht wisse, wie man heutzutage mit Hexen verfahre? Ob sie unbedingt im Hexenturm oder auf dem Scheiterhaufen landen wolle? Auch hier in der Stadt gäbe es diese verfluchten Dominikaner, die ein Vergnügen daran fänden, junge Frauen zu foltern. Als er endlich fertig war, war sie verstummt.

Sie liefen nebeneinanderher in Richtung des Hauses seiner Schwester, starrten geradeaus und sagten kein einziges Wort.

»Was war das heute Nacht, und was ist das jetzt? Was hab ich dir denn getan?«, fragte er nach einer Weile, konnte aber nicht verhindern, dass seine Worte scharf klangen, anklagend. Er war verletzt und wusste nicht, warum.

Aber Ann-Kathrin würdigte ihn keines Blickes. Er versuchte sogar, ihr den Weg zu verstellen, aber sie schob ihn wütend beiseite. Passanten, die das Spiel beobachteten, schüttelten die rechte Hand, um anzudeuten, dass sie die Situation des Streits durchaus verstanden und ihn bedauerten. Doch es änderte nichts an der Situation. Sie blieb stur, und es war an ihm, mit den Schultern zu zucken, als sie bei seiner Schwester vorbeikamen und Elsbeth ihn mit erhobenen Augenbrauen anblickte, während sie gleichzeitig Ann-Kathrin das Tor zum Schuppen aufhielt.

»Warum musst du zu Haderer?«, fragte Vincenz ein letztes Mal.

Sie schlüpfte in die Kammer und blieb abrupt stehen. Mit Schwung drehte sie sich zu ihm um und streckte abwehrend die Hand aus. »Du bleibst draußen!«

»Aber warum gehst du zu Haderer?« Er gab nicht auf, versuchte aber auch nicht, ihr zu folgen.

»Das geht dich nichts an!«, fauchte sie. »Aber wenn du es genau wissen willst: Er hat die Papiere, die ich für meinen Vater und für Fugger brauche. Und ich werde sie mir holen. Und jetzt … hau … einfach … ab.« Sie schlug das Tor so heftig zu, dass Staub auf ihn herabrieselte.

Vincenz lehnte sich mit der Stirn gegen das Tor, weil er zu erschöpft war, als dass er sich wegbewegen konnte. Plötzlich wurde es einen Spalt geöffnet, und das Holz schlug hart gegen seinen Kopf.

»Außerdem lasse ich mich von dir nie wieder einsperren«, zischte es durch den Spalt. Dann fiel das Tor erneut zu, und der Riegel wurde vorgelegt.

Vincenz war verblüfft. Wann sollte er sie eingesperrt haben? Wovon redete sie nur?

»Ich hab dich nicht eingesperrt«, schrie er. »Was ist das jetzt wieder für ein Unsinn? Kann man nicht mehr normal mit dir reden?«

Doch es kam keine Antwort.

Langsam begriff Vincenz, dass Ann-Kathrin nichts mehr mit ihm zu tun haben wollte, und ließ den Kopf hängen.

Eine Hand legte sich auf seine Schulter. Seine Schwester.

»Sie beruhigt sich schon wieder. Glaub mir«, sagte Elsbeth. »Frauen sind manchmal launisch.«

Vincenz drehte sich von ihr weg und schüttelte ihre Hand ab.

»Manchmal?«, fragte er bitter. »Manchmal? Ist es nicht eher so, dass Frauen manchmal normal sind und ansonsten immer launisch?«

»So sehen es wohl die Männer«, kicherte seine Schwester. Sie suchte seinen Blick, der noch immer auf den Boden gerichtet war. »Na, na, na«, sagte sie und lachte leise. »So verliebt hab ich dich ja noch nie gesehen.«

»Unsinn. Verliebt! Ich hasse dieses Weibsbild. Sie macht mir nur Schwierigkeiten.«

Elsbeth seufzte und nahm ihn in die Arme. »Ja, das mag manchmal so sein, Bruderherz. Aber im Grunde müsstest du diese Schwierigkeiten zu überwinden versuchen. Sie erwartet das.«

»Aber sie redet nicht mit mir, wie soll ich da …«, schimpfte er.

»Das musst du schon selbst rausfinden. Außerdem …« Elsbeth schüttelte den Kopf. »Man sperrt seine Liebe nicht in den Stadel.«

Jetzt wand sich Vincenz endgültig aus ihrem Arm. »Das ist es, was ich meine! Jetzt soll ich sie eingesperrt haben. Ich wüsste zu gern, wie das gehen soll. Ich hab sie nicht eingesperrt, verdammt. Ich habe es ihr gesagt. Ich sage es jetzt dir.«

Elsbeth nickte. »Das mag sein. Aber sie glaubt es, und da wäre es vernünftig, wenn du dir überlegst, warum das so ist. Vielleicht ist die Lösung ganz einfach.«

Er stutzte und sah sie an. Sie hatte sich ihre kleine Tochter auf die Hüfte gesetzt, und auch seine Nichte musterte ihn verschmitzt und spöttisch. Sie streckte ihm sogar die Zunge heraus. Einfach so.

»Noch ein kleiner Hinweis«, fuhr Elsbeth fort. »Wenn es ein Fehler von ihr war, nimm die Schuld auf dich. Nicht offensichtlich, sondern erklär ihr, dass du … was weiß ich auch immer. Wälz die Schuld jedenfalls nicht auf sie ab. Der Rat einer Frau«, sagte sie und ging zum Haus. Auf der Schwelle drehte sie sich um. »Jetzt komm und iss etwas. Sie wird dir nicht davonlaufen, Vincenz. Es hat Zeit. Glaub mir.«

6

AUGSBURG, SCHUPPEN BEI ELSBETHS HAUS

Am nächsten Morgen, nachdem sie den halben Vormittag reglos im Bett verbracht und darüber gegrübelt hatte, wie die Begegnung mit Haderer ablaufen sollte, machte sich Ann-Kathrin auf die Suche nach dem zweiten Ausgang aus ihrer Kammer. Jetzt, bei Tageslicht, hoffte sie, ihn zu finden. Sie stieg auf das Bett und lugte hoch zu den Balken, konnte aber keine Öffnung erkennen. Dann lief sie das Innere des Raumes ab und drückte gegen die Holzlatten. Auch damit hatte sie keinen Erfolg.

Schließlich legte sie sich aufs Bett, schloss die Augen und versuchte, sich an die Nacht zu erinnern. Woher war das Geräusch gekommen? Von links oben hinter ihr. Da war sie sich sicher.

Langsam richtete sie sich auf und schaute in diese Richtung. Sie musterte die Wand, die Balken, die Schräge. Sie ließ ihren Blick über alle Einzelheiten schweifen, suchte jeden Fußbreit mit den Augen ab und entdeckte – nichts.

Das war unmöglich! Sie zwang sich, noch einmal alle Punkte abzusuchen – wieder vergeblich. Wütend sprang sie vom Bett und stampfte mit dem Fuß auf. Sie hatte jetzt Stunden mit der Suche verbracht und nichts erreicht.

Sie hatte durch diese Lücke unbemerkt zu Haderer gelangen wollen. Sie musste zu ihm, denn sie brauchte die Papiere unbedingt. Jetzt blieb ihr nur ein Ausweg. Rasch drehte sie sich um, lief zum Tor und versuchte, den Balken anzuheben. Es ging nicht.

Verblüfft starrte sie auf den Balken. Sie drückte ihn nach oben – und wieder sperrte er. Im Dämmerlicht aber sah sie, dass es kein Schloss oder Splint war, der das Holzstück behinderte, sondern nur ein vorstehendes Brett. Sie zog den Sperrbalken etwas zu sich her – und er ließ sich problemlos heben.

Sie fühlte, wie sie rot wurde. Vincenz hatte sie nicht eingesperrt – sie war nur zu dumm gewesen, den Balken richtig zu bedienen. Vincenz konnte nichts dafür.

Sie hatte ihn zu Unrecht beschuldigt. Das musste sie wiedergutmachen. Aber nicht gleich. Jetzt gab es Wichtigeres zu tun.

Ann-Kathrin drückte das Tor nur so weit auf, dass sie hindurchschlüpfen konnte. Dann ließ sie es leise zurückfallen und bückte sich, damit sie von Elsbeths Fenster aus nicht gesehen werden konnte. Rasch schlüpfte sie durch den Torweg. Sobald sie außer Sichtweite war, begann sie zu rennen.

Weit war es nicht bis zur Gießerei. Sie hörte schon von Ferne das Fauchen der Blasebälge und das Kreischen der Feilen, die durch die geöffneten Fenster nach draußen drangen. Doch sie wollte nicht einfach hineinspazieren. Sie musste es sich noch überlegen, genau überlegen. Schließlich war es keine Entscheidung, die man einfach so traf. Sie ging um den Bau herum zu dem Verschlag, spähte durch die Bretterlücke, sah zuerst den Augustus, der einen letzten Polierschliff erhielt, und entdeckte Haderer, der auf dem Bett lag und an die Decke starrte.

Offenbar wartete er auf sie.

Sie atmete tief durch und richtete sich auf. Sollte sie es wirklich wagen? Alles konnte geschehen, wenn sie sich ihm als Modell zur Verfügung stellte. Was, wenn er sein Versprechen nicht hielte? Wenn er mehr forderte, als dass sie sich entkleidete?

Sie spähte noch einmal durch die Lücke. Er lag mit offenen Augen da, ohne zu blinzeln, als wäre er selbst eine Statue, gegossen aus Leben. Doch dann sah sie neben ihm eine Handvoll Papiere liegen, achtlos hingeworfen und zum Teil verdreckt. Es waren die Dokumente, die bewiesen, dass das Kupfer für den Fugger bestimmt gewesen war.

Kurz überlegte sie, sich durch die Werkstatt in Haderers Verschlag zu schleichen und die Papiere an sich zu nehmen. Aber tagsüber waren zu viele Menschen dort tätig – und sie als Frau würde sofort auffallen. Außerdem würde es ihrem Vater in keiner Weise helfen, wenn sie wegen Diebstahls in die Hexenlöcher kommen und man ihr womöglich eine Hand abschlagen würde.

Sie zuckte zurück. War sie bislang unsicher gewesen, stand ihr Entschluss jetzt fest: Sie würde in die Werkstatt marschieren: Aber nicht jetzt, nicht, während in der Werkstatt die Männer am Augustus arbeiteten. Mochte Haderer sie betrachten, aber niemand sonst hatte dazu das Recht.

Sie drehte sich um und wollte zum Lueginsland, sich auslaufen, ihre Erregung, die sie gepackt hatte und schwitzen ließ, abarbeiten. Innerlich musste sie sich darauf einstellen, alle Hüllen fallen zu lassen, etwas, das sie nicht einmal tat, wenn sie ins

Bett ging. Allenfalls einmal im Monat, wenn sie ein Bad im Zuber nahm, aber auch dann trug sie meist ihr Hemd, das sie gleichzeitig auswusch.

Sie war noch nicht auf den Weg zum Lueginsland eingebogen und damit kaum zehn Minuten gegangen, als Haderer ihr in den Weg trat.

»Hab ich's mir doch gedacht«, sagte er und grinste. »Ich hatte das Gefühl, dass mich jemand beobachtet.«

Ann-Kathrin war stumm vor Schreck. Die Gegenwart war von einem Augenblick auf den anderen so nahe gerückt, dass es ihr die Stimme verschlug.

»Komm mit!«, drängte er.

Sie schüttelte den Kopf. Wieder fühlte sie, wie ihr Gesicht feuerrot anlief. Endlich fand sie zu einer krächzenden Antwort. »Nicht jetzt, wenn jeder zusehen kann. Ich komme abends wieder.«

»Ich mache jetzt eine Skizze, und am Abend kannst du mir dann vor der Gussform Modell stehen. Ich brauche ein Gefühl … für …« Er zögerte, als suche nach einer Formulierung. »… ein Gefühl für die Proportionen. Die bekomme ich am besten beim Zeichnen.«

»Nein!« Ann-Kathrin hob den Blick und sah ihm in die Augen. »Ich komme, wenn keine Menschenseele mehr in der Werkstatt ist. Kein Lehrling, kein Meister, keine Feiler, kein Glätter.«

Sie hatte erwartet, den Gesellen toben zu sehen oder zumindest zu erleben, wie er gegen ihren Vorschlag aufbegehren würde. Aber er blieb ruhig und nickte nun seinerseits.

»Wann hören sie mit dem Feilen und Glätten auf?«, fragte sie.

»Gegen Nachmittag. Der Meister muss zur Zunftsitzung. Der Lehrling bekommt Biergeld und wird von mir fortgeschickt, und die Polierarbeiten sind bis dahin beendet.«

Er sah sie durchdringend an. Sie horchten auf den Schlag der Turmuhr. Er meldete vier Uhr nachmittags.

»Kommt um sechs«, bestimmte Haderer. »Jede halbe Stunde, die Ihr zu spät kommt, wird Euch eine Seite der Dokumente kosten. Ich werfe sie einfach ins Feuer.«

Ann-Kathrin fuhr zusammen. Eilig gab sie ihm zu verstehen, dass sie kommen würde. Pünktlich.

* * *

Er wollte sich nicht nur mit Ann-Kathrin aussprechen, er musste es. Die Ungewissheit brannte in ihm und zehrte an seinem Lebensmut. Seine Schwester hatte wie immer recht. So wie in diese Flößerin hatte er sich noch in kein Mädchen verguckt. Es tat körperlich weh, dass sie ihn abgewiesen hatte − und er wollte verstehen, warum sie das getan hatte. Vor allem aber, woher der Vorwurf kam, er hätte sie eingesperrt.

Nach dem Morgenmahl ging er über den Hof und überlegte, ob er von hinten über den geheimen Zugang kommen sollte. Er hatte ihn damals geschaffen, als ihm seine Schwester den Raum überlassen hatte, damit sie nicht erfuhr, wie oft er die Mädchen besuchte, die er gelegentlich dort einquartierte.

Aber er wollte Ann-Kathrin weder erschrecken noch sie hintergehen. Wenn sie ihn sehen wollte, wenn er mit ihr sprechen durfte, dann musste er geradlinig sein.

Er stellte sich also vor das Tor und pochte dagegen.

Zuerst wartete er geduldig. Als sie beim vierten Mal immer noch keine Reaktion zeigte, überlegte er, ob es wirklich vorbei war. Beim sechsten Mal bat er inständig, zu ihr hereinkommen zu dürfen, und beim zehnten Mal hielt er es einfach nicht mehr aus und zog am Tor. Verblüfft bemerkte er, wie es beinahe von selbst aufschwang. Es war nicht mehr verriegelt.

Mit ein paar Schritten stand er mitten im Raum und sah sich um. Nirgends war etwas von Ann-Kathrin zu sehen. Sie war ausgeflogen, ohne dass er es bemerkt hatte.

Seine Verblüffung wich zuerst der Trauer, als er verstand, dass er gar nicht mehr fragen konnte, wessen sie ihn beschuldigte. Doch dann setzte sein Verstand ein, und der warnte ihn vor einem Gedanken, den er kaum zu denken wagte: Sie war zu Haderer gegangen.

Keuchend stieß er die Luft aus. Er konnte es nicht glauben. Sollte er hinter ihr herlaufen und sie zur Rede stellen? Nein. Das war unter seiner Würde. Einem Rock nachzulaufen! Wie käme er dazu?

Doch seine Gedanken drehten sich um nichts anderes. Er fühlte, wie seine Hände sich zu Fäusten ballten, wie seine Knie zitterten, obwohl er es gewohnt war, lange zu stehen. Aber der Last dieser Gedanken waren sie nicht gewachsen: Ann-Kathrin bei Haderer!

Abrupt drehte er sich um – und blickte ihr ins Gesicht.

»Wo ... wo kommst du so plötzlich her?«, brachte er hervor.

Ann-Kathrin deutete hinter sich zum Tor des Schuppens.

»Von dort!«

Es dauerte einen kurzen Moment, bis er begriff, dann begann er unvermittelt zu lachen, und Ann-Kathrin fiel in dieses Lachen ein.

»Ich ... ich ... habe schon befürchtet ... befürchtet, du wärst noch ... noch immer böse auf mich«, stotterte Vincenz.

Ann-Kathrin wurde ernst. »Das bin ich auch!«, zischte sie.

Vincenz starrte sie an. »Aber ... ich habe dich nicht eingesperrt.«

»Und warum konnte ich dann den Sperrbalken nicht anheben?«, fuhr sie ihn an.

Vincenz schlug sich gegen die Stirn. Natürlich! Der Balken hakte immer wieder. Er ging zum Tor und zeigte ihr, was passieren konnte. Ann-Kathrin sah ihm zu, und Vincenz glaubte gar, sie amüsiere sich darüber.

»Und wieso hast du mir das verschwiegen?«

Er versuchte, ruhig zu bleiben. »Ich habe dir nichts verschwiegen. Ich hatte nur vergessen, es dir zu sagen. Das ist aber nicht meine Schuld. Ich konnte ja nicht wissen …«

Ann-Kathrins Augenbrauen schlossen sich drohend über der Nasenwurzel. »Ach ja, und wessen Schuld ist es dann deiner Meinung nach?«

Vincenz fühlte, wie er auf immer abschüssigeres Gebiet geriet, wie er langsam den Halt zu verlieren begann. Was hatte ihm seine Schwester geraten? Er dürfe die Schuld niemals Ann-Kathrin zuweisen, sondern sich stets selbst schuldig bekennen. Aber diesmal war er unschuldig. Er konnte ja nicht wissen …

»Und?«, drängte sie ihn zu einer Antwort.

»Ich … ich hätte es dir unbedingt sagen müssen. Es tut mir leid, dass ich das versäumt habe. Es wird nicht mehr vorkommen.«

Zuerst starrte sie ihn noch wütend an, aber plötzlich veränderte sich ihre Miene. Sie lächelte, als hätte sie nur darauf gewartet, dass er die Verantwortung übernahm. Sie trat auf ihn zu und gab ihm einen flüchtigen Kuss.

»Verschwinde«, sagte sie sanft. »Ich muss mich einen Moment hinlegen. Aber du darfst wieder zu mir kommen. Morgen oder übermorgen.«

Ebenso sanft drängte sie ihn nach draußen und legte den Riegel wieder vor.

Vincenz war leicht ums Herz. Er schmeckte dem Kuss nach und wäre am liebsten in die Höhe gesprungen, wenn er nicht seine Schwester auf der Treppe sitzen gesehen hätte.

Sie grinste ihn an, als wüsste sie Bescheid und hätte zugehört.

7

Ann-Kathrin atmete auf. Sie hatte es geschafft, die Missstimmung zwischen ihr und Vincenz wieder zu drehen.

Jetzt musste sie sich kurz ausruhen, dann waschen und es irgendwie möglich machen, hier zu verschwinden, ohne dass jemand es bemerkte.

Solange in der Dämmerung noch etwas Licht in ihre Kammer fiel, begann sie erneut zu suchen. Sie kletterte auf einen der Balken hoch, balancierte bis zur Wand und begann, jedes Brett zu drücken oder zu ziehen, an das sie herankam. Nichts gelang. Erst beim allerletzten, als sie feststellte, dass auch dieses Brett sich nicht bewegte, schlug sie wütend mit der Faust gegen die Decke – und hörte, wie das Dach sich mit einem Scheppern hob.

Verblüfft besah sie sich die Konstruktion. Ein Teil des Dachs lag auf einem Balkenfach. Von hier unten war nicht zu erkennen, ob das Dach befestigt war oder sich bewegen ließ. Sie stemmte sich darunter und hob es mit Leichtigkeit an. Offenbar half ein Gegengewicht auf der anderen Seite. Sie richtete sich ganz auf und sah, dass der Weg auf das Dach hinausführte.

Sie stieg hindurch und merkte sich den Weg – sie musste ihn auch im Dunkeln bei ihrer Rückkehr finden. Langsam und gebückt schlich sie sich an der Traufe entlang bis zur Dachkante. Dort lehnte eine Leiter, die den Weg in einen weiteren Innenhof hinter dem Haus von Vincenz' Schwester eröffnete.

Ann-Kathrin nickte und machte sich auf den Rückweg.

Wieder auf dem Boden angekommen, horchte sie auf den Schlag der Glocken. Fünf Stundenschläge konnte sie ausmachen. Sie hatte also noch Zeit.

Sie zog den Zuber mit Wasser zu sich her, nahm einen Stofffetzen, der ihr als Handtuch diente, und begann, sich zu waschen. Sauber wollte sie sein, wenn sie sich auszog.

Mit einem Ohr lauschte sie nach draußen und vernahm die Stimmen zweier Personen: Vincenz und Elsbeth. Sie unterhielten sich – und wenn sie nicht alles täuschte, konnte sie mehrmals ihren Namen heraushören.

Mit dem Gedanken, Vincenz rede über sie und denke an sie, legte sie sich auf die Heuunterlage ihres Bettes. Ein paar Atemzüge lang wollte sie die Augen schließen, ein wenig ausruhen …

… und schrak hoch, als sie die Glockentöne von St. Georg vernahm. Sechsmal wummerten die Glocken.

Sie hatte verschlafen! Panisch dachte sie an die Drohung Haderers und sprang aus der Bettstatt.

Sie strich ihr Kleid glatt, kletterte auf den Balken, balancierte bis ganz nach hinten und öffnete die Luke. Keine dreißig Atemzüge später war sie auf dem Weg zur Gießerei.

Es war ihr gleich, ob sich noch jemand in der Werkstatt aufhielt oder nicht. Als sie das Tor aufzog, fiel ihr Blick auf den Augustus, der goldglänzend im Eingang stand und diesen zu bewachen schien.

Sie lief an der Statue vorbei tiefer in den Raum hinein und entdeckte Haderer, der mit den Frachtunterlagen vor einem der Öfen stand und gerade ein Blatt in die Glut werfen wollte.

»Ich bin da!«, rief Ann-Kathrin atemlos. »Tut es nicht.«

Langsam drehte sich Haderer um und blickte in ihre Richtung.

»Da ist ja meine Nymphe. Ich dachte schon, Euch wären die Papiere egal geworden.«

Sie streckte die Hand danach aus, aber Haderer schob die Unterlagen in sein Wams und bedeutete Ann-Kathrin, mit ihm zu kommen.

Sie nickte, hielt aber Abstand zu ihm. Er führte sie zu einer Sandgrube, vor der ein unförmiges Gebilde stand.

»Die Grundform«, erklärte er und wies sie mit einer Handbewegung an, sich hinter diese zu begeben. Dort brannten vier Kerzen.

Neben die Grundform hatte er einen Topf gestellt, dessen Öffnung der Geruch von Bienenwachs entströmte. Weitere Wachsblöcke lagen daneben. Haderer nahm eine Kelle, schöpfte Wachs aus dem Topf und ließ es in eine Schale rinnen. Sofort bildete sich eine Haut, als das Wachs auskühlte.

Jetzt erst sah Ann-Kathrin die Bank auf der anderen Seite der Grundform.

»Zieht Euch aus, und setzt Euch auf die Bank!«, befahl er geschäftsmäßig.

Es war kalt in der Werkstatt. Sie fröstelte, als sie ihm den Rücken zudrehte und ihr Oberteil auf die Hüfte rutschen ließ. Dann setzte sie sich hin.

Haderer sah kurz auf, dann fuhr er sie an. »Alles!«

Mit einem Ruck fuhr Ann-Kathrin hoch. »Was meint Ihr?«

»Was ich gesagt habe. Zieht alles aus. Los jetzt. Wir haben nicht viel Zeit.«

Ann-Kathrin schlüpfte aus dem Kleid und legte es sich über den Schoß. Mit geschlossenen Beinen ließ sie sich wieder auf die Bank sinken.

Haderer goss aus dem Topf Wachs über die Grundform, bis alles mit einer feinen Schicht bedeckt war. So lange sagte er nichts. Als er damit fertig war, blickte er auf und verdrehte die Augen.

»Weg mit dem Stoff«, befahl er. »Das eine Bein auf den Boden, beide leicht angewinkelt. Lehnt Euch zurück. Und die Beine öffnen.«

»Das werde ich sicherlich nicht!«, zischte Ann-Kathrin.

Haderer verdrehte wieder die Augen, ging um die Grundform herum und begann, Ann-Kathrin ohne große Rücksicht zurechtzurücken. Sie wehrte sich, aber er war unerbittlich.

»Wenn Ihr nicht spurt, Biechlerin, dann gehören die Papiere dem Feuer!«, sagte er kühl.

Schließlich gab sie nach.

Die freie Brust, die offenen Schenkel, die leicht nach hinten gebogene Sitzposition … Ann-Kathrin fühlte sich, als würde sie ihren Körper anbieten. Haderer ging wieder auf die andere Seite der Grundform und betrachtete sie lange, dann kam er zurück.

Ann-Kathrins Muskeln verspannten sich. Doch er bückte sich und legte ihr einen Teil ihres Kleides über die Schenkel, drückte ihre Beine auf und zwängte das Kleid dazwischen.

»Sonst beginnen unsere Prälaten und Domprediger noch zu schwitzen, wenn sie den Brunnen sehen!«, sagte er und grinste breit. Er griff in die Schale mit dem Bienenwachs, holte einen noch weichen aber bereits abgekühlten Wachsklumpen darauf hervor und begann, diesen zu kneten. »Ab jetzt bleibt Ihr sitzen, wie Ihr seid. Rührt Euch nicht mehr.«

Ann-Kathrin schloss die Augen. Bereits nach wenigen Minuten begannen ihre Muskeln zu krampfen und zu schmerzen. Es war eine Tortur.

* * *

Seit vier Tagen wartete Vincenz darauf, dass sie das Tor öffnete. Oft hörte er sie noch mittags leise schnarchen, aber sie kam nur zum Essen heraus, wirkte völlig übermüdet und speiste ihn ab mit der Begründung, sie sei krank. Sie schnupfte und schniefte, und Rotz lief ihr aus der Nase.

Voller Mitleid betrachtete er sie, wie sie wortkarg und abweisend ihren Brei löffelte. Sie war so offensichtlich krank, dass es ihm wehtat. Aber sie hatte eine Mauer um sich errichtet, die es ihm unmöglich machte, näher an sie heranzukommen.

Hinzu kam, dass sein Vater ihn brauchte. Seit der Standort des neuen Brunnens geklärt war, liefen die Arbeiten an den Deichelröhren ununterbrochen von frühmorgens bis spätabends. Wenn er über Mittag Zeit fand, kurz seine Schwester zu besuchen, fand er Ann-Kathrin wortkarg am Tisch sitzend und essend. Die Schatten unter ihren Augen waren so tiefblau, als hätte sie Schminke benutzt.

Als er die Hand auf ihren Arm legte und ihre trübe Stimmung etwas aufheitern wollte, zuckte sie zurück.

»Was ist?«, fragte er verunsichert. »Tut das weh?«

Er hatte schon von Krankheiten gehört, die Schmerzen bei Berührungen verursachten. Kurz überlegte er, ob dies ansteckend war, ob es auf ihn übergehen konnte.

Doch Ann-Kathrin schüttelte nur den über die Schüssel gesenkten Kopf und löffelte den letzten Rest aus. Kaum war sie damit fertig, schob sie die Schale von sich, lächelte Elsbeth an, die ihr die ganze Zeit zugesehen hatte, stand auf und schlurfte wortlos zur Tür.

Mit einem leichten Kopfschütteln folgte ihr Vincenz mit dem Blick.

»Soll ich dir einen Tee bringen?«, fragte er, doch da war sie schon draußen, und wenig später hörte er, wie sie das Tor öffnete, hindurchging und hinter sich den Riegel vorlegte.

»Sie braucht nichts, sie will nichts«, sagte seine Schwester. »Sie ist wie in einer anderen Welt.« Sie machte eine Pause, um die Kleine, die in ihrem Arm schlief, umzulagern. »Vielleicht siehst du nach ihr, ohne dass sie zustimmt. Irgendetwas ist komisch.«

Vincenz sah auf.

»Komisch? Was meinst du?«

»Das, was ich sage.«

Ihr Töchterchen meldete sich, sie jammerte und begann den Kopf hin und her zu bewegen, als würde sie etwas suchen.

Elsbeth seufzte, schob sich das Kleid von der Schulter und gab dem Kind die Brust.

»Tagsüber ist sie matt und freudlos, aber nachts ist sie wie tot. Ich höre sie nicht schnarchen, nicht husten, nicht niesen. Als wäre sie bewusstlos.«

Vincenz horchte auf und gleichzeitig formte sich in seinem Kopf ein Plan, vor dem er die letzten Tage zurückgeschreckt war, weil er sie nicht verlieren wollte. Diese Nacht würde er sie besuchen. Auch wenn er eine Reaktion fürchtete wie beim letzten Mal, aber vielleicht konnte er mit ihr reden. Ungestört.

Er erhob sich vom Mittagstisch und lief grübelnd den Weg hinunter zum Rathaus.

Ann-Kathrins Zustand erinnerte ihn an seine eigene Zeit als Lehrbub bei seinem Vater. Die tägliche, körperlich anstrengende Arbeit, die nächtlichen Ausflüge mit den Gesellen Sepp und Karl im Sommer, hinaus in den trockenen Graben am Lueginsland, wo ein geschäftstüchtiger Wirt einen kleinen Schank aufgebaut hatte und heimlich das eine oder andere Fässchen Bier ausschenkte, die Rückwege, auf denen sie kaum noch stehen, geschweige denn gehen konnten. Am Morgen musste er so ausgesehen haben wie Ann-Kathrin jetzt.

Er war so in Gedanken versunken, dass er am Perlachplatz beinahe in eine der Gruben gestolpert wäre, die sein Vater dort hatte ausheben lassen.

»Wo hast du nur deinen Kopf!«, schimpfte der Brunnenmeister, der aus dem Loch hochsah. In seiner Unachtsamkeit hatte Vincenz eine ganze Kaskade Steine losgetreten, die dem Alten auf den Rücken geprasselt waren.

»Es wird Zeit, dass du heiratest, Junge, da kommt man auf andere Gedanken!«, fauchte Balthasar Breger. »Aber jetzt runter mit dir. Hilf mir, die Röhren miteinander zu verbinden.«

Etwas weiter hatte der Brunnenmeister einen Abstieg gezimmert. Vincenz sprang die wenigen Stufen hinunter und lief zu seinem Vater. Zwei Deicheln waren zu ihm hinabgelassen worden. Sie waren der Länge nach durchbohrt. Auf der hinteren Seite, zu den anderen Röhren hin, war ein Kupferring eingeschlagen. Breitbeinig stand Balthasar Breger über dem Deichel, einen Riemen um seine Schulter gelegt und hob damit die wasserdurchtränkte, schwere Holzröhre an. Gleichzeitig hieb er mit einem Hammer auf die Vorderseite ein, um sie mit dem hinteren Deichel zu verbinden. Trotz der Kühle, die in der Grube herrschte, schwitzte er derart, dass sich sein Hemd dunkel verfärbt hatte.

»Warte!«, rief Vincenz. Er trat hinter seinen Vater, hob den dort liegenden zweiten Gurt an, streifte ihn sich über die Schulter, und als er die Röhre richtig platziert hatte, rief er. »Jetzt!«

Mit zwei Schlägen verbanden sich die beiden Deicheln miteinander.

»Herrgott!«, schimpfte sein Vater. »Wo du nur immer bleibst!«

Vincenz zuckte mit den Schultern. Was sollte er sagen? Dass er sich Sorgen machte um ein Mädchen, das er kaum kannte und von dem er nicht wusste, ob sie seine Gefühle wirklich erwiderte? Sein Vater würde das nicht verstehen.

Der Brunnenmeister richtete sich stöhnend auf. Vor ihnen lag der nächste Deichel, und Vincenz wusste, dass die letzten fünf heute und morgen gelegt werden würden. Dann musste man sie mit Lehm umkleiden und damit wasserdicht machen. Anschließend würde das Röhrensystem angebaut, und dann konnte das Becken aufgestellt werden. Die Marmorteile dafür lagen bereits um die Baustelle herum. In drei Wochen, vielleicht in vier würde der neue Brunnen Wasser liefern können. Vincenz sah sich schon mit Ann-Kathrin auf dem Brunnenrand sitzen, wo sie sich gegenseitig mit dem frischen Brunnenlech-Wasser bespritzten, und er hörte ihr helles Lachen …

»Junge!«

Vincenz schrak hoch und sah sich dem Vater direkt gegenüber. Der schien seine Gesichtszüge zu studieren.

»Also so kann ich dich nicht gebrauchen. Du bist nicht nur eine Gefahr für dich, sondern auch für die anderen. Hat dich das Mädchen dermaßen beeindruckt?«

Vincenz fühlte, wie er rot wurde. »Wer ...? Woher ...? Was ...?«, stotterte er.

Sein Vater konnte unmöglich etwas von ihm und Ann-Kathrin wissen.

Doch der verdrehte nur die Augen. »Glaubst du vielleicht, ich bin blind? Glaubst du vielleicht, ich war nie verliebt? Ich habe Augen und Ohren und jede Menge geschwätzige Männer und Frauen, die mir zutragen, was mein Sohn den lieben langen Tag so treibt. Außerdem rede ich mit deiner Schwester. Die Biechler-Tochter ist ein anständiges Mädchen. Wir legen noch die letzten Röhren, und dann hau ab und rede mit ihr, bevor du mir noch in eine Grube fällst und dir das Genick brichst, weil du mit deinen Gedanken anderswo bist.« Er hob kurz den Kopf und rief seinen beiden Gesellen zu, sie sollten eine weitere Deichelröhre hinablassen.

Vincenz sah seinen Vater erstaunt an. Bislang hatte er immer gedacht, der Alte würde ihn und seine Kapriolen gar nicht bemerken, dabei schien er bestens Bescheid zu wissen.

Er wollte etwas erwidern, aber der Brunnenmeister hatte sich schon wieder dem nächsten Deichel zugewandt. Sie setzten auch diesen und legten ihn dann in ein Tonbett.

Bis die letzte Röhre verbaut war, neigte sich der Tag bereits dem Ende zu. Die Sonne versank hinter den Gebäuden, und bald würde es dunkel werden.

Vincenz war über und über verdreckt, als er aus der Grube kletterte. Er sah an sich herunter und überlegte, ob er noch einmal zu sich nach Hause gehen sollte, um sich zu waschen.

»Jetzt lauf schon. Sie wird dich nehmen, wie du zu ihr

kommst, wenn sie dich wirklich will!«, rief sein Vater aus der Grube.

Vincenz sah hinab. Der Brunnenmeister hatte ihm den Rücken zugedreht. Er sah ihn gar nicht, und doch wusste er, was er dachte. Hatte sein Vater eine Art siebten Sinn?

»Und komm mir nicht vor morgen früh wieder!«, setzte er hinzu.

Die beiden Gesellen, die dem Brunnenmeister zur Hand gingen, lachten leise vor sich hin.

Vincenz schüttelte nur den Kopf, und bevor er sich versah, war er auf dem Weg zu Ann-Kathrin.

Diesmal, so beschloss er, würde er nicht an das Tor klopfen.

8

AUGSBURG, SCHUPPEN BEI ELSBETHS HAUS

Beinahe lautlos ließ sich Vincenz ins Innere des Schuppens hinab. Vorsichtig tastete er mit den Zehen nach dem Balken, der unter ihm lag und stellte die Beine darauf. Erst dann schloss er die Klappe. Den Weg hinunter kannte er auswendig und hätte ihn auch mit verbundenen Augen gefunden.

Doch er wollte so vorsichtig wie möglich sein.

Er lauschte in die Finsternis, die trotz des erst hereinbrechenden Abends beinahe vollständig war. Behutsam ließ er die Klappe über sich zugleiten. Nichts davon verursachte ein nennenswertes Geräusch.

Erst als er auf dem Boden anlangte, rief er leise, um Ann-Kathrin nicht zu erschrecken, in den Raum hinein: »Annka! Ich bin es, Vincenz. Lass uns reden.«

Er vernahm keine Antwort. Schritt für Schritt tastete er sich vorwärts in Richtung Bett.

»Es tut mir leid wegen des Riegels. Ich hätte es dir sagen müssen, dass er manchmal klemmt. Und wenn es dir schlecht geht, wenn du krank bist. Ich will dir helfen.«

Nach jedem Satz horchte er, ob sie sich rührte. Aber es war, als befände sich niemand im Raum. Er lauschte auf Atemzüge, auf ein Rascheln, weil Ann-Kathrin sich im Schlaf bewegte – aber nichts dergleichen war zu hören. Ihn beschlich das Gefühl, allein zu sein, was aber nicht sein konnte.

Wie versteinert blieb er stehen. Es waren vielleicht noch zehn Fuß bis zum Bett. Was, wenn sie ihn erwartete, wenn er plötzlich einen Prügel über den Kopf gezogen bekam?

»Annka, bitte. Ich bin's, Vincenz. Lass uns reden.«

Seine Stimme klang so verloren in dem Raum, dass ihn Furcht beschlich. Was, wenn sie nicht mehr lebte? Wenn sie so krank gewesen war, dass sie jetzt tot dort im Bett lag? Die Tatsache, dass sie keinerlei Lebenszeichen von sich gab, schnürte ihm den Hals zu.

Langsam schlich er weiter vorwärts. Neben dem Bett musste eine Laterne stehen. Er hatte sie auf die Seite gestellt, auf der er niemals aussteigen würde, nach links. Mit zwei, drei Schlägen auf den Feuerstein würde er sie in Gang setzen können.

Er ging in die Hocke und suchte mit der rechten Hand die Laterne. Die linke hielt er über sich, um einen eventuellen Schlag abzufangen. Aber so sehr er herumtastete, die Laterne war nicht mehr da.

Er richtete sich auf und langte auf das Bett. Das Laken war zerwühlt, so viel spürte er. Sie hatte also in diesem Bett geschlafen, lag aber nicht mehr darin. Und zwar schon längere Zeit, denn das Laken war kalt.

»Annka. Bist du hier?«

Es war ein letzter Versuch. Obwohl er nicht mehr daran glaubte, dass sie da war.

Er schloss die Augen, drehte sich zum Tor und lief darauf zu. Er hatte es geübt, im Dunkeln die Richtungen in diesem Versteck zu erkennen. Nach zwanzig Schritt war er dort, langte nach dem Riegel und zuckte verblüfft zurück.

Der schwere Balken lag noch so da, wie sie ihn vorgelegt hatte. Er hatte es gehört. Doch die Kammer war leer. Ann-Kathrin war fort.

* * *

Ann-Kathrin fühlte sich so matt, als hätte sie den ganzen Tag schwer gearbeitet. Als die Sonne sank, machte sie sich auf den Weg. Je länger diese Sitzungen dauerten, desto schwerer fiel es ihr, aus der Luke zu klettern und sich zu Haderer zu schleichen.

Ihre Kräfte ließen nach, und weil sie halbe Nächte lang nackt in der Werkstatt saß, hatte sie sich eine starke Erkältung eingefangen. Ihr lief die Nase und ein leichtes Fieber kroch in ihr hoch.

Es war die letzte oder vorletzte Sitzung – und sie fürchtete sich davor, was geschehen würde, wenn Haderer fertig war. Würde er ihr die Papiere wirklich übergeben? Mit jedem Abend, den sie bei ihm verbrachte, zweifelte sie stärker daran. Aber sie hatte keine andere Wahl.

Am Vortag war sie nach der Nachtsitzung noch bei ihrem Vater gewesen. Er hatte sich zwar etwas erholt, weil der Wärter ihn nicht mehr so abschätzig behandelte. Auch ihr gegenüber war dieser vorsichtiger geworden. Aber sie spürte, wie Valentin lauerte, auf eine Gelegenheit wartete, ihr die Flüche heimzuzahlen. Dennoch – sie musste ihren Vater endlich aus dem Loch bekommen, sonst würde er dort eingehen wie eine ungewässerte Pflanze. Flößer brauchten Flüsse wie Zimmerer den Geruch des Holzes und Schmiede den Klang ihrer Hammerschläge.

Ann-Kathrin schlurfte den Weg zur Gießerei hoch und zog das Tor auf.

Haderer saß wie immer auf einem Hocker und skizzierte Figuren des Brunnens, die er sich ausdachte, und von denen keine je verwirklicht werden würde.

Er sah nicht auf, als sie eintrat, sondern blieb über das Bild gebeugt, das er mit seiner Malkohle schraffierte. Offenbar hörte er sie nicht, so vertieft war er in das, was er da zeichnete. Ann-Kathrin näherte sich von hinten, sah ihm über die Schulter – und erschrak.

Auf dem Blatt hockte eine junge Frau auf dem Sims des Brunnens, die Arme ausgestreckt, die Beine weit geöffnet – und man sah – alles. Das schlimmste aber war, dass die Frau ihr Gesicht trug, ihr körperliches Aussehen hatte.

Zuerst erstarrte sie, dann machte sie zwei Schritte vorwärts, zerrte das Papier vom Brett und zerriss es in tausend Stücke.

»Seid Ihr von allen guten Geistern verlassen?«, herrschte sie ihn an.

Haderer sprang auf, und ehe sie sich versah, hatte er ihr zwei Maulschellen verpasst, dass es ihr in den Ohren klingelte.

»Seid Ihr verrückt?«, schrie er sie an. »Wisst Ihr, was ich für so ein Bild bekomme? Diese Zeichnungen werden mir für teures Geld aus der Hand gerissen.«

»Das ist mir gleich. Aber wenn die Frau aussieht wie ich, dann … dann …«

Hatte dieser Mensch denn kein Schamgefühl?

»Wie soll sie denn sonst aussehen? Ich kenne nur Euch.« Er sah sie mit einem Blick an, der ihr unheimlich war. »Ihr werdet mir den Verlust ersetzen«, sagte er. »Und zwar jeden Heller.«

Er ging an Ann-Kathrin vorbei und zischte: »Los jetzt, kommt. Ihr seid spät dran.«

Sie betraten einen kleinen Schuppen, der im hinteren Teil der Werkstatt angebaut worden war. Dort hatte Haderer die zweite Figur aufgestellt, die Singold. Auf dem Weg dorthin warf Ann-Kathrin einen Blick auf die Grube, in der am Tag zuvor noch der erste Guss des Brunnenlechs ausgekühlt hatte, jetzt aber ein Loch gähnte.

»Wann wird sie fertig sein?«, fragte sie zaghaft.

»Sie ist fertig. Die Brunnenlech-Nymphe steht da hinten.«

Mittlerweile klang Haderers Stimme nicht mehr verärgert, sondern Stolz schwang darin mit. Statt direkt in den Nebenschuppen zu gehen, bog er ab und lief auf die fertig gegossene Figur zu.

»Um Gottes willen!«, entfuhr es Ann-Kathrin. Der Guss sah aus, als hätte eine Pflanze aus Metall die Form durchwuchert und sich durch den Leib der Nymphe gefressen. Überall standen Stangen aus Messing ab, und den Leib überzog eine graue Patina, die den Körper bröckelig und unansehnlich machte.

»Was sagt Ihr dazu?«

»Es sieht ... schrecklich aus!«, stieß Ann-Kathrin hervor.

Haderer lachte, aber es klang freudlos.

»Ihr habt wirklich keine Ahnung, was?« Er deutete über die Schulter zur Werkstatt. Dort stand am Eingang der Augustus, goldglänzend und majestätisch. »So hat er auch ausgesehen, als wir ihn vom Tonmantel befreit hatten. Erst dann beginnen die Feinarbeiten, das Feilen, Schleifen und Polieren.«

Ann-Kathrin konnte es kaum glauben. Dieses Igelwesen von einem anderen Stern sah ihr nicht nur nicht ähnlich, sie zweifelte daran, ob es irgendwann aussehen würde wie ein menschliches Wesen. Und dafür zog sie sich nackt aus! Ihr lief es kalt über den Rücken.

»So – und jetzt an die Arbeit. Rein in den Schuppen, und zieht Euch aus!«, befahl er und stapfte voran.

Ann-Kathrin zögerte einen Moment, denn sie ahnte, dass heute womöglich etwas anders werden würde als die Tage zuvor.

9

AUGSBURG, SCHUPPEN BEI ELSBETHS HAUS

Ann-Kathrin war ihm weggelaufen. Sie hatte sich gegen ihn entschieden – sein Misstrauen und seine Vorwürfe hatten sie vertrieben. Er konnte sich zwar nicht erklären, wie sie die Luke nach draußen hatte entdecken können, aber ganz offensichtlich hatte sie diese benutzt, um heimlich zu verschwinden.

Vincenz lag auf dem Rücken im Bett, roch ihren Geruch, der den Laken entströmte, und starrte in die Dunkelheit.

Ob sie nach Süden zurückgegangen war? Vermutlich, denn ihren Vater hatte sie nicht auslösen können, und zu Hans Fugger war sie nicht vorgedrungen, soweit er wusste.

Er fühlte, wie ihm Tränen der Enttäuschung in die Augen traten. Warum war er nur so verbohrt gewesen, statt ihr zu helfen? Er hatte sich wie ein Idiot aufgeführt – aber das war nun nicht mehr zu ändern. Er stützte sich auf die Ellenbogen und ließ den Kopf nach hinten hängen, bis es in seinem Genick knackte. Schließlich wälzte er sich aus dem Bett, ging zum Tor und öffnete den Riegel. Als die frische Nachtluft hereinströmte, brachte sie auch einen anderen Geruch mit, den von Holzkohle und Metall. Die Gießerei am Katzenstadl arbeitete auf Hochtouren. Die Figuren für den Brunnen mussten fertig werden.

Sofort fühlte Vincenz einen Kloß im Hals, denn er dachte an dieses Aas von Haderer, der zwischen ihm und Ann-Kathrin gestanden hatte. Auch wenn das jetzt keine Rolle mehr spielte.

Hatte sie von ihm, wie erhofft, die Frachtpapiere erhalten? War sie deshalb gegangen?

Vincenz straffte sich. Vielleicht traf er Haderer noch an. Wenn ja, würde er ihm deutlich machen, was er von ihm hielt. Er gab ihm eine Mitschuld an Ann-Kathrins Verschwinden. Und wenn er dem Kerl die Zähne eingeschlagen hätte, würde er sich auf die Suche nach seinem Mädchen machen.

Als würde ihn allein dieser Gedanke beleben, machte er sich auf den Weg zum Katzenstadl. Es waren nur wenige Hundert Fuß bis dorthin.

Offenbar waren die Feuer bereits erloschen. Vincenz hörte keinen Blasebalg. Die Werkstatt lag in einer stillen Ruhe da, die ihm unheimlich war.

Im Licht der Sterne konnte er erkennen, dass das Tor ein wenig offen stand. Man hatte wohl vergessen, es zu schließen. Es störte ihn nicht. Im Gegenteil, es bestärkte ihn in der Hoffnung, Haderer überraschen zu können.

Vincenz schlüpfte hinein und erschrak. Ein goldenes Wesen stand ihm direkt gegenüber. Überlebensgroß und mit einem nach ihm ausgestreckten Arm. Er stieß einen erschrockenen Schrei aus und hätte fast auf dem Absatz kehrtgemacht, wenn nicht eine Fledermaus um ihn herumgetanzt wäre und ihn abgelenkt hätte. Zwar versuchte er, sie wegzuscheuchen, stellte aber gleichzeitig fest, dass er vor der Augustus-Statue stand. Offenbar hatte man sie an den Ausgang gestellt, weil sie fertig war. Kurz vergaß Vincenz, warum er hergekommen war, und umrundete die Figur. Selbst im Halbdunkel sah sie atemberaubend aus.

Er ging weiter in den Raum hinein. Ein schwaches Glimmen erhellte die Werkstatt, das von einem Holzkohlefeuer stammte, das wohl einen der Kessel warmhielt.

Die Gießerei war kleiner, als er sie in Erinnerung hatte. Er lief auf eine weitere Figur zu, die offenbar gerade erst aus der Grube geholt worden war. Die Ketten des Flaschenzugs hingen noch daran. Von hinten sah sie aus, als wäre sie erdolcht worden. Sie lag halb, die Beine ausgestreckt.

Neugierig trat Vincenz näher. Es war die Figur einer jungen Frau. Aus ihren Ellenbogen, den Fingern und aus den Brüsten ragten steil nach oben oder zur Seite stehende Metallstangen hervor, als wäre sie gefoltert worden. Doch dann erkannte Vincenz, dass sie ein Füllhorn in der Armbeuge hielt und einen Krug in der anderen Hand.

Er beugte sich hinunter und blickte ihr ins Gesicht. Das war noch mit grauen Krusten bedeckt und halb verschattet im Dämmer der Werkstatt. Als würde er magisch angezogen, näherte er sich weiter, bis er erschreckt zurückzuckte. Diese Züge kannte er!

Rasch ging er zu dem noch glühenden Feuer und stocherte mit einem herumliegenden Ast darin herum. Schließlich griff er nach ein paar Holzscheiten, die für den nächsten Guss aufgestapelt worden waren, und warf sie in die Glut. Sofort flammte das trockene Holz auf und ließ flackernde Schatten über die Werkstatt tanzen. Der Ast fing Feuer und er benutzte ihn wie eine Fackel, auch wenn die Verletzung in seiner Hand schmerzte.

Den Wachstopf, der neben dem Feuer stand, damit sich das Wachs erwärmte, zog er aus der Reichweite der Flammen.

Dann trat er zu der Wassernymphe, denn als solche hatte er sie erkannt. Wieder beugte er sich zu ihrem Gesicht vor, beleuchtete die Gesichtszüge mit seiner provisorischen Fackel, und versuchte gleichzeitig, sich all die Stacheln und Streben wegzudenken, die aus dem Leib der Figur ragten. Er musste schlucken, als er begriff, was er sah.

Plötzlich hörte er einen Schrei und fuhr zusammen. War er das gewesen, der aus Verzweiflung geschrien hatte?

Ein weiterer Schrei lenkte seine Aufmerksamkeit weg von der Statue. Nicht er schrie.

* * *

Stolz wie ein Pfau lief Haderer vor der Nymphe auf und ab. Ann-Kathrin sah ihm an, wie zufrieden er war, wie sehr er sich in die Brust warf.

Die Figur war in Wachs geformt. Sie war fertig, und sie war gelungen. Auch wenn die Haltestangen, die er ihr eingepflanzt hatte, damit beispielsweise der Arm, der sich nach oben reckte und ein Ährenbüschel in der Hand hielt, nicht zurücksackte, der Singold-Nymphe ein groteskes Aussehen gaben. Sie war lebendig, sie war formschön, und sie war ansprechender als die des schamvoll zu Boden blickenden Brunnenbachs. Er hatte eine selbstbewusste Frau geformt. Haderer hatte allen Grund dazu, stolz zu sein.

Dieses Verhalten war Ann-Kathrin nicht neu. Natürlich war er begabt, sehr begabt sogar. Dafür zollte nicht nur sie ihm Respekt. Aber er war gleichzeitig eitel und überheblich, was sie abstieß.

Sorgen machte ihr gerade etwas anderes, nämlich die Schwellung vorn an seiner Hose.

Allerdings war von der Figur selbst nichts mehr zu sehen. Eingepackt in Schlamm und Lehm ähnelte sie im Augenblick einem unförmigen Klumpen.

All die Zeit, in der er das Gemisch aus gemahlenen Ziegeln und Lehmpackungen aufgebracht hatte, änderte er gleichzeitig noch Kleinigkeiten, schabte hier einen Grat ab und setzte dort Wachs auf. Ann-Kathrin hatte sich nicht von der Stelle rühren dürfen, obwohl sie erbärmlich fror. Jetzt wollte sie sich endlich anziehen und gehen, als Haderer sie anfuhr, ohne sich zu ihr umzudrehen.

»Bleibt, wo Ihr seid! Wir beide sind noch nicht fertig.«

Hat er Augen im Hinterkopf?, wunderte sich Ann-Kathrin und wollte von der Bank rutschen. Für sie war die Arbeit beendet. Die Form war fertig. Jetzt würde das Wachs noch ausgeschmolzen, und dann konnte gegossen werden.

Blitzschnell drehte sich Haderer um und war bei ihr. Er drückte gegen ihren nackten Bauch und hielt sie fest. Seine Hände hinterließen eine rötlichbraune Spur auf ihrer Haut.

»Jetzt, wo wir beide ans Ende gekommen sind, beschließen wir die Arbeit mit etwas Vergnügen«, sagte er grinsend und drückte seinen Unterleib gegen ihren Schenkel.

»Ich will die Papiere, sonst vernichte ich Eure Form!«, fauchte Ann-Kathrin.

Haderer lachte auf und warf das Glättmesser beiseite, das er noch immer in der Hand gehalten hatte.

»In einer Viertelstunde ist die Außenhülle getrocknet und hart. Niemand kann sie dann mehr zerstören. Am allerwenigsten du.« Er leckte sich über die Lippen.

Ann-Kathrin schnaubte. Sie ahnte, was kommen würde.

»Hast du wirklich geglaubt, Mädchen, ich würde dir die Frachtdokumente geben? Wie naiv bist du eigentlich? Weißt du, dass mein Vater durch die Schuld des Fuggers in den Tod gestürzt ist? Weißt du das? Niemals bekommst du die Papiere. Ich werfe sie nachher ins Feuer, aber zuvor …«

Haderer kam nicht mehr dazu, den Satz zu beenden. Er schrie auf, weil Ann-Kathrin ihr Knie angezogen und ihn dort getroffen hatte, wo es ihn am meisten schmerzte. Er beugte sich nach vorn, und Ann-Kathrin schleuderte ihn mit einem Ruck zu Boden. Er krümmte sich.

Rasch glitt sie von der Bank und griff sich ihre Kleider. Dann stürzte sie zu dem Hocker, auf dem er vorhin sein Wams abgelegt hatte. Sie zog die Papiere heraus, die sie sich mehr als verdient hatte, und wollte nach draußen eilen.

Ein weiterer wütender Schrei ließ sie zusammenfahren – Haderer begann sich zu erholen. Er versuchte, auf die Beine zu kommen.

Ann-Kathrin griff sich einen Lumpen Öltuch und wickelt die Dokumente rasch darin ein. Das Bündel warf sie auf den Boden und kickte es mit dem Fuß hinaus in die Werkstatt. Dann griff sie sich einen Stapel seiner Zeichnungen, die neben dem Hocker lagen.

Mit wut- und schmerzverzerrtem Gesicht stürzte sich Haderer auf sie und riss sie zu Boden.

Sie schlug der Länge nach hin, und er kam über ihr zu liegen.

»Das wirst du mir büßen!«, keuchte er.

Plötzlich traf sie ein Schlag, der ihr beinahe die Sinne raubte. Ihr Kopf schlug hart auf dem Kernholz auf, mit dem die Halle ausgelegt war.

Sie hatte verloren. Sie hatte dem Gesellen nichts mehr entgegenzusetzen. Sie spürte, wie er sich auf sie warf und bemerkte aber gleichzeitig, dass ihr Knie ihm die Lust auf sie genommen hatte.

Mit letzter Kraft versuchte sie, sich umzudrehen. Es gelang ihr zwar, aber ein erneuter Schlag ins Gesicht riss sie aus dieser Welt. Sie hörte ein Heulen, das klang, als wäre ein Rudel Wölfe in die Werkstatt eingedrungen und würde sich um sie versammeln, um sie zu zerreißen. Sie wusste nicht, ob dieses Geheul von ihr kam oder von jemand anderem.

Sie wusste nur, sie musste mitheulen, weil die Welt war, wie sie war: ohne Gnade.

Ann-Kathrin spürte noch, wie sie auf den Boden gedrückt wurde, und schloss die Augen.

10

AUGSBURG, GIESSEREI AM KATZENSTADL

Vincenz packte den Ast, mit dem er das Feuer neu entfacht hatte, tauchte ihn kurz in das Wachs, damit er besser brannte, und rannte durch die Werkstatt auf der Suche nach dem Ursprung der Schreie. Ein schrecklicher Gedanke, den die halb fertige Nymphe mit ihrer Pose noch befördert hatte, keimte in ihm auf. Er stolperte über ein Bündel, das auf dem Boden lag, stieß einen Wassereimer um und gelangte durch eine Tür in einen Nebenraum.

Die Astfackel blendete ihn, sodass er nur unklar erkennen konnte, was dort geschah. Kurz hielt er inne und orientierte sich. Dann erkannte er Anton Haderer, der sich mit heulender Wut auf eine Frau geworfen hatte. Sie war splitternackt, wand sich, schrie und trat um sich. Ihr rotes Haar verteilte sich über den Boden wie ein Fächer aus Blut.

Erst auf den zweiten Blick erkannte er, wer dort vor ihm lag wie die erste Frau des Paradieses.

»Annka!«, rief er, war mit wenigen Schritten bei Haderer und zerrte ihn von ihr herunter.

»Du verfluchter Lump!«, schrie er.

Haderer heulte vor Wut, presste eine Hand an den Schritt, und versuchte, mit der anderen auszuteilen. Mit geballter Faust hieb er abwechselnd auf Ann-Kathrin und auf ihn ein. Dabei traf er einmal Vincenz Verletzung an der Handfläche, was höllisch wehtat.

Vincenz befürchtete, der brennende Ast würde ihm aus der Hand geschlagen, weil er ihn vor Schmerzen nicht gut halten konnte, und warf ihn in hohem Boden zurück in die Werkstatt in die Sandgrube. Dann wandte er sich dem Gesellen zu, der mit blutunterlaufenen Augen und stierem Blick auf ihn zu stürmte und ihn einfach umgerannt hätte, wenn er nicht ausgewichen wäre. Doch Haderers Attacken waren willkürlich, unkoordiniert, als könne er nicht klar denken. Er schoss an Vincenz vorbei, krachte gegen eine Bank und sackte in sich zusammen.

Ann-Kathrin lag wie leblos am Boden. Ihr Gesicht war zerschunden, und sie blutete am Kopf. Ob sie bei Bewusstsein war, konnte Vincenz nicht feststellen. Er blickte sich suchend nach ihren Kleidern um und entdeckte sie sauber über einen Stuhl gelegt in der Ecke.

Was um alles in der Welt war hier vor sich gegangen?

Ihm blieb jedoch keine Zeit, darüber nachzudenken. Haderer hatte sich schneller erholt als gedacht. Er stürzte sich erneut wie von Sinnen auf Vincenz. Sein Geheul war ohrenbetäubend. Immer wieder griff er sich in den Schritt, krümmte sich und humpelte auf Ann-Kathrin zu, die sich nicht wehren konnte. Sie lag da wie gelähmt.

Vincenz stieß ihn einfach zu Boden. Ihm blieb nichts weiter übrig, als sie in einer Kampfpause, während Haderer sich unter Stöhnen wälzte, aufzuheben und auf die Bank zu legen. Dann sprang er in die Ecke, packte ihre Kleider und breitete sie über sie aus.

Doch Haderer war noch nicht fertig. Er spuckte Gift und Galle. Schrie, heulte wie ein Wolf, wenn er laufen musste, und wandte sich plötzlich zur Tür des hölzernen Anbaus um.

»Die Papiere ...«, schrie er zu Ann-Kathrin hinüber, die zitterte und sich wand und völlig außer sich zu sein schien. »Ich werfe sie ins Feuer. Es ist Eure Schuld. Allein Eure Schuld!«

Damit wandte er sich der Werkstatt zu, doch dort brannte es bereits lichterloh. Haderer wurde von einem Luftzug, der sich anhörte, als hätte ein Drache Atem geholt, in den Raum zurückgestoßen.

Voller Entsetzen erkannte Vincenz, dass Haderer mit der Fackel, die er in die Werkstatt zurückgeworfen hatte, offenbar nicht die Grube getroffen hatte, sondern womöglich den Topf mit Wachs, der danebengestanden hatte. Dieser war umgefallen, und der Holzstapel, den man für den nächsten Guss aufgeschichtet hatte, hatte Feuer gefangen.

Ann-Kathrin hatte sich aufgerichtet und starrte in die Flammen, bis die Tür des Nebenraums zufiel.

Dann begann auch sie zu brüllen. Sie stieg in so hohe Töne hinauf, dass Vincenz die Ohren schmerzten. Sie rappelte sich auf, warf die Kleider beiseite und stürzte zur Tür. Doch es ging ihr wie Haderer. Niemand konnte mehr von hier aus in die Werkstatt gelangen. Das Feuer versperrte den Weg.

»Hierher!«, rief Vincenz und deutete auf eine Tür gegenüber. Er stürzte darauf zu. Ann-Kathrin folgte ihm. Doch die Tür war verschlossen und einen anderen Ausweg gab es nicht, auch kein Fenster. Sie saßen in der Falle. Alle drei.

Gehetzt sah sich Ann-Kathrin um, und jetzt begriff offenbar auch sie, dass es kein Entrinnen gab. Haderer wimmerte vor sich hin. Sein Gesicht war feuerrot. Er schien etwas von den Flammen mitbekommen zu haben. Auf der Nase und an den Wangen bildeten sich bereits Blasen. Von draußen hörte man das Fauchen des Infernos, und hier drinnen spürten sie die Hitze, die rasch anstieg.

* * *

Ann-Kathrin drehte sich verzweifelt um die eigene Achse. Auf ihrer Oberlippe hatten sich Schweißtropfen gebildet. Vincenz und Haderer blickten verzweifelt zur Tür. Ihre Gesichter glühten. Etwas in Ann-Kathrins Kopf sagte ihr, dass sie hier raus mussten, weil sonst ... aber sie wusste nicht mehr recht, was sie genau wollte. Die Hitze und das Feuer ließen alle Gedanken verglühen.

Ihre Augen suchten einen Ausweg und fanden ihn nicht. Es

würde nicht mehr lange dauern, und auch der angebaute Holz-schuppen finge Feuer.

Langsam ließ sie sich auf die Bank sinken und erwartete ihr Schicksal.

Ihr Blick fiel auf den unförmigen Klumpen, den die Nymphe mit ihrem Gesicht darstellte: Die Oberfläche begann, sich grau zu verfärben. Der Tonmantel trocknete aus. Außerdem sah sie, wie aus den Entlüftungen das Wachs brodelnd auszufließen begann. Wenn die Hitze noch weiter zunähme, würde es ganz verdampfen.

Plötzlich packte jemand ihre Hand. Vincenz riss sie von der nachgebauten Balustrade herunter und zerrte sie zur Wand des hölzernen Anbaus. Sie leistete keinen Widerstand. Warum auch. Sie sah die Finger, die sich um ihren Unterarm schlossen. Es war schön, so zusammen zu sterben.

Sie drückten sich gegen die Bretterwand – und diese Berührung ließ sie aufwachen.

Wenn es nur um sie gegangen wäre, hätte sie sich einfach zu Boden sinken lassen. Aber da war ihr Vater. Er zählte auf sie. Sie durfte ihn nicht im Stich lassen. Sie lehnte sich gegen die Holzwand und spürte, wie sie nachgab. Schließlich trat sie mit den Füßen dagegen.

Verblüfft sah Vincenz sie an, dann begriff er. Der Schuppen war ein Provisorium. Die Latten waren nur von außen aufgenagelt. Vielleicht konnte man sie lösen. Er drehte sich um, und nun trat auch er mit aller Kraft dagegen – und tatsächlich begann ein Brett auszubrechen. Es dauerte nicht lange, ein zweites lockerte sich, und wenig später konnten sie sich durch die so entstandene Lücke zwängen.

Ann-Kathrin fror und streifte sich mit Mühe ihre Kleider über, während Vincenz durch die Bretterlücke hindurch in den Raum sah. Ann-Kathrin beobachtete ihn verwundert. Dann – ohne Vorwarnung – schlüpfte er wieder ins Innere.

»Vincenz!«, schrie Ann-Kathrin und wollte ihn zurückhalten, aber da war er bereits verschwunden.

Sie stand vor der Lücke, wartete und hörte, wie drinnen die ersten Verschalungen barsten und das Dach niederbrach. Sie biss sich auf die Lippen, fürchtete, Vincenz könne es erwischt haben. Doch plötzlich erschien er in dem Spalt zwischen den Brettern, den Rücken ihr zugekehrt, und zerrte Haderer hinter sich her.

Wut stieg in Ann-Kathrin auf. »Warum hast du ihn nicht dem Feuer überlassen?«, schrie sie. »Er hat mein Leben und das meines Vaters zerstört!«

Vincenz hörte nicht auf sie, sondern schleppte den übel zugerichteten Gesellen bis auf die andere Straßenseite.

»Im Angesicht der Gefahr sind wir alle nur Menschen!«, keuchte er.

Mittlerweile hatte die Feuerglocke zu läuten begonnen, und überall waren Rufe zu hören. Die Menschen machten sich daran, Eimer mit Wasser herbeizuschleppen.

Ann-Kathrin starrte die beiden Männer an, und dann traf es sie wie ein Blitz: die Unterlagen! Wo waren die Frachtpapiere? Und sie erinnerte sich an das Bündel, das sie in die Werkstatt gekickt hatte. Von hier kam sie nicht an dieses Bündel heran, aber vielleicht konnte sie die Papiere von Haderers Kabuff aus retten.

Sie stürmte los und umrundete die Gießerei. Dieser Anbau schien noch unbeschädigt. Sie spähte durch die Lücke, die sie kannte, entdeckte aber das Bündel nicht, das ihr Vater so dringend brauchte. Dennoch wusste sie, dass sie irgendwo von hier aus in die Werkstatt kommen musste.

Mit den Fingern griff sie in die Lücken in der Wand und riss daran, doch sie war zu schwach. Ihr einziger Erfolg bestand darin, dass in ihren Fingerkuppen jetzt Holzsplitter steckten. Sie trat mit den Füßen gegen die Bretter, aber die ließen sich nicht nach innen brechen. Je weniger sie erreichte, desto verzweifelter wurde sie, schließlich hörte sie ein gewaltiges Krachen. Feiner Glutregen sprühte aus dem Spalt. Als sie durch die Lücke spähte, hätte sie am liebsten losgeheult. Die Wand zur Gießerei war eingestürzt, und das Bett sowie einige Papiere, die auf diesem gelegen hatten, tanzten im Feuerreigen der brennenden Bohlen.

Am liebsten hätte sie sich mitten in diese Glut geworfen.

Sie hatten in den letzten Wochen buchstäblich nichts erreicht und damit alles verloren. Sie würde Fugger nicht gegenübertreten können, und ihr Vater würde ihretwegen in diesem Dreckloch zugrunde gehen.

Sie spürte, wie ihr die Tränen übers Gesicht liefen, als sie in die Knie sank, um sich selbst dem Feuer zu überlassen.

Doch dann zog sie jemand am Arm hoch und drückte sie an sich.

»Ich habe versagt!«, krächzte sie. »Ich konnte meinen Vater nicht retten.«

II

AUGSBURG, GIESSEREI AM KATZENSTADL

Anton spürte, wie jemand an ihm zerrte, ihn, an Kleidung und an Haaren ziehend, aus dem Anbau auf die Straße schleppte. Aber nichts von alldem war so schmerzhaft wie die Verbrennungen in seinem Gesicht. Er brauchte eine ganze Zeit, bis er wieder Luft bekam und den Rauch ausgehustet hatte. Dann versuchte er, sich aufzurichten, was ihm zwar gelang, ihn aber unendliche Mühe kostete.

Mittlerweile war die halbe Stadt unterwegs. Männer und Frauen bildeten lange Kübelschlangen.

»Ich hab's doch gewusst, dass diese Bronzegießerei nur Scherereien bringt. Wenn wir Pech haben, brennt dieser verrückte Meister noch die halbe Stadt nieder.«

»Verfluchte Gießer!«

»Verdammter Pöbel!«

Von überallher vernahm Anton Flüche und Beschimpfungen. Die Menschen waren nicht gut auf die Gießer und ihre Arbeit zu sprechen. Und wenn man es genau nahm, konnte er sie verstehen. Eine Bronzegießerei gehörte nicht mitten in die Stadt.

Er mied die Kübelschlangen, machte einen großen Bogen um sie. Sein Blick war trüb, und er hoffte, dass ihm die Augen nicht angesengt waren. Mehrmals fuhr er sich mit dem Handrücken übers Gesicht, doch es wurde nicht besser. Es war, als würde er durch Nebel blicken. Nur seine Gedanken wurden klarer. Und sein Verstand sagte ihm, er müsse schleunigst hier weg, bevor sie ihn verdächtigten, das Feuer gelegt zu haben. Auch wenn sie ihn noch nicht erkannt hatten, so war er es gewesen, der bis zuletzt in der Werkstatt gearbeitet hatte. Alle konnten es bezeugen, Meister Wagner, die Lehrlinge, Hubert Gerhard und dessen Bruder – und natürlich Ann-Kathrin und Vincenz. Aber auch den Anwohnern ringsum war er begegnet, hatte sie gegrüßt, ihnen zugewunken, zugelächelt. Es war nur eine Frage der Zeit, bis sie auf den Gedanken kämen, dass er mit Schuld an diesem verheerenden Brand sein könnte. Bei einer solch erdrückenden Beweislast war es unerheblich, wer der wirkliche Brandstifter gewesen war. Sie würden ihn fangen, an den Pranger stellen und dann am Galgen aufhängen – als Mahnung für alle Frevler. Das war so sicher wie das Amen in der Kirche.

Also musste er weg. Aber er wollte zumindest noch einen Triumph auskosten. Er griff unter sein Wams und zog mit tränenden Augen die Papiere aus seinem Wams hervor.

Er fasste den Stapel fester und drehte sich auf dem Absatz um.

Noch konnte er nicht fliehen. Er musste zurück, musste die Papiere ins Feuer werfen. Sollte diese verdammte Flößerin ruhig Rotz und Wasser heulen, schließlich hätte sie ihm beinahe die Hoden zerquetscht. Er langte kurz in seinen Schritt und stellte fest, dass sie mittlerweile auf das Dreifache angeschwollen waren. Dieses verdammte Weib, er würde Wochen mit Schmerzen zubringen.

Er fluchte vor sich hin, während er, alle Vorsicht über Bord werfend, wieder auf die brennende Gießerei zu humpelte. Aus dem Dach des Gebäudes loderten die Flammen inzwischen übermannshoch.

Gott sei Dank hatte es die Tage zuvor geregnet, sodass die Dächer der umliegenden Häuser noch feucht waren. Und dank der Tatsache, dass die Umgebung nicht dicht bebaut war und der Judenfriedhof im Norden wegen seiner Nähe zur Stadtmauer gerodet sein musste und keine Büsche oder Bäume enthielt und damit keine brennbaren Flächen bot, würde das Feuer zwar die Gießerei, nicht aber die Stadt zerstören.

Unter unsäglichen Schmerzen im Unterleib und im Gesicht hinkte Anton vorwärts, getrieben von dem Gedanken, die Frachtpapiere endgültig zu zerstören. Sie mussten brennen, weil sie einer Hexe gehörten.

* * *

»Annka?«

Kaum hatte Vincenz Ann-Kathrin ein paar Augenblicke allein gelassen, war sie schon wieder verschwunden. Um ihn herum standen Neugierige und Helfer, suchten nach Eimern, riefen nach Wasser und schleppten nasse Tücher herbei, um auf übergriffige Flammen einzuschlagen.

Jeden einzelnen Menschen nahm er in den Blick, aber er fand sie nicht. Sie war wie vom Erdboden verschluckt.

»Ann-Kathrin Biechler? Wo bist du?« Er fluchte leise. »Gottverdammt!« Warum konnte diese Frau nicht sein wie andere?

Aber war es nicht genau das, was ihn an ihr anzog? Dass sie so eigen, so selbstständig und frei war in ihren Ansichten?

Er schlug einen Eimer aus, der ihm angeboten wurde, lief weiter und achtete nicht auf die Beschimpfungen, die ihm hinterhergeschickt wurden, weil er sich nicht an den Löscharbeiten beteiligte. Jeder Frau sah er ins Gesicht.

Doch Ann-Kathrin hatte sich in Luft aufgelöst.

Mehrmals drehte er sich um seine eigene Achse, suchte die Menge ab, rief nach ihr – und entdeckte plötzlich einen Mann, den er halb tot geglaubt und zurückgelassen hatte: Haderer.

Der Geselle schwankte auf die Flammen zu, die mittlerweile aus allen Ritzen der Gießerei nach draußen leckten. Sie warfen eine unwirkliche Schattenkulisse auf die Straße, während er näher kam. Er schien sich im Rhythmus der schlagenden Flammen zu bewegen, schwankte und schrie immer wieder Unverständliches.

Und dann erkannte Vincenz etwas, was seinen Herzschlag in die Höhe trieb. Haderer hielt ein Bündel in der Hand, wasserfleckiges, braunes Papier. Waren das die Unterlagen, von denen Ann-Kathrin geredet hatte, die sie so verzweifelt suchte?

Haderer humpelte zielstrebig auf das brennende Gebäude zu und streckte bereits den Arm aus, um das Bündel in die Flammen zu werfen.

Vincenz überlegte nicht lange. Er rannte auf den Gießergesellen zu, und als dieser mit dem Arm Schwung holte, um die Papiere von sich zu schleudern, griff er zu. Er hielt den Arm fest und riss sie ihm aus der Hand.

Haderer wurde von der Wucht nach hinten geworfen, verlor den Halt und fiel Vincenz vor die Füße. Auf allen vieren stierte er nach oben.

»Was wolltest du mit den Dokumenten, Kerl?«, schrie er den Gesellen an.

»Lass die Finger davon, sie gehören mir!«, keifte Haderer. »Die gehen dich gar nichts an!«

»Und ob sie mich etwas angehen«, brüllte Vincenz zurück, um das Brausen der Flammen zu übertönen.

»Willst du damit deine Braut retten?« Haderer hustete sich fast zu Tode. In einer der kurzen Pausen warf er ihm einen Satz zu, der Vincenz beinahe von den Beinen riss. »Sie hat mir nackt Modell gestanden. Und ich habe sie gehabt.« Er lachte wie ein Irrsinniger und fletschte die Zähne.

In Vincenz' Kopf war plötzlich eine Leere, die er nicht mehr zu füllen vermochte. Er musste die Äußerung erst einordnen, verstehen und verdauen. »Nackt Modell gestanden? Unsinn. Annka würde das niemals tun!«

Wieder lachte Haderer und hustete gleichzeitig.

»Hat sie aber. Sie hat einen wundervollen Körper. Jeder wird sie bewundern können. Die Nymphe des Brunnenlechs hat ihre Figur – und die der Singold ebenfalls!«

Haderer bog sich vor Lachen, während er gleichzeitig nach Luft schnappte und im Licht der Flammen dunkel anzulaufen begann, bis er die Augen verdrehte.

Niemals würde sie das tun, dachte Vincenz und betrachtete die Unterlagen in seiner Hand.

Doch dann fiel ihm ein, dass Ann-Kathrin nachts den Schuppen verlassen hatte. Wohin war sie gegangen? Wie ein Blitz durchfuhr ihn die Erkenntnis, dass sie in den Nächten bei Haderer gewesen war, ihm Modell gestanden und was sonst noch mit ihm getrieben hatte. Schließlich hatte Vincenz sie nackt in diesem Nebenraum angetroffen, splitternackt. Sie war unbekleidet gewesen – weil sie es so gewollt hatte, nicht weil sie dazu gezwungen worden war. Sonst hätten ihre Kleider nicht so geordnet auf dem Stuhl gelegen.

Er betrachtete die Papiere in seiner Hand, sah auf den mittlerweile bewusstlosen Gießer hinunter, dann holte er aus und warf die Unterlagen im hohen Bogen ins Feuer.

Noch bevor sie den Boden erreichten, begann sie zu brennen. Vincenz glaubte kurz, in einer der Flammen einen Teufel zu erkennen – und sofort griff eine Schuld nach seinem Herzen und drückte es zusammmen. Im selben Augenblick wusste er, dass er Ann-Kathrin verloren hatte.

»Was um alles in der Welt hab ich getan!«, flüsterte er.

12

AUGSBURG 1593

»Ruhig, Kind!«, beschwor sie der Mann, der sie umfangen hielt.

Ann-Kathrin wand sich, bis sie sein Gesicht erkennen konnte.

»Conrad, Ihr?«

»Ja doch. Glaubst du vielleicht, ich lebe in meiner Schänke? Natürlich nicht. Ich wohne gegenüber dieser verfluchten Gießerei, die sie jetzt abgebrannt haben.«

Ann-Kathrin lachte verzweifelt und erleichtert gleichzeitig.

»Conrad. Da drinnen liegen in einem Öltuchbündel die Unterlagen meines Vaters. Sie verbrennen, wenn man sie nicht herausholt.«

Der Wirt vom Jakobertor ließ sie los und starrte auf den Anbau. Merkwürdigerweise blieb sein sonst unstetes Auge ganz ruhig.

»Dahinter sagst du, Annka?«

»In der Werkstatt selbst.«

Der Wirt schluckte. »Dann lass sie uns holen!«

Sie umrundeten das Gebäude, das mittlerweile an einigen Stellen eingestürzt war. Nur die Außenwände loderten wild, im Inneren sahen sie kaum etwas in Flammen stehen, als sie durch die herabgebrochenen Seitenwände lugten. Das Wachs und die Reservescheite waren zwar verbrannt, aber das Innere bestand vor allem aus Öfen, Sandgruben und Lagerraum für die fertigen Skulpturen.

Immer wieder versuchte Ann-Kathrin, so nah wie möglich an das Gebäude heranzukommen.

»Dort!«, rief sie plötzlich aufgeregt und zeigte auf den Boden neben der Sandgrube.

»Ich sehe nichts.«

»Da liegt das Bündel, Conrad.« Kurz sah sie sich um. »Wenn Ihr Euch nicht getraut ...«, sagte sie und wollte sich abwenden.

»Bleib hier, Mädchen!«, sagte der Wirt und hielt sie am Handgelenk fest. »Du wirst brennen wie eine Fackel!«

Sie presste die Lippen aufeinander und riss sich los. Sie wollte gerade in die Flammen springen, als sich eine Gruppe Männer und Frauen näherte, alle mit Eimern in der Hand.

»Hierher!«, schrie Ann-Kathrin und deutete auf die Lücke, die durch das verbrannte Tor entstanden war.

Tatsächlich ließ sich der kleine Trupp lenken und kam zu ihr herüber. Sie begannen ihre Eimer auf die Lücke zu schütten. Es zischte und sprotzte, und die Flammen wurden zurückgedrängt. Den letzten Eimer riss Ann-Kathrin an sich, hob ihn über den Kopf und schüttete sich das Wasser über Haar und Kleidung und presste sich ihren durchfeuchteten Ärmel vor Mund und Nase.

»Wenn ich meinen Vater nicht freibekomme, spielt es keine Rolle, ob ich hier drinnen umkomme oder nicht«, rief sie Conrad zu. »Ihr könnt mich nicht aufhalten, und das wisst Ihr.«

Sie holte Luft, dann sprang sie über die noch glühenden Balken ins Innere. Eine Hölle empfing sie. Es war so heiß, dass sie das Gefühl hatte, es würde ihre Haut abschälen. Die Hitze stach in ihre Augen, und die Hände, die frei waren, fühlten sich an, als würden sie selbst glühen.

Das Wasser verdampfte so stark, dass sie kaum etwas sehen konnte. Nach wenigen schnellen Schritten war sie bei der Sandgrube, bückte sich nach dem Bündel, hob es auf, und dann rannte sie wieder los. Sie sah den Ausgang undeutlich vor sich, aber ihre Augen trübten sich. Krampfhaft hielt sie das Bündel fest. Als sie über einen der glühenden Balken stolperte, fiel sie zu Boden und heulte auf, aber da wurde sie bereits hochgerissen und fühlte, wie jemand an ihr zerrte und zog. Schließlich kühlten zwei Wassergüsse ihren Körper, und sie nahm nur noch verschwommen wahr, was um sie herum geschah.

Wie lange sie so dalag, wusste sie nicht zu sagen. Aber mit einem Schrecken fuhr sie hoch. Das Wasser! Hoffentlich hatten die Güsse die Papiere nicht zerstört.

Sie rappelte sich auf und wollte sich setzen, aber ihr Hintern brannte, als wäre er aus rohem Fleisch.

»Sie lebt!«, schrie jemand.

Ann-Kathrin spürte, wie man sie auf die Beine stellte.

»Willst du mir das Bündel geben?«

Langsam, aber bestimmt schüttelte Ann-Kathrin den Kopf. Niemals würde sie die Frachtpapiere wieder hergeben. Dafür müsste man sie töten.

Ihr Bewusstsein wurde mit einem Mal wieder zurück in die Hölle geworfen, als in unmittelbarer Nähe die Mauer des Gießhauses einbrach und die Funken wie bei einem Feuersturm über sie hinwegstoben. Die Menschen um sie herum schrien, aber sie war wie taub und blind. Sie schloss nur die Augen, blieb stehen und wartete darauf, dass das Unheil vorüberging. Solange sie ihr Bündel im Arm hielt, konnte sie nichts mehr erschüttern. Wie aus weiter Ferne hörte sie die Menschen rufen, nicht ängstlich und panisch, sondern scheu und voller Bewunderung.

»Was ist das, um Himmels willen!«, keuchte Conrad neben ihr.

Ann-Kathrin schaute um sich. Der trübe Schleier über den Augen war weitgehend verschwunden. Um sie herum sprühten noch vereinzelt Funken, die von berstenden Balken ausgestoßen wurden. Die Fassade war niedergebrochen, aber inmitten der Verwüstung strahlte in einem Goldton, in dem sich das Rot des Feuers spiegelte, eine Statue. Sie hatte begütigend die Hand erhoben und schien das Feuer niederzuhalten, denn um sie her fielen die Flammenzungen in sich zusammen. Sie sah an sich hinunter: Ihr Körper flackerte rotgolden im niederbrennenden Feuer.

Die Menschen um das Gießhaus hatten sich auf die Knie niedergelassen und bekreuzigten sich. Plötzlich stimmte eine helle Stimme ein Vaterunser an, und alle fielen mit ein. Es dauerte nicht lange, und Vaterunser und Ave Maria wechselten sich ab. Schließlich setzte Regen ein und löschte die Flammen. Es zischte, und ein Nebeldampf stieg auf, der alles mit einem Schleier überzog. Einzig die Augustus-Statue ragte daraus empor, als würde sie auf dem Nebel stehen und das Unglück von höherer Warte aus beobachten.

»Du siehst fürchterlich aus«, sagte Conrad und durchbrach Ann-Kathrins Gedanken. Auch sie war im Anblick der Figur versunken gewesen, brachte aber kein Gebet über die Lippen.

»Die Bronze hat es überlebt. Ob mein Vater es überleben wird, steht noch in den Sternen. Gibt es ein ungerechteres Maß für diese Welt?«, fragte sie tonlos.

* * *

Vincenz stand auf der anderen Seite des Gebäudes, als der Augustus aus den Flammen auftauchte. Ein beeindruckendes

Schauspiel. Wenn kein Balken die Figur beschädigte – das Feuer konnte ihm nichts anhaben. Er wusste, dass Holzfeuer nicht so heiß wurde, dass es Bronze schmelzen konnte.

Er blickte über das Trümmerfeld hinweg, das noch lodernde Bereiche hatte – und als die ersten Tropfen vom Himmel fielen, hielt er den Kopf in den Regen und kühlte sich ab. Er fühlte sich schrecklich.

Das Wasser verzischte über den heißen Balken, und langsam wurde das Gelände in einen beinahe undurchdringlichen Nebel gehüllt. Allerdings entdeckte er, kurz bevor alles in einem unbestimmten Grau verschwand, eine Figur, die ebenso golden schimmerte wie der Augustus, der aus dem Nichts aufgestiegen war. Es war eine junge Frau, die auf einem Sockel zu sitzen schien. Wie durch ein Wunder war der hölzerne Unterbau der Wassernymphe erhalten geblieben. Vincenz erkannte sie sofort. Das Gesicht war eindeutig das von Ann-Kathrin. Die feinen Züge, der forsche und doch beschämte Blick. Langsam wanderte sein Blick abwärts, und er erinnerte sich daran, wie sie durch den Lech geschwommen waren und Ann-Kathrins Nacktheit ihm den Atem genommen hatte.

Ja, das konnte sie sein. Bevor er sich jedoch sattgesehen hatte, war die Nymphe verschwunden, und nur noch der Augustus überragte den Dunst. Die Gebete, die von überallher an seine Ohren drangen, versetzen ihm einen Stich. Was hatte er nur getan?

Er setzte sich in Bewegung. Der Regen wusch langsam die Luft sauber und den Dunst aus der Luft. Zurück blieben nur die verheerenden Spuren des Brandes, dampfende Balken und die goldenen Bronzen. Auf halbem Weg traf er auf den unförmigen Klumpen, an dem Haderer gearbeitet hatte. Offenbar eine weitere Figur. Sie war augenscheinlich ausgehärtet. An den schwarzen Streifen an den Entlüftungen konnte er erkennen, dass das Wachs durch den Brand ausgeglüht worden war.

Womöglich war diese Figur jetzt sogar bereit, ausgegossen zu werden.

Vincenz umrundete das Trümmerfeld, und dann stand sie vor ihm. Ann-Kathrin. Auf den ersten Blick wirkte sie selbst wie ein verbrannter Balken. Ihre Kleidung war schwarz versengt. Ihre Haare fehlten zum Teil, ihre Haut an den Händen zeigte Blasen, Nase und Wangen waren schwarz, als hätte sie mitten im Feuer gestanden. Den schmerzhaftesten Stich versetzte ihm aber die Tatsache, dass sie sich an einen Mann lehnte, der den Arm um sie geschlungen hatte, den Kopf an seine Schulter gelehnt.

Sie presste ein Bündel an den Körper, und Tränen liefen ihr übers Gesicht, die helle breite Streifen im Ruß der Wangen hinterließen.

Wer war dieser Mann? Unmut kochte in Vincenz hoch, der jedoch sofort wieder gedämpft wurde, als er daran dachte, dass er die Papiere ins Feuer geworfen hatte, nur weil sie Haderer Modell gestanden hatte. Er hatte sie nicht einmal gefragt, warum sie das getan hatte.

Sollte er zu ihr hingehen, oder sollte er einfach aus ihrem Leben verschwinden?

Kurz schwankte er, dann aber entschied er sich für letztere Möglichkeit. Er tat das, weil Ann-Kathrin ihm gezeigt hatte, dass man handeln musste, dass man die Menschen nicht in Ungewissheit lassen durfte, auch wenn sie selbst ihm ihre Ausflüge verheimlicht hatte. Aber war das nicht seine Schuld gewesen. Er hatte sie angefahren, als sie ihm gesagt hatte, wohin sie gehen würde. Begleiten hätte er sie müssen, sie stützen, ihr helfen, sie auch beschützen.

Langsam ging er auf sie zu, bis er neben ihr stand.

»Annka!«, sprach er sie leise an, und sie drehte ihm ihr Gesicht zu.

Vincenz erschrak, denn aus der Nähe sah alles noch viel schlimmer aus. Hautfetzen hingen ihr von den Wangen.

433

Sie musterte ihn kurz. »Vincenz.« Ein mattes Lächeln umspielte ihre Lippen, die aufgesprungen und schwarz waren.

»Ich ... ich bin froh, dass du lebst«, sagte er rasch. »Ich habe dich aus den Augen verloren.«

Sie zuckte mit den Schultern. »Du musstest ja diesen verfluchter Gießer retten.«

Vincenz senkte den Kopf. »Vor den Augen des Herrn sind alle Leben gleich. Kein Mensch steht über einem anderen, kein Mensch darf einen anderen verurteilen, und sei er in diesem Leben noch so hoch gestiegen. Jeder Bettler ist es ebenso wert, zu leben wie ein Kaiser oder ein Papst.«

Ein Lächeln stahl sich auf Ann-Kathrins Gesicht.

Kurz wandte sie den Kopf, sah den Mann an, der sie noch immer umfasst hielt und löste sich von ihm.

»Das ist Conrad, der Wirt vom Jakobertor«, erklärte sie. »Er ist ein Freund meines Vaters.«

Vincenz hörte ihr nur mit halbem Ohr zu. Er musste loswerden, was ihn bedrückte.

»Ich ... ich muss dir etwas beichten, Ann-Kathrin«, sagte er, als sie direkt vor ihm stand.

»Du?«, antwortete sie leise. »Ich ...«

»Nein«, unterbrach er sie. »Ich muss es jetzt loswerden. Und dann werde ich gehen, Annka.«

Sie legte den Kopf schief und zuckte mit den Schultern. Sie fuhr sich mit der Hand übers Gesicht und verschmierte den Ruß ihrer Hand auf ihrer Wange. »Wenn du darauf bestehst.«

Verlegen trat er von einem Fuß auf den anderen. Was er zu sagen hatte, kostete ihn fast mehr Kraft, als er aufzubringen imstande war. Er atmete schneller und spürte, wie sein Herz pumpte. Er schloss die Augen. Sie anzusehen und ihre Enttäuschung zu erleben, hätte er nicht ertragen.

»Ich ... ich habe die Papiere, die du gesucht hast ... ich habe sie ins Feuer geworfen.« Er schluckte schwer, öffnete die Augen und sah sich Ann-Kathrins ungläubigen Miene gegenüber. Sofort sprach er weiter. »Ich war so wütend, weil du ..., weil du Haderer Modell gesessen hast und ... und ...« Der letzte Satz, den er sich zurechtgelegt hatte, fiel ihm am schwersten. »Und weil du bei ihm gelegen hast ...«

Jetzt war er heraus. Er fühlte sich zwar nicht besser als zuvor, aber er hatte ausgesprochen, was ihm auf der Seele lag. »Ich könnte verstehen, wenn du mich nicht mehr willst.«

Er wartete, dass Ann-Kathrin etwas sagte, aber sie blieb stumm, sah ihn nur an und verzog die Mundwinkel. Lange sagte sie kein Wort, sondern ließ ihren Blick nur über sein Gesicht schweifen.

Jetzt wäre der rechte Augenblick, einen Dolch zu zücken und eine Untat zu rächen, dachte er.

»Dann gehe ich jetzt«, flüsterte er. »Es ... es war schön, dich kennengelernt zu haben ... Flößerin.« Er atmete aus und wandte ihr den Rücken zu. Dann verließ er langsam das Brandfeld.

In diesem Moment brach einer der letzten Stützbalken der Gießerei in sich zusammen und fiel nach außen. Beinahe hätte er den Sohn des Brunnenmeisters getroffen. Mit einem beherzten Sprung zurück konnte er sich im letzten Moment retten.

»Vincenz!«, rief Ann-Kathrin ihm hinterher.

Hoffnungsvoll drehte er sich um. Doch sie deutete zur Straße. Dort schien etwas die Aufmerksamkeit der Menschen zu fesseln. Sie bildeten eine Gasse und ließen einen Mann durch, dessen dunkle Robe aussah, als wäre auch er durch diese Gluthölle gegangen und hätte sie überlebt.

13

AUGSBURG, GIESSEREI AM KATZENSTADL

Ann-Kathrin hatte nur noch Augen für den Mann, der dort mit gemächlichen Schritten zur Ruine des Gießhauses schritt. Zwei Wachen mit Piken begleiteten ihn. Er hatte die Arme auf dem Rücken verschränkt. Seine schmale Gestalt verschwand beinahe zwischen den beiden großen Kerlen, die, finster um sich blickend, eine Gasse einforderten. Auch mit den Spießen, die sie, ohne zu zögern, einsetzten, verschafften sie ihrem Herrn Respekt.

»Hans Fugger«, flüsterte Ann-Kathrin ehrfürchtig. Was um alles in der Welt tat er hier?

Der kleine Mann blieb am Zugang zum Gießereiplatz stehen und sah sich um. Sein Blick schweifte über die Überreste der verbrannten Gebäude und blieb an der Statue des Augustus hängen. Ann-Kathrin sah, wie er eine Augenbraue hob, und dann entdeckte er etwas entfernt ihre Messingskulptur. Mit einer kurzen Handbewegung scheuchte er seine beiden Begleiter vorwärts. Diese räumten mit den Speeren die Hindernisse beiseite, schoben glühende Balken weg und scheuchten Jugendliche vom Platz. Nachdem der eine Hüne genickt hatte, begab sich Hans Fugger in die Mitte des Brandplatzes. Am ehemaligen Tor zur Gießerei machte er Halt und begutachtete die übermannsgroße Statue des Augustus.

Ann-Kathrin schätzte die Wahrscheinlichkeit ab, mit der sie jetzt schon die Mission für den Vater beenden konnte. Wenn sie sich zu rasch näherte, dann würden die Wachen sie womöglich im Eifer ihres Dienstes niederstrecken. Wäre sie zu langsam, dann würde sie erst gar nicht bis zu Hans Fugger vorgelassen.

Aus dem Augenwinkel sah sie noch, wie Vincenz den Ort verließ, den Kopf auf die Brust herabgesunken und mit einem so schweren Schritt, dass sie Mitleid mit ihm empfand. Aber im Moment hatte sie anderes zu tun. Sie packte das Bündel mit den Frachtunterlagen fester und lief hinter Fugger her, der zuerst kopfschüttelnd die Augustus-Statue betrachtete und dann weiterging zu der Wassernymphe.

Die Wächter beachteten Ann-Kathrin nicht, bis sie den Fugger ansprach.

»Herr!«, bat sie in leisem Ton.

Doch da schnellte bereits Ullin um die eigene Achse, und die Spitze seiner Pike zeigte direkt auf sie.

»Verschwinde!«, knurrte er.

»Ullin! Du kennst mich«, sagte Ann-Kathrin. Doch das Gedächtnis des jungen Mannes schien eher schwach zu sein, denn er sah sie verständnislos an, was womöglich auch auf ihren geschundenen Körper und ihr jetziges Aussehen zurückzuführen war.

Fugger machte eine wegwerfende Handbewegung. »Schaff mir das Gesindel vom Hals!«, befahl er.

Ullin zögerte. Offenbar hatte er sie doch wiedererkannt.

Ann-Kathrin schöpfte Mut, und dann brach es aus ihr heraus. »Je größer das Vermögen, desto unbedeutender der Mensch dahinter. Oder täusche ich mich? Habe ich nicht das Wort eines Herrn erhalten, zu ihm kommen zu dürfen, wenn ich erfolgreich war?«

»Ullin!«, herrschte ihn der Fugger an, ohne auf ihn oder auf Ann-Kathrin zu schauen. »Schaff sie mir aus den Augen.«

»Herr«, fuhr sie unbeirrt fort. »Ich habe die Unterlagen, die ihr wolltet. Sie beweisen …«

Mit einem Ruck drehte sich Hans Fugger zu ihr um. Seine Augen lagen tief in den Höhlen, als hätte er seit ihrer letzten Begegnung nicht mehr geschlafen.

Mit ausgestreckten Armen hielt sie ihm das Bündel hin. Doch der Fugger nahm keine Notiz von dieser Geste. »Ich weiß längst, dass das Kupfer das meine ist, dass damit das Dach meines Hauses abgedeckt werden sollte.«

»Warum sitzt mein Vater dann in Schuldhaft?«, fragte Ann-Kathrin verblüfft.

»Er wurde heute gegen Mittag freigelassen!«, entgegnete Hans Fugger. Er drehte sich ganz zu ihr um und musterte sie von oben bis unten. »Er hat nach Euch gesucht. Vermutlich ist er unten an der Floßlände.«

Langsam hob Ullin den Spieß.

Ann-Kathrin taten die Arme weh, weil sie dem Fugger noch immer die Dokumente entgegenstreckte. »Warum habt Ihr mich dann danach suchen lassen?«, presste sie hervor. Sie wusste nicht, ob sie wütend oder erleichtert sein sollte.

Er winkte sie zu sich, und unter den misstrauischen Augen Ullins, der ihr kurz zuzwinkerte, packte sie die Papiere unter den Arm und trat näher.

»Wozu dann das Getöse?«, fragte sie erschöpft.

»Oh, es ist spektakulärer, wenn ein Graf Fugger Metall, das ihm tatsächlich gehört, offiziell an die Stadt übergibt, als wenn alle Bürger sich das Maul zerreißen und hinter meinem Rücken den ärgsten Schabernack pflegen. In dem einen Fall bin ich ein Mäzen, im anderen kaschiere ich eine Niederlage, die mir das protestantische Augsburg zugefügt hat. Aber wer will schon Verlierer sein?«

Sein Blick schien sich unter ihre Kleidung zu bohren und sie abzutasten. Dann wanderte er zu der Nymphe hinüber, die halb unter kohlenden und rauchenden Balken begraben lag. »Das Gesicht …«, begann er erneut. »Ullin, schaff die Balken weg!«

Ann-Kathrin blieb wie angewurzelt stehen und beobachtete, was dort geschah.

Ullin befreite die Nymphe des Brunnenbachs von den Trümmern, und hervor kam die liegende Nackte, auch wenn sie noch immer von den Gussröhren verunstaltet wirkte.

»Ein nettes Gesicht, so züchtig und anziehend. Täusche ich mich, oder findet sich ein ähnlich schönes Antlitz über Eurem Hals, Jungfer? Natürlich ohne die Brandmale und Rußflecken.«

Ann-Kathrin schluckte. Dieser Hans Fugger, so bescheiden und harmlos er im ersten Moment erschien, war ein ernst zu nehmender Kaufmann mit scharfem Blick.

»Und wenn es so wäre?«

»Man müsste Euch häufiger abkonterfeien, Jungfer. Ihr seid ein wahrer Traum von einem Modell.«

Ann-Kathrin musste schlucken. Diese Art der Konversation war ihr unangenehm. Sie wollte das nicht. »Niemals wieder wird ein Lechflößer einen Auftrag für Fugger ausführen«, entgegnete sie so ruhig wie möglich, »wenn auch nur ein Wort von diesem Unsinn weiterverbreitet wird. Ich – bin – das – nicht!« Mürrisch zog sie ihre Arme wieder an die Brust und presste die Unterlagen an sich.

»Schade. Und dieses unförmige Gebilde dort?« Hans Fugger deutete auf die Grundform der Singold, die verpackt in Lehm, aber völlig unversehrt inmitten der Trümmer stand. Sie war durch die Hitze ausgehärtet worden und bereit für einen Guss.

»Wohl eine weitere Nymphe«, beeilte sie sich zu sagen.

»Der es an Kupfer fehlt. Ist der Guss schon geschehen?«, fragte er nach.

Ann-Kathrin schüttelte den Kopf. »Dafür blieb wohl keine Zeit mehr.« Sie überlegte, ob sie dieses nutzlose Gespräch fortsetzen oder ihren Vater suchen sollte. Kurz entschlossen drehte sie sich um und ließ Hans Fugger stehen.

»Jungfer Biechler!«, rief er ihr nach. »Habt Ihr nicht etwas vergessen?«

Im Weitergehen drehte sie sich noch einmal zu ihm um. »Nicht, dass ich wüsste. Als ich Euch die Papiere eben angeboten hatte, wolltet Ihr sie nicht. Jetzt brauche ich sie, um das

Ansehen meines Vaters wiederherzustellen.« Damit verschwand sie in Richtung der Domstadt.

Sie wartete darauf, dass der Fugger ihr Ullin nachschicken würde, doch hinter ihr blieb alles ruhig.

Erleichtert atmete sie auf. Jetzt gab es noch zwei wichtige Dinge zu erledigen.

* * *

Vincenz fühlte sich völlig leer. Ein kurzer Moment hatte alles verändert. Am Morgen war er noch mit dem Gedanken erwacht, ob er wohl sein Leben mit diesem Mädchen teilen könnte, und gegen Abend waren alle diese Überlegungen Scherben eines zerschlagenen Krugs, die man nur noch in die Gosse kehren konnte.

Ann-Kathrin war für ihn verloren. Für immer. Nur weil er sich nicht im Griff gehabt hatte.

Plötzlich kam ihm in den Sinn, dass er Haderer nicht mehr gesehen hatte. Wohin war der Kerl entflohen? Aber im selben Augenblick war sein Interesse am Schicksal des Gießergesellen auch schon wieder verschwunden. Sollte der Schuft doch zum Teufel gehen!

Als trüge er die Last der Welt auf seinen Schultern, schlurfte Vincenz vorwärts. Schweren Schrittes kehrte er zurück zu seinem Vater, zurück zu den Gruben und Deicheln, den Kupferringen und Lehmpackungen. Auch die Sprüche der Gesellen und Lehrlinge würde er ertragen müssen. Er kannte den Spott, weil jeder von ihnen schon auf Freiersfüßen gewandelt war und Niederlagen erlebt hatte.

Keiner aber war an der eigenen Dummheit und Unzuverlässigkeit gescheitert. Ann-Kathrin hätte diese Papiere gebraucht, und er hatte sie vernichtet.

Vincenz war von dem hochstiebenden Glutregen fast blind. Er tastete sich mehr durch die Gossen, als dass er lief. So langsam war er, dass ihn links und rechts die Städter überholten und sogar so mancher Mönch den Kopf schüttelte über den übertriebenen Müßiggang. Aber es scherte ihn nicht – nicht mehr.

»Du hast mich nicht ausreden lassen«, ertönte plötzlich eine Stimme neben ihm.

Er drehte sich zur Seite und erblickte Ann-Kathrin, die gleichauf mit ihm lief. In ihrem Gesicht entdeckte er keinerlei Verzweiflung oder Niedergeschlagenheit, wie er es erwartet hätte.

»Du?«, fragte er leise.

In seinem Kopf schwirrten die Gedanken durcheinander und verursachten ein Chaos. Was wollte sie von ihm? Ihn weiter in den Dreck stoßen? Langsam und mit gesenktem Kopf ging er weiter. Unwillkürlich schlug er mit den Händen kleine Glutnester aus, die sich in seine Kleidung gebrannt hatten. Doch wenn er hinsah, war dort nichts.

»Jetzt bleib endlich stehen, du dummer Kerl!«, schalt sie, trat auf ihn zu und tat etwas, was er im Leben nicht erwartet hätte. Sie blickte kurz nach links und rechts, ob irgendjemand sie beachtete, und gab ihm einen schnellen Kuss auf den Mund.

»Was soll das?«, fuhr er sie an. »Willst du mich verhöhnen?«, fragte er schärfer als gewollt. Aber es schmerzte zu sehr. »Ich brauche kein Mitleid!«

Seufzend zog Ann-Kathrin ihn von der Gassenmitte in eine dunklere Ecke.

»Nichts hast du getan, Vincenz. Was immer du da in die Flammen geworfen hast, es waren nicht die Papiere, die meinen Vater hätten retten können.« Eindringlich sah sie ihm in die Augen. »Verstehst du?«

Langsam schüttelte Vincenz den Kopf.

Ann-Kathrin trat einen Schritt zurück. Wieder sah sie um sich, ob jemand in der Nähe war, der sie stören könnte. Dann nahm sie das Bündel, das sie mit beiden vor der Brust verschränkten Armen noch immer festhielt.

»*Das* hier ist die Frachtkladde.«

Sie legte das Bündel in die eine Armbeuge und öffnete es. Die oberste Schicht, so viel konnte Vincenz sehen, war verkohlt. Aber das Ölpapier hatte das Feuer abgehalten. Es war offenbar feucht geworden. Langsam schlug Ann-Kathrin die Hülle auf – und darunter kamen beinahe unversehrte Frachtunterlagen zum Vorschein, trocken und gut lesbar. Sie waren nur etwas stockfleckig und an den Rändern leicht feucht.

»Und was habe ich dann ins Feuer geworfen?«, fragte er überrascht. »Ich habe die Blätter aus Haderers Wams gerissen. Ich wollte sie für dich retten.«

»Das ...« Ann-Kathrin runzelte kurz die Stirn. Offenbar wusste sie es selbst nicht. Doch dann hellte sich ihre Miene auf, und sie begann zu lachen. Lachte, als wollte sie das Leid der Welt damit vertreiben.

Sie musste die Tränen trocknen, bevor sie wieder Luft bekam und ihm antworten konnte. »Das waren nur die Skizzen zu den Nymphen, die Haderer angefertigt hat. Ich hatte sie ihm ersatzweise ins Wams gesteckt.«

1594

Epilog

Hans Biechler betrachtete die beiden Figuren und murmelte: »Ich weiß nicht. Irgendwie kommen sie mir bekannt vor. Die Haltung, dieses Gesicht. Findest du nicht auch, Annka?«

Seine Tochter, die neben ihm stand und sich an seinen Arm gehängt hatte, fühlte, wie sie rot anlief.

»*Mir* kommen sie nicht bekannt vor«, hauchte sie im unschuldigsten Ton, den sie zustande brachte. Alles hatte sie ihrem Vater erzählt, nur nicht, dass sie für Haderer Modell gesessen hatte: nackend.

»Also, sie sehen dir wirklich nicht ähnlich!«, flüsterte Vincenz ihr ins Ohr.

Auch ihn spürte sie, weil er so nahe hinter ihr stand. Ann-Kathrin stieß mit dem Ellbogen nach hinten und traf ihn auf die Brust, sodass er kurz nach Luft schnappen musste.

»Ich … ich war noch nicht fertig«, keuchte er. »Du bist so viel schöner, Annka! Keine Statue wird es je mit dir aufnehmen können.«

Ann-Kathrin sagte nichts dazu, sondern betrachtete die beiden goldfarbenen Wesen, die aus dem Wasser gestiegen waren und sich auf der Balustrade des Brunnens rekelten, um sich von den Augsburgern bewundern zu lassen.

Die Brunnenfiguren entstammten einer anderen Zeit, waren Wesen aus einem anderen Leben.

Die Bürger, die sich an diesem Apriltag vor dem Brunnen versammelt hatten und auf das Wasser warteten, bewunderten das goldene Fünfgestirn, das wie ein Sternzeichen oder eine sonderbare Blüte den Brunnen bevölkerte. Schon jetzt spekulierten die Männer und Frauen, welche Figur welchen

Fluss verkörperte und ob die beiden männlichen Figuren die männlichen Wässer Lech und Brunnenlech und die weiblichen Wertach und Singold darstellten oder ob die beiden Nymphen die kleineren Flüsschen verkörperten und die beiden männlichen die großen Flüsse Lech und Wertach.

Ann-Kathrin beteiligte sich nicht an den Mutmaßungen, hielt sich im Hintergrund, bewunderte aber dennoch die Gestaltung. Sie kannte die Antwort – glaubte aber nicht, dass die Wahrheit hier eine Rolle spielte.

Sie horchte aber auf die geflüsterten Gespräche, die sich um das Wunder des Augustus rankten, der wie ein Phönix aus Bronze im Trümmerfeld der Gießerei gestanden und seine Rede an das Volk gehalten hatte, kein Mensch, sondern ein Gott. Laut getraute man sich das aber nicht zu sagen, da um den Röhrkasten herum auch die finsteren und bitteren Mienen der Geistlichkeit zu sehen waren, die den Brunnen am liebsten verboten hätten.

»Hat von Euch jemand erfahren, wohin dieser Anton Haderer verschwunden ist? Immerhin sind die beiden Nymphen sein Entwurf. Und Hubert Gerhard hat sich bei den beiden Männern an das Vorbild dieses Gießers gehalten. Der Kerl war begabt.«

Es war Hans Biechler, der die Frage stellte, ohne den Blick von den Wasserspeiern zu lassen. Wie alle wollte er den Moment nicht verpassen, in dem das Wasser kam.

»Aber ein Schwein!«, flüsterte Vincenz. Er fasste Ann-Kathrin an der Hand, und diese griff ebenfalls zu. Langsam löste sie sich von ihrem Vater und zog Vincenz zu sich her.

»Morgen geht es zurück nach Lechbruck!«, sagte der Flößer. »Und in zwei Wochen sind wir wieder hier. Ich habe gehört, es braucht weitere Deicheln für zwei neue Prachtbrunnen vor dem Siegelhaus und hinter dem Weinstadel.«

Bevor Ann-Kathrin etwas sagen konnte, hörten sie ein Pfeifen, das langsam immer schriller wurde. Aus den spitzen Röhren wurde Luft ausgepresst – und plötzlich spritzte und sprotzte das Wasser aus den Tüllen und fiel in feinen Bögen in das Marmorbecken. Die eine oder andere Frau zeigte kichernd auf die Nymphen, aus deren Brustspitzen feine Wasserstrahlen traten. Die Männer kommentierten das Schauspiel zufrieden, und das Grummeln der Domgeistlichkeit wurde geflissentlich überhört.

Die Bürger klatschten und pfiffen. Krüge gingen herum. Bier wurde ausgeschenkt. Man sang und johlte. Schon jetzt hatten sich die Augsburger mit dem Brunnen ausgesöhnt.

»Er hat sich unsere Stadt ausgesucht«, schwadronierte ein Alter mit Stock vor zwei Jünglingen, die beide eher Augen für die Nymphen als für den Stadtgründer Augustus hatten. »Die Gießerei brannte ab, und aus der Asche stieg der Herr der Stadt auf. Er zeigt zum Rathaus hinüber, beschränkt so die Macht dieser Herren in ihren schwarzen Roben.«

Wie rasch sich dieser Mythos des aus dem Feuer gewachsenen Herrschers verbreitete, versetzte Ann-Kathrin immer wieder in Erstaunen. Aber er wurde nicht hinterfragt. Es gab zu viele Zeugen, die eben das gesehen hatten, was der Alte da erzählte.

Damit erlosch das Interesse an der Herkunft der beiden Nymphen, und die Frage, wen sie darstellten, wurde erst gar nicht erörtert, was ihr ganz recht war.

Ann-Kathrin zog sich mit Vincenz zurück. Ihr Vater folgte ihnen in einigem Abstand. Er hinkte.

Aus dem Augenwinkel bemerkte sie, wie er ihr nachsah, wie er schmunzelte.

»Ihr beiden Turteltauben«, rief er ihnen hinterher. »Ich muss zu Hans Fugger. Er will mir eine Entschädigung geben, weil er mich zu Unrecht verdächtigt hat«, sagte er. »Das hoffe ich wenigstens. Vielleicht bekommen wir auch einen neuen Auftrag.«

Er humpelte heran, dann legte er eine Hand schwer auf Vincenz' Schulter. Dieser zuckte zusammen und ging etwas in die Knie.

»Ich kenne dich noch nicht gut genug«, sagte ihr Vater ernst. »Aber ich gehe davon aus, dass ich dir meine Tochter anvertrauen kann, solange ich beim Fugger bin. Pass auf sie auf, sonst …«

»Vater!«, fiel ihm Ann-Kathrin ins Wort. »Jetzt hört auf. Er hat die ganze Zeit über, in der Ihr im Schuldturm gesessen habt, auf mich aufgepasst.«

Er wandte sich ihr zu und sah ihr lange in die Augen.

»Gut!«, sagte er. »Dann sehen wir uns heute gegen Nachmittag am Roten Tor. Ich warte auf dich.« Er lächelte Vincenz kurz an. »Sie kommt wieder!«

Damit machte er kehrt und ging davon.

Verlegen trat Annka von einem Fuß auf den anderen. Es arbeitete in ihr. Schließlich drängte sich an die Oberfläche, was darunter brodelte.

»Vater!«, rief sie ihm hinterher. »Herr Vater!«

Ruckartig blieb der Flößer stehen und drehte sich um. Er hatte eine Augenbraue hochgezogen.

»Was gibt's denn noch Wichtiges?«

Ann-Kathrin spürte, wie ihre Kehle trocken wurde. Sie musste sich räuspern, um überhaupt einen Ton herauszubringen.

»Ich …«, begann sie zaghaft. Doch dann dachte sie daran, dass man die Herausforderungen des Lebens nur angehen konnte, indem man zu ihnen stand und nach Lösungen suchte. Alles Lamentieren half nichts. »Ich gehe nicht mit zurück, Vater. Ich bleibe hier.«

Obwohl sofort Tränen ihren Blick trübten, versuchte sie, in seinem Mienenspiel zu lesen. Erwartet hatte sie einen Zornausbruch, ein Wüten und Toben. Aber er zuckte nur leicht mit den Lippen. Ansonsten blieb er völlig ruhig und nickte.

»Dein Entschluss steht fest?«, fragte er nur und kam einige Schritte auf sie zu, als behage es ihm nicht, all das in Rufdistanz zu verhandeln.

»Ja«, antwortete sie bestimmt.

»Weiß dein ...« Er deutete mit dem Kopf auf Vincenz.

»Ja. Er ist einverstanden.«

»Und sein Vater, seine Mutter?«

»Wissen es noch nicht. Aber wir werden es ihnen heute noch sagen«, mischte sich Vincenz ein.

Ann-Kathrins Vater wandte nicht einmal den Kopf. »Und wo schläfst du, Annka?«

»Bei Vincenz' Schwester. Sie hat einen Schuppen, in dem ein Bett steht.«

Bedächtig nickend drehte sich der Flößer um.

Er wandte sich nicht mehr zu den beiden um, sondern humpelte davon, den Weg hinauf zur Goldenen Schreibstube im Fugger-Anwesen, in der sich Hans Fugger aufhielt.

»Glaubst du, er nimmt uns ab, dass du bei meiner Schwester wohnst?«, fragte Vincenz.

Ann-Kathrin stemmte die Arme in die Hüften. »Natürlich. Weil es so sein wird. Ich *werde* bis zu unserer Verlobung in dieser Kammer schlafen. Das hab ich schon mit deiner Schwester ausgemacht.«

Enttäuscht verzog Vincenz das Gesicht. »Du hast mit ihr darüber gesprochen?«

»Oh ja.« Sie sah ihn von unten her an. »Aber ich hab ihr nicht erzählt, dass es einen geheimen Zugang gibt – und wer weiß, wer den alles kennt. Da lasse ich mich überraschen.«

* * *

Er hätte nach Norden gehen sollen. Nach Nürnberg oder Würzburg oder noch weiter, nach Hamburg vielleicht. Aber er wollte in den Süden, wollte wieder zurück ins Welschland, wo man einen guten Zeichner und Gießergesellen wertschätzte und wo es warm war. In einem kleinen Dorf am Lechufer unweit der

Stadt war er untergekrochen und hatte sich über den Winter pflegen lassen. Ein Kräuterweib, das am Rand des Dorfes wohnte, hatte sich seiner Verbrennungen angenommen. Die Haut war zwar leicht vernarbt, aber ansonsten hatte er den Brand des Gießhauses gut überstanden. Nur an seinem linken Auge war eine leichte Trübung zurückgeblieben, die ihn aber nicht weiter störte.

»Auch das wird vergehen, Jungelchen«, hatte die Alte ihm zugesprochen.

Kaum war die Sonne länger über den Horizont gekrochen, hatte er wieder die Straße unter die Füße genommen und sich ohne Abschied und Dank davongemacht.

Die Via Claudia den Lech entlang nach Süden würde ihn unweigerlich an die Adria führen, nach Ostiglia oder gar in die Nähe Venedigs, so weit waren seine Überlegungen bei dem Kräuterweib gediehen. Er musste nur lange genug laufen. Das aber bereitete ihm Schwierigkeiten. Beide Fußsohlen waren angesengt gewesen, und die feine Hautschicht, die sich dort in den Wintermonaten gebildet hatte, war noch zu empfindlich für längere Fußmärsche. Also teilte er sich den Tag in kurze Strecken ein, zwischen denen er sich in die Büsche schlug und schlief oder nur rastete und die Fußsohlen ins Wasser hielt.

Er tastete nach seinen Füßen, die sich eiskalt anfühlten und mit jedem Tag noch kälter wurden. Er wusste nicht mehr, ob er sie spürte, ob sie noch da waren, oder ob sie sich mittlerweile verselbstständigt hatten.

Er hatte auf diesem Stein gehockt, ganz in der Nähe der Brücke bei Landsberg, hatte sich ausgeruht und das Gesicht mit geschlossenen Augen in die spärliche Sonne gehalten. Eigentlich wollte er zu Mittag essen. Ein Fuhrwerker hatte sich seiner erbarmt, weil er so gehumpelt hatte, ihn bis hierher mitgenommen und ihm dann einen Kanten Brot und etwas Käse zugeworfen.

»Sollst nicht leben wie ein Hund!«, hatte ihm der Wagenführer zugerufen, als die Ochsen wieder anzogen und den Mann samt seiner Waren über die Brücke in die Stadt mitnahmen.

Anton hatte das Wachspapier geöffnet, den Käse hervorgeholt und das harte Brot in etwas Wasser eingeweicht, das zu seinen Füßen zum Lech hinfloss.

Ein Bissen Käse war im Mund gelandet und ein weiterer Bissen Brot, das so hart war, dass er sich beinahe die Zähne daran ausbiss.

An mehr konnte er sich nicht mehr erinnern. Als er wieder erwachte, war alles um ihn her dunkel gewesen, und er hatte in diesem Loch gesessen, über sich eine hölzerne Klappe und um sich her nichts als gestampfter Lehm, gefroren und hart wie Stein.

Die erste Zeit hatte er nur geschrien, bis er heiser war. Doch nichts hatte sich an seiner Situation geändert. Niemand hatte sich gerührt, ihm geholfen oder sich sonst wie bemerkbar gemacht.

Dann hatte er angefangen, den Raum zu durchsuchen – und festgestellt, dass es ein Vorratskeller war, in dem er gefangen saß. Es gab Fässer, die einen Sauerkrautgeruch verströmten. Einige mit Wachstuch überspannte Tontöpfe enthielten vermutlich Honig, in anderen war Getreide eingelagert. Hier konnte er Wochen aushalten. Einzig das Wasser fehlte ihm.

Überall um sich herum hatte er nur diesen feuchten, festgebackenen Lehm gespürt, den er nicht loskratzen konnte. Hier unten war der Boden noch gefroren.

Als er erkannte, dass es ihm nicht an Nahrung mangelte und er deshalb nicht zu verhungern brauchte, wurde er etwas ruhiger. Allerdings drängten sich ihm andere Fragen auf. Was tat er hier? Wer hatte ihn hierher verschleppt und warum?

Er wusste keine Antworten, so sehr er sich auch den Kopf zermarterte.

Als er sich damit abgefunden hatte, nicht zu erfahren, warum er hierhergebracht worden war, begann er mit den Fingern den Lehm abzukratzen, in den Mund zu stecken und die Feuchtigkeit darin auszulutschen. Nach einer gefühlten halben Ewigkeit gab er auf. Er schmeckte Blut auf seinen Fingerspitzen, denn der Lehm war alt und hatte mit dem Eis zusammen eine undurchdringliche Härte erreicht.

Schließlich kam ihm der Gedanke, eines der Gefäße zu zerschlagen und mit dem Scherben zu graben – und das gelang. Stunde um Stunde kratzte er aus dem Lehm eine Höhlung und grub sich so in Richtung Oberfläche. Schon bald besaß er keine Fingernägel mehr, und die Scherben der von ihm zerschlagenen Krüge schnitten ihm in die Handfläche. Und mit jeder Stunde, die verging, schwanden seine Kräfte, und der Durst ließ ihn schier wahnsinnig werden. Zudem wurden die Scherben stumpf und mit jedem Kratzer weniger nütze. Schließlich schleckt er die Wand ab und versuchte mit der Wärme seiner Zunge, das Eis zu lösen.

In seinem Wahn, der ihn immer öfter übermannte, glaubte er zu wissen, wer ihm das antat: der Mauleselführer Korbinian Saumweber. Offenbar hatte er überlebt und ihn zufällig gesehen, ihn niedergeschlagen und hierhergebracht.

Andererseits war der Alte körperlich gar nicht in der Lage, ihn irgendwohin zu schleppen.

Wie wild begann Anton auf den Lehm einzuschlagen und zu kratzen. Seine Hände waren übersät mit Blasen und offenen Stellen, die er nicht sah, sondern nur spürte. Während seine Hände mechanisch gruben, dachte sein Kopf an alle nur denkbaren Fluchtmöglichkeiten. Doch keine erwies sich als umsetzbar. Der gefrorene Lehmmantel war zu dick, die Bohlen aus Holz ebenfalls. Wenn es so weiterginge, würde er hier drinnen verdursten.

Voller Wut warf er den Scherben durch den kleinen Raum

unter der Erde und horchte, wie er gegen die Krüge und die Lehmwand schepperte.

Dieser Bauer oder Fuhrwerker oder was er war, würde ihn hier zugrunde gehen lassen. Welche Ironie, nachdem er ihm selbst zweimal nach dem Leben getrachtet hatte.

Das Leben, es war vergänglich. Nur die Kunst schuf Werte, die ein Menschenleben überdauerten – und er hatte ein solches Kunstwerk geschaffen. Bedauerlich nur, dass niemand je davon erfahren würde. Alle würden sie glauben, Hubert Gerhard sei der Schöpfer dieser Ideen gewesen – und der Mann würde den Teufel tun, und erzählen, wer die beiden Nymphen gegossen hatte. Dabei musste man nur diesen Augustus genau betrachten, um zu erkennen, dass Gerhard zu solchen Wesen wie den Nymphen gar nicht imstande war.

Aber er, Anton Haderer, war dazu fähig! Er hatte sie geschaffen. Er würde durch sie unsterblich werden.

Irgendwo auf diesen Körpern hätte er seinen Namen setzen müssen. Es wäre eine einfache Ritzarbeit gewesen, und schon hätten fünf oder sechshundert Jahre später die Menschen sich gefragt, wer denn dieser Anton Haderer gewesen war.

Sie hätten einen Namen bekommen zu seinen Schöpfungen. Aber das hatte er versäumt. Er wusste noch nicht einmal, ob die zweite Nymphenform dem Brand zum Opfer gefallen war, oder ob man sie hatte retten können. Zwei Figuren aus seiner Hand. Ein wunderbarer Gedanke, auch wenn es der letzte sein sollte.

Wie gern hätte er vor diesem Werk gestanden und es bewundert!

Kurz überlegte er, ob er irgendetwas anders gemacht hätte und kam zu dem Schluss, dass er wieder genauso handeln würde. Nur ihm war es zu verdanken, dass überhaupt so viel Kupfer vorhanden gewesen war, dass man sich überlegen konnte, weitere Figuren zu gießen. Nur ihm war es zu verdanken, dass zwei Flussnymphen die Balustrade zierten. Nur ihm war es zu verdanken, dass der Brunnen auf dem Perlachplatz stand und nicht in der Baulücke beim Fischmarkt zwischen Rathaus und Perlach. Man hätte ihn ehren müssen und ihn nicht in dieses Loch sperren.

Kurz überlegte er noch, was wohl aus dieser Flößerin geworden war. Vermutlich war sie wieder zurück nach Lechbruck gegangen. Keiner würde Vergleiche anstellen können – und in der Stadt selbst gab es keine Frau, die annähernd diese Schönheit verkörperte.

Vielleicht hätte er bleiben und sie heiraten sollen. Dann hätte er sie weiter für seine Kunst benutzen können.

Langsam verschwamm ihm das Denken. Er wusste nicht, wie lange er schon in diesem Loch steckte und was man mit ihm vorhatte.

So bekam er kaum mit, wie über ihm die Klappe geöffnet wurde, wusste aber, dass dies geschehen war.

»Hau ab, Haderer«, bellte ihn eine weibliche Stimme an. »Wenn du noch selbst aus diesem Loch herausfindest. Ich will nicht an deinem Tod schuldig werden, wie du am Tod meines Mannes schuldig geworden bist. Hau ab, bevor ich es mir anders überlege.«

»Nach Süden!«, sagte seine innere Stimme »Nach Süden.«

Irgendwann ertappte er sich dabei, wie er halb mit dem Kopf im Wasser lag und trank und trank und dann, wie er über einen gepflasterten Weg stolperte und schließlich, wie er auf einer Brücke stand und in die Tiefe blickte, die ihn schwindeln ließ.

»Wohin?«, dachte er nur. »Wohin?« Und dann fiel ihm die Statue des Augustus ein, der auf seinem Brunnen thronte und der ihm eine Richtung wies. Und Anton Haderer befolgte die Weisung des alten Römers, hörte Menschen schreien, spürte einen harten Aufschlag, und dann umfingen ihn die Nymphen seines Brunnens und zogen ihn zu sich hinab in die Tiefe.

Nachwort

Romane sind Fantasiegebilde. Sie spielen sich vor allem im Kopf des Autors ab. Und wenn es diesem gelingt, seine Leser so zu fesseln, dass sie den Freuden und Leiden, den Wendungen und Kehren der Handlung folgen, hat er erreicht, was er wollte.

Natürlich versuche ich, mich bei einem historischen Roman an die Fakten zu halten, die mir zur Verfügung stehen.

Der Augsburger Magistrat hatte beschlossen, für das Jubiläumsjahr 1600 ein Zeichen zu setzen und dem römischen Stadtgründer Kaiser Augustus ein Denkmal zu errichten. Da Kunst in einer Kaufleutestadt aber niemals nur Selbstzweck sein durfte und konnte, sollte damit auch eine neue Brunnenanlage für die Oberstadt geschaffen werden.

Ziel war es, den späteren »Augustusbrunnen« zwischen Perlach und Rathaus auf dem Fischmarkt zu platzieren. Die Figur, in der Haltung einer *adlocutio*, in der ein römischer Feldherr um Ruhe bittet und zum Volk bzw. zur Legion spricht, sollte auf den Perlachplatz (heute der nördliche Teil des Rathausplatzes) gerichtet sein. Augustus sollte also, ganz im Sinne des Magistrats, zu den Bürgern sprechen.

Doch es kam anders. 1593 wurde eine Holzattrappe gebaut und diese auf den verschiedenen freien Plätzen rund um das Rathaus aufgestellt, um so den besten Standort für den Brunnen zu finden. Die Entscheidung fiel letztlich für den Perlachplatz. Die Figur des Augustus wurde zudem gedreht und sprach nun mit halb erhobenem Arm und geöffneter Hand zu den Herren im Rathaus.

Alles in allem dauerte es vom 11. August 1590, dem Gussdatum für die Augustus-Bronze, bis zum 17. April 1594, dem Richtfest für den neuen »Röhrkasten«, bis der Brunnen fertig war.

Nun ist dies ein Zeitraum, der sich für die dramatische Handlung eines Romans und deren Konsequenzen zu lange hinzieht. Deshalb habe diese Zeitspanne in meinem Roman verkürzt – der weitaus größte Teil der Geschichte spielt im Jahr 1593.

Die Protagonisten um den Guss des Augustus sind real. Sowohl Hubert Gerhard, der für die künstlerische Umsetzung verantwortlich war, als auch Meister Peter Wagner, den Gießermeister der Stadt Augsburg, und Hans Fugger den Jüngeren hat es wirklich gegeben. Hans Fugger hat als Mäzen einen erheblichen Teil des Kupfers gestiftet, allerdings stand bei ihm immer der wirtschaftlich sichtbare Vorteil im Mittelpunkt.

Erfunden sind Ann-Kathrin Biechler, die Tochter des Floßmeisters Hans Biechler, und der Brunnenmeister Balthasar Breger. Das aber nur, weil es von den Flößern der Zeit zwar Bilddarstellungen gibt, aber keinerlei Aufzeichnungen über ihre Arbeit. Dasselbe gilt für den Vincenz Breger, für den es ebenfalls keine Quellen gibt.

Wir wissen jedoch, dass Kupfer über die Alpen gekommen ist, per Rottfuhrwerk und auf Flößen über den Lech.

Die Figuren des Augustus-Brunnens wurden in einem Stück gegossen, der Augustus in Bronze, die liegenden Großfiguren in Messing, was günstiger war.

Woher die Ideen kamen, wissen wir nicht mit Sicherheit, daher habe ich den Gießergesellen Anton Haderer eingeführt, dessen etwas zwielichtige Gestalt schon durch die Idee des Widderkopf-Gusses beleuchtet wird. Bei der Beschreibung der Arbeitsschritte eines Bronzegusses halte ich mich an die damals übliche Vorgehensweise, beschleunige aber das Verfahren etwas, um den Gang der Erzählung voranzutreiben.

Man möge mir diese technischen Kniffe verzeihen.

Um die Verwicklungen zwischen Ann-Kathrin Biechler, Vincenz Breger und Anton Haderer spinnt sich die Geschichte des Augustusbrunnens, in die ich auch eine Stadtsage hineinverwoben habe. Mit dem Brand der Gießerei am Ende meines Romans greife ich eine wahre Begebenheit auf. Tatsächlich stand der goldfarbene Augustus inmitten der Trümmer der Gießerei, als wäre er – ein Phönix aus Bronze – daraus hervorgegangen, und die Augsburger glaubten an ein Wunder.

Wie die einzelnen Figuren entstanden – immerhin benötigte man dazu ein Modell –, und warum es in dieser Zeit durchaus nicht unproblematisch war, unbekleidete Nymphen auf den Rand eines Brunnens nördlich der Alpen zu setzen, hat mich in diesem Roman interessiert.

Glücklich waren die konservativen Kreise der Stadt nicht, als sie die unbekleideten Nymphen sahen. So manch ein Bürger gab sich entsetzt und wollte den Brunnen oder zumindest diese Figuren entfernen lassen. Aber das kennen wir Augsburger ja von anderen Statuen der Stadt.

Schritt für Schritt wird die Geschichte des Augustusbrunnens enthüllt und so gleichzeitig die Geschichte der drei Hauptprotagonisten entwirrt.

Peter Dempf, Dezember 2022

Worterklärungen

BINDEPLATZ	Platz, an dem die Stämme für das Floß gelagert und zu größeren Flößen zusammengebunden wurden
DEICHEL	Etwa einen Meter lange, durchbohrte Holzröhre, die als Wasserrohr verwendet wird. Sie wird mit Ton ummantelt und an den Enden mit Bleiringen ineinandergeschoben
FLITSCHE	Kleines, schmales Floß aus wenigen Stämmen, oft aus bereits zu Brettern geschnittenen Stämmen, die an einem Ende noch vom nicht durchgeschnittenen Vollholz gehalten wurden
FLOSS	Meist aus Vollstämmen zusammengebautes Langfloß
FLOSSKEGEL	Geschnitzte Keile, die man in schwächere Stämme einließ, um sie mit Wieden (s. u.) verbinden zu können, statt tiefer Bohrlöcher, die beim Flößen leicht Bruchstellen wurden
FLOSSLÄNDE	Anlandeplatz am Ufer
FLOSSRUTSCHE	Lange Rutschen aus Holz, auf der die Flöße Wehre und andere Hindernisse überwinden konnten
HAUSUMGEHEN	Flöße lagen mit dem Heck voran an der Floßlände und wurden beim Ablegen so gedreht, dass der Bug sich nach vorn drehte, was dazu führte, dass sie sich leichter in die Flussmitte bewegen konnten
HUCKE	Ein hohes Rückengestell zum Transport für Gegenstände

KIPFE	Buchenpflock, an dem die Ruder vertäut sind (vorn meist eines, hinten meist zwei)
KLAFTER	Raum und Längenmaß (Raummaß: ca. 1,80 m Länge, Höhe und ca. 1 m Breite; variiert ja nach Ort einen Stoß (s. u.)
KOLLER	Schützende Oberbekleidung (oftmals aus Leder)
MANNLOCH	Kleine Tür in einem größeren Tor
NÖCK	Männlicher Wassergeist, Wassermann
RÖHRKASTEN	Brunnenbecken, in das die Wasserrohre das Wasser eingießen
SPEISE	Fachbegriff der Gießereisprache für geschmolzenes Metall
STOSS	Zwei Klafter
STROMER	Streuner, abwertend gebraucht, aus mittelhochdeutsch (Gaunersprache) strömer, wohl zu: strömen = stürmend einherziehen
WALLER	Süßwasserfisch, Wels
WASSERKUGEL	eine mit Wasser gefüllt Kugel, die das Licht verstärkt
WIEDEN	starke und flexible Seile aus Haselnussstauden

Dank

Zuletzt möchte ich noch danke sagen.

Romane schreiben sich nie von selbst. Sie beruhen auf der Arbeit einer Vielzahl von Menschen. Ich kann sie leider nicht alle aufzählen. Dennoch möchte ich die für mich wichtigsten Menschen erwähnen:

Immer zu tiefstem Dank verpflichtet bin ich meiner Frau Ingrid, die mir harte Kritikerin und Diskussionspartnerin ist und die mich mit dem Brot des Schriftstellers versorgt, nämlich der Zeit, um ungestört zu arbeiten.

Der Arbeit meines Agenten Roman Hocke schulde ich großen Dank. Er rief wie immer das Projekt ins Leben und bietet mir jederzeit mit seiner Agentur AVA international die Unterstützung, die ich brauche, um in Ruhe schreiben zu können.

Meine Lektorin Dr. Stefanie Heinen war immer zu Gesprächen bereit und trieb die Idee zu diesem Buch voran. Sie zählte darauf, dass ich das Thema spannend und informativ vorantreibe.

Besonderer Dank gebührt meiner Lektorin Frau Dr. Ulrike Brandt-Schwarze, die wie immer mit viel Einfühlungsvermögen für die Geschichte, dem Herz für die verletzliche Seele des Schriftstellers und dem präzisen Verstand dafür, wie Romane funktionieren, dem Werk seinen Schliff gegeben und daraus ein lesbares Buch gemacht hat. Vielen lieben Dank dafür. Diese Hilfe ist unschätzbar.

Zuletzt vielen Dank allen, die durch ihre Hinweise, durch ihre Rücksichtnahme, ihre Geschichten, ihre Recherche und oft allein durch ihre Anwesenheit wissentlich und unwissentlich an der Entstehung dieses Buches ihren Anteil hatten. Ich bin diesbezüglich ein Schwamm, der alles aufsaugt und auf Papier wiedergibt.

Euch allen verdanke ich die Geschichten zu dieser Geschichte.

Peter Dempf

*Ein Epos um Fortschritt und Niedergang,
Krieg und Befreiung, Liebe und Verrat*

Ken Follett
DIE WAFFEN
DES LICHTS
Historischer Roman
Aus dem Englischen
von Dietmar Schmidt,
Rainer Schumacher
880 Seiten
mit Abbildungen
ISBN 978-3-7577-0006-5

1792. Die Welt ist in Unruhe. Maschinen machen Handarbeit überflüssig – und gefährlich. Ein Landarbeiter stirbt bei einem Unfall und hinterlässt Frau und Sohn. Amos, ein Tuchfabrikant mit Ambitionen, erbt ein ruiniertes Unternehmen. Alderman Hornbeam sollte als Friedensrichter für Recht und Ordnung sorgen, schützt aber nur seinen Reichtum, während Elsie, die Tochter des Bischofs, um die Existenz ihrer Sonntagsschule kämpft. Und auf dem europäischen Festland schmiedet Napoleon Bonaparte einen gewaltigen Plan, um die Macht an sich zu reißen. Es herrscht Krieg, und der Wandel bestimmt das Leben der Menschen. Können sie sich in der neuen Welt behaupten?

Ein rasantes Abenteuer um das Gold des Rheins

Ralf H. Dorweiler
DIE MISSION DES
GOLDWÄSCHERS
Historischer Roman

432 Seiten
ISBN 978-3-404-18941-0

Frühjahr 1771. Das beschauliche Leben des Goldwäschers Frieder ändert sich schlagartig, als er eines Tages eine Wasserleiche findet und einen Buchhändler kennenlernt, der mit seiner Tochter und einem Mönch dem sagenhaften Schatz der Nibelungen auf der Spur ist. Auf einmal schweben sie alle in Gefahr, denn ein französischer Baron hat sich ihnen an die Fersen geheftet, begierig nach dem Gold und völlig skrupellos. Da hilft es wenig, dass sich ihnen auch noch der Jura-Student Johann Wolfgang Goethe anschließt. Er vermag zwar, die Hinweise auf den Schatz zu deuten, sorgt dabei aber für einige Verwicklungen. Und bald muss sich nicht nur Frieder zwischen Gold und Liebe entscheiden ...

Lübbe

Die Community für alle, die Bücher lieben

Das Gefühl, wenn man ein Buch in einer einzigen Nacht verschlingt – teile es mit der Community

In der Lesejury kannst du

★ Bücher lesen und rezensieren, die noch nicht erschienen sind

★ Gemeinsam mit anderen buchbegeisterten Menschen in Leserunden diskutieren

★ Autoren persönlich kennenlernen

★ An exklusiven Gewinnspielen und Aktionen teilnehmen

★ Bonuspunkte sammeln und diese gegen tolle Prämien eintauschen

Jetzt kostenlos registrieren: www.lesejury.de

Folge uns auf Instagram & Facebook:
www.instagram.com/lesejury
www.facebook.com/lesejury